Pregària a Prosèrpina

Albert Sánchez Piñol (Barcelona, 1965) és antropòleg i escriptor. Autor dels assaigs *Pallassos i monstres* (2000) i *Les estructures elementals de la narrativa* (2020), ha publicat els llibres de relats *Compagnie difficili* (2000) amb Marcello Fois, *Les edats d'or* (2001), *Tretze tristos tràngols* (2008) i *Homenatge als caiguts* (2019). La seva primera novel·la, *La pell freda* (2002), premi Ojo Crítico i finalista del premi Llibreter, ha estat traduïda a trenta-set idiomes, amb més de 800.000 exemplars venuts en tot el món. Posteriorment ha publicat les novel·les *Pandora al Congo* (2005), *Victus* (2012), *Vae Victus* (2015), *Fungus* (2018) i *El monstre de Santa Helena* (2022).

Albert Sánchez Piñol

Pregària a Prosèrpina

La Campana

Paper certificat pel Forest Stewardship Council®

MIXT
Paper procedent de fonts responsables
FSC® C117695

Penguin Random House Grupo Editorial

Primera edició: març del 2023

Travessera de Gràcia, 47-49. 08021 Barcelona
Disseny de la coberta: Penguin Random House Grupo Editorial / Begoña Berruezo
Imatge de la coberta: Album / *Medusa* (1597), Caravaggio. Galleria degli Uffizi, Florència

Printed in Spain – Imprès a Espanya

ISBN: 978-84-18226-92-2
Dipòsit legal: B-839-2023

Compost a Comptex & Ass., S. L.

Imprès a Rotoprint by Domingo, S.L.
Castellar del Vallès (Barcelona)

CA 2 6 9 2 2

PRIMERA PART

1

Jo, Marc Tul·li Ciceró, fill de Marc Tul·li Ciceró, que he viscut l'hecatombe de Roma i la fi de la civilització humana. Jo, de qui les aventures van fer un Ulisses dels inframons. Jo, estimada Prosèrpina, puc afirmar que la causa i origen de tots els mals és aquesta: que els homes estem disposats a canviar l'univers abans que afrontar el deure, molt més humil i necessari, de canviar-nos a nosaltres mateixos.

Però això només és una declaració pomposa. Que com va començar la Fi del Món? Crec, Prosèrpina, que va ser amb la derrota de Catilina, a la batalla campal de Pistoia.

Una piràmide d'espases. Allò era tot el que quedava del famós Catilina i la seva revolta contra la República. Els últims catilinaris, rendits a les legions, desfilaven entre dues rengleres de soldats i llançaven les armes a una pila. A aquell petit túmul d'espases, llances i escuts. A allò havia quedat reduït Catilina i les seves boges ambicions: a una suma d'homes derrotats i piràmides de ferro.

L'espectacle d'aquella trista desfilada no em plaïa gens, així que vaig tornar al campament de l'exèrcit. Allà l'ambient era molt diferent. Sobretot a la magna tenda del pretor: molt abans d'arribar-hi, ja es podien sentir crits, riallades i soroll de trencadissa de vaixella.

A dins de la gran tenda hi havia el meu amic Gneus, i amb ell un grapat de joves nobles, exaltats i borratxos. Tots teníem més de catorze anys i menys de vint. Suposo, Prosèrpina, que pot semblar estrany que la tenda del comandant en cap d'un exèrcit romà fos plena de mocosos cridaners i beguts com faunes. Però té una explicació molt senzilla. A Roma era tradició que els fills de la noblesa integressin el seguici dels generals en campanya. Així aprenien l'ofici de les armes, es preparaven per exercir les magistratures i, encara més important, es fomentaven els llaços solidaris entre els membres de la casta superior romana. Per exemple: la meva amistat amb Gneus Iunni, més conegut com «Rinxolets». Gneus Rinxolets era ros i frívol, molt ros i molt frívol, i amb uns rínxols d'allò més radiants. (Vet aquí el sobrenom).

Et deia, Prosèrpina, que als fills de l'aristocràcia romana tot els era permès. M'acuso: érem joves, molt joves i molt arrogants, privilegiats, consentits i pretensiosos fins a l'insult. I que el nostre comandant fos una soca inútil no ajudava, precisament, a contenir-nos. Perquè per a la campanya contra Catilina, el Senat havia escollit un dels seus, un tal Gai Híbrida. Això, que formés part del cercle senatorial, importava molt més que el fet que fos un vell xaruc, militarment inepte i un alcohòlic sense remei. Et ben asseguro, Prosèrpina, que el mèrit de la victòria va ser dels legionaris i centurions, en absolut del vell Híbrida: abans de la batalla estava tan begut que quan els combats van començar no van poder despertar-lo ni submergint-li el cap en aigua gelada. I així seguia ara: roncant amb la boca oberta, entre singlots pudents i efluvis de vi.

Rinxolets, molt de la broma, havia assegut Híbrida al bell mig de la tenda mentre els altres nois feien retronar càntics, brindaven i victorejaven al seu voltant. Híbrida tenia el pit indignament brut de vòmits. Els seus servus domèstics no l'havien pogut netejar per un bon motiu: estaven morts. A algú li havia semblat molt divertit provar la resistència del casc de Catilina. Com? Posant-lo al cap dels servus i colpejant-los amb aquella maça que els sacerdots fan servir per sacrificar bous. Quan el nostre general es despertés, toparia amb un bonic espectacle: tots els seus servus morts als seus peus. Ah!, i el cap decapitat de Catilina, que Rinxolets havia dipositat a la falda d'Híbrida.

Gneus i els seus rínxols en bucle em van donar la benvinguda:

—Guaita qui entra: Marc Tul·li Ciceró en persona! Crèiem que t'havien matat. Ni per a això ha servit, el pocapena de Catilina... En fi, t'haurem de continuar suportant a les classes de retòrica.

Va venir i em va abraçar el coll, entusiasta:

—Ja hem participat en la nostra primera batalla! Això ens obrirà les portes de les magistratures.

Pudia a vi fort, estava tan feliç com borratxo.

—Participar? —vaig replicar, burleta—. Però si érem tan lluny de primera línia que només vèiem els crits!

Ens va interrompre un missatger.

—Ets Marc Tul·li Ciceró? —va preguntar venint cap a mi. Havia sentit Rinxolets cridant el meu nom—. T'he estat buscant per tot el campament. Et duc un missatge.

I me'l va lliurar. Era del meu pare, que em manava tornar a Roma immediatament.

I aquí, Prosèrpina, t'he d'aclarir que el meu pare, el digne i probe Marc Tul·li Ciceró, de qui hereto el nom, va ser el romà més eminent del segle.

—El teu pare? —va admirar-se Rinxolets—. Quan el vegis felicita'l de part meva. Aquesta victòria és seva. Almenys, molt més que d'Híbrida —va afegir amb una rialla—, això segur. Saps què? Ja es parla de concedir al vell Ciceró el títol de «pare de la pàtria» o alguna cosa així.

Quan pugui, Prosèrpina, et faré un breu resum de la intervenció del meu pare en la derrota de l'afamat i alhora infame Catilina. Ara només et diré que jo havia d'obeir el missatge, i ben de pressa: a Roma, un pare tenia dret sobre la vida i la mort dels fills. Tot i que ja era una norma en desús, per arcaica, el meu pare era d'allò més conservador. Quan va veure que em disposava a marxar sense companyia, Rinxolets em va preguntar pels meus servus. Li vaig explicar que havia sortit de Roma amb un sol servus i que havia desaparegut durant la batalla, mort, fugat o ves a saber.

—Oh, Déus! —es va escandalitzar Gneus Rinxolets—. Com se t'acut sortir de casa amb només un esclau per companyia?

Just en aquell instant, els nois, per diversió, estaven a punt de matar l'últim servus d'Híbrida, a qui ja havien encasquetat el casc robat al cadàver de Catilina. Un d'aquells galifardeus va alçar la maça de sacrifici per estavellar-l'hi al cap. El servus va tancar els ulls, tremolant de por, i, just abans de l'impacte, Rinxolets el va estirar cap a ell i la maça només va trobar el buit. «Oooh!», van exclamar tots entre decebuts i morts de riure.

Rinxolets va dirigir-se al servus que acabava de salvar d'una mort segura:

—Tècnicament ets mort —va anunciar-li—. En conseqüència, ja no pertanys a Híbrida. I al mateix temps, segons la llei, ets meu, perquè t'he salvat. I, com que ets meu, puc fer amb tu el que em doni la gana, com per exemple regalar-te a qui vulgui. —Va empènyer el servus cap a mi—: És teu.

—Seràs un gran advocat —vaig dir a Rinxolets.

Ara l'esclau em pertanyia. Era tan propietat meva com les meves sandàlies.

—No pots viatjar sol —va replicar Rinxolets—. Els camins fins a Roma són insegurs. I a més: què diria la gent? Un patrici sense escorta ni servei! Híbrida no el trobarà a faltar. A més, quan es desperti tindrà coses més importants a fer, com ara escriure a Roma que Júpiter li ha dipositat el cap de Catilina a la falda.

Vaig dedicar una ullada ràpida al regal de Rinxolets. Era un servus com qualsevol altre, rapat al zero com tots els esclaus. Duia una pobra túnica violeta amb una franja grana al centre del pit i sobre cada orella lluïa les inicials del seu amo gravades a foc: «GH». O sigui, Gai Híbrida. Tenia un cos magre, ascètic. Devia ser uns deu anys més gran que jo, que per aquella època en tenia disset. El seu tret facial més característic: unes galtes llargues, com de cavall, amb tot de solcs que li recorrien la pell, com lleres d'un riu. Era el rostre d'algú que havia patit molt. La millor manera d'avaluar un home és sotmetre'l a un interrogatori breu però perspicaç:

—Digues —vaig fer—, estàs trist o content d'haver-te convertit en la meva propietat?

Va mirar a terra i va respondre amb un to inexpressiu:

—Si tu estàs content, dòminus, jo també estic content.

Bona resposta. Allò era tot el que s'esperava d'un servus: que no tingués esma, voluntat ni consciència, i que els seus interessos s'identifiquessin amb l'ombra del seu amo. Rinxolets opinava que un home era esclau perquè la seva condició humana, ínfima, l'havia dut a aquell estat; jo, a la inversa, creia que un home era ínfim perquè l'havien reduït a la condició esclava. Una diferència de criteri important. Com a debat no tenia fi, però aquella tenda farcida de jovenets exaltats, udolant com gals, no era el lloc més adient per a la filosofia.

En qualsevol cas, estimada Prosèrpina, no et pensis que Rinxolets i jo diferíem gaire respecte a la nostra actitud cap als esclaus. Era impossible: tots dos érem patricis, tots dos ens havíem criat envoltats de servus, de mobles cars i d'animals domèstics, i a tots dos ens havien ensenyat a tenir molta més cura dels mobles i a sentir molt més afecte pels animals. Quan sortia de la tenda acompanyat de l'esclau, em vaig creuar amb uns quants amiguets patricis. Em van advertir que anava en direcció contrària, que la festa era a dins:

—En tota la batalla no he pogut ni desenfundar l'espasa, i això em frustra —vaig explicar—. M'han regalat aquest esclau i me l'emporto a fora per desfogar-me punxant-li el pit i tallant-li l'estómac.

Com pots imaginar-te, Prosèrpina, l'esclau va empal·lidir.

—És broma —vaig tranquil·litzar-lo amb una ganyota cruel—, soc de la Suburra.

(La Suburra, Prosèrpina, és un dels barris més populosos de Roma, i els seus habitants tenim fama de practicar un humor incisiu i molt groller).

Abans de tornar a casa, per pura curiositat, volia fer un tomb pel camp de batalla. El meu nou esclau m'acompanyava, sempre un respectuós pas enrere. Em vaig apropar a les files dels caiguts i ell em va seguir com un gos fidel.

Sempre serà una de les visions més terribles que hi pugui haver: un camp de batalla quan tot just ha cessat el combat. Milers de cadàvers escampats, una estesa caòtica de membres entremesclats. El final de totes les agonies; suors en massa, orina i excrements, i tribus de saquejadors que assaltaven els cossos fins i tot abans que emmudissin els darrers gemecs. Alguns soldats els punxaven amb la llança per dissuadir-los, ja que el botí pertanyia al Senat, però ho feien amb desgana.

Aquell dia vaig constatar que la famosa sentència de Plutarc és certa: després de les grans batalles acostumen a caure grans i intenses pluges, com si les passions aglutinades de tants milers d'homes commoguessin el cel. Mentre observava aquell panorama, vaig notar les primeres gotes. Trista pluja, perquè era una pluja lenta i trista, per bé que ens hagués acompanyat la victòria. L'esclau, prest, es va treure la túnica i la va estendre sobre el meu cap com un paraigua. Mentre jo deambulava i examinava les restes de la batalla, vaig establir un diàleg amb ell:

—No pateixis —vaig consolar-lo—. Jo no soc com Gneus, el Rinxolets. Jo només us pego quan és just, no per norma. Rinxolets considera que sou coses, exactament com ho són els còdols de riu. Jo no ho veig així. La diferència entre tu i jo no rau en la consciència, sinó en el destí. Tu sempre seràs un servus, perquè el teu estat servil, justament, t'impedeix canviar d'estat. En canvi, com a fill d'un patrici que soc, sobre les meves espatlles recau la dura obligació de regir el meu destí. Creu-me: el teu estat potser no és cap ganga, però és molt més descansat. Com et dius?

—Servus.

—Ets un servus que es diu Servus?

—Sí.

Allò em va fer riure. Era la màxim nihilitat que podia esperar-se d'un esclau: un nom propi que redundava en la seva condició sotmesa, d'humanitat nul·la.

—És ben graciós! —me'n vaig fotre—. Tècnicament parlant, això teu és una anadiplosi, però no espero que sàpigues què és.

—La repetició, en un poema, de l'última paraula del vers anterior. Per això rius, perquè soc un servus que es diu Servus.

Em vaig quedar molt parat. Quin to, quina actitud, quin aplom i quina gosadia. Per primera vegada des que havíem sortit de la tenda del pretor, em vaig girar per mirar-lo. La pluja li lliscava pel crani pelat; els seus ulls grisos em miraven exactament com ho faria un llop ferit: tement-me i odiant-me. Aquell home ni era lliure ni era inculte. I si en aquell moment hagués escoltat les emocions, i no la raó, hauria entès l'única cosa que em calia saber de Servus: que era una amenaça i un perill que acabava d'entrar a la meva vida.

Plovia, dic, i a l'horitzó queien llamps. Aleshores se'ns va apropar un soldat:

—Dòminus, segurament busqueu el lloc on va caure Catilina. Va ser allà.

I va assenyalar un petit promontori amb la llança. Vaig dirigir-m'hi.

Als afores de Pistoia no hi ha grans extensions de terreny obert. Potser per això al combat li havia mancat un bri de grandiloqüència, perquè els ulls no podien abastar tota la línia de batalla. Però allà, sobre el promontori, hi havia un grup de cadàvers agrupats. Encara no els havien saquejat i s'apreciava que duien roba i armadures més riques. Sens dubte eren la guàrdia personal de Catilina. Vaig observar-los detingudament.

—Digues, Servus: de tot el que estàs veient sota la pluja, d'aquesta matança immensa, què és el que et sembla més revelador i significatiu?

Més que a Servus, havia fet la pregunta a l'aire, com en les pràctiques amb el rètor. Per això em va sorprendre la promptitud i exactitud de la seva resposta:

—Que totes les ferides que ha rebut aquest exèrcit format per esclaus, fugitius i la púrria més baixa i variada són al pit, no a l'esquena.

I era cert. Molt cert.

* * *

Ja t'he dit, Prosèrpina, que la meva pretensió és explicar-te el final de la nostra estimada i podrida República, i encara més: el que vull relatar és el final de la vida, de l'existència mateixa tal com l'havíem conegut els humans a la superfície de la Terra. I em ratifico: la Fi del Món va començar l'endemà de la mort de Catilina.

Pocs dies després de la batalla tornava a ser a Roma. Hi vaig entrar acompanyat de Servus. La plebs celebrava la caiguda de Catilina igual com els meus amics a la tenda del pretor: ballant, bevent i cantant. El cinisme de les multituds sempre em revoltava: molts d'aquells, plebeus pobres i captaires pobríssims, havien fet de Catilina el seu heroi, però això no els impedia participar en la festa pública (pagada pel Senat) per celebrar-ne la derrota. En fi, a la gent li agrada divertir-se. Tant se'ls en fum l'excusa.

El meu pare era Marc Tul·li Ciceró. (A Roma, Prosèrpina, era molt habitual que el primogènit dugués el nom del pare, per això ens dèiem igual). I és molt important que entenguis una cosa: Ciceró era l'òptim dels romans; el millor orador i servidor públic. El primer dels ciutadans i el defensor màxim de la República.

La victòria sobre Catilina, en la qual va tenir un paper prou rellevant, el va dur al zenit de la fama i la glòria. I ara, Prosèrpina, perquè et facis una idea de com era Roma tot just abans de la Fi del Món, t'hauria de resumir el cas Catilina, i així potser entendràs tot el que va esdevenir-se després.

Catilina era un jove patrici que ho tenia tot: ascendent i diners, nom i bon nom, bona planta, fama i bona fama, joventut i salut... Però a Roma aquesta combinació afortunada no enlairava els individus, ben al contrari: l'excés de luxes i privilegis els ensorrava en un abjecte fang moral. Com deia el meu pare, «qui no té res vol tenir alguna cosa, però qui ho té tot en vol encara més». En resum: Catilina ja era un depravat per inclinació natural. I quin lloc millor per depravar-se encara més que Roma? Com més apostava i fornicava Catilina, més elevades havien de ser les apostes i més cars els fornicis. Fins que el joc i els genitals van arruïnar-lo. Del tot.

Al principi no hi va donar importància. La ruïna, a Roma, era un concepte de substància diferent segons fossis patrici o plebeu. Tots, o gairebé tots els patricis, contreien deutes milionaris. Durant un temps Catilina va fer el que feien els de la seva classe: recórrer als préstecs i a les martingales polítiques per tornar-los. El Senat de Roma era un antre més podrit que el pitjor tuguri de la Suburra, així que Catilina, que era senador, venia el seu vot i el seu nom a canvi de diners i de favors.

Durant una bona temporada va ser el cràpula més famós de la ciutat. Ell i el seu grupet de companyons trinxeraires assolaven les tavernes i els prostíbuls. En una d'aquestes gresques fins i tot van violar una de les Verges Vestals! (Has de saber, Prosèrpina, que les Vestals eren les sacerdotesses que guardaven el foc sagrat de Roma. Les escollien entre les nenes més perfectes de Roma, cosa que feia aquell estupre, inoït en ell mateix, encara més execrable). A Catilina, que era un boig sense escrúpols, tant se li'n fotia, és clar, però als ulls dels romans va ser un crim horrible. Es va lliurar de l'execució pels pèls.

Recordo que per aquella època, i amb motiu de la violació de la verge vestal, a les classes de retòrica vaig mantenir un debat animat amb Gneus Rinxolets. Al seu parer, el cas feia palès que la gran amenaça per a la República era la manca de virtut: Catilina demostrava que el vici era el pare de la corrupció. Jo el contradeia: l'arrel del mal, tal com ens mostrava Catilina, justament, no era el vici, sinó els deutes, ja que sense deutes Catilina no hauria estat mai una amenaça per a la República, sinó només per a la seva salut.

Perquè la conducta de Catilina, agreujada per la reiteració en el temps, va fer que el seu deute assolís una xifra colossal. Ja no tenia crèdit i ningú volia prestar-li ni un as, la nostra moneda més ínfima. Pensa, Prosèrpina, que els interessos d'un préstec podien arribar a ser del vint o fins i tot del trenta per cent! (Després de la derrota de Catilina, el meu pare va proposar una llei que hi posava un topall, més raonable, del dotze per cent). Però en aquell moment la qüestió era: com podria Catilina retornar el seu fabulós deute, i amb uns interessos del trenta per cent? La resposta era ben simple: no podia. De manera que el llibertí viciós va metamorfosar-se en revolucionari boig.

A les tavernes, ara Catilina ja no bevia per alegrar-se, sinó per conspirar. Ja no se servia dels prostíbuls per al fornici, sinó per reunir-s'hi en complot. Va començar a envoltar-se de fracassats i malcontents, al principi patricis com ell, i al cap de poc cavallers i plebeus, molts plebeus. Però tots tenien en comú un problema, un de sol: els deutes.

Fins i tot va permetre que els esclaus s'unissin a la seva facció! El seguien perquè ja no tenien a on anar: a casa, als plebeus només els esperava la gana; i als patricis, el deshonor. Als carrers, a tots els assaltaven els deutes, els maleïts deutes. De manera que el nom de Catilina va esdevenir consigna: abolir els deutes, aquesta era la seva bandera i l'únic punt de la seva causa. Com a programa polític, no es pot negar que era tan simple com nítid. I un desastre, si mai es dugués a terme. Recordo que vaig demanar al meu pare què n'opinava: «La tragèdia de les solucions demagògiques, fill meu, és que només es poden aplicar un cop. Si Catilina conquerís el poder i abolís els deutes, els prestadors, com és lògic, escarmentats, deixarien de prestar. I si això passés, totes les finances de la República, públiques i privades, s'ensorrarien. El diner no circularia, els sous deixarien de pagar-se, els mercats es buidarien d'aliments. La fam i el caos. I pitjor encara: sense diner públic, com mantindríem les legions, quan ens amenacés l'enemic extern? Per repugnants que siguin aquests canvistes greixosos que presten als fòrums, el primer deure d'un magistrat és protegir l'ordre, alguna espècie d'ordre, per imperfecte que sigui». I va concloure: «Vet aquí, Marc, la gran paradoxa de la vida pública: que la política, com la guerra, és una suma de mals necessaris dels quals s'espera que en surti algun bé».

Fos com fos, Catilina cada dia tenia més èxit de prèdica. Al seu voltant va congregar-se una autèntica horda de brètols i borratxos, infeliços furiosos, amargats que atribuïen la causa de la seva amargura al Senat i els potentats. (Sense veure cap contradicció en el fet que Catilina hagués estat un d'aquells potentats i encara fos senador). Qui ja no té res a perdre deixa de pensar racionalment.

Van començar orinant-se a les estàtues dels senadors contraris a Catilina, que eren gairebé tots, i empastifant les cares de pedra amb excrements. Com que ningú els aturava, poc després ja no es conformaven amb les representacions dels homes i van atacar els homes en persona: quan es topaven amb un magistrat, apallissaven els servus de la seva escorta i, si no fugia a temps, també el mateix magistrat.

Aquells dies, a Roma també hi havia dues estrelles polítiques en ascens: Juli Cèsar i Marc Cras. Catilina va proposar-los que s'unissin a la seva conspiració contra el Senat. Al capdavall, Cèsar era gairebé tan pròdig i depravat com Catilina, i tothom coneixia les seves tendències populistes. El cas de Cras era una mica diferent. Cras tenia una fortuna immensa. Per cert, l'origen d'aquesta fortuna, Prosèrpina, és tan mesquí que fins i tot es mereix una ressenya.

Cras va començar comprant immobles romans. Quan els propietaris es negaven a vendre, la casa patia un incendi accidental. Diguem-ho així. Mentre la casa treia foc per totes les finestres i el propietari es planyia, Cras feia com la sibil·la i reiterava l'oferta, però ara amb el preu reduït a la meitat de la meitat. Què podia fer, el pobre propietari? La casa s'estava calcinant, valia més allò que res. El truc era que Cras, en realitat, no comprava tant l'immoble com el sòl urbà, que a Roma podia arribar a preus astronòmics. Reconstruïa l'edifici, l'elevava a sis plantes i el llogava a tribus de proletaris, és a dir, homes que l'única possessió que tenien en aquest món era la seva prole. Cada cop que es cremava una casa romana, accidentalment o no, Cras o els seus agents eren allà i s'oferien a comprar-ne les cendres. Es va fer riquíssim.

Però per què un potentat tan fabulosament ric hauria d'aliar-se amb un demagog caigut en la misèria com Catilina? La resposta és que tots dos compartien la mateixa tírria indomable contra el Senat. Tothom sabia que Cras hauria finançat un ensinistrador d'elefants si hagués tingut garanties que ensenyaria el paquiderm a seure al cap dels senadors i cagar-s'hi.

Però ni l'un ni l'altre, ni Cèsar ni Cras, van accedir a sumar-se a Catilina. Tant l'un com l'altre van fer els seus càlculs. Cèsar pensava, i amb raó, que Catilina no era un revolucionari, sinó un irresponsable. I Cras era un inversor, un bon inversor: va entendre que Catilina seria tan dolent exercint el generalat com jugant a daus. O sigui, una mala inversió. I també tenia raó.

Malgrat la seva solitud política, Catilina va seguir tramant el complot contra el Senat i la República. La idea era prendre l'edifici amb tots els senadors a dins i proclamar-se tirà, dictador etern o alguna cosa semblant. Per què no? Si s'apoderava del Senat, qui l'hi impediria? Però Catilina no havia tingut en compte un obstacle. Un home. El meu pare. Marc Tul·li Ciceró. El millor orador que el món havia conegut des de Demòstenes.

Per ser-te sincer, Prosèrpina, l'esdeveniment decisiu que va dur el meu pare a la glòria va ser més aviat prosaic, i aquesta definició és prou indulgent. Què va passar els dies abans que Catilina culminés els preparatius per assaltar el Senat? Jo t'ho diré.

A Roma el vici i la virtut estaven tan barrejats com el vi i la mel a la beguda, tal com demostra el fet que l'amant del meu pare també s'allitava amb Catilina. (El meu pare, tan cast ell, de portes enfora la tractava d'«amiga». Ha!). Aquella dona es va assabentar dels detalls de la conspiració pel mateix Catilina, que era un intrigant pèssim. (A qui se li acut explicar els teus plans per apoderar-te de la República a una puta?). Ella va afanyar-se a xerrar-ho tot al meu pare. Per què va actuar així? És fàcil deduir-ho: Catilina estava boig i el meu pare no. Catilina estava arruïnat i el meu pare no. El meu pare tenia el Senat a favor i Catilina el tenia en contra. I les putes sempre han estat a favor dels diners, de l'ordre i del poder. Així que, l'endemà mateix, Ciceró va presentar-se al Senat amb la llengua més esmolada i punxeguda que una banya de toro cretenc.

El discurs que va fer davant dels senadors, i d'un Catilina estupefacte, li va obrir les portes de la Història. S'enfrontava a la crisi política més greu de la República, però va mantenir la calma: en lloc d'abraonar-se sobre Catilina, injuriant-lo i escarnint-lo com hauria fet un Cató, el meu pare es va limitar a renyar-lo com si fos un nen malcriat. Ho era. «Fins quan abusaràs, oh Catilina, de la nostra paciència?». Amb frases d'aquest estil aconseguia dues coses. En primer lloc, mostrava una infinita superioritat moral sobre el seu enemic. I en segon lloc, i més important, donava a entendre que coneixia tots els detalls del complot. (En realitat només en coneixia les línies generals, i encara gràcies).

A mesura que el discurs avançava, Catilina es mostrava més i més inquiet. Els pocs senadors que el seguien, ja fos per oportunisme o contuberni viciós, van anar abandonant la seva bancada. Un gest molt poc noble, la veritat, però ja ho diuen els cínics: en certes ocasions la prudència i la ignomínia es confonen. Al final Catilina no va poder contenir-se: va esclatar en un lleig exabrupte i va sortir del Senat.

Precisament aquell era el gest més inapropiat en un senador. La política consistia exactament en allò, suportar aiguats dialèctics farcits d'insults i difamacions com qui entoma una tempesta que descarrega llamps i trons, i en acabat replicar amb un somriure hipòcrita. És això, el que hauria d'haver fet. Però Catilina no era un polític, era un ximple.

Aquella fugida va ser la seva perdició. Amb el pla al descobert, i en conseqüència avortat, va fugir a les muntanyes. Allà havia reunit un petit exèrcit de proscrits i malfactors. No eren més que una turba mal armada, sense cap utilitat militar. La seva única funció havia de ser entrar a Roma donant suport a Catilina als carrers i distraient l'atenció, mentre el grup principal assaltava el Senat. Però, amb el cop desmantellat, aquell petit exèrcit va perdre nervi.

Mentrestant, el meu pare no va desaprofitar el temps: el Senat va proveir-lo amb plens poders per armar la República contra l'amenaça. Ciceró va donar el comandament de l'exèrcit consular a un tal Gai Híbrida, un aristòcrata de segona fila. (Així no li faria ombra; el meu pare potser era molt cívic, però volia que el triomf sobre Catilina, i la salvació de la República, s'associessin eternament al seu nom).

Jo i tots els meus amics de la noblesa ens hi vam allistar, és clar. Era jove, molt jove, però ja em constava que un patrici romà no podia deixar passar cap ocasió per fer mèrits i ascendir en el *cursus honorum*, o sigui, la carrera política tal com s'entenia a Roma. I en qualsevol cas: qui voldria perdre's una batalla que no es podia perdre?

La veritat és que ens esperàvem més aviat una cacera que una batalla. Els catilinaris van lluitar amb una passió i una ferotgia d'allò més sorprenents, tot i que no tenien la menor esperança de victòria. Què podien fer una colla de bergants mal armats contra la disciplina legionària? Catilina va morir lluitant i posseït per un coratge suïcida. Allò sí que no s'ho esperava ningú: havíem fet apostes, i la majoria creien que fugiria cap a Núbia o algun lloc encara més remot i abandonaria els seus. No ho va fer. Va morir al capdavant dels seus partidaris. Qui ho havia de dir! Contra tots els pronòstics, la més indigna de les vides va ser coronada amb la més digna de les morts. No t'ho negaré, Prosèrpina: la gent pot ser ben estranya, sobretot la que viu a la superfície d'aquest món.

Això de banda, el discurs que el meu pare havia fet al Senat i contra Catilina es va convertir en un dels més famosos en llengua llatina. Si ens circumscrivim a la tècnica oratòria, jo crec que en va escriure de molt millors. I, per ser-te sincer: en alguns moments cau en la cursileria més rància. Com per exemple aquell indignat «Quins temps, quins costums!», com si la culpa de la revolta la tingués el calendari. O com si una insurrecció armada en massa fos una mostra de la decadència dels costums. Bé, doncs, encara que costi de creure, va convertir-se en una frase d'allò més popular. Si, per exemple, el barber li feia un tall a la galta, o el llogater no li pagava el lloguer quan tocava, el damnificat alçava els ulls als núvols i, queixós, emulava Ciceró: «Quins temps, quins costums!». Ho acabo de dir i ho repetiré tants cops com calgui, Prosèrpina: a la superfície del món la gent és estranya. I no canvia mai.

* * *

Sí, ell. El meu pare. Marc Tul·li Ciceró. El primer i més noble de tots els romans. Quina planta tan imponent. Alt, la corpulència per divisa, aquell coll boví. Mans grosses, de pagès avesat a la duresa del camp, crani poderós. La boca d'on van sortir tants discursos immortals era, paradoxalment, petita i de llavis prims. La veu, gràvida, fonda; les passions, sempre modulades. Tenia uns ulls que miraven i també escoltaven. I el cap, aquell cap: tot l'Estat romà cabia a dins d'aquell cap de marbre. La seva presència sempre intimidava i coartava, i a mi encara més. Com no m'havia d'afectar ser el fill de Ciceró? Creuar l'última porta que em separava d'ell, abans de reunir-m'hi, era com capbussar-se en aigua gelada. Quin home!

En fi, tal com he dit abans, així que vaig rebre el seu missatge me'n vaig tornar a Roma, al barri de Suburra on vivíem. Me'l vaig trobar al centre de la casa, és a dir, al jardí. Meditava tot contemplant els peixos del petit estany. Em va proposar seure als triclinis que hi havia al mateix jardí. Ens hi vam estirar, l'un enfront de l'altre.

—Vaig deixar a Roma un pare i quan torno he de compartir aquesta paternitat amb tota la nació.

Ja s'havien iniciat els tràmits per nomenar-lo «pare de la pàtria» en senyal de gratitud pel gran servei que havia fet a la República durant la crisi catilinària. Se li va escapar un somriure furtiu: ni tan sols ell podia amagar que aquell honor li satisfeia la vanitat. Va canviar de tema per fingir modèstia:

—La batalla, com va ser?

L'hi vaig explicar tot. La inesperada resistència dels catilinaris, la seva lluita a mort. Havia manat que cridessin Servus. El volia com a testimoni, a ell i les seves llargues galtes.

—Fins i tot Servus, que és un simple esclau domèstic —vaig dir—, va observar un detall important al camp de batalla. Que t'ho expliqui ell mateix.

Però Servus estava ben ensinistrat i no va obrir la boca, a l'espera que l'autoritzés l'amo de la casa:

—Parla —li va manar Ciceró.

I, ara sí, Servus va explicar que els caiguts havien estat ferits al pit, que ningú havia fugit. El meu pare va callar pensarós. Va beure un parell de glops, rumiant. Jo no em vaig poder contenir:

—Pare, el Senat proclamava que els seguidors de Catilina eren l'escòria de la societat. Però els rufians no lluiten, fugen. I ells van lluitar. Jo hi era.

Ciceró callava. Només se sentia el soroll d'aigua de l'estany.

—Creien que la seva causa era justa —vaig continuar—. Per això van resistir fins a l'últim extrem. Molt pocs es van rendir. No volien la nostra misericòrdia! I el que es dedueix de tot plegat és greu: que potser no eren criminals, només gent desposseïda. D'acord: el seu líder era qualsevol cosa menys un esperit exemplar, però la desesperació els havia portat a seguir-lo perquè ningú els havia ofert cap altra alternativa.

El meu pare continuava en silenci.

—N'hem matat milers —vaig continuar—, però quan el cicle de deutes es reiniciï apareixeran milers de desarrapats més, i més, i un altre Catilina que els acabdilli. Pare —vaig concloure—, aquestes ferides al pit proclamen una cosa: que aquella gent no era el nostre enemic; l'enemic de Roma no són els plebeus mal encaminats, sinó la usura descontrolada.

No va assentir, tampoc em va contradir. Va dir:

—La teva reflexió és tan interessant com encertada. Però ara te'n faré una altra que jutjo més pertinent: Marc, tu saps què va destruir Catilina?

—Naturalment —vaig contestar sense dubtar-ho—: l'ambició sense mesura. El vici, la malvolença i la bogeria.

—No. Catilina era tot això, però el que va matar-lo va ser la seva incapacitat per canviar. Roma està farcida de patricis llibertins. Catilina només n'era un més. No els podíem pas matar a tots, oi? Així que vam oferir-li, secretament, mil pactes, mil acords, a fi d'evitar la violència. Sempre he defensat que la pitjor de les paus és preferible a la millor de les guerres. Però ell no en va acceptar cap.

—I per què? —vaig exclamar.

—Perquè no podia. S'havia endinsat tant en l'oceà del vici que ja no podia tornar al port de la virtut. Si hagués canviat, si s'hagués corregit, ara estaria tan viu com tu o com jo. De fet, només li hauria calgut intentar-ho. Imagina't que hagués vingut a mi, als senadors que més el detestàvem, i ens hagués dit: «Ajudeu-me». Creus que no ho hauríem fet? Ell, el més depravat dels optimats, el pitjor dels millors, hauria rebut el nostre ajut! Continuava sent un dels nostres. Qualsevol cosa hauria estat preferible a la guerra, i la finalitat de la política és evitar la guerra civil. —Va sospirar—. Però no va poder transformar-se. Vet aquí la seva perdició: no va saber canviar. Estava disposat a destruir Roma abans que assumir el repte de canviar-se a ell mateix. Així és l'ànima humana.

Va callar i va fer un gest amb la mà com qui vol allunyar una pudor fètida del nas. La seva gestualitat deia: «Oblidem-nos de Catilina». I aleshores, amb una solemnitat sobrevinguda, em va anunciar:

—Marc, t'he manat tornar immediatament perquè tinc una missió per a tu.

Allò m'interpel·lava. Em vaig remoure al triclini.

—Vull que vagis a la província d'Àfrica. Necessito que investiguis un cas molt important per al destí de la República, potser del món.

Com pots imaginar-te, Prosèrpina, vaig inquirir sobre la meva missió.

—Hi ha rumors que a l'interior de la província d'Àfrica ha passat alguna cosa —va dir—. Només són rumors, però prou vigorosos per haver arribat fins a la meva oïda. I aquests rumors diuen que ha aparegut una mantícora. Estrabó definia la mantícora com una hòrrida bèstia amb cos de lleó, cua de serp i cap d'home que té tres fileres de dents i degusta amb summe plaer la carn humana. —Va reclinar-se encara més al triclini, com si necessités recalcar bé l'esquena per acabar d'explicar el que havia de dir-me—. Pel que fa als nostres interessos, la mantícora té una característica ben peculiar: només apareix quan un gran imperi està a punt de caure. Homer menciona la mantícora pocs dies abans de la destrucció de Troia. Els perses, per la seva banda, van saber que la fi del seu imperi era inevitable perquè van veure una mantícora rondant la tenda de Darios la nit abans de la batalla de Gaugamela contra Alexandre. Fins i tot Cartago, el nostre gran enemic. El meu pare encara va conèixer veterans que havien lluitat a l'última guerra púnica. Tots afirmaven haver vist aquell animal monstruós passejant-se davant dels murs de la ciutat pocs dies abans de l'assalt final, una visió que va desmoralitzar profundament els defensors.

El respecte degut al meu pare va fer que reprimís una riallada, però no em vaig poder estar de fer-ne broma:

—M'agradaria enviar una mantícora, o com es digui, a casa de Gneus Rinxolets. Així perdria tots els nostres duels gramàtics.

El meu pare va contestar-me amb una severitat inesperada:

—No riguis! Pot semblar una d'aquelles històries per espantar els nens, però tots els grans autors mencionen la mantícora. Tots. I ara n'ha aparegut una, al sud de les ruïnes de Cartago.

—Au, pare —vaig dir jo, contrariat—. Encara que el rumor fos cert, en què ens afecta? No hi ha cap gran imperi que rivalitzi amb nosaltres, ja només queda Roma.

—Exactament.

I va callar. El seu silenci era el d'algú que reflexiona sobre qüestions greus.

—Així doncs, ho dius de debò? —em vaig atrevir a preguntar—. M'envies a l'Àfrica, a perseguir el rumor d'una fantasia?

No m'ho podia creure. El meu pare volia que anés a una província perduda, en un viatge inevitablement tortuós, només per fer unes indagacions d'allò més absurdes.

Ho admeto, Prosèrpina: bona part del meu empipament tenia a veure amb les meves ambicions. El meu pare era l'home del moment, i jo el seu fill. Després de la derrota de Catilina li plourien afalacs, llorers i promocions. Si apareixia al seu costat, per força me n'havia de beneficiar. En canvi, si mentre ell recollia els fruits del seu triomf jo em trobava lluny, de tota aquella cascada d'honors no me n'esquitxaria ni una gota.

Però què podia fer? No podia negar-m'hi ni oposar-m'hi, ni tan sols replicar: a Roma regia una institució sagrada, la *pater potestas* o el poder del pare, que era sagrat i il·limitat. I si el pare en qüestió era Ciceró, encara més.

—Et proporcionaré diners per al viatge, transport i credencials. Tot això no serà cap problema. El que m'amoïna és aconseguir-te una bona escorta.

Tots els jovenets ambiciosos fan el fatxenda, i jo encara estava engallardit, així que vaig respondre amb una afirmació ben ostentosa:

—En tindré prou amb la meva espasa.

Al meu pare se li va escapar una bona riallada:

—Marc, ets bo en moltes coses, però en esgrima no: el teu instructor em diu que amb l'espasa ets més inútil que un martell sense cap.

Va tornar a riure i de cop es va posar seriós i va dictaminar:

—Vull que t'acompanyi un aspa.

Aquí vaig ser jo, qui va riure:

—Au, vinga, pare, precisament tu m'has ensenyat a menysprear les creences de mags, astròlegs i saurins. Els aspa només són una variant d'aquestes burdes supersticions.

Els aspa, Prosèrpina, eren una mena de guerrers solitaris, educats en uns monestirs més enllà de la riba asiàtica. Se'n pregonaven unes virtuts marcials extraordinàries que els feien pràcticament invencibles en combat. Almenys en teoria, perquè jo no n'havia vist mai cap. En realitat, la seva mateixa existència era incerta i bromosa.

—N'hi ha, i tant que sí —va insistir el meu pare assentint amb aquell cap poderós—. Però costen de trobar, i encara més que vulguin exercir les seves habilitats protectores.

—Dòminus, jo sé com posar-te en contacte amb un aspa.

Qui havia parlat era Servus, i sense permís, però la importància del que havia dit excusava la seva gosadia.

—Tu? —va estranyar-se Ciceró—. I com penses fer-ho, per localitzar un aspa?

—No funciona així. Seran ells els que et trobaran a tu, i només si ho jutgen pertinent.

Vaig riure:

—I com els crido perquè vinguin? Contractem un pregoner?

—A un aspa no se'l crida amb la boca —va explicar-se Servus—, sinó amb el cor.

El meu pare i jo ens vam mirar estranyats.

—Servus era un dels esclaus del vell Híbrida, que ja no hi toca gaire —li vaig fer saber—. Potser es trobava a gust envoltant-se de ximplets.

—Només has de fer una cosa —va dir Servus com si no hagués sentit el meu comentari—: tancar-te en una habitació i seguir les instruccions que et donaré.

Ciceró va mirar el cel. Es feia tard i encara tenia assumptes per resoldre.

—Què hi perds? —va preguntar, alçant-se del triclini—. Si demà a primera hora apareix un aspa, premia'l. I, si no, castiga'l amb ració doble de fuetades, per falsari i per impertinent. Ara he de fer unes gestions per acabar d'enllestir el teu viatge. Vull que demà al matí estigui tot a punt.

—Així doncs —vaig somicar—, surto demà mateix?

—Per què hauries d'endarrerir una cosa urgent quan pots avançar-la? Comences una missió cabdal, ets fill de Marc Tul-li Ciceró i espero moltes coses de tu.

I dit això em va deixar allà. Aquell vespre em vaig tancar a la meva habitació indignat i silenciosament enrabiat. Jo, la meva frustració, una bona gerra de vi i Servus, que me'l servia.

—A veure —vaig dir, sarcàstic, entre un trago i un altre—, quina és aquesta instrucció màgica que atraurà un aspa fins al nostre domicili de la Suburra abans que surti el sol?

—Els aspa es comuniquen a través dels sentiments de la mateixa manera que la resta dels humans ens entenem a través de les paraules.

—De debò? —vaig dir jo, glopejant el vi, descregut.

—Sí. El teu pit ha d'emetre una passió prou intensa perquè els sentits de l'aspa la detectin.

—Et recordo que som en una urbs turbulenta de gairebé un milió d'habitants. Et penses que ningú més emet passions?

—Per això mateix la teva ha de ser prou forta i especial perquè algun aspa la noti i s'hi senti atret.

—I com carai se suposa que un aspa ha de poder sentir les meves passions, si bullen tancades a dins del meu pit?

—Més s'amaga el nèctar a l'interior de la flor, i l'abella prou que l'ensuma des de distàncies inversemblants i s'hi acosta a libar-lo.

Era inútil discutir-hi, així que la següent reflexió en veu alta la vaig fer sobretot per a mi mateix:

—Vols saber quina passió em posseeix, ara mateix? La fúria!

—Això és bo —va dir Servus, servint-me més vi—. Continua.

—És molt fàcil d'entendre! Els meus amics i jo som fills

de la noblesa més granada de Roma, som fills de la ciutat que ha conquerit el món sencer; des del mateix dia del nostre naixement ens eduquen per governar aquest món. I què ha passat? Doncs que just quan es presenta la meva gran ocasió per promoure'm i ascendir, el meu propi pare em foragita al desert. Literalment! —Vaig estavellar la copa buida contra la paret—. Quan el meu pare celebri un triomf, o li dediquin una ovació, tothom es preguntarà: «On és Marc, el primogènit de Ciceró?». I ells mateixos, insidiosos i malèvols, es contestaran: «Poc digne deu considerar-lo el seu pare, quan no tolera que l'acompanyi ni el dia que el proclamen com el primer dels romans».

—Però això no és cert —va replicar Servus—. El teu pare t'envia a una missió pel bé de la República.

—Se'n diu política, idiota! Hi ha menys magistratures a repartir que aspirants. Saps quina és, la part del cos que més fa servir un patrici jovenet? Els colzes! I vols saber qui serà, el primer que escamparà rumors contraris al meu prestigi? El meu millor amic, Gneus Rinxolets!

A la Roma d'abans de la Fi del Món, Prosèrpina, els nobles teníem per costum desfogar les nostres frustracions amb els esclaus domèstics. Eren com les prestatgeries per als llibres: suportaven tot el pes del nostre coneixement i no parlaven mai. Aquell vespre, quan ja havia buidat mitja gerra, vaig trencar uns quants mobles.

—No n'hi ha prou —va dictaminar Servus—. Si vols que un aspa vingui, has d'emetre un sentiment més fort, més intens, més cridaner. I més sincer.

Jo ni l'escoltava. Vaig seure a terra, begut, en un angle de l'habitació:

—Soc molt dolent amb l'esgrima. Dolent, no; pèssim. Ja ho diu el meu instructor il·liri: «Marc, per molt que m'hi escarrassi, encara no saps ni per quina banda s'agafa una glàdius».

Fins que un dia ho vaig entendre: no seré mai un bon lluitador, perquè no aguanto la visió de les ferides. No suporto veure un ferro esmolat tallant carn humana. I saps per què? Perquè soc un covard. És així i prou: les armes em causen una por abismal. —Vaig agafar aire i vaig continuar—. Quan encara era impúber, just abans de vestir-me amb la toga viril, cada nit tenia un somni recurrent: queia i queia per un pou infinit, i les parets, dentades amb espases, em ferien sense matar-me i sense que la caiguda, eterna, tingués final. El meu pare em va voler tranquil·litzar: era un somni recurrent en els nois de la meva edat, i quan em vestís amb la toga que faria de mi un home adult s'acabaria. Però Ciceró també s'equivoca. Els malsons no es van acabar. Ni el meu terror a les espases i els pous. En absolut. Simplement, ja no parlo de les meves pors amb el meu pare, per no avergonyir-lo. Temo i odio les armes esmolades i els pous insondables. I ara digues: pots imaginar-te algú que aspira a ser un magistrat romà i tingui fòbia als dos grans assoliments de Roma, la milícia i l'enginyeria?

Vaig beure més. Em vaig riure de mi mateix, sarcàstic, borratxo i derrotat.

—No fa ni quatre jornades —vaig rememorar—, a la tenda del pretor d'Híbrida on et vas convertir en la meva propietat... Recordes aquells nois? Estàvem envoltats dels futurs governadors de Macedònia, d'Hispània, de l'Àsia. Tots aquells nanos, un dia, seran cònsols, pretors, conqueriran terres que encara no ens pertanyen; el seu nom serà immortal gràcies a monedes que duran la seva efígie, s'erigiran estàtues robustes amb la seva cara. I jo? Jo soc un covard. —Vaig alçar la vista de terra i vaig mirar Servus als ulls—. En aquella tenda, ves per on, tu i jo érem els únics que no serem mai res. Per a tu, que sempre has estat esclau, no és cap novetat ni representa cap perjudici. Per a mi és la pitjor de les humiliacions i la més insuportable de les càrregues: jo, el fill de l'home més heroic i coratjós de tota Roma, soc el romà més covard de tots.

Vaig sospirar, se m'escapava un singlot plorós:

—La mantícora! Quina excusa tan infantil per foragitar-me! Quin babau es pot creure una historieta així? I vols saber el pitjor de tot? Crec que, al capdavall, les raons que escamparà Rinxolets per explicar la meva absència no seran falòrnies, sinó la pura veritat: Ciceró m'envia tan lluny perquè coneix la meva feblesa i s'avergonyeix del seu fill.

—Ara sí —va dir Servus amb veu reposada—. El teu clam potser arribarà fins a algun aspa.

* * *

En aquest punt, Prosèrpina, voldria fer un incís perquè entenguis el turment que significava ser un jove patrici a la Roma d'abans de la Fi del Món.

Sí, ja ho sé: érem un grup de privilegiats, els receptors de mil beneficis. Al cap i a la fi, Roma havia conquerit el món, i els nostres pares, els patricis, eren la selecta minoria que regia la ciutat.

Però, sota aquesta superfície de luxe i esplendor, la nostra vida estava sotmesa a un règim cruel, cruelíssim. Vet aquí com era la nostra infància i la nostra primera joventut.

Fins als tretze anys, els fills de l'aristocràcia rebien classes particulars d'un pedagog, si podia ser grec, millor. Però això era l'únic que ens diferenciava dels noiets plebeus. De fet, fins a aquesta edat jo solia jugar pels carrers i carrerons de la Suburra amb els nens del barri, sense distincions de cap mena. N'érem una bona colla. Recordo que teníem el nostre cau en un carreró curt i sense sortida. Feia pudor de verdura podrida i era fosc, però era el nostre carreró. Algú va batejar-lo com Rodes, en honor a l'illa dels afamats pirates. Sí, nosaltres érem pirates, i aquell carreró de mala mort, la nostra base secreta. Per cert, va ser allà, a Rodes, on vaig conèixer Rinxolets. Saps què fa única la infància, Prosèrpina? Que, sigui bona o dolenta, ens acompanya tota la vida.

Però als catorze anys es feia la cerimònia en què vestíem per primer cop la toga viril, una cerimònia per la qual els nens romans transitàvem a l'edat adulta. Adeu infància, adeu carreró de Rodes! Quin canvi! Dels jocs infantils a una vida que era una cursa en competència constant. Vet aquí.

A un noi patrici se li exigia que destaqués en oratòria, equitació, gramàtica, cant, atletisme i gimnàstica, esgrima (sí, esgrima!); que parlés grec amb la mateixa fluïdesa que el llatí i que compongués poesies de mil versos en totes dues llengües. I no n'hi havia prou, a excel·lir en el vessant acadèmic, també havies de guanyar-te un lloc en l'escalafó social: si el teu llinatge era prou encimbellat, havies de demostrar constantment que eres digne de pertànyer-hi; si, en canvi, eres fill d'un llinatge sense història, havies de demostrar que el cognom era indigne de tu. Com? Patrocinant-te en públic. Al fòrum, a les saunes, al circ i al teatre abans i després de la funció, als prostíbuls i a tot arreu. Era fonamental conèixer centenars de persones pel nom, com si els estimessis de debò. Amb els dissoluts havies de ser tan dissolut com ells i participar en orgies i bacanals. En canvi, quan tractaves amb els seguidors de Cató, era obligatori aparentar senzillesa d'esperit, modèstia de caràcter, menyspreu pels luxes i odi pels estrangers, particularment pels escites, que segons els catonians contaminaven l'essència de la romanitat. (Jo, Prosèrpina, no vaig conèixer mai ni un sol escita; ni a la Suburra, on l'exòtic era tan habitual com les llambordes a la via Àpia. Però, per si de cas, en presència dels catonians sempre feia veure que odiava a mort els escites, fossin qui fossin aquest coi d'escites).

El *cursus honorum* o carrera política era exactament això,

una carrera. Els càrrecs públics romans, és a dir, les magistratures, seguien un ordre jeràrquic, i un noble havia d'aspirar a exercir-les totes i consecutivament, una rere l'altra: qüestor, edil, tribú i pretor, i, per fi, el premi gros, cònsol.

Hi havia una edat mínima per a cada magistratura. La llei i la tradició prohibien que el càrrec de qüestor s'exercís abans dels trenta anys; el d'edil, abans dels trenta-sis. I el càrrec superior al qual aspirava tothom, el consolat, als quaranta-dos. I aquí entrava en joc un concepte una mica punyeter: «Al seu any». Un *cursus honorum* perfecte implicava que un jove patrici accedís a les magistratures «al seu any». O sigui, que fos qüestor als trenta, edil als trenta-sis i cònsol als quaranta-dos. En cas contrari, els vells magistrats, els senadors i el patriciat en general, sempre l'hi recordarien amb una frase mortificadora: «Oh, sí, bé, ja és magistrat, però no ho ha assolit al seu any».

Fins i tot tu, Prosèrpina, que ets d'un altre món, ho pots entendre: l'esforç que s'exigia als nanos patricis era sobrehumà. Amb raó els patricis s'autoanomenaven optimats, que vol dir «els millors entre els homes». Potser no ho eren, però t'asseguro que les proves que havien de superar per ser admesos en aquell cercle tan selecte superaven en dificultat les dels espartans.

La competició era salvatge. Eleccions i campanyes electorals en què entraven en joc suborns milionaris, afalacs i difamacions vils. Tot s'hi valia per accedir a una magistratura. I, si podia ser al seu any, millor. Gneus Rinxolets era el meu amiguet de l'ànima. Ens coneixíem des dels temps de Rodes, però ni ell ni jo hauríem dubtat ni el que dura un parpelleig a sostreure a l'altre una magistratura, pel mitjà que fos. Què era el *cursus honorum*? La hipocresia més violenta i la violència més hipòcrita.

La nit abans d'emprendre el meu viatge a l'Àfrica tenia disset anys. Encara me'n faltaven molts per accedir al càrrec més baix, el de qüestor. Pot semblar un temps prou dilatat. No ho era. Per començar, un romà que aspirés a una magistratura havia d'haver servit un mínim de deu campanyes a l'exèrcit. Deu! I jo només en sumava una, contra Catilina. I, de fet, ningú ens aclaria del cert si una campanya contra esclaus comptava com a tal.

Comprens ara, Prosèrpina, el meu neguit i el meu desencant? Roma era el rovell del món, i si el meu pare me n'allunyava, i més encara en aquell moment, la meva carrera se n'aniria en orris. Per què? Per què ho feia? Volia posar-me a prova? Que les penúries adobessin el meu cos i el meu esperit? O potser estava implicat en alguna conjura senatorial i em volia allunyar per evitar-me les represàlies inevitables en cas que fracassés? I és que al món d'abans de la Fi del Món, Prosèrpina, la política era una activitat tan arriscada com la guerra, amb la diferència que a la guerra només hi arriscàvem la pròpia vida, i en política, la pròpia i la dels nostres. Potser és que el meu pare, ni més ni menys que Ciceró, creia en aquella bèstia fantasiosa únicament perquè l'havien mencionat dos o tres autors antics i de renom? Potser. De vegades passa, Prosèrpina, que els homes cultes, per la sobreabundància de lectures, tenen més fe en els llibres que en els déus.

Però ara, Prosèrpina, deixa'm que faci ús del meu humor suburrià, perquè, vist amb perspectiva, és fins i tot graciós: m'enviaven a la fi del món tot ignorant que la Fi del Món estava a punt de començar, justament, allà, a la regió remota on em dirigia.

Bé, el fet és que vaig passar una mala nit. No vaig dormir gens, o molt poc; vaig tornar a somniar amb pous i espases, i l'endemà estava de molt mala gaita. Un servus que va voler ajudar-me a vestir-me, Demetri, es va endur un parell de mastegots en senyal de gratitud.

El meu pare em va acomiadar amb un regal: m'havia comprat una lectica i cinc esclaus transportadors per al viatge. Una lectica, Prosèrpina, era un mitjà de transport summament pràctic. Imagina't un gran llit amb quatre pals paral·lels a terra. Cada pal l'alça un esclau caminador, i, si saben fer els passos ben coordinats, el transport és plàcid i poden avançar un bon tros cada dia. Aquesta, a més, tenia un parell d'afegits que la feien més confortable: el llit on descansava el viatger estava cobert i envoltat de cortines, de manera que si volia podia aïllar-se de l'exterior; i el segon detall és que a la part inferior de la lectica hi havia calaixos per dur el bagatge. Deus haver observat que t'he parlat de quatre pals i t'he dit que el regal incloïa cinc esclaus, no quatre. Era per fer rotacions, amb un esclau descansant per torns. Tot molt pràctic.

Els cinc esclaus estaven acabant de carregar el meu equipatge, prou voluminós, sota la lectica. Quedava un últim aspecte per resoldre: la meva escorta. Certament, no era una precaució innecessària. Els camins d'Itàlia, de tots els dominis romans, estaven infestats de bandes criminals. Per terra ens mortificaven els bandolers, i per mar, la pirateria. Ningú s'atrevia a desplaçar-se si no era en caravana o amb una forta escorta. Recorda, Prosèrpina, que Servus s'havia manifestat com un gran entès en la qüestió dels aspa. Com que estàvem al carrer, a la porta de casa, i només s'hi veia la multitud romana habitual, el vaig burxar una mica:

—On para, el teu famós aspa? Jo només veig la pleballa de sempre.

—Dòminus, jo només vaig dir que ho intentessis —va justificar-se—; que les teves emocions parlessin com un far en la nit. No podem saber del cert què ha passat. Potser cap aspa t'ha pogut notar, o potser han refusat d'acudir.

Aquí va intervenir Ciceró:

—Què faig, amb ell? —va dir referint-se a Servus—. Ben mirat, és teu.

A casa hi teníem una dotzena d'esclaus domèstics com Demetri, però, com és natural, eren tots propietat del meu pare, no meva. Fins a aquell moment no m'havia parat a pensar que Servus, legalment, era meu. No m'ho vaig rumiar gaire:

—Desfés-te'n —vaig sentenciar—. La meva intuïció em diu que només em durà maldecaps.

Era una condemna a mort, és clar. Servus, desesperat, es va prostrar als meus peus implorant per la seva vida.

Aleshores va aparèixer. L'aspa.

Ciceró va entretancar els ulls, com feia quan intentava veure alguna cosa llunyana o apreciar alguna cosa especialment admirable. Vaig seguir la direcció que indicava la seva mirada, i era allà.

Una persona que enfilava tot recte cap a nosaltres. Hi destacaven dos atributs. El primer, que anava pel món totalment nua. I el segon, que era una dona.

Jo només n'havia sentit parlar, dels aspa. Per a mi eren com els pigmeus o els unicorns, uns éssers que basculen entre la llegenda i la rondalla i de qui ningú pot assegurar l'existència. Però aquella dona era exactament com se suposava que havia de ser un aspa, tret del fet que jo ignorava que n'hi hagués de femenins.

Una dona esvelta, molt esvelta, nua i sense ni un sol pèl a tot el cos, la pell fina com un dofí. El crani estava tan ben rapat que semblava d'ivori, i no tenia ni celles ni pestanyes. I quan dic que anava nua, vull dir que no la cobria res, ni una mínima tela. Ara bé: tenia pintada, o tatuada, una gran creu negra al pit, en aspa, que li creuava tot el tors i ressaltava uns pits petits i compactes. Després vaig veure que a l'esquena lluïa una altra gran aspa en forma de x. Vet aquí d'on els venia el nom.

Tenia una musculatura finament treballada, tensa i dura. El seu cos no s'ajustava al cànon femení: als romans els agradaven les matrones de malucs amples i natges com paners, i ella, en canvi, era prima, com esculpida. Com en els felins, el seu cos parlava d'una suma perfectament equilibrada d'agilitat i força concentrada. Astorat per aquella visió, m'hi vaig fixar bé: no, no duia cap peça de roba, només una mena d'anell de pedra que li voltava el turmell dret. Ni un pam de tela. Només les X tatuades li oferien un símil de vestimenta. Es movia pel carrer amb els pits i els genitals al descobert, i el més meravellós de tot era que ningú s'escandalitzava ni li dedicava la menor atenció. Com a màxim, alguns vianants li dirigien una mirada breu, furtiva, sense ni tan sols alentir el pas. Allò, Prosèrpina, em va inspirar una reflexió: em vaig dir que patricis i plebeus potser habitàvem la mateixa ciutat, però vivíem en mons ben diferents. Perquè el que per a mi era una llegenda incerta, per a ells era una realitat constatada, tal com s'inferia de la naturalitat amb què acceptaven la presència d'un aspa als seus carrers.

Ja t'he explicat, Prosèrpina, que els aspa eren, segons es deia, una mena de guerrers errants, quasi invencibles. Les seves habilitats marcials sobrepassaven allò prodigiós. Practicaven una estranyíssima religió i no es barrejaven amb ningú. Tot en ells era un misteri. I només em va caldre veure'n un, o una, per entendre que no seria jo qui el resoldria, aquell misteri.

El meu pare va ser el primer a reaccionar:

—Vaja! —va exclamar—. Una aspa! Benvinguda! Ja no caldrà que contracti una escorta. —I dirigint-se a mi—: El teu esclau ha complert. No seria apropiat que l'abandonessis.

No era un consell, és clar, era una ordre directa.

—Sí, pare —vaig respondre resignat. I, per demostrar autoritat, vaig fer un pas en direcció a l'aspa tot dient—: Pots ser una guerrera, o una vestal oriental, o el que sigui. Però vull que et quedi clara una cosa: aquí mano jo.

Ciceró em va estirar delicadament pel colze:

—Marc —va dir—, no cal, no cal. Els aspa parlen poc. I la seva presència voluntària indica que et protegirà fins que tornis o fins a la mort.

Em va abraçar, més formal que afectuós, però amb la força d'un os.

—Recorda sempre que ets romà i un Tul·li. Adeu.

I aquell va ser el seu comiat.

* * *

I així va ser, estimada Prosèrpina, com va començar el meu viatge a la província d'Àfrica. Per tota companyia, Servus i una aspa. (I els cinc esclaus que em transportaven, és clar, però aquests no comptaven gaire). Jo anava a dins de la lectica, i Servus i l'aspa al davant, a peu, precedint-nos i obrint pas quan calia.

El viatge havia de tenir unes quantes escales. Primer ens havíem de desplaçar fins a la costa, i per fer-ho, un cop al Tíber vam pujar en una codicària, un petit vaixell fluvial que ens havia de dur pel riu fins al port marítim d'Òstia. En el moment d'embarcar-nos-hi es va fer evident que, en efecte, l'aspa vivia al marge dels rigors mundanals, perquè ni va pagar el passatge ni ningú l'hi va exigir. Era com si tothom associés la seva figura a una mena d'espectre sòlid: algú que ocasionalment pot transitar pel nostre món, però que no hi pertany.

Encara més sorprenents van ser les reaccions humanes un cop al gran port d'Òstia, en embarcar-nos a la nau que ens havia de dur a Sicília, la següent escala en el nostre viatge a l'Àfrica. Quan vam accedir a la coberta, tant el passatge com la marineria van esclatar d'alegria: «Una aspa, una aspa entre nosaltres!», s'exclamaven. Tenien tanta fe en els seus suposats poders que estaven convençudíssims que la seva sola presència ens deslliurava de qualsevol assalt o violència provinent de la mar. Tots donaven gràcies als déus i proclamaven la seva joia. Jo vaig limitar-me a brandar el cap, decebut, atribuint aquell excés d'entusiasme a l'estultícia de la plebs.

2

El mar i el desert són buits de diferent qualitat. A les solituds desèrtiques els homes tendeixen a pensar en els seus déus; a les oceàniques, en les seves desesperacions.

Què hi pot haver de més monòton que una travessa marítima? En una nau no hi ha res a fer, més enllà d'abrigar-te les espatlles i contemplar horitzons d'aigua grisa. Les onades són tan estúpidament iguals com les dunes del desert. No, rectifico: les onades són pitjors, perquè, dotades de moviment, sembla que es riguin i es burlin de nosaltres quan empenyen i gronxen el casc de la nau.

El viatge per mar implica una combinació nefasta: molt de temps lliure i poc espai. Per distreure'm, vaig escriure un parell de poemes, massa llargs i molt dolents, que no van alleugerir el meu tedi. De manera que, a falta de més ocupacions, em vaig dedicar a l'observació del més singular dels passatgers: l'aspa.

Ja he referit que lluïa un cos fort. No es tractava d'aquella musculació basta i voluminosa dels gladiadors tracis, sinó d'un tors i uns membres definits, sense ni un bri de greix sota la pell. La seva actitud vital feia pensar en un gat. Es cargolava en qualsevol racó de la coberta, en posició fetal, i dormia bona part del dia i la nit, per bé que la paraula «dormir» no és la més apropiada. Sempre tenies la sensació que, adormida i tot, estava més atenta que tota la tripulació desperta. La seva insensibilitat a la temperatura era admirable. No va donar mai mostres de patir el fred nocturn o la calor diürna.

A part d'això, menyspreava olímpicament les necessitats del cos. No tenia possessions, cap ni una. La seva religió les rebutjava per supèrflues. Quan sentia gana o set, es limitava a fer un gest ben senzill i elemental: parava la mà. Passatgers i mariners s'afanyaven a omplir-l'hi amb els seus humils donatius alimentaris. Algunes dones, més entenimentades, li molien una mica de civada en un petit morter, hi afegien aigua calenta i ho barrejaven ben barrejat fins que el conjunt adquiria una consistència de moc. Allò era tot l'aliment que ingeria i que necessitava. Allò i alguna verdura crua, com els conills. Menjava poquíssim.

Quan sortia el sol acostumava a fer uns exercicis que jo no havia vist fer mai a ningú, malgrat que al gymnàsium teníem els millors mestres físics. I he de dir que el control que demostrava sobre les seves articulacions em va meravellar. Es retorçava amb una habilitat sobrehumana i un estil únic, fins al punt que dubtaves de si estaves veient una ballarina que guerrejava o una guerrera que dansava. Però allò només era el prolegomen dels autèntics exercicis. Per treballar la musculatura, la coordinació dels membres i altres habilitats, es lligava a una corda i es despenjava popa avall. I allà baix, lligada a la corda, s'exercitava entre la borda i les onades, que l'envestien tan violentament que l'escuma aterrava a la coberta.

Encara més extraordinàries eren les carreres. La falta d'espai l'obligava a despenjar-se per un lateral del casc i, un cop allà, recórrer tot el perímetre exterior. S'agafava amb mans i peus dels sortints i contraforts de fusta, i feia voltes a la nau a una velocitat portentosa. Era un espectacle que fregava l'increïble: jo ni tan sols hauria estat capaç de sostenir-me, i ella corria per aquella superfície vertical, literalment, com una barreja perfecta entre una aranya i un mico.

Pel que fa a les relacions amb els humans, pràcticament no en tenia. Retreta, indiferent, muda, mantenia una estranya distància vital amb tothom. A voltes, algun passatger se li apropava humilment i li deixava als peus alguna petita ofrena, monedes o fins i tot minúscules estatuetes votives. Ella ni ho agraïa ni s'ofenia; ni ho tornava ni ho prenia.

Un dia, observant-la amb detall, vaig tornar a fixar-me en aquella mena d'argolla de pedra que li envoltava el turmell dret. Era un anell dur i rugós, de color gris fosc, més comparable a un mineral que a un metall. En qualsevol cas, no semblava cap reminiscència d'uns antics grillons. Potser, vaig dir-me, eren vots de la religió Gea a la qual pertanyien els aspa, però amb aquella criatura no podies tenir mai cap certesa.

Durant tot el viatge per mar, que va tenir unes quantes etapes, i fins que vam trepitjar terra africana, només vam mantenir tres converses, i d'allò més breus. Vet aquí, Prosèrpina, la primera:

Jo:

—Com et dius?

Ella:

—Sitir. Sitir Tra.

Fi de la primera conversa.

La segona, l'endemà.

Jo:

—D'acord, Sitir, els aspa sou atrets per emocions poderoses. Però aquella nit, excitat i frustrat com estava, no recordo que em mogués cap altre sentiment que l'ambició més descarnada i la frustració més egoista. I doncs? Què vas veure d'elevat en un sentiment així per merèixer que arrisquis la teva vida per protegir-lo?

Ella:

—Si tu ignores la resposta, no et serviria de res que jo et contestés la pregunta.

Aquí he de dir que Servus va fer una limitada aportació al nostre diàleg:

—Ningú sap per què una abella liba una flor i no una altra, dòminus, però de ben segur que hi ha un motiu.

Vaig pensar que aquí s'acabava el nostre diàleg, però no em vaig poder estar d'afegir un comentari suburrià, estil «doncs a aquesta dona no la libaria ningú, per molt que vagi pel món amb la vagina a l'aire». I llavors ella, Sitir, se'm va encarar. Gairebé vaig tenir por, quan vaig sentir que em deia:

—Tens raó, aquell vespre només desprenies emocions malèvoles i pueril. Però els mestres Gea no només ens ensenyen a llegir les emocions, sinó també el que hi ha sota les emocions.

—De debò? I què vas veure, sota les meves?

—Un pollet que vol sortir de l'ou. Estic aquí per ajudar aquest pollet a trencar la closca. Però no em defraudis. —I va afegir—: Saps què és, el món? Una sitja colossal que conté dolor en lloc de gra, i la major part d'aquest dolor no el causen la mort ni les malalties, sinó la injustícia. I mentre hi ha tanta injustícia viva, i tants oprimits per socórrer, estic gastant el meu temps en tu.

Va dipositar un palmell a la part més alta del meu pit, em va mirar amb uns ulls més verds que les algues de la llacuna Estígia, sí, quins ulls, i va dir:

—Només t'ho diré un cop, pollet: si defraudes la deessa Gea et trencaré el coll.

M'amenaçava amb el mateix to desentès que hauria fet servir per dir «Aquest vespre mataré un conill per sopar».

I, per fi, la tercera conversa:

Jo:

—Parles molt poc, Sitir Tra.

Ella:

—I tu massa, pollet.

Abans he dit, Prosèrpina, que els plebeus es van alegrar molt de compartir passatge amb una aspa. Amb tot, no la buscaven. Ben al contrari. Per bé que la coberta era prou plena de gent, al voltant de Sitir sempre es creava un espai buit, com si tothom l'evités. Ho vaig comentar a Servus:

—Que la plebs adora els aspa és obvi. Ara bé, els estimen com a salvadors o els pot el temor reverencial?

—Ja veig, dòminus, que no coneixes la dita.

—No.

I aleshores va declamar:

—Si veus una cabra, no t'hi apropis per davant; si veus un cavall, no t'hi apropis per darrere; si veus un aspa... no t'hi apropis. —I va concloure—: Són ells, els aspa, els qui s'apropen a l'individu a qui han decidit de protegir, un fet raríssim. Crec, dòminus, que no acabes d'entendre com n'ets, d'afortunat, de tenir una aspa que et guardi.

En fi, així era Sitir Tra, l'aspa.

* * *

El viatge fins a l'Àfrica va ser llarg i cansat. A tu, Prosèrpina, que habites una cova soterrània més gran que l'illa de Còrsega, et seria molt difícil entendre la importància que per a nosaltres, els romans, tenien els mars. A la superfície del món, els oceans no estan compostos d'aigua dolça, lava o mercuri, sinó, per estrany que et pugui semblar, d'aigua salada. I aquestes grans masses d'aigua imbevible no separaven els dominis de Roma, els unien.

A Messina vam embarcar en una altra nau que ens va dur a Lilibeu, a l'extrem occidental de l'illa siciliana, i allà encara vam haver de pujar a un tercer vaixell que ens havia de conduir, ara sí, a la costa africana i a la capital de la seva província, Útica.

Durant aquesta última etapa marítima vaig fer una cosa que hauria hagut de fer abans: interrogar Servus sobre el seu passat i esbrinar per què coneixia tan bé els aspa. I el que em va narrar va ser la història d'una vida trista, grisa i buida com la mar que aquell dia ens envoltava. Servus havia nascut orfe, i al món d'abans de la Fi del Món, Prosèrpina, l'orfandat era la via més directa a una vida de sotmetiment, dolor i desgràcies. Així que, abans de continuar, i perquè ho entenguis, permet-me que et faci un breu resum d'aquesta magna institució, rectora de la nostra vella i podrida República: l'esclavatge.

A la Roma anterior a la Fi del Món hi havia quatre formes d'esdevenir esclau, principalment. La primera, pels deutes. Un ciutadà incapaç de reemborsar els seus deutes els solia acabar pagant amb la seva llibertat. La segona: néixer fill d'una esclava, cosa que et convertia en propietat del dòminus de la mare. Però aquestes dues modalitats no servien per engrossir gaire el nombre d'esclaus. La tercera, en canvi, sí que suposava una autèntica allau humana: la guerra.

La primera llei, causa i motivació de qualsevol guerra és el benefici dels seus promotors. I et puc ben assegurar, Prosèrpina, que per als patricis romans els esclaus eren la font de riquesa més gran, efectiva i segura que hi podia haver. Molt més que l'or o la plata. Tanmateix, el flux de presoners era variable: depenia del resultat de guerres que ningú sabia ben bé quan començarien ni si serien sempre victorioses i prou profitoses.

Si la magna, omnipresent i estimadíssima institució romana de l'esclavatge es podia mantenir, doncs, era gràcies a la quarta modalitat, els orfes.

A Roma i els seus dominis naixien incomptables fills no desitjats. Milers i milers de criatures abandonades pels seus pares. La immensíssima majoria només trobaven acollida en el règim esclavista.

Els nadons eren abandonats a les portes d'uns establiments que no eren altra cosa que un negoci a gran escala. El sostre i l'aliment (prou escadusser) que es proporcionava als orfes només s'entenia com una inversió futura: així que eren capaços d'aixecar una aixada o empènyer una arada, els venien com a treballadors agrícoles. I aquí callaré els aspectes més obscens del negoci, Prosèrpina, per no ofendre't. Servus era un d'aquests nens anònims. Un de tants. Amb tot, va ser dels afortunats: van acollir-lo els monjos Gea.

Els monjos que adoraven la deessa Gea eren un estrany orde religiós d'arrels orientals. De fet, era una creença ben curiosa: que jo sàpiga, era l'única religió atea que ha existit. No creien en cap déu. (I mira que n'hi havia per triar, al nostre panteó!). Es limitaven a identificar Gea amb una dona, per poder-la representar en estàtues i en el seu imaginari religiós. Però, per a ells, Gea, més que una entitat divina, era una idea, un concepte difús. Gea era un principi, l'estat natural del cosmos, és a dir, l'equilibri. (Quin riure! L'equilibri com a estat natural de les coses! Els seguidors de Gea s'haurien de passejar una estona pels fòrums de Roma, entre venedors cridaners, ànecs i porcs mig morts, putes i lladregots!). En realitat, els seguidors de Gea no negaven dràsticament l'existència de cap divinitat: simplement asseveraven que als éssers humans, en la seva petitesa, els era negat saber del cert si els déus immortals existien veritablement o no; i si una cosa era impossible de discernir, concloïen, era una pèrdua de temps preocupar-se'n. Però, segons la religió Gea, sí que hi havia dues coses que els humans podien arribar a entendre i discernir: el sentit de la justícia i el sentit de les emocions. Per als creients de la deessa Gea, doncs, la vida només tenia dues finalitats legítimes: instaurar la justícia humana i entendre els sentiments humans.

Tot això t'ho explicava, Prosèrpina, perquè Servus va ser abandonat a les portes d'un monestir Gea. Els monjos Gea tenien fama de donar un tracte més benigne als orfes, de manera que a les seves portes sempre apareixien cistelles amb nadons. Servus va ser un dels afortunats, van acollir-lo. Hi havia monestirs Gea per tota la província d'Àsia, Judea i Egipte. Que jo sàpiga, no n'hi havia cap més a l'oest de la costa d'Anatòlia, de manera que els pares de Servus devien ser de l'est. En qualsevol cas, les faccions de Servus, incloses les galtes de cavall, podrien ser de qualsevol domini romà.

La qüestió és que els monjos Gea criaven els orfes i, quan feien deu anyets, arribava la primera tria: els més aptes, o sigui els més llestos, més sans i més dotats, els enviaven al seu monestir principal, a l'oest de Damasc. Era un monestir molt gran a la frontera del desert que tenia molta fama: podia acollir fins a dos milers de nens. Allà, durant cinc anys farcits de rigors, eren formats en els misteris esotèrics de la religió Gea. Quan en complien quinze, passaven el segon cribratge: un de cada cent (només un de cada centúria!) era seleccionat i l'enviaven a un altre monestir, aquest molt més petit i en una ubicació secreta. Només se sabia que estava al desert asiàtic, aïllat del món.

Allà els nois i les noies eren sotmesos a uns exercicis marcials i espirituals tan durs que, en comparació, els antics espartans ens semblarien uns figa tova. Els duien a la frontera de tots els límits, tant del cos com de l'esperit. Aprenien a matar i a estimar. Havien de patir amb amor i havien d'estimar amb dolor. Purificar l'esperit, esmolar els sentits i enfortir el cos. I als que suportaven tots aquests dolços martiris encara els esperava la prova decisiva.

Servus havia estat un d'aquells joves selectes i era molt reticent a contar-me en què consistia aquell ritus tan important. Vaig obligar-l'hi, perquè un dòminus era amo del cos de l'esclau, sí, i també del seu passat. Va parlar. Vet aquí:

Als peus d'aquell monestir secret hi havia un cràter gegantí que, segons dictava una tradició immemorial, era producte d'una gran penya caiguda del cel. (Més creences pròpies de carallots: com se suposa que han de caure pedres del cel, si tothom pot veure que és eteri i no pot sustentar res més sòlid que els núvols?). La qüestió era que, arribat el gran dia, els nois i les noies es congregaven a la vora del Gran Cràter. Davant seu, una gran fondalada buida, de mil passes. La gran prova era d'allò més simple: travessar la fondalada resseca caminant lentament. Res més.

Els nois i les noies, amb el cos nu, avançaven per una terra desèrtica que tenia una particularitat: estava plena d'unes pedres fosques, escampades aquí i allà, de la mida d'una poma grossa. I resulta que de vegades, ben poques, una d'aquelles pedres fosques s'adheria al turmell del jove que passava pel costat.

Quan Servus em va explicar aquell fenomen, em vaig fer un fart de riure:

—Les pedres no cauen del cel ni es mouen soles, ni molt menys s'enrosquen.

—No són pedres —va replicar—. Ningú sap què són, però no són pedres.

Els monjos Gea en deien simplement «pedres fosques». Segons Servus, de vegades les «pedres fosques» del Gran Cràter escollien algú. Durant uns breus instants, mentre el noi o la noia passava a la vora, el roc adquiria la flexibilitat i prestesa d'una llengua de camaleó. Saltava, s'enroscava com una serp al voltant del turmell jove, se solidificava i ja no se'n desprenia mai més. Mai més. Portar aquella pedra fosca a la part inferior de la cama era el signe distintiu dels aspa. Aquell mateix dia, als afortunats receptors d'aquell regal Acaba de dir que anaven nus i depilats tot el cos, genitals inclosos, amb una tècnica i uns ungüents que feien que mai més els tornés a créixer un sol pèl, els tatuaven una X immensa al pit i una altra a l'esquena, i a continuació els feien abandonar el monestir secret per sempre perquè dediquessin tota la vida a detectar emocions notables, gràcies a l'especial sensibilitat adquirida, i a acomplir tants actes justiciers com els fos possible, proveïts de la seva perícia guerrera. Així es creaven els aspa.

—I tu? Què hi pinta, la teva persona, en aquest escenari de monjos i guerrers? —vaig preguntar a Servus quan vaig veure que interrompia el relat.

No volia parlar, vaig exigir-li que ho fes sota amenaça de llançar-lo per la borda. Finalment va confessar-se, avergonyit. Això va ser el que em va dir:

Servus sempre havia volgut ser un aspa. I els monjos, en efecte, van seleccionar-lo en tots els cribratges. Amb un inconvenient: que els monjos veien qualitats remarcables en Servus, en efecte, però no per exercir com a aspa. Al gran monestir, Servus va demostrar una capacitat intel·lectual fora del comú. De seguida va aprendre a parlar i llegir en cinc idiomes, i els monjos Gea van encarregar-li l'administració de la biblioteca. (Per això sabia què és una anadiplosi, recordes, Prosèrpina?). Però, com et deia, Servus aspirava a ser un guerrer aspa. Els monjos, indulgents, van accedir que entrés al monestir secret i se sotmetés als duríssims entrenaments, amb l'esperança que tard o d'hora es donaria per vençut i admetria que la seva autèntica missió en aquesta vida era servir la secta com a mestre o administrador de l'orde, dues ocupacions en què podria desenvolupar el seu autèntic talent.

Però Servus no ho veia així. Ell volia ser aspa. Va suportar tots els turments disciplinaris, totes les proves, físiques i espirituals. Però sempre li faltava una cosa: una pedra fosca.

Només els nois i les noies més ben ensinistrats pels monjos, amb el cos més fort i l'ànima més neta, creuaven el Gran Cràter. Però ningú sabia ben bé per què una pedra fosca s'adheria, o no, al turmell d'un individu en concret. La tragèdia de Servus: que any rere any participava en la cerimònia de creuar la fondalada del Gran Cràter, i mai, mai, cap pedra fosca es va dignar a adherir-se-li al turmell.

Se li va anar agrejant tant el caràcter que finalment van expulsar-lo del monestir. La seva última nit va ser patètica, en el sentit més pregon del terme. Se la va passar sencera a l'interior d'aquell cràter gegantí i desèrtic, despullat i suplicant a totes les pedres fosques que l'acollissin. No hi va haver manera. Va maleir els monjos, les pedres, la vida. Només li replicava el silenci nocturn; el fred i la foscor d'un desert sense lluna. Sí, quin refús tan cruel, quin terrible desencant.

Però jo era de la Suburra, i ell el meu esclau, i vaig reaccionar en conseqüència: petant-me de riure. Li vaig demanar que acabés el seu relat, però ja no hi havia gaire més a explicar: expulsat del monestir, va deambular pel món, sol i sense rumb, fins que va topar amb uns bandolers de camins, la mena de xusma (quina ironia!) que els aspa solien combatre. El van capturar i el van vendre a un esclavista d'Halicarnàs, que el va maltractar, el va marcar a foc i el va revendre a un bon preu, perquè havia descobert que era un home culte. Va acabar com a servus pedagog dels fills de l'aristocràcia romana. El seu darrer amo ja sabem qui era: el borratxet d'Híbrida. La resta també la coneixem: quan els meus amiguets estaven a punt de matar-lo per diversió, Rinxolets va salvar-lo a l'últim instant per lliurar-lo al meu imperi. Però quina vida! Valia la pena viure-la?

—La teva existència —vaig observar cruelment— és una mena d'acudit ridícul. Pels testicles rodons de Júpiter! Que no ho veus? Els monjos Gea tenien raó. Tu no valies per al combat, sinó per a l'administració. Les inclinacions del teu esperit t'aboquen a la saviesa, no a la guerra; pertanys al món de Minerva, no al de Mart —vaig assegurar, rient—. Qualsevol veuria que allò de les pedrotes que feien saltirons era un truc orquestrat pels monjos Gea. Per això no se te'n va adherir mai cap, perquè no et volien perdre; a tu et reservaven un destí superior com a magistrat de l'orde Gea. Quin despropòsit! Hauries pogut ser el pontífex màxim d'una de les religions més poderoses del món, i aquí et tenim, reduït a la trista, ínfima condició d'esclau domèstic d'un jovenet! Quina parella que fem, tu i jo! —vaig reblar—. Jo potser soc el fill més covard de l'home més valent. Però tu em superes. Perquè tu volies prosperar en una secta dedicada al culte del cos i dels sentiments. Tu, que ets l'home més dotat per al conreu de la ment i de l'esperit! Ets risible i ets deplorable, i et mereixes el teu destí.

Vaig riure encara més fort, amb una crueltat que avui no em perdonaria, mentre ell, acatant i concedint-me la raó, em mirava amb ulls de peix mort.

* * *

I així va ser, Prosèrpina, com vaig albirar per fi la lluminosa costa africana. Era la quarta nau en què m'embarcava des que havia sortit de la casa del pare.

Quan la línia costanera es va fer prou nítida, tot el passatge es va concentrar a la proa assenyalant terra i expressant la seva joia. Lluny, encara, una badia es retallava en un horitzó prou clar.

Jo estava distret, però vaig adonar-me que, de sobte, aquelles expressions d'alegria es transmutaven en crits d'horror. Pirates. Ens esperaven allà, emboscats prou lluny de la badia, però en la vertical de la bocana del port, per albirar qualsevol nau que s'hi apropés. El seu era un vaixell petit però esvelt, llarg i prim, la proa punxeguda com un peix espasa. I el més important: era molt més ràpid que el nostre, que duia la bodega carregada de mercaderies i la coberta abarrotada de passatgers. S'apropava a una velocitat de tauró.

Ja t'he explicat abans que Sitir acostumava a dormir en posició fetal, amb els sentits alerta i alhora aliena al món. I això és el que estava fent quan van aparèixer els pirates: dormia cargolada sobre la fusta de la coberta. Com si fossin un sol home, els passatgers es van congregar espontàniament al seu voltant, prostrats, gemegant i implorant-li que els emparés. Però ella es va limitar a girar-se i va continuar dormint arraulida sobre ella mateixa com un gat a la vora del foc.

Ja podíem sentir els udols dels pirates, de tan a prop que eren, i ella seguia endormiscada, absent i aliena a les peticions d'auxili. No l'afectaven ni les súpliques dels homes, ni les llàgrimes de les dones, ni els plors dels nens.

Els pirates eren una canilla marina d'allò més espantosa. Es van situar en paral·lel al nostre vaixell brandant piques i destrals d'abordatge. Duien mocadors i turbants, però anaven mig despullats. Udolaven com llops, per intimidar-nos. T'he de dir que en aquell moment em va sorprendre que la ferotgia fos tan a prop de la libidinositat, com si per a aquells bandits l'assalt armat fos una mena de còpula violenta. Em vaig dir que per a la gent com ells la còpula no devia ser res més que un abordatge carnal.

Vaig adonar-me que estava tot perdut. Pensaràs, estimada Prosèrpina, que com que era el passatger més ric era també qui tenia la vida més preservada, ja que els pirates s'estimarien més cobrar un rescat per mi que no pas llevar-me la vida.

I això s'hauria esdevingut així si el meu pare no hagués estat qui era: no, el fill de Marc Tul·li Ciceró no podia patir la humiliació de la rendició i la captura, i menys a mans de gent tan inferior. Abans, la mort.

Tota tragèdia té el seu contrapunt còmic, perquè, tot i el meu furor desesperat, no tenia prou valentia per clavar-me l'espasa, així que vaig lliurar el mànec a Servus, amb la punta contra el meu pit, i vaig clamar melodramàtic:

—Mata'm! És l'última ordre que et dono!

Però Servus, pausat i prudent, va abaixar l'arma amb compte:

—Dòminus, si vols clavar-te una espasa, seria molt convenient que abans li traguessis la funda —va dir. I va afegir de seguida, amb molta calma, abans que jo hagués tingut temps de pair el ridícul—: Però no caldrà, dòminus, no caldrà.

Perquè quan ja ens crèiem perduts, va passar allò. Sitir es va desemmandrir amb gestos de gatet que ha dormit massa, estirant braços i cames al límit dels seus tendons. Aleshores va fer tres gambades ràpides i es va enfilar a la barana de la borda agafant-se al cordam amb una mà.

Tota la seva esplendorosa, musculada nuesa, s'exposava allà dalt, gairebé com si flotés en l'aire. Els passatgers li vèiem la gran x de l'esquena i els pirates la que li creuava el pit. I de sobte, van emmudir.

Aquella cridòria salvatge es va apagar de cop, asfixiada. No podien treure els ulls de la gran aspa, amb una expressió de desconcert que hauria pogut fer riure i tot.

No he vist mai un timó girar més de pressa. La seva nau va virar en rodó i es va allunyar de nosaltres. Tothom va esclatar en un clam d'alegria. Però l'aspa els infonia tant de respecte que ningú es va atrevir a abraçar-la, ni tan sols a palmejar-li els peus.

I bé, Prosèrpina, saps què va fer, Sitir? No res. Va tornar a arraulir-se en un racó sec de la popa. Amb aquella carn jove i resplendent al sol, com si se l'hagués untat amb oli, i aquella pell pàl·lida, semblava un fetus de dofí.

Al cap de poca estona desembarcàvem al port d'Útica.

3

Hi deu haver pocs llocs al món més lletjos i pudents que Útica. Durant el trajecte entre els molls i la residència del propretor, només m'assaltava una pregunta: per què a Útica proliferaven el doble de mosques que a la resta del món?

Els carrers per on transitàvem ens parlaven d'una ciutat provinciana, bruta i sense interès. Però estava cansat de veure aigua pertot arreu, i abans de presentar-me davant del governador volia fer un alto per remullar-me la gola i menjar alguna cosa més suculenta que les racions de la nau.

Vam entrar a la taverna més digna que vam saber trobar, que no passava de tuguri fosc. I quan dic «vam entrar» em refereixo a mi i a Servus, perquè a Sitir, simplement, no li va plaure i va seguir el seu camí, ves a saber a on. A aquelles alçades ja em constava que la meva autoritat sobre l'aspa era purament nominal, així que vaig tirar d'ironia suburriana:

—Almenys podries dir-nos on pararàs —vaig cridar mentre s'allunyava—. Més que res perquè t'avisin si pateixo cap assalt mortal.

No va dignar-se ni a girar el cap.

—Dòminus, no t'amoïnis —em va consolar Servus—. Si la necessites, acudirà.

Fins i tot a dins d'una taverna, Útica ens feia saber que era una ciutat de províncies vulgar i destrempada. El plat més exquisit que em van servir van ser unes guatlles en escabetx i molt mal cuinades. Mentre menjava, a més, un nano va oferir-me els seus serveis de sodomita i per sempre. Volia regalar-me la propietat sobre la seva persona! Com que vaig menysprear-lo, va intentar pispar-me la bossa. Servus, atent, va fer un crit, van entrar els cinc portadors de la lectica i el van agafar. Vaig tolerar que l'apallissessin una mica. Després, sense deixar de menjar guatlles i beure vi dolent, com que tampoc tenia res millor a fer, vaig mantenir-hi un breu diàleg:

—Com et dius?

—Qal.

Tenia els cabells molt fins i negres, com els ulls, i la pell del color del fang. Semblava una d'aquelles caricatures dels pergamins egipcis.

—Jo, de tu, Qal, canviaria d'ofici; com a lladre t'apallissen, i com a sodomita t'ignoren —vaig dir-li.

—En realitat soc pastor, però vaig perdre el ramat —em va explicar.

—Com pot un pastor perdre un ramat sencer? —s'hi va interessar Servus.

—Va fugir.

—Fugir? —vaig preguntar—. Si els xais van fugir de tu és que tampoc servies com a pastor.

—Deixa'm ser servus teu! —va insistir, de sobte, tornant a la seva oferta inicial—. Dòminus! Vull que siguis el meu dòminus!

—Per què vols perdre la teva llibertat? —vaig preguntar amb un interès fugaç.

—Per sortir de l'Àfrica!

—Fot el camp.

Aleshores vam viure una escena destacable, sobretot per

imprevista: Qal va caure de genolls, plorant, gemegant i besant-me els peus.

—Dòminus, dòminus! —cridava—. Torna a Roma i embarca'm amb tu! Fuig d'Útica! Tu no saps el que està passant aquí!

Els cinc portadors van allunyar-lo de les proximitats del meu cos a bastonades. «Quins temps, quins costums!», que diria el meu pare: al món romà hi havia desposseïts tan i tan desposseïts que per a ells la llibertat era una càrrega. Però la passió inesperada d'aquell noi morè, la sinceritat dels seus escarafalls, em van commoure. Què li produïa aquell terror? Vaig fixar-me en ell abans que sortís: tot el que tenia en aquest món eren uns llavis molsuts i un tapaculs esfilagarsat que amb prou feines li cobria un pam del cos a l'altura dels genitals. Gairebé em va fer pena.

Poc després em vaig presentar davant del governador provincial, el propretor Sil Nurci. No cal dir, Prosèrpina, que el nom de Ciceró obria moltes portes. Nurci em va abraçar com si fóssim família i, com a mostra de deferència, em va atendre a les habitacions privades de l'edifici.

—Abans de res —va proclamar un cop ens vam haver acomodat—, vull que transmetis al teu pare la meva felicitació més efusiva per haver salvat la República i per la seva gran victòria a Pistoia.

Pel que feia al relat de la confabulació de Catilina, la figura del meu pare havia adquirit tant de protagonisme que Nurci creia que Ciceró en persona havia dirigit les tropes a la batalla. El meu pare m'havia ensenyat a estimar la veritat, així que vaig replicar amablement:

—Crec, propretor Nurci, que la distància tergiversa els fets.

I li vaig fer un resum més exacte dels esdeveniments que de cap manera disminuïa els mèrits del meu pare. Després vam abordar la qüestió que m'havia dut fins a l'Àfrica: li vaig preguntar sobre la mantícora i els rumors al respecte. I aquí Nurci va manifestar una sorpresa d'allò més genuïna:

—Una mantícora? Aquí, a la meva província? —va dir—. Ves per on, ets tu qui em du la primera notícia. Això és l'Àfrica, aquí es poden trobar tota mena d'animals estranys. Però una mantícora? I per què hauria de ser tan important, aquesta bestiola en concret?

—Bé —vaig defensar-me—, segons tots els mites i les llegendes, l'aparició d'una mantícora anuncia la fi d'un gran poder polític.

—Però els mites i les llegendes no són res més que això, mites i llegendes que la raó humana tolera per al seu gaudi i distracció, no perquè siguin verídics.

No podia contradir-lo, per un motiu d'allò més simple: que estava perfectament d'acord amb ell.

—Estàs segur que ha aparegut un animaló d'aquests? —va insistir ell per pura cortesia—. I a la meva província?

—El meu pare està convençut que l'han informat bé.

—Veuràs, Marc —em va dir, indulgent, tornant-me la meva apreciació de feia un moment—, de vegades la distància distorsiona els fets.

I, en essència, aquí es va acabar la nostra reunió.

* * *

Nurci va insistir que m'allotgés en una luxosa vil·la de la seva propietat, als afores d'Útica. Vaig acceptar. Gràcies als portadors de la lectica, realment ben ensinistrats, vam arribar-hi de seguida.

Era com totes les vil·les romanes, una gran casa de pagès envoltada d'oliveres i de camps de blat, però més luxosa i magnificent. Nurci no la feia servir gaire. Només per a alguna festa o cerimònia privada o per acollir convidats d'honor. Com jo.

Aquella nit, mentre sopava, va aparèixer Sitir. No havia tingut cap problema a localitzar-me. Ni per accedir al menjador i arribar fins a mi. Com és natural, Nurci havia disposat un parell de guàrdies a l'entrada de la vil·la per garantir la seguretat del fill de Ciceró, però ningú va tenir esma de barrar el pas a una aspa.

Sitir va entrar sense saludar ni anunciar-se. Sense badar boca, de fet. Es va agenollar davant de la tauleta, plena a vessar de menges exquisides, i va servir-se lliurement, sense demanar-me permís.

—Oh! No t'estiguis de res, amiga Sitir —vaig ironitzar jo—; menja i beu tant com vulguis.

Servus, atent a la meva comoditat i dignitat, em va voler tranquil·litzar:

—Els aspa són homes i dones lliures, i, en puritat, ciutadans de totes les ciutats, perquè arreu són benvinguts. No és cap deshonor que sopi amb tu.

Però, aquell vespre, el que menys m'amoïnava eren les qüestions cerimonials. Servus ho va notar.

—I bé, dòminus? Què penses fer?

—Tornar a Roma, naturalment —vaig contestar—. El governador en persona desmenteix la notícia sobre l'existència de la mantícora. I quina veu podria trobar més acreditada que la seva?

—Si te'n tornes tan aviat, el teu pare potser considerarà que no has posat prou zel en la missió que t'ha encarregat.

No m'agradava gens que un esclau es prengués la llibertat d'opinar i aconsellar-me, sense permís i com si fos un igual meu. Vaig canviar de to:

—Saps quin lema aplica, el meu amic Gneus Rinxolets, als servus que parlen massa?: «El penis amansa més que el fuet».

Ell opina que als esclaus llenguts se'ls ha de sodomitzar en públic, perquè n'aprenguin. És això el que vols?

—Dòminus, tot Roma coneix el pensament del teu pare —va defensar-se ell.

Aquí, Prosèrpina, perquè entenguis el que intentava dir-me Servus, t'hauria d'explicar un parell de coses sobre el règim de govern provincial.

Quan a un magistrat se li adjudicava una província perquè la governés, tota la seva voluntat es concentrava en un objectiu i només un: saquejar tant com pogués, des del primer dia en l'exercici de les seves funcions fins a l'últim. Nou de cada deu governadors provincials no eren res més que magnes llops amb forma humana que utilitzaven tot el poder que els conferia el Senat per extreure fins a l'última moneda als infeliços provincians. Que si Roma escollia com a governants els pitjors homes de la seva espècie? No, no era això. I aquí és on jo discrepava de la diagnosi que en feia el meu pare. Per a Ciceró, el problema era la virtut, o la falta de virtut, dels grans homes; des del meu punt de vista, la causa del mal era el sistema de govern.

Quan la República va començar a conquerir territoris, i a enviar-hi procònsols i propretors per administrar-los, aquests van trigar molt poc a descobrir el que era evident: que, com a principal autoritat local que eren, podien fer pràcticament el que volguessin. I em refereixo a l'espoli més premeditat, intensiu i pervers del que la mare Història hagi estat mai testimoni.

En teoria, hi havia mil lleis en vigor pensades per moderar els excessos dels governadors. Però, com bé deia el meu pare, «com més corrupte és un Estat, més lleis decreta contra la corrupció». Et resumiré, Prosèrpina, l'essència del sistema. El Senat adjudicava als governadors provincials dues grans missions: mantenir l'ordre públic i obtenir una determinada suma anual en impostos. Quina era la trampa? Que si el governador obtenia més diners, ningú li preguntava per la diferència, que anava a les seves butxaques particulars. Al seu torn, els governadors delegaven la funció recaptadora en unes empreses privades: els publicans, que anaven a comissió.

No pots ni imaginar-te, Prosèrpina, la voracitat fiscal dels publicans. Tenien el suport de la força armada de Roma, i per obtenir el benefici màxim espremien rics i pobres, fòrums i municipis, sense deixar impune cap lloc, civil o sagrat. Inventaven impostos i exaccions de mil tipus, i qui no pagava era brutalment fuetejat i reduït a l'esclavatge. Ell, i tota la seva família fins al tercer grau. L'habitual era que un governador exercís el càrrec durant cinc anys, i cada dia d'aquest mandat exigia als publicans més ingressos que l'anterior, amb una única, obsessiva, fita al cap: tornar a Roma tan ric com fos possible, per bé que al darrere deixés un autèntic desert, una província tan arruïnada i devastada com si hi hagués transitat un exèrcit bàrbar. Però què dic? Puc ben assegurar-te, Prosèrpina, que qualsevol provincià que hagués hagut d'escollir entre un procònsol i els seus publicans i una horda escita, hauria escollit els escites, fossin com fossin els escites. Diners, diners i més diners... Quan la Fi del Món va arribar, els diners ja havien corcat el principi i l'ànima civilitzadora.

Quan un governador tornava a Roma, a la fi del seu mandat, no era infreqüent que afrontés causes per corrupció davant del Senat. Aquí permet-me, Prosèrpina, que clarifiqui la qüestió: aquestes causes judicials no estaven impulsades per l'afany de justícia —en absolut!—, sinó pel lucre. Els enemics polítics de l'encausat aspiraven al càrrec que aquest deixava vacant, i per això intentaven denigrar-lo tant com fos possible i presentar-se com una alternativa virtuosa al seu predecessor. Però el meu pare m'explicava que en aquests casos no era gens estrany que l'acusador, mentre posava el plet contra l'exgovernador, ja estigués contractant els serveis dels mateixos publicans que havien treballat a les ordres de l'acusat! De tota manera, normalment l'antic governador, gràcies a la fortuna que havia fet a la província saquejada, es deslliurava del càstig subornant els senadors que l'havien de jutjar.

Senadors! Els nobilíssims i adustos descendents dels primigenis pares de la pàtria! Mira com ric, Prosèrpina! Ha! I més ha! A Roma sempre es posaven com a exemple de corrupció màxima les antigues satrapies asiàtiques. Jo puc ben assegurar-te, estimada Prosèrpina, que el pitjor dels sàtrapes orientals no donaria crèdit al grau desaforat d'insània d'esperit, putrescència i depravació moral que imperava al Senat de Roma. «Arribo a la ciutat més gran de l'univers», va dir un dels nostres enemics quan ens va venir a visitar, «i en tota aquesta urbs fenomenal no hi ha ni un home, ni un de sol, que no estigui a la venda». D'acord, potser no havia conegut el meu pare. Però el sentit de l'afirmació era correcte.

I, en resum, estimada Prosèrpina, així s'administrava el món romà, el meu món, tot just abans de la Fi del Món. El saqueig com a norma; la hipocresia com a estendard.

Però tornem al meu sopar africà, a la vil·la dels afores d'Útica.

—Ja ho sé: el governador Nurci és un degenerat, no gaire millor que Catilina —vaig admetre a Servus—. I tanmateix, això no té res a veure amb l'assumpte de la mantícora: si hagués aparegut un monstre així, ell ho sabria.

—Els patricis viuen en un món diferent al de la plebs —va al·legar ell—. Als nobles us passen desapercebudes moltes coses que per a la gent inferior són habituals i comunes.

—A què et refereixes?

—Tu, per exemple, no creies en els aspa. I guaita: estàs sopant amb un.

Tenia raó: a l'altre extrem del triclini, Sitir menjava, asseguda a terra, mastegant lentament i com si no ens sentís.

Servus tenia una ment àgil i preclara. I, tot i que massa sovint fregava la insolència, jo no volia desaprofitar el seu bon criteri. A la sala hi havia un parell de servus de la casa de Nurci, ara dedicats al meu benestar. Vaig dirigir-m'hi:

—A veure, vosaltres —vaig demanar-los—. Heu sentit a parlar mai d'una bèstia mítica que es diu mantícora?

Jo esperava que manifestessin una ignorància total, així desacreditaria el raonament de Servus. Però, per a la meva sorpresa, la resposta de tots dos, i gairebé alhora, va ser:

—Oh, i tant que sí, dòminus!

Un d'ells va afegir:

—Ho sap tothom, que un noi va veure una mantícora no fa pas gaire.

—Va ser al sud, dòminus, al desert —va precisar l'altre.

—Al desert?

—Aquí considerem com a «desert» tot erm inhabitat fora de ciutat —va aclarir-me—. Una bèstia abominable de quatre potes, cos negre i cap d'home. I per pell, escames de serp. I tres fileres d'ullals a la boca.

Per un moment, atònit, no vaig saber què dir. Em molestava que Servus tingués raó. Però vaig contraatacar:

—Disbarats i ximpleries! —vaig exclamar, i vaig dirigirme als dos servus de Nurci—. A veure, aquest noi que va veure la mantícora... és l'amic d'un amic, oi? Típic dels rumors: tothom parla del testimoniatge, però ningú coneix el testimoni! Sí, els rumors són com una font. Tothom en beu, però ningú sap dir d'on brolla l'aigua.

Aquí va intervenir Servus. Va dirigir-se als dos esclaus amb una pregunta molt simple:

—És així?

—Tothom coneix el noi que va veure la mantícora —em

van contradir els servus, per al meu ridícul—. La visió el va horroritzar tant que va fugir d'aquella regió cames ajudeume, i des d'aquell dia que ronda pel port. És un pastor molt jovenet que es diu Qal.

—Qal! —vaig saltar jo.

—Potser no és tan casual que ens abordés —va dir Servus—. Recorda, dòminus, que busca viatgers per embarcar-se amb ells i fugir de l'Àfrica. Fos el que fos allò que va veure al desert, està aterrit.

Vaig fer-me una reflexió ràpida: no perdia res interrogant més a fons aquell esparracat. Vaig assenyalar Sitir:

—Tu, ves al port, o a les tavernes del port, busca aquest Qal i porta-me'l.

La seva resposta va ser tan clara com lacònica:

—No.

—Com, que no? —em vaig sulfurar—. Per què no?

—Perquè ell no t'ha fet cap mal, pollet, i tu no li vols cap bé.

—Ni m'acates ni m'obeeixes! —vaig bramar—. Espero que algun dia pugui entendre què fas amb mi!

—Potser, algun dia —va dir ella, indiferent, sense mirarme ni deixar de mastegar.

—Dòminus —va intervenir Servus, conciliador—, aquest parell de servus de la casa bé que el coneixen, a ell i els tuguris que freqüenta. Potser seria més pràctic enviar-los-hi a ells.

—Aneu-hi i torneu amb Qal, de grat o per força —vaig dir-los—, i sabreu com de generós pot arribar a ser un Tul·li.

Després vaig exclamar aquest lament:

—No puc refiar-me dels rics i poderosos perquè són uns corruptes mentiders, ni dels pobres i febles perquè són uns crèduls cretins! Així doncs, en qui puc confiar? Estranya situació la meva, sense amics ni enemics! Fora tots de l'estança! —vaig bramar—. Deixeu-me sol!

Aquella nit vaig tolerar que el meu cos se sotmetés al vi africà, famós per ser massa fort. Estava a l'estranger, apàtic i avorrit. I com que no tenia a prop cap enemic de qui protegir-me ni cap amic que em contingués, vaig emborratxar-me com la boca de Bacus.

Begut, vaig maleir la República i el Senat. I el meu pare i les seves absurdes teories polítiques. Per una banda, era l'home més lúcid, i veia l'immens desastre en què s'havia convertit l'autoritat romana sobre el món; per l'altra, propugnava la solució més ingènua imaginable: una República en què el govern fos reservat a un selecte grup d'esperits virtuosos. Ho has sentit bé, Prosèrpina? El remei que Ciceró promulgava era un govern platònic! Quina fenomenal bajanada! I jo em preguntava: com podia una criatura humana ser tan intel·ligent i alhora tan càndida?

Perquè has de saber, Prosèrpina, que jo havia discutit la qüestió amb el meu pare mil cops, i no hi havia res a fer. Ell, que abans de partir m'havia fet un discurs sobre Catilina i la seva incapacitat per canviar, ell, justament ell, no canviaria mai. Per molt que Ciceró critiqués les institucions romanes, no emprendria mai una reforma profunda d'aquestes institucions. I saps per què, estimada Prosèrpina? Perquè ell, per bé que criticava el Senat, paradoxalment havia acabat esdevenint, gràcies als seus èxits, una institució romana. En el fons, ell era el monòlit més inamovible. Ell era Roma.

I jo? El meu pare hauria pogut canviar Roma, però no volia fer-ho. Jo ho volia fer, però no podia. Ja sabem què m'ho impedia: la meva pregona, substancial covardia, tant de cos com d'esperit. Jo crec, Prosèrpina, que la meva por real no tenia per causa última els pous profunds i els talls dels ferros, sinó Roma, el Senat, i encara més: el pare. Em sentia incapaç de replicar ni la més insensata de les ordres paternes: la que m'havia dut fins un racó perdut de l'Àfrica. I per això em trobava tan lluny de casa i tan borratxo.

Oh, Prosèrpina, amiga meva! Com em vaig odiar aquella nit, a Útica! I quina immensitat de vi vaig consumir! Havia ordenat que em deixessin sol, però un patrici no està mai sol, no li és permès: quan vaig caure a terra, mig desmaiat, amb fils de bava que em fugien per la vora dels llavis, em van venir a recollir. Els cinc portadors de la lectica i Servus dirigint-los. Recordo que, mentre tot de mans m'alçaven i em transportaven al llit, jo insultava i maleïa el meu pare, els senadors i tothom; fins i tot les tetes de la lloba que havia alletat els fundadors de Roma.

I aleshores, Prosèrpina, vaig sentir aquelles paraules.

Mentre se m'enduien, Servus parlava als cinc esclaus. Es pensava que jo estava tan begut que havia perdut la consciència i l'oïda. Però, entre els vapors d'alcohol, vaig sentir, i entendre, unes paraules que em van posar en alerta. La veu de Servus deia als altres:

—És que no ho sentiu? Fins i tot aquest mocós petulant, que és un d'ells, ho admet: Roma és el mal, ells són el mal! Els patricis són l'enemic! Roma, Roma, Roma!

* * *

L'endemà em sentia com si mil tambors escites repiquessin a dins del meu cap. Massa vi. Recordava perfectament el que havia sentit dir a Servus, però no vaig mencionar-ho. Perquè tenia massa mal de cap i perquè de seguida va aparèixer un assumpte més important: Qal.

Havien trobat el noi la nit anterior, però havien preferit no pertorbar el meu descans nocturn. I havien fet bé. Jo estava de molt mal humor, i quan van dur el noiet en presència meva no vaig ser precisament amable: li vaig exigir que m'expliqués tot el que sabia de la mantícora, la topada que havia tingut amb el monstre i qualsevol detall útil. Vet aquí, estimada Prosèrpina, la versió dels fets segons Qal.

Qal era un pastoret misèrrim. Es feia càrrec d'un ramat molt pobre als sequerals del sud d'Útica. La pastura era una terra eixuta de color ocre, agresta i quasi erma. Les cabres eren l'únic bestiar que prosperava entre la trista vegetació d'aquell paratge, quatre herbes i uns quants arbustos espinosos.

L'única cosa que donava beneficis en aquella regió estèril era una mina excavada més enllà dels límits de la civilització humana. Com que estava en un lloc tan remot, els plebeus que la gestionaven compraven llet i carn de cabra a Qal, que vivia en una barraca de tova propera on també elaborava uns formatges pèssims.

Tot va començar un dia qualsevol. Qal seia sota una acàcia, contemplant avorrit les cabres que pasturaven, quan li va semblar que sentia un soroll distant. Una estranya barreja de sons. Una fregadissa de grava escorreguda acompanyada d'uns sorolls de succió. «De molts narius de toros bufant sorra», en va dir ell. No va saber precisar-ne l'origen, la remor era llunyana, i no hi va donar més importància.

Però l'endemà el fenomen va repetir-se. Aquest cop el soroll era més clar, més fort, més a prop. Les cabres es mostraven inquietes. Qal, que com tots els pastors tenia poca cosa a fer, va voler indagar la font d'aquells sons misteriosos. Mentre deambulava pel paisatge ressec, per un moment va experimentar una sensació curiosa: que els sons provenien del subsol. Fins i tot va agenollar-se i va parar l'orella a terra. I sí: aquella fressa inqualificable arribava d'algun lloc d'allà sota. A mesura que anava avançant el dia, les cabres semblaven més i més neguitoses.

I el tercer dia va aparèixer. El monstre. La mantícora.

Primer va ser la boira blava. Qal estava al camp, amb les cabres, quan d'algun lloc va aparèixer un vapor nebulós i pestilent, blavós, que s'estenia arran de terra i feia pudor de sofre cremat. El ramat, molt alterat, va tenir una reacció insòlita: les cabres, les bèsties més gregàries que hi ha, van fugir cadascuna per la seva banda, de tan cerval que era la por que les agitava.

Qal va intentar contenir la desbandada amb el gaiato, però no se'n va sortir. Diu molt de la rectitud de Qal (i molt poc de la seva intel·ligència), que, en lloc de sumar-se a la fuga de les bèsties, optés per seguir la direcció contrària, és a dir, cap al nucli d'aquella boirina sinistra, blavosa.

En apropar-s'hi, el jove va descobrir que no es tractava d'un núvol baix, sinó d'uns gasos que sortien de terra. Per ser exactes, d'un forat no gaire més gran que un pou de dimensions normals. Va apropar-s'hi, encuriosit i imprudent. Al principi no hi va veure res. Només un forat fosc i sense fons. Hi va abocar més el cap. I va estar a punt de ser l'últim moviment de la seva vida.

Un rostre emergia de les fondàries. Una cara grisosa, un crani allargat, nu de cabells. Dos ulls grossos com punys. I una boca grossa, llarga, armada amb tres fileres de dents esmolades. Per instint, Qal es va fer enrere i va caure d'esquena. La bèstia va emergir sencera del forat entre les últimes emanacions gasoses. Un cos felí, negre i amb escames. La mantícora va fer un salt lleoní i es va abraonar sobre el pobre Qal, que no havia tingut temps d'alçar-se. Però el noi no volia morir: armat amb el gaiato, li va donar un cop amb totes les seves forces just entre els ulls.

El pànic és la força dels desesperats: el cop havia estat tan contundent que la mantícora es va plegar de dolor bramant de còlera i es va fondre entre els vapors blaus. El pobre noi va aprofitar-ho per córrer més de pressa que un Mercuri de quatre cames. No va mirar enrere i no es va aturar fins que el cor li sortia per la boca. Hem de suposar que aquella esbojarrada carrera, i el cop de gaiato, li havien regalat un avantatge sobre la bèstia. Qal estava tan i tan aterrit que només pensava a fugir, lluny, ben lluny del Forat de la Mantícora. Al cap de pocs dies va arribar a Útica amb una única idea al pensament: posar un mar entre ell i el que havia vist al desert, fos el que fos.

Quan va acabar el seu relat, ens vam quedar tots muts mirant-lo fixament. Jo, Servus i els cinc portadors. Fins i tot Sitir Tra, sempre tan displicent, ara observava Qal amb els ulls oberts i sense parpellejos. Pel que feia a mi, no sabia ben bé què pensar. D'una banda, tot plegat semblava una falòrnia delirant. Però, de l'altra, era un noi massa simple per inventar-se una història tan complexa. Vaig tamborinar amb els dits sobre la taula, rumiant.

—Està bé —vaig decidir finalment—. O hi ha un monstre o hi ha una explicació. Si volem trobar qualsevol de les dues coses, només tenim una opció: anirem al sud, a aquest indret, al Forat de la Mantícora.

—Mala decisió prens, dòminus! —va gemegar Qal—. El monstre que se'm va aparèixer és obra d'algun déu que odia els homes. Cada nit somnio amb aquella boca i aquella triple renglera de dents de tauró! No hi vagis, dòminus! Serà la teva perdició i la de tots els que t'acompanyin!

—No ho has entès —vaig interrompre'l—. Tu aniràs al capdavant, perquè ens faràs de guia. Qui, si no?

En sentir allò, Qal va fer un crit i un bot, tots dos ben espontanis, i va arrencar a córrer cap a la porta. Van caldre moltes mans per retenir-lo. Xisclava, negava, renegava i espernegava com un boig. Al miserable tapall que li cobria les parts pudendes hi va aparèixer una taca humida. Estava tan agitat que fins i tot vaig témer que acabés lesionant-se. Sitir devia pensar el mateix, perquè va apropar-se-li amb tota la calma i, amb dos dits de ferro, va pressionar-li la base del coll. Qal va caure en un desmai instantani i dolç.

—Per què em mireu? —vaig cridar—. He de fuetejar-vos? En marxa!

* * *

No afirmaré mai que viatjar en lectica fos un plaer, però sí que era el menys desagradable dels transports. Podia jeure en un matalàs d'allò més tou, mentre els portadors em duien a un pas perfectament compassat, tant si el camí era pla com si era abrupte. El sostre em protegia de les inclemències, i als laterals hi tenia unes cortines de gasa, per si volia filtrar la llum, i unes altres de llana, més atapeïdes, per si volia dormir a les fosques. En general solia dur-les obertes, tot i que aquell paisatge rural i provincià ni m'admirava ni em commovia. Servus, Sitir i Qal anaven a peu, per davant de la lectica.

Quin fàstic de lloc. I quina calor. La millor arma era el vano. Quan tornés a Roma ni tan sols podria explicar a Rinxolets que havia estat en un desert de debò, amb dunes i palmeres. No. Els servus del governador ja m'havien advertit que els autòctons anomenaven «desert» qualsevol paisatge que no fos una ciutat, i allò no tenia cap encant ni s'assemblava ni remotament al que els romans enteníem per un autèntic desert. Allà només hi havia espines, secor, plantes sense flors i lleres de rierols morts.

—Ja sé què estàs pensant —vaig cridar a Qal des de les còmodes altures de la lectica—: vols fugir de mi a la mínima oportunitat. Però mira qui tens a la vora: una aspa. Si t'escapes, l'enviaré a encalçar-te. I ja saps com són els aspa: infatigables i invencibles com un Aquil·les. I, a més, poden ensumar la por a més distància que qualsevol llop. T'enxamparà i et durà davant meu. I t'ho adverteixo: et faré tallar un dit del peu per cada intent de fugida que facis.

En aquell camí africà castigat pel sol, el cos nu de Sitir lluïa encara més: la musculatura nerviüda, tensa com el cuir d'un tambor, els glutis durs com el marbre.

Així avançàvem, sense novetats, quan vam arribar a una cruïlla. El mateix Qal ens va fer saber que el trencant de mà esquerra duia directament a Cartago. Cartago! Qualsevol escolar romà havia sentit mil històries d'aquella ciutat, dels seus grans personatges i el seu terrible final. No feia ni dues generacions que els havíem exterminat, i no vaig poder resistir la temptació de fer una visita fugaç a les ruïnes. Em vaig dir que així, almenys, podria explicar alguna cosa a Rinxolets quan tornés a Roma.

Vam arribar, doncs, a la desferra de l'antiga ciutat de Cartago. Els únics habitants que ens van sortir a rebre van ser uns quants gossos desconfiats i esquelètics que caminaven amb el morro baix. Volia endinsar-m'hi tot sol. Per això, quan vaig adonar-me que Sitir em seguia, vaig voler aturar-la:

—No cal que vinguis, aquí dins l'única amenaça amb què podria topar són els lèmurs dels cartaginesos, i jo no hi crec.

Per als romans, Prosèrpina, els lèmurs eren els espectres dels avantpassats. Però si Sitir volia entrar a Cartago no era per garantir la meva seguretat.

—No hi vaig per tu, pollet, sinó per mi.

Ella també volia contemplar l'espectacle d'una immensa urbs en ruïnes, així que vam endinsar-nos-hi plegats.

Feia gairebé un segle que Cartago era un cadàver urbà. Em vaig introduir en els seus carrers morts amb la intenció de gaudir i patir amb aquella visió. Sitir i jo vam ascendir per avingudes espectralment desertes; circulàvem entre ruïnes i més ruïnes de pedres blanquinoses com la llet agra. Vam arribar al punt més alt, el turó on s'erigia el temple al seu déu superior, Baal. Només en quedaven unes quantes columnes despullades, mutilades, sense cap sostre per aguantar. Vam mirar en direcció al mar. Fins i tot un segle després, encara es podia distingir la forma circular, artificial, del seu famós port. Però allò era tot. I el més terrible va ser quan vam girar-nos per mirar terra endins: ruïnes, i ruïnes, i més ruïnes, gairebé fins a l'horitzó.

És impossible, estimada Prosèrpina, descriure aquí tot el pesar i l'aflicció que em van causar les restes de Cartago. Allà estàvem, al centre del que un dia havia estat una metròpoli grandiosa, ara convertida en un immensíssim cementiri de pedres. La destrucció havia estat absoluta, radical. No se sostenien en peu ni les parets més gruixudes dels temples més alts. No havia sobreviscut cap sostre. Només quedava la base dels edificis, milers de parets ensorrades i muntanyes d'enderrocs. I el silenci. No sentíem ocells, ni tan sols insectes. A les restes pètries sempre hi viuen llangardaixos i altres animals petits. A Cartago, ni això. Cap vida es movia ni s'expressava. Em va venir una esgarrifança. A Sitir també: amb aquell cos tan depilat era fàcil notar com se li eriçaven tots els porus de la pell.

El port era una badia natural que no es podia comparar amb cap altra. Per això, poc després de la destrucció de la ciutat, el Senat va establir una colònia romana sobre les ruïnes, a tocar de la platja. Qualsevol hauria pogut entendre que no era una bona idea, per tètrica i per sacrílega. Els lèmurs dels cartaginesos van acaçar els nous habitants llatins: els picaven i perseguien abelles invisibles i, per molts líquids que beguessin, sempre patien una set inapagable; la meitat de les criatures naixien sense mans o sense peus, i l'altra meitat sense parpelles. Els colons no van trigar a abandonar la ciutat amb l'esperit deslligat, i les cases romanes ben aviat es van convertir en ruïnes indistingibles de les cartagineses. De fet, quan

Sitir i jo vam contemplar les restes de la ciutat, vam ser incapaços de diferenciar la part romana de la púnica. Jo, Prosèrpina, no crec en els lèmurs. Però en aquest cas sí, que hi crec.

Va començar a caure una pluja lenta. El so de gotes grosses picant sobre minerals calents i l'olor d'humitat eren benvinguts, però ens afligia. Mullat, l'entorn ens semblava un lloc encara més inhòspit, més desvalgut, si això era possible.

Vaig fixar-me que d'una muntanyeta de pedres sobresortia el braç d'una estàtua. S'alçava cap al cel, com si algú colgat implorés rescat; a la mà només li quedaven tres dits. Aquell braç era l'únic signe de vida visible; l'únic rastre intel·ligible que les multituds de Cartago havien deixat enrere. Ells també havien tingut poetes i juristes, cançons i dramaturgs. I de tot plegat, de tots aquells segles d'història, ja no en quedava res. Res.

Compungit, pesarós, no vaig suportar gaire estona aquella visió d'extinció, d'oblit. Catilina només havia deixat una muntanya de ferro; Cartago, muntanyes de pedra.

De sobte, un so, lleu com una piulada d'ocellet, va trencar l'ominós silenci que ens envoltava: era Sitir, que plorava fluixet. Vaig recordar que als aspa els ensinistraven per enfortir el cos i també per esmolar els sentits i la sensibilitat. Podien percebre les emocions alienes fins a límits inversemblants per a la resta del gènere humà. Com no havia de sotragar-la un espectacle tan devastador com aquell?

Prims rierols de llàgrimes lliscaven per les galtes de Sitir. Per una vegada des que ens havíem conegut (almenys una!), la meva ànima i la seva, tan diferents i distants, van combregar. Vaig posar-li la mà a l'espatlla.

—Plores per totes les generacions d'homes i dones que durant tants segles de vida en comú van amarar aquestes ruïnes de sentiments; encara hi són i els perceps.

—No —em va contradir ella, tristíssima—; ploro, justament, perquè ja no els amaren. Ploro perquè no noto res, no sento res.

«Ploro perquè no sento res». No he sentit mai una definició tan perfecta de la mort.

* * *

Tot just sortir de Cartago, quan encara no havíem fet ni dos passos fora de la ciutat dels morts, vam tornar a ensopegar de cop amb el brogit i les baixes passions dels vius.

Al punt on havíem deixat la lectica ens esperava un petit tumult: Servus i els cinc portadors discutint a crits, i fins i tot a bastonades, amb un altre grup d'esclaus igual de nombrós que havia aparegut de ves a saber on.

El motiu de la disputa era Qal. Els nouvinguts se'l volien endur, mentre que els meus portadors volien retenir-lo. No per defensar el pobre noi d'un segrest, en absolut, sinó perquè la seva obligació era protegir el patrimoni del seu amo. Així, el pobre Qal semblava sotmès al turment desmembrador, amb tot de mans que l'estiraven pels braços en direccions oposades. I quines estrebades! En realitat era una escena d'allò més graciosa, perquè, si ho pensàvem bé, l'únic dels contendents que no estava rapat al zero, és a dir, l'únic home lliure, era el mateix Qal. Però semblava que aquell detall no importés a ningú. I així, una dotzena de servus estiregassaven i rebregaven un home lliure. I a quina passió combativa es lliuraven! Et sorprendria, Prosèrpina, la fidelitat i el vigor amb què els esclaus humans podien defensar les seves cadenes. O els interessos dels seus amos, que venia a ser el mateix.

La meva aparició (o més ben dit, la d'una aspa, que intimidaria una cohort sencera) va imposar una treva entre els contendents. Jo vaig demanar que algú m'expliqués la causa d'aquell tumult, allà, en un camí en mig del no-res.

—Dòminus, aquests pocavergonyes han aparegut pel camí mentre t'esperàvem, han vist Qal i asseveren que pertany al seu amo —va respondre Servus.

Però abans que jo pogués dir res, uns i altres van reprendre la cridòria, les empentes i les estrebades al pobre Qal. Vaig cridar, no em feien cas. Aleshores Sitir va entrar en acció: va alçar els braços i va picar de mans un cop. Tots van callar. Jo vaig dirigir-me als nouvinguts amb el to d'un jutge imparcial:

—Coneixeu aquest noi? És això cert?

—Naturalment que sí! Es diu Qal i és un pinxo —van assegurar.

—La qüestió no és si és un pinxo —vaig dir jo—, la qüestió és si pertany a algú.

—Ni és esclau ni és lliure.

—Curiosa condició —vaig riure, però ells eren massa simples per entendre la ironia.

—Treballava per al nostre amo, Quint Ergaster, però va fugir ignominiosament, incomplint el contracte al qual estava subjecte.

Pel que van dir-nos, el tal Ergaster era un centurió llicenciat que habitava una vil·la, al sud. Era la direcció que portàvem nosaltres, així que vaig pensar que la millor manera d'arreglar les coses era fer-li una visita. Quan m'hi entrevistés ja decidiria la sort de Qal.

Dit i fet. La nostra comitiva es va posar en marxa novament, ara amb el doble d'integrants. Qal, que, per si calia dirho, no sentia la menor simpatia pels que se'ns havien afegit, caminava lluny d'ells, al costat de la lectica. Jo vaig riure:

—El teu destí és d'allò més còmic: facis el que facis, la teva sort empitjora a cada pas que fas.

Aquest cop la seva resposta va ser molt agra:

—Riu; riu tant com vulguis ara que pots, que quan arribem al Forat de la Mantícora te'n passaran les ganes de cop.

Vam trigar dos dies a divisar els dominis del tal Ergaster, sempre fent via cap al sud. A diferència de la luxosa casa on ens havia allotjat Nurci, pensada per al lluïment, aquella era una vil·la autèntica i tradicional, una gran casa de pagès envoltada de camps de blat, vinyes i sobretot oliveres, moltes oliveres. Els homes d'Ergaster van entrar a la vil·la assegurant-nos que de seguida tornarien. Allò no em va agradar.

Quint Ergaster es feia pregar. La nostra petita caravana feia estona que s'esperava al límit exterior del recinte de la vil·la. I et confessaré, Prosèrpina, que, mentre durava aquella espera, em neguitejaven els temors: jo ho ignorava tot, de les elits locals. No sabia si es mostrarien hospitalàries amb mi o si els posseiria algun furor hostil. En qualsevol cas, la incertesa no duraria gaire.

Tal com manaven els antics costums, va sortir a rebre'ns el mateix Quint Ergaster. I quin home, Prosèrpina, quin romà!

Ergaster era la senectut personificada. Vell, molt vell. De seguida vam saber que havia assolit l'admirable, provecta edat de noranta-cinc anys! Sordejava d'una orella, per caminar s'havia de repenjar en un bastó i amb l'altre braç en un servus. A part d'això, i unes taques negres a la pell de la cara i els braços, tenia el cap ben clar i la mirada curta però neta. Vam saludar-nos.

—Em diuen que el teu cognom és Tul·li.

A través d'aquella veuota greu i ferma encara parlava el centurió primipil que havia estat un dia.

—Sí, senyor. Em dic Marc Tul·li, fill i primogènit de Marc Tul·li Ciceró —vaig respondre intentant ser al màxim de simpàtic possible.

Em va mirar com si m'estigués jutjant.

—Digues, jove Tul·li: ets autènticament romà? Un ver romà de Roma?

—Que si soc romà? El meu pare prové de l'Arpí, cert, però jo vaig néixer a la Suburra, i tothom sap que el nostre barri és més antic que la mateixa Roma.

I aquí es van acabar les seves reticències: va ser sentir aquella paraula i venir-li una onada de melancolia i emoció.

—Suburra! —El centurió recelós s'havia convertit en un simple vell enyorat—. Digues, jove Tul·li, què hi ha de nou a la vella Roma?

—Roma ja no és el que era —vaig dir, no tant per convicció com per complaure'l. Ell em va sorprendre amb una observació filosòfica:

—Roma no va ser mai el que era.

I, per desfogar-se, va picar el llom a un esclau amb el bastó.

Va venir cap a mi, va recolzar una mà oberta al meu pit i va acostar molt els seus ulls defectuosos als meus per veure millor els meus trets facials. Va somriure. Seríem amics.

* * *

Ergaster era un soldadot vell i afortunat. Més que vell! A la tendra edat de vuit anys s'havia sumat a l'exèrcit romà que havia de destruir Cartago. Per a mi, que en aquell moment tenia la tendra edat de disset anys, sentir-lo parlar era com viatjar en el temps.

Al vell Ergaster li tremolava una mà i la mandíbula inferior, i ja he dit que estava mig cec. Però conservava la ment fresca i un caràcter de mil dimonis que els seus servus pagaven amb crits, insults i fuetades gratuïtes. Tant era així que vaig atrevir-me a preguntar-li:

—Per què ets tan sever amb els esclaus?

—Que per què? Són l'enemic —va fer amb una sorpresa genuïna.

El temps, aquesta dimensió tan fugissera com incomprensible, ens situava a mi i a Ergaster en dos punts de vista diferents de la mateixa realitat. Per a mi els autòctons eren simples provincians als quals una capa de romanitat havia esborrat qualsevol identitat pròpia des de feia generacions; per a Ergaster, que havia combatut contra els seus avis i rebesavis, continuaven sent «cartaginesos de la punyeta».

El cas d'Ergaster, reclutat amb vuit anys, no era tan infreqüent com podria semblar: sovint les legions adoptaven nens com a mascotes, preferentment els fills més petits de les proles més nombroses i pobres de Roma i del Laci. O sigui, feia més de vuitanta-cinc anys (es deia aviat!) que el vell Ergaster havia sortit de Roma, i des d'aleshores no hi havia tornat. Gràcies al seu valor i bon senderi, havia arribat al grau màxim al qual podia aspirar un plebeu a l'exèrcit: centurió primipil, és a dir, el centurió de la primera centúria, de la primera cohort, d'una legió. Quan es va retirar tenia uns bons estalvis que havia aplegat amb la seva paga i el producte dels saquejos acumulats en trenta campanyes, gairebé totes victorioses. S'hi sumava, a més, la generositat de la poderosa família dels Escipions, de qui sempre s'havia mantingut a prop. Havien estat ells els qui li havien aconsellat que adquirís aquella gran finca al sud de la província d'Àfrica presidida per una vil·la d'estil romà. Com que l'home no havia tornat mai a Roma, era natural que tingués aquell desfici per inquirir sobre les novetats als pocs, poquíssims, llatins que recalaven per aquella terra perduda.

Al vespre vam sopar a l'aire lliure. Feia una temperatura agradabilíssima i ens havien parat una taula sota una gran parra que s'enfilava sobre els nostres caps. Ergaster atribuïa la seva increïble longevitat al clima sec de la regió.

—A Roma les miasmes humides del Tíber ja m'haurien matat.

Però a mi el que m'interessava d'aquell home era que havia presenciat la fi de Cartago. Li vaig explicar la meva visita a les ruïnes.

—Impressionen, oi? —va dir—. Doncs hauries d'haver vist aquella poderosa urbs encara viva i armada, quan la vam abatre.

Tenia al davant un home que probablement era l'últim testimoni viu d'aquella tràgica pàgina de la Història, així que vaig preguntar-li per ells, pels cartaginesos; una civilització sencera esvaïda en el no-res.

—Per què creus que van desaparèixer?

—Els va matar l'arrogància —va ser la seva resposta fulminant—. I quan dic «arrogància» em refereixo a la seva incapacitat per adaptar-se.

Li vaig demanar que hi aprofundís una mica més.

—Com bé deus saber, Marc, Roma i Cartago van dirimir les seves diferències en tres guerres cruentes. A la primera teníem totes les de perdre, i et diré per què. Va ser un conflicte per Sicília i un parell d'illes, és a dir, una guerra marítima. En aquella època Cartago era un autèntic empori marítim. Els cartaginesos eren descendents dels fenicis, els millors navegants del món. Es deia que per les venes no els corria sang, sinó aigua salada. Tenien els millors mariners i les millors naus de guerra mai construïdes. I nosaltres? Què érem, nosaltres? Jo t'ho diré, Marc Tul·li: nosaltres érem una terra de pallussos de camp que amb prou feines havien vist el mar. I per què? Doncs perquè sempre teníem l'esquena doblegada sobre l'arada. Com Cincinnat.

»Al principi ens fotien unes pallisses de por —va seguir Ergaster—. Enfonsaven les nostres flotes com si fossin de joguina. Però quin era el valor suprem de Roma? El nostre caràcter: "El correcte és aprendre", ens repetien sempre els nostres magistrats, "encara que sigui de l'enemic".

»En certa ocasió una nau púnica va encallar a les costes

italianes. Els nostres enginyers no només la van copiar, sinó que van superar l'original adaptant els nous vaixells perquè les nostres legions poguessin abordar les naus enemigues, i així convertir les batalles navals en terrestres. Veus allò que et deia? Roma va vèncer perquè va saber canviar.

Després d'una pausa va seguir:

—La segona guerra va tenir un nom propi: Anníbal. El millor general de tots els temps. Sí, Marc, ell. Alguns diuen que va ser Alexandre, el macedoni. Fals. Els que defensen la candidatura d'Alexandre al·leguen que el seu exèrcit era molt petit i que va derrotar exèrcits molt més grans, molts cops. Però s'obliden d'un aspecte important: que l'exèrcit macedoni era el millor de la seva època, i que al davant només hi tenia els perses, les tropes dels quals eren poca cosa més que multituds de servus armats amb escuts de vímet. En canvi, contra qui lluitava Anníbal? Contra les legions romanes, l'exèrcit més disciplinat i homogeni del món. I al capdavant de la tropa més exòtica i barrejada que et puguis imaginar: falanges cartagineses, cavalleria númida, infanteria hispana, foners balears, guerrers celtes i desertors italians. Més que un exèrcit semblava una assemblea de nacions! Com s'ho va fer, per convertir aquella banda díscola en un exèrcit coordinat i derrotar-nos un cop i un altre? Per tots els déus, si s'hi parlaven quinze idiomes! Aquell paio era un geni de collons.

»Però al final vam vèncer. Saps com, Marc? Canviant, aprenent d'ell, del mateix Anníbal; adoptant les seves mateixes tàctiques i estratègies. A la nostra pitjor derrota, a Cannes, la cavalleria púnica va envoltar les nostres legions. Anys després, a la derrota final cartaginesa, la cavalleria romana va envoltar l'exèrcit d'Anníbal. Vam adaptar-nos al nostre enemic i vam superar-lo.

»I per fi, molt temps després, la tercera guerra. Cartago havia quedat reduïda als dominis d'una ciutat costanera. I, a sobre, havíem imposat als cartaginesos un tribut anual d'allò més onerós. Estaven arruïnats i reduïts a un territori diminut. Però aquest no era el problema real dels cartaginesos.

—Ah no? —vaig interessar-m'hi—. Quin era?

—Que no havien après res. Després de dues magnes derrotes continuaven sense conèixer el seu enemic, Roma. Digues, Marc: quin és el defecte que més odia un bon romà?

—L'arrogància, sens dubte. Ja ho diu el nostre lema: «Humilia l'arrogant i apiada't de l'humiliat».

—Exacte. Odiem el presumptuós, el superb i el fanfarró. Bé, doncs, anys després, vam enviar una comissió a Cartago a cobrar l'últim termini del tribut. La lògica més elemental els manava pagar i callar, i jurar amistat eterna al poble i al Senat de Roma. Bé, doncs, saps què van fer? Tot el contrari! Orgullosos ells, van mostrar als comissionats camps de blat grocs i pròspers, i les drassanes militars a punt. Van mostrar la seva opulència i es van riure de Roma. Ells, a qui havíem apallissat no una, sinó dues vegades! Simplement eren així: uns fenicis avariciosos que només es delien per la riquesa. Creien que qui té diners ho té tot i pot viure tranquil. Ha! Es pot ser més estúpid?

Abans de continuar, va haver d'aturar-se a agafar aire.

—Els comissionats van tornar a Roma i, com és lògic, van explicar al Senat que els púnics continuaven sent un perill. El que va venir era ben previsible: nosaltres ja érem un poder mundial i ells, una ciutat africana, molt gran, però res més que una ciutat. I vam esclafar-los. De què els van servir, tots els seus diners, quan els va arribar la fi del món, del seu món? Ja has vist tot el que en queda, una pila de pedres blanques.

Sí, un munt de runa. En això es converteixen, Prosèrpina, els que es neguen a canviar. «Transforma't!», havia dit Ciceró a Catilina. «Deixa el vici i viuràs». Però Catilina va optar pel vici i va morir. «Transmuta't!», va dir el món a Cartago. «Sigues humil o moriràs». Però Cartago va preferir els diners a la humilitat, i va desaparèixer.

Quan Ergaster va callar, es va fer un silenci molt llarg. Al cel, les estrelles també semblava que haguessin estat escoltant el relat d'aquell home. Jo vaig preguntar-li:

—I digues, Quint Ergaster, tu que hi eres: és cert, allò que diuen que l'últim dia del setge va aparèixer una mantícora passejant-se davant dels murs condemnats de Cartago?

Ergaster va arrugar les celles mentre em mirava severament amb els seus ulls delmats.

—Una mantícora? —va exclamar—. Quina mantícora ni quina punyeta?

—Sí, ja m'entens. Aquella bèstia mitològica que, segons diuen, anuncia la caiguda dels regnes més poderosos.

—Mira, Marc —va dir una mica irritat—, ja et diré jo, qui va fer caure Cartago: els cent mil ganàpies que integraven l'exèrcit romà. La pitjor colla d'homicides que s'ha reunit mai! Sí, jo vaig participar en trenta campanyes militars. Trenta! Cada legió, cada campanya, té un caràcter diferent, com els homes. I mai, mai, he tornat a veure un exèrcit tan ansiós de matar com aquell que Roma va enviar a Cartago. Fins i tot, encara avui, em sento una mica culpable pel que vam fer... Però s'ho havien buscat, aquells púnics fatxendes! No, jo no vaig veure cap mantícora, ni recordo que ningú digués que n'havia vist cap.

Va aspirar l'aire fresc de la nit. Al nostre voltant cantaven legions invisibles de grills. La mirada mig cega d'Ergaster va retrocedir més i més en el passat, més i més, rememorant la gran tragèdia.

—Em va adoptar Escipió Emilià en persona, el destructor de Cartago. A la seva tenda sempre hi tenia dos petits micos i a mi, el petit Quint Ergaster. Sempre es referia als seus «tres petits micos». Jo era el tercer, per descomptat. Érem la seva única distracció i alegria.

Hi havia moltes interpretacions d'aquella descripció, però vaig callar, és clar. Ell va seguir:

—Sí, Emilià només era feliç jugant amb nosaltres —va rememorar—. Perquè aquella campanya va ser un horror, jove Marc, un horror sense glòria. Cinc anys de setge. Mig milió de morts. Ets conscient de la barbaritat que pot amagar una simple xifra? Mig milió d'éssers humans assassinats! Al final només vam perdonar la vida a uns cinquanta mil desgraciats o menys. I els vam esclavitzar, evidentment.

Va fer una pausa. Jo vaig pensar que era el moment oportú per resoldre un dubte que m'havia turmentat durant els meus estudis: tots els estudiants romans havíem d'aprendre de memòria les paraules que Escipió va pronunciar davant la Cartago incendiada. Ens feien escriure redaccions i elaborar discursos reflexionant sobre el sentit profund d'aquell gran moment. Per això vaig aprofitar l'ocasió per demanar a Ergaster:

—Si us plau, Quint, resol-me un dubte: és cert, que Escipió Emilià va pronunciar aquelles paraules, mentre les legions saquejaven Cartago, o és una fabulació posterior?

—I tant que va pronunciar-les! —va bramar la seva veuota marcial—. Entenc que ho dubtis, perquè la majoria d'historiadors acostumen a ser dramaturgs frustrats. Però, per una vegada, les cròniques no menteixen. Ho sé perquè jo hi era. Just al costat. Estàvem en un punt elevat des d'on podíem veure perfectament els mil incendis i sentir el milió de crits; crits d'homes, de dones, de nens... Sí, una ciutat immensa, tota ella convertida en pira funerària. Emilià tenia els ulls encesos com brases, de l'emoció. I aleshores ho va dir, envoltat dels seus oficials i amics. Va declamar aquells versos tan coneguts d'Homer: «Un dia cremarà Il·lió, la ciutat sagrada, mentre ho contempla el grandíssim viatger». I va plorar. T'ho ben asseguro: Escipió va plorar com un nen.

»Entre els optimats que l'acompanyaven hi havia un cronista, un tal Plutarc. Estranyat de veure en el rostre del vencedor llàgrimes desolades, li va preguntar: "Amic meu, avui és el dia de la victòria: a què venen aquests versos i aquesta tristesa líquida que et llisca per les galtes?". I la resposta d'Emili va ser: "Perquè temo que algun dia algú contempli Roma així com estic contemplant jo avui la caiguda i destrucció de Cartago".

Ergaster va donar un cop a terra amb el seu bastó i es va fer el silenci. Fins i tot els grills nocturns van callar.

(D'acord, tots tots els grills potser no. Tolera, Prosèrpina, alguna figura retòrica en aquesta llarga pregària que et dirigeixo).

4

L'endemà de bon matí vam prosseguir el nostre viatge cap al sud. Ergaster, hospitalari com un Filemó, va matinar encara més que nosaltres per poder acomiadar-se tal com manaven els vells costums. Quan vam haver esmorzat, i mentre els servus acabaven de preparar la lectica i l'equipatge, em va abraçar i va parlar així:

—T'ho vaig dir ahir al vespre i ara hi torno: et desaconsello vivament que vagis més al sud. La meva vil·la és l'última porta humana. D'ara endavant no veuràs cap olivera plantada. A partir d'aquí ja no hi ha gent civilitzada. Pitjor encara: només hi ha una mesquina mina de plata que pateix un degoteig continu d'esclaus que fugen i que després integren bandes d'assassins. Pul·lulen pels erms, embogits de gana, odi i desesperació. Apunyalarien la seva mare per un mos de pa, i n'hi ha més que mosques al cul d'una mula. Marc Tul·li —va concloure brandant el cap—, potser et penses que el teu alt llinatge et protegeix la vida. I, certament, qualsevol assaltant t'apreciaria pel que vals i abans de ferir-te un dit et bescanviaria per un bon rescat. Però aquesta xusma púnica és diferent. S'han tornat tan salvatges que s'han assimilat a les feres amb les quals conviuen. No coneixen els usos comuns, ni tan sols els del bandidatge, i quan atrapen un incaut es limiten a robar-li, despullar-lo, apunyalar-lo i enterrar-lo encara viu. El seu capitost es diu Torques i és el terror dels erms.

El tal Torques apunyalava i enterrava la gent viva! O sigui, punyals i fondàries, els meus terrors predilectes! Certament, sentir Ergaster no m'engrescava a seguir el meu viatge terra endins. Però si bé el seu argument estava farcit de lògica, la meva rèplica també:

—Creus que no ens en van parlar, a Útica, de Torques i d'aquesta cohort de bandits que campen per aquestes terres desolades? —Vaig sospirar resignat—. Però el meu pare és Marc Tul·li Ciceró. Un home com ell simplement no admetria que el seu fill es fes enrere per por d'un grapat de saltejadors de camins.

Un home com Ergaster podia entendre el meu raonament. Els seus braços vells i escanyolits em van fer una segona abraçada, encara més intensa i afectuosa que la primera. L'afecte mutu que havia nascut entre nosaltres, el seu relat sobre Cartago i la fatalitat que cau sobre els homes i les polis que no canvien, gairebé havien eclipsat el motiu que m'havia dut fins als dominis d'Ergaster: Qal.

Vaig fer que ens el duguessin i els esclaus de la vil·la van obligar-lo a prostrar-se als nostres peus.

—Tinc entès que coneixes aquest pinxo —vaig dir al meu amfitrió—. Si el que diuen és cert, tu tens molts més drets sobre la seva persona que no pas jo.

En veure el noi, l'antic primipil va alçar el bastó, tot cridant:

—Qal! Però si és el pocapena i el caragirat de Qal!

Era obvi que el coneixia, perquè jo encara no havia tingut temps de revelar-li el seu nom. Els plors i gemecs de Qal, agenollat, n'eren la prova definitiva, per si en calia alguna més. Ergaster va explicar-se:

—Que si el conec? —va dir enfurismat—. Vaig contractar

aquest nano com a pastor. Més al sud mantinc una cabana, un corral i un ramat de cabres que, com que hi ha la mina de plata a prop, em donen algun benefici; és magre, però en els temps que corren, no es pot menysprear cap ingrés. Vaig fer confiança a aquest noi, li vaig encarregar que vigilés els animals i fes nata i formatges. Era un indigent, i jo vaig donar-li una feina i una responsabilitat. I com m'ho va pagar? Amb la fidelitat i obediència degudes a un amo? No! Tan aviat com va poder, va escapar-se dels meus dominis. Va cobrar el primer salari i l'endemà mateix va fugir a Útica i ho va abandonar tot: cabana, cabres i corrals!

En el seu relat, Qal havia omès que la suposada aparició de la mantícora havia coincidit amb el cobrament de la paga. Però aquí, Prosèrpina, m'agradaria matisar la versió del vell Ergaster. No perquè fos falsa, sinó perquè era parcial i tenia en compte només els seus interessos.

Al món que existia quan va arribar la Fi del Món, els dòminus havien de pagar, almenys, la vestimenta, el sostre i els aliments dels seus esclaus. Als homes lliures, en canvi, calia pagar-los un salari. Ara bé, en certes regions, com per exemple a la perifèria d'una província assolada i reprimida com l'Àfrica, es pagaven uns salaris tan baixos que resultava més profitós contractar treballadors lliures que mantenir esclaus propis. De fet, l'única cosa que impedia a Ergaster tenir més treballadors i menys esclaus era el seu conservadorisme. La seva vil·la hauria obtingut més beneficis contractant més temporers com Qal. Hi vivien fins a una centena d'esclaus, entre servei domèstic i treballadors agrícoles. Eren molts, massa, almenys en termes de rendiment econòmic. Però a Ergaster ja li semblava bé, perquè així s'havia fet sempre, i perquè els esclaus devien al seu dòminus una fidelitat i una obediència cegues, i a ell, un militar acostumat a viure en la disciplina, li agradava.

Però ara mirem la qüestió des del punt de vista del noi. Com a treballador aliè no patia els abusos físics a què estaven sotmesos els servus, ni l'anul·lació total de la personalitat. Això és cert. Però cobrava una misèria, una paga ridícula. A sobre, hi havia de restar el que li costava alimentar-se i vestir-se. De fet, treballar de pastor, i de formatger, li ocupava pràcticament totes les hores del dia, més que a un esclau. No m'estranya que s'afartés, i ben de pressa, d'aquell règim de vida.

Mentre Ergaster li bastonejava les costelles, Qal, agenollat a terra, li implorava compassió. Servus es va apropar a mi:

—Bé, això ho explica tot. Aquest pinxo va fotre el camp a Útica, a polir-se la paga, sense ni tan sols acomiadar-se del seu amo i abandonant el ramat. La història de la mantícora és una falòrnia que s'ha inventat per justificar la fugida i fer-se popular a les tavernes. —Va sospirar decebut—. Tot quadra: pots tornar a Roma dignament, dòminus.

Vaig mirar Servus. Hi havia una cosa en el to amb què havia parlat que no acabava d'entendre.

—Parles com si et sabés greu que ja no ens haguem d'endinsar en aquesta regió incivilitzada i infestada de criminals —li vaig recriminar—. Per què vols anar-hi? Què carai se t'hi ha perdut, al sud d'aquesta vil·la, si només hi ha rèptils i muntanyes resseques?

Servus no va respondre i a mi em va assaltar un dubte. Qal no era el típic mort de gana que es dedica a les estafes i els tripijocs. No. Era un noi sense malícia. Quan li vaig demanar que m'expliqués la història de la mantícora, ni tan sols se li va ocórrer posar un preu per la seva informació. Només hi havia una manera raonable de sortir de dubtes.

Em vaig apropar al vell Ergaster, els braços nonagenaris del qual encara mortificaven l'esquena de Qal, i vaig interrompre el càstig:

—Honorabilíssim Quint Ergaster, no es pot demanar més hospitalitat de la que m'has ofert tu. No l'oblidaré mai. Per això em sap greu abusar-ne demanant-te un últim favor. Vet aquí: t'agrairia moltíssim que em prestessis el teu pastor, que em pot fer un petit servei com a guia.

—Prestar-te'l, Marc Tul·li? —va replicar—. Te'l regalo! Per a què el vull, jo, un bergant com aquest? Més em valdria posar de guardià dels meus ramats una canilla de hienes afamades!

O sigui, que vaig agafar Qal pel braç i me'l vaig endur un tros enllà.

—Qal, t'has comportat com un ésser indigne. Davant la llei no és un argument suficient per reduir-te a l'esclavatge. Ara bé, jo no he vist gaires jutges ni magistrats per aquests paratges. El fet irrevocable és que la teva sort bascula entre dos amos, i només dos: jo i Ergaster. I ara, en la meva magnificència d'esperit, voldria plantejar-te un dilema prou important per a tu.

Vaig aturar el pas, vaig alliberar-li el braç i vaig mirar de fit a fit aquells ulls tan negres.

—Planteja't la qüestió retòrica següent: pots escollir, o jo o Ergaster. O vens amb mi, que et prometo que no et castigaré sense causa justa, o tornes amb ell, el seu bastó i les seves fuetejades, el seu caràcter intemperant i la vesània mortificadora.

El més revelador de tot va ser que Qal ni tan sols va esperar que acabés de parlar. Així que va sentir que era lliure d'escollir, va córrer tan de pressa que ensopegava amb ell mateix i va llançar-se als peus d'Ergaster. Li aferrava els turmells amb totes dues mans, plorava i somicava a crits que el readmetés al seu servei.

Jo, a distància, em mirava l'escena flanquejat per Servus i Sitir.

—Si la història de la mantícora és una faula, digueu-me: per què està tan aterrit que prefereix el bastó del vell Ergaster a viatjar a un lloc on només ens espera una criatura imaginària? No, aquest nano va veure alguna cosa. El necessitem de guia.

I vaig fer un gest amb el cap a Servus i els meus portadors, que es van afanyar a obeir. Van agafar el noi i se'l van endur arrossegant-lo, mentre ell, desesperat, suplicava encara més fort i s'orinava al damunt.

Sitir em va mirar amb rancúnia, perquè al seu entendre havia fet servir l'engany. Jo vaig alçar les espatlles indiferent.

* * *

I va ser així, Prosèrpina, com vam continuar el nostre viatge cap al sud endinsant-nos en una terra cada dia més resseca i menys viva. Poc després d'abandonar la vil·la vam creuar-nos amb l'últim vestigi de cultura romana: quatre creus que, tot i les fustes podrides, encara tenien velles carcasses humanes clavades. Ergaster ens havia explicat que era ell qui les havia plantat allà, com a advertència per als bandits de Torques que rondaven a partir d'aquell punt.

Des de la meva lectica només albirava un paisatge sense al·licients. El terreny era una successió de gorges i ondulacions habitades per arbres esquelètics i arbustos de diferents tipus, però tots iguals de lletjos, amb unes fulles dures i esquifides. Alguns semblaven cabelleres de bruixa i altres recordaven una mata de romaní, però punxeguda com si estigués feta de claus. La terra, d'un to tirant a crema, semblava descolorida. Cada dia ens sobrevolaven menys ocells, i tots d'espècies carronyaires. El sol abrasava i feia una calor seca insuportable. Per bé que ens movíem per paratges oberts, hi circulava tan poc aire com a l'interior d'una àmfora segellada.

Cada vespre, quan el sol ens abandonava, seguíem la mateixa cerimònia: els cinc portadors muntaven un senzill campament al voltant amb un petit foc de camp i reconvertien la lectica, que passava de vehicle en moviment a tenda de campanya. Era molt senzill: la dipositaven a terra i estenien unes teles gruixudes per damunt de les finestres perquè pogués dormir aïllat dels altres. Tanmateix, com que fins i tot de nit feia molta calor, els ordenava que m'obrissin el sostre, que es podia replegar. Havíem fet curt de provisions d'aigua i va resultar molt útil poder comptar amb una aspa i els seus sentits sobrehumans: agafava un parell de servus, ensumava l'aire, els portava fins a la llera seca d'algun antic riu, s'aturava en un punt concret i els ordenava: «Perforeu aquí». Els servus començaven a foradar el terra allà on els havia indicat Sitir, i no els calia aprofundir més de tres pams perquè brollés aigua tan neta i pura com la font Gamínia.

Pel que feia a Qal, tres dies i tres nits després de la nostra partida de la vil·la d'Ergaster seguia inconsolable. Plorava de nit i de dia, convençut que avançàvem cap a una mort segura. Jo, per si de cas, cada nit deixava una guàrdia doble. No per por de la mantícora, sinó dels bandits del tal Torques, tot i que no n'havíem vist cap presència, indici ni rastre.

La quarta jornada va començar com les anteriors: el mateix aire sufocant, el mateix avanç monòton, fins que a mig matí vam tenir una visió d'allò més inesperada. I alarmant: una petita columna d'homes que viatjaven en paral·lel a nosaltres. Estaven prou lluny, però, malgrat la distància, podíem discernir vuit individus —només un menys que nosaltres—, un cavall, un ase i dues mules, ben carregats de bagatges i provisions.

—Qui són? —vaig preguntar al nostre expert en qüestions locals, o sigui, Qal.

—No ho sé. La mina necessita reposar mà d'obra constantment, però no sembla una caravana de condemnats: cap dels homes camina lligat de mans ni du grillons als turmells.

Des de la distància, vam intentar observar-los millor. Torques? Aquells individus desprenien rudesa, però no m'hauria atrevit a qualificar-los de bandolers. En fer-se fosc vam acampar pràcticament a l'unísón, separats per menys de mil passos. Ells veien la nostra foguera i nosaltres la seva. En aquelles solituds tan poc habitades, que dos grups d'homes no se saludessin era molt indicatiu. Però em vaig dir que potser el que ens feia mantenir les distàncies no era tant l'hostilitat com la desconfiança mútua.

L'endemà, l'escena va repetir-se: dues caravanes movent-se en paral·lel. Els seus vuit perfils humans, i els dels seus animals de càrrega, es retallaven contra l'horitzó. El sol escalfava sense pietat. Des de la lectica veia els cranis rapats dels meus portadors davanters, vermells com pops escaldats. Al migdia vaig ordenar un alto.

Ens vam aturar en una petita depressió del terreny on quatre arbres raquítics feien una ombra escarransida. Em vaig asseure a sota d'un que semblava mig mort. Servus em passava un mocador mullat pel coll i pel front per refrescar-me, però jo estava acalorat i cansat, i ja se sap que la suma de fatiga i calor tendeix a agrejar el caràcter. Em vaig fixar en Sitir, que semblava perfectament fresca i descansada, i em va fer ràbia:

—Guaita la nostra amazona! Tots els homes semblem més rebregats que unes espardenyes velles. I ella, en canvi, tan impassible com un espartà a les Termòpiles.

No em va fer ni cas. Estava meditant asseguda en una postura estranya, amb les cames encreuades i un peu a sobre de cada cuixa. Vaig insistir:

—No es pot dir que siguis gaire femenina. Suposo que deu ser per l'entrenament a què et van sotmetre els monjos Gea. Com t'ensenyaven a matar? Amb llances, espases, destrals?

—Amb les mans —va replicar per fi; no vaig saber si ho deia de veritat o es reia de mi.

—De debò? —vaig dir jo, seguint-li el joc.

—Sí. Primer ens duien uns llangardaixos de la mida d'un nen.

Jo no ho entenia:

—I què fèieu, amb uns llangardaixos tan llargs?

—Estrangular-los.

Se'm va escapar un xiscle incrèdul.

—És cert —va intervenir Servus, que seguia remullant-me el coll i el pap.

—Només era el primer pas —va continuar Sitir amb un to de veu neutre—. Quan n'havíem matat quinze, ens duien cocodrils.

—Cocodrils???!!!

Servus va haver de tornar a afegir un aclariment:

—En efecte, dòminus; els aspirants a aspa han d'aprendre a estrangular-los. Cocodrils.

—Però jo he vist cocodrils que feien com tres homes! I amb el coll més gros que el d'un bou i, a més, fortificat amb escames! Un cocodril no deixarà mai que l'escanyin! Abans devorarà el pobre incaut que ho intenti.

Aquí, Sitir, farta de la meva insistència, va suspendre el seu intent de meditació, va fer dues passes cap a mi, i va replicar:

—Cap cocodril s'ha menjat mai un aspa. Si de cas, algun novici d'aspa.

—En efecte —va corroborar Servus—. És la disciplina més dura mai practicada: molts aspirants a aspa perden la vida abans que puguin entrar al Gran Cràter amb l'esperança que els adopti una Pedra Negra.

Estrangular cocodrils! Ni jo mateix sabia si estava admirat o escandalitzat.

—Però per què? —vaig exclamar—. Per què us exigien proves tan impossibles com estrangular cocodrils?

Sitir em va posar una mà al voltant del coll.

—Perquè, després d'això, trencar colls humans és facilíssim.

Ho admeto, Prosèrpina, em va pujar una esgarrifança. Servus va entendre que la discussió estava adquirint un to perillós i va proposar a Sitir:

—Ja no ens queda carn fresca. Per què no vas a caçar alguna cosa?

Com que l'aspa va assentir, jo vaig riure:

—Sense armes ni xarxes? Si veus una llebre, com penses atrapar-la?

Em va contestar amb aquell laconisme tan aspa:

—Corrent amb els peus i agafant-la amb les mans.

I se'n va anar. Jo em vaig girar cap a Servus, una mica alleugerit de perdre-la de vista:

—Au vinga! De debò m'he de creure que els aspa són uns guerrers tan afamats? Des que la conec no l'he vist mai agafar una arma!

—No ho vols entendre, dòminus. L'arma és ella.

Ho va dir amb un mig somriure de suficiència que em va molestar, però feia massa calor per fuetejar ningú.

Em vaig quedar, doncs, amb Servus, Qal i els cinc esclaus portadors. El sol era un disc incendiari, un turment candent. Els xerrics impertinents i metàl·lics de les cigales m'exasperaven. Començava a odiar aquella regió tòrrida.

—Hauria de ser a Roma. A Roma! —vaig protestar en veu alta, amargat —. Em dic Marc Tul·li Ciceró, el meu destí hauria de ser llaurar l'honor, sembrar la fama i collir la glòria. I mira on soc: al cul del món, perseguint l'espectre d'una bèstia imaginària!

Cada cop estava més irritat. Em vaig posar dret tot assenyalant els portadors, i especialment Servus, amb un dit amenaçador.

—I tu, Servus, ves amb compte, coi de monjo fracassat! Creus que no sé què en penses, de mi i dels patricis romans? La primera lliçó que el meu pare em va ensenyar és que a dins del Senat sempre has de semblar menys borratxo del que estàs. I a fora, molt més del que ho estàs en realitat. Aquella nit, a la vil·la del governador Nurci, vaig sentir tot el que deies! —Va empal·lidir—. No sé quina en portes de cap, però deixa'm que et digui una cosa: abans de partir he lliurat una carta lacrada al governador Nurci, en què li faig saber que, si no torno d'aquesta absurda expedició, tu en seràs el responsable. Que et consideri un homicida! A tu, Servus! I a vosaltres us consideraran còmplices necessaris! —vaig cridar assenyalant els cinc portadors—. Abans de l'execució us aplicaran uns turments tan indignes i dolorosos que donareu les gràcies a tots els déus quan per fi us elevin a la creu!

Servus, habitualment tan loquaç, ara quequejava. I així estàvem quan una visita inesperada va interrompre la nostra acalorada discussió: dos homes, que van aparèixer per sorpresa.

Es van plantar davant nostre mirant-nos amb les celles arrufades i posat hostil. Eren, no en vaig tenir cap dubte, els dòminus de la caravana rival. I el més sorprenent, Prosèrpina, és que eren dues gotes d'aigua, dos germans bessons pràcticament idèntics en tot: el cos, l'expressió i fins i tot la roba. Un duia una barbeta desendreçada, com de mascle cabró, i l'altre portava els cabells recollits en un monyo, però aquells eren els únics atributs que els diferenciaven. Tots dos eren de complexió menuda però forta, com els senglars. Vestien roba pràctica, aspra i dura, però se'ls apreciaven al cos els gustos orientals dels provincians de l'Àfrica, perquè, malgrat el seu aspecte agrest i les galtes mal afaitades, no estalviaven en braçalets i arracades. Moltes arracades.

Van aturar-se cautelosament a uns quants passos de mi i els servus, ens van escrutar amb ulls inquisidors i finalment un d'ells va assenyalar-me:

—Eh, tu, minyonet ric! Suposo que ets el sufet.

«Sufet» era un terme dels antics cartaginesos que volia dir «cap» o «magistrat». A l'Àfrica s'usava popularment per designar qualsevol persona que ostentés un comandament.

No va esperar la meva resposta per exigir:

—Per què ens seguiu? Contesta, minyonet!

«Minyonet!». Parlaven un llatí atroç, farcit d'africanades i espetecs labials. Allò encara feia més difícil jutjar les seves intencions: si em volien ofendre o si només tenien un domini maldestre del vocabulari. En qualsevol cas, la primera lliçó sobre la vida pública que aprenia un patrici era que havia de sentir-se superior a qualsevol interlocutor, sobretot si era un bergant amb més arracades a les orelles que dits als peus.

—Abans de res, les presentacions: em dic Marc Tul·li Ciceró.

—I nosaltres som els germans Palusi: Adad i Baltasar Palusi —va replicar descarat—. Però això tant és. T'hem fet una pregunta: per què ens segueixes?

—Ves per on! —vaig exclamar burleta—. I no se us ha ocorregut que jo podria fer-vos la mateixa pregunta?

Però aquell parell no havien vingut a raonar, només a intimidar-me. Un d'ells, Adad, es va apropar a un dels meus portadors, el va mirar de fit a fit i, de sobte, es va treure una daga de la cintura i l'hi va clavar fins al mànec al baix ventre. Un cop la va tenir clavada, va fer lliscar la fulla de dreta a esquerra i li va obrir l'estómac de la mateixa manera que un caçador esventra un cérvol que acaba de caçar. L'esclau va caure de genolls amb un esgarip esgarrifós. Els budells li sortien enfora i el pobre intentava retenir-los amb el braç, com si agafés un nadó. Deixa'm afegir una nota, Prosèrpina: que una agressió tan cruenta fos tan inesperada encara la feia més vil.

El tal Adad Palusi va venir cap a mi amb la daga ensangonada a la mà. Jo devia tenir la cara més blanca que els núvols d'agost. Però no em va atacar. En lloc d'això, va deixar caure tres bones monedes als meus peus. Era una mena d'indemnització. I després d'això es van retirar, sense pressa. Mentre tots dos germans desapareixien pels retalls del terreny, vaig cridar-los:

—Palusi, heu dit que us dèieu? Doncs sou uns desconsiderats, germans Palusi! Ho sentiu bé? Uns desconsiderats!

La veritat, Prosèrpina, és que en aquells moments no se'm va acudir cap comentari millor, entre altres coses perquè es feia difícil jutjar una acció tan peculiar.

Sitir va tornar al cap d'una estona. I no venia amb una llebre, sinó amb un antílop sencer. Però jo, encara sota la impressió que ens havia causat l'esventrament, la vaig esbroncar. Mentre li assenyalava el servus agònic, vaig retreure-li la seva absència:

—Així em protegeixes? On ets, quan et necessito? Escanyant cocodrils?

Tal com ja era habitual, Sitir va resoldre la polèmica de la manera més senzilla: sense discutir. Es va arraulir com un fetus a l'ombra i es va absentar del món.

—No la renyis, dòminus —va aconsellar-me Servus—. Molt probablement ens sotjaven, valorant les nostres forces, i abans de presentar-se han esperat que Sitir, una poderosa aspa, s'allunyés.

—Poderosa! —vaig bramar—. Mira que en sou de crèduls, els orientals!

Els budells sortits del servus s'estaven omplint de mosques i vaig ordenar que l'allunyessin dels meus narius.

Vaig rumiar una bona estona sobre la meva situació, assegut en una soca. Els covards, o sigui els individus de valor atrofiat, solem ser més intel·ligents que el comú de les persones, encara que només sigui perquè tendim a compensar amb l'intel·lecte el que ens falta de coratge físic.

Quan em vaig calmar una mica, vaig fer aquest raonament amb Servus com a interlocutor:

—No crec que aquests germans Palusi siguin els meus enemics.

—De debò? —va estranyar-se.

—M'han perjudicat arrabassant-me un esclau, d'acord, però, si en lloc de viatjar amb lectica anés amb carro, segurament només m'haurien trencat una roda.

—No ho entenc, dòminus.

—Uns paios que damnifiquen el teu patrimoni i a continuació et compensen per la pèrdua no estan pensant a assassinar-te. Només pretenien advertir-me i endarrerir-me.

—Endarrerir-te? Però per què?

—Bona pregunta. I només hi ha una resposta: si volen endarrerir-me és que em consideren la seva competència. En altres termes: els germans Palusi busquen el mateix que jo.

—La mantícora... —va reflexionar Servus—. Quin interès poden tenir un parell de plebeus provincians en una mantícora?

—I jo què carai sé? —vaig dir—. No conec gaires plebeus. L'última vegada que vaig tractar-ne un va ser fa deu anys, quan encara jugava amb ells a Rodes, el carreró de la Suburra.

L'esclau ferit es va morir mentre sopàvem l'antílop, que havíem cuinat amb unes herbes aromàtiques collides allà mateix i sorprenentment gustoses. (Sí, ja ho sé, Prosèrpina: és una descripció una mica crua de la mort d'un home, però així era el món anterior a la Fi del Món). L'endemà vam reprendre la marxa, i al mateix ritme. Recorda, Prosèrpina, que abans de la visita dels Palusi tenia cinc portadors. O sigui que encara me'n quedaven quatre, un per a cada pal de la lectica.

Els Palusi i els seus homes ens duien una mica d'avantatge, però vam trobar-los en un pou on s'havien aturat a fer aiguada.

Ens hi vam apropar sense amagar-nos ni prendre precaucions. Obrien la marxa Servus i Sitir, amb Qal al costat. Jo anava darrere seu, a la lectica. Els germans bessons i els seus homes es van posar en guàrdia i ens esperaven amb la mà a l'empunyadura de la daga o el matxet, però sense desenfundar.

—Germans Palusi! Soc jo, Marc Tul·li, i m'agradaria aclarir un malentès.

No van badar boca ni a favor ni en contra d'iniciar un colloqui, així que ho vaig interpretar com un sí. Vaig baixar de la lectica fent servir l'esquena de Servus com a escala i vaig apropar-me als germans Palusi.

—Ara mateix no recordo si el del monyo és Baltasar i el de la barbeta Adad o a l'inrevés —vaig xiuxiuejar a Servus, que m'havia seguit.

—L'important no és qui és qui —va advertir-me—, sinó qui mana.

Tenia raó. Vaig preguntar-los:

—Quin dels dos és el primogènit i, per tant, exerceix de sufet?

—Parla! —van contestar-me gairebé a l'uníson.

Quines maneres! Però jo buscava concòrdia, així que vaig sincerar-me:

—Escolteu això, germans Palusi: jo no vaig darrere la mantícora. Només estic perseguint la veritat. Si esbrino què hi ha del cert en tot plegat, me'n tornaré a Roma, sense disputar el vostre imperi sobre aquestes regions i els seus productes, que no m'interessen gens.

Però només vaig aconseguir uns somriures jactanciosos de part seva.

El de la barbeta de cabró, Adad, va dir amb un cert menyspreu:

—Nosaltres tampoc perseguim cap mantícora, més que res perquè no acostumem a caçar coses que no existeixen.

Aleshores, un gest. El del monyo, Baltasar, va apropar-se a mi. La seva mirada era més dura que la terra que trepitjava. Però va fer allò: oferir-me una cantimplora de pell de cabra.

—Potser volen enverinar-te —em va xiuxiuejar Servus a l'orella dreta.

—Si beus —va advertir-me Qal a l'orella esquerra—, estaràs admetent que acceptes la seva hospitalitat i tindràs les obligacions pròpies de qualsevol hoste.

Un dubte. Què havia de fer? Al final vaig beure d'aquella cantimplora, on, per cert, no hi havia aigua, sinó un licor local amb gust de pixum de mico.

* * *

Aquell gest va tenir un efecte d'allò més beneficiós. Els integrants de les dues caravanes vam seure a la vora d'aquell pou miserable envoltat de pedres i vam parlar. Els Palusi no van tenir cap inconvenient a explicar-nos el motiu de la seva presència en terres tan feréstegues.

A ells també els havia arribat el rumor de la mantícora. És a dir, el relat d'una criatura negra i ferotge que havia aparegut en aquella regió erma. Però les conclusions que els germans Palusi n'havien extret eren molt més realistes que les del meu pare: al seu parer no es tractava de cap mantícora, sinó d'una pantera negra. I per les panteres negres es pagava un preu molt alt. Més que alt: superlatiu.

Perquè ho entenguis millor, Prosèrpina, permet-me que, arribats a aquest punt, et faci una breu descripció de com eren l'oci i els costums romans vigents abans de la Fi del Món.

A la nostra civilització existia una cosa anomenada «circ», un espectacle públic en què se sacrificaven tot tipus de bèsties (i de persones) per al gaudi popular. Els circs italians, amb Roma al capdavant, eren una continuada font d'ingressos per als traficants d'animals. Els magnats d'Útica i altres ciutats africanes finançaven expedicions a l'interior de la província a la cacera d'elefants, lleons, hipopòtams, cocodrils i qualsevol animaló que bramés, rugís o envestís; i com més lleig, més gros i més exòtic, millor, perquè més es cotitzaria un cop a l'altra banda del Mediterrani. (Pensa, Prosèrpina, que a Roma hi havia una frase feta que fèiem servir per referir-nos a qualsevol novetat apassionant i alhora desagradable: «I ara, quina nova monstruositat ve de l'Àfrica?»).

Però aquestes expedicions eren cares, molt cares, i logísticament d'allò més complexes. T'imagines com n'era, de difícil, capturar una bandada d'elefants, vius, i transportar-los per terra i per mar, de manera que arribessin indemnes a Roma?

Els germans Palusi eren l'última baula d'aquella cadena llarga i sofisticada. Els caçadors més avesats sobre el terreny. Els que corrien més riscos i patien més penúries. I, tal com acostuma a passar, els menys ben pagats. Però coneixien bé l'ofici i la lògica de lucre que regia aquell empori comercial: els mercaders pagaven una misèria als Palusi, i, en canvi, es feien d'or quan revenien els animals a Itàlia. Ara, per una vegada, els Palusi tenien l'esperança de guanyar una petita fortuna, perquè la seva idea no era vendre la peça a cap mercader circense, sinó directament al mercat final. Una pantera negra era un objecte d'ostentació molt cobejat pels romans més rics, que pagarien una fortuna per una de viva.

I he de dir, Prosèrpina, que no anaven mal encaminats. Després de derrotar el seu últim gran rival, Cartago, totes les riqueses del món havien començat a fluir cap a Roma. Els seus màxims beneficiaris, els patricis, van caure en el luxe i l'ostentació. Els nostres catons, per descomptat, vilipendiaven aquells excessos perquè eren contraris a la moral romana tradicional. Però els rics es reien dels seus sermons. Els mateixos Cèsar i Cras, i altres com ells, rivalitzaven a veure qui podia lluir al màxim de refinaments; i, com més exòtics, rars i cars, millor. Per una pantera negra, un sibarita romà podia estar disposat a pagar una autèntica fortuna. I per què? Doncs simplement per lluir-la als seus jardins magnificents i fer-se admirar per les visites. En la política romana, el prestigi personal ho era tot o gairebé tot. I ara, Prosèrpina, imagina't què podia significar per a dos africans tan pobres com Adad i Baltasar Palusi, sortits d'un llogarró africà perdut, una suma com aquella.

—No sé si us n'adoneu —vaig dir jo—, però els vostres objectius ens converteixen en aliats.

—Explica't —van fer tots dos, recelosos.

—El vostre gran problema continuen sent els intermediaris entre la pantera i el romà ric que us la compraria. Sou un parell de caçadors de província que ho ignoreu tot, de Roma; dels viaranys legals i dels suborns que us demanaran lictors i edils per poder desembarcar i vendre la bèstia. No sabeu quin preu es pot demanar per un animal així, ni quins individus concrets estarien disposats a pagar-lo. Per això jo soc el vostre home.

—Tu?

—Conec Roma, els romans rics i els romans poderosos, que venen a ser els mateixos: si poseu la pantera a la meva mà dreta, la meva mà esquerra us regalarà una fortuna. És tan simple com això.

Adad va fregar-se la barbeta amb dos dits.

—Suposem que així sigui —va dir—. Què demanaries pels teus serveis?

—Jo no estic aquí pels diners, i és un insult dir a un optimat que actua mogut pel lucre financer. No. Jo he vingut a buscar una cosa molt més digna i elevada que un sac de monedes: una explicació.

No m'acabaven d'entendre.

—Tot el que us demano —vaig afegir—, és que, un cop a Roma, i abans de vendre l'animal, dugueu la gàbia a casa del meu pare perquè la vegi. Així podré dir-li: «Pare, no era una mantícora, era una pantera. Aquí la tens». I podré vantar-me'n.

I vaig seguir:

—D'aquesta manera em guanyaré el respecte del pare, l'admiració dels amics i la fama entre els senadors. Així, d'aquí a uns anys, quan es confeccioni la llista de futurs candidats a les magistratures, tothom dirà: «Ah, sí, Marc Tul·li, el jove lleó que va capturar una pantera viva!». Enteneu, ara, que per mi hi ha coses infinitament més importants que els diners?

Vaig veure una brillantor als ulls de tots dos. El seu món era ben diferent del meu, però —quina paradoxa!— era potser aquesta gran disparitat d'orígens el que feia que els nostres interessos fossin complementaris. Vaig oferir-los una mà estesa i oberta.

—Tracte fet?

Estaven a punt d'assentir, es notava, però aleshores una veu, a la meva esquena, va dir:

—Però, dòminus, tota aquesta discussió es basa en un error més gran que la vagina de Venus. Perquè la bèstia sobre la qual negocieu no és una pantera.

—I aquest qui carai és? —va grallar Baltasar.

Era Qal, qui havia parlat. Fer-lo callar hauria generat suspicàcies entre els Palusi, que haurien pensat que els amagava alguna cosa. Volia actuar com un aliat sincer, i la millor manera de fer-ho era tolerar que expliqués lliurement la seva experiència.

El noi va relatar, doncs, la història. Encara que la meva caravana ja la coneixia, vam fer tots una rotllana per escoltar-la: els meus servus, Sitir i Servus, els germans Palusi i els seus sis homes. Fins i tot el pou, semblava que estigués atent.

Qal va posar èmfasi en els detalls discordants amb la hipòtesi dels Palusi, que no eren poca cosa: les panteres no tenien escames a la pell; a la cara del monstre que ell havia vist es perfilaven faccions quasi humanes; el crani era un oval gris, sense pèls; quan obria la boca, exhibia tres fileres de dents —tres!—; abans que aparegués s'havia sentit un so de succió molt fort, com si un ramat de bous de la mida d'Apis ensumessin tots alhora. I encara més: la bèstia que ell havia vist havia sorgit, entre vapors blaus, d'un forat que hi havia a terra, que ell anomenava el Forat de la Mantícora. Com podia sortir de sota terra, una pantera?

—Perquè no va sortir d'aquell forat, només s'hi havia amagat —va dir Baltasar, el germà del monyo, de caràcter més vehement.

—I assegures —va preguntar Adad— que va sorgir entre uns vapors blaus que exhalava aquell forat?

—Ho afirmo perquè així va ser.

—Si va ser així com dius, i hi havia aquest obstacle gasós entre la fera i els teus ulls —va inquirir Adad—, com és que estàs tan segur que tenia escames a la pell?

—Bé —va dubtar Qal—, em va semblar veure-les.

—T'ho va semblar? Deixa'm que t'expliqui una cosa: a les panteres negres els brilla la pell. Si aquests vapors que dius eren humits, segurament el reflex feia que la pell brillés encara més. Com escames.

Els germans bessons sempre semblaven tan perfectament coordinats com dues rodes d'un mateix eix:

—La cara del teu monstre —va continuar Baltasar, prenent el relleu a Adad—: pots assegurar que era humana?

—No! Era molt més horrible!

—Naturalment —va exclamar Adad—: perquè era un felí! Qal, jo he mirat els ulls d'aquestes bèsties a menys d'un pam de la seva cara, i són terrorífics. I saps per què fan tanta por, Qal? Perquè fa mil generacions que mengen éssers humans. La por et va fer veure més que un animal.

—Magnífica exposició! —vaig intervenir—. Ho veus, Qal? Els Palusi són uns caçadors expertíssims. Ara pots conduir-nos sense temor fins a aquest famós Forat de la Mantícora on ens espera una pantera negra: ells la caçaran.

Qal no semblava gens convençut. Però no era ell, qui prenia les decisions. Em vaig girar als Palusi:

—I doncs? Tracte fet?

Encara dubtaven. Els dos germans i els seus homes van retirar-se unes vint passes del pou per parlamentar entre ells d'esquena a nosaltres, fent un cercle tancat. Al cap de poca estona, els dos bessons van venir fins a mi.

—Tracte fet —van dir els Palusi—. Sempre que et comprometis a dur-nos amb tu a Roma i a fer les gestions que ens has promès fins que es vengui l'animal.

Per què no? Tornar amb un seguici púnic faria lluir encara més la meva persona. Vaig assentir immediatament. Ells em van oferir la seva mà oberta, en públic, per tal de segellar l'acord. Vaig allargar la mà i els la vaig encaixar, però amb un tripijoc afegit, típicament patrici: a continuació vaig abraçar-los, primer Adad i després Baltasar, i els vaig petonejar les dues galtes.

Et pot semblar, Prosèrpina, una simple fórmula amistosa. Era molt més que això. A la nostra vella i podrida República, aquella era la fórmula ritual per la qual un patrici acceptava que uns plebeus es convertissin en clients seus; és a dir, individus sota la seva protecció. A canvi, ells li devien obediència i fidelitat. I els Palusi ho sabien perfectament. Per això van obrir els ulls amb desmesura, com qui de sobte descobreix que li han pispat la bossa.

D'acord, perduts al sud d'Útica, quina validesa podia tenir una filigrana com aquella? Però ja estava fet. Era una manera d'escenificar, davant de les dues caravanes, que allà l'optimat era jo, no ells. Durant la resta del dia vaig estar d'un humor magnífic.

Com pots veure, Prosèrpina, en el món d'abans de la Fi del Món ser un patrici era com jugar amb daus marcats: gràcies a la meva posició, havia convertit els germans Palusi en clients, les meves expectatives d'èxit i promoció social augmentaven vertiginosament i, a sobre, em farien ells la feina. O sigui, caçarien la pantera. I tot a canvi de què? D'un esclau mort que podia reemplaçar fàcilment, perquè encara me'n quedaven quatre. Era magnífic! Ho sé, Prosèrpina: la meva eufòria era pròpia d'una mentalitat descarnada. Però així pensava un patrici romà.

Amb tot, la meva alegria era prematura. Oblidava que allò era l'Àfrica, i a l'Àfrica el destí dels individus sempre estava sotmès a un pèndol de moviments sobtats i brutals. Allà la sort d'un home basculava de l'*Africa felix* a l'*Africa atrox* en un parpelleig. Va anar així.

Al vespre vam acampar en una plana des d'on es veien, encara lluny, molt lluny, les puntes més altes de la imponent serralada de l'Atles. Quan jo era nen, els pedagogs ens plantejaven aquesta endevinalla: «Soc l'Atles; ell és tan alt com jo i el tinc a tocar, però no ens veiem mai. Qui és?». Resposta: l'Antiatles, és a dir, el vessant sud de l'Atles. I recordo que quan jugàvem a Rodes, el carreró de la Suburra, dèiem que l'Antiatles era el lloc més llunyà que uns peus humans podrien trepitjar mai. (Tenint en compte tot el que em va passar després, no deixa de resultar el sarcasme més gran des de la fundació de Roma).

Però t'estava dient, Prosèrpina, que l'eufòria no em va durar gaire. Aquell vespre, quan ja m'havia retirat a la lectica, Qal em va demanar permís per parlar amb mi. Va entrar, va córrer la cortina rere seu i em va dir:

—Dòminus, els germans Palusi, com ja deus haver observat, parlen entre ells en llengua púnica. Com que tots els teus servus són itàlics i jo em comunico amb vosaltres en llatí, obliden que jo també parlo púnic.

—Som a l'Àfrica. Quina novetat és, que els púnics parlin púnic?

—Aleshores suposo que no vols saber el que deien de tu.

Vaig arquejar les celles amb un interès sobtat.

—Baltasar, el del monyo —va continuar—, deia a Adad, el de la barbeta fina: «Hauríem d'haver-lo matat quan l'aspa era lluny». I Adad li ha respost: «Encara ens pot fer servei; després ja te n'ocuparàs. Li talles el coll i l'enterres en algun sot perdut del desert».

5

Durant tres dies més vam continuar avançant cap al sud guiats per Qal. Ara les dues caravanes caminaven plegades. Durant aquestes jornades, en essència avorrides, vaig tenir l'ocasió de conèixer una mica més els germans Palusi.

A mi, un patrici romà que estava al cas de les modes més refinades del moment, em feia gràcia el mal gust que podien tenir els africans per vestir: els agradaven els colors llampants, com als orientals. Als meus ulls no hi podia haver combinació més inadequada que portar roba de caçador, agresta i pràctica, ornada amb unes vistoses franges daurades i carmesí. Ara que els podia observar de més a prop, es confirmava que els penjolls que duien als braços i a les orelles eren bijuteria barata. A banda d'això, els dos germans eren prou respectats pels sis caçadors que anaven amb ells: complien les ordres dels Palusi amb la diligència dels que obeeixen per voluntat pròpia; no a uns tirans, sinó a uns prínceps o «primers entre iguals», com en dèiem els romans.

Amb tot, Prosèrpina, el que veritablement definia els germans Palusi era que fossin bessons. No he conegut mai dues persones tan i tan clavades. Si Adad no hagués lluït aquella barbeta i Baltasar no hagués dut els cabells recollits en un monyo, hauria estat impossible diferenciar-los. Ho tenien tot idèntic: la cara i l'expressió; el cos i la gestualitat. No consideraven aquesta similitud tan radical ni una sort ni una desgràcia. Es limitaven a conviure-hi assumint que eren dos individus en qui la fraternitat havia decidit manifestar-se de la manera més extrema.

Sempre estaven igual de cansats o de descansats; sempre els venia de gust beure o menjar al mateix instant; cada dia es despertaven al mateix moment. I el més graciós de tot: moltes vegades, sense que fos premeditat, començaven a parlar simultàniament i deien exactament les mateixes paraules. Baltasar era més procaç:

—De vegades se'ns escapa alhora un pet o un rot.

—Tant de bo —reia jo— els cònsols romans estiguessin tan compenetrats com els sufets púnics.

(No pots entendre la broma, Prosèrpina, si no t'explico que, per llei, els cònsols romans sempre eren dos, com els Palusi).

La simbiosi entre tots dos arribava a extrems difícils de creure, però t'asseguro que són verídics. Quan dormien, per exemple, sovint somiaven el mateix. I això no era el més inversemblant: des del dia que van néixer, només havien estat separats una nit. Només una nit, Prosèrpina! Aquella nit Adad estava lluny, de cacera, i va succeir un fet notable: va rebre una cornada sota la tercera costella del costat dret. Al mateix instant, Baltasar, que s'havia quedat al poble natal dels Palusi, va notar un dolor fortíssim just al lloc exacte on el seu germà tenia la ferida. Dels sis caçadors que els acompanyaven, quatre també eren naturals d'aquell poble misèrrim, i corroboraven la història com a testimonis presencials.

Què eren, els germans Palusi? Una mateixa identitat duplicada en dos cossos o un cos repetit en dues identitats diferents? Difícil de dir. Com que el viatge era monòton, fins i tot em vaig interessar pels aspectes legals: en una fraternitat compartida de manera tan estricta, qui tenia més drets d'herència? Segons manava la tradició púnica, que ells encara mantenien, en aquests casos el primogènit era Adad, el de la barbeta, perquè havia estat el primer de sortir, tot i que el cap de Baltasar anava ben enganxat als peus del seu germà. Però ni l'un ni l'altre atorgaven la menor importància a aquest detall.

—Si jo soc ell i ell és jo —em van dir—, per què ens hauria d'importar a qui pertanyen les coses, els diners o el patrimoni? Tot és de tots dos.

—Opineu d'igual manera —vaig bromejar jo, a l'estil suburrià—, pel que fa a les dones?

Però la meva pregunta no els va semblar ni graciosa ni ofensiva.

—Ho compartim tot menys les fulles d'oplonga —van respondre com si fos la cosa més natural.

(L'oplonga, Prosèrpina, era l'única planta que creixia en aquelles regions seques amb unes fulles prou suaus per tenir certa utilitat després de purgar el ventre).

Sigui com sigui, vaig concedir tot el crèdit del món a les anècdotes que m'explicaven sobre aquella sincronia especial entre els germans Palusi. Narraven aquests fenòmens amb una convicció tan tranquil·la que cap interlocutor podria dubtar de la seva sinceritat. D'altra banda, per què s'havien de molestar a mentir a una persona, un tal Marc Tul·li, a la qual ja havien decidit assassinar?

Però la convivència, Prosèrpina, fa que ens fixem més en allò que diferencia els semblants que no pas en allò que iguala els diferents. I per això, a mesura que van anar passant els dies, vaig anar descobrint que no, que no eren iguals. Almenys de caràcter. Per exemple: vaig observar que Adad era més religiós. Cada nit, quan acampàvem, construïa una mena d'altar minúscul, una barraqueta de només un pam d'altura amb les parets de fang i unes canyes primes que feien de biga. Allà, dipositava ofrenes votives, molla de pa i didals plens de licor per a un ninotet de ceràmica que representava el vell déu dels púnics, Baal. Al vespre i a la nit podies veure com l'interior d'aquell temple minúscul, una joguina deliciosa, refulgia amb la flama de petites espelmes. Mentrestant, Baltasar preferia esmolar pals en punxa i parar trampes per caçar ocellets que l'endemà enriquien el nostre esmorzar. Els ulls de certs ocells en particular eren considerats pels púnics una exquisidesa per al paladar.

* * *

Tal com et deia, Prosèrpina, tres dies després vam arribar a un lloc qualsevol, molt pla i de vegetació prou casta.

—Va ser allà, sí, allà va aparèixer la mantícora —va dir Qal assenyalant un punt d'aquella planura de color crema esquitxada d'arbustos sense nom.

El dit amb què assenyalava no podia contenir les tremolors. Quan vam impel·lir-lo a seguir endavant, s'hi va negar, mort de por. Baltasar Palusi va encarar-se a Qal:

—Tan covard ets, que fins i tot emparat per una dotzena d'homes tems el que no existeix? —li va retreure empenyent-lo sense contemplacions.

Vam avançar. Tots. Els últims cent metres els vam fer en silenci, tensos. Només se sentien els nostres passos, els dels meus esclaus i els dels caçadors dels Palusi. Els de Sitir no, tan silenciosa com sempre.

Finalment vam congregar-nos al voltant d'un forat a terra. No era res més que allò, una boca fosca, gens espectacular, de forma oblonga. No s'hi veia gaire cosa. Només que descendia, en espiral, terra endins.

—Això, això és el Forat de la Mantícora! —va gemegar Qal.

No ens estava enganyant. Mentre assenyalava aquell pou, em vaig fixar que tenia els pèls del braç de punta. Fos com fos, no hi havia ni rastre de cap pantera ni de cap mantícora; ni tan sols d'un miserable talp cec. Vaig manifestar el meu desencís.

—I què volies? —va renegar Baltasar—. Que la pantera ens esperés aquí, ben ajaguda? Ens pot veure des d'una distància deu vegades més llunyana que nosaltres a ella, i, quan encara no ens veu, ja pot olorar-nos.

Després d'aquells dies en comú, les diferències de caràcter entre els germans eren molt òbvies: Adad i la seva barbeta tendien a exercir el comandament, i, en canvi, Baltasar era més espontani i visceral.

Adad va iniciar els preparatius per atrapar l'animal. Perquè teníem un pla: emprar el cadàver de l'esclau assassinat pel mateix Palusi com a esquer. Amb aquest propòsit, i no cap altre, l'havíem arrossegat amb nosaltres tots aquells dies. (Ja sé que no et fa gaire gràcia l'humor sinistre, Prosèrpina, però deixa'm explicar-te que, perquè no pudís, li havíem farcit la boca i la túnica amb manats i més manats de plantes aromàtiques. Ens referíem a ell com el «Cabirolet», perquè un dels plats romans més deliciosos és el cadell de cabirol farcit).

De manera que vam deixar el Cabirolet a tocar del Forat de la Mantícora. Com pots imaginar-te, Prosèrpina, els quatre portadors supervivents van mirar-se el seu company mort molt compungits.

—No us amoïneu —vaig bromejar—. Si funciona a la primera, no caldrà que us fem servir a vosaltres també com a carnassa.

Els Palusi i els caçadors es van fer un fart de riure. Eren pobres però lliures, i es referien als esclaus com a «peladets», pel costum que anessin rapats per identificar-los com a tals. Als portadors, i a Servus, no els va fer tanta gràcia.

Ens vam instal·lar a una distància prudent del Forat de la Mantícora i del Cabirolet. A uns cent passos, darrere una filera d'arbustos, vam alçar un petit campament per a tothom: els nou homes que érem més Sitir Tra i els meus cinc esclaus, comptant-hi Servus.

Els portadors van preparar la lectica per passar la nit. Per la seva banda, els Palusi i els caçadors tenien unes petites tendes fetes amb pell de cabra on podien dormir de dos en dos.

Per dissimular la nostra presència, els homes dels Palusi van tallar branques d'acàcia, van recollir uns quants troncs morts i els van col·locar a tall de pantalla davant de la nostra posició. De fet, van encerclar gairebé tot el perímetre del campament amb una muralleta vegetal en forma de ferradura. L'única part que no estava protegida era la que quedava en la direcció contrària al Forat de la Mantícora. En acabat van reforçar tota l'estructura amb grans arbustos espinosos que servien de cuirassa damunt les branques i els troncs. Molt enginyós: les espines feien un dit de llarg, cap fera s'atreviria a apropar-s'hi. Quant al cavall, l'ase i les dues mules que duien amb ells, els caçadors van emmordassar-los amb draps per evitar sons i renills indiscrets que poguessin alertar la pantera i els van calçar les peülles amb uns petits sacs que amortien el so. Per si de cas, els vam posar amb nosaltres a dins de la Ferradura, que era com començàvem a anomenar el nostre campament.

D'acord, els Palusi potser havien decidit assassinar-me, però em començaven a agradar: eren diligents i previsors, i en un tres i no res havien construït un campament fortificat i segur.

I després, a esperar.

L'espera que practica el caçador és un gran exercici de paciència i conformitat amb el destí. El caçador aprèn com n'és, d'insignificant, la seva voluntat: un cop posa l'esperit, el cos i les armes a l'aguait, ja res no està a les seves mans. Tot depèn de la conducta d'uns altres éssers vius. Va passar el matí, i la tarda, i va arribar el capvespre sense cap novetat. La meva impaciència jovenívola va maleir tots els déus: havia perdut un dia sencer ajupit rere un mur vegetal de punxes i branques, espiant, i no havia passat res, tret que un parell de corbs s'estaven fotent el tiberi de la seva vida picotejant els ulls del pobre Cabirolet.

Jo estava entremig dels dos germans Palusi.

—Creieu que la pantera encara deu continuar pels voltants d'aquest forat on la va veure Qual?

—Són animals territorials —va explicar Adad fregant-se la barbeta, però sense deixar d'observar el Forat de la Mantícora—. Normalment provenen de les muntanyes de l'Atles. Quan troben un terreny propici, s'hi queden.

—En realitat, una pantera negra només és un lleopard enfosquit —va aclarir-me Baltasar—. Com els homes, que n'hi ha de pell més clara i de més fosca. El que passa és que els lleopards negres són excepcionals, i per això són tan valuosos.

—Però en tot el dia no hem vist ni rastre de la fera —vaig insistir—. Això és normal?

—Sí —va dir Adad—. Lleopards i lleons cacen de nit.

Jo vaig esbufegar més empipat que un faune a qui li acaben de pispar la flauta:

—I això no m'ho podíeu haver dit al matí i no ara? Potser m'hauria passat el dia a la lectica llegint alguna cosa. Almenys hauria estat amagat del sol i no tirat per terra!

Servus em va acompanyar fins a la lectica.

—Dòminus —em va dir aleshores—, potser m'hauries de donar permís per apropar-me a la mina de plata. Qal diu que no està ni a un dia de distància.

—I què carai hi has d'anar a fer, tu, en aquell coi de mina? —vaig preguntar sense aturar-me.

—Els esclaus necessiten un parell d'utensilis, i potser hi trobaria algú que ens pogués vendre algun producte per cuinar-te plats més decents.

—Doncs a mi no em sembla una bona idea.

—Però dòminus...

—No!

Jo estava de mal humor, i vaig amenaçar-lo amb vint fuetejades si hi insistia. Vaig entrar a la lectica i vaig tancar les cortines.

No volia que Servus s'absentés tant de temps. A la Ferradura, almenys, podia controlar els seus moviments. Recorda, Prosèrpina, les paraules que li havia sentit dir mentre m'arrossegaven begut al llit, a la vil·la del governador Nurci. Vaig fer cridar Sitir i, tancat amb ella dins les solituds de la lectica, m'hi vaig desfogar:

—Tu vas amenaçar d'assassinar-me si desairava Gea, Servus em vol mort, a mi i a tots els patricis, i els Palusi em volen apunyalar i enterrar en un sot del desert! Hi ha algú a l'Àfrica que no em vulgui matar!? —vaig clamar—. I per protegir-me només tinc una dona desarmada que per tota vestimenta duu un anell de pedra la voltant del turmell! —La vaig mirar als ulls—. Ni tan sols sé per què hauries de ser fidel a un Tul·li! Però jo necessito saber si puc comptar amb algú que em guardi l'esquena. I ara digues: busques la meva mort?

—Si així fos, pollet —va contestar ella amb el seu to de veu aspa, inalterable, suau i dur alhora—, faria molt de temps que hauries deixat de respirar.

* * *

L'endemà, de bon matí, em van despertar unes veus a l'altra banda de la tela de la lectica. Era Servus. No cridava, però estava molt a prop de la cortina, i per això vaig poder sentir la conversa que mantenia amb Sitir.

El to de Servus fregava l'exasperació:

—Els aspa fa mil anys que recorren els camins del món auscultant els sentiments més nobles que emanen dels pits humans. Els aspa defensen els dèbils tot duent a terme actes de justícia. Qui ho sap millor que tu? —Aquí va fer una pausa; Sitir no va dir res—. Però això que feu no és justícia, és caritat violenta! I la caritat no serveix de res. La prova és que, mil anys després que les Pedres Negres escollissin el primer aspa, els pobres continuen sent pobres i oprimits, i els rics són més rics i més opressius. El món és més injust ara que mai!

No era la primera vegada que sentia Servus dirigint-se a Sitir, que l'ignorava educadament. Pel que em semblava entendre, Servus discrepava de l'ús que feien els aspa de les seves extraordinàries facultats marcials. (Suposadament extraordinàries, perquè a aquelles alçades del meu viatge africà jo encara no havia vist Sitir en acció). En qualsevol cas, les diferències doctrinals entre Servus i els monjos Gea, que li havien costat l'expulsió de l'orde, eren les següents:

Els aspa vagaven pel món armats amb les seves habilitats extraordinàries, tant físiques com d'esperit. Quan els seus sentits, esmoladíssims, detectaven unes emocions agitades i alhora nobles, defensaven els propietaris d'aquells sentiments. Si, per exemple, uns bandolers assaltaven la casa d'un pagès, i el terror de l'home era detectat per un aspa, aquest acudia i matava els criminals. Però els sacerdots Gea també creien que les seves creences religioses no s'havien d'immiscir en els assumptes mundans; o almenys que no havien de baixar a l'arena política. Quin era el problema? Doncs que si aquella mateixa família pagesa, a la qual l'aspa havia salvat la vida i la casa, era expulsada de la seva granja per un publicà a qui no podien pagar uns impostos del tot abusius, l'aspa no movia ni un dit en la seva defensa. I si aquell mateix pagès, desesperat, matava el recaptador publicà d'un cop d'aixada, segons les normes Gea, l'aspa no podia fer res més que contemplar com el crucificaven. Per això cobraven sentit les paraules recriminatòries que Servus dirigia a Sitir:

—Que potser les emocions que emet un pit angoixat són diferents quan l'assalta un bandoler que quan l'espolia un publicà? —li deia.

Però Sitir Tra callava. Sobre aquest extrem, permet-me que t'expliqui un detall molt significatiu, Prosèrpina: cap aspa va seguir les tropes catilinàries ni s'hi va integrar, per bé que, tal com després vaig saber, Catilina fins i tot va oferir als monjos Gea el càrrec de pontífex màxim de Roma a perpetuïtat i que el culte a Gea es convertís en la religió oficial de la República!

Quan encara estudiava al monestir secret de Gea, Servus ja va veure aquesta contradicció. Recorda, Prosèrpina, que era un home culte. Ell dirigia la biblioteca del monestir, i tenia accés a tot el pensament de la nostra època. Com que el monestir estava ubicat a l'oest de Damasc, hi confluïa tot el coneixement, el d'Orient i el d'Occident. Les lectures havien anat forjant en ell un esperit crític, i la contradicció amb la línia oficial de la religió Gea es va fer inevitable. En opinió de Servus, els aspa havien de combatre tota injustícia, sense distincions. També els abusos emparats per les lleis. Però ja sabem com són els alts sacerdots de qualsevol religió, la de Gea inclosa: no volen enfrontar-se mai als magistrats locals. Si els aspa començaven a matar publicans, era qüestió de temps, de molt poc temps, que la República declarés la religió Gea com a enemiga del poble i del Senat de Roma. Per això els monjos van expulsar Servus, per díscol i per heretge.

Vaig apartar la cortina i vaig sortir de la lectica. Servus, sorprès per la meva aparició, va adonar-se que l'havia estat escoltant.

—El teu argumentari en defensa dels pobres i els desvalguts, Servus, és perfecte —vaig al·legar jo—. Només obvies un aspecte: la mesquinesa humana.

Com que vaig veure que no m'entenia, vaig seguir:

—Els teus esforços per esdevenir un aspa van ser simultanis al procés que et va fer canviar de parer sobre la religió Gea. I ara digues: si el dia de la teva iniciació una Pedra Negra s'hagués adherit al teu turmell i, per tant, t'haguessis consagrat aspa, ara pensaries així? No creus que, un cop satisfet el somni de la teva vida, no hauries parit mai aquestes heretgies que tan abrandadament defenses?

Va envermellir sufocat per l'ofensa. Em mirava amb odi, però, a un jove patrici, l'odi d'un esclau no li feia por ni mal.

—Com que no vas poder ser aspa, odies els monjos Gea, i com que ets un servus, odies els dòminus. L'arrel del teu odi no és l'afany de justícia, només les teves frustracions. Però, com que ets un home culte, ho disfresses amb uns principis nobles i elevats.

Vaig fixar-me en Sitir. Què en pensava, d'aquell debat? Era impossible saber-ho. Seia sobre una roca meditant amb les cames encreuades i els ulls mig tancats, aliena al món, o potser auscultant emocions invisibles que suraven per l'aire del desert així com núvols al cel.

Ens va interrompre una agitació: de cop i volta, els caçadors que estaven a dins de la Ferradura, alertats, van començar a moure's, de pressa però sigil·losos. El que estava fent guàrdia al muret de troncs encarat cap al Forat de la Mantícora havia vist alguna cosa i els advertia amb gestos de la mà i espetecs labials. Els Palusi van anar cap allà i jo també. Vam estirar-nos a terra amagats rere la barrera de branques espinoses, per poder observar el forat que teníem cent passes més enllà. I el que vam veure, Prosèrpina, ens va gelar la sang.

Allà, en la distància, es bellugava alguna cosa. Una criatura que devorava el cos del nostre ham humà, el Cabirolet. Una bèstia de quatre potes. De color negre. El cap gris. Estava rosegant el crani del mort, i fins i tot a aquella distància podíem sentir els cruixits esfereïdors dels ossos en trencar-se.

S'havia de reconèixer una cosa: la descripció que n'havia fet Qal era prou precisa. Tenia el llom ple de petites escames negres i el cap era un oval gris i pelat. Lluny com érem, es feia difícil distingir-ne més detalls. Només hi havia una cosa fora de qualsevol dubte.

—Això no és cap pantera —vaig dir als Palusi en un xiuxiueig perquè aquella bèstia no em sentís.

Malgrat la distància, era impossible no experimentar un temor difús. Perquè aquella cosa, Prosèrpina, no era una mantícora ni era una pantera. I, fos el que fos, no era del nostre món. Just quan havia acabat de dir això, va clavar les dents amb més ganes encara al crani del Cabirolet. El cruiximent d'ossos va escampar-se per tota la Ferradura mentre el cos de l'esclau mort, sacsejat per aquelles mandíbules implacables, es removia com si encara fos viu.

No vaig voler continuar mirant. Adad tampoc. Tenia els ulls fixos a terra, amoïnat i pensarós.

—Havíeu vist mai res semblant? —vaig preguntar.

—No —va respondre sense alçar la vista—, però, sigui el que sigui, suposo que encara valdrà més diners. Els romans rics es deleixen per les novetats.

—I ara què? —va demanar Baltasar.

Estava clar que Adad exercia de sufet. Aleshores va proposar un pla.

—Farem servir les xarxes —va dir—. Enviaré el nostre home més alt i fornit, Usbaal, a l'altra banda del Forat de la Mantícora. Un cop allà, sortirà al descobert tot fent escarafalls. L'animal, espantat, o almenys sorprès, correrà en la direcció contrària, és a dir, cap a nosaltres. Aleshores li llançarem un parell de xarxes grans al damunt i serà nostre.

Explicat així semblava senzillíssim. El tal Usbaal, en efecte, era un punicot més alt que el colós de Rodes. Per amplificar-li l'envergadura, li van posar un casc de cuir emplomat que li afegia tres pams d'alçada.

Voluminós, però silent, Usbaal va iniciar una llarga marrada amagant-se darrere les irregularitats del terreny perquè la bèstia no el veiés. Els altres patíem per si l'animal acabava el seu tiberi i se n'anava abans que Usbaal arribés a la posició idònia. No va ser així. Mentrestant, els caçadors de Palusi van desenrotllar unes xarxes immenses i de trama prou atapeïda. Certament, només calia veure com les manipulaven per constatar que eren bons reciaris. Es van situar formant dues parelles. Cadascuna sostenia una xarxa. Van sortir de la Ferradura: dos van anar cap a la dreta i els altres dos cap a l'esquerra, molt discretament. La idea era que quan l'animal vingués cap a la nostra posició li caigués al damunt una xarxa per cada banda.

No vam trigar a veure el senyal convingut: l'asta d'una llança movent-se amunt i avall darrere uns matolls a l'altra banda del Forat de la Mantícora. Allò volia dir que Usbaal estava preparat.

—És ell. Tothom atent —va ordenar Adad agafant una javelina i alçant-la també, per confirmar que havíem entès el missatge.

Aleshores Usbaal va sortir del seu amagatall, udolant, amb el casc al cap, els braços oberts, una llança en una mà i un petit escut rodó a l'altra.

—Les bèsties, per fortes i temibles que siguin —va explicar Adad—, sempre prefereixen fugir que lluitar, perquè saben que una ferida podria incapacitar-les. Per això només combaten quan no tenen més alternativa. A diferència dels homes, que han de defensar l'honor i la dignitat.

—Això ho dius perquè no has estat mai al Senat de Roma —vaig ironitzar.

Va riure. Però la seva lògica era correcta. L'aparició sobtada i sorollosa d'Usbaal l'havia d'espantar per força. Per instint, arrencaria a córrer cap a nosaltres i, quan ja estigués a prop, els reciaris l'atraparien. Bé, doncs, el que va passar, estimada Prosèrpina, és que havíem comès el més elemental i alhora més imprevisible dels errors: no era un animal.

Havíem vist una criatura quadrúpeda, en efecte. Però només l'havíem vist de lluny i mentre menjava a terra. Quan Usbaal i el seu casc plomat van aparèixer, es va posar dempeus. Dret! Sobre dues cames! Era un ésser de mides pràcticament equivalents a les humanes. Potser tenia les extremitats més llargues que nosaltres en proporció al tronc, però allò era tot. I el que ens havien semblat escames, Prosèrpina, era una cota de malles de color negre sobre una pell d'un gris cendrós. El crani, nu i ovalat, resplendia orgullós sota el sol africà. Vam ofegar tots un crit.

Però qui s'encarava al monstre no érem nosaltres, sinó Usbaal. Perquè aquella cosa no va fugir. Després d'alçar-se, es va abraonar sobre el gran Usbaal!

Abans que el pobre home pogués reaccionar, ja li havia arrencat un tros de cara amb les dents. Es movia amb l'agilitat d'una aranya i la ferotgia d'un tauró. Vam entendre que l'estava matant, que ningú podia resistir el dolor d'una mossegada així ni recuperar-se d'una ferida com aquella.

En un acte de valor que l'honorava, Adad va fer un crit i va saltar el modest mur de troncs i espines per córrer a salvar el seu home. Baltasar el va seguir immediatament i, darrere seu, els altres caçadors.

Com que tothom havia corregut a ajudar la víctima, em vaig sentir obligat a participar en el rescat. Vaig cridar a Servus:

—La meva espasa! De pressa!

No era una qüestió de coratge, sinó d'honor: o m'hi sumava o perdria tot el respecte que aquells homes em poguessin tenir.

Estàvem massa lluny del Forat de la Mantícora i d'Usbaal. Va ser una carrera inútil. Ningú hauria pogut sobreviure a un atac com aquell. Tres fileres de dents punxegudes acarnissant-se amb una cara. El que més recordo, Prosèrpina, és l'actitud d'aquella criatura, la seva mirada intel·ligent. Quan va veure tots aquells homes furiosos carregant contra ell, no va perdre els nervis. En absolut. Va quedar-se palplantat, com si ens comptés i estigués mesurant les nostres forces. Els seus ulls eren el doble de grossos que els nostres; ens van mirar amb una barreja d'odi i disgust, com qui observa una nosa impertinent. Però el pitjor era la boca: un forat sense llavis que regalimava sang. Va entreobrir dues mandíbules flexibles com les d'una serp i, tot i la distància que encara ens separava, li vam poder veure les tres fileres de dents sobreposades. Després, amb aquella dignitat lenta tan pròpia dels reis i dels gats, va submergir-se al Forat de la Mantícora i el vam perdre de vista.

Quan hi vam arribar, Usbaal ja estava més que mort, la cara triturada per cent canins. Els seus amics van esclatar en plors. Els Palusi van maleir el cel i la terra i van invocar el déu Baal.

Jo, un cop més, em vaig adonar que havia incorregut en un ridícul marcial: no hauria pogut brandar la gàdius contra aquell monstre ni que hagués volgut, perquè amb les presses me l'havia endut amb la pedra esmoladora encara clavada a la punta.

I així és com va anar, estimada Prosèrpina, la nostra primera topada amb el tectó o tectònic.

6

Aquell mateix dia, i coincidint amb un bell crepuscle, els germans Palusi i els seus caçadors van incinerar Usbaal en una pira funerària en la qual no van estalviar troncs. No podien oferir més honors al seu companyó mort: en aquell paratge perdut, l'únic bé que abundava era fusta morta.

Van disposar el cadàver a sobre d'aquella gran pira, amb la cara tapada amb una gasa perquè no es veiessin aquelles ferides esgarrifoses, i van dipositar totes les pertinences del difunt al seu costat: em va emocionar que fossin tan poques i pobres, pobríssimes. Van encendre el foc quan el dia tot just finia. En aquella regió, Prosèrpina, els ocasos eren intensos, perquè així acostumen a ser les coses als límits oblidats del món: un horitzó vast i un cel violeta, que es van barrejar amb el blau i el granat de les flames. I mentre el difunt es consumia, els caçadors ploraven i es tiraven grapats de terra sobre el cap.

Sitir ho contemplava des d'una roca una mica apartada. Estava asseguda com una granota, amb els braços entremig de les cames, i era impossible saber si estava encuriosida o compungida.

—La culpa és meva! —va cridar Adad quan tot s'havia reduït a cendres. I després de dir això va córrer a amagar-se a la seva petita tenda de pell de cabra.

El que va passar aleshores, Prosèrpina, em va causar la més admirada de les sorpreses. Perquè a Roma qualsevol error, fracàs o feblesa d'un magistrat era usat immediatament pels seus competidors per acusar-lo, amb raó o sense, i a continuació desbancar-lo i reemplaçar-lo. Doncs bé: la reacció d'aquells caçadors púnics va ser molt més pròpia d'uns guerrers macedònics. Van córrer tots cap a la porta de la tendeta de pell caprina i van suplicar a Adad que sortís d'allà dins insistint una vegada i una altra que ell no en tenia la culpa. (Un dels herois més reconeguts al món d'abans de la Fi del Món, Prosèrpina, era un rei grec, un tal Alexandre, que durant una certa discussió etílica va matar sense voler un amic seu. Es va recloure a la seva tenda reial, turmentat pels remordiments, i només en va sortir quan el seu exèrcit l'hi va exigir per aclamació).

Dic, Prosèrpina, que entre els patricis de Roma, que ens consideràvem els òptims d'entre els homes, era habitual enderrocar el més fort, tant si estava justificat com si no, sempre que se'n presentava l'oportunitat. Aquells homes reunien els tres atributs insidiosos que tot el patriciat romà menyspreaia: pobres, plebeus i provincians. I, en canvi, la seva conducta era molt més noble que la nostra: emparaven com un amic el sufet a qui havien atorgat la potestat de manar. Baltasar era l'únic que havia entrat a la tenda, perquè no hi cabia ningú més i perquè era el seu germà, però els altres no es movien d'allà, com si el dolor els unís amb un vincle tan fort com la sang.

En qualsevol cas, jo començava a entendre que els africans es prenien molt més temps per viure el dolor i les passions, i, quan es va fer de nit, vaig decidir recloure'm a la meva lectica. Mentre hi anava, vaig passar per davant de la modesta penya des de la qual Sitir contemplava els púnics. Continuava amb aquella actitud d'observació afligida.

—Si és veritat que llegeixes les emocions així com la resta dels homes llegim els llibres, deus gaudir d'allò més amb aquesta escena —vaig comentar sarcàstic.

No em va contestar. Ni em va mirar, de fet.

* * *

L'endemà Adad continuava tossudament reclòs a la tenda, amb la cara amagada sota una tela fina que li cobria tot el cap, sord als reclams del seu germà i dels seus homes perquè sortís i tornés a dirigir-los com a sufet del grup.

Jo m'impacientava. Si volia apoderar-me de la criatura, em calia l'expertesa dels germans Palusi. I és que el meu propòsit de tornar victoriós davant del pare (i que uns altres fessin la feina per mi) es mantenia incòlume. De fet, que no es tractés d'una simple pantera, sinó d'un ésser extraordinari, no faria sinó incrementar el ressò del meu triomf. Però, mentre Adad encara estava reclòs, el seu germà Baltasar, que era més impulsiu, va sortir de la tenda i es va lliurar a un seguit d'escarafalls vehements: furiós, jurava a Baal que mataria el monstre i rubricava els seus juraments fent-se talls als avantbraços. Per si cal dir-ho, Prosèrpina, a mi no m'interessava que Baltasar convertís el nostre negoci en una venjança privada.

—Reflexiona! Ningú et pagarà ni un as per un cadàver —al·legava jo per dissuadir-lo—. A més, no tenim salmorra per conservar-lo. Amb aquesta calor, quan arribem a Útica només serà un tros de carn podrida.

—Això ja no és una qüestió de diners —bramava Baltasar—. Matarem aquesta bèstia, o el que sigui!

Es feia difícil mantenir una discussió amb un home que acabava de perdre un amic. Però jo, simplement, no podia tolerar els seus propòsits. Vam anar apujant el volum de la veu fins al punt d'escridassar-nos. A l'esquena de Baltasar començaven a prendre posicions els seus caçadors, preparats per intervenir-hi si hi havia brega. I jo vaig entendre que sí, que Baltasar s'atreviria a agredir un noble romà, quan vaig adonar-me que Sitir es posava darrere meu. Però aleshores algú va intervenir:

—Té raó.

Era Adad. Per fi havia sortit de la tenda de pell de cabra. Baltasar no donava crèdit al que sentia. En efecte, Adad va rebatre tots els seus arguments passionals:

—Usbaal tenia cinc fills. I ara digues: què creus que preferirà, la seva vídua? El cap del monstre o una bossa ben farcida d'or?

Baltasar es va revoltar:

—Si m'hagués matat a mi —cridava—, també bescanviaries la meva vida per un grapat de monedes romanes?

Però Adad va ser prou hàbil per demanar el parer dels altres caçadors, un a un. Abans de respondre, tots van mirar a terra, avergonyits, però un rere l'altre van donar la raó a Adad. Tothom tenia família i tothom va avantposar el benestar dels seus a qualsevol honor.

—Tractar amb aquest romà t'està fent perdre l'oremus! —va bramar Baltasar a Adad, vençut—. Deus estar content, Marc Tul·li! —va afegir mirant-me amb els ulls encesos—. Has aconseguit una cosa més prodigiosa que cap bèstia mítica, una cosa que no havia passat mai: que em baralli amb el meu germà!

I, dit això, es va allunyar de la Ferradura, sulfuradíssim, tot fent exclamacions en púnic. Com que Qal estava a prop, vaig demanar-li que m'ho traduís.

—Maleeix els nostres besavis per haver perdut la guerra contra Roma —va explicar.

Jo me'n vaig fotre amb aires de suficiència romana:

—Més li valdria maleir-los per haver-la començat.

* * *

A partir d'aquell instant, a la Ferradura no es va parlar de res que no fos l'assassí d'Usbaal. I és que els caçadors púnics, estimada Prosèrpina, havien començat a referir-se al monstre com Caputfaba. Sí, en llatí. Era una expressió que volia dir més o menys «cap de fava», en referència al seu crani pelat i allargassat. En fi, la plebs és així. Suposo que posant-li un sobrenom col·loquial, ofensiu i risible volien expulsar la por que ens causava. El problema, Prosèrpina, va ser que els homes inevitablement tendeixen a simplificar, i «Caputfaba» es va anar escurçant tan de pressa que a l'hora de sopar ja s'havia quedat en «Caput», que encara era més intimidador, perquè «Caput» vol dir «cap», i cada vegada que algú de nosaltres pronunciava aquella paraula teníem la sensació que una gran ment ens sotjava des d'algun lloc invisible i proper.

I així va arribar la nit, i amb ella els horrors de les tenebres. Perquè era lluna nova, i la foscor va caure sobre nosaltres com una ceguesa. La nit va refrescar les passions a l'interior de la Ferradura. La ira i la tristesa dels caçadors es va anar transmutant en recolliment. Els meus servus s'havien apinyat com un ramat humà al voltant de la seva foguera: malgrat que dissimulessin fent broma, tenien por. I jo encara més que ells. Perquè el Caput estava per algun lloc, molt a prop, rondant en aquella nit negra i espessa com un oceà. I tot el que ens separava d'ell era una inconsistent barrera de branques i punxes d'arbustos.

Va ser la primera vegada, Prosèrpina, que em vaig fer l'eterna pregunta dels viatgers involuntaris: «Què hi faig, jo, aquí?». I la resposta és que el viatger forçat mai, mai de la vida, s'ha de fer aquesta pregunta. «Què hi faig, jo, aquí?». Preguntar-se això posa en qüestió el nostre passat i fa que trontolli el nostre futur. Ens capfica i ens empeny a la desesperació.

Vaig manar als esclaus que encenguessin un parell de fogueres més, perquè almenys tot el recinte de la Ferradura estigués il·luminat. Tot just acabaven d'encendre un foc prop de l'entrada quan vam veure aparèixer algú, una figura antropomòrfica. Jo estava molt a prop d'aquell flanc desprotegit, i recordo que la por em va glaçar com si hagués arribat un fred sobtat. Però no era el Caput. Era Baltasar, que tornava. El passeig solitari pels erms havia apaivagat la seva ira, almenys una mica. Em va mirar. Jo, estúpid de mi, vaig deixar traslluir les meves pors intentant justificar l'ordre d'encendre tots aquells focs.

—Els bandolers, la banda d'esclaus fugitius de Torques que ronda pel desert... —vaig defensar-me quequejant—. Així els veurem si s'apropen...

Va limitar-se a fer una ganyota de menyspreu.

—Sí, és clar... bandolers... —va fer sense ni tan sols aturar-se quan va passar pel meu costat.

Se'n fumia, dels meus temors, i allò em va sulfurar, però em vaig contenir. No volia més brega amb ell.

Al cap de poca estona estàvem tots reunits al voltant de la fogata més gran, tan a prop del foc com podíem. A la meva dreta seia Servus; i a la dreta de Servus, Qal. I, per increïble que sigui, feien manetes! Qal jugava amb el dits de Servus, que refusava discretament els intents de Qal d'abraçar-li la cintura i recolzar el cap al seu pit. És ben bé que l'amor és com les aranyes, Prosèrpina: tots dos poden habitar els llocs més recòndits.

Aleshores, més inquietuds: uns renills animals, gens discrets, a l'altra banda de la nostra precària muralleta vegetal.

—Sentiu això? —em vaig alarmar, poc digne de la meva prosàpia.

—Només són hienes —va dir Baltasar, tan tranquil. Mirava les flames tot mastegant aquell pa sòlid i rodó dels púnics.

Sàpigues, Prosèrpina, que la hiena és l'únic animal que riu. Els caçadors estaven acostumats a les hienes, però jo no. Aquells riures bestials em feien estremir. I pel volum n'hi devia haver una bona colla, voltant la Ferradura.

—Però què hi fan, aquí?

—La culpa és teva —va dir Baltasar.

—Meva?

—Als minyonets de Roma potser us expliquen que el foc allunya els animals salvatges, però és al revés. Els atrau. Sobretot les hienes. Acostumen a caçar els animals que fugen dels incendis. Per això venen. Perquè has encès focs pertot arreu.

Baltasar feia que em sentís com un idiota. De sobte, aquelles rialles animals van emmudir. En sec. I allò encara em va espantar més: per què se n'havien anat, les hienes? Què podia foragitar-les a elles, les reines de la nit? Jo no podia dissimular la meva inquietud: sense bellugar-me ni un centímetre de la vora del foc, girava el cap a dreta i esquerra buscant inútilment amb els ulls, perquè més enllà del trist cercle protector de branques no es veia res. Res de res. Recorda, Prosèrpina, que Servus seia entre mi i Qal, que el mirava amb ulls de mel i li feia carantoines. Ara Baltasar xuclava el moll de l'os d'un antílop i somreia amb posat foteta.

—Es pot saber per què rius? —em vaig ofendre.

—Perquè ara mateix estava pensant —em va contestar, sorneguer— que Servus s'asseu entre la por i l'amor.

Tots els caçadors presents van esclatar en una riallada espontània, grollera i quasi bàrbara. Però jo era el fill del meu pare, no podia tolerar la burla. D'altra banda, Prosèrpina, encara era un nano, i els nanos actuen sense pensar. Sí, es pot ser covard i alhora impulsiu. La prova és que em vaig posar dret tot bramant «Què us heu cregut?» o «Ara veureu!», o alguna imbecil·litat per l'estil, vaig agafar la meva espasa i vaig sortir de la Ferradura, tot decidit a matar el Caput o a ves a saber a què. Ni jo mateix ho sabia. I aquella nit, Prosèrpina, vaig aprendre una gran lliçó: que si un home va al capdavant no pot fer cap bajanada, perquè si la fa no hi ha ningú que el pugui aturar.

Abans d'adonar-me'n ja estava fora de la Ferradura, perdut entre una foscor abismal, enmig d'una boirina gairebé oliosa. El meu únic contacte amb el món eren les soles del calçat, que trepitjaven un terra dur i sec. No veia res. El furor m'havia dut prou lluny perquè el terreny m'amagués la resplendor de les fogates. I allà enmig, sol, perdut en un desert sense llums, el vaig percebre. Ell. El Caput.

Estava allà, molt a prop meu. No, no podia veure'l. No em preguntis per què sabia que hi era, per què el notava. Però ho sabia, sabia que estava allà. Molt a prop. En algun lloc d'aquella foscor.

Mai, Prosèrpina. No havia experimentat mai un terror com aquell. Vaig tallar el buit amb l'espasa. Ell m'observava. Estava fora de l'abast de la meva arma, però allà mateix. Vaig recordar els seus ulls, grossos com pomes: de ben segur que a la nit hi veien més que els de les panteres. I jo, perdut enmig del no-res, a la mercè dels seus ullals triples. Com es podia ser tan estúpid? I el pitjor de tot, Prosèrpina, encara no havia arribat: la seva veu.

—Maaarrrccc...

Si els corbs parlessin, tindrien aquella veu. Un so arrossegat, com si parlés amb la boca farcida de claus. Era ell. Ens havia espiat. Fins i tot em coneixia pel nom. El pronunciava malament, però no hi havia cap dubte: el monstre deia el meu nom.

—Maaarrrrrrccc...

Em dol confessar-ho, Prosèrpina, però em vaig orinar. Així va ser.

Només em van sortir uns xisclets de ratolí. Ni el terror ni la covardia em van fer perdre la lucidesa: sabia, em constava, que en la meva situació qualsevol defensa seria inútil. Si el Caput havia assassinat un gegant com l'Usbaal en un tancar i obrir d'ulls, què no faria amb mi? Vaig deixar-me caure a terra, em vaig cargolar sobre mi mateix. Gemegava com un vell i plorava com un nen. Moriria sol, de nit, en un desert sense nom.

Fins que vaig sentir aquella veu:

—Dona'm la mà.

Era Sitir.

—Deixa anar l'espasa, o et feriràs a tu mateix, i dona'm la mà.

Vaig alçar el cap. Els àtoms de llum que desprenien els estels nocturns em van permetre veure els seus dits, el seu perfil nu. Vaig obeir. Vaig estendre la mà, ella va estirar-la, alçant-me del terra, i em va guiar com hauria guiat un cec.

Quan ja gairebé estàvem entrant a la Ferradura, vam sentir els xiscles. Una cridadissa eixordadora.

Durant la meva absència s'havia consumat la desgràcia: el monstre havia excavat un túnel per sota de la trista muralleta de branques i, amagat en la foscor, s'havia endut un dels meus portadors. En sentir els crits de l'esclau, els Palusi i els seus homes van reaccionar immediatament i van córrer cap allà. En veure's acaçat, el monstre va deixar la seva víctima, però el mal ja estava fet.

Imagina't, Prosèrpina, un pou ple de cocodrils famolencs. Imagina't que hi submergim una persona un moment i la tornem a hissar. Així estava aquell pobre dimoni. Allà on s'havien clavat les tres fileres de dents, la carn estava arrencada fins a l'os. Uns forats d'un pam, de dos pams d'ample. Tenia mossegades a les cuixes, les natges i el pit. Li faltava un peu sencer, i l'altre li penjava d'un fil de pell ensangonada. En saber-se perseguit, el monstre havia deduït que no podria menjar-se tranquil·lament la seva víctima i s'havia hagut de conformar amb unes quantes mossegades precipitades. El nostre enteniment no podia copsar aquella avarícia de carn, aquella ànsia devoradora; era massa terrorífica per als nostres ulls.

—Pels sagrats testicles de Baal... —va clamar Adad tot mirant el cos mutilat del servus—. S'alça i camina com un home i devora com una fera. Què és?

I potser hi havia una cosa encara pitjor que l'instint assassí del monstre: que la seva ferotgia estava guiada per una saviesa calculada. Era massa casualitat que l'atac hagués coincidit amb l'absència de Sitir de la Ferradura. (Recorda, Prosèrpina, que en aquell moment havia sortit a buscar-me).

El servus va patir una agonia espantosa. Va morir de matinada, la seva vida va acabar just quan el dia començava. Crec que era il·liri o d'algun lloc així.

* * *

Aquell matí, quan estaven tots al voltant del foc preparant l'esmorzar, vaig sortir de la lectica i vaig anunciar:

—Me'n torno a Roma.

El que havia passat la nit anterior m'havia fet prendre la determinació. Havia plorat de por, m'havia rescatat una dona. A mi, un optimat! (Una dona! No pots entendre, Prosèrpina, la humiliació que significava això per a un home romà). No, certament, no n'hi havia prou de vestir la toga viril per deixar de ser un noiet. Ni podia suportar la meva vergonya ni en podia culpar ningú.

—Vaig emprendre aquest viatge tan llarg per ascendir en l'escalafó de l'honor, però només he aconseguit ensorrar-me en la ignomínia més baixa —vaig dir en un rampell de sinceritat.

La meva decisió va agafar els Palusi i els seus per sorpresa.

—No patiu —vaig tranquil·litzar-los—, mantinc la meva promesa. Si aconseguiu caçar el Caput, poseu-vos en contacte amb mi, a Roma, i faré les gestions que calguin perquè el pugueu vendre al millor preu. Adeu.

Servus va protestar. Per algun motiu (que vaig trigar anys i anys a entendre), no volia abandonar aquells erms assassins. Jo vaig abocar les meves frustracions en ell:

—És obligació d'un esclau secundar i acompanyar el seu dòminus; fins a la mort, si cal! I no recordo que ahir a la nit moguessis el cul de la foguera per seguir-me i emparar-me!

Estava a punt de fuetejar-lo, quan Adad va fer un pas cap a mi i va dir:

—Queda't, si us plau. T'ho preguem. —Com era habitual en ell, parlava en plural, incloent-hi el germà. Però Baltasar callava; encara estava ressentit amb mi. Adad va afegir—: Als homes no els agrada que els mani algú que no sigui un noble.

Era una frase de Lisandre. Un plebeu de províncies com Palusi, naturalment, no sabia ni qui era el gran Lisandre, però eren paraules molt adequades en aquella situació.

A tu, Prosèrpina, et costaria entendre com funcionava el món d'abans de la Fi del Món. Però així era l'ordre de les coses, que els homes assumien com un fet tan immutable, i natural, com les matinades o els capvespres: si els esclaus eren menys que mobles, els patricis érem molt més que dirigents. Qualsevol empresa de magnitud havia d'estar presidida per un aristòcrata. Una cosa era sortir a caçar panteres, i una altra de molt diferent enfrontar-se a un monstre. Necessitaven algú de renom que apadrinés una gesta tan gran, un noble que la validés als ulls de la llei i dels magistrats romans. I per aquella rodalia només n'hi havia un, de noble: el fill de Marc Tul·li Ciceró.

Vaig posar una mà oberta al pit d'Adad. Tot i que tenia pensat matar-me, aquell individu tan capaç em queia bé.

—Ets un bon sufet per als teus homes —vaig dir—. Has caçat moltes peces sense el meu suport. I a més, contra això, sigui el que sigui, jo no puc ajudar-te.

Unes passes més enllà, Sitir. Tot i la seva habitual contenció de gestos, qualsevol podia veure que no estava satisfeta amb la meva decisió.

—No facis morros —vaig dir—, el meu pare et recompensarà per haver-me salvat la vida.

—En efecte, t'he salvat, però no ha servit per a res. No t'he acompanyat fins aquí perquè te'n tornis ara.

—I jo què carai sé, per què em vens al darrere! Digue-m'ho tu!

—No ho sé. Quan el fet s'esdevingui, ho sabré.

—Bravo! —vaig exclamar aplaudint agrament—. Des que ens coneixem és la primera vegada que em dirigeixes més de quatre paraules seguides.

Era inútil perdre el temps amb ella: les persones es guien per una lògica racional, mentre que ella seguia una lògica d'emocions traduïdes que jo no entenia.

Vaig pujar a la lectica. Qal reemplaçava l'últim portador mort. Vaig tancar les cortines, sense acomiadar-me, i vam iniciar la marxa.

Poc després de sortir de la Ferradura, vaig fer aturar el vehicle. No, no havia canviat d'opinió. Vols que et digui què va aturar-me, Prosèrpina? Dues coses. La primera i més important: el meu pare.

Simplement, no podia tornar amb les mans buides. Sobretot perquè, quan et mirava amb aquell cap poderós, amb aquell coll de toro, era impossible mentir. Què li diria? Que una dona despullada, amb una x al tors i una altra al pit, era més valenta que el seu primogènit?

I el segon obstacle que m'impedia anar-me'n era justament ella, la mateixa Sitir.

Just quan sortíem de la Ferradura, havia obert una mica la cortina i l'havia vist damunt d'una gran penya. Tenia el sol al darrere: els malucs d'ella l'eclipsaven. Em mirava frustrada, irritada, amb els punys comprimits.

Els seus poders bèl·lics, que de moment no havia tingut ocasió de comprovar, potser eren un frau, però li devia la vida. Allò era irrefutable. Ara, la seva figura, els seus perfils nus, femenins i alhora guerrers, destil·laven una grandesa impossible de definir. Crec, Prosèrpina, que va ser en aquell moment, observant com em mirava decebuda des de l'horitzó, que vaig sentir per primer cop alguna cosa intensa i sincera per ella. Sí, quina bellesa, de cos i d'esperit.

Sitir Tra no tenia res a veure amb cap dona que hagués conegut abans; estava, de fet, als antípodes de la típica matrona romana, púdica i de carns abundants. I ves per on, Prosèrpina, aquesta inversió total del nostre cànon, justament, era el que la començava a fer atractiva als meus ulls.

Vaig manar als portadors que giressin cua. Vam tornar a la Ferradura, vaig sortir de la lectica i vaig encarar-me als Palusi i als caçadors:

—Està bé, em quedo —vaig anunciar amb un esbufec, com qui fa una gran concessió—, però amb una condició: a partir d'ara, i fins que això s'acabi, accepteu públicament ser els meus clients, i, en conseqüència, m'obeireu en tot.

Van manifestar la seva alegria i la seva aprovació, amb Adad al capdavant. Baltasar no. Tampoc va oposar-s'hi; simplement se'n va mantenir al marge. I per rebaixar una mica la tensió, vaig afegir una nota d'humor suburrià:

—Complireu les meves ordres fidelment. Ara bé, si torno

a endinsar-me al desert, a mitja nit i sol, us ho adverteixo: crucificaré a tot aquell que no m'aturi.

Es van fer un fart de riure. Però ara reien amb mi, no de mi.

Quedava Sitir. No tenia cap obligació de manifestar-me la seva opinió, però va fer-ho. Va apropar-se a l'estil aspa, en línia recta i mirant-me als ulls. Va aturar-se a només un pam del meu nas, i per primer cop no em va tractar de «pollet»:

—Marc Tul·li: me n'alegro.

Res més. I es va allunyar. Jo vaig riure.

—Tantes efusions em destaroten!

* * *

La resta del dia, els Palusi i els caçadors es van dedicar a fabricar i parar trampes pels voltants del Forat de la Mantícora. Era la nova estratègia que havíem decidit seguir. Jo hi havia donat el vistiplau, perquè els entesos en cacera eren ells, però no hi tenia gaire fe.

—No caurà en cap trampa, perquè és tan intel·ligent com nosaltres —deia a Adad. Però ell no ho creia així. Seguia considerant-lo un simple animal.

—Camina sobre dues potes —vaig argumentar—. Ho vas veure tan bé com jo.

—I els ossos també, i els estruços, i només són bèsties.

—A la nit, al desert —vaig insistir—, vaig sentir com pronunciava el meu nom. El Caput parla; i si parla, pensa.

—No, no pot ser: et pensaves que estava tot perdut i et vas imaginar coses. Qualsevol diria que les hienes riuen i només són renills. Amb el monstre ve a ser el mateix.

Van estar molt enfeinats tot el matí. Al migdia van fer una pausa per menjar un mos. Estàvem tots reunits al centre de la Ferradura, quan un dels caçadors va preguntar, alarmat:

—On és Urnyul?

No hi era. Després del desconcert inicial van venir les corredisses: tothom cridava el nom del desaparegut i el buscava dins les tendes de pell de cabra. Sitir va aturar aquell esverament inútil. Va dirigir-se al caçador que compartia tenda amb el tal Urnyul, va parar una mà i li va exigir:

—Tu. Porta'm alguna cosa d'Urnyul.

L'home va obeir amb prestesa. Al cap d'un moment, Sitir tenia entre les mans un d'aquells mocadors que feien servir els púnics per protegir-se el coll i el cap de les inclemències del temps. Va apropar-se aquella pobra tela al cos. Recorda, Prosèrpina, que els aspa devien el seu nom a la gran x que tenien dibuixada al pit i l'esquena. Bé, doncs, Sitir va posar la tela, agafant-la encara amb totes dues mans, just al centre de la x, entre aquells dos pits menuts. Va mantenir-se així una breu estona, amb el cap cot, i finalment va alçar la mirada i, amb un to de veu que seria l'enveja de qualsevol mestre estoic, va anunciar:

—Urnyul és mort.

Els Palusi i els seus homes van deixar anar un gemec col·lectiu. Com tots els plebeus, tant si eren italians com si eren africans, els caçadors creien cegament en els poders dels aspa, i ni per un instant van dubtar que aquell dictamen pogués no ser cert.

Sitir va alçar el braç esquerre amb la mà oberta. Els cinc dits van començar a bellugar-se com si ballessin una dansa caòtica, cadascú pel seu compte. Semblava com si es moguessin al marge de la voluntat de Sitir. Però de seguida van agrupar-se ajuntant les puntes, com si formessin un bec, i van assenyalar cap a un punt en concret, una mena de duna sòlida.

Tots els caçadors van córrer cap allà. Sitir, Servus i jo, també. Vam escalar la duna, molt molt inclinada, i quan vam arribar a la cresta ens vam aturar en sec: el monstre estava unes tres-centes passes més enllà devorant el cadàver del pobre Urnyul.

Baltasar no va poder reprimir l'impuls de saltar endavant per carregar contra el monstre amb el seu pobre matxet. Adad, Sitir i jo vam estirar-lo avall aferrant-lo per les cames, els peus i els malucs.

—Pel cul de Baal! —va renyar-lo el seu germà—. Es pot saber què et passa últimament? Controla't!

—El Caput és allà, nosaltres aquí! —es desesperava Baltasar—. Ataquem-lo i traiem-lo del mig per sempre!

—El correcte és aprendre, encara que sigui de l'enemic —vaig dir jo recordant les paraules del vell Ergaster—. Ara podem espiar-lo sense que ens vegi, i potser així esbrinarem la millor manera d'atacar-lo.

Veritablement, Prosèrpina, el monstre s'estava regalant el més tètric dels festins. Com que es pensava que estava sol, gaudia devorant la seva peça. I ho feia d'una manera ordenada, sistemàtica: tota la carn, des del crani fins a la cintura, ja havia desaparegut. Només quedaven uns ossos pelats, alguns triturats. Era una visió espantosa. Com que el Caput menjava de quatre potes, com una fera, Adad va insistir en el caràcter animal de la criatura. No va trigar a haver d'admetre el seu error: en un cert moment el monstre va posar-se de genolls. Exposats al sol, el mentó, el coll i el pit brillaven amb el vermell de la sang. Amb una mà sostenia el cor de la víctima i amb l'altra el cervell, perfectament sencers, i es delectava mossegant, ara l'un, ara l'altre, mentre emetia un ronc ominós de gat satisfet.

—Coneixes algun animal que tingui plats preferits i els degusti amb summe plaer? —vaig preguntar a Adad—. Has vist mai cap bèstia que sigui un sibarita de l'antropofàgia?

Vam amagar el cap darrere la duna i vam fer un consell. Jo vaig proposar un pla senzillíssim: dividir-nos en dos grups, envoltar-lo i atacar-lo per totes bandes. Tothom hi va estar d'acord.

Un cop decidida l'estratègia, vam continuar observant el Caput una estona, aterrits i alhora fascinats. Què era, aquell ésser? Les seves formes i el seu caràcter escapaven a la nostra comprensió. No era només aquella mandíbula flexible que s'obria com un cep per permetre que les tres fileres de dents trituressin amb un ímpetu esfereïdor. El que resultava realment espantós, Prosèrpina, era un detall que revelava el seu caràcter: la golafreria. Urnyul, la víctima, era un home de complexió normal. El monstre no n'havia tingut prou amb la carn i continuava rosegant-ne els ossos.

Per desgràcia, quan ja estàvem ultimant els detalls del nostre pla d'atac, va aparèixer ell, Qal. Caminava per la cresta de la duna, mig ballant i mig fent equilibris:

—Servus? Servus? On pares? —I amb veueta melosa—: Seeervuuusss!

Jo em vaig escandalitzar:

—I ara d'on surt, aquest idiota?

Com és lògic, el Caput va advertir la nostra presència. Es va alçar, l'esquena ben erecta i tots els sentits alerta. Ja t'he dit, Prosèrpina, que estava lluny de nosaltres: a uns tres-cents passos. Aquella distància feia inútils fletxes i javelines. I aleshores vaig adonar-me que Sitir tensava tota la seva musculatura.

—Què vols fer? —vaig preguntar—. Està massa lluny.

Però ella em va ignorar: va sortir disparada duna avall. En veure-la venir, el Caput va fer un bram indignat i va arrencar a córrer en direcció contrària.

Una vegada, un romà ric ens va convidar al meu pare i a mi a una de les seves luxoses finques per tal de lluir la seva última i exòtica adquisició: un parell de guepards. El talent d'aquelles bèsties, Prosèrpina, era la velocitat. Els esclaus alliberaven cabirols àgils i veloços, i els dos guepards els encalçaven a una velocitat fulminant. Bé, doncs Sitir semblava un guepard. Jo no havia vist mai córrer un ésser humà d'aquella manera. Fins i tot costava seguir-la amb la mirada. Per desgràcia, el Caput va demostrar que no era menys hàbil en la carrera. Tenia unes cames llargues que de genoll en avall semblaven les d'un estruç: unes tíbies com barres de ferro cilíndriques que s'acabaven en uns peus que només tenien tres dits. La persecució va convertir-se en un espectacle. Aquelles terres mortes no havien vist mai dos corredors tan increïblement ràpids.

Però Sitir ho era més. Quan es va fer evident que retallava distàncies, que s'apropava al monstre, els caçadors van posar-se dempeus i van animar-la amb les seves veus púniques i ronques. El monstre intentava arribar al Forat de la Mantícora. No ho aconseguiria. Ni tan sols jo, que se suposava que havia de mantenir la digna *gravitas* d'un patrici, vaig poder evitar cridar com el populatxo animant el seu gladiador preferit: «Mata'l, mata'l!». Sí, Sitir l'enxamparia igual que un guepard atrapa una gasela. Però no comptàvem amb el que va passar aleshores, Prosèrpina.

Jo ja m'havia fixat en unes estranyes protuberàncies que el monstre tenia a la cintura. Creia que eren irregularitats del cos. M'equivocava. De cop i volta, quan Sitir ja el tenia gairebé a tocar, el monstre va deixar caure un reguitzell de boletes fosques i peludes, més o menys de la mida i la forma d'una castanya grossa. Tot va anar tan de pressa que costava entendre què estava passant. Vam veure com Sitir ensopegava, queia i rodolava. Com que anava a tanta velocitat, va trigar un bon tros a frenar, aixecant un núvol de polseguera. Recordo el xiscle de ràbia i frustració de Sitir, un so entre felí i femení. El monstre va aturar-se un moment a la vora del Forat de la Mantícora, va mirar enrere, va veure Sitir a terra, va deixar anar un grunyit triomfal i va capbussar-se a l'obertura soterrània.

Vam córrer tots a reunir-nos amb ella. Estava tan enfadada que no ens vam atrevir a apropar-nos-hi gaire, i encara menys a oferir-li ajuda. No parava de maleir en un idioma incomprensible mentre intentava desenganxar-se unes bestioles repugnants que se li havien adherit a les cames. Allò que el monstre havia deixat caure, Prosèrpina, aquella mena de castanyes peludes, eren unes criaturetes repulsives, que en tocar terra havien projectat unes potetes de dos pams de llarg. S'havien clavat als peus i les cames de Sitir i, per l'expressió de la cara, li causaven dolor. Frustrada, renegava com un taverner suburrià mentre s'arrencava aquelles coses vives i les esclafava amb els talons nus.

Ens vam mirar entre nosaltres. Els germans Palusi, Servus i jo. I a tots els rostres hi llegia el mateix: una barreja de dubte i terror, el sentiment d'algú que acaba de constatar que s'enfronta a una dimensió ignota de l'existència.

* * *

Aquella tarda Sitir Tra va decidir fer guàrdia davant del Forat de la Mantícora. S'hi va asseure al costat en una postura molt poc militar i molt religiosa, per dir-ho així. Amb el cul a terra, els turmells junts i el mentó tocant el pit. No sabies si escrutava la boca del pou o meditava sobre la deessa Gea. El seu cos, nu i immòbil, semblava talment una roca.

Jo l'observava des d'una distància respectuosa. Servus estava amb mi.

—I ara què fa? —vaig preguntar-li—. Prega o vigila?

—Totes dues coses. *Ora et vigila.*

S'acostava el capvespre.

—Pensa passar la nit aquí, lluny de la Ferradura, a tocar del cau del monstre? —vaig voler saber.

—És molt probable. Els aspa són perseverants, sobretot quan han patit un fracàs.

—Tota la nit i sola? I les hienes?

—Les hienes són massa intel·ligents per apropar-se a un aspa.

El capvespre ens queia al damunt. Quan em vaig retirar a la lectica, vaig convocar els germans Palusi i Servus. Ningú més. Vaig manar a Servus que tanqués bé les cortines i ens vam encabir tots al voltant d'una llàntia d'oli. Volia parlar amb ells sense que ens sentís ningú.

—He estat reflexionant —vaig dir fluixet—, i hi ha una cosa que no m'agrada gens. —La llàntia ens il·luminava la cara. Tenien tots el tors inclinat cap a mi per poder sentir bé el meu xiuxiueig—. No sé què és, aquesta criatura, però ja ha matat tres homes.

Adad i Baltasar es van mirar en silenci.

—El que intento dir —em vaig explicar— és que hem vingut aquí a caçar-la, però és ella qui ens està caçant.

Servus va empassar saliva. Els Palusi no semblaven intimidats. Només van dir:

—Més merescuts seran els llorers.

Adad volia matar-lo per obtenir benefici; Baltasar, per obtenir venjança. En qualsevol cas tornaven a estar units, com els bessons que eren. Jo, en realitat, els estava sondejant per veure si podia abandonar l'empresa i tornar a casa. Perquè una ànima covarda com la meva, Prosèrpina, a aquelles alçades ja havia vist moltes més atrocitats de les que podia suportar. Tanmateix, com bé saps, els havia donat la meva paraula que em posaria al capdavant d'aquella iniciativa, i ara no podia fer-me enrere si ells es quedaven. I ells no tenien cap intenció de marxar.

—Et necessitem, Marc Tul·li —va dir Adad—. Si es tractés de girafes o estruços, no hi hauria cap inconvenient. Però aquest ésser tan fora del comú implica massa lucre. Quan arribem amb ell a Útica es crearà una expectació enorme. No tindrem manera d'embarcar-lo, perquè molt abans la notícia ja haurà arribat a oïda del governador Nurci. I Nurci és un lladre, bé que ho saps. Com que som simples plebeus provincians, s'inventarà alguna martingala per apropiar-se del mèrit i la mercaderia. Això només pots evitar-ho tu. Ni el mateix Nurci s'atreviria a furtar la bossa i la glòria al fill del teu pare. Tenim raó i ho saps.

De vegades passa que no és que els generals siguin valents, sinó que els milites no els permeten ser covards. Per amagar la meva covardia, vaig respondre amb un cinisme extraordinari fins i tot en un aspirant a magistrat romà:

—Bravo! —vaig aplaudir—. Això és el que volia sentir! Per això us he reunit, per assegurar-me que el vostre ànim es manté intacte.

I van retirar-se. Jo vaig apagar la llàntia i em vaig allitar entre aquelles parets de roba.

Estava massa tens per conciliar el son. Qualsevol cruixit, per lleu que fos, em provocava un esglai. Vaig sentir un refrec. Em vaig mig incorporar, alarmat. Una de les cortines era prou translúcida per deixar entreveure una ombra a l'altra banda de la tela. Era Servus, que dormia fet una bola a la porta del seu amo, tal com li pertocava. Tot estava en ordre. Vaig tancar els ulls un altre cop. Tot de formes conegudes van començar a habitar la meva ment vagabunda: Sitir, ella i el seu cos únic, finament musculat.

Endormiscat com estava, les imatges sinuoses de Sitir es passejaven sota les meves parpelles com actors en un escenari. Veia la seva feminitat marcial: el nas fi i estret, els glutis durs com el marbre, els braços prims però poderosos. El meu raciocini volia allunyar la concupiscència: «Ni és matrona ni és meretriu», em deia a mi mateix, «no et convé». Ni podia entendre el desig que començava a sentir per ella, intensíssim, ni podia refusar-lo. I al capdavall, què hi ha de més inútil que voler domesticar la libido amb la raó? Estimada Prosèrpina: he estat espectador d'infinits debats sobre els poders dels déus; però no he sentit cap filòsof, ni un de sol, negar el poder del fal·lus.

Així estava, deixant-me caure dolçament en la inconsciència, quan un soroll llunyà i indefinible va començar a acompanyar les imatges dansaires de Sitir; una vibració, com si un ratolí s'hagués quedat atrapat sota el meu coixí. Vaig parar l'orella un moment, sense molestar-me a obrir els ulls.

I aleshores els vaig sentir. Eren com esbufecs llunyans d'un ramat de búfals. Qal ens havia explicat que aquells sons havien precedit l'aparició del monstre. Però la meva ment ja no raonava amb lucidesa. Em va assaltar un pensament infantil: «No em pot passar res, perquè Sitir vigila el Forat de la Mantícora». Crec que em vaig adormir, no n'estic segur, i llavors vaig sentir uns sorolls més propers, com de fusta gratada. Em va tornar a venir el mateix pensament: «El Forat de la Mantícora... Sitir el vigila». I, de cop, un esclat de lucidesa: «Però, i si no és l'única sortida? Fins i tot els conills saben que els caus han de tenir més d'una obertura!». Just mentre m'assaltava aquesta idea, vaig notar un contacte, un fregament. A la cara. A la galta que tenia recolzada al coixí de seda. Un tacte aspre, com la llengua d'un gat.

I aquí sí que vaig obrir els ulls de cop. El que vaig veure, Prosèrpina, va ser l'horror: una urpa, una mà inhumana de dits llargs, molt llargs, i sense ungles.

El Caput havia perforat un túnel que anava a parar just sota meu i havia travessat la base de la lectica: el compartiment per a l'equipatge, el matalàs i el coixí. Era una criatura de l'inframon, i com a tal dominava les rutes i geografies del subsol d'una manera incomprensible per a nosaltres. Estava allà, just sota el meu llit. El seu braç emergia a través del matalàs esventrat. Jo, estúpid de mi, em vaig preguntar: «On deu ser l'altre braç?». La resposta era: voltant-me el coll com una serp. I quina força tenien aquells membres, prims però nerviüts. Ara ja no em podia moure. Però t'asseguro una cosa, Prosèrpina: vaig fer un crit que devia arribar fins a la Suburra!

La lectica es va convertir en un remolí de fustes trencades que em xuclava cap al fons. Imagina't, Prosèrpina, que algú fa un forat a una taula, hi posa una mà des de sota i estira les tovalles cap avall. Així era. Al meu voltant tot s'agitava i m'arrossegava a les fondàries. El matalàs, convertit en un esvoranc, escampava pels aires milers de plomes. Captiu pel coll, no podia fer altra cosa que cridar el meu horror. Vaig sentir la veu de Servus:

—Dòminus, dòminus! —cridava—. Ajuda, ajuda!

El Caput m'arrossegava pel coll. Volia endur-se'm sota terra amb ell! Allò era pitjor que el pou de tots els meus malsons. Servus xisclava, però era massa pusil·lànime per fer res més.

Em va salvar ella, és clar. Sitir.

Vaig notar una mà que m'aferrava el genoll. Fent allò mentre el monstre m'estirava pel coll, només aconseguiria deixar-me malferit. Vaig cridar amb la mica d'aire que em quedava:

—Fot-li cops!

Sitir va entendre les meves raons. Servus també. I va ser prou entenimentat per dipositar una estaca a la mà lliure de l'aspa, que la va alçar i la va projectar com un arpó. Qualsevol altre m'hauria deixat esguerrat. Però Sitir era una aspa: l'estaca em va passar fregant l'orella i va encertar el monstre, que em va alliberar amb un udol gutural de frustració. Jo vaig fer un salt, mig ofegat, boquejant com un peix fora l'aigua.

Tota la lectica era un caos de destrucció. Els Palusi i els caçadors també havien acudit, armats amb matxets. Els púnics apuntaven xisclant al forat amb les seves javelines, preparats per atacar. Els germans Palusi van esperar que recuperés l'alè. I creu-me, Prosèrpina: les tremolors van trigar una bona estona a marxar. Després vam examinar l'obra del Caput.

Per sota del matalàs hi havia un túnel que era gairebé una rèplica del Forat de la Mantícora, tot i que més simple i estret. Vaig maleir tots els déus, i això que no hi creia.

—Una mica més i el Caput se m'endú avall amb ell! —vaig cridar—. Vosaltres parant trampes allà fora, i, mentrestant, aquest monstre excavava a sota del meu llit. Us ho vaig dir! —vaig advertir als dos germans Palusi—. És ell qui ens caça a nosaltres!

Em van mirar avergonyits com gossos apallissats. El cor em bategava tan fort com un ariet batent una muralla.

* * *

Per si calia dir-ho, Prosèrpina, no vaig poder dormir en tot el que quedava de nit. La matinada em va sorprendre a l'exterior de la Ferradura meditant sobre el que calia fer.

Contemplava la sortida del sol abrigat amb una manta fina, indecís i cavil·lant. No m'havia sentit mai tan sol. El meu pare m'estimava, d'allò no en tenia cap dubte. Però era allà, on havia de menar l'amor d'un pare? A les regions més desèrtiques per al cor i més perilloses per al cos?

Els altres m'observaven des de la Ferradura: els germans Palusi, Servus i Qal, els quatre caçadors i els tres portadors supervivents. Vaig notar que algú s'avançava i venia cap a mi. Ella, Sitir.

—I tu què carai vols? —vaig remugar malhumorat.

Però ella, com sempre, no va contestar les paraules que sortien de la meva boca, sinó les emocions que emanaven del meu pit:

—Vas bé, pollet. Continua així.

I se'n va tornar.

Al cap d'una estona vaig decidir que ja havia reflexionat prou, em vaig reunir amb els altres i vaig parlar d'aquesta manera:

—No deixarà d'acaçar-nos i matar-nos. Un per un. I després continuarà. Qui sap quan i on emergirà la propera vegada. Si ho ha fet sota la meva lectica, pot fer-ho sota el cul de qualsevol de nosaltres.

Adad em va interrompre de bona fe:

—Tenim pensades algunes trampes.

—Fins ara les vostres trampes no han servit de res! —vaig cridar—. I nosaltres hem caigut a totes les seves!

Els Palusi van voler saber què proposava.

—Trencar la seva lògica —vaig dir—. Fer l'última cosa que s'espera que fem.

—Quina? —va preguntar Adad.

—Baixar pel Forat de la Mantícora i capturar-lo o matar-lo.

Vaig veure tan clarament l'espant als seus ulls com es veuen les taques del xarampió a les galtes d'una criatura. Els caçadors púnics van dir que ni parlar-ne.

—Em vau cedir el comandament sobre tots vosaltres! Em vau implorar que l'acceptés, de fet! —vaig al·legar jo—. Ara heu d'obeir el meu criteri com a bons clients, us agradi o no.

Baltasar i el seu monyo eren els que estaven més exaltats: em va acusar de boig, de suïcida i de temerari.

—No —va interrompre'l finalment el seu germà Adad—. Marc Tul·li té raó.

—Ets boig? —va exclamar Baltasar.

—El Caput ens té allà on volia i està fent amb nosaltres el que volia —va admetre Adad fregant-se la barbeta—. Ens ha espiat, coneix les nostres habilitats i limitacions i pot atacar-nos per on vulgui i quan vulgui. Nosaltres, en canvi, no sabem pràcticament res d'ell.

—Justament! —va argumentar Baltasar—. Ni una aspa a la carrera, i al món que coneixem, ha estat capaç d'enxampar-lo. I preteneu baixar al seu món i capturar-lo?

—Reconec, Baltasar Palusi, que no et falten raons —vaig intervenir jo—, però hem de córrer el risc. Anníbal va fer el que ningú s'esperava: creuar els Alps. Per això va sorprendre Roma. Vosaltres sou púnics, bé que ho deveu saber.

—Anníbal va perdre —em va recordar Baltasar, amb raó.

Tanmateix, Adad va fer front comú amb mi. Va assenyalar amb el dit els quatre caçadors púnics que encara li quedaven i va dir a Baltasar:

—Quantes vídues més consolaràs?

Després d'això, només em quedava fer la gran pregunta:

—Bé, qui baixarà? No puc obligar ningú. I, si som massa, en les estretors d'una gruta tampoc farem gaire servei.

Vaig mirar-los un a un, inquisidor, i vaig apuntar Servus amb un dit.

—Servus! Tu! Tu i Qal! Baixareu plegats aquí sota, i, quan torneu amb el monstre, beneiré el vostre amor.

Una mica més i el pobre Qal es desmaia de l'ensurt.

—Era una broma suburriana —vaig aclarir—. Hi aniré jo.

Sí, ja ho sé, Prosèrpina, no era gaire congruent que Marc Tul·li, una gallina sense plomes, es prestés a una empresa tan plena de perills com una porquera de fang. Però què podia fer? Simplement no podia no anar-hi. Era jo qui havia volgut l'imperi sobre aquells homes; era jo qui havia proposat aquell pla. Si no em posava al capdavant, perdria qualsevol ascendent sobre ells, perdria la dignitat i potser perdria la vida, perquè sempre és més fàcil enterrar en un forat perdut un covard que un valent. Començava a entendre un gran principi:

que l'autèntic valor no prové de l'esperit, sinó de les circumstàncies.

—No hi aniràs sol, pollet.

Sitir no va ser l'única que va parlar així.

—I jo. Jo també vindré —va dir Adad.

En sentir allò, Baltasar va agafar el seu germà pel braç i se'l va endur uns passos més enllà. Potser volia mantenir-hi una conversa privada, però l'excitació el feia parlar a crits i jo tenia Qal, que em feia de traductor del púnic.

—Baltasar diu que lamenta més que mai no haver-te apunyalat i enterrat en un sot del desert quan en va tenir l'ocasió.

—Sincer, ho és —vaig ironitzar.

—Adad li contesta que no té més remei que baixar amb tu, perquè, si triomfessis sense ajuda dels Palusi, ja no tindries cap motiu per repartir el botí.

—Què més? —vaig demanar.

—Baltasar vol acompanyar-lo. Adad s'hi nega. Diu que no poden arriscar-se a morir tots dos i deixar desemparats uns pares massa vells i uns fills massa joves. Adad diu que, al capdavall, ell és el primogènit, i, per tant, té dret a imposar el seu criteri.

Vam entendre que la decisió d'Adad era irrevocable per un gest: va allunyar-se del seu germà i es va asseure davant d'aquell temple de tova diminut i entranyable que havia erigit a dins de la Ferradura. Va fer un petó al ninot que representava Baal, va encendre un petit ciri, va pregar uns instants i va venir cap a nosaltres.

I així va ser. Tots tres expedicionaris vam dirigir-nos cap al Forat de la Mantícora seguits per la resta. Anàvem equipats amb el mínim: Adad i jo dúiem ganivets, una manta prima, algunes cordes, una carbassa que feia de cantimplora i poca cosa més. Sitir, ni això. Només duia el seu cos nu i la Pedra Negra la voltant del turmell.

—Tu no et prepares? —li vaig preguntar.

Servus va contestar per ella:

—Els aspa sempre estan preparats.

El Forat de la Mantícora era una simple escletxa a terra, un forat que semblava una boca de llavis retorçats i que descendia en espiral per unes parets estretes. Res més. Però els Palusi, nissaga caçadora, ensumaven alguna cosa dolenta: es van mirar entre ells en silenci amb cara d'amoïnats. Jo vaig empassar saliva. Adad va oferir-se a baixar el primer. Vaig consentir-hi alçant les espatlles amb indiferència: un cop fóssim sota terra, al Caput tant li faria, qui hagués entrat primer.

—Espera! —va exclamar Baltasar.

I va abraçar el seu germà. Poques vegades he vist una abraçada tan sentida. Eren bessons. No, eren més que això: estaven units com ho estan les branques i les arrels d'un arbre. I ara la terra els separaria.

Baltasar em va mirar amb uns ulls de pantera.

—Si Adad no torna, et mataré i llançaré el teu cos per aquest mateix forat. Vull que ho sàpigues.

Adad va voler fer-lo callar dient-li molt seriós:

—Si no torno, casa't amb la meva dona. —I va afegir amb cara de murri—: No notarà gaire la diferència.

Tots vam deixar anar un riure sincer, també trist i contingut. Adad va començar el descens. S'agafava als sortints de la paret amb mans i peus, com si baixés pels esglaons d'un pou de pedra.

Em tocava a mi. Vaig asseure'm al caire del forat amb els peus penjant a dins, com un nen indecís a la riba d'un llac. Em costava iniciar la baixada. Sitir va agenollar-se al meu costat, el seu cap molt a prop del meu.

—Sempre m'han causat un gran horror dues coses —vaig confessar-li—: la imatge d'un punyal entrant al meu estómac i, sobretot, caure en un forat sense fons.

—Ja ho sé. Però no caiguis en la trampa que sempre ens para la por.

—Quina trampa és aquesta?

—La por sempre ens vol fer creure que a l'hora d'enfrontar-nos a ella estem sols.

Va somriure. Era la primera vegada que la veia somriure compassiva. I llavors va dir:

—Digues, pollet: en aquests malsons en què caus apunyalat o caus en un pou sense fi, hi ha algú amb tu?

—No.

—Ho veus? Això ho fa la por. I ara digues, pollet. Avui estàs sol?

—No. Adad i tu baixeu amb mi.

Va assentir amb el cap. I allò, Prosèrpina, em va reconfortar fins a un extrem difícil d'expressar, perquè l'aspa tenia raó: no estava sol. Vet aquí.

I hi vam entrar. Adad, jo i després Sitir. Les parets del pou desprenien una inesperada escalfor. Les veus dels altres, allà dalt, es van anar apagant, la llum va eclipsar-se. Vam caure en un replà. Davant nostre s'obria un túnel. Adad va encendre una petita torxa. Estàvem dins, estàvem a sota.

* * *

Del que va passar sota terra, Prosèrpina, em permetràs que no en parli aquí. Només et diré que vam ser-hi dos dies sencers amb les seves nits, i prou. Perquè si t'hagués d'explicar la nostra peripècia pel submon necessitaria el doble de les pàgines que he escrit fins ara o més. Permet-me, doncs, que faci una el·lipsi més que justificada. I en qualsevol cas, el resum de tot plegat és aquest: que hi vam baixar tres i en vam tornar tres, en efecte, però no els mateixos tres.

Com pots imaginar-te, Prosèrpina, mentre vam ser allà sota,

els que s'havien quedat a la superfície van patir molta angoixa. Sobretot Baltasar i els quatre caçadors púnics. Ells creien que la nostra immersió seria qüestió d'hores, o menys. Com que no tornàvem, s'estiraven els cabells, desesperats. Debatien què fer, indecisos. De tots els presents a la Ferradura, l'únic que no tenia obligacions amb els submergits, ni legals ni morals, era Qal.

—No tornen —deia a Servus—. Anem-nos-en, fugim a Útica.

Però Servus s'hi negava.

—És el teu dòminus —insistia Qal—. Per a ell ets menys que un gos. Fugim ara, estimat meu, no ens trobaran mai.

—Ha! —va riure Servus—. Quan a Tul·li Ciceró li va convenir, et va trobar en menys d'un dia, recordes? De debò et penses que és un noiet patrici, qui em reté en aquestes desolacions? —li va dir cridant—. Si és així no has entès res, res de res.

Tot això ho vaig saber molt després. En aquells moments estava sota terra. Però, tal com et deia, Prosèrpina, al tercer dia vam tornar a la superfície del món. A la llum. A la vida. Vam aparèixer pel mateix Forat de la Mantícora. Jo, Sitir i el Caput, a qui l'aspa carregava a l'esquena, ben lligat i emmordassat. Tornàvem, en efecte. Però sense Adad.

Els caçadors van abraonar-se sobre mi. Sobretot Baltasar. M'agafava per les espatlles i em sacsejava comminant-me a parlar:

—On és? —exigia—. On és Adad?

Jo vaig mirar Sitir, després Baltasar, i li vaig contestar l'única cosa que podíem contestar-li:

—Adad no tornarà.

Baltasar va embogir de dolor. Els caçadors van esclatar en laments púnics. A ningú semblava importar-li aquella peça extraordinària que Sitir duia a l'esquena, el Caput. Baltasar, a crits, violent, m'exigia explicacions.

—Em sap greu —repetia jo—, però el teu germà no tornarà.

—Ho sabia! Com ha mort? Amb dolor o sense? Amb dignitat o sense?

—Si us plau, t'ho prego —deia jo, sincerament afligit i entenent el seu dolor, però ferm—: no hi insisteixis. No hi ha res a explicar.

Desesperat, Baltasar alternava les amenaces amb les súpliques: volia detalls de la mort del seu germà, i jo em negava a donar-n'hi cap. La màxima concessió que vaig fer als seus precs va ser alçar les espatlles, resignat, i dir-li:

—El que ha passat no ho entendries, perquè simplement no es pot entendre. Això és tot.

Però no s'hi conformava. Era el seu germà. Era més que el seu germà. El dolor i la fúria el van fer empunyar un matxet i brandar-lo davant meu entre plors i amenaces. Jo vaig alçar una mà.

—Ara ets l'únic sufet que tenen els teus homes! Comporta't com a tal!

Però no es calmava. No sé què hauria passat si no haguéssim tingut Sitir a la vora. L'aspa es va apropar a Baltasar, pausada, i li va prendre el matxet amb la mateixa facilitat amb què l'hauria arrabassat a un nen de cinc anys. Va deixar caure l'arma, va passar-li deu dits amorosos pel clatell, i va dir:

—No tornarà.

I se'l va endur una mica més enllà, entre els arbustos. Vam veure com Sitir s'agenollava i feia agenollar Baltasar. Aleshores, delicadament, l'aspa es va acostar el cap de Baltasar al pit i se'l va posar just al centre de la creu en forma d'aspa. Baltasar va arrencar a plorar desconsoladament, així com un recipient trencat es buida del líquid que conté. S'abraçava a Sitir sanglotant entre convulsions. Servus va dir una cosa prou assenyada:

—Deixem-los.

Mentrestant havien lligat el Caput a l'interior del que quedava de la tenda lectica. Durant la meva absència, els portadors l'havien reparat com havien pogut. El manteníem estirat, de panxa enlaire, amb els braços i les cames subjectes a terra amb una mena d'argolles que els caçadors duien per retenir bèsties.

Era una estampa inquietant, Prosèrpina, per bé que el Caput estigués lligat i captiu. Els vents calents de la regió sacsejaven les parets de lona de la lectica, que tremolaven com si la mirada d'aquell monstre les atemorís. Sí, aquells ulls rodons de color ambre, aquell cap oblong sense cabells... I després la boca: li vam treure la mordassa que duia, i a l'acte va començar a grunyir i escopir com un lèmur maligne, mostrant-nos aquella filera triple de dents punxegudes. Estàvem tots absorts per la visió i alhora neguitosos. Si allò era una victòria, no ho semblava.

De sobte, va entrar Baltasar. Va fixar-se en aquella boca cridanera i, amb el revers d'una destral, li va clavar un cop al centre de la dentadura. Petits projectils d'ivori van sortir volant.

—Maleïda sia la flauta dels faunes! —vaig bramar—. Si no et pots contenir, surt de la meva tenda!

—Ha estat ell qui ha matat Adad, oi? —cridava Baltasar—. Qui, si no?!

Els quatre caçadors van contenir el seu sufet i van intentar calmar-lo. Jo, per la meva banda, vaig fer callar el Caput: van caldre totes les mans dels portadors per immobilitzar-li el crani, omplir-li la boca de grava i emmordassar aquells llavis sense carn.

Emmudit el captiu, ens vam tranquil·litzar tots una mica. Qal era qui mirava el Caput amb ulls més atents. Ell, que havia estat el testimoni de l'aparició d'aquell horror sobre el món, ara el tenia lligat als seus peus.

—D'on pot haver sortit, aquesta cosa? —va preguntar, parlant per tots.

—Això ens ho hauries de dir tu —va reptar-lo Baltasar, que havia recuperat un cert capteniment—, que ets natural de la regió.

—No, no —va fer Qal rotund—, per aquí no hi ha res d'això, t'ho puc ben assegurar.

—Ha vingut de l'inframon —vaig afirmar jo.

—Bestieses! —va saltar Baltasar—. Sota terra no hi viu ningú.

—I com ho saps? —va replicar Servus—. Tampoc haurien de caure pedres del cel, que és eteri i no pot sustentar res que sigui sòlid, però en cauen.

Baltasar seguia negant aquella idea. Jo vaig sospirar i vaig dir:

—Tu no has estat allà sota. El túnel no té fi, s'endinsa més i més cap a les fondàries. I mireu què duia el Caput amb ell.

Sitir havia tornat amb alguna cosa més que el monstre. Ella mateixa va desfer els nusos que tancaven un sac. De l'interior en van sorgir dues criaturetes de cos cilíndric i de la mida d'un braç. Feien pensar en una mena de calamar gros. Però a la boca, allà on els calamars tenen uns petits tentacles, aquells animalons lluïen uns membres en forma de pala. Així que Sitir va alliberar-los del sac, van buscar terra i van començar a xuclar-la. Els entrava per la boca i els sortia vomitada per unes obertures a la part lateral del cos. Feien un soroll molt peculiar, que Qal i jo vam reconèixer de seguida: era aquell so de narius de bou gegant que ell havia sentit abans que aparegués el monstre i jo la nit que m'havia atacat a la lectica.

—El nostre amic tenia amb ell prop d'un centenar d'aquests animalons domesticats —vaig afegir—. Els feia servir per perforar i excavar. I, com podeu veure, van prou de pressa.

En l'estona que jo havia trigat a dir un parell de frases, els dos «calamars» ja havien desaparegut terra endins. Vam tornar a fixar l'atenció en ell, en la criatura captiva. Despertava multitud d'incògnites. Qui era? D'on provenia, exactament? Per què havia vingut? I per què ens assassinava? Només sé, estimada Prosèrpina, que quan un grup humà es fa massa preguntes, no en contesta cap.

Em vaig agenollar al costat del Caput per observar-lo millor. Vaig passar una mà pel seu pit amb molt de compte. Aquell tacte dur no el produïen escames, com semblava a primera vista, sinó les peces perfectament entreteixides d'una cota de malles. A diferència de les nostres, que acostumaven a estar fetes de petits anells entrelligats, les peces d'aquella cota eren com minúscules teules solapades entre elles. Vaig intentar arrencar-ne una amb dos dits, però se'm resistia. Estava soldada. Va haver d'ajudar-m'hi Baltasar amb un petit ganivet. Li va costar molt, però al final la va extreure. Me la va cedir. Jo vaig observar-la sostenint-la molt a prop dels ulls, i vaig constatar estupefacte:

—Però això no és cuiro ni metall!

No, no ho era. Imagina, Prosèrpina, el nostre estupor en descobrir que aquella «teuleta» estava viva. Era un insecte. Una mena d'escarabat diminut, amb l'esquena en forma de cuirassa plana. Remenava les potetes mentre jo el sostenia de panxa enlaire amb dos dits. O sigui, que la cuirassa del monstre era una suma de petits insectes, adherits els uns als altres com una ínfima però disciplinada cohort en formació.

Vam tornar a fixar els ulls en el Caput i el seu cos anòmal, inaudit i exòtic. Tenia l'estatura d'una persona no gaire alta i els braços i les cames més llargs que els humans, almenys en proporció al tronc, eixut. Els dits de les mans tenien una falange més que els nostres, quatre, i el polze era gairebé tan llarg com els altres. Vestia pantalons, però no com els dels gals, que arriben fins als turmells, sinó fins als genolls, una mica com els nostres soldats. Palusi li va estirar tots dos camals per treure-li els pantalons: estaven fets d'una matèria estranya, elàstica, que recordava la pell mudada d'una serp.

Havia quedat despullat de cintura en avall i vam observar tots l'entrecuix amb una curiositat insana. Allà on hi hauria hagut d'haver els genitals només s'hi veia una superfície tan avorrida com un genoll pelat.

—Veieu el que jo veig? —vaig preguntar estorat.

—El que jo veig és que no veig res —va respondre Baltasar.

Servus va manifestar un interès més naturalista:

—Però, aleshores, com procreen?

A mi la qüestió m'interessava ben poc. El suburrià que sempre he dut a dins es va riure de Qal.

—Si tots els teus clients fossin així et moriries de gana.

Però ningú tenia esma per riure.

Ja t'he explicat abans que els peus del Caput recordaven els d'un estruç, però ara, observant-lo de prop, vam descobrir-hi un detall: en contra del que ens havia semblat, no anava descalç. Duia una mena de mitjons ajustadíssims a la pell. Baltasar els hi va estirar i, per a sorpresa nostra, aquella peça de roba gomosa es va alliberar de la mà del púnic per voluntat pròpia! Els dos mitjons es van llançar a terra i es van començar a arrossegar amb els moviments maldestres d'un pop fora de l'aigua.

—Pels pets pudents de Júpiter! —vaig cridar.

Ens en vam apartar tots, per instint. Sitir, sense por ni fàstic, va alçar un d'aquells «mitjons» amb una mà. Tenia forma de bossa allargassada i es retorçava i cargolava sobre ell mateix. Vaig mirar a dins: a les parets interiors d'aquella peça viva es removien uns tentacles diminuts, com peuets de cuc.

—Posa-te'l! —vaig ordenar a Servus.

Però Sitir li va estalviar el mal tràngol calçant-se'l ella mateixa.

El pop mitjó s'ajustava al peu i al turmell com si s'hi fusionés. Sitir ho va corroborar:

—Té un tacte suau i amorós, i se m'adapta tot sol al peu, molt millor que qualsevol calçat.

Jo no me'n sabia avenir. Un calfred: qui eren, aquella gent que ensinistraven els insectes i les bèsties així com nosaltres domesticàvem el cuiro i el metall?

—Traieu-li la mordassa —vaig ordenar—. Feu-ho!

Em van obeir. El monstre devia haver entès que volia parlar amb ell, perquè em va mirar, callat, mentre jo em tocava el pit amb la mà oberta i repetia: «Marc, Marc Tul·li».

—Tu ja saps que em dic Marc. Vas dir el meu nom, l'altra nit. Recordes? I tu? Digues el teu nom. Presenta't!

Aleshores va dir «tectó», o alguna cosa així, i es va posar a riure. T'ho ben asseguro, Prosèrpina. Reia de gust mentre anava repetint «tec-tó-tec-tó-tec-tó», com si digués una pregària o potser com si impartís alguna ordre; era difícil interpretar-ho. I així va continuar, insistent i despectiu, fins que em vaig veure obligat a emmordassar-lo un altre cop.

—Dona'm la teva destral —vaig demanar a Palusi.

—Què pretens? —em va preguntar ell.

—Necessitem esbrinar de què està fet aquest tectó, tectònic, o com es digui.

—I per saber-ho penses obrir-li el cap a cops de destral? —va protestar.

—Oh, no! Només vull tallar-li una mà per saber si, arribat el cas, podem matar-lo com a qualsevol ésser viu.

Palusi va barrar-me el pas.

—Ni parlar-ne!

—Ves per on! —vaig ironitzar—. Fa una estona el volies veure mort i ara no vols ni que vessi una mica de sang.

—Mutilar-lo seria delmar la nostra mercaderia.

—Nostra? —vaig riure—. Tots heu vist que era Sitir, qui

carregava el monstre a l'esquena. I l'aspa ve amb mi, no amb vosaltres.

—I jo crec que tu coneixes molt poc els costums dels caçadors de l'Àfrica. Quan dues partides s'uneixen, tot el que cacen va a mitges.

Em vaig dirigir a Qal:

—És cert això?

El noi va assentir:

—Sí, Baltasar Palusi té raó. Aquest és el costum del país.

—Bé, doncs, en aquest cas no discutim més —em vaig rendir—: m'han ensenyat a ser respectuós amb les tradicions locals.

Tothom es va relaxar. Jo vaig aprofitar que es distreien per agafar la destral del cinturó de Baltasar amb un gest ràpid i assestar un cop sec al canell esquerre del tectònic que l'hi va seccionar completament. El monyó es va convertir a l'acte en una font d'on manava un fastigós doll blau fosc de sang. Quanta sang, que espessa, i quin blau tan tèrbol!

Baltasar Palusi es va dur les mans al cap i Servus va deixar anar un xisclet de frustració. El Caput cridava i sacsejava el cap a banda i banda, exaltat de dolor.

—A la Suburra, el costum és que, si una cosa va a mitges, cadascú és propietari d'una meitat —vaig dir—. Vist així, una de les mans del tectó és meva.

Però abans d'acabar la frase vaig notar que havien deixat de mirar-me i que tots els ulls estaven clavats en la mà amputada. Havia començat a córrer com una aranya! Els dits li feien de potes, i quina velocitat! Anava esbojarrada, sense saber on. Imagina't, Prosèrpina, quin ensurt! Cada cop que estava a punt de xocar amb un peu, la persona afectada havia de fer un saltiró per deixar-la passar. Finalment, la mà va trobar una sortida i va córrer cap a l'exterior. Vam anar-li al darrere. Només calia seguir el regalim de sang blava. Va recórrer una distància de trenta o quaranta passes, com un pollastre sense cap, i finalment va quedar-se quieta, amb el palmell enlaire, definitivament exsangüe. Baltasar, enfurismat, li va donar una puntada de peu que la va fer volar com un colom.

Després, furiós, va tornar a l'interior de la lectica, seguit pels quatre caçadors púnics. Va contemplar el monstre presoner, va clavar els ulls en aquella mirada tèrbola i va declarar:

—Amb dues mans o només una, aquest maleït Caput ens farà rics. Això és el que volia Adad i així es farà.

Era cert, ens enriquiria a tots. Als púnics els faria rics d'or i plata, i a mi de fama i de glòria. Però Baltasar de seguida va oblidar-se de les coses prosaiques i va reprendre el seu plany.

—De què li serveix a l'home tot l'or del món, si perd el seu germà? —va clamar obrint els braços i mirant al sostre.

I va sortir de la lectica retenint llàgrimes. Els caçadors van obrir-li pas respectuosos amb el seu dolor. No he vist mai homes tan tristos el dia que troben un gran tresor.

7

I en realitat aquí s'hauria d'haver acabat tot. Almenys així ho crèiem. Només pensàvem en el llarg viatge de retorn a la costa. Primer a Útica i després a Roma, transportant el Caput com a tresor i com a trofeu. Li vam embenar el monyó de la mà amputada.

Però, abans d'aixecar el campament de la Ferradura, havíem de fer els preparatius per transportar el tectó amb garanties que arribaria viu i sencer al nostre destí. I això no era cosa senzilla. Per transportar-lo necessitàvem una gàbia segura i amb rodes. I després hi havia la qüestió dels aliments: des que estava captiu, el Caput no menjava res, o gairebé res. Li havíem apropat tota mena de carns, gra i verdures i l'hi havíem deixat a l'abast com qui posa menjar a una fera salvatge. (Qui era el valent que s'atrevia a acostar una cullera a aquella boca?). Però res. Aquell monstre sempre afamat només va consentir a menjar un parell de llesques de porc fumat.

—Es constata del cert! —vaig comentar jovialment a Baltasar i a Servus—: al Caput només li agrada la carn de porc i la humana. Cosa que, com afirma el filòsof, diu molt de la proximitat d'ambdues naturaleses.

Per increïble que sembli, era ben bé així: el tectònic només degustava carn de porc i de persones. Res més.

—Riu, si vols —em va replicar Baltasar amb posat greu—, però ja em diràs què farem quan s'acabi el pernil.

—Està clar, no? Sacrificarem els esclaus, primer els més grassos i després els més prims.

Ho vaig dir perquè en aquell moment tenia a prop els meus portadors, que van posar-se a tremolar com gatets fredolics.

—És broma, carallots —vaig haver de tranquil·litzar-los.

Vaig fixar-me en Sitir. Solitària de mena, havia sortit de la Ferradura i seia en una roca amb les cames encreuades, contemplant l'horitzó. Com que m'interessava molt més ella que la dieta del tectònic, vaig anar-hi. Des que havíem tornat del Forat de la Mantícora que no havíem parlat. Vaig intentar fer ús del to més cordial possible.

—Tu i jo sabem què va passar allà sota. I ara digues: admets que el pollet ha trencat la closca?

Es va limitar a fer una lleu concessió, i gens admirada.

—Que un pollet surti de l'ou —va dir—, no fa que deixi de ser pollet; només que comenci a ser-ho.

Al món d'abans de la Fi del Món, Prosèrpina, la jerarquies humanes eren molt nítides, i les dones només estaven un graó per sobre dels esclaus. És molt difícil estimar allò que ens ensenyen a menysprear. Potser per això, justament, m'atreia Sitir, perquè no era com cap de les dones que jo coneixia. I, també, naturalment, per una experiència en comú: tot el que ens havia passat sota terra, aquells dos dies i dues nits recorrent els túnels excavats pel Caput. Els riscos viscuts conjuntament creen vincles, i els vincles generen afecte.

Em vaig atrevir a dipositar una mà sobre la seva cuixa. Però ella, amb el seu estil indefectible, va impedir que progressés.

—Ves-te'n —em va etzibar—. He de meditar.

I així es va acabar el meu goig amorós: abans d'haver-lo

començat. Servus, servicial però inoportú, va venir fins a la roca on estàvem reunits Sitir i jo.

—Dòminus, he pensat que podríem arribar-nos a la mina de plata a comprar carn de porc per alimentar el tectònic.

Per algun motiu que jo no podia capir, Servus tenia una mena de fixació amb aquella mina. M'exasperava; a un patrici de Roma no el pressionava ningú, i menys un esclau domèstic.

—El meu amic Gneus Rinxolets potser té raó, i se us ha de fuetejar per rutina i per habitud, no per justícia o mereixement!

Ell i el refús de Sitir m'havien posat de mal humor. Vaig agafar una branca estellosa i, quan ja estava a punt de complir la meva amenaça, Sitir va començar amb aquelles tremolors: els ulls en blanc, la pell eriçada i unes diminutes convulsions que li recorrien tot el cos.

—I ara què li agafa? —vaig fer espantat.

Servus m'ho va explicar:

—Com bé saps, dòminus, els aspa mediten per auscultar les emocions que suren en l'aire. Així et va trobar a Roma.

—Doncs el que està percebent ara mateix —vaig observar— no sembla gaire agradable.

—Reacciona com nosaltres quan olorem una pestilència. Si la carn pútrida fa pudor, per què no haurien de desprendre miasmes fètides els esperits podrits per la maldat?

Els llavis de Sitir es van humitejar. Els ulls sense pupil·les feien por. Va mussitar alguna cosa en un idioma antic i estrany. Articulava les paraules amb espetecs violents. Servus va apropar l'orella a la boca d'ella i la va enretirar de sobte, com si hagués tingut un gran ensurt.

—Què diu? Parla! —vaig exigir.

Servus va empassar saliva, afectat:

—«L'horror... l'horror...». Això diu.

Jo no entenia els aspa, i no creia en la majoria de poders que se'ls atribuïen. Però havia après a respectar Sitir, sobretot després d'aquelles dues jornades sota terra. Vaig dir-me: «Potser ha auscultat el Caput». Però el Caput el teníem a la meva lectica, lligat i ben lligat. Ja no era un perill. Llavors em va assaltar el dubte: «Segur que el Caput està ben vigilat?». Per si de cas, vaig tornar a la Ferradura amb el pas cada cop més accelerat, com qui intueix una catàstrofe. No vaig alentir el ritme ni quan vaig passar pel costat de Palusi i els seus caçadors, que treballaven afanyosament en el vehicle gàbia. A la porta de la lectica no hi havia cap vigilant.

—Baltasar! —vaig cridar—. T'he dit que posessis un guardià amb el Caput!

—Necessito totes les mans. No t'amoïnis, està més engrillonat que una Persèfone raptada —va ser la seva resposta.

Però jo no me'n refiava. La tela de la porta de la lectica s'agitava com una petita vela. Vaig entrar-hi nerviós.

Era allà, sí. Assegut, amb els braços a l'esquena i amarrats a una estaca que Baltasar, previsor, havia fet clavar a terra. Tot semblava en ordre. Per si de cas, vaig repassar que estigués tot ben lligat, per si amagava algun truc. Vaig assegurar-me que no hagués afluixat les cordes. No. Vaig respirar més tranquil. Ell em mirava amb ira i odi, jo el mirava amb disgust i amb interès. Li vaig parlar:

—M'agradaria saber mil coses de tu. Qui ets? D'on provens, exactament? Com vas néixer, si els teus no tenen membre? El teu cap allargassat: quines idees oculta? Què esperes d'aquesta vida? I de l'altra? —vaig sospirar—: en qualsevol cas, sagnes. Com nosaltres. Per bé que la teva sang sigui d'un blau brut.

Els seus ulls, enormes en comparació als nostres, eren dos llacs d'ambre. I va riure. Reia, sí, amb unes mandíbules que podien obrir-se en un angle que duplicava el d'una boca humana. I, en fer-ho, va deixar més al descobert que mai les tres fileres de dents.

Jo vaig respondre amb el sarcasme típic de la Suburra:

—Oh, sí, riu, riu, amic cap de fava! Ja veuràs com n'és de divertit, el circ. Quan es cansin de tu, quan ja no siguis una novetat, et faran coses divertidíssimes. Potser t'alliberen davant d'un brau amb les banyes en flames, o potser et lliguen a la trompa d'un elefant i després deixen que t'ataquin ossos i rinoceronts. Sí, et faràs un fart de riure!

I vam riure d'allò més, l'un de l'altre. Deus convenir amb mi, Prosèrpina, que era una situació d'allò més absurda: tots dos crèiem que l'idiota era l'altre. Fins que en un cert moment em vaig dir: «Trobant-se en la situació en què es troba, què li deu fer pensar que l'imbècil soc jo?». Vaig recordar les convulsions de Sitir. I vaig pensar: «Per què s'ha alterat tant?». Ni tan sols quan havia percebut el Caput rondant la Ferradura havia reaccionat d'aquella manera. Així doncs, què justificava aquell neguit extrem?

Vaig girar el cap. I allà els tenia. Darrere meu.

A la porta de la lectica. Dos tectons.

Brandaven unes estranyes espases. La fulla semblava una serra doble. Duien un casc semiesfèric i la mateixa cota de malles que el Caput. M'escrutaven, quatre ulls grossos i grocs. I no reien.

Em va venir una gelor sobtada. Vaig deixar anar un xisclet molt poc guerrer i vaig allargar el braç per agafar la meva espasa, que estava desenfundada i a sobre d'un bagul, però sempre he estat un espadatxí pèssim: esverat, vaig agafar-la pel tall. La vaig deixar anar de seguida, ridículament ferit a la mà per mi mateix. Vaig caure de genolls. Vaig demanar auxili, tot i que sabia que no serviria de res. Però aleshores, quan els dos tectònics ja s'abraonaven sobre mi, un prodigi: van caure fulminats.

Sitir els havia travessat el tors amb dues javelines de caça púniques, per l'esquena i simultàniament. No em podia creure la meva sort: el cor em glatia com el d'un conill. Sitir, en canvi, em va parlar amb una veu sense sentiments, com si matar tectons de dos en dos fos el més natural del món:

—Pollet, surt —es va limitar a dir-me—. Has de veure una cosa.

Per sortir vaig haver de passar per sobre dels dos cadàvers, que ja estaven tacant el terra de la lectica amb rius blaus. Sitir em va dur fins a la muralleta de branques i troncs de la Ferradura, a la part que quedava just enfront del Forat de la Mantícora. Hi havia dotzenes de tectònics, com formigues al voltant d'un formiguer. Els uns acumulaven pedres i més pedres per aixecar una tosca muralla circular que encerclava el forat pel qual havien emergit. Els altres esmolaven uns troncs llargs i els clavaven entre les pedres amb la punxa apuntant enfora, formant una mena de cuirassa eriçada. Vaig veure allò i em vaig ensorrar.

Vaig seure a terra, capcot i d'esquena a aquella visió horrible. Baltasar Palusi no va entendre la meva reacció:

—Què et passa? Aquests no ens han vist —va dir—. Ens en podem anar sense destorb.

El púnic insistia que marxéssim al més aviat possible. Al final em vaig posar dret, irat.

—No em tornis a dir el que pots fer i el que no pots fer! No estem parlant d'això! —li vaig cridar—. Pensa més aviat en el que has de fer, en el que hem de fer!

Però Baltasar no m'entenia. Ni ell ni els altres.

—Els plebeus sou com els insectes! —em vaig indignar—. Només penseu a menjar, copular i fugir! I ara torna a mirar aquell maleït forat: abans només hi havia el Caput, i ara hi ha trenta, potser quaranta monstres amb cap de fava. No us sembla que una cosa així es mereix que tots plegats fem alguna reflexió?

Van callar tots. Només Servus va tenir el seny de contestar:

—Sí. Sí que mereix una reflexió. Si n'han ascendit quaranta —va continuar, mentre tots els altres l'escoltaven atentament—, per què no en poden venir quatre-cents més?

—Exacte! —vaig saltar jo—. O quatre mil!

—Més motiu perquè sortim d'aquí volant! —va exclamar Baltasar.

—Baltasar Palusi! —vaig interpel·lar-lo—. De debò no entens les conseqüències del que està passant en aquest racó de món?

—Atenció —va avisar-nos Sitir.

Tots els ulls es van girar cap al Forat de la Mantícora. Un grupet de cinc tectons s'havien separat de la resta. S'allunyaven del Forat de la Mantícora en direcció est.

—Farratjadors —va sentenciar Baltasar.

—Segurament. S'han adonat que aquell parell no tornaven —vaig fer jo assenyalant els dos tectònics morts— i ara envien una partida més forta, de cinc milites en lloc de dos.

—Però a buscar què? —va preguntar Servus.

—Menjar —va dir Baltasar—. El primer que fa un grup quan arriba a terra estranya és buscar provisions. I més ells, que endrapen cossos sencers.

Servus ens va mirar a mi i a Baltasar amb uns ulls covards.

—Això que el Caput, i per extensió tots els tectons, només mengen carn humana i de porc era una broma, oi?

* * *

Vaig ordenar que seguíssim la partida de cinc tectons a una distància prudent. No em refiava de deixar el Caput a la lectica, així que també ens el vam endur, emmordassat i amb els braços lligats a l'esquena. Sitir era l'encarregada d'arrossegar-lo pel clatell. Hi vam anar Sitir, jo, Servus i Qal, i, naturalment els caçadors, amb Baltasar dirigint-los.

Ens manteníem ajupits, lluny dels cinc tectònics, amagant-nos pels desnivells del terreny. En un cert moment vam situar-nos rere una gran roca i vam poder observar-los detingudament. Avançaven en una formació dispersa, com una estrella de cinc puntes. Duien cota de malles i pantalons de serp com els que ja coneixíem, i també un casc i un escut. Baltasar i jo estàvem espatlla contra espatlla parapetats darrere d'aquella gran roca.

—Què en penses? —vaig preguntar-li.

—Que no tinc cap intenció d'anar a saludar-los.

L'única raó per a l'esperança que se m'acudia era l'envergadura d'aquells monstres, lleugerament inferior a la humana. Ara faltava saber l'abast i els límits de les capacitats guerreres tectòniques. Vaig dirigir-me a Sitir, mig de broma:

—Eh, tu, gran guerrera de la deessa Gea: has matat dos tectons per l'esquena, però podries amb cinc i cara a cara?

Sitir no va moure ni un múscul. Com si no m'hagués sentit. Servus va parlar per ella:

—Veuràs, dòminus, la deessa Gea és contrària a exercir la violència contra cap ésser viu, humà o no humà, que no hagi exercit la violència prèviament.

En qualsevol altra situació hauria ventat un bon mastegot a Servus, però em va semblar que en aquell moment complicaria les coses, així que vaig recórrer a l'humor suburrià:

—Si algú intenta devorar-te viu, a tu i a totes les persones de la república on vius —vaig replicar perfectament seriós—, es considera motiu suficient per exercir alguna mena de violència defensiva?

Servus va empal·lidir.

—Suposo que sí, dòminus.

Jo vaig fer un gest d'impaciència a l'aspa, com dient: «Vinga, què esperes?». Sitir va sortir de darrere d'aquella gran roca i, al descobert, es va dirigir en línia recta cap als cinc tectons, passejant amb aquell aire altiu amb què caminava ella. Des de la nostra posició vèiem com s'allunyava la x que li creuava l'esquena nua. Servus em va xiuxiuejar:

—Dòminus, prepara't per al que estàs a punt de veure.

Cinc tectònics. Tot en ells ens parlava d'un altre món. Els gestos, la manera de caminar. L'armament. Duien un arsenal d'infanteria pesant: llança, escut, cascos, espases... Cap d'aquestes armes era com les nostres. Les llances, amb la punta dentada, més aviat semblaven arpons. Dels cascos, n'emergien unes rares protuberàncies, com grans de metall. Els escuts eren rectangulars, com els dels nostres legionaris, però amb un plec al centre que els donava una forma semblant a una teulada de dues aigües. I l'olor. El Caput era un sol individu. Ara que n'hi havia cinc, ens arribava una fortor molt similar a la que desprenien les hienes que rondaven la Ferradura a les nits. Sí, una olor intensa de salvatgina, una olor aliena a la cosa humana. Però el que més ens va angoixar, el que més estupor ens va causar, va ser la seva actitud cap a Sitir.

En veure per primer cop una criatura desconeguda que, a més, se li està apropant, tot ésser viu reacciona posant-se en alerta màxima: la seva pell i els seus nervis es mobilitzen, els ulls només miren allò desconegut que s'acosta i el cos sencer es prepara per defensar-se. Els tectònics no. Ni tan sols van dedicar-li una atenció especial, almenys en aparença. Van continuar avançant en formació de cinc puntes. Quan l'aspa va ser prou a prop, i només aleshores, van envoltar-la, com cinc dits contraient-se sobre el palmell de la mà. Però Sitir seguia caminant amb aquella actitud indiferent. Jo no vaig poder evitar una exclamació alarmada:

—Però què fa, aquesta boja?! Almenys hauria pogut agafar la meva espasa! No porta cap arma!

—No pateixis, dòminus.

I aleshores, Prosèrpina, va passar allò. El grilló del turmell.

Quan els enemics van iniciar l'atac, aquell anell de pedra va començar a expandir-se per la cama de Sitir, com si es liqüés, i a cobrir-li la pell. El grilló s'havia convertit en una mena d'oli espès que li recobria una bona part del cos, així com una melassa protectora.

Baltasar, els púnics i jo vam ofegar un crit de sorpresa. Servus estava molt satisfet de poder oferir-nos una explicació:

—Fixeu-vos que la Pedra Negra no li ha recobert tot el cos. Això és bo. Significa que no percep prou perill per oferir a la seva portadora una protecció total.

Abans t'he explicat, Prosèrpina, que els exercicis marcials de Sitir eren harmoniosos i dansaires. Bé, doncs, el que va passar a continuació no va tenir cap mena de bellesa. La violència no és mai bella.

Es van abatre damunt d'ella. Sitir, amb una facilitat que atordia, va arrabassar l'espasa al primer tectònic que se li va apropar i l'hi va clavar a la base del coll. Ja he mencionat que les espases tectòniques eren armes dentades. Un instrument així no estava fet per a l'estocada i per punxar, com les glàdius de l'exèrcit romà, sinó per esquinçar la carn. I creu-me, Prosèrpina: la glàdius tectona causava uns talls espantosos.

Amb aquella arma a les mans, Sitir repartia cops a dreta i esquerra, esquivant els seus enemics amb giravolts, salts i tombarelles. Però el més difícil de descriure, Prosèrpina, no és l'habilitat de Sitir, sinó el caràcter brutal, desaforat i vertiginós del seu estil de lluita. Fes-me un favor, estimada Prosèrpina, i llegeix aquesta breu frase llatina: «*Sitir quinque tectonicos occidit*». Doncs sí, això és el que va fer: va assassinar cinc tectons fortament armats en el que tu has trigat a llegir aquestes quatre paraules llatines.

Baltasar i jo, estupefactes, ens vam mirar mútuament, com si esperéssim que els ulls de l'altre confirmessin el que acabàvem de veure.

Els caçadors, feliços i alleugerits, van córrer cap a l'escenari de la matança. Feien pensar en aquells espartans que es van presentar tard a una batalla que havien lliurat els seus aliats i, un cop al camp de l'honor, s'hi van passejar com si la victòria fos cosa seva. El més extasiat, però, era el jove Qal.

—Ho heu vist? Ho heu vist? —clamava—. Els aspa encara són més increïbles del que diu la gent!

Pel que feia a Sitir, no li interessava ni el botí ni la victòria d'aquella escaramussa brutal. S'havia allunyat una mica i respirava fondo. No semblava un guerrer victoriós. Més aviat recordava un corredor després de competir en una carrera vertiginosa.

Ningú s'atrevia a tocar les despulles. I amb raó, ja que l'uniforme dels tectònics encara amagava moltes incògnites i meravelles. Els cascos, per exemple, estaven tan vius com els mitjons del Caput. Fugien de nosaltres arrossegant-se per terra com una mena de meduses inhàbils fora del seu element. Baltasar Palusi va ser el primer a agafar un dels cascos vivents. Fins i tot va tenir el valor de posar-se'l al cap.

L'animaló, que a terra deambulava desorientat com una gallina sense cap, va semblar alleujat de trobar un cap on enroscar-se i solidificar-se. I quina duresa! Palusi es picava el cap amb una mà, com qui tusta una porta, i la bestiola ressonava com si fos de metall.

—Et queda la mar de bé —vaig dir rient.

La part més graciosa va venir després, perquè una cosa era posar-se aquell casc vivent i l'altra, treure-se'l. La bestiola s'havia petrificat al crani tan fermament arrapada que no hi havia manera. Si ho seguia intentant s'arrencaria el cuir cabellut. La situació era tan absurda que els altres no podíem parar de riure, els caçadors de Baltasar inclosos. Com més s'empipava i es debatia el seu sufet, més reien ells. Desesperat, Baltasar va anar fins al nostre presoner i va exigir-li, a cops de puny i de peu, que l'alliberés d'aquella corona grotesca. Però havíem lligat i emmordassat el Caput tan a consciència que poc el podia ajudar.

—Deslliga-li el braç que encara té mà —vaig dir jo entre rialles.

I així, el mateix Palusi que uns instants abans apallissava el presoner, ara s'afanyava a alliberar-li un braç. Ens feia tanta gràcia que alguns van caure de genolls, plegats de riure. Al final va resultar que la solució era d'allò més simple: el Caput va limitar-se a pessigar amb dos dits llargs i ossuts unes protuberàncies del casc que semblaven mugrons carnosos i la bestiola es va desprendre tota sola, com adormida.

Però vam descobrir que el més astorador de tot l'uniforme tectònic eren els escuts. Els escuts militars poden ser d'allò més variats tant pel que fa a la forma com pel que fa a les proporcions, el pes i els colors que els ornen. Entre els bàrbars poden ser pintorescos, i entre els orientals prou exòtics. Ara bé, no n'hi ha cap que estigui viu. I aquells ho estaven, i molt.

Els homes de Palusi, que havien començat a saquejar els cadàvers, es van endur un bon ensurt: els escuts també se n'anaven! Havien trigat una mica més a reaccionar que els cascos, però ara s'arrossegaven lentament en totes direccions. Si t'hi fixaves bé, a les vores dels escuts es veien centenars de potetes, a l'estil dels centpeus.

Els homes de Palusi van girar una d'aquelles criatures, que va quedar de panxa enlaire com un escarabat gegant. Si la part exterior era una closca duríssima, per dins era un cos tou i carnós. A la part superior tenia tres boques en forma de ventoses de pop que deixaven anar uns sorolls desagradables, ara de succió ara d'exhalació. El so recordava el d'una bandada d'ànecs.

Mentre els caçadors de Palusi es recreaven en l'exploració del botí, jo em vaig recolzar en una trista acàcia tot reflexionant sobre el que s'estava esdevenint en aquell racó perdut del món.

Servus va apropar-se'm. No es va poder resistir a tancar una vella polèmica que mantenia amb mi:

—Després de veure el que has vist, dòminus —va dir foteta—, creus per fi en els poders dels aspa?

Vaig fer com si no hagués sentit el seu comentari impertinent. L'únic que m'interessava era calibrar les possibilitats de l'aspa:

—Contesta: Sitir podria matar la trentena de tectons que ara mateix hi deu haver al Forat de la Mantícora? —vaig preguntar.

Va negar amb el cap.

—Fins i tot els aspa tenen límits. Sitir Tra pot matar-ne cinc o sis, ho acabes de presenciar. Una dotzena ja fregaria el límit de les seves possibilitats, i atacar-ne tres decúries seria un suïcidi. Sitir està feta de carn, com tu i com jo. La Pedra Negra que li recobreix tota la pell li ofereix una protecció extraordinària, però no infinita. Una suma de talls i estocades acabarien per ferir-la i abatre-la. És una aspa —va concloure—, però és humana, no un Hèrcules immortal.

Servus va comprendre que jo estava sumit en una reflexió decisiva i va dir:

—Dòminus, puc fer-te saber el meu parer?

Era un esclau, però era un home llegit, i, en la meva situació, qualsevol opinió amb criteri era benvinguda.

—El meu consell —va dir Servus— és que demanis consell.

Jo no l'entenia.

—El teu pare és Marc Tul·li Ciceró, el romà més savi del món, i Roma governa el món. Qui millor que ell per indicar-te com has de procedir?

—Per si no te n'havies adonat, Roma és el cap i el cor del món, i nosaltres estem al cul. Més avall del cul, de fet: al sud de la província d'Àfrica.

—Dòminus —va insistir Servus—, Palusi té un cavall. Si un missatger cavalca nit i dia sense descans, arriba a Útica en tres jornades. Un cop allà pot embarcar-se en una *rauda*. I les *raudae* arriben a Òstia en tres dies i mig. En total set dies, com a molt. La resposta trigarà set dies més. En menys de dues setmanes pots tenir a les teves mans una missiva del teu pare. Pensa-t'ho!

Has de saber, Prosèrpina, que les *raudae* eren unes naus petites i velocíssimes que unien ports per comunicar-se en casos d'urgència. Normalment es reservaven perquè els governadors provincials informessin els cònsols i el Senat de situacions greus. Que les *raudae* estiguessin al servei exclusiu del procònsol de l'Àfrica no era el problema: en un món tan corrupte com el d'abans de la Fi del Món, els diners ho compraven tot, i jo tenia diners.

Qal ens havia sentit.

—Hi puc anar jo! —es va oferir—. Vaig aprendre a muntar a la vil·la del vell Ergaster, quan li feia de mosso d'estable. Dòminus: fixa una data, la que sigui, i, abans que arribi, jo ja hauré tornat. Ho juro per Baal, per Júpiter i per les seves fellacions mútues!

—Tu? — va riure Servus—. El dòminus no enviaria mai un prostitut de províncies a una missió tan cabdal. Desapareixeràs amb el cavall i els diners que et confiï per llogar la *rauda*.

—No! —es va ofendre Qal—. Estimat, per què m'acuses de lladre, justament tu, que m'has robat el cor? —I, girant-se cap a mi, va suplicar—: Dòminus! Envia-m'hi!

Servus em va mirar. Tenia tants dubtes com jo.

—Potser sí, dòminus, potser no tens més alternativa que enviar aquest sodomita de pell fosca. Qui, si no? En qualsevol cas, el missatger tant és; el que importa és que arribi.

Jo dubtava. Per afegir més confusió a la meva ment, ja prou emboirada, va venir Sitir i va parlar així:

—Pollet, qui està aquí, ara, ets tu. Tu, i no el teu pare. Decideix tu. Un pollet que sempre depèn del gall no deixarà mai de ser un pollet.

I, per si faltava algú, s'hi va afegir també Palusi.

—Bé, nosaltres ens n'anem —va anunciar—. Adeu.

Amb les xarxes i les mantes que portaven havien fet uns bons farcells per transportar el botí. Esperaven vendre els escuts, les armes i les armadures tectòniques al millor postor. No era la pantera negra que havien vingut a buscar, però era alguna cosa. I s'hi conformaven. Sobretot en aquelles circumstàncies.

—No te'n pots anar, Baltasar, et necessito —vaig replicar.

Palusi se'n va desentendre.

—De què m'estàs parlant, Marc Tul·li? Tu has vist tan bé com jo els amiguets del Caput. —Va girar un moment el cap—. Hem de fotre el camp d'aquí —va continuar—, i no ens podem endur el Caput perquè no tenim cap mitjà eficient per transportar-lo ni temps per construir-lo. Així és la vida —va sentenciar amb una resignació molt africana—. T'aconsello que vinguis amb nosaltres lluny d'aquí.

Després de dir això, Baltasar va mirar el Caput i em va oferir una daga.

—Au, Marc Tul·li, mata'l. Mata'l i anem-nos-en d'aquesta regió maleïda per tots els déus. Vinga.

Què havia de fer? Marxar amb els púnics? Escriure al meu pare? Actuar pel meu compte? Poques vegades, estimada Prosèrpina, he sentit tanta angoixa.

Li vaig prendre la daga de les mans i, furiós, la vaig llançar a terra.

—M'has de retre obediència! —vaig cridar a Baltasar Palusi—. Tu em vas demanar que em quedés! I la meva condició va ser que em cedissis l'imperi sobre tu i els teus homes.

Baltasar es va limitar a riure's del meu estirabot.

—El Caput i els seus amiguets ho canvien tot. Només un boig es quedaria.

Jo vaig invocar el més elemental dels principis humans:

—La paraula donada és sagrada!

Se li va encendre la cara, com cada cop que pensava en el seu germà.

—Doncs et recordo que vaig jurar a Adad que adoptaria els seus fills i la seva dona! Quina promesa creus que m'importa més?

Palusi i els seus se n'anaven, i la urgència m'obligava a decidir alguna cosa.

—Espera, espera! —vaig dir—. Et pagaré en condició de mercenari. Només et demano que us quedeu fins que el meu pare respongui.

Va fer una expressió incrèdula.

—Però què pretens? —va exclamar-se—. Que no ho has vist? Es mengen la gent!

—Per això mateix hem de retenir-los aquí, on no puguin fer cap mal, fins que la República actuï! —vaig cridar desesperat.

Tots van callar, jo també. No tenia cap pla, simplement vaig deixar que les meves paraules li donessin forma, quan vaig dir:

—Els acaçarem, no podran sortir del seu coi de Forat. Els mortificarem amb una guerra petita, com fan els lusitans. Si envien petits grups de farratjadors, els atacarem. Si envien grups massa nombrosos, els despistarem i quan siguin lluny llançarem roques per obturar el Forat de la Mantícora. L'aspa no pot fer-ho tot. Et necessitem, Baltasar Palusi!

Li vaig oferir tres-centes monedes d'or, una fortuna, a repartir entre els seus homes com li plagués. S'hi va negar indignat.

—No ens quedaríem ni que ens regalessis totes les verges vestals de Roma, tres carros cerimonials construïts amb or, des de les brides fins a les rodes, i prou seda per fer un pont de tela entre l'Àfrica i Roma!

N'hi vaig oferir sis-centes. Les va acceptar immediatament, tu diràs. Ai, els diners! Tu, Prosèrpina, no coneixes el seu poder.

—Està bé —va remugar—. Però el mateix dia que el missatger torni quedarem lliures de tot compromís. I m'has de prometre que no exposaràs els meus homes. Que lluiti l'aspa. Nosaltres no som soldats. Ni tan sols tenim espases de veritat, només matxets. Ho promets?

—Ho juro —vaig mentir descaradament—. No arriscaré mai les vostres vides.

I dic que mentia, Prosèrpina, perquè era impossible saber com anirien les coses. I perquè, tal com va dir Plató, els magistrats són els únics amb dret a mentir.

—I una cosa més —va exigir Baltasar—. Abans de marxar, toleraràs que em vengi del meu germà mort matant el Caput.

—T'ho creguis o no —vaig respondre—, el Caput no va matar Adad.

I ara no mentia.

Per un cop Sitir Tra va intercedir per mi. Va fer un pas endavant i es va dirigir a Baltasar:

—Ja et vam dir que no preguntessis més pel que va passar allà sota. I ara honora la teva paraula i compleix la teva part del tracte.

Després d'això vam tornar a la Ferradura per desfer el campament i desplaçar-nos a un lloc més segur. Mentre els altres recollien els pertrets que encara quedaven allà, jo vaig escriure dues cartes. Una per al meu pare i l'altra per a Quint Ergaster, el legionari veterà que ens havia acollit a la seva vil·la. Vaig lliurar totes dues missives a Qal i li vaig dir:

—Ara puja al cavall de Baltasar i cavalca fins a rebentar-lo. Mata'l, si cal, però no t'aturis! Fes una única parada a la vil·la d'Ergaster i lliura-li el meu escrit. No temis: no et castigarà, perquè li prego que t'ajudi amb provisions i cavalls. Continua fins a Útica. Corre com Mercuri! Al port, paga el que sigui per un passatge a la *rauda* del governador; sense regatejar i amb un suplement perquè salpi immediatament. Suborna'ls a tots i sigues generós. Un cop a Roma, lliura la carta al meu pare. En persona. I aquest petit cistell. No et moguis fins que ell et doni una resposta. Ho has entès? Ho has entès?

Al cistell hi havia el cap decapitat d'un tectó i una mà de dits llargs i sinistres. Qal va agafar-lo i va assentir, trèmul d'emoció.

—Afanya't! Corre, cavalca! Embarca't i navega! Que cap rem ni cap vent et sembli prou ràpid!

I amb aquestes paraules el vaig acomiadar. Va enfilar-se al cavall i es va allunyar amb el cistell a l'alforja.

—Quina sorpresa s'endurà el teu pare quan obri el cistell —va comentar Palusi—. Si els tectons ja són lletjos vius, imagina't d'aquí una setmana, tot podrit pels vents del desert i el salnitre marí.

Sitir em desaprovava i corregia:

—Estàs perdent el temps. Un pare només pot ajudar-te en assumptes paternals, i els tectònics no ho són —va limitar-se a sentenciar.

Servus, per la seva banda, desconfiava de Qal:

—Aquest noi és un rufià. No tornarà.

—Tornarà —vaig replicar—. I abans del que et penses.

Servus va fer que no amb el cap.

—No té una bona opinió de tu, dòminus, ni et deu cap mena de fidelitat. Per què no hauria d'embutxacar-se l'enorme xifra que li has donat per pagar suborns i lloguers i desaparèixer?

—No ho entens —vaig insistir—. No tornarà per mi, sinó per tu. Vol lluir-se davant teu per demostrar-te que es mereix el teu amor.

* * *

Al cap d'una estona ja havíem aixecat el campament de la Ferradura. Estava massa a prop del Forat de la Mantícora. Ara hi havia molts tectònics rondant per allà, i això sense comptar el perill que significava el pou que s'obria sota les restes de la meva lectica i que comunicava amb el seu món. Ens vam desplaçar un tros més enllà, a un lloc més amagat, rere un turonet que ens ocultava i que al mateix temps ens servia per observar la posició dels tectons. De moment seguien portant pedrotes a la petita muralla circular que estaven construint, que cada cop tenia més estaques esmolades com piques al voltant. L'última cosa que vam fer abans d'anar-nos-en de la Ferradura va ser alliberar el Caput.

Sí Prosèrpina, tal com ho sents: vaig alliberar-lo.

Vaig haver d'imposar la meva autoritat davant de Palusi i els seus caçadors, que protestaven amb mil escarafalls. Recorda, Prosèrpina, que el Caput n'havia assassinat dos dels seus. Mentre discutíem si el deixàvem anar o no, un dels púnics va estar a punt de seccionar-li el coll. Vaig haver d'interposar-m'hi físicament per impedir-ho. En aquells moments, el Caput semblava un penós fardell, els braços lligats a l'esquena, maltractat i manc.

—Quan torni amb els seus —va al·legar Palusi—, els farà saber que només som vuit homes i una dona!

(Palusi, Prosèrpina, no comptava els meus portadors com a homes, pel fet, meridià, que eren esclaus).

—És precisament el que vull que faci! —vaig replicar—. El Caput ha vist com un dels nostres, un de sol, matava cinc tectons. Els ho explicarà. I ells no saben que tots no som com els aspa. No ho veus? Seran molt més cauts, i això ens regalarà un temps preciós fins que el meu pare reaccioni.

Però no hi havia res a fer, no m'escoltaven. Al final vaig entendre que els púnics no volien raons ni arguments, sinó venjança. Només se'm va ocórrer una cosa: d'una estrebada, vaig abaixar al tectònic aquells pantalons arrapats i gomosos com una pell de serp. No tenia genitals, però tenia esfínter. I vaig dir a Palusi:

—Au, sodomitza'l. Vinga!

La meva proposta era tan imprevista que va refrenar la seva agressivitat.

—Li vols la mort o li vols mal? —vaig argumentar—. Què el ferirà més? Una fi instantània o tornar amb la seva gent humiliat fins a l'infinit?

I van fer-ho. Primer Palusi i després els quatre caçadors que havien sobreviscut als atacs del Caput, un rere l'altre.

Hauries d'haver vist com em mirava, Prosèrpina, mentre els caçadors el muntaven, l'un rere l'altre. Sí, em mirava fixament, fabricant odi amb els seus ulls rodons igual com un molí fa farina. Va ser un acte sòrdid, detestable i repulsiu, ho admeto. Però l'estratègia no és una qüestió d'ètica, sinó de fites. I en qualsevol cas, el Caput no es mereixia res de millor.

Quan vam deslligar-lo i li vam fer gestos perquè se n'anés, no podia creure's que li estiguéssim regalant la vida i la llibertat. Va començar a caminar en direcció al Forat de la Mantícora. Havia quedat tan ferit i adolorit que anava coix i molt lent. Per la part interior de les cuixes li lliscaven regalims de sang blava. Al cap d'unes quantes passes es va aturar. Es va girar. Va alçar el braç esquerre, em va assenyalar amb el monyó embolicat amb benes, ara tacades de sang blavosa, resseca i coagulada, i va pronunciar alguna cosa semblant al meu nom, com aquella nit al desert:

—Maaarrrc.

Llavors es va picar el pit amb el monyó i va dir:

—Nestedum.

Per fi em feia saber el seu nom. Era una presentació i una proclama d'odi etern. I també una amenaça. Jo no vaig saber què dir. Només sentia la por travessant-me el pit com una llança. Palusi va parlar per mi.

—Fot el camp d'aquí, cap de fava fastigós! —va cridar.

I li va llançar una pedrada. Els púnics van imitar-lo, i el Caput, a qui ja hauria de mencionar pel seu nom autèntic, Nestedum, va fugir sota una pluja de pedres.

—Es curiós —va dir Palusi quan el tectònic es va haver allunyat—, en llengua púnica, «neste dum» té un significat.

—De debò? —vaig preguntar sense gaire interès per aquella coincidència fonètica—. Quin?

—Beusang.

8

L'endemà, els tectònics van fer ús d'una tàctica nova. Un grup de vuit milites van sortir del Forat de la Mantícora, i, al cap de poc, els van seguir un segon grup de vuit soldats més. Les dues patrulles avançaven prou a prop l'una de l'altra per poder ajudar-se mútuament. Així, si un grup era atacat, l'altre podria acudir en el seu auxili. I setze tectònics armats eren massa, fins i tot per a la nostra Sitir.

Anaven recorrent tot el terreny que circumdava el Forat de la Mantícora en un ampli moviment en espiral, una maniobra de rastreig sistemàtica i perfectament executada. Com és lògic, no van trigar gaire a trobar els seus cinc companys d'armes nus, morts, amb el cos espoliat. Van arreplegar els cinc cadàvers i els van portar cap al Forat. El que van fer a continuació, Prosèrpina, va excedir l'imaginable.

Els meus pedagogs m'havien imposat lectures d'Heròdot, Ptolemeu i Estrabó. Tots tres citen costums remots i estranys, ritus fúnebres inclosos. Però, siguin quins siguin l'origen o les creences dels humans, sempre tenen alguna manera d'honrar els seus difunts. Fins i tot els grecs més ateus practiquen alguna mena de ritual funerari. Bé, doncs, no era el cas dels tectònics.

Es van endur els seus congèneres morts al Forat de la Mantícora. Els van penjar en una bastida de troncs, com si fossin vedells morts, i van començar a tallar-ne trossos de carn. I se'ls van menjar. Els seus companyons. Crus. Ni tan sols semblaven especialment famolencs. Els manipulaven i mastegaven com un aliment qualsevol.

Recordo, Prosèrpina, que en contemplar allò em vaig ensorrar en una mena d'horror primordial. Qui eren aquella gent, que es menjaven a ells mateixos sense necessitat? Qui podia esperar pietat d'algú així? Aquell dia vaig descobrir, Prosèrpina, que l'autèntica salvatgia no és la pràctica de ritus més o menys estranys, sinó la seva absència.

Sí, des del cim del nostre modest turonet, ho vam poder veure tot. L'elevació ens permetia observar perfectament la muralla de pedrotes acumulades. Feia un cercle prou ample que envoltava i protegia la posició del Forat de la Mantícora. A la part interior del cercle havien parat un campament. Els trípodes on havien penjat els cossos dels seus congèneres estaven fets amb unes branques molt llargues. Els tectònics eren molt disciplinats: feien cua estricta, a l'espera que un carnisser els servís una porció ben grossa de carn. Agafaven la ració que els havien donat amb totes dues mans, s'asseien a terra amb les cames encreuades i mastegaven amb les tres fileres de dents. El que més apreciaven eren el cervell i el moll de l'os; i el que menys, els budells i altres vísceres menors.

—Això desbarata els meus plans —vaig dir a Baltasar—. Esperava que la gana els obligués a sortir del Forat de la Mantí...

Servus no em va deixar acabar:

—Si continuen menjant a aquest ritme, els seus amiguets morts no els duraran gaire. Com endrapen!

—Pel cul mullat de Neptú, és que no en tenen mai prou? —es va exclamar Palusi.

Era sorprenent la quantitat de menjar que podia arribar a consumir cada tectó. Semblava que necessitessin menjar el triple, o el quàdruple, que els éssers humans. Durant els dies següents, els tectònics van seguir una rutina d'allò més estricta. Cada matinada, en sortir el sol, els dos grups de vuit milites abandonaven el recinte murallat per recórrer la rodalia. Si ho feien a la recerca d'aliment, com a simple mesura de protecció o per familiaritzar-se amb el terreny, era difícil de dir. Jo els observava atentament, buscant qualsevol detall que ens fos útil a l'hora de combatre'ls. I vols saber, Prosèrpina, què va ser el que més em va sorprendre? Doncs, justament, que els tectònics no manifestaven cap interès ni sorpresa per res. Talment. Per exemple: no van dedicar ni el més mínim interès al sol. Unes criatures que provenien d'un món soterrani, que tenien el cap eternament cobert per sostres de roca, no van dedicar ni una sola mirada, estupefacta, sobresaltada o admirada, al cel o al sol. Ni una.

Els tectònics que no integraven aquelles limitades expedicions es dividien per fer dues tasques diferents. Els uns s'apostaven a la tosca muralla, com a vigies. Els altres se submergien al Forat de la Mantícora. Treballaven en alguna cosa. Podíem sentir cops i retrons, com si hi hagués una farga, i de fons els esbufecs monstruosos d'aquells animalons en forma de calamar que ja coneixíem. De vegades el forat exhalava un fum estrany, blau, gasós i fètid. La fortor d'aquests núvols, que recordava els ous podrits, ens arribava fins al turonet, prou allunyat.

—Què deuen estar fent?

Servus va formular en veu alta la pregunta que ens fèiem tots.

—Que no ho ensumes? —va contestar Palusi—. Deuen parar l'orinal a Vulcà.

Només podíem especular.

De nit es reagrupaven a dins de la muralleta de rocs fent servir els escuts vivents com tendes individuals. Els disposaven a terra en forma de lambda (λ) i s'hi arreceraven a sota. Així, l'escut els servia de sostre, d'abric i d'empara. La seva relació amb aquell escut animat era tan estreta com la d'un bon genet amb la seva muntura: en tota la nit, l'escut no canviava de posició ni es movia; ni els desabrigava ni els descobria. L'endemà, quan es llevaven, als tectònics només els calia fer espetegar la llengua perquè aquelles bèsties els escalessin l'esquena i es quedessin allà, perfectament aferrades al cos del seu amo amb les potetes de centpeus. Crec que els escuts vius experimentaven plaer quan prenien contacte amb les esquenes tectòniques, perquè les tres boquetes en forma d'embut que tenien aquelles bèsties tan estranyes feien més soroll que mai. Aquell so greu i sostingut tan escandalós. Sí, al matí, el campament tectó ressonava com si s'haguessin despertat un ramat d'oques en zel. Com podien ensinistrar els escuts fins a aquell punt? No vam desentranyar mai aquell misteri.

Palusi i els seus caçadors, en canvi, no aconseguien que els cinc escuts capturats els obeïssin en res, ni en la més simple de les maniobres. Ben al contrari. Havien de lligar-los a un arbre, i fins i tot així fugien tan bon punt podien. Eren lents com tortugues i els atrapaven de seguida, però ells, tossuts, hi tornaven. En qualsevol cas era una imatge d'allò més peculiar: cinc criatures rectangulars lligades a un tronc removent amb desfici centenars de potetes mentre les tres boques en forma de ventosa de pop xarrupaven com un ànec xuclant un líquid.

* * *

Ben pocs dies després, els tectons reunits al Forat de la Mantícora havien devorat fins a l'última engruna de carn dels seus companys d'armes morts. Devien tenir gana, perquè van enviar una partida de farratjadors més gran del que era habitual: quatre grups de set individus cadascun. Servus va dir:

—No em puc creure que només mengin carn humana o de porc. No, simplement em nego a creure que existeixi gent així.

—Doncs ara tenim l'ocasió de confirmar-ho o descartar-ho definitivament —vaig replicar.

Els vam deixar a prop una de les dues mules perquè la descobrissin, amb la idea d'observar la seva reacció. Bé, doncs, quan el primer grup va ensopegar amb l'animal, ningú es va aturar a examinar-la. Se la van mirar un moment sense cap mena d'interès i van seguir endavant. La mula els va correspondre amb una inquietud igualment irrellevant: va girar un parell de cops una orella, i allò va ser tot el temor que va manifestar. Creu-me, Prosèrpina: no hi ha hagut mai una mula tan envejada per uns humans.

Els dos grups de tectònics que seguien el primer van actuar exactament igual. Van passar pel costat de la mula com si no hi fos. Vint-i-vuit tectons famolencs, i cap va considerar que la mula fos comestible.

Servus va parlar amb un calfred a la boca:

—Per la deessa Gea! —va sospirar—. Així és cert. Què faran quan descobreixin que a la superfície del món hi ha urbs farcides de gent?

Servus tenia el mal costum de pensar en veu alta. L'hi vaig recriminar:

—Servus, saps què és una pregunta retòrica? La que inclou la resposta! Calla!

Sigui com sigui, els deu primers dies van passar poques coses realment dignes de menció. Durant les nits, per tal de causar-los intranquil·litat, fèiem caure a l'interior de les seves defenses una petita pluja de fletxes incendiàries. Sense gaire èxit, aquesta és la veritat.

Per incomprensible que fos, els tectònics no manifestaven cap mena d'alarma o neguit. La seva única resposta era el silenci i la indiferència. Els sentinelles ni tan sols es molestaven a despertar els seus companys. No ho enteníem. Palusi ens va llegir a tots el pensament:

—Són tan llestos que amaguen la seva por o massa estúpids per témer el foc? —va preguntar.

A part d'això, estimada Prosèrpina, i em sap greu dir-ho, aquells dies van ser molt poc èpics. El que passava era que no passava res. Només els sorolls i els gasos blavosos que sortien per aquell forat. Això, i partides ocasionals de tectons, massa nombrosos perquè poguéssim atacar-los. Allò era tot. Ells, per prudència o per la raó que fos, tampoc s'allunyaven gaire del Forat de la Mantícora, així que en certa manera podria dir-se que estàvem en taules. Però un capvespre va passar una cosa que em va consumir l'ànim.

El sol es ponia al desert. Uns intensos tons grana i violeta conquerien amb esplendidesa l'horitzó. Jo el contemplava, extasiat, quan des de la posició tectònica es va elevar una veu col·lectiva:

—Marc... Maaarc! Marrrrrrc!

Eren ells. La trentena o quarantena de tectons, a l'unísón. Em cridaven. A mi. Un cor de veus inhumanes. Vaig estrènyer una mica més la manta que m'havia posat sobre les espatlles. «Això ha estat idea de Nestedum», vaig pensar. I, en efecte, al cap de poc aquell monstre va aparèixer a sobre del seu parapet de pedres. Era inconfusible: ell, sí, Nestedum i el seu avantbraç sense mà. «Marc, marcmarcmarc!!!».

Vaig tenir por, Prosèrpina, molta por. Perquè aquella criatura estava convertint una pugna entre el món i el submon en una qüestió personal. I la personalitzava en mi.

Dempeus a la seva muralleta, Nestedum va brandar el seu braç intacte, com demanant-me que m'apropés al Forat de la

Mantícora. «Au, vinga, vine». Això era el que m'estava dient. Em proposava un combat singular. Ell, amb una sola mà, contra mi.

Palusi i els altres tenien els ulls fixos en la meva persona. Què podia fer? Era massa covard per acceptar aquell duel, però, si m'hi negava, els púnics i Baltasar em menystindrien. En casos així, no hi ha res com haver-se criat a la Suburra. Allà aprenies que l'humor té molts usos.

Vaig sortir del nostre amagatall. Em vaig mostrar (a una distància prudent, és clar) i vaig cridar com si parlés seriosament:

—Mira que n'ets, de rancuniós! Només et vaig tallar la maneta. Ho sento! Prometo no tornar a fer servir una destral per a la manicura!

Els púnics i els portadors de la lectica es van posar a riure com bojos. Fins i tot Servus, sempre tan seriós. I mira que era dolent, l'acudit. Però ja ho diuen: l'humor i la por fan frontera.

Nestedum va saltar, àgil, parapet avall. Duia una espasa tectona, amb la fulla de serra. Un cop a terra, va avançar uns passos en la meva direcció. Era obvi que m'exigia un combat singular.

—Vols que hi vagi jo? —es va oferir Sitir.

—Em vol a mi —vaig sospirar—. Jo li vaig tallar la mà, jo vaig fer que el sodomitzessin. M'odia i creu que serà una victòria fàcil, perquè pensa que soc un covard. I té raó —vaig afegir per a la meva vergonya—: em va veure plorar al desert, recordes?

Vaig fer un pas endavant i vaig cridar a Nestedum:

—Tots sabem per què estàs tan enfadat! Perquè no tens verga i no pots fer-te la mà!

(A la Suburra, Prosèrpina, «fer-se la mà» volia dir «masturbar-se»; però les grolleries sempre són la part més universal dels idiomes, com ho demostra el fet que els púnics, rere meu, es morien de riure). Palusi es va animar, va venir al meu costat i va mostrar impúdicament els seus genitals als tectons.

—Vinga, vine! —va cridar—. Et va agradar, oi? Te n'han quedat més ganes!

Tots reien. Nestedum, en veure que jo refusava el duel, va tornar enrere, victoriós a mitges: potser havia demostrat el seu valor i la meva covardia, però aquell mar de riures semblava desconcertar-lo. Aquella nit els tectons es van passar totes les hores de foscor entonant un rítmic «Marc, Marc, Marc!» ple d'erres. Trenta goles ominoses, no, més de trenta, feien pujar a un cel negre aquell símil de tonada. «Marcmarcmarcmarc!». Va ser una nit freda. Els tectons no callaven. Jo em vaig cenyir bé la manta i vaig seure al costat de Sitir. Li vaig demanar a ella, gran guerrera aspa, què podia fer per controlar la meva por. Sitir, inefable, es va encongir d'espatlles, com si li hagués dit que em molestaven els mosquits.

—Posa't taps de fang a les orelles —em va receptar.

No podia deixar de pensar en el Forat de la Mantícora. Aquella comunicació entre dos mons. Et pot semblar estrany, Prosèrpina, però aquell buit, aquella boca negra, em repel·lia i m'atemoria encara més que els mateixos tectons, fins i tot més que Nestedum. Tots tenim els nostres horrors privats. I el meu era caure, una caiguda sense fi conegut ni retorn possible. Ells potser eren uns monstres, però eren reals. Criatures palpables que podíem combatre i, per tant, vencibles. Però un forat es defineix pel que no és; és un buit. I com es combat un buit?

Sentíem com treballaven en aquell buit. Recorda, Prosèrpina, que havien envoltat el Forat de la Mantícora d'una muralla maldestra de rocs. No podíem veure què hi feien, a l'interior, només sentíem aquell continu de sorolls i d'olors i vèiem emergir-ne aquells vapors fantàstics. El que realment m'alterava l'ànim eren les preguntes que aquell buit generava. Què hi feien i amb quin propòsit? Què hi havia, al fons de tot?

* * *

L'endemà, un dels caçadors ens va advertir: un grupet de només sis tectònics s'estava endinsant per una collada menor. Coneixíem aquell lloc, un passadís entre grans roques. Era una posició molt favorable. Havíem planejat parar-los una emboscada si mai entraven en aquell petit congost. I així ho vam fer.

Vam prendre posicions a la part més alta, entre un rocam voluminós. Mentre els tectònics circulaven pel camí natural, a sota, vam atacar-los amb tot el que teníem: arcs i fletxes, fones, javelines i roques que queien rodolant amb un gran terrabastall.

Per desgràcia, la reacció dels tectònics va ser instantània i admirablement disciplinada. Van adoptar una formació perfecta: tres drets i tres de genolls. Van unir els escuts entre ells i van construir una pantalla solidíssima. Una mica com la tortuga dels nostres legionaris, però molt més efectiva, més ferma, sense escletxes. Perquè aquells escuts vivents, en notar la proximitat dels seus congèneres, entrelligaven les potetes laterals. Així formaven una muralla compacta. Els propietaris dels escuts només treien la punta de les espases i la llança dentada i ni un sol projectil, pedra o fletxa, aconseguia ferir-los, ni tan sols lleument. Frustrat, vaig donar l'ordre de redoblar el bombardeig. Ja que no podíem matar-los, almenys provocaríem que fugissin o trenquessin la formació. Després Sitir els cauria al damunt i causaria estralls. Però res va sortir com estava previst.

Els tectons es van mantenir ferms, protegits pels escuts,

pels cascos com pops sòlids i per les armadures pectorals fetes d'insectes cuirassats. Les pedres rebotaven en aquelles criatures escut i només aconseguien arrencar-los uns brams d'oca de l'Hades. Però no vam aconseguir ni que es deixessin anar.

En veure que els nostres projectils no servien de res, Sitir va saltar al damunt dels tectònics. Jo vaig ordenar un alto el foc perquè els nostres projectils no la ferissin. L'aspa es va abraonar sobre aquella cuirassa col·lectiva. Picava aquí i allà amb el puny, buscant algun punt dèbil. Entre els escuts emergien puntes d'espasa i de llança que intentaven punxar-la. Sitir va arrabassar una llança i la va clavar al seu antic propietari. Vam fer un udol d'entusiasme. Va ser el nostre únic triomf. Perquè aleshores vam sentir un soroll darrere nostre.

Estàvem prou amunt del congost, però una mica per sota del cim. I ara, per sobre nostre i per darrere, ens atacaven una vintena llarga de tectònics. Aquests anaven molt lleugers, només duien una espasa en una mà i un punyal a l'altra, i els seus peus d'estruç es revelaven d'allò més àgils en aquell paisatge abrupte i rocós. Feien uns crits de guerra espantosos. Les seves boques s'obrien badant al màxim les mandíbules, i mostraven tres fileres de dents que ens feien més por que qualsevol de les seves armes. I amb quina facilitat es movien per aquell terreny gairebé vertical!

Havíem caigut en la més vella de les trampes: l'emboscador emboscat. Els sis tectons de la vall eren l'ham. Havien esperat que atraguessin Sitir lluny de la part alta, lluny de nosaltres, per atacar-nos per l'esquena.

Vam arrencar tots a córrer. El terreny era tan abrupte que fugíem com cabres coixes. Hi ha un proverbi llatí, estimada Prosèrpina, que assegura que en la guerra acostumen a morir els més valents i els més prudents. Aquell dia els va tocar als prudents. És a dir, als que s'havien posicionat més enrere i que, en conseqüència, van patir abans l'assalt dels tectons que ens atacaven per l'esquena. Un caçador de Palusi i un dels meus portadors van caure en mans d'aquells monstres soterranis. Podrien haver-los matat, però van preferir capturar-los vius. Els dos homes imploraven i ploraven, desesperats. Però què podíem fer? Ells eren massa i massa horribles. Ningú va tornar enrere. Només Baltasar Palusi es va aturar un instant per cridar al seu amic, que es debatia entre quatre tectons:

—Fes-ho, fes-ho!

El caçador es va treure una petita daga que duia lligada als cordatges de la sandàlia i se la va clavar a la tràquea. Va fer bé.

* * *

El record que tinc de després d'aquesta escena, Prosèrpina, és de derrota: els supervivents, reunits sota una acàcia vella i rabassuda de branques molt llargues que es projectaven horitzontalment i creaven una gran ombra al seu voltant. Era l'únic arbre que destacava en aquella regió, i per això l'havíem batejat com la Gran Acàcia.

Encara esbufegàvem tots, abatuts. Tots menys Sitir, que va tornar l'última. Tenia un braç tacat de blau fosc, com si l'hagués submergit en una tina de sang tectònica. Més enllà de l'arbre només es veia una gran plana, erma i despullada.

Quan va recuperar l'alè, Palusi es va posar dret i va dir:

—Fins aquí hem arribat, Marc Tul·li. S'ha acabat, nosaltres toquem el dos.

El més sorprenent no era que se n'anés, sinó que no em recriminés el fracàs, la derrota i la mort d'un altre dels seus. Amb tot, jo havia d'intentar que es quedés.

—Vas jurar seguir-me i obeir-me fins que el meu pare respongués —vaig replicar sense gaire convicció—. I Qal encara no ha tornat.

—Havia de tornar en catorze dies, o menys, i ja en fa setze que se'n va anar! Vaig venir amb Adad i sis homes, i n'he perdut tres. Més el meu germà! Vaig ser un boig, d'acceptar el teu or. Queda-te'l!

L'home estava tan furiós que va llançar el matxet al terra, als meus peus, i va girar cua renegant al cel en púnic.

Va ser un dia de derrota i de mort. Però hi va haver altres novetats afegides: per la plana que s'estenia al nord de la Gran Acàcia va aparèixer una comitiva. Era el vell Quint Ergaster, en una cadira de mans, al capdavant d'una petita i heterogènia tropa de gairebé un centenar de servus. Assegut en aquell palanquí amb para-sol, Quint em va veure, va alçar el bastó i va cridar perfectament joiós i amb una veuota tan ferma que vam témer que el sentissin des del Forat de la Mantícora:

—Pels sagrats pebrots de Júpiter, Marc Tul·li! Quina alegria més gran va ser llegir el teu missatge!

Hi veia tan poc que, quan va ser davant meu, em va haver d'agafar els braços per assegurar-se que jo era jo.

—Excusa el meu retard, Marc. Els meus esclaus són una tropa de bergants. He trigat molt més a mobilitzar-los del que hauria calgut. No són res més que una banda indòcil i llardosa —va dir girant-se cap als seus servus perquè el sentissin bé—, però, si podem fer-te algun servei, ja soc aquí. —Va acostar els llavis a la meva orella i fa afegir amb to confidencial—: Em costava creure el que em deies a la carta. Per això em vaig permetre la llibertat d'obrir el cistell que enviaves al teu pare. Vaig veure aquell cap decapitat, aquella mà tallada. O, més ben dit, aquella urpa. Digues, Marc, és cert? Ens envaeixen bàrbars que han creuat el món soterrani de la mateixa manera que si creuessin el Rin?

Vaig brandar el cap:

—No són bàrbars, Quint. És pitjor, molt pitjor.

—I doncs?

—No són la barbàrie —vaig continuar—. Són la mort.

I perquè ho constatés ell mateix, vaig ordenar que el guiessin fins a una petita elevació des d'on podria contemplar el Forat de la Mantícora i els tectònics devorant els seus dos captius.

Així estàvem, entre comiats i recepcions, quan el vam veure: un genet, a la llunyania, cavalcant per la planura que marcava el nord.

Primer va ser el nuvolet de pols que aixequen les peülles. Quan encara estava a cinc-centes passes, el cavall es va esfondrar. El genet va abandonar la muntura, morta, i va venir cap a nosaltres, en línia recta, corrent com si el perseguissin cent lèmurs invisibles. Tenia la roba bruta i esquinçada, el cos tumefacte i la cara flagel·lada. Era algú que tornava d'una odissea agònica. Era Qal. Sí, ell, Qal.

Va venir fins a la nostra acàcia i es va deixar caure als meus peus com qui demana empara en un recinte sagrat. Se'm va agafar als turmells i em va petonejar els peus tot gemegant de felicitat. Era difícil imaginar les peripècies que havia viscut, i al mateix temps era molt fàcil comprendre la seva emoció: ho havia aconseguit.

M'oferia un petit pergamí enrotllat. El vaig prendre. Em vaig separar uns passos per llegir-lo.

—És del meu pare, en efecte —vaig anunciar ennuegat pels sentiments.

Tothom s'havia congregat sota la Gran Acàcia, al meu voltant: Servus, Sitir, Qal, els tres portadors supervivents... Però també Baltasar i els pocs caçadors que li quedaven. La carta havia aixecat prou expectació perquè retardessin un moment la partença. De seguida se'ls van afegir el centenar de servus d'Ergaster, homes i dones, vells i joves, i el mateix Quint Ergaster, que tornava de contemplar el Forat de la Mantícora tan excitat com escandalitzat per l'escena d'antropofàgia. Sí, tots, tots els éssers humans que hi havia en aquell erm s'havien congregat al voltant d'un tros de paper.

Havíem estat molt de temps esperant aquella carta, els consells i les directrius que emanarien de l'home més savi de la República, potser del món. Per tant, tenien dret a coneixe'n el contingut, així que vaig encetar la lectura en públic. La capçalera era un «Estimat fill» que gairebé em va fer saltar les llàgrimes. No, no em podien veure plorar. Un patrici no plora. Em vaig aturar i vaig cedir la missiva a Servus perquè la llegís en veu alta. Així ho va fer.

> Estimat fill,
>
> He rebut la teva carta, i el cistell que hi adjuntaves, amb estupor màxim. Pel que sembla, el teu viatge t'ha dut fins a l'Àfrica *atrox*, quan jo esperava que t'acollís l'Àfrica *felix*. Excusa'm.
>
> Marc, fill meu, se'm fa molt difícil aconsellar-te sobre com procedir en una situació tan insòlita. L'únic que puc fer és recordar-te qui som. Som romans. Som la República de Roma. La paraula «república» ve de «*res publica*», la cosa pública; «República» significa «bé general». Això és el que ens diferencia de tots els reis i reietons i les seves tiranies: que el nostre sistema de govern no està pensat per satisfer els interessos d'un sol individu, sinó els de tot el poble de Roma, representat en el Senat. Els dèspotes ens recriminen que la nostra forma de govern frega l'absurd. I tenen raó: a Roma sempre governen dos cònsols a la vegada. Així es vigilen mútuament per impedir que ningú ostenti el poder absolut. A la pràctica, es pot imaginar un sistema de govern més imperfecte? Però això no importa, Marc, perquè la més imperfecta de les llibertats sempre serà superior a la més eficient de les tiranies.
>
> Marc, fill, vull sincerar-me amb tu. Quan et vaig demanar que emprenguessis aquest viatge, l'últim que m'importava era

la mantícora. No. El meu objecte d'interès eres tu, tu, i no cap animal estrabonià. Des de la teva pubertat he vist com progressava un jove ple de salut i d'entusiasme vital. També he vist com creixia la teva ambició. I no t'ho recrimino. L'ambició, que consisteix a voler alguna cosa i merèixer-la, és bona, a diferència de l'enveja, que consisteix a voler que uns altres no tinguin allò que ja tenen i es mereixen. Però tot excés és dolent, i tu, Marc, ambicionaves massa els honors, el poder i les magistratures.

Catilina no va morir per la seva ambició, sinó perquè no va saber canviar. Et vaig enviar a l'Àfrica amb la millor de les intencions: perquè canviessis. Sabia, em constava, que el rastre d'aquella fantasmagòrica mantícora et duria al desert. No hi ha millor lloc al món per meditar, per pensar-nos i repensar-nos. El desert ens despulla de tot. No hi ha mirall més nítid de la nostra ànima que les seves solituds. Quantes religions han nascut al desert? Moltes. I és allà, als deserts de l'ànima, on la nostra ànima muta.

Però com podia imaginar jo, fill meu, que aquest buit estaria habitat pel pitjor dels horrors? Et vaig enviar a lluitar contra l'egoisme i la vanitat, i vet aquí que l'atzar t'exposa a una monstruositat encara més gran que pretén devorar el teu cos humà i el cos del món.

Marc, fill, el meu consell només pot ser un: actua pensant en el bé de la República.

Adeu.

Quan Servus va acabar la lectura, aquella petita multitud em va mirar esperant les meves paraules. Però jo havia perdut momentàniament la facultat de la parla. Em va costar moltíssim articular un parell d'idees:

—I això és tot? No entenc res, res de res —vaig aconseguir dir finalment, decebut—. Jo li demano què he de fer, i ell em respon amb un sermó!

—Perquè és un bon pare —va intervenir Sitir—. Et considera un home, i, en conseqüència, no pot decidir per tu.

—Doncs jo m'esperava alguna cosa més que una dissertació de filosofia política! —vaig cridar frustrat.

I per acabar-ho d'adobar, el servus que havia acompanyat Ergaster fins al Forat va demanar-me permís per parlar:

—Dòminus! Els tectònics! N'han pujat més! Hem vist perfectament com els rebia Nestedum en persona. Si abans n'eren una trentena, ara ja en són més d'una centúria fortament armada!

—Pollet! Oblida el teu pare. Què fem? Has de decidir!

—Aquesta dona despullada té raó —va dir Ergaster—. M'has fet venir i soc aquí. Què fem?

Palusi va anunciar que se n'anava, ara sí.

—Jo i els meus partim —va dir dirigint-se a tots els presents mentre ens assenyalava amb el matxet—. I el meu consell és que ens seguiu. El romà ja ho va dir: els caps de fava són la mort. Fugiu d'aquí.

—Espera —li vaig demanar—. Deixa'm retirar-me a reflexionar un moment. Quan torni et pagaré el que et dec; és just que cobris l'or que et vaig prometre. Després podràs marxar on vulguis. Però ara necessito pensar.

I, dit això, em vaig allunyar una mica. No vaig anar gaire lluny. No calia. Allà tots els llocs eren igual de solitaris. Pedres, punxes i llangardaixos, vet aquí tota la meva companyia.

Pensar, decidir, però què? No se m'ocorria cap idea, cap solució. De fet, Baltasar Palusi tenia raó. Quedar-se era morir. I tu ja saps, Prosèrpina, que Marc Tul·li era un covard. Tenia por i no volia morir amb disset anys. D'altra banda, com podia anar-me'n, sabent que fer-ho potser condemnaria a mort tot un planeta? Vet aquí la paradoxa que em retenia al desert: el perill era tan universal, tan paorós, que ni la meva covardia era excusa per defugir-lo. Vols saber la veritat, estimada Prosèrpina? Estava fet un embolic. Aleshores va aparèixer Sitir.

—Una vegada em vas preguntar per què aquell dia, a Roma, havia decidit protegir-te, i jo et vaig dir que quan arribés el moment t'ho faria saber. I vet aquí que aquest moment és ara.

Va fer una pausa i va continuar:

—Aquell vespre, quan passejava per la Suburra, vaig captar els teus sentiments, sense forma, però molt poderosos. Als aspa ens ensinistren no solament per copsar emocions en l'aire, sinó també per intuir si tindran alguna transcendència futura. I el que vaig notar, pollet, és que, un dia, et durien fins a aquest punt. Fins a un instant en què hauries de prendre una decisió que afectaria milions de vides alienes. No ens defraudis, pollet.

—És això, el que has vingut a dir-me? —em vaig sulfurar—. A carregar-me encara amb més pes?

—No. He vingut a dir-te que, si prens la decisió correcta, no estaràs sol.

I se'n va tornar amb els altres.

* * *

En realitat no vaig estar meditant gaire temps. És curiós constatar-ho, però al desert, on sempre ens sobrava l'espai, sempre em faltava el temps.

Canviar. El més difícil sempre és canviar. Com es canvia? El meu pare sempre em repetia un principi: «Tothom sap què ha de fer per ser feliç; el difícil és fer-ho». Però, al mateix temps, aquell home m'havia educat perquè triomfés en el *cursus honorum*, i res més. Sí, tot era un bon embolic. El que calia, vaig decidir, era trobar la pregunta correcta. Si la trobava, la resposta vindria sola. El desert em va ajudar a deixar caure aquell pes feixuc, l'ambició, i em vaig fer la més simple de les preguntes: «Marc: de totes les accions que són al teu abast, quina beneficiarà més la resta de la humanitat?».

Vaig tornar amb els altres sota la Gran Acàcia. Les seves branques allargassades ens protegien el cap, fet insòlit en un desert sense sostres. La mirada d'Ergaster era diferent de la que em dedicava Sitir, que al seu torn no em mirava igual que Servus o que Baltasar. Però tots estaven pendents dels meus llavis. Hi havia un centenar de persones davant meu en un silenci torbador. Vaig inspirar profundament l'aire pur del desert.

—Això és el que he decidit —vaig començar—: hem d'atacar el Forat de la Mantícora, amb totes les forces que siguem capaços de reunir.

Ni ovacions ni recriminacions: es va fer un silenci. La primera veu, discordant, va ser la de Palusi.

—Atacar-los? Ets boig, Marc Tul·li? Ens acaben de fotre una bona pallissa! I ara són molts més que fa una estona. Ens mataran i se'ns menjaran!

—No es tracta de qui guanyarà aquesta batalla, sinó de qui guanyarà la guerra. Si prevaldrà el nostre món o el seu.

L'expressió de Palusi era més d'incredulitat que de disconformitat. No ho acabava d'entendre.

—El que importa no són les nostres vides —vaig aclarir—, sinó el que dedueixin els tectònics després de la batalla. I això sí que està a les nostres mans.

Servus ho havia entès.

—Una abella és infinitament més dèbil i petita que un os —va explicar—. Però les abelles no fugen dels ossos, sinó al revés.

—Després de la batalla faran un càlcul —vaig seguir—. El que hem d'aconseguir és que la invasió no els surti rendible. Obtenir una mica de menjar no els compensarà per tot el dolor que els infligirem.

—Com el rusc i l'os —va concloure Servus.

—Exacte. Encara que morim tots, si ells es retiren, si suspenen la invasió de la superfície, haurem guanyat. Per això hem d'atacar-los, ara i aquí, amb tota la nostra fúria i fins a l'últim alè. Poseu-vos en el seu lloc —vaig dir passejant la mirada entre tots els presents—: després d'un llarg viatge que sens dubte deu haver estat ardu, excavant i apartant milers de roques, arriben a la superfície. I tot just sortir del seu forat, els ataquen cent homes i dones violents que lluiten fins a la mort, i només per protegir un tros de terra àrida. Hem de matar o ferir-ne tants com puguem. Si els fem prou mal, els tectònics conclouran que envair un lloc així no val la pena. Però si fugim, serà inevitable que tard o d'hora arribin a la costa. I descobreixin una terra plena de ciutats riques i persones indefenses. Tindran al seu abast el més apetitós dels rebosts: la Humanitat.

La Fi del Món comportava situacions del tot impensables, com que un optimat preguntés a un esclau pel seu parer.

—Servus —vaig demanar-li—, et compromets a morir amb mi, demà?

—Mal que em pesi, no hi veig alternativa —va contestar amb la seva habitual racionalitat—. La teva deducció és la més encertada. La més penosa, però justa i necessària.

—M'estàs dient que això és el millor que se li ha ocorregut al teu magnífic caparró aristocràtic? —va saltar Palusi alçant la veu—. Que demà, a aquestes hores, tots acabem a la boca d'algun d'aquells monstres amb tres fileres de dents?

Vaig sospirar.

—O lluitem, o a dins d'aquestes boques també hi acabaran la teva dona i els teus fills, i totes les dones i tots els fills d'aquest món.

No el convencia.

—Fins ara creia que el que et movia era la cerca de prestigi

—va dir Baltasar—, però de què et serviran tots els honors quan t'hagin devorat unes mandíbules tectòniques? El que passa aquí no ens incumbeix.

—Ens incumbeix perquè rere nostre hi ha tot el món! —vaig cridar—. Que no ho entens? Per desgràcia, qui hi ha ara i aquí no són deu legions aguerrides; només nosaltres, els pobres homes i dones a qui l'atzar ha decidit reunir al sud del sud. Però hem d'intentar-ho!

Alguns encara es resistien a entendre-ho. Es va alçar un murmuri sota l'acàcia. Vaig obrir els braços en creu en un intent per fer-lo callar.

—Si ningú els atura, serà la Fi del Món!

—Estic amb tu, pollet.

Era Sitir, és clar. Em dedicava un somriure lleu, contingut, però immensament significatiu. Va afegir:

—Valia la pena protegir-te perquè visquessis el dia d'avui.

Va girar-se cap al centenar de persones que teníem al davant i va dir:

—Jo lluitaré a primera línia.

Allò va causar una profunda impressió entre aquells homes i dones. Veneraven els aspa, i ara un d'ells els deia que no els abandonaria, que combatria davant de tots. La decisió de Sitir va marcar la fi del debat.

—S'ha acabat la xerrameca! —va saltar Ergaster brandant aquells braços de vell centurió primipil—. El nano té raó, qualsevol ho pot entendre. I si demà volem presentar batalla, hem de preparar moltes coses. Tothom a treballar! Vinga, bordegassos!

I així va ser. Vam establir el nou campament allà mateix, sota la Gran Acàcia. Ergaster es va erigir espontàniament com a centurió supervisant tots els preparatius, amb Sitir i Servus com a capatassos. I és que no t'imagines, estimada Prosèrpina, la feinada que implica preparar un centenar d'homes i dones perquè matin i morin.

Mentrestant, vaig entregar a Baltasar Palusi les monedes d'or que li havia promès. Era just que cobrés. Però, abans que ell i els tres caçadors que encara li quedaven vius partissin, vaig dir:

—Espera, t'oblides una cosa.

Potser recordes, Prosèrpina, que Adad Palusi era més religiós que el seu germà bessó. Vaig dur Baltasar fins a aquell altar menut i entranyable que Adad havia construït amb canyetes i fang. Vaig posar la mà a dins i en vaig treure el delicat ninotet de terracota que volia representar el déu Baal.

—Et deixaves això.

Baltasar va prendre el nino amb els ulls plorosos.

—Marc Tul·li —em va implorar—, et torno la meva part de les sis-centes monedes, només et demano que m'expliquis què se'n va fer, d'Adad.

—No puc. Sitir i jo ens vam juramentar que no intentaríem explicar-te l'inexplicable, perquè estem convençuts que només afegiríem més incomprensió al teu dolor.

Vaig ignorar les seves protestes. Quan ja se n'anava, però, vaig fer un últim intent per retenir-lo:

—Dius que te'n vas per complir les teves obligacions amb la vídua i els fills del teu germà. Però ara, Baltasar Palusi, contesta una pregunta: què hauria fet, Adad? Hauria fugit com tu? O hauria entès que és aquí on realment defensem qui més estimem?

No va caure en el meu parany sentimental. Ell i els tres púnics supervivents se'n van anar. Ho vaig lamentar de tot cor. Per a un patrici d'abans de la Fi del Món com jo, Prosèrpina, els esclaus no comptaven per a res. Des d'aquesta perspectiva, a part de Sitir i Ergaster, no tenia cap altre braç per combatre que fos digne d'aquest nom. Bé, potser Qal. La missió acomplerta el redimia als meus ulls, però era massa jove i frívol. Per cert, intentava treure tot el rèdit possible de la seva proesa: quan vaig tornar d'acomiadar els púnics, vaig sentir que explicava animadíssim les seves aventures i desventures anant i tornant de Roma, com si, comparat amb ell, Ulisses hagués fet un passeig tranquil pels camps elisis.

Vaig buscar Quint Ergaster, que estava ensinistrant els seus esclaus igual com havia ensinistrat els legionaris en els vells temps.

—Podem confiar que la teva gent no es desbandarà al primer envit?

—No són soldats. I l'instint de viure sempre és molt fort. Però crec que aguantaran. Almenys un assalt. Després, qui sap? En qualsevol cas, jo ja no hi seré per veure-ho.

Vaig contemplar-los. Quina tropa! Més de la meitat eren dones o homes massa vells per brandar una arma. I, la veritat. Ergaster no s'havia distingit per haver-los alimentat gaire bé. Em vaig dirigir a ells:

—Vull recordar-vos que la vostra obligació no és seguir el vostre amo fins que ell mori, sinó fins a la mort.

Després vaig manar que separessin les dones. Les situaríem en segona línia, perquè proveïssin de beguda i municions els combatents i s'ocupessin dels ferits. Quan se'n va adonar, Sitir va venir corrents, sulfurada.

—De debò em vols convèncer que només serviran per aplicar emplastres? —I llavors, dirigint-se a les dones, va manar—: Veniu amb mi. Totes!

Se les va endur sense esperar la meva resposta i va ensenyar-los maniobres simples però pràctiques. Per exemple, a sostenir una llança amb la punta contra l'enemic i l'altre extrem fermament recolzat a terra, com una pica. Agrupades, creaven una falange prou densa, i almenys era una barrera punxeguda. Vaig deixar que fessin: no seria jo qui desdenyés una iniciativa que gairebé duplicava la nostra força de combat. Qui sí que va mostrar la seva indignació va ser Ergaster.

—Potser soc de la vella fornada, Marc Tul·li, però això supera qualsevol iniquitat. Permets que una dona, nua i tatuada, dirigeixi les meves esclaves com si fossin amazones? —Era evident que el vell Ergaster no sabia res dels aspa, com jo mateix abans de començar aquell viatge. Ara la seva ignorància em semblava gairebé còmica—. Jo de tu li donaria una bona pallissa! Per insolent i per revoltosa. Vols que me n'encarregui jo?

—Creu-me, bon amic —vaig recomanar-li—: deixa-ho estar.

Al vespre, i gràcies a l'aportació humana d'Ergaster, el nostre campament sota la Gran Acàcia havia crescut. Quan el sol se n'anava, ja cremaven una dotzena llarga de fogates. Vaig ordenar a Qal que vingués a seure al meu costat. Li vaig preguntar pel seu viatge i pel meu pare. Però en el fons no era per allò, que l'havia cridat.

Qal em feia llàstima. Legalment parlant, els meus esclaus i els d'Ergaster tenien l'obligació de morir per nosaltres i amb nosaltres. Ell no. Era pobre i plebeu, però lliure, com els púnics de Baltasar. I quan els havia donat l'opció a escollir, Baltasar i els seus havien marxat. Per què hauria de morir, Qal? Li devíem haver descobert Nestedum, s'havia comportat amb heroïcitat per dur el meu missatge a Roma i tornar. I era tan jovenet com jo o més.

—Ves-te'n —li vaig dir—. Demà morirem tots. Ves a fer d'Apol·lo de lloguer a Útica o el que vulguis, però viu la vida.

La seva resposta em va deixar de pedra:

—La vida ja no m'interessa. He passat mil perills per Servus, per guanyar-me el seu amor, però ell només vol el meu cos.

Allò em va sulfurar.

—Ignora aquest esclau pedant! Ets un jove ardit i bell com un antic egipci. Allà on vagis trobaràs mil amants, tots més dignes, estimables i potents que Servus.

Però ell estava capficat en el seu dolor i ni tan sols m'escoltava.

—Torno i descobreixo que n'estima un altre. Algú amb qui no podré competir mai.

I dit això es va tapar el rostre amb les mans i va plorar davant les lentes flames de la nostra foguera nocturna. «Guaita, en Servus!», em vaig dir. Tenia plans secrets i amants secrets, i tot davant dels meus morros. Com a intrigant era un geni.

Sitir va venir i va abrigar Qal amb els seus braços consoladors.

—No ploris, Qal, estimat —li xiuxiuejava a l'orella.

Em va sorprendre que Sitir pogués ser tan tendra quan volia. Però Qal continuava inconsolable.

—Faré fuetejar Servus —vaig remugar.

—En aquest cas —va sentenciar Sitir—, seràs el primer que aconsegueixi resoldre una disputa d'amor a cops de fuet.

Els vaig mirar tots dos i vaig sentir enveja de Qual i de la seva abraçada amb Sitir Tra. A la llum de la petita fogata, i ara que es mostrava afectuosa amb algú, Sitir em semblava més desitjable que mai. Vaig intentar dissimular els meus sentiments, tot i que sabia que per a una aspa jo era un llibre obert.

—Bé, al capdavall ja no importa res —vaig fer per canviar de tema—. Demà a aquestes hores ja serem tots morts. Només lamento que no en siguem més —vaig afegir més per mi que per ells.

Em va sorprendre que per una vegada Sitir em donés la raó:

—Això és ben cert. Som massa pocs.

Es va posar dreta i se'n va anar fins a un gran roc en forma de cistella. Un cop allà, es va asseure en una postura estranya que feia que el seu cos semblés una prolongació de la roca. L'estava observant, des de la foguera, quan va aparèixer Servus.

—I ara què fa? —li vaig preguntar.

—Està cridant tots els aspa que hi pugui haver per la regió —va dir.

—De debò? —vaig riure—. Doncs jo no sento els crits.

—Tu no, però els altres aspa potser sí que els estan sentint. Això suposant que n'hi hagi per aquí a prop.

Jo ja sabia que era inútil discutir amb ells sobre aquestes coses, així que no ho vaig fer. I, tanmateix, no podia deixar de mirar-la. El seu cos, banyat per la lluna, em fascinava. «Au, Marc, tens l'imperi sobre tots els presents i demà moriràs. Què t'impedeix fer ús de les teves prerrogatives?», em vaig dir al cap d'una estona. Em vaig posar dret i vaig anar cap a la roca on era Sitir.

Vaig començar amb un circumloqui:

—Espero que apareguin molts aspa, convocats per la teva crida. Suposo que durant la teva formació i al llarg de les teves aventures has conegut grans guerrers.

Vaig seure al seu costat, com qui no vol la cosa, i vaig seguir:

—I digues, quin de tots ells era el millor lluitador?

—La paciència —va ser la seva filosòfica resposta.

—Ara et besaré —vaig dir—, i serà molt plaent per a tots dos.

Ha! I ha i ha! Encara ric de mi mateix, Prosèrpina! Mira que pensar que podria allitar-me amb ella, una aspa, només perquè jo l'hi manava! Com se'm va poder ocórrer una bestiesa així?

Quan els meus llavis estaven a punt de fregar els seus, em vaig aturar en sec. Alguna cosa em deia que aquella dona era capaç d'arrencar-me la llengua d'una mossegada. I a la vista de tots. Perquè vaig aixecar els ulls i vaig adonar-me que, des del campament de la Gran Acàcia, tothom estava pendent del meu gest. El centenar d'esclaus d'Ergaster, Qal i Servus. Tots contemplaven el meu petó momentàniament suspès en l'aire.

Quin compromís, Prosèrpina! I quin ridícul! Si la besava, em jugava la integritat; i, si em retirava, el prestigi. Por fortuna, m'havia criat al barri més canalla de Roma.

Vaig alçar una mà ben amunt, com si implorés paciència a Júpiter, i vaig cridar melodramàticament i ben fort, perquè tots em sentissin:

—No, dona, no! Jo també voldria consumar el nostre desig, però les meves obligacions amb la República m'ho impedeixen. Refrena la teva passió!

Em vaig aixecar i vaig tornar cap al campament caminant a grans gambades.

En fi, Prosèrpina, l'amor, com l'humor, pot ser molt cínic. Però estava enfadat, molt enfadat, i quan vaig passar pel costat de Servus vaig cridar, indignat:

—Haurien d'ensenyar a les aspa a contenir el furor uterí!

La Fi del Món, Prosèrpina, ho feia tot més tràgic. I també més còmic.

* * *

Em vaig refugiar a la meva lectica i vaig rellegir cent cops la concisa carta de Ciceró. A voltes, Prosèrpina, les ments més poderoses tenen per companyes de viatge les més insubstancials i fútils. Perquè, tot aprofitant el correu, el meu pare m'adjuntava una segona carta. Era del meu bon amic Gneus Iunni Rinxolets. Llegint-la allà, en aquelles circumstàncies, es diria que m'havia escrit des d'un món encara més remot i incomprensible que el dels tectònics.

«No posis nom als esclaus i cavalls que compris a la província», m'aconsellava amb tota la bona intenció. «Si després els has de sacrificar et faran pena». També m'explicava que havia perdut deu mil sestercis als daus en una sola nit (deu mil!), però tant se li'n fotia, perquè havia apostat a la jugada de Venus i estava segur que tard o d'hora la deessa li recompensaria la confiança amb fornicacions magnífiques. En previsió d'aquest moment, havia comprat els testicles d'un gladiador mort per coure'ls en infusions i així tenir ereccions d'elefant. Finalment em preguntava, amb molt d'interès, si era cert que a l'Àfrica hi havia dones amb dues vagines.

Jo estava a l'últim racó de món, prest a sacrificar la meva vida per salvar aquell mateix món. Però què era, el món? Potser no era gaire més que allò, que la carta de Gneus: una ingent muntanya de frivolitats i bajanades sense substància. I jo moriria per defensar aquell cúmul de desraons. Així i tot, quan vaig acabar de llegir aquell paper, no em vaig sentir ni molest ni ofès, només indolent i distès, com després de fumar una pipa digestiva de làudan. Potser perquè jo ja no era el Marc Tul·li que havia començat aquell viatge. Fins i tot Sitir podia constatar-ho. Sí, el món també era allò: les nostres mutacions.

Un home s'endinsa als deserts de l'ànima. Aquest home canvia. Aquest home mor, però salva el món.

No. Massa bonic. Massa fàcil.

Ai, Prosèrpina, tant de bo hagués anat així. Tant de bo hagués mort.

9

L'endemà, de bon matí, Ergaster, que havia matinat encara més que jo, em va preguntar com em sentia.

—Estrany —vaig dir mirant un cel blavíssim—. És una sensació ben peculiar, llevar-te sabent que serà el teu últim dia de vida.

—No se sap mai, Marc Tul·li, no se sap mai —va replicar per consolar-me—. Quantes vegades, el jorn abans d'una batalla, no me n'he anat a dormir convençut que l'endemà moriria. I vet aquí que el vell Quint Ergaster encara remena la cua.

Vam distribuir els pocs escuts, cascos i armadures capturats als tectònics entre els esclaus més forts d'Ergaster. Havíem descobert algunes coses sobre l'equipament dels soterranis, com ara que aquella cota de malles feta de petits escarabats s'obria friccionant-la amb els artells de la mà, de manera que qualsevol se la podia posar. Un cop s'encaixava al voltant d'un tors, ella mateixa s'ajustava a les mides del nou propietari. Eren unes cuirasses lleugeres i alhora increïblement dures. Llàstima que en tinguéssim tan poques. I que els tectons en tinguessin tantes.

Vam elaborar llances i escuts de fortuna amb els escassos materials que oferia aquell sequeral. També vam construir un ariet, com si pretenguéssim foradar una muralla. I en realitat així era. Si els tectònics s'atrinxeraven al Forat de la Mantícora, rere la seva barrera de pedrotes, hauríem d'atacar-la com s'atacava una fortificació. Si, en canvi, optaven per presentar batalla fora, la seva formació d'escuts vius seria gairebé equivalent a un mur. Els servus van reunir els troncs més llargs i sòlids que van poder trobar i van unir-los amb cordes per formar una sola peça, llarga i contundent. Tothom treballava.

A tu, Prosèrpina, que pertanys a un món tan diferent, potser et sorprendrà que els esclaus de Quint Ergaster estiguessin disposats a morir pel mateix individu que els robava la llibertat. Si penses això, estimada, és només perquè ignores el poder de la institució esclavista.

Érem romans, i Roma ho devia tot a l'esclavatge. Era el pilar màxim sobre el qual se sustentava la nostra civilització i el nostre concepte del món. Roma tenia els millors i més grans filòsofs, el seu pensament irradiava a tot l'orbe. Però si aquests homes podien dedicar la vida a pensar era perquè disposaven de moltíssimes hores d'oci. I per què tenien tant temps lliure? Doncs perquè algú els en proporcionava: els esclaus.

Sempre havia estat així. Els romans comptàvem el temps a partir de la data de fundació de la ciutat, i l'esclavatge existia des de molt abans que es fundés Roma. La nostra història, la nostra força de treball i la nostra força d'intel·lecte reposaven sobre el llom dels esclaus. Els millors pensadors llatins consideraven que aquell era l'ordre natural de l'univers. I mai, mai, ni una sola de les nostres ments, ni un dels nostres pares de la pàtria, van manifestar el menor escrúpol o reticència contra l'esclavitud. Al capdavall, que potser no érem hereus d'una tradició molt més antiga i respectable que la nostra? Que potser no va ser el mateix Aristòtil qui va qualificar els esclaus de «propietat que respira»? Durant segles i segles, les nostres plomes, les nostres lleis i les nostres creus havien transmès als esclaus els valors que havien de mostrar: fidelitat i submissió infinita al seu dòminus. I la immensíssima majoria no es rebel·laven. Ben al contrari, estaven disposats a acatar l'ordre fins a l'extrem de defensar amb les armes els seus barrots, cadenes i lligams.

Per tant, Prosèrpina, que els esclaus es poguessin negar a lluitar pel seu amo era el que menys m'amoïnava. Però fins i tot la fidelitat més abnegada retrocedeix davant de l'horror: jo temia que, encarats a un enemic tan monstruós, l'instint pogués més que el deure i les ordres, i es desbandessin. Per evitar-ho, em valdria de dos recursos.

El primer, la formació militar que adoptaríem. Tots els joves patricis teníem nocions de l'art militar. Pensa, Prosèrpina, que la nostra República no distingia entre allò civil i allò militar. Es donava per descomptat que tots els magistrats eren bons generals, i a la inversa. Per tant, als nobles ens educaven en els rudiments de les tàctiques i estratègies militars. El primer que ens ensenyaven era que, com pitjor fos una tropa, més atapeïdes havien de ser les files. (I aquesta, Prosèrpina, era una veritat que també s'aplicava a la política). El mal soldat venia a ser com el bestiar: només se sentia segur en ramat. Per això havíem d'espessir la formació; ajuntar espatlla amb espatlla i colze amb colze, perquè els homes notessin la proximitat, el contacte amb els seus companys d'armes. Seria una il·lusió, és clar: que els individus s'apinyessin, ni allunyaria ni disminuiria el perill. Però aquella il·lusió evitaria que fugissin. O almenys en això confiava jo.

La meva segona esperança radicava en els aspa. Tots els esclaus n'eren devots admiradors. Els consideraven una mena d'herois quasi mítics o semidivins: si al davant hi tenien la x d'un aspa, no fugirien.

Ah, sí, Prosèrpina, me n'oblidava: si parlo dels aspa en plural és perquè les invocacions de Sitir havien obtingut resposta i ara teníem un segon aspa amb nosaltres.

Havia aparegut amb el sol. M'havia posat en guàrdia un clam: el centenar d'homes i dones del campament havien començat a assenyalar tots cap a una figura que s'apropava. Era un home. Era un aspa. I quin paio! Una x al pit i una altra a l'esquena. Tan despullat i depilat com Sitir. Era un compendi de músculs que semblaven cisellats per un orfebre de cossos. Imagina't una magnífica muntanya humana, Prosèrpina, però de marbre.

Tothom va apartar-se al seu pas, les boques dibuixant una o d'admiració. L'aspa va avançar directament cap a Sitir, que estava entrenant les dones, i ella va interrompre la lliçó per anar a rebre el seu company de secta. Es van abraçar sense paraules, com dos grans i vells amics que es retroben. (Tot i que, tal com vaig saber després, era la primera vegada que es veien). Eren dos aspa, no necessitaven presentar-se ni dir-se res.

Per més fraternal que fos aquella abraçada, em va generar una onada de gelosia, enveja, rancúnia, ira, ràbia, impotència i tres o quatre sentiments més, tots innobles i detestats pel filòsof. Potser aquell aspa masculí era un aliat. Però, creu-me, Prosèrpina: l'amor pot fer que odiem molt més els aliats que l'enemic.

M'hi vaig apropar intentant dissimular la meva animositat:

—Em dic Marc Tul·li Ciceró, i, mentre siguis aquí, estaràs a les meves ordres. Com et dius?

—Urf.

—Estàs cansat i esbufegues? O realment et dius Urf?

—Urf.

—Urf, ens enfrontem a una amenaça abominable.

—Ho sé.

—Vens a lluitar i a morir. No hi ha la menor esperança de victòria.

—Ho sé.

Xerraire no ho era gaire, la veritat.

—Necessitem la teva força i les teves habilitats, Urf. Ara ves amb Quint Ergaster, que t'adjudicarà alguna tasca.

A Ergaster no l'impressionaven els homenots. Se'l va endur a crits mentre el dirigia amb el bastó, com si Urf fos un bou estirant una carreta. Però no ho era: entre les cames li penjava un membre de cavall, fins i tot flàccid. Les dones que estaven entrenant amb Sitir anaven fent rialletes. Totes menys Sitir, tan seriosa com sempre.

—El teu amic Urf va ingressar al monestir dels Gea quan encara era un fetus, oi? —vaig punxar-la—. Té musculatura fins i tot als ulls.

Però ella no entrava mai en el joc de les bromes suburrianes. El seu món era un altre. Abans de girar-me l'esquena per tornar a entrenar les dones, em va dir:

—Saps per què sents les emocions que sents, pollet? Perquè encara ets un pollet.

I em va deixar allà.

Servus la va reemplaçar de seguida.

—Deus estar content, amo. El nombre d'aspa s'ha duplicat.

—Ha estat una bona notícia —vaig admetre—, però amb això no n'hi haurà prou.

—Tens raó. Si aconseguíssim més homes podríem matar més tectons. O fins i tot vèncer i salvar la nostra pobra vida.

—Homes? —vaig riure—. I d'on vols que els traguem? Aquesta regió està deserta. I allò que defineix amb més precisió un desert no és la falta d'aigua, sinó l'absència d'humanitat.

—Sí, però no és una absència total. Ben a prop hi ha un nucli d'homes forts, que potser lluitarien si algú els expliqués el que passa aquí.

El vaig mirar arrufant les celles, exigint que s'expliqués millor. Servus va fer una reverència, conscient que el que estava a punt de dir em disgustaria:

—La mina de plata.

Fins aleshores no m'havia adonat de fins a quin punt podia ser manipulador aquell home. Era la tercera vegada que insistia que visitéssim la mina, ves a saber per què. I la veritat era que en aquesta ocasió no m'hi podia negar: qualsevol home armat ens seria molt útil. Per un cop li vaig haver de donar la raó: estava a punt de fer el que Servus volia que fes, i això m'irritava. Moltíssim.

Abans de sortir cap a la mina, vaig cedir provisionalment l'imperi a Quint Ergaster, mentre durés la meva absència, que no havia de dilatar-se.

—No despleguis la gent per a la batalla ni facis res fins que torni —vaig dir-li.

Em va saludar com un primipil al capdavant d'una legió.

Em van acompanyar Servus i Sitir. I Qal, que coneixia la ubicació exacta d'aquell coi de mina. Feia poca estona que havíem sortit del campament quan vam patir l'assalt.

Deus recordar, Prosèrpina, que a Útica ja ens havien advertit sobre els famosos bandolers que vivien a les perifèries ermes de la província. Se suposava que eren gent tan temible com desesperada, i que topar-se amb ells implicava una mort segura. Bé, doncs, el que va passar s'assemblava, i molt, a una comèdia atel·lana, és a dir, de les que es representaven a la ciutat d'Atel·la, que tenien fama de ser les més hilarants i grotesques de tot l'art dramàtic.

Recordo que jo caminava flanquejat per Servus, a la dreta, i Qal, a l'esquerra. Sitir s'havia endarrerit una mica, no sé per quin motiu. De sobte, per sobre d'una elevació propera, van aparèixer quatre individus. El que manava, suposo que per atemorir-nos, duia per corona un crani descarnat i pintat de coloraines llampants. Allò duplicava l'altura del seu cap, certament, però en conjunt els quatre bandolers causaven més llàstima que espant. Lluïen cossos prims com canyes, la roba estava tan esparracada i esfilagarsada que amb prou feines se'ls aguantava sobre aquella carcassa ossuda, i només un d'ells, el del casc crani, anava calçat. Ens amenaçaven amb ganivets desgastats i llances curtes que no eren altra cosa que un pal amb la punta endurida pel foc.

Ens vam aturar tots tres, més sorpresos que espantats. Pensa, Prosèrpina, que uns homes que ja s'havien enfrontat als tectònics no s'arronsaven per quatre trinxeraires. I quan van veure que amb nosaltres venia Sitir, una aspa, els qui van sortir fugint, espaordits, van ser ells, els nostres presumptes atacants. Però l'esperpent no es va acabar aquí, perquè jo vaig exclamar:

—Ho heu vist? Homes armats!

Allò era exactament el que anàvem a buscar, així que vaig iniciar una persecució seguit per Servus, Qal i Sitir, mentre els comminava a aturar-se i els amenaçava amb la creu si no m'obeïen. O sigui, que la farsa còmica atel·lana s'hauria de titular «L'assaltant assaltat» o alguna cosa així.

Tal com era previsible, uns pocapena com aquells no podien anar gaire lluny, sobretot si els perseguia una aspa. En un tres i no res Sitir els havia fet rodolar per terra amb la mateixa facilitat amb què un felí abat un cabirol. Caiguts, prostrats, es van ajuntar tots quatre com quatre dits d'una mà, implorant per la seva trista vida i jurant i perjurant que ens havien confós, que no tenien cap intenció animosa contra nosaltres.

Servus va etzibar al que semblava el sufet:

—Ah sí? Per això t'ornes el cap amb una calavera pintada i ens amenaces amb un matxet? Per mostrar les teves pacífiques intencions? Sou uns bergants, i, a més, uns mentiders deplorables!

—Com et dius? —li vaig preguntar jo.

—Torques, gran dòminus.

Era ell! El famós Torques sobre qui tant m'havien advertit!

De debò aquelles rates del desert eren el terror de la província? Costava de creure. Potser, em vaig dir, al governador li convenia inflar la importància d'aquells pobres dimonis per poder exigir un triomf a Roma el dia que els derrotés. Ja ho veus, Prosèrpina, allò era molt típic dels nostres magistrats: havien convertit aquell desgraciat de Torques en una amenaça per interès, mentre que ho ignoraven tot de les amenaces reals.

Vaig exigir-los que em duguessin al seu campament i, en la situació en què es trobaven, no s'hi van poder negar. No vam trigar gaire a arribar-hi.

El campament, si se'n podia dir així, era l'estampa de la misèria, el dolor i el desemparament. La banda s'amagava en una fondalada del terreny perquè no els poguessin veure de lluny. El poblat no era més que uns quants tendals fets amb quatre teles pobres i mig estripades lligades a unes branques torçades, i poca cosa més. Dones escardalenques i criatures ploraneres, la majoria amb el ventre inflat. I quin nens, Prosèrpina, quines nafres, quines crostes! Hi havia moltes mosques. I dues cabres amb les costelles tan marcades que en lloc de panxa semblaven que tinguessin una manxa.

Torques i els seus tres homes van fer servir la parentela per commoure'ns. Només assaltaven les caravanes que anaven i venien de la mina per endur-se una mica de menjar. Almenys això al·legaven. Vaig inquirir si eren esclaus fugits de la mateixa mina. Ho van admetre, adduint maltractaments.

—Potser tenen raó —va intervenir Servus.

—No he conegut mai un servus que no es queixés del seu amo —vaig exclamar.

Vaig adonar-me que Sitir observava aquell panorama amb una compassió creixent als ulls i li vaig dir:

—Tu no ho entens; tots els esclaus saben que hi ha dos crims suprems i imperdonables que no poden cometre mai: matar el dòminus i fugir. Ells han admès el segon, i ves a saber si també han comès el primer.

—Tens raó —va replicar—, no ho entenc.

Com havia de procedir? Aquella gent estava massa desvalguda per fer-los entendre conceptes com el de la Fi del Món. Per fortuna, Sitir va intervenir per mi, parlant a aquella trista congregació:

—Aneu cap a l'est. No gaire lluny d'aquí veureu una gran acàcia que fa molta ombra. Al voltant s'ha alçat un campament. Allà us proveiran de menjar i altres coses bones. Digueu que veniu de part de Sitir Tra.

Em va semblar una bona solució. Un cop s'haguessin instal·lat, seria més fàcil reclutar Torques i els seus galifardeus. Si no lluitaven per defensar el món, potser ho farien per la seva família. Només vaig afegir una esmena a les paraules de Sitir:

—Feu-ho, però heu de dir que veniu de part de Marc Tul·li.

Vam seguir en direcció a la mina de plata guiats per Qal. Ens separava més un terreny abrupte que una distància llarga. Al cap de poca estona vam veure aparèixer un grup de cabanes fetes de tova i branques de palma. Les parets, recobertes amb un fang esquerdat, es veien molt velles i senzilles. Qal ens va informar que eren els habitacles dels miners i la resta de treballadors. A la primera barraca hi vam trobar una estampa d'allò més desagradable.

A l'interior, entre clarobscurs, vam veure un batibull de cossos ajaguts i apàtics, la majoria sense consciència. L'aire de la petita estança estava viciat pels vòmits i els estossecs. Insectes aeris pul·lulaven sobrevolant aquella carn caiguda, fètida i nafrada. Eren esclaus malalts. O, més ben dit, agònics. A tots quatre ens va commoure aquella visió que sumava dolor i deixadesa. Perquè no hi havia ni rastre de cures o atencions; ni un trist embenatge, ni una tina d'aigua fresca, una tisana o un amulet d'Esculapi o del deu local de la salut, fos quin fos. Res de res. Simplement els havien deixat allà, com taulons trencats.

Una veu, gens amable, ens va interpel·lar per l'esquena.

—Eh, vosaltres. Qui sou?

Semblava el capatàs. Anava armat amb un barret de palla i una fusta llarga. Quan em vaig identificar, l'home no va saber com s'havia de comportar. En part perquè tenia poques llums i en part perquè li costava entendre (això era més comprensible) que algú del meu august llinatge trepitgés aquells indrets. Vaig esperonar-lo:

—Porta'm davant del teu dòminus, vinga. I afanya't o faré que et tallin el nas.

Mentre li deia això, ja m'anava canviant de vestimenta.

Al món d'abans de la Fi del Món, Prosèrpina, la presència ho era gairebé tot. No n'hi havia prou d'anunciar-me com a optimat, ho havia de semblar. Per això havia fet que Qal i Servus empaquetessin aquells vestits a correcuita i els carreguessin fins allà. Em vaig vestir de patrici, amb una tela guarnida amb generoses franges púrpura, i em vaig posar al dit l'anell que certificava la meva alta condició.

Has de saber, Prosèrpina, que tots els patricis romans dúiem un anell d'or que anunciava el nostre estatus i que obria moltes portes. Tot l'orbe sabia què volia dir un d'aquells anells. (Després d'una de les seves victòries, Anníbal havia fet enviar a Cartago tres almuds plens d'anells arrabassats als patricis morts per fer entendre als sufets cartaginesos l'abast de la nostra derrota. Tres almuds!).

El capatàs va comprendre que jo no era un qualsevol i el seu to va canviar:

—No puc dur-t'hi, dòminus —es va excusar—. El meu amo està a baix, a la mina, reunit amb els seus socis. I jo tinc ordres de quedar-me aquí, a vigilar-los.

Es referia a aquells pobres desgraciats que agonitzaven en una cabana immunda.

—Naturalment! Has d'impedir que fugin —vaig replicar sarcàstic.

No va entendre la ironia. Tampoc esperava que ho fes. El que tampoc m'esperava era la reacció de Sitir. Perquè els aspa, que tan fàcilment llegien les emocions alienes, rarament mostraven les pròpies. Per això em va estranyar que s'avancés cap al capatàs i li digués amb to amenaçador:

—Estan malalts.

—No soc metge —es va excusar el capatàs.

—I tant que no —va dir Sitir serrant les dents i mirant-lo amb ulls de llop—. Ets un carnisser.

Quin caràcter! L'home, esporuguit, es va retirar. Sense ningú que ens guiés, però tampoc que ens impedís el pas, vam deixar les barraques enrere i vam entrar en un túnel excavat a la paret de roca que s'endinsava a les fondàries de la terra.

Al principi no vam veure res que ens cridés especialment l'atenció. A la galeria principal ens vam creuar amb miners proveïts de cascos i genolleres d'espart. Els vam preguntar pel dòminus de la mina.

—Esteu de sort, perquè avui ha vingut d'inspecció.

Havíem de continuar baixant, ens van dir:

—Seguiu les lluernes triples.

Les lluernes, que en deien ells, eren uns ciris que cremaven a les escletxes de la paret. Com que les galeries es ramificaven formant un laberint, les lluernes servien de llum i de guia: n'hi havia d'un sol ciri, de dos i de tres, per indicar la ruta a cada veta. Si seguies les de tres lluernes acabaves tres pisos per sota de la superfície.

En algunes cavitats dels túnels, els miners havien col·locat unes entranyables estatuetes de ceràmica que representaven la versió púnica del déu Plutó. Als peus del déu hi dipositaven ofrenes delicades: petits bols de licor, molles de pa i fins i tot collarets.

En un cert moment vam haver de baixar per un pou a través d'un curiós muntacàrregues de tracció humana, una plataforma de fusta que ascendia i descendia mitjançant cordes i politges. I quan vam arribar al fons d'aquell pou, Prosèrpina, el paisatge humà va canviar. Era qualsevol cosa menys entranyable.

Els esclaus que ens havien baixat amb el muntacàrregues, i tots els que habitaven allà, ja no eren miners lliures, sinó *damnati ad metalla*, «condemnats a les mines». O sigui, reus que purgaven la pena sota terra. Molts eren antics esclaus, tal com testificaven les inicials dels seus antics amos que duien tatuades sobre l'orella.

I quins homes, Prosèrpina! O més ben dit: quins no homes! Fileres i fileres d'esclaus primíssims que només duien un tapaculs brut i carregaven cabassos plens de terra sota l'amenaça del fuet. Ja no eren humans tal com s'entén aquesta paraula, només una suma de músculs consumits i tendons desgastats. Ja es trobaven més enllà del dolor. Era inexplicable que aquells cossos sense força, sense greix i sense voluntat encara fossin capaços de carregar pes i obeir ordres. Però no va ser allà on vam topar amb la visió més insuportable, sinó a la cambra més recòndita d'aquella mina.

Hi havia un canyó pestilent i, seguint el curs del canyó, tres enormes rodes de molí d'aigua encaixades entre fondes parets de roca. L'enllumenat mostrava poc més que perfils i siluetes tenebroses, però vam poder veure que al capdamunt de les grans rodes hi havia homes. Reptaven de quatre potes sobre les pales perquè s'anessin movent. Aleshores ho vam entendre: a sota no hi havia riu, no hi havia cabal d'aigua. La funció d'aquelles grandioses rodes de molí era arrossegar terra i roques, i els qui movien aquelles grans rodes eren els reus, a la part més elevada. El més peculiar era el règim del seu captiveri: no estaven lligats. No calia: si deixaven de moure mans i peus, d'empènyer amb braços i cames, simplement queien avall entre les pales, i, quan arribaven a baix, el molí els triturava i el seu cos es fonia amb la terra que arrossegaven.

Il·lús de mi, sempre havia cregut que la *damnatio ad metalla* equivalia a una mena de treballs forçats. No. Es tractava d'una mort diferida, més cruel que qualsevol execució. De seguida vaig adonar-me que ni la suma de tots els criminals de la província podia abastir aquelles rodes infernals. Aleshores em va venir al cap un manual d'economia domèstica que havia escrit el vell Cató, en què assessorava els propietaris sobre com treure el màxim rendiment dels esclaus. Entre altres coses, els aconsellava vendre'ls al final de la seva vida útil per obtenir un últim profit. Recordo que em va fer riure, aquell consell: qui havia de comprar una desferra humana? Perquè tot el manual catonià era una suma d'instruccions que forçosament conduïen a l'anihilament físic dels servus. Però vet aquí que ara tenia la resposta: les mines. Els propietaris venien els seus esclaus vells o inútils a preu de saldo als emporis miners. Aquells homes eren peces d'un engranatge que tenia un objectiu i només un: el lucre. Un lucre que s'obtenia triturant ossos: un dels esclaus no va poder més i va ser deglutit per la gran roda de molí. Al cap d'un moment, el seu cos ja s'havia dissolt del tot, arrossegat amb la resta de material pedregós. Ossos i músculs reduïts a simple grava, com si aquell home no hagués existit mai.

Sitir, Servus, Qal i jo, entre les tenebres, vam presenciar aquella mort ignominiosa amb una sensació d'irrealitat. En un moment determinat, em vaig girar i vaig veure que Sitir i Qal ja no hi eren.

—Han sortit de la mina —va dir Servus—. Sitir ha dit que volia matar algú, però que no sabia exactament a qui.

Em va venir a la memòria el debat teològic que havia expulsat Servus de la comunitat Gea. En la seva lluita contra la injustícia terrenal, els aspa tenien l'imperatiu de respectar la llei. I vet aquí que Sitir, gràcies a aquella visita circumstancial a una mina de plata, descobria que les pitjors i més cruels injustícies, i a més gran escala, es cometien sota l'empara de la legalitat republicana. Servus em mirava amb el mateix posat que els guanyadors dels concursos de retòrica quan rebien la palma del premi. Com pots imaginar-te, Prosèrpina, jo vaig trigar molt de temps a entendre el pla de Servus. (Quan arribi l'hora, t'explicaré quin era).

Perquè en aquell moment no estava per ell, només estava pel que tenia al davant i la seva vasta ignomínia. Sempre m'havia envoltat d'esclaus domèstics, que rebien un tracte infinitament més benigne. L'escriba que transcrivia les paraules del meu pare, per exemple, havia intimat fins a tal punt amb ell que Ciceró el considerava una ànima propera. De fet, quan l'home va morir, el meu pare va escriure al seu amic Àtic: «Ja sé que costa d'entendre, però, per més fora de lloc que estigui, la mort d'un simple esclau em genera una pena d'allò més sentida». O Demetri, el nostre vell esclau de la casa de la Suburra, que encara vivia amb nosaltres i a qui Ciceró apreciava més que el seu orinal. Com podia imaginar-me jo que una mateixa institució, la servitud, podia tenir una altra cara tan i tan cruelment extrema?

Entre les tenebres Servus em va indicar un punt que semblava més il·luminat: una mena de porta que donava a una habitació excavada a la paret de roca. Hi vam anar. A l'interior, una taula, moltes lluernes a les quatre parets, i tres homes: un era un púnic gras amb aspecte oriental que va resultar ser el propietari de la mina, i els altres eren dos enginyers. L'amo duia els dits plens d'anells, feia olor de pàtxuli i parlava a crits amb els altres dos. En veure'm, no va poder amagar la seva sorpresa. Què carai hi feia, un patrici romà, a dins d'aquell cau en aquell racó de món? Jo no tenia temps per perdre. Vaig abreujar al màxim les presentacions i vaig resumir-li el motiu que m'havia dut fins als seus dominis.

Vaig advertir-lo del perill infinit que ens amenaçava. Li vaig narrar els horrors tectònics, els seus canibalismes i antropofàgies, les seves intencions devastadores i exterminadores. I, per acabar, vaig urgir-lo que em prestés tots els homes que tingués capaços de brandar una arma, lliures o esclaus. Era allò o la Fi del Món, vaig sentenciar. I t'asseguro, Prosèrpina, que vaig parlar amb el cap i amb el cor, amb paraules apassionades i un discurs clar i endreçat. Però la seva resposta em va sumir en el desconcert. Que per què em va deixar tan destarotat, el que em va respondre? Perquè no es creia el que li deia? Perquè tenia massa por per actuar? Perquè desconfiava de mi o em prenia per un boig? No. El que va venir a dirme aquell individu era molt més baix, d'una mesquinesa que aclaparava: que tot plegat no era cosa seva.

No m'ho podia creure. Com podia no ser cosa seva, la Fi del Món? Jo era un personatge de posició elevada, i el meu crèdit provenia de la meva nissaga. Era el fill de Marc Tul·li Ciceró! Algú així no baixa fins a les últimes fondàries d'una mina pudent per una niciesa.

—Que potser no has entès el que t'estic dient? —vaig insistir—. Et parlo de la destrucció del tot. I «tot» és una paraula molt gran. La teva mina, la teva vida i la teva descendència. Els teus fills, i els fills dels teus fills. Tot perirà! Tot!

Vaig agafar una lluerna triple i l'hi vaig acostar als ulls per assegurar-me que aquell home estava mentalment sa. I per fi ho vaig entendre: no era que no ho entengués, no era que no em cregués. Era molt pitjor que això, Prosèrpina, perquè l'home era sincer: la qüestió no li incumbia.

Vivia en un món tan estret com aquella sala soterrània. Es

limitava a repetir excuses i evasives, per exemple, que d'allò se n'hauria d'ocupar el governador. I jo em vaig dir que l'avarícia l'havia convertit en l'home més esclau d'aquella mina maleïda. Els tectònics estaven ascendint per devorar-nos. A tots: rics i pobres, lliures i esclaus. Però, per molt que hi insistís, no li faria entendre mai que vivia en unes fondàries més fosques que les dels tectons. Fins i tot els esclaus d'Ergaster ho havien entès! Poques vegades m'havia sentit més irritat. I el que més m'irritava era que la meva irritació no servia de res.

—Dòminus, anem-nos-en —em va xiuxiuejar Servus.

Sí, allò era el més sensat que podíem fer. I així, per un cop, el dòminus va obeir el servus.

Sitir i Qal ens esperaven a fora, a les cabanes dels malalts. Ella els donava aigua d'una carabassa mentre acompanyava aquell acte compassiu amb una cançoneta com de bressol, un càntic antiquíssim, primordial, en la llengua arcaica de la deessa Gea. Allà dins, el sol es filtrava entre les canyes i el fang sec de les parets, i vaig pensar: «Quina bellesa de dona». Potser perquè no hi podia haver més contrast entre el cos d'ella, nu, poderós i ple de vida, i el d'aquelles desferres moribundes. L'esforç de Sitir era inútil, perquè aquells individus ja estaven més fora del món que dins.

Jo estava tan decebut pel fracàs a la mina que no vaig poder evitar que les meves paraules deixessin traslluir la meva frustració:

—Què faràs, quan l'aigua de la teva carbassa s'acabi i la mina continuï vomitant agònics? No hi ha pou al desert que pugui saciar tanta set.

Estranyament, Servus em va fer costat.

—Té raó —va dir—. No serà pas un gest compassiu, el que acabi amb el patiment que genera aquesta mina, sinó un règim just. Tots els esclaus adoren els aspa. Però els aspa, que se suposa que vetllen per la justícia, no poden fer res contra els emporis miners, perquè la llei els empara. Que fàcil i profitós que és per als magistrats de Roma tolerar uns paladins de la llibertat i la justícia com els aspa —li va recriminar—, tot sabent que no qüestionareu mai l'origen del seu profit, que és d'on brolla tota injustícia i tota opressió! I que n'és, de trist, que els pobres i plebeus us adorin, quan en realitat no fareu mai res més enllà de desarmar quatre bandolers de camins.

Crec recordar que Sitir li va replicar alguna cosa. Jo no estava atent. Tenia altres coses al cap, per exemple, reflexionar sobre com havia de procedir per salvar el món. Però sabent el que va passar després, potser hauria d'haver-los escoltat amb més interès.

Vam enfilar la tornada cap al campament de la Gran Acàcia tristos i capcots. Estàvem a mig camí quan vam topar amb una corrua d'homes.

Era una corda de presos. Imagina't, Prosèrpina, una llarga biga de metall de la qual emergeixen cadenes i grillons. A cada grilló hi havia un home pres pels canells. La biga avançava penosament, sostinguda pel mateix nombre de presos a banda i banda. En total en devien ser una vintena, custodiats per quatre guardians. El del davant de tot anava a cavall. De seguida vam entendre quin era el seu destí. Aquells presos eren carn destinada a ser consumida a la mina de plata. Com que anàvem en direcció contrària, ens els vam trobar de cara. En aquell moment em sentia més ple d'ira venjativa que una Tisífone.

—Tu ets el sufet, oi? —vaig dir al del cavall. I, sense esperar resposta, vaig afegir—: Allibera'ls. I no em repliquis, perquè avui no em sobra la paciència: no toleraré ni una sola paraula teva.

Ho va fer, va obrir la boca. La veritat, Prosèrpina, és que

no em va caldre ni tan sols donar l'ordre; Sitir se'n moria de ganes. Va fer una acció pròpia de l'art aspa: va clavar cinc dits al morro del cavall amb una pressió tal que la bèstia es va desplomar, inconscient però il·lesa. Jo vaig prendre el bastó del genet caigut i el vaig apallissar amb més fúria de la que potser es mereixia. En veure el panorama i les grans x que Sitir duia tatuades al pit i l'esquena, els altres tres guardians van fugir com pardalets quan veuen el gat.

Qal i Servus van alliberar els presos dels grillons. No es podien creure aquella fortuna sobtada. Uns ballaven en solitari i altres s'abraçaven entre llàgrimes com germans retrobats, mentre que la majoria es deixaven caure de genolls, els palmells de les mans amunt, els ulls tancats i la cara al cel, donant gràcies a una variada panòplia de déus en una pregària cridanera. Eren la viva imatge de la joia! I amb raó: els havien rescatat a les mateixes portes d'un Hades terrenal.

Fins aquí la part generosa de l'episodi. Per desgràcia, Prosèrpina, t'he dit que aquella incursió a la mina de plata va ser una mena de comèdia atel·lana. Bé, doncs, la funció encara no s'havia acabat.

Em vaig enfilar a una roca per fer-la servir d'estrada.

—L'únic defecte humà que ofèn tots els déus és la ingratitud —vaig proclamar als presoners alliberats—. Escolteu-me bé, perquè ara us faré saber quin ús podeu donar a aquesta vida que us acaben de regalar els déus.

Vaig explicar-los el perill mortal al qual s'enfrontaven l'Àfrica i el món i els vaig exigir que ens seguissin fins al campament de la Gran Acàcia.

El més descoratjador de tot, Prosèrpina, va ser que no van aprovar ni desaprovar la meva proposta: ni tan sols van escoltar-la. Quan van veure el sufet a terra, caigut del cavall i masegat pel seu propi garrot, s'hi van abraonar a cops de pal i de roc, el van deixar despullat i es van vestir amb la seva roba.

Els homes que anaven lligats a aquelles cadenes no eren esclaus vells, sinó criminals de la pitjor espècie. Quan vaig voler intervenir-hi, es van girar tots vint en contra meva.

«Quina guerra contra legions soterrànies ni quin cagalló de Baal!», bramaven els menys malparlats.

I com que jo insistia a allistar-los, van armar-se amb l'arma més antiga de totes. Aquell desert només era ric en pedres, però això sí, molt ric. Va caure sobre nosaltres un autèntic diluvi rocós. Servus i Qal van fugir esporuguits. Sitir va venir i em va abraçar fent d'escut humà. Però a aquelles alçades el meu cor ja s'havia rendit a l'aspa, i l'honor de patrici exigia que fos jo qui protegís una dona víctima d'una agressió.

Massa sovint, Prosèrpina, la indignitat fa frontera amb la comicitat. La Pedra Negra de Sitir Tra es va activar i aquella melassa fosca es va començar a estendre per la seva pell. La protegia sobradament de qualsevol pedrada, però jo insistia a resguardar-la a ella, i ella a mi, de manera que vam fer un embolic de braços mentre l'artilleria pètria, incessant, seguia caient sobre nosaltres.

—Què fas? —va exclamar—. Deixa'm que t'empari!

—No! —li vaig replicar—. La meva dignitat viril m'obliga a ser jo qui t'empari a tu!

I mentrestant plovien tants rocs que hauria calgut una cohort d'escuts per protegir-nos. Al final Sitir va prendre la decisió més raonable: em va capturar el clatell amb una mà i va obligar-me a córrer davant seu. I així vam fugir, perseguits per les iracundes pedres d'una gent que ens devia la llibertat i la vida.

* * *

Al cap de poca estona tornàvem a ser sota la Gran Acàcia.

Els peripatètics són «els que passegen». Es diuen així perquè escoltaven les lliçons del filòsof mentre passejaven fent voltes pel pati de l'acadèmia. Aquells homes voltaven un pati a la recerca de la veritat; jo havia fet una volta pel desert buscant el principi necessari de tota veritat: els homes. Com a expedició de reclutament, no cal dir-ho, havia estat un fracàs.

Els únics nous combatents que havíem atret eren la penosa tropa de Torques. Ells i les seves famílies seien al voltant d'un foc, feliços de consumir les nostres magres provisions. Patètics reforços. En veure'm, Ergaster em va preguntar si havíem d'iniciar el desplegament del nostre exèrcit minúscul. Però jo tornava amb la ment esgotada, l'esperit decebut i el cos lapidat. En aquelles condicions, com se suposava que havia d'encapçalar i dirigir una tropa, per petita que fos?

—Ajornem la batalla fins demà —va dir algú, no recordo si Servus o el mateix Ergaster—. Al món no li vindrà pas d'un dia perquè el salvin.

Jo estava tan baldat que em vaig limitar a assentir. Però no vaig tenir temps ni de retirar-me a la lectica.

La novetat era Baltasar Palusi. Havia tornat! Me'n vaig alegrar tant que vaig abraçar-lo com un igual; com qui abraça un amic.

—Per les tendres cuixetes de Minerva! —vaig exclamar—. Però si és Baltasar Palusi!

Ell va acceptar les meves efusions passivament, sense correspondre-hi, però era allà. Pel que ens va explicar, a mig camí s'ho havia repensat i havia dit als seus homes que seguissin sense ell, que se'n tornava.

El sol es va pondre i es va acabar el dia. Tothom estava o molt inquiet o molt capficat, els dos grans estats d'ànima que envaeixen els homes la nit abans d'una batalla. Jo vaig ordenar que duguessin aquell altar de joguina que Adad havia construït a la Ferradura fins al nostre nou campament de la Gran Acàcia. En veure aquella miniatura deliciosa de fang i canyes, Baltasar no va poder amagar la seva emoció, per descregut que fos. I vet aquí que aquella nit, Baltasar Palusi i Marc Tul·li, un agnòstic i un escèptic, van seure junts davant d'un temple; minúscul, però un temple, al capdavall.

Feia fred, molt de fred. Al cel, les estrelles també tremolaven. Va ser un moment de recolliment. Baltasar va posar un ciri encès a l'interior del temple, més en honor d'Adad que de Baal.

—No m'ho explicaràs mai, oi? —em va preguntar—. El que va passar amb Adad.

Entenia els seus sentiments.

—Com bé saps, durant dos dies i dues nits vam recórrer el subsol —vaig començar a explicar a contracor—. Hi havia una galeria excavada per Nestedum que desembocava en una gruta natural. Però aquell era el seu món i estàvem en inferioritat de condicions: nosaltres el buscàvem, ell ens trobava. La veritat és que només vam sobreviure als atacs i paranys de Nestedum gràcies a la perícia de Sitir, les seves habilitats i sentits extraordinaris. Allà sota, el tectònic tenia tots els avantatges al seu favor. Recordo que Sitir jeia inconscient i Adad i jo estàvem estirats amb l'esquena a terra, derrotats. Nestedum somreia triomfant.

—I què va passar, aleshores? Digues! —va exclamar quan va veure que callava.

Però jo vaig comprendre que havia anat massa lluny.

—Deixa-ho estar —vaig dir passant-me una mà pels ulls—, no ho entendries. El món de sota és un altre món. Au, vinga, sincera't, Baltasar Palusi. Tots dos sabem el motiu real pel qual has tornat —vaig fer intentant canviar de tema, encara que fos fent ús de l'humor més barroer.

Em va mirar sense entendre'm.

—Segons els vostres usos i costums —vaig dir—, el sufet d'una partida de caça ha de casar-se amb totes les vídues dels homes morts durant l'expedició, oi? Tal com han anat les coses, et toca la dona del teu germà més la dels tres caçadors morts. Quatre dones! Suportar-les de per vida! No m'estranya que prefereixis enfrontar-te als tectons.

Encara va trigar dos parpellejos a entendre que era una broma. Vam riure plegats.

—Si he tornat, Marc Tul·li, és per un altre motiu —va replicar encara amb un somriure—. Mentre feia el camí vaig estar pensant què us podia dur, a tu i a Sitir, a mantenir un silenci tan obstinat sobre el que va passar amb Adad allà sota. I només trobo una explicació.

Abans de continuar, va fer una pausa i va deixar anar un sospir.

—Tu mateix vas dir que Nestedum no havia matat Adad. És impossible que el matés Sitir, perquè un aspa no fereix mai un innocent. En conseqüència, només queda una explicació.

Em va mirar un moment al fons dels ulls en silenci, i llavors va dir:

—Que, per alguna causa que m'amagueu, tu vas matar-lo, i Sitir guarda silenci perquè està al teu servei. Tu ets l'assassí del meu estimat germà.

Em va clavar aquells ulls un altre cop.

—He tornat per matar-te.

Va treure un ganivet. Què podia dir? Vaig pensar en com reaccionaria el meu pare en una situació així.

—T'entenc molt bé, Baltasar Palusi —vaig dir estoicament—. Però podries esperar fins demà? Tinc moltes coses a fer.

Aquella sortida va destarotar-lo.

—Ara, si em disculpes, he de fer una ronda per supervisar que estigui tot en ordre —vaig afegir mentre em posava dret.

I vaig deixar-lo allà, assegut davant del petit altar i el ciri encès. Tothom dormia o dormitava. Alguns pregaven. Altres feien rotllana en petits grups al voltant dels focs i parlaven d'un futur imminent que no podien controlar i el resultat final del qual tothom sabia. La majoria callaven o parlaven amb ells mateixos. Jo vaig preguntar per Sitir. Em van dir que estava fent guàrdia més enllà. Vaig agafar un llum d'oli i me'n vaig anar a buscar-la.

La vaig trobar darrere d'una paret rocosa. Estava aparellant-se amb Urf.

No sé què em va fer més mal, si la gelosia natural d'algú que veu la seva estimada amb un altre home, o la perfecció dels dos cossos, que m'empetitia i em reduïa fins a la insignificança. Quina estampa!: els aspa es lliuraven amb la mateixa passió a la batalla contra el mal que a la batalla de la carn. Dos cossos perfectes, barrejats i units de tal manera que semblaven un de sol. Cada gemec de plaer d'ella era una punxada que em feia embogir de dolor.

L'endemà moriria, a mans dels meus enemics o dels meus amics, i una cosa era segura: no m'acomiadaria de la vida amb un petó de l'estimada. Ja ho deia el grec: «Forma part de la naturalesa del desig no trobar mai la satisfacció». Jo no demanava sadollar-lo; m'hauria conformat d'encetar-lo.

Em vaig retirar a la meva lectica, ara sí. I quina jornada s'acabava! La humanitat m'apedregava, els amics volien assassinar-me i l'estimada en preferia un altre, un dels seus. Ah, i l'endemà moriria assassinat per fileres triples de canins carnívors.

Com a bon centurió primipil, el vell Ergaster m'esperava a la porta de la meva tenda per rebre les últimes ordres del dia.

—Ho veus, Marc Tul·li? —va dir-me—. No se sap mai.

No vaig entendre a què es referia.

—Aquest matí estaves segur que seria l'últim de la teva existència. Però les coses no són mai tan previsibles com sembla. El dia s'ha acabat, i viuràs per veure com torna a sortir el sol.

Vaig deixar anar un llarg esbufec.

—I jo encara diria més, apreciat Quint Ergaster: ha estat un dia d'allò més profitós —vaig replicar amb un sarcasme sincer—, perquè, després d'haver-lo viscut, creu-me: em sap molt menys greu abandonar aquest món mesquí.

De vegades, Prosèrpina, la gran pregunta que han de formular-se els herois que volen salvar el món no és si ho aconseguiran o no, sinó si val la pena impedir l'extinció d'un insecte còsmic conegut com a gènere humà.

10

I sí, Prosèrpina, sí: l'endemà sí que va ser el dia de la gran batalla.

A l'alba vaig sortir de la lectica. Baltasar em va abordar amb una petició:

—Si no et sap greu, et seguiré un pas per darrere.

Volia assegurar-se que em podria matar quan ho considerés convenient. A aquelles alçades jo m'havia reconciliat amb la idea de la meva mort, així que em vaig permetre una resposta que seria la delícia dels cínics i també dels estoics:

—Em sembla una magnífica idea que secundis la meva esquena —vaig dir perfectament seriós—, així tothom creurà que has tornat per protegir-me.

En aquell moment va arribar Ergaster.

—Tinc una notícia pèssima que em causa deshonra i vergonya, Marc Tul·li, però que estic obligat a fer-te saber: durant la nit han desertat una vintena llarga dels meus esclaus.

I dit això es va estripar la túnica.

—M'alegra molt pensar que moriré tan aviat! —es planyia—. Qui vol viure en un món on els servus es neguen a morir amb el seu dòminus?! On anirem a parar?!

Baltasar va opinar així sobre les paraules d'Ergaster:

—Per a tu, que ja has viscut la teva vida, és molt fàcil demanar als altres que sacrifiquin la seva. Qualsevol pot regalar el que ja no té.

Van encetar una discussió que va anar pujant de to. Només ens faltava allò, que tot el campament ens veiés barallar-nos entre nosaltres tot just abans d'enfrontar-nos a l'enemic. Vaig separar-los. Vaig felicitar Ergaster perquè gairebé vuitanta dels seus servus havien optat per quedar-se i vam anar tots tres plegats (Baltasar no se separava de mi per res) a fer una última ullada als preparatius.

L'armament i l'ariet ja estaven a punt. Bé, suposant que d'aquella suma de troncs mig podrits, esmolats i lligats entre ells amb cordes d'espart se'n pogués dir ariet, i que aquella pila de porres, llances i escuts de vímet construïts a correcuita es poguessin considerar un arsenal.

Vam alinear els homes i les dones que empunyaven aquelles armes de fortuna. Mentre els contemplava, em vaig dir que potser sempre era així, que quan arriba el moment decisiu la civilització humana només és defensada per unes quantes dotzenes d'individus. Però permet-me, estimada Prosèrpina, que et relati el meu neguit i la meva desesperança. Perquè quina gent, quina tropa! No arribàvem a la centúria, i no hi havia pràcticament ningú que hagués agafat mai una arma, entre altres coses perquè la llei amenaçava els servus amb la creu si ho feien. I amb aquell exèrcit de desarrapats ens havíem d'enfrontar a una civilització d'assassins nats, a un món capaç de domesticar fins als cucs per dedicar-los a la guerra. Menys de cent homes i dones, la majoria esclaus mal nodrits, contra uns monstres intel·ligents, armats amb tres fileres de dents, cuirasses vives, espases i arpons dentats.

Havia arribat el moment. Ens vam posar en marxa cap al Forat de la Mantícora. Ningú parlava. L'únic que trencava el silenci eren els nostres peus. Ens vam aturar a unes cent passes de la muralleta de pedrotes erigida pels tectons. Era un terreny pla, ferm, sec i clar. Només uns quants matolls escampats omplien la vista. Ergaster, Palusi, els dos aspa, Servus, Qal i jo ens vam avançar al nostre exèrcit patètic a fi d'insuflar-los valor amb la nostra presència. I quin septet tan peculiar que fèiem, Prosèrpina.

Ergaster era tan vell que amb una mà empunyava la glàdius legionària i amb l'altra el bastó. Pel que fa a Baltasar, vaig oferir-li que marxés i salvés la vida. Com podia veure, la batalla era imminent, i les meves possibilitats de supervivència, nul·les. Va fer una ganyota.

—Em sembla que em quedaré una estona. Així mato un parell de tectons i venjo els meus caçadors morts. I m'asseguro que els amiguets de Nestedum et maten a tu.

Sincer, ho era.

Els dos aspa: no hi havia persones més estranyes al món que els aspa. Vaig mirar Sitir. I com vaig lamentar, Prosèrpina, no haver tingut més temps, encara que només fos un dia més de vida, per dedicar-lo a ella! Vaig sospirar.

I finalment, Servus: tenia ànima de conseller i no de guerrer. Tant era així que ni en aquell moment suprem se li havia ocorregut empunyar una arma. Tremolava. L'hi vaig recriminar amb una expressió que hauria enorgullit el meu pare:

—Què et passa? —vaig renyar-lo—. Només moriràs.

—Havia pensat fer alguna cosa gran amb la meva vida —em va confessar contenint les llàgrimes.

Aquella resposta em va enfurismar i em va fer riure, tot alhora. Malgrat tot, continuava sent un patrici, i vaig contestar com a tal:

—Tu? Fer grans coses? Tu, un insignificant servus domèstic? —I llavors vaig cridar—: Era jo, qui estava predestinat a fer grans coses! Jo, no tu! Estava cridat a ser cònsol un cop, cinc, deu cops! I mira on soc: la fatalitat s'ha creuat al meu camí, moriré en un ermot perdut i ressec. I em queixo? No!

Així és la vida. El que importa no és quant dura, sinó fer amb ella el que és adient i correcte, i que en els moments decisius no se t'escapi l'orina.

—A tu potser t'esperava la glòria —va replicar sense arronsar-se gens—, però jo estava covant una cosa encara més gran: una idea.

No el vaig entendre. Tampoc m'importava gaire. Sitir em va mirar. Jo a ella. Em vaig dir que només algú rematadament idiota s'enamora l'últim dia de la seva vida. Aleshores els tectònics van aparèixer i aquí es van acabar les nostres polèmiques insignificants.

Pel que es veia, havien decidit sortir i presentar batalla fora del seu matusser mur de pedres. Van passar per sobre de la muralleta. Els seus escuts i armadures eren encara més grisos que la seva pell, i quan es movien tots alhora i tan sincronitzats formaven una onada sòlida i fosca que sobrepassava el mur com un monstruós insecte col·lectiu i articulat. Van avançar uns passos i es van aturar en una línia confrontada a la nostra, amb els escuts units a través dels tentacles de les vores formant una barrera impenetrable que mugia en tres tons diferents. No hi ha hagut mai un exèrcit tan disciplinat i alhora tan salvatge. La seva formació militar era increïblement uniforme, i, al mateix temps, els seus guerrers eren les bèsties més ferotges: per intimidar-nos obrien i tancaven aquelles boques horripilants amb aquelles mandíbules enormes. I quina visió, Prosèrpina. La nostra línia no era més que una colla d'homes i dones escanyolits i tremolosos, mal armats, mal vestits i mig afamats. Ells, en canvi, se'ns apareixien ferms i arrelats a terra com una filera de roures.

En veure aquella estampa monstruosa i eixordadora, els soldats del nostre penós exèrcit es van atapeir una mica més. Jo estava d'esquena, però fins i tot així vaig percebre el seu estremiment, la paor que exsudaven.

—Déus! —va exclamar Quint Ergaster, que potser tenia mala vista, però encara s'hi veia prou—. Ara en són més! N'han pujat més, pel forat! Ahir n'eren uns dos-cents, avui potser en són quatre-cents! Ara què diem, a la tropa?

Menys de cent humans contra quatre centúries de tectònics. Vaig pensar tan de pressa com vaig poder. Vaig aixecar l'espasa al cel, tot cridant als meus:

—Ho veieu, oi? Són menys que ahir! Molts d'aquests monstres, en veure'ns tan ferms i decidits, han fugit pel forat per on havien vingut! Com les rates!

I tots, homes i dones, van aixecar les armes i em van ovacionar. Totes aquelles llances i javelines alçades semblaven un bosc tremolós.

—Seràs un gran magistrat —em va dir Quint Ergaster sense ni un deix d'ironia—. Tant de bo sobrevisquis, Marc, i el Senat et concedeixi la Corona Gramínia.

Has de saber, Prosèrpina, que la Corona Gramínia era el màxim guardó militar de la República romana. Només es concedia als generals que havien salvat un exèrcit de la destrucció. Vaig sospirar: nosaltres havíem de salvar una cosa molt més important que un exèrcit. Catilina havia acabat convertit en una piràmide de ferro; Cartago, en una muntanya de pedres, i jo només seria una pila d'ossos. Però amb una diferència: Catilina no havia canviat; Cartago no havia canviat. Per això s'havien extingit, inútilment. Jo sí, jo havia canviat. Estava posant el destí de milions de desconeguts davant de la meva ambició, i esperava que allò servís per a alguna cosa. Vaig mirar Sitir: tenia raó ella; quan lluitem pel proïsme no estem mai sols. Ella i els altres eren al meu costat. I gràcies a ells, estava disposat a domar les meves pors. Sí, allò, allò era el que realment podia oferir als meus: les meves mutacions.

I ara, Prosèrpina, permet-me que t'expliqui les vicissituds de la batalla.

Jo tenia intenció de fer ús d'un vell estratagema: aprofitar el sol. Fins i tot el més casolà dels nostres estrategs sabia que sempre convé començar una batalla amb el sol a favor. És a dir, situar el teu exèrcit de tal manera que el sol encegui l'enemic. En aquest cas, comptàvem amb un element a favor, en aquest sentit: que els tectònics poca cosa podien conèixer, de la superfície i les seves peculiaritats. Com que la plana on se situava el Forat de la Mantícora era un sequeral despullat, m'hi havia pogut apropar des d'on ens convenia, des de l'est. Però jo no volia que la batalla comencés encara. Volia donar una mica més de temps al disc solar perquè s'alcés del tot i fustigués aquells ulls rodons i clars com l'ambre, que segurament patirien més que els nostres amb l'excés de llum. Per guanyar el temps que em calia, vaig dir a Urf:

—Urf, m'estic avorrint. No t'agradaria distreure'ns una mica?

L'aspa va avançar-se fins que va ser a mig camí entre les nostres files i les dels tectònics.

Has de saber, Prosèrpina, que els duels singulars eren un costum molt humà, tot i que arcaic i en desús. Als temps antics, abans de començar una batalla campal, un dels bàndols podia avançar un campió perquè desafiés qualsevol enemic que volgués enfrontar-s'hi. Tots dos lluitaven fins a la mort davant dels dos exèrcits en formació. Com pots suposar, Prosèrpina, el bàndol del vencedor rebia una prima de moral, mentre que el del derrotat s'ensorrava en el desànim. Jo vaig recuperar aquell vell ús perquè teníem els aspa. Em semblava una aposta segura. Ah, i, si no sortia bé, si Urf queia mort, l'esquarteraven i se'l cruspien, bé... tampoc era cap desgràcia! (Has de saber, Prosèrpina, que des de l'inici dels temps ha estat prerrogativa dels generals posar a primera línia els amants de l'estimada).

De manera que Urf es va plantar a mig camí de les dues

tropes. Tan dret i quiet allà al mig, sota el soll lluent, semblava una magnífica estàtua de carn. Al principi els tectònics no van reaccionar. Nosaltres vam dubtar. No eren humans: i si no coneixien el vell costum dels duels singulars abans de la batalla? Dies abans, Nestedum m'havia reptat. Però qui podia saber com i què pensaven els tectònics? Quins usos i costums seguien? Fins que vam notar alguna cosa. Un soroll que provenia de més enllà de les seves files. I llavors va aparèixer. Un gegant. Apartant els seus congèneres a manotades.

Ja t'he comentat, Prosèrpina, que l'estatura mitjana dels tectons era una mica inferior a la humana. Però entre ells també hi havia excepcions: l'ésser que avançava cap a Urf gairebé en feia dos com ell. Era un tectó gegant. S'obria pas a empentes, entre les fileres de tectons, amb posat prepotent. I quines cames: un pas seu avançava el doble de terreny que el d'un humà, i aquells peus de tres unglots tan grossos el feien més animal encara que els seus congèneres. Per arma duia una llança curta tectona, blanca i amb ganxos laterals, que feia pensar en un arpó d'ivori.

Creu-me, Prosèrpina, si et dic que era una visió estremidora. El gegant se sabia temible, i, per intimidar Urf, va obrir una boca grossa com un tambor en un llarg, llarguíssim, udol de guerra. I aquest va ser precisament el seu error.

Urf va adonar-se que mentre tenia la boca oberta de bat a bat se li reduïa l'angle de visió, i va aprofitar aquell llarg bram per iniciar una carrera fulgurant contra el seu enemic. Aprofitant l'embranzida, va escalar el pit d'aquell cos gegantí gairebé com si flotés. I allà, suspès en l'aire, va projectar el puny enrere, un puny dens com un diamant, i va colpejar el tectònic a la mateixa boca.

És molt difícil, Prosèrpina, descriure tota la violència que un aspa podia injectar als seus cops. Jo no havia vist mai un cop tan sec, tan intens, tan contundent. Primer el puny i després tot l'avantbraç van perforar aquella boca oberta i van trencar totes les dents que van trobar al seu pas. El tectònic va caure enrere com un grandiós arbre abatut. Abans de tocar terra ja era mort.

La victòria va ser tan inesperada, tan instantània, que durant uns segons cap dels dos bàndols va saber reaccionar. Els nostres homes i dones van trigar un moment a entendre què havien vist i què havia passat, perquè la lluita s'havia acabat abans de començar. I, després del silenci, l'ovació a Urf i els crits d'eufòria.

Les dents havien esclatat en dotzenes de fragments d'ivori que havien sortit volant cap a totes bandes i havien aterrat aquí i allà. Semblava ben bé que algú hagués trencat una pila de plats i plàteres. Com era habitual en mi, vaig dissimular el meu astorament sota una capa bromista.

—Pren nota de la lliçó, Servus: no deixis mai la vaixella en mans d'un aspa.

Servus no va saber què dir: sempre li costava entendre que els suburrians fèiem acudits de tot, la Fi del Món inclosa.

Mentre els altres ovacionaven Urf, jo dedicava tots els meus sentits a observar les files enemigues. Com els havia afectat la mort del seu Hèrcules? Els afligia la pèrdua? Ens temien una mica més? I la veritat, Prosèrpina, és que no vaig saber jutjar la seva reacció. No eren del nostre món, no eren humans. Què denotaven aquelles boques immenses entretancades? Por? Resolució? Només gana? I com s'interpretava aquella quietud col·lectiva: era desànim per la mort d'un dels seus, disciplina o indiferència? Impossible de dir. La immobilitat dels tectònics contrastava amb el brogit dels escuts, que mugien com ànecs, i els esbufecs d'aquells cascos com pops sòlids, que ara, com els espiracles de les balenes, expulsaven un raig líquid. Fins i tot les cotes de malles de milers d'insectes entreteixits emetien un soroll de cigala excitada.

Imagina't l'estampa, Prosèrpina! Només van deixar-nos clara una cosa: que no es conformaven amb una derrota. De seguida va aparèixer un segon campió, i aquest cop el tectònic anava muntat. Horror dels horrors.

Per descriure'l amb una imatge comprensible per als humans, Prosèrpina, et diré que la bèstia que el tectó muntava era una mena de llangardaix de les dimensions d'un cavall petit. Tenia un aspecte reptilià en tot, menys als laterals del coll, llarguíssim i guarnit amb una cabellera que semblava de pèls de senglar. Les regnes i l'arnès estaven fets amb cadenes fines que dringaven animadament a cada sacsejada. L'animal desprenia una fortor que al meu nas li va recordar els elefants del circ. El genet brandava un arpó molt llarg i ens comminava a atacar-lo amb els seus crits. De sobte, els nostres homes i dones van començar a parlar en púnic.

—Què diuen? —vaig preguntar a Qal.

—Diuen «tritó, tritó!», perquè el petit cavall del tectònic s'assembla a un tritó.

Per als romans, els tritons eren una mena de déu marítim, però amb aquell nom els púnics es referien a un llangardaix dels llacs que recordava vagament la muntura del tectó. Servus es va passar la mà per la cara.

—Oh, bona deessa Gea —va somicar angoixat—, cavalquen tritons de la mida d'un poni. Quants espants més ens reserven aquesta gent?

Ara s'entenia el soroll constant que sortia de l'interior del Forat de la Mantícora: els tectònics havien ampliat el túnel, fent rampes o el que fos per fer pujar a la superfície la seva cavalleria tritona. Sí, quina gent tan metòdica! Amb quina cura i quina minuciositat planificaven les seves invasions! Al principi havien enviat un explorador solitari, Nestedum; després, un grup nombrós i poderosament armat, i ara la primera muntura, per saber si s'adaptava a les condicions del terreny.

Sense que jo li digués res, Sitir es va avançar. Devia considerar que Urf ja havia lluitat i ara li tocava a ella. Va caminar, confiada, fins que va ser a unes vint passes del genet. Ergaster, que encara no l'havia vist en acció, va vaticinar:

—Se la menjaran amb naps. Les amazones només habiten a les fantasies d'alguns grecs bojos.

—Els tectònics també semblen una fantasia i existeixen de debò —el va contradir Servus.

—Oh, Déus! —va exclamar Baltasar, que per una vegada estava d'acord amb Ergaster—. No pots deixar que una dona desarmada s'enfronti a la cavalleria de l'inframon, per molt aspa que sigui. Ordena-li que es retiri!

Jo vaig limitar-me a encongir-me d'espatlles.

—Els aspa tenen l'oïda més fina que ningú, però són sords a les ordres que no volen obeir. A aquestes altures ja ho hauríeu de saber.

I, tanmateix, a Sitir no semblava afectar-la ni massa ni poc aquella novetat de quatre potes i coll llarg. Es va quedar quieta com una estaca mirant fixament l'animal, no el genet.

El tectònic va iniciar una càrrega. La seva llança apuntava just al pit de Sitir. I el pitjor de tot: quan aquell llangardaix va agafar embranzida, se li van obrir als flancs una mena d'ostres gegants (no puc definir-les d'altra manera) que duia adherides: quatre, cinc, sis. Mentre s'obrien, deixaven anar un grinyol agut, inacabable.

Les nostres files tremolaven. Perquè era un soroll realment espantós, Prosèrpina. Alguns fins i tot van deixar caure la seva trista llança i van fugir corrent.

—Agafeu aquests homes! —vaig cridar.

Mentrestant, el genet guanyava velocitat, la llança ferma, increïblement estable, apuntant al centre de la x del pit de Sitir, que es mantenia quieta com una pedra. Tots crèiem que la travessaria. Però a l'últim instant va fer allò.

Sitir va saltar. El tectó brandava la llança a la dreta de la muntura i Sitir va moure's a l'esquerra de l'animal. Amb tots dos braços va agafar aquell coll llarg de llangardaix i va retorçar-lo com si fos una corda, fins que la bèstia va anar a parar a terra.

Sitir feia fàcil allò difícil. El coll d'aquella monstruosa sargantana, Prosèrpina, tenia les formes i les dimensions d'un tauró, i ella l'havia abatut amb una facilitat que semblava irreal.

Les cames del genet havien quedat atrapades sota la muntura morta. Sitir va extreure una mena de destral que hi havia en una alforja del tritó i va decapitar el genet amb la mateixa tranquil·litat amb què s'hauria tallat les ungles. Després, amb un moviment pendular del braç, va llançar el cap a les fileres tectòniques, com si fos una pilota.

Com bramaven els nostres, Prosèrpina! Els xiscles fregaven el deliri. I què va fer ella? Tornar a les nostres posicions caminant com aquelles dames nobles que es passejaven pel fòrum mirant-se amb indolència les joies a la venda.

Vaig buscar el sol. Sí, ja estava prou amunt. Vaig observar l'enemic. En efecte, tots aquells ulls de poma parpellejaven molestos. Allà d'on venien el sol no existia; no el podien conèixer. Ni el sol ni les molèsties que ocasionava. Aquella jornada seria el nostre aliat: els enlluernaria i, amb una mica de sort, els encegaria, almenys parcialment.

Ja només em quedava complir amb un últim tràmit abans de la batalla. La nit anterior, el vell Quint Ergaster m'havia sollicitat que li concedís un últim desig: ser el primer de morir.

Els sacrificis abans de la batalla, Prosèrpina, eren una altra de les tradicions marcials dels nostres ancestres. Consistia que alguns individus busquessin premeditadament la mort abraonant-se contra l'enemic sense eludir les ferides i abans que comencés la batalla pròpiament dita. Així mostraven resolució i menyspreu al dolor i la mort. Deixaven admirada la tropa enemiga i enardien els seus companys de files. Era un costum decadent. Extint, de fet. Però els romans conservadors, com Ergaster, estimaven tot allò que fos antic, i jo no havia tingut esma per negar-li el seu desig. D'altra banda, per què havia de dir-li que no? Tenia més de noranta anys, i no era una mala manera de posar fi a una vida dedicada a la milícia.

El cas és que aquell vell venerable va començar a avançar amb pas pausat, però constant i sense titubejos. En una mà hi duia el bastó que li servia per caminar i a l'altra la seva vella espasa legionària. La mateixa que, quan encara era una criatura, havia empunyat al setge de Cartago. Suposo que els tectons, al principi, es devien pensar que era el tercer campió que els enviàvem. Fins que van veure que, en lloc d'aturar-se a esperar un oponent, seguia endavant. Va passar pel costat del gegant mort, del tritó mort i del seu genet decapitat, i va continuar caminant cap a l'enemic sense afluixar el pas. Per primer cop vam percebre una reacció col·lectiva entre els tectònics: incredulitat i meravella. Les seves files es movien neguitoses. Podíem notar com frisaven els cossos, podíem sentir com crepitaven les armadures pectorals fetes d'insectes: què preteníem, enviant-los un home sol, vell i coix? On era la trampa? Quint Ergaster, impassible, mantenia el seu pas rítmic i la cadència impertorbable del seu bastó. Duia els peus vestits amb antigues sandàlies legionàries i el mentó ben amunt, amb un rictus greu a la cara.

Quan va ser a només tres passes, dues, d'aquella muralla d'escuts vius que esbufegaven com oques nervioses, es va aturar. Si avançava mig pam més el matarien, i abans volia pronunciar unes últimes paraules.

Llàstima, però, que el banal tendeixi a interferir en l'heroic, estimada Prosèrpina. Perquè Ergaster, en efecte, va alçar la seva glàdius al crit de:

—Així mor un romà!

Era el moment suprem de la seva existència, el zenit d'una vida dedicada a Roma, a Mart i a la glòria. Però aleshores, just en aquell instant, quan estava de puntetes amb l'espasa alçada, se li va escapar una ventositat. Un pet llarg i sorollós, com un bram de vaca parint. Era comprensible: l'home tenia més de noranta anys i avançava cap a una mort segura. No és estrany que no controlés els esfínters. Ara bé, les coses com siguin: quin mal moment van escollir els seus budells per alliberar aire, la veritat.

La nostra tropa, que fins a aquell moment l'animava a avançar, va emmudir. Fins i tot els tectons es van quedar molt quiets, recelosos. El pobre Ergaster estava paralitzat, amb el braç que sostenia l'espasa amunt. La seva angoixa era extrema; la seva torbació, encara més. Va girar la cara cap a nosaltres, com demanant ajuda. Jo vaig fer un pas al front i vaig cridar fent trompeta amb totes dues mans perquè em pogués sentir:

—Així mor un romà!

Ell em va mirar i va assentir greument amb el mentó. Va fer un pas endavant, i la seva espasa va caure sobre un escut i en va tallar un tros. Es va sentir un xiscle de dolor i, aleshores sí, mitja dotzena d'arpons van perforar aquell cos vell i ressec.

Va ser el senyal. Vaig alçar l'espasa i vaig dir aquestes paraules. Com a discurs d'abans de la batalla, no passarà a la historia, això és segur.

—Mireu què han fet aquests caníbals de l'inframon a un pobre ancià! —vaig rugir—. Vengem Quint Ergaster, vengeu el vostre pare!

Et deus preguntar, estimada Prosèrpina, com s'ho va fer un covard com jo, que sempre havia tingut una por cerval als talls i les caigudes abismals, per avançar contra un exèrcit armat que justament defensava un pou insondable. La resposta, en realitat, és molt simple: avançava perquè m'hi empenyien.

M'hi havien empès des que havia sortit de la nostra casa de la Suburra. Primer el meu pare, després Servus i Sitir. I més endavant Baltasar i els altres. I allà ens tenies a tots plegats.

Vam cridar per envalentir-nos. No va ser una càrrega desbocada, sinó un avanç lent, a l'uníson, reservant forces per a quan topéssim amb la línia tectònica. Sí, cap allà, anàvem. I ara sí, ara començava la batalla.

Vet aquí la nostra disposició per al combat: el centenar de servus, homes i dones, van avançar en un front unit i compacte sostenint escuts de vímet i llances simples. Una mica més endavant, els dos aspa, Sitir a l'esquerra i Urf a la dreta de la formació. Qal també estava per allà: havia insistit a quedar-se al costat de Servus, a qui encara estimava. Recordo que vaig tenir un pensament molt poc èpic. «Deu haver descobert, Qal, qui és l'amant de Servus?», em vaig preguntar, «o morirà sense saber-ho?».

Jo anava just darrere de la tropa, una mica a la dreta. I, si us plau, Prosèrpina, no confonguis aquest detall amb un excés de prevenció: en una batalla el comandant sempre se situava allà, per darrere de l'ala dreta. Baltasar Palusi no se separava de mi. Aquell home era una paradoxa amb potes: em protegiria dels tectònics, sí, però per poder-me matar amb les seves mans. Els aspa eren la nostra millor arma. A mesura que ens acostàvem als tectònics, el grilló que tenien al turmell va començar a liquar-se i a estendre's per tot el cos d'aquells dos guerrers com una segona pell.

Com que anaven a l'avantguarda, els aspa van ser els primers a topar amb l'enemic. I, com sempre, desarmats. Però això no tenia cap importància: Sitir va capturar la primera espasa que va intentar ferir-la i va matar el tectó que l'empunyava. Per la seva banda, Urf va apropiar-se del primer escut que se li va oposar i el va fer servir com una mena de maça plana: repartia uns cops fenomenals a dreta i esquerra, escombrant els enemics i obrint esvorancs. La tropa, animats per aquell vigor, seguien els aspa punxant amb les llances com un porc espí col·lectiu. Jo intentava seguir Sitir amb la mirada. Sí, Sitir, la meva estimada. Patia per ella. Fins i tot a les portes de la mort, estava bellíssima, recoberta d'aquella brea fina i fosca liquada de la Pedra Negra. Imbuïda de la tensió del combat, desprenia una aura d'esperit pletòric; estava on volia estar. Per desgràcia, en la confusió de la lluita, la vaig perdre de vista molt ràpidament.

El que més sorprèn en una batalla, fins i tot en una de petites dimensions com la nostra, Prosèrpina, és la manera com els cossos s'agrupen i es premsen; amics i enemics formen un tot gairebé compacte, barrejats en la polseguera que aixequen tants peus agitats. Es va generar un tumult, les pobres llances humanes enfrontades als escuts i arpons tectònics. Els tectons lluitaven en silenci, però els seus escuts, cascs i cotes de malles mugien, grallaven i grinyolaven en un concert paorós. Palusi i jo empenyíem, literalment, els homes i els enardíem repartint crits i ordres.

A mesura que la lluita progressava, va passar una cosa molt natural. Instintivament, els homes i les dones van començar a agrupar-se rere els nostres dos magnífics campions, Sitir i Urf. Era lògic que els servus busquessin seguretat i empara rere l'esquena d'uns combatents tan extraordinaris. Però com que Urf lluitava al capdavant de l'ala dreta, i Sitir a l'esquerra, el centre de la nostra línia va quedar despoblat.

A favor nostre, Prosèrpina, et diré que allò ja estava previst. Eren esclaus, no soldats entrenats per mantenir una formació militar, i ho sabíem. Quan es va crear aquell forat al nostre centre, vaig donar el senyal.

—Ara, ara! —vam cridar Baltasar i jo.

L'ariet que havíem construït, sostingut per vuit dels nostres homes més forts, estava situat just allà, darrere del nostre centre, llest per atacar. Guiats per Servus i Qal, van aixecar l'ariet tots vuit alhora i van envestir amb totes les seves forces contra la línia tectona. La punta de l'ariet, feta amb quatre troncs punxeguts, va atropellar una pila de cossos i escuts i va seguir endavant, amb tanta empenta que no es va aturar fins a impactar contra la mateixa muralleta de pedrotes del Forat de la Mantícora.

Havíem partit en dos la línia tectònica. Era el que volíem.

—A la bretxa, a la bretxa! —vaig cridar.

Obligat a donar exemple, vaig endinsar-me en aquell esvoranc, espasa en mà. I amb mi, Baltasar, Servus i Qal. Vam passar per damunt d'una dotzena de tectons trepitjats, malferits, i els vam anar rematant amb una satisfacció cruel. Durant una estona que no es podria mesurar en temps, vam lluitar allà. Entre l'ariet caigut i la muralleta. Ja hi havia morts per tot arreu, humans i tectons. La cridòria ho amarava tot.

Has de saber, Prosèrpina, que en una batalla campal l'objectiu sempre és trencar la formació enemiga. Qui ho aconsegueix, normalment, venç. I per un moment fins i tot em vaig fer il·lusions. Els aspa mataven els tectònics a desenes. Exaltats, enfervorits, els nostres servus brandaven llances i javelines amb totes les seves forces. En aquest punt vaig observar un fenomen que va atiar el meu optimisme: els tectònics, que quan integraven la seva formació eren més que titans, quan havien de lluitar en solitari eren menys que homes. Eren menys pesants i menys voluminosos que la majoria d'humans, i quan s'enfrontaven a algú mínimament corpulent tenien les de perdre. Recordo un esclau prou forçut d'Ergaster que trencava aquells caps tectònics en forma de fava com si fossin ous. Jo cridava: «Endavant, endavant!», amb l'esperança d'arribar fins al mateix Forat de la Mantícora i obturar-lo. Si dividíem la tropa enemiga i els tallàvem la connexió amb el seu món, per força havien d'ensorrar-se moralment.

Per desgràcia, els tectònics van demostrar-nos que eren un engranatge de guerra implacable. Ells també ferien i mataven a molts dels nostres, massa. Veies els seus grans escuts i com, de cop, pels laterals, apareixien les puntes de les seves espases, es projectaven a la velocitat d'una cua d'escorpí, punxaven i s'amagaven un altre cop. Amb tot, mentre vam poder contenir l'embranzida, els homes van ignorar els caiguts. Fins que els tectons van començar a tancar-nos per les ales.

Era una resposta típica: com que nosaltres penetràvem pel centre, ells van tancar els dos flancs com dues mandíbules. Ho vaig poder veure, malgrat la polseguera i l'aldarull. Va ser una maniobra tan perfecta, tan coordinada, que es diria que una sola ment guiava tots els seus cossos. Vaig cridar a Baltasar a l'orella, perquè em sentís:

—Agafa una dotzena d'homes i endu-te'ls a la dreta per impedir que ens tanquin!

Així va fer-ho, generós i diligent, ajornant la seva venjança contra la meva persona. El seu matxet es va convertir en un estendard, i un grapat d'homes va seguir-lo.

Jo crec, Prosèrpina, que encara hauríem pogut resistir una bona estona. Què va passar? Ara t'ho diré.

Afirmava el Gran Persa que en una batalla hi pot haver covards, però que no hi són perquè no compten. Jo encara diria més: un covard pot fer més mal al seu exèrcit que una legió enemiga sencera. Sobretot si, a més de covard, és bocamoll. Perquè si jo hagués tingut més experiència guerrera, hauria sabut que sempre hi ha algun imbècil que al mínim contratemps brama:

—Estem envoltats!

I així va ser. Una veu qualsevol va cridar «Ens estan envoltant!» i, per increïble que sigui, Prosèrpina, tothom la va sentir. Per sobre de l'estrèpit de les armes, dels gemecs dels ferits, de la bonior de l'arsenal vivent dels tectònics. Així és a totes les batalles: algun imbècil crida «Envoltats!» i el pànic s'estén més de pressa que qualsevol epidèmia.

Molts, massa, van sucumbir a la temptació de viure. Deixaven caure les armes i fugien. Servus, Qal i jo intentàvem contenir-los. Els tornàvem al combat de males maneres, a força d'insults i empentes. Però l'hemorràgia de fugitius aviat es va convertir en una desbandada. I llavors els tectons van esperonar els desertors que encara dubtaven amb un contraatac des del centre.

De sobte, em vaig veure a primera línia. Els meus cops d'espasa eren tan inútils com inhàbils. Recordo la immensa superfície d'un escut tectó colpejant-me frontalment. Vaig caure enrere i de cul. Em vaig arrossegar. Al meu voltant tot era pols, pugna, crits de dolor i una espantosa barreja de sons. M'arribava clarament l'olor dels tectons, de la seva suor corporal, agra com la carn macerada en vinagre. El monstre que m'havia abatut va alçar l'arpó. Em traspassaria el pit. Allò era el final.

Bé, doncs, vols saber qui em va salvar, estimada Prosèrpina? Ell, justament ell: Nestedum.

Tots els tectons s'assemblaven, però ell era molt fàcil de distingir perquè li faltava una mà. (L'hi havia tallat jo, recordes?). Ara duia un embenatge més decent, una tapa de metall sobre el monyó. Va ser aquell metall el que es va interposar entre l'arpó i la meva persona. Ell també m'havia reconegut. I va dir:

—Marccc. Marccc.

Ho deia amb aquella c tectona, un so que sortia de la part del darrere de la llengua contra el paladar. No hauria dit mai que sentir el meu propi nom em pogués causar una paràlisi d'horror. Nestedum va impartir unes ordres seques i dos dels seus em va començar a arrossegar pels turmells. Allà sí que vaig saber què era la por, la por de veritat.

Vaig cridar com un porc. Em saltaven les llàgrimes, em debatia exactament igual que un peix a l'ham. Era inútil. I, de cop i volta, em vaig adonar del que estaven fent: se m'enduien al Forat de la Mantícora.

Em vaig debatre amb totes les meves forces, vaig cridar amb una veu rogallosa, una veu que ja no era la meva. Però no podia fer res contra aquella força que m'arrossegava, que em succionava a un món inferior. En l'últim instant em vaig aferrar amb els braços a un sortint de pedra que hi havia a la mateixa vora del pou. Juro, Prosèrpina, que estava disposat a permetre que m'arrenquessin les cames abans que deixar anar aquella pedra.

Vaig alçar els ulls. Ara veia el camp de batalla arran de terra. Sembla mentida que en un moment així la meva ment pogués ser tan lúcida, els meus ulls tan exhaustius. Recordo les estampes de la derrota que vaig veure agafat a aquella roca. La meva por era tan intensa, tan extrema, que els meus ulls veien aquella escena com si una lentitud sobtada hagués posseït tots els actors.

Recordo els caiguts, morts i agònics. Recordo els peus de tres dits de la infanteria pesant tectona tancant-se davant meu. I recordo haver vist, més enllà, Qal, sacsejat per les convulsions i amb el cap esberlat. I Servus de genolls, abraçant-lo entre plors. Vaig pensar: «Jo he matat Qal». Recordo aquella força poderosa que m'estirava per les cames, pou avall. Recordo que vaig tenir un pensament fugaç, però intens: vaig pensar en Rodes, el vell carreró sense sortida de la Suburra on jugava amb Gneus Rinxolets. I quan ja sentia enveja de Qal, de la seva mort ràpida, l'esperança.

Sitir, obrint-se pas entre una dotzena de tectons. M'havia vist, venia a salvar-me. Va matar o malferir els enemics que ens separaven. Quina guerrera! Un dia, a la Suburra, havia jurat protegir-me, recordes Prosèrpina?

—Sitir! —cridava jo—. Sitir!

—Pollet!

Vaig estirar una mà cap a ella, implorant el rescat. Sitir ja estava molt a prop. Es va llançar a terra com qui es capbussa a l'aigua, en un esforç suprem per arribar als meus dits.

I va aconseguir-ho. La seva mà va capturar la meva. Però no podia haver quedat en una posició més indefensa, estesa a terra i amb només una mà lliure. Una munió de tectons li colpejaven i li punxaven l'esquena. La protecció de la Pedra Negra no era infinita, no resistiria. Vaig notar, vaig sentir, com li trencaven dues costelles del flanc dret, vaig veure la seva expressió de dolor. Amb els peus i el braç lliure encara va ser capaç d'abatre dos adversaris. I sense deixar-me anar! Però la situació era impossible, fins i tot per a una aspa. Un heroi li hauria cridat que es retirés, ara que encara podia. Jo, Prosèrpina, només implorava:

—No em deixis, no em deixis! Sitir!

Aleshores vaig notar que m'estiraven avall amb una força inimaginable que m'oprimia els turmells, que em comprimia les cuixes. Mans, moltes mans invisibles, m'estiraven les cames, els peus, els malucs. No havia experimentat mai un espant igual: la certesa absoluta que no podràs oposar-te a una força que se t'endú pou avall.

La meva última visió del món terrestre, mentre m'ensorrava a les tenebres, van ser els ulls verds de Sitir, frustrats, tristos i rabiosos pel seu fracàs. Uns ulls líquids, tan plens d'amor i de tristesa com una clepsidra ho està d'aigua i de temps.

Caure. Saber, amb tot el teu cor, que la salvació no existeix. Un horror sense fons. La fi, la fi de tot. La mort? No. Tant de bo. El que m'esperava allà sota era una cosa mil vegades més terrible. Perquè si hi ha alguna cosa pitjor que un final espantós, Prosèrpina, és un espant sense final.

SEGONA PART

L'any 62 aC, Marc Tul·li Ciceró es va retirar de la vida pública. El vencedor de Catilina i salvador de la República, el romà més virtuós i més culte, ho va deixar tot per refugiar-se en una vil·la al camp al seu poble natal, Arpino. Molts van dir que es tractava d'un gest de refús i menyspreu cap a les tres figures emergents de la política republicana: Pompeu, Cras i Cèsar. Per a Ciceró, pare de la pàtria, les ambicions i l'egoisme d'aquells homes eren incompatibles amb els principis republicans que sempre havia defensat. Per a ell la política havia de ser com una matrona, «recta, fidel i honesta», i Ciceró considerava que els triumvirs només eren fidels a ells mateixos.

Per a d'altres, l'auge del triumvirat només va ser l'excusa que va esgrimir Ciceró per justificar el seu ostracisme voluntari. Creuen que el motiu real que l'hi va empènyer va ser un altre: la desaparició del seu estimat primogènit, Marc, al sud de l'Àfrica. Ciceró sempre es va sentir culpable d'haver-lo enviat a l'interior salvatge d'aquella província. Va caure en una profunda melancolia de la qual no aconseguien rescatar-lo ni la lectura ni els amics ni el jardí.

Fins que set anys després, set, Ciceró va rebre una carta del seu bon amic Àtic.

Àtic a Ciceró. Salut.

Ben estimat amic, poques vegades he agafat l'estil amb més diligència i alegria, perquè a Stromboli, on soc, m'acaba de passar una cosa excepcional que et concerneix i que passo a referir-te tot seguit.

Les meves aficions naturalistes m'han dut fins a aquesta illeta ínfima davant la costa de Neàpolis, tan ínfima que pràcticament només hi ha lloc per a un volcà que sempre trona i un llogarró de pescadors. L'ambient sulfurós —periòdicament el volcà exsuda uns gasos no gaire agradables per a l'olfacte que la grolleria local, orgullosa, anomena «els pets de Júpiter»— i la dieta de peix cru em proven.

El cas és que avui mateix els pescadors m'han dut un home. Aquestes pobres gents no sabien què fer-ne, i confiaven que un patrici sabés obrar amb bon judici. Perquè la veritat és que es tracta d'un assumpte prou misteriós: per increïble que sigui, l'individu no ha aparegut del mar, sinó de les interioritats del volcà. L'han portat en llitera fins a la casa on m'allotjo, tan defallit que no ha pogut moure's d'aquest pobre transport, i jo no l'hi he volgut forçar.

Segons afirmen els aldeans, la primera visió que han tingut de l'home ha estat quan baixava per la falda volcànica. Més que baixar, s'hi deixava caure, sense forces ni equilibri. Estava tot ell tan ennegrit que al principi s'han pensat que era un fumall que rodolava. Quan s'han adonat que era una persona, els pescadors han corregut a rescatar-lo gairebé malgrat ell: es debatia sense forces, grunyia més que parlava, mirava com un cec i semblava que no sentís ni veus ni crits. Quan l'han rentat, el sutge ha fugit juntament amb una crosta antiquíssima de brutícia. A sota ha aparegut un cos cobert per milers de cicatrius, més escandaloses a la vista que profundes a la carn, com si un tità cruel s'hagués divertit rebolcant aquest pobre individu per un mar d'esbarzers.

Sàpigues, amic estimat, que l'estic atenent tan bé com puc i com sé. Però ha recalat a casa meva tan exhaust que, de moment, tal com et deia més amunt, encara no es pot ni moure de la llitera, prostrat. Només hem mantingut un breu diàleg, i és aquest que reprodueixo a continuació.

—Ets un nàufrag?

—En certa manera. Però en el significat d'aquesta paraula has de substituir els mars d'aigua per oceans de pedres.

—D'on vens?

—De les fondàries de la fondària de la fondària, i encara de més avall.

—Com et dius i qui ets?

—Em dic Marc Tul·li Ciceró, i soc fill de Marc Tul·li Ciceró.

11

He començat aquesta humil pregària a tu, venerada Prosèrpina, amb una afirmació: que els homes es resisteixen tant i tant al canvi que prefereixen transformar el món abans que a ells mateixos. I que aquesta inèrcia de l'ànima és l'origen de tots els mals.

En els seus *Diàlegs sobre les metamorfosis de l'esperit humà*, Api Celer escriu un debat figurat entre dos filòsofs. El primer afirma que el canvi vital és inevitable, tal com es constata pel fet que tots els vells són diferents de com eren de joves. El segon filòsof refuta aquesta afirmació. Les persones, com les nacions, explica, només es transformen profundament per esdeveniments externs a ells, fortuïts, sovint imprevisibles. Si un home, o un poble, no pateix cap succés poderós i trasbalsador, no canvia mai. Només envelleix.

Jo, que vaig patir set anys, set, de reclusions, fugides i odissees pels inframons, puc afirmar-ho amb coneixement de causa: el segon filòsof tenia raó. Sense aquells set anys d'epopeies i d'horrors impensables, jo no hauria canviat mai. Encara seria un fill de les elits romanes, un jovenet presumptuós, amb l'esperit i el cervell massa farcits d'ambició per encabir-hi la pietat i l'amor.

Aquells set anys van fer que la meva ànima mutés. Com no m'havia de transformar, tot el que vaig veure i patir? Vaig conèixer un cosmos sencer de civilitzacions, sempre captiu o perseguit —la més violenta, la dels tectònics—. El meu destí depenia dels meus peus i dels rars amics benvolents que l'atzar decidia posar al meu camí, cap d'ells amb forma humana. En efecte: després de patir mil tipus de turment i persecució, d'ignomínia i submissió, i de conèixer milers de maneres diferents de viure la vida —totes més exòtiques que l'exotisme—, un home esdevé un altre. I per sempre més.

Però algú que torna a casa així, transfigurat fins a l'arrel del seu ésser, topa amb un problema tan previsible com insoluble: que casa seva ja no és casa seva.

* * *

Vaig demanar a Àtic que em traslladessin a Roma al més aviat possible. Durant la curta travessia per mar, els mariners em van prendre per boig: la meva mirada, esbalaïda, perduda entre els núvols, era la d'algú que no pot capir les coses més simples i vulgars. Què podia tenir d'especial el cel perquè algú li dediqués aquella mirada possessa, extasiada, més pròpia d'un seguidor d'un ritus bàquic? El cel no té res d'especial, perquè, per definició, sempre està allà, damunt nostre. Això pensaven els mariners. Però ells no havien passat els últims set anys sota terra.

Gràcies a tu, Prosèrpina, havia tornat a la superfície del món. No m'ho podia creure. Vols saber, estimada, quines són les tres paraules més belles de la llengua llatina? Aquestes: *Caelum caeruleum est*. El cel és blau.

Ciceró m'esperava a la porta de la nostra casa de la Suburra. Em va rebre sense paraules. Només una llarga, intensa, acollidora abraçada. Tots dos vam fer esforços sobrehumans per no plorar. Un patrici romà no plora. El fill d'un patrici, tampoc. Els servus van vetllar per mi. Em vaig banyar i em vaig vestir decentment. Després vam seure als triclinis del pati i vam menjar ous farcits.

La primera pregunta que em va fer Ciceró la dictava menys l'amor paternal que el desig de coneixement:

—Vas desaparèixer per un forat africà, ho sé. Què hi ha, allà sota?

—Moltes coses —vaig respondre aclaparat per la magnitud de la pregunta—. Les vastituds geogràfiques del submon són inimaginables. Nosaltres només som la pell de la poma.

—Crec que ho entenc —va dir ell.

No, no ho entenia. Va interessar-se per mi, ara sí:

—Vas estar a punt de morir?

—Vaig morir moltes vegades.

Tampoc ho va entendre. Però jo volia parlar-li d'una cosa més important que el meu dolor.

—Pare —vaig dir seriós—, el que t'he de dir és urgent, molt urgent.

Va assentir amb el cap per comminar-me a parlar.

—Vindran —vaig proclamar—; ja estan venint, de fet.

—Venir? Però qui? —em va preguntar dolçament.

—Qui? Ells! Els tectons o tectònics!

Em va mirar amb cara de no entendre de qui li parlava.

—Aleshores... no n'heu sentit a dir res? —vaig insistir.

—En absolut. No sé de què o de qui em parles.

Vaig rumiar uns instants. Després que em deglutís el Forat de la Mantícora, no vaig saber mai com havia acabat la nostra batalleta contra l'avantguarda tectònica.

—Tu simplement vas desaparèixer. Vaig enviar fins a cinc esclaus de confiança a l'Àfrica, a buscar-te, o almenys a esbrinar com havia estat la teva fi. Només en va tornar un, amb una història de tercera mà, fragmentada i del tot incomprensible. Vam torturar-lo, és clar, però només quedava clar un punt: que se t'havia empassat un forat del desert. Per això et preguntava què hi ha sota els nostres peus.

—I els altres quatre esclaus?

—Marc, en aquests últims set anys han passat moltes coses. Poc temps després que t'esfumessis va esclatar una sagnant revolta d'esclaus a la província d'Àfrica. Per això només vaig poder enviar servus a la teva recerca, perquè els revoltats crucificaven tots els romans lliures. De fet, els altres quatre van unir-se als rebels, dirigits per un tal Libertus.

El meu pare va seguir:

—Al principi els revoltats eren pocs i circumscrits al desert i els voltants, però van anar engruixint les files i finalment van reunir prou forces i valor per prendre a l'assalt la mateixa capital de la província, Útica.

—No pot ser.

—Al capdavant d'aquesta tropa d'indigents hi havia el tal Libertus. L'home té el do de la paraula i va exaltar els esclaus provincians. Milers de servus van afegir-se a la seva causa. Esclaus agraris, miners i domèstics. I no anaven amb gaires contemplacions: quan Útica va caure, van crucificar el governador, Sil Nurci, i tota la seva família.

—Vaig conèixer Nurci —vaig recordar.

—Ningú va plorar-lo —va prosseguir Ciceró—. Però un aixecament servil, i d'aquesta magnitud, no podia ser ignorat. Per desgràcia, i com és habitual al Senat, els debats no van tenir per objecte respondre a l'amenaça, sinó dirimir qui en tenia la culpa. Ben típic d'ells!

—I què va passar?

—Allò més impensable: després de prendre Útica, no es van conformar de lliurar-se al saqueig i les bacanals, com hauria estat propi d'una tropa tan indigna. Ni molt menys. Útica era un port concorregut: van requisar totes les naus i van creuar el mar. Van atacar Sicília!

—Increïble.

—Van creuar l'illa com una horda de llagostes. I amb prou èxit, perquè van derrotar les tropes que hi havia desplaçades, poc nombroses però fiables.

No m'ho podia creure.

—Com va poder una turba d'esparracats derrotar uns legionaris?

—Veuràs, Marc, es tracta d'una revolta atípica. D'alçaments servils n'hi ha hagut sempre. En aquest cas, el que marca la diferència és l'exèrcit d'aquesta escòria humana: pel que sembla, a més dels esclaus, el tal Libertus ha convençut unes quantes dotzenes d'aspa perquè se sumin a la seva causa. Aspa! Tal com ho sents! Són ells els qui entrenen els homes i les dones de Libertus. A més, pots imaginar-te el que suposa per a una multitud d'esclaus tenir aspa de companys d'armes. Sempre els han venerat, i tenir-los al seu bàndol els motiva i els exalta.

No em calia imaginar-me res: jo mateix havia vist una aspa, dos, en acció. Sense Sitir, les seves habilitats sobrehumanes i el seu prestigi terrenal, els servus que tenia amb mi al desert no s'haurien enfrontat mai als tectons. El record de Sitir va ser com una fiblada al cervell: Sitir. Sí, ella. Tu m'havies indicat el camí de sortida de l'inframon, estimada Prosèrpina; però el que m'havia mantingut viu aquells set anys d'infern havia estat ella, el seu record. Sitir, sí.

—Marc?

El meu pare reclamava la meva atenció. Li vaig demanar disculpes per haver-me distret:

—Veig que el món ha canviat prou, durant la meva absència —vaig observar—. Els aspa, involucrats en una causa terrenal! Continua, pare, t'ho prego.

—Com et deia, a Sicília ningú va poder aturar el boig de Libertus, els seus aspa i el seu exèrcit de descontents. Van arribar a Messina. Si havien creuat el mar des de l'Àfrica, què era per a ells l'estret de Messina? Una bassa. Així que es van plantar a la punta d'Itàlia.

—Com Espartac.

—No, al contrari —em va corregir Ciceró—. Libertus més aviat actua com un Anníbal sureny! Espartac sempre va voler sortir d'Itàlia. Al tal Libertus, en canvi, el mou un propòsit estratègic, però també religiós: destruir Roma. Tal com ho sents! Va proclamant que Roma és l'arrel del Mal, en majúscula, i que la Humanitat, també en majúscula, no viurà en una Fraternitat majúscula fins que la ciutat, els seus patricis i les seves lleis eternes no siguin purificades pel més majúscul dels focs. —I va deixar anar un dels seus sarcasmes ciceronians—: Un home majúscul, aquest Libertus!

—I doncs? Què va passar?

—Bé, tots aquests esdeveniments van ocupar moltes campanyes. Ara fa pocs mesos, davant la imminència del perill i la proximitat de l'exèrcit d'esclaus, el Senat, per fi, va fer alguna cosa útil, tot i que gens sensata: van ordenar a Juli Cèsar que comandés un exèrcit consular i destruís el de Libertus.

Jo coneixia Cèsar. Tot i que quan l'Àfrica se m'havia empassat només era una promesa política, ja l'havia vist més d'una vegada al fòrum, envoltat d'amics i admiradors. Vestia robes de seda cara i duia el cinturó fluix. (Has de saber, Prosèrpina, que en aquells dies dur la roba fluixa era la moda usual entre sodomites). Però amb aquest gest, més que mostrar la inclinació dels seus gustos, el que volia proclamar Cèsar era el seu inconformisme i la seva capacitat provocadora. Sí, per aquella època Cèsar tenia un carisma estrany: no estaves mai segur de si era un geni o un demagog. Probablement totes dues coses. El que jo ignorava era que tingués qualitats militars. Vaig demanar a Ciceró que continués amb el seu relat.

—Cèsar, que és més llest que el perill, va reforçar el seu exèrcit amb els seus propis aspa. Amb això contrarestava l'avantatge de Libertus. Perquè has de saber, Marc, que l'alçament de Libertus va generar una mena de guerra en el si de la religió Gea. Més o menys la meitat dels aspa estan a favor de Libertus i la seva causa delirant, mentre que l'altra meitat s'han mantingut fidels a les institucions legals de la seva religió, a la República i a l'ordre civil.

—Suposo que va haver-hi una gran batalla, i que devia ser la primera vegada que els aspa s'enfrontaven entre ells.

—Exacte. Va ser una batalla tremenda, al sud de Roma. Legionaris i aspa contra esclaus i aspa. Terrible.

—Qui va vèncer?

—Cèsar. Tu no el coneixes. És un general magnífic. El millor.

—En qualsevol cas —vaig dir—, suposo que allò va ser el final de Libertus.

—No. T'he dit que va guanyar Cèsar, no la República.

No ho acabava d'entendre.

—Cèsar va derrotar Libertus i l'exèrcit d'esclaus —va precisar Ciceró—, però no els va destruir totalment, i, a més, va abstenir-se de perseguir-los. Libertus i una part de la seva xusma es van refugiar a les muntanyes, molt a prop del Vesuvi. I allà continuen. Naturalment, des del seu refugi perseveren a escampar i fomentar la revolta servil. Sí, Libertus té el do de la paraula, perquè, tot i la derrota, un flux de descontents se'ls uneix cada dia. S'amaguen a les muntanyes, com bestioles, i no són un perill seriós ni per a la ciutat ni, per descomptat, per a la República. Però també és cert que cada dia en són més.

—I per quin motiu Cèsar no va consumar la seva victòria perseguint Libertus i exterminant els seus seguidors?

—Perquè la República s'ha convertit en un femer mòrbid

i decadent! —va exclamar de sobte el meu pare, exaltat—. Has de saber que qui governa Roma és un triumvirat a l'ombra, tres homes poderosos: Pompeu, Cèsar i Cras. La suma dels seus partidaris controla el Senat. Per això em vaig retirar de la política: els senadors ja no pensen en la República, només en la seva facció. Vivim un equilibri inestable i hipòcrita: els tres triumvirs recelen i s'odien entre ells. La seva prioritat no és el bé de la República, sinó la destrucció dels rivals. Als vells temps un general només hauria pensat en el bé comú, i no hauria descansat fins a penjar Libertus a la creu. Però el triumvirat ho ha pervertit tot. Cèsar necessita diners, només vol enriquir-se. Què guanyava matant púrria? Va al·legar que inicialment el Senat li havia confiat l'exèrcit amb la missió principal de salvaguardar la frontera amb la Gàl·lia, i se'n va anar al nord! És allà on aconseguirà botí, saquejant els rics territoris gals, i no lluitant contra una horda de desarrapats mig bojos. A més, anant-se'n al nord mentre Libertus i la revolta encara respiren, de passada encoloma el problema a Pompeu i Cras.

—I aquest parell d'homes forts? Pompeu i Cras?

Ciceró es va passar la mà per la cara, com qui vol oblidar un malson.

—Deplorables exemples d'insània pública. Ja saps que fa molts anys Cras va derrotar un altre exèrcit d'esclaus, el d'Espartac. I quin benefici en va obtenir? Cap. Vèncer esclaus, de naturalesa subhumana, no reporta glòria. En canvi, si per alguna fatalitat accidental ets derrotat, pateixes una gran ignomínia. Bé, doncs: Cras, que recorda molt bé el tràngol que li va fer passar Espartac, temia que l'episodi es repetís amb Libertus. Així que, per evitar que el Senat li ordenés enfrontar-s'hi, se n'ha anat a l'Àsia!

—L'Àsia?

—Sí. Cras és conegut per ser l'home més ric de Roma. És

a dir, del món. Però en realitat ell aspira a la glòria. Amb la seva fortuna ha aixecat un exèrcit propi i se n'ha anat a Orient a derrotar els nostres vells enemics, els parts. Vol tornar amb l'aurèola d'un nou Alexandre i reclamar el poder. Aquest era el seu pla. I ara, a causa de Libertus, l'ha avançat i ja és allà, a la frontera oriental.

—I Pompeu?

—Fluix i decadent. És un home fatigat i envellit. Els seus millors dies ja han quedat enrere. En absència de Cèsar i Cras, un al nord i l'altre a l'orient, se suposa que és l'home fort de la ciutat. Però en el fons no li importa res. Es passa el dia bevent vi de Falern, cardant amb meuques cares i fumant pipes de làudan.

Ciceró va sospirar.

—No entenc res —va continuar—. La veritat és que el meu instint polític, sempre agut, no em diu què li està passant a Roma: ja no sé si ens governen tres tirans o, pitjor encara, no ens governa ningú. Així estan les coses.

No havia vist mai el meu pare tan indignat i tan abatut. Però jo tenia la necessitat, i l'obligació, de parlar-li dels tectònics, i ho vaig fer. Li vaig explicar qui eren. Li vaig relatar la seva maldat infinita, el seu furor destructiu. Li vaig fer saber que la pròxima vegada n'ascendirien milers, dotzenes de milers. Tenien un exèrcit imponent que ja estava camí de la superfície. Ara ja coneixien la ruta. I tenien gana, molta gana.

Vaig intentar explicar-ho tot amb un discurs lúcid i serè, perquè no em prengués per boig. Va escoltar-me atentament, però no sé si em va creure. Quan li convenia en sabia molt, d'ocultar els seus pensaments. Al capdavall era un polític; i la meva història, increïblement fantàstica.

I, tanmateix, el que em va doldre no va ser el dubte de si em creia o no em creia, sinó una altra cosa. Vols saber què em va fer mal, Prosèrpina? No va ser el que va dir, sinó el que no va dir. No em va preguntar en cap moment què m'havia passat durant aquells set llargs anys. No volia saber-ho. És més, crec que volia no saber-ho. Només al final d'aquell esperat retrobament, quan ja ens cridava el sopar, va dir:

—Els servus que t'han ajudat a banyar-te m'han dit que tens una gran cicatriu a l'engonal.

Em vaig apujar la roba per mostrar-li la llarga cicatriu que em recorria la part esquerra de l'abdomen, sota el melic.

—Van ser ells, els tectons. N'hi ha un, en concret, que m'odia: es diu Nestedum. Tenen el costum que, quan un tectó captura un enemic que odia especialment, el mantenen amb vida setmanes, mesos fins i tot, mentre uns individus que són experts en això, mig metges i mig carnissers, li van tallant parts i més parts del cos sense matar-lo. Creu-me: els tectons han excel·lit en aquest art flagel·lador, i un presoner pot seguir conscient i respirant fins que pràcticament ja no li queda cap part del cos. Quan era captiu de Nestedum, va fer que, per començar, m'extirpessin un ronyó.

A Ciceró se li va escapar una exclamació compungida.

—Però per què?

Jo vaig fer aquella cara que fa la gent quan li pregunten coses òbvies.

—Ells són així, t'ho acabo d'explicar —vaig dir—. Van cuinar un tros del meu fetge i Nestedum se'l va menjar mentre m'obligava a mirar com ho feia.

Després d'això Ciceró no va tornar a mostrar ni el més mínim interès per la meva vida soterrània. Va tenir por. Sí, era això. Tenia por dels horrors que encara no li havia relatat. Va intuir que havia viatjat més enllà de l'Hades. Que el seu fill tornava d'una sima inimaginable, i que el menys profund d'aquell abisme era la fondària. Va tenir por de les obscenitats viscudes pel fill, les vileses de l'ànima, les humiliacions de cos i esperit; d'haver-les de sentir, d'afrontar i de consolar. Ell era el romà més gràvid de tots.

Es va limitar a dir:

—Marc, no és la cicatriu, és alguna altra cosa... Sembles un altre.

Jo vaig dir:

—Tu, en canvi, no has canviat gens. Continues igual.

* * *

Els dies següents el meu pare em va aplicar, diguem-ho així, una mena de convalescència forçada. No em permetia sortir de casa. L'excusa era que necessitava recuperar-me: tots els metges van coincidir que no havien vist mai un organisme tan esgotat. I tenien raó. Però jo era prou lúcid per veure la veritat: Ciceró temia que recorregués els carrers de la Suburra, de Roma, escampant unes històries fantàstiques i delirants que podien desacreditar el cognom Tul·li.

Per compensar el meu confinament, el meu pare va tolerar un parell de visites ben escollides. La primera, el meu amic Gneus Iunni Rinxolets, a qui no veia des de la batalla contra Catilina. Estava esplèndid: imagina't, Prosèrpina, un jove amb una cabellera de lleó rinxolada i rossa com l'or. Va entrar a la meva habitació com si ens haguéssim acomiadat el vespre anterior.

—Guaita qui hi ha aquí: però si és el plom de Marc Tul·li! Vols saber una cosa? Jo no m'ho vaig creure mai, que fossis mort. Vaig apostar per tu mil sestercis! Que ho sàpigues. Però estic emprenyat: ni tan sols vas contestar les meves cartes. Tan ocupat estaves que en set anys no vas trobar el moment d'escriure ni una línia? Au, vinga, què m'expliques de l'Àfrica? Diuen que allà tot funciona a l'inrevés. És veritat que hi ha negres que tenen dues titoles i només un testicle? Mira, et porto un regalet de benvinguda.

Fins i tot el déu Pan criticaria Rinxolets per massa frívol: el regalet era una mena d'ungüent fet a base de banya d'unicorn triturada. Si s'aplicava sobre el penis, generava una erecció immediata i monstruosa.

—T'agrada? L'ungüent val una fortuna, però quan ho faig amb la nova esclava siriana tinc unes ereccions que ni Hèrcules.

—I com saps que el mèrit és de la pomada i no de la noia siriana?

Es va gratar el clatell.

—La veritat és que no m'ho havia plantejat.

La visita de Gneus va ser una gran lliçó, Prosèrpina: els meus anys sota terra m'havien transformat a mi, no el món. Ell ho va notar. La seva mà, amistosa, em va agafar un braç i em va preguntar, amb sentiment:

—Com estàs?

Jo vaig intentar fugir d'estudi:

—M'alimenten bé. Molta civada, com a les mules. Aviat estaré recuperat.

Però Gneus va replicar:

—No em referia a la teva salut, sinó als teus ulls. Em mires d'una manera estranya.

I jo vaig dubtar:

—Rinxolets, he tornat per explicar una cosa al món, una cosa molt important. Però quan parlo només recullo incredulitats. Sigui l'últim esclau de la casa o l'home més savi de Roma, tots fan igual: primer esbatanen els ulls i després em tracten de boig.

—I per què afirmes que jo no et crec? Som amics!

—Tots diuen que em volen creure, però canvien d'opinió quan pensen sobre allò que he vingut a dir-los.

Curiosament, Rinxolets es va ofendre:

—Pensar? Jo no penso mai! Això de pensar ho deixo per als cavalls, que tenen el cap més gros.

De vegades la frivolitat pot ser deliciosa.

—Jo hi era quan el teu pare va obrir el cistell que vas enviar —va reblar—. Vaig veure l'urpa monstruosa i el crani descarnat. Per què no t'hauria de creure?

Em vaig emocionar. Vam abraçar-nos. Se'm va ocórrer una idea:

—Rinxolets —vaig dir—, convèncer el Senat que les notícies que duc són certes potser no està al teu abast. Però sí que hi ha una cosa que podries fer per mi.

Li vaig parlar de Sitir. Sitir Tra. La seva havia estat l'última cara humana que havia vist abans que els tectons m'arrosseguessin món avall. Durant aquells set anys de captiveri i turments, d'aventures i desventures, el seu record era de les poques coses que m'insuflaven desig de viure. Li vaig demanar que busqués Sitir i li fes saber que havia tornat, viu i relativament sencer.

Rinxolets va fer un bot.

—Una aspa! Una dona aspa! De debò t'has allitat amb una aspa, o estàs buscant la manera de fer-ho?

Jo em vaig empipar.

—Com pots ser tan buit i vacu? —vaig protestar—. T'estic dient que s'apropa la Fi del Món i el que més t'exalta és l'entrecuix?

—Naturalment! —va bramar—. De fet, si el món s'acabés demà, avui no pensaria en res més!

Rinxolets era així. Abans que se n'anés, vaig donar-li aquest consell:

—No aconseguiràs mai trobar un aspa si ell o ella no ho vol. Funcionen d'una altra manera: són ells qui ens busquen, si ho volen. I si volen buscar-nos sempre ens troben. Cèsar va allistar alguns aspa, oi? Ves i parla'ls de mi i del meu retorn. Encara que els aspa estiguin immersos en una guerra civil interna, de ben segur que els sacerdots Gea mantenen canals de comunicació oberts i Sitir rebrà la notícia.

Em va prometre que m'ajudaria i va acomiadar-se fent-me l'ullet.

La segona visita, més important, va ser d'un amic del meu pare. Un patrici vell i savi amb aire de senador antic: cabells i barba llargs i blancs, i túnica més blanca encara. Em va fer saber que les inclinacions del seu esperit l'apropaven més a la filosofia que a la política. Tot ell desprenia serenor, pulcritud i plenitud d'esperit. I, certament, va manifestar un interès filosòfic pel meu captiveri.

—I digues, Marc —em va preguntar—, aquests tectònics, quins déus tenen?

—Déus? No creuen en els déus. En cap.

Em va mirar ben sorprès:

—Són criatures racionals i no creuen en els déus?

—No tenen déus. T'ho puc assegurar.

—Com pot ser? Són incrèduls a la manera grega?

—No. Simplement no es fan preguntes cosmogòniques. No n'hi ha cap que dediqui ni un instant del seu pensament als déus o a la immortalitat de l'esperit. Tot plegat se'ls en fot. Només mengen. Maten i mengen. Per a ells conquerir significa consumir. La seva única adversitat i preocupació és el seu estómac, que és molt peculiar: només admet carn, però no tota mena de carn, i, a més, necessita devorar-ne moltíssima. Els seus exèrcits poden buidar províncies més populoses que tot Itàlia en un mes o dos. Quan dic buidar em refereixo a buidar-les d'habitants. A devorar-los a tots.

L'home hi posava interès, però no m'entenia. Ho reduïa tot a una qüestió purament intel·lectual.

—S'organitzen en tribus, com els romans? —em preguntava—. Quins són els seus llinatges principals?

—Ni tribus ni llinatges. No mantenen cap mena de parentiu entre ells.

—Com???!!! —va exclamar amb una sorpresa genuïna.

—Entre els tectons només hi ha individus, individus solitaris que no mantenen cap mena de relació de parentiu entre ells.

—Però bé que deuen tenir pare i mare, avis i nets!

—No. Ni pare ni mare. Però explicar-te, ara, com neixen i es reprodueixen seria massa llarg. Pel que fa a la fraternitat, no la coneixen perquè no tenen germans. I com que no tenen dona ni fills, no estimen ningú. El concepte mateix d'amor, o fins i tot d'amistat, els és perfectament ignot; i, de fet, incomprensible. Jo vaig explicar-los que els humans dediquen ingents esforços vitals i crematístics a criar els seus fills. Ells, desconcertats, em vam preguntar sense cap mena d'ironia: «I per què no us els mengeu? En trauríeu més profit».

—Això sembla contradictori amb l'existència mateixa d'un poble —va observar el vell filòsof—. Si tenen tanta gana, i no estimen ni el més proper dels seus congèneres, què impedeix que es devorin els uns als altres?

—El pur interès i un egoisme vital extrem —vaig contestar—. Els tectònics comprenen que un exèrcit disciplinat necessita una suma d'esforços individuals, i en aquest punt són prodigiosament eficaços.

—Tolera, almenys —va insistir—, el meu interès per la política tectònica: quins debats regeixen la seva societat? Són monàrquics o republicans?

—No tenen reis ni cònsols. Són massa individualistes per acceptar cap mena de govern que busqui el bé comú. L'única figura rectora que coneixen és un títol que podria traduir-se, salvant totes les distàncies, com «guia». Un «guia» és un tectó que lidera, i només provisionalment, una expedició a la recerca de botí. Potser perquè té un especial prestigi militar o perquè coneix la regió o els enemics que pretenen conquerir i menjar-se.

De cop em vaig afartar d'aquella conversa.

—Discutiré amb tu —vaig dir irritat— tots els matisos de la república tectònica, que són molts i força retorçats, quan et plagui i quan sigui possible, però ara hi ha altres urgències. Ja t'ho he dit: conquereixen, mengen i maten, maten i mengen. Només tenen un debat polític: quines regions inexplorades del submon han de descobrir, recórrer i assaltar per tal de matar i menjar més. I ara venen cap aquí! —vaig cridar—. Els tectònics són el mal, el mal en estat pur. Una maldat inconcebible per a qualsevol que no hagi viscut als seus abismes. I venen a menjar-se'ns! Ho entens?

Era desesperant. Havia sobreviscut a l'infern de l'infern; havia tornat per advertir els meus congèneres que la pitjor amenaça de l'univers se cernia sobre ells. I què em trobava? Que no em volien escoltar.

Però aleshores, l'esperança: aquell vell filòsof, aquella barba blanca, va inclinar el tors amablement cap a mi i em va posar una mà tranquil·litzadora al genoll.

—Marc, jo t'escolto, però si tu no m'ajudes a mi, jo no podré ajudar-te a tu.

Durant cinc dies més, aquell vell i honorable savi va venir a visitar-me puntualment cada matinada. Passejàvem pel pati a la manera peripatètica o sèiem davant l'estany ple de peixos. Em va demanar que l'il·lustrés amb els meus coneixements adquirits sobre els tectons i el món de sota terra. Jo no tenia cap inconvenient a desgranar-li tot el que sabia sobre les nacions inferiors, si allò havia de servir per alleugerir el destí dels romans. Aquelles converses van crear un vincle entre nosaltres. Cada cop que el vell filòsof se n'anava, ens acomiadàvem amb una abraçada. Començava a estimar-lo.

Però al sisè dia ja estava fart dels seus interrogatoris amables.

—El que no vols entendre —vaig desesperar-me— és la urgència de la qüestió. Les seves legions estan de camí cap a la superfície!

Vaig intentar asserenar-me. D'alguna manera, entenia que aquell vell savi era la meva única esperança perquè el meu pare, Roma i el Senat m'escoltessin i donessin crèdit a les meves paraules. Vaig pensar que si li explicava una de les experiències que havia tingut durant el meu captiveri entendria la gravetat del perill que ens amenaçava.

—A tu, que estimes la filosofia i el debat moral sobre el Bé i el Mal, t'explicaré només un episodi de la meva estada als mons soterranis. És un episodi insignificant, però que revela l'essència del caràcter tectònic. Potser així entendràs que els tectons ens amenacen amb l'extinció.

Vaig fer una pausa per agafar aire i vaig començar:

—A l'inframon hi ha una varietat infinita de paisatges. Allà sota també hi ha boscos i regions selvàtiques, o una cosa semblant; llacs més grans que els nostres oceans, plens d'aigua o d'altres líquids menys amables, i pous i serralades, per contradictori que sigui el concepte de muntanyes soterrades. De la mateixa manera, hi ha milers de pobles i nacions, de cossos inversemblants però de lucidesa i enteniment mental similar al nostre. Aquestes gents poden estar tan distants les unes de les altres com Roma d'Escítia o de la Transbactriana. Bé, doncs, una d'aquestes regions inferiors està habitada per uns éssers anomenats ogodics, que jo vaig llatinitzar com ogodicus.

»Els ogodicus són els éssers més adorables de tot l'univers. El més alt no ens arriba al melic. Són peluts com cadells d'os i amorosos com gatets. Tenen els ulls rodons i grossos com una poma, i uns llavis que sempre somriuen en forma de ve baixa o dibuixen una lambda grega (Λ). El seu estat d'ànim va d'un extrem a l'altre: o estan tristíssims o gaudeixen d'unes alegries pletòriques. El seu aliment principal són les carantoines, uns vegetals que recorden uns espàrrecs vermells, i una mel elaborada amb ous d'una mena d'aranyes gegants i domèstiques que els ogodicus pasturen com nosaltres fem amb els xais. Es diria que viuen en una mena d'infància eterna, però es diferencien dels nostres nens pel fet que són molt més càndids.

Aquí vaig recordar un detall dels ogodicus que em va fer somriure:

—Com a filòsof, potser t'interessarà saber que el seu text més sagrat parla d'un ogodicus que va trepitjar un altre ogodicus. Durant mil anys els seus sacerdots han debatut la qüestió.

—Una trepitjada? —es va intrigar el vell filòsof—. Quina importància pot tenir?

—Que va ser deliberada.

—No ho entenc.

—Els ogodicus tampoc. No podien entendre que un ogodicus fes mal a un altre ogodicus expressament. Per què ho havia fet? Com podia haver arribat a l'extrem de voler perjudicar un congènere?

Naturalment, la república dels ogodicus era una mica més complexa, allò només era un esbós. De seguida em van venir uns altres records que em van estroncar el somriure.

—Durant aquests set anys, he estat captiu dels tectons, però vaig aconseguir fugir del seu jou en més d'una ocasió, i durant anys vaig vagar lliurement per les fondàries buscant una ruta de tornada a la superfície. Els tectons, com nosaltres, tenen nacions clientelars. Una gent d'una d'aquestes nacions em van capturar i em van tornar al domini dels seus amos tectònics. Em van tancar en una cel·la esfèrica de pedra. Era molt angoixant. No sabia què farien amb mi. L'única companyia que tenia era un cuc luminescent de la mida d'una llagosta grossa que il·luminava aquella esfera pètria amb una llum violeta. I aleshores van portar un ogodicus.

—Per què van reunir aquell ogodicus amb tu?

—Ben formulat: aquesta és la pregunta justa i precisa. Sí, per què el van fer entrar a la meva esfera? Jo t'ho diré: perquè l'estimés. De vegades, els tectons en capturaven algun. Volien que li fes carantoines i el consolés, cosa que, en efecte, vaig fer. Tancats tots dos en una cel·la de massives parets de roca, a milers i milers de llegües de casa, jo m'asseia a terra amb el cap d'ell a la falda, acaronant-lo, i el petit ogodicus s'adormia feliç.

L'emoció em va obligar a fer una pausa en el relat. Vaig inspirar aire i vaig continuar:

—Quan un ogodicus se sent estimat, el seu cos allibera certs olis interiors. Per als tectònics, aquests olis són un plaer gastronòmic refinadíssim. Per això l'havien tancat amb mi. Ho vaig entendre de seguida. Se'l van endur i se'l van menjar viu. El van lligar a un pal horitzontal, i els comensals l'anaven devorant lentament, procurant no mossegar òrgans essencials, perquè el cos, en la seva agonia inacabable, continués vessant aquells olis deliciosos.

Vaig tornar a fer una pausa per recompondre'm.

—I ara intenta posar-te al meu lloc —vaig dir al vell filòsof—. Com havia de procedir cada cop que la porta convexa de la meva masmorra s'obria i empenyien un altre petit ogodicus a dins? L'havia d'estimar, sabent que així el destí d'aquella pobra criatura seria encara més horrible? Havia de mostrar-m'hi hostil? Si em decantava per aquesta opció, si l'ofenia i li pegava, la falta d'afecte bloquejaria aquells olis tan apreciats pels tectons i almenys se'l menjarien més ràpid. Però com creus que em sentia, després de colpejar un ésser més bo i candorós que un nen? Els ogodicus, pobres criatures, no podien comprendre què movia la meva hostilitat ferotge. No, no ho podien entendre. Allò era el pitjor. Recordo les seves boques tristes, els seus ulls enormes. I les llàgrimes d'ambre que vessaven. Tu no has vist plorar un ogodicus. Entendririen qualsevol ésser viu, qualsevol, perquè els seus plors són un mecanisme de defensa dissenyat per obligar els depredadors a desistir del seu propòsit. —I després de dir això em vaig corregir a mi mateix—: Excepte si el depredador és un tectó.

—Perdona la curiositat —em va interrompre el filòsof—, però què vas fer? Com vas procedir? Perquè suposo que els tectons devien continuar enviant-te ogodicus a la masmorra.

Vaig sospirar.

—Estrangular-los —vaig respondre—. Cada cop que un ogodicus creuava la porta, l'estrangulava immediatament. Per no haver de patir la seva companyia adorable i els seus plors; i, sobretot, perquè no me n'enviessin més.

Vam callar. El vell filòsof va dir:

—El que vols dir-me és que ens amenaça un enemic temible, perquè és la seva pròpia naturalesa allò que l'impel·leix a fer el mal.

Em vaig alçar, indignat:

—No! No ho entens. Si jo afirmés això, exculparia els tectons dels seus actes. Voldria dir que fan el que fan perquè són com són, i ningú és responsable de ser com és. Però és que hi ha dues preguntes que no m'has fet.

—Il·lustra'm —va dir el vell filòsof—. Fes-les tu per mi.

—La primera: si estava tancat en una esfera de parets de pedra, sense obertures ni miradors, com podia conèixer el destí dels ogodicus? La resposta és que m'obligaven a fer d'espectador. Els tectons em lligaven a la vista dels ogodicus que s'estaven menjant perquè presenciés el festí. Volien que jo entengués les conseqüències del meu amor. El meu dolor formava part del festí i del seu goig.

El filòsof va tirar enrere el tors, esparverat.

—I la segona pregunta que no has fet és aquesta. Jo t'he dit que estrangulava els ogodicus perquè no me n'enviessin més. No t'he dit com van reaccionar els tectons a la meva decisió. —Abans de continuar, vaig fer una pausa per agafar aire—. Sabien que els mataria, i, tot i així, van seguir enviantme ogodicus.

—Però per què? —es va exclamar—. Quin sentit podia tenir? No n'obtenien cap benefici: quan vas estrangular el segon ogodicus, era obvi que seguiries fent-ho per evitar els turments a les desgraciades víctimes i que ells es perdrien la delícia dels olis. Per què, doncs?

—Perquè sí.

No era el moment d'explicar al vell filòsof l'insondable i esfereïdor abast moral d'aquell «perquè sí». Vaig limitar-me a concloure:

—Vet aquí la seva maligna originalitat. Fan el mal sabent que el fan. Fan el mal pel mal, i només per fer el mal, sense causes ni motius afegits que els disculpin o els justifiquin. —Vaig respirar fondo i vaig concloure—: En el món tectònic no hi ha art. L'únic que s'hi podria assemblar una mica és la manera com fan el Mal. Si un tectó preguntés a algun dels nostres poetes o escultors per què fa poemes o esculpeix, l'artista s'estranyaria per la pregunta. I un bon artista, un artista de cor, es limitaria a contestar que perquè sí. L'art com a finalitat de l'art.

Sí, el mal entès com un art superior a tots els altres. Per això havien seguit enviant ogodicus a la meva cel·la. Els constava que ja no obtindrien aquells olis suculents, però sí un altre plaer que els resultava igual d'irresistible. Una part dels murs de la meva presó estava feta d'un mineral que per l'altra banda era transparent i permetia als tectons observar-me sense que jo els veiés a ells. Els satisfeia observar la meva consternació, la meva desesperança i el dolor sobrevingut. Aquell turment nou, la meva desolació, era obra seva. I, com a creadors que eren, sentien el gaudi de l'artista davant de la seva obra.

Els tectònics estaven a punt d'atacar el gènere humà. Els movia una gana insaciable, certament, però podien buscar menjar a molts altres llocs menys arriscats. En la seva determinació d'atacar-nos hi havia un factor afegit. I quin era? No estaven pensant en la glòria o l'honor; ells no pensaven en aquests termes. Ni tan sols en termes de poder o de domini. En absolut.

Nestedum i els tectònics envairien la superfície del món perquè fer-ho era bonic. Ells, república del subsol, assaltarien els seus cels perquè era un gest gran i bell. I com més dolor infligissin, com més humans el patissin i més nous i originals fossin aquests turments, més voluptuosament satisfets se sentirien. El dolor aliè els elevava.

Jo els odiava. No podia no odiar-los. No odiar-los, de fet, hauria estat un acte vil i immoral. I a Nestedum l'odiava encara més. Pel que m'havia fet i pel que volia fer a la humanitat tota. Sí, perquè estava convençut que ell seria el «guia». Qui, si no?

Quan vaig acabar de narrar l'episodi dels ogodicus, el vell i venerable filòsof em va dedicar una mirada llarga i inquisitiva. Jo no podia saber del cert què pensava de mi i del meu relat. Crec, Prosèrpina, que la balança del seu criteri, en principi d'allò més escèptica, s'estava inclinant lentament per donar-me la raó. Per confiar en mi. Però aleshores va passar un d'aquells incidents retòrics que poden fer caure imperis.

Quan vaig concloure l'exposició d'aquella suma d'horrors, commogut, va deixar anar una expressió d'esbalaïment tipus «Per Júpiter i per tots els déus» o alguna cosa així. I aleshores jo vaig cometre un error que va esguerrar gairebé una setmana de diàlegs i confidències.

—Oh, no, els déus no existeixen —se'm va escapar sense adonar-me'n.

—Com?

—No existeixen perquè només n'hi ha un. I no viu a l'Olimp ni a cap muntanya.

—Ah, no?

—Viu al centre de la Terra.

—És clar...

Aquí jo hauria d'haver captat el seu escepticisme sobtat. Però estava cansat, molt cansat. Pels sis dies d'interrogatori i, sobretot, Prosèrpina, perquè no n'hi ha prou amb sis dies de repòs per recuperar-se de set anys d'exilis, viatges i captiveris a les vastituds del submon.

—Jo he parlat amb ell —vaig dir—. No és tan difícil.

—De debò? I de què vau parlar?

—Bé, com deus comprendre, la meva situació era molt desesperada. Potser li hauria pogut plantejar alguna de les qüestions eternes que sacsegen l'esperit i l'intel·lecte humà, però en aquells moments només pensava a tornar a casa. I això és el que li vaig preguntar, quina ruta havia de seguir per arribar fins a la Suburra.

—I què et va contestar, aquest déu de tots els déus?

—Bé, doncs... doncs... —vaig balbucejar—. Em va dir: «Marc, tira amunt».

Quan hi penso, Prosèrpina, m'adono que va ser una escena risible, apoteòsicament ridícula. Estava intentant convèncer un gran pensador de la capital del món que el panteó romà era íntegrament fals i que només existia un déu suprem, cosa que només afirmaven alguns pobles excèntrics, com el jueu; un déu suprem a qui jo havia visitat així com un client plebeu visita el seu patró. I la cosa més assenyada que havia sabut dir-me aquella consciència, omniscient i superior, era que per sortir de la fondària més fonda el que havia de fer, ves per on, era pujar amunt.

Vaig comprendre que relatar-li aquella escena només em

desacreditava. I, quan vaig intentar arreglar-ho, encara ho vaig espatllar més.

—Per ser-te sincer —vaig dir—, i ara que ho mencions, aquell consell diví no em va servir de gaire.

Allà es van acabar les nostres sessions. L'endemà, el venerable filòsof va tornar a la nostra casa de la Suburra, en efecte, però no per departir amb mi, sinó amb el meu pare. Els vaig sorprendre al jardí. Xerraven col·loquialment, fent voltes a l'atri. Jo estava amagat darrere d'una palmera i no em veien. I, ves per on, el meu interlocutor durant tots aquells dies no era ni senador ni filòsof, tal com jo pressuposava, sinó un metge contractat per Ciceró.

—Pateix una mena de trastorn poc freqüent —deia al meu pare—. N'he conegut alguns casos. En el rerefons hi rau la vergonya.

—La vergonya?

—Sí. Allà, al desert, devia capturar-lo algun grup de bandolers nòmades. Imaginem-nos les humiliacions que deu haver patit. S'ha inventat unes fantasies d'allò més elaborades per poder-hi colgar i amagar la seva vergonya.

No vaig poder contenir-me i vaig sortir de darrere l'arbre:

—Pare! Per què no em creus? Et vaig enviar una urpa tectònica, un cap tectó decapitat!

Em van mirar sense molestar-se ni a replicar-me. Va ser molt humiliant que el metge conclogués el seu diagnòstic com si jo no hi fos.

—Te n'hauries d'alegrar —va dir a Ciceró, ignorant-me completament—: és una malaltia pròpia de la noblesa. Els esclaus i plebeus, que no tenen moral o en tenen ben poca, no necessiten amagar el seu desvergonyiment.

Hauria volgut morir-me. Per a allò havia sobreviscut a tantes peripècies mortals? Per tornar i que ni el meu propi pare em cregués? Roma! Era com intentar avisar un escarabat que estan a punt de trepitjar-lo: per molt que t'hi esforcis, un escarabat no entendrà mai què és un peu.

Em vaig encarar al metge. Li vaig agafar el coll amb la mà i vaig prémer. Ell em va mirar amb horror.

—Vinc d'un lloc on l'enemic esmorza testicles. Vinc d'un lloc on no existeix l'expressió «a sota», perquè no es pot anar més avall. Vinc d'un lloc on la por té por d'aquell lloc. —Vaig fer encara més força—. I tu dius que menteixo perquè m'avergonyeixen secretets de nena espantada!

L'home va deixar anar un gemec agut. Ciceró va sortir en defensa seva.

—Marc!

El meu propi pare em mirava com si fos un lladre sorprès en ple robatori.

Ens va interrompre un servus domèstic, el vell i fidel Demetri. Va sortir al jardí tan de pressa com l'hi permetien els seus ossos atrotinats i va caure de genolls.

—Dòminus, dòminus! Nova pèssima! Ha ocorregut una cosa gravíssima. Roma sencera està colpida d'horror! —Ens vam quedar tots tres garratibats, pendents dels seus llavis—. La notícia s'ha escampat des d'una nau que ha vingut de l'Àfrica. La província ja no existeix! L'Àfrica ja no existeix!

—Demetri! Però de què estàs parlant? —es va alterar el meu pare.

—De què vols que sigui? —vaig dir jo—. Dels tectònics. Ja són aquí.

Hauries hagut de veure, estimada Prosèrpina, la cara que van fer. Sobretot el metge.

* * *

Els tripulants i passatgers d'un petit vaixell que havia vingut de l'Àfrica havien escampat la notícia: un exèrcit de monstres havia atacat Útica i havia massacrat els seus quinze mil habitants. Se'ls havien menjat, de fet.

En aquest punt, permet-me, estimada Prosèrpina, que retrocedeixi una mica. Deixem per uns instants els tectons i la destrucció d'Útica perquè et pugui narrar el que s'havia esdevingut en aquella mateixa província d'Àfrica uns quants anys abans. Tornem, per un moment, a la revolta africana del misteriós Libertus. Perquè, tal com m'havia fet saber Ciceró, pocs anys abans Libertus i la seva tropa d'esparracats s'havien plantat davant dels murs d'Útica, aleshores sota domini romà.

La revolta s'havia gestat als camps, a les vil·les agrícoles, a l'interior de la província. El tal Libertus apel·lava directament a la destrucció de l'ordre republicà. No era el típic capitost de facinerosos al capdavant d'una tropa més o menys nombrosa de miserables. No. Per les notícies que ens arribaven, Libertus era més aviat una mena d'il·luminat místic al servei d'un projecte redemptor: Roma havia de ser destruïda per la raó simple i rotunda que Roma era el Mal.

Voldria fer-te entendre, benvolguda Prosèrpina, l'originalitat d'aquest pensament. La República sempre havia patit revoltes d'esclaus. Però ni tan sols el líder més carismàtic de la rebel·lió més exitosa, Espartac, havia condemnat l'esclavatge. Ni tan sols tímidament. Ell només aspirava a traslladar-se a algun lloc remot fora de l'abast del poder romà, ja fos al Pontus Euxinus o més enllà, i viure com un reietó. Un rei, naturalment, propietari d'una multitud d'esclaus. Perquè els nostres esclaus només odiaven ser-ho, no l'esclavatge en ell mateix, de la mateixa manera que els pobres no odiaven la riquesa, sinó només ser pobres. Bé, doncs, Libertus feia un plantejament tan original com radical: segons el seu pensament, l'esclavatge era la font de la infelicitat humana. En conseqüència, s'imposava abolir la institució de l'única manera possible: anant a l'arrel del problema i destruint la mateixa Roma.

El cas és que havia aconseguit fer-se popular, primer clamant als deserts, i després als grans latifundis africans. Havia anat sumant més i més seguidors i devastant amb ells les villes nord-africanes. Assassinava els dòminus i alliberava els esclaus. Molts d'aquests s'afegien a la causa de Libertus. (Recorda, Prosèrpina, que a l'Àfrica imperava un règim especialment dur per als esclaus). Quan va tenir a les seves ordres un contingent prou nombrós, va atacar la capital de la província, una ciutat que ja coneixem: Útica.

Al principi, el governador, Sil Nurci, es va mostrar confiat. Els esclaus no tenien aparell de setge ni enginyers poliorcètics que sabessin construir-lo. El segon mètode per conquerir una ciutat assetjada era fer-li passar fam, però en aquest cas era impossible, ja que Libertus no tenia una flota per bloquejar el port, i Nurci esperava que la salvació, en forma de provisions i reforços, li arribés precisament per allà. De manera que dormia tranquil, a l'espera que Roma li enviés tropes que aixequessin el setge.

Però Nurci s'oblidava del tercer mètode per prendre una fortalesa: l'engany i els cops de mà.

Útica estava empedrada de simpatitzants de la causa servil, que es van confabular amb Libertus. I una nit van passar a l'acció.

Els de dins coneixien un llenç de la muralla poc protegit. Tot el que havien de fer era esperar una nit sense lluna i deixar caure una corda des dels merlets. Des dels inicis de la rebel·lió, les tropes de Libertus comptaven almenys amb un parell d'aspa. No van tenir cap dificultat per escalar la corda, matar els sentinelles amb els quals es van topar i obrir una de les portes. El que va seguir és imaginable: aquella nit una horda de servus van entrar a Útica en tromba i van assassinar tots els romans i tots els propietaris d'esclaus. Nurci inclòs.

Libertus no es va quedar gaire temps a Útica. El guiava una missió suprema: destruir Roma. De manera que, després de requisar els vaixells ancorats al port, ell i el seu exèrcit van seguir el camí que marcava la seva ira sagrada. Ja sabem la ruta: primer Sicília, que van conquerir per abandonar-la l'any següent, i després sud d'Itàlia amunt. No es va aturar fins que Cèsar va derrotar-lo. Llavors es van quedar estancats a la falda del Vesuvi.

Deixa'm dir-te, Prosèrpina, que entre l'assalt de Libertus i el dels tectons, Útica va viure un parèntesi de dos anys ben estrany. Com que Libertus no buscava crear un imperi, ni tan sols va molestar-se a afermar la seva autoritat abans d'anar-se'n. Els va clavar un sermó sobre la necessitat de viure com a germans i va marxar. Els uticencs supervivents no sabien què havien de fer, a qui devien fidelitat ni qui els l'exigiria en un futur proper, si Roma o Libertus. De manera que van limitar-se a esperar el curs dels esdeveniments. A la ciutat només hi havia una petita milícia urbana, i l'única funció que tenia era mantenir l'ordre públic.

L'atac tectònic va arribar sense avís previ, dos anys després del dels esclaus. En unes altres circumstàncies els hauria precedit algun rumor, haurien arribat veus que estava passant alguna cosa als deserts del sud; algú els hauria advertit que un exèrcit monstruós avançava cap a la costa. Però l'alçament servil havia devastat la província. L'interior simplement s'havia buidat de gent: les vil·les i les seves explotacions agrícoles havien quedat calcinades, i els esclaus que no s'havien sumat a Libertus s'havien desplaçat a la franja costanera a la recerca d'alguna manera de viure. Ningú va veure venir els tectons perquè simplement no quedaven ulls per veure res. Van emergir pel Forat de la Mantícora, ara ampliat i habilitat per permetre el pas de les seves cohorts, i aquest cop no van trobar ningú que els barrés el pas cap a la costa.

I així, una matinada, els uticencs es van despertar amb la visió més terrorífica que s'ha vist mai sobre la capa de la terra: un exèrcit tectònic apropant-se a les muralles. No es podien creure el que els seus ulls els mostraven. I aquest cop no eren els pocs centenars que jo havia combatut al Forat de la Mantícora. N'eren milers i milers. Una línia inacabable en perfecta formació. Amb les cuirasses d'escarabats trenats i els grans escuts com tortugues de closca rectangular. Les muntures aberrants. El soroll gutural, polifònic, de totes les bèsties que formaven el seu equipament militar.

Per assaltar els murs van dur a terme una maniobra impossible per als humans: els seus milites, amb l'escut a l'esquena, es van agrupar formant una mena de piràmide esglaonada que es recolzava al mur. En un tres i no res havien construït una torre d'assalt integrada per legionaris tectons. La ciutat va sucumbir al pànic des del primer moment. L'única oposició va venir dels merlets, des d'on un grapat d'homes van fer el que van poder, ben poca cosa. I després, la fi.

Els tectònics van envair la ciutat tan fàcilment com les puces la llana d'un xai. Van desbordar les muralles, van escampar-se per les places públiques més obertes i pels carrerons més estrets. La gent no sabia on fugir. Molts, per pur instint, van dirigir-se al port, però no hi havia pràcticament cap nau. (Recorda, Prosèrpina, que dos anys abans Libertus les havia requisat totes per transportar la seva gent fins a Sicília, i des d'aleshores ningú havia restablert el tràfic marítim). El caos i la mort es van estendre per l'urbs. Els pocs testimonis que ho havien pogut explicar coincidien en un punt: quan la feble resistència es va ensorrar, l'estricta disciplina marcial dels tectons també va esfumar-se. Van desfer les fileres i formacions militars i es van lliurar, cadascun pel seu compte, al seu desfici devorador arrencant grans porcions de carn de les seves víctimes amb les dents. Es van deixar endur per l'ànsia de devorar. Sí, l'Ànsia, es fa difícil trobar el terme precís per definir la fal·lera sobtada que s'apoderava els tectònics quan el desig de menjar desbordava el seu autocontrol. *Impetus*, potser.

Sí, jo en dic així, de la febre postvictòria dels tectons: *Impetus*. L'Ànsia. Allò que movia els tectònics era la voracitat, la voracitat i res més que la voracitat. No coneixien la gloria ni el lucre, no lluitaven per l'or ni pel prestigi. El desig de menjar i deglutir era tan intens, tan desaforat, que quan l'enemic estava clarament vençut perdien el control i la disciplina: *Impetus*. L'Ànsia. Trencaven la formació i cada individu anava per lliure a la recerca del preuat botí: carn. Necessitaven empassar carn, desesperadament, com taurons en dejú. *Impetus*. Es van menjar els quinze mil uticencs. La gran majoria, vius: anaven curts de provisions, i era tan desaforat l'afany per clavar-los les tres fileres de dents que no tenien temps de matar-los abans.

Com acostuma a succeir en les grans hecatombes, els pocs supervivents havien d'agrair la salvació a l'atzar. Més enllà de quatre barquetes de pesca, l'únic vaixell que quedava al moll era un que s'havia lliurat de la requisa de Libertus perquè en aquell moment estava en procés de reparació. L'afortunat propietari va salpar amb els seus amics i familiars i poca gent més. Es podrien haver dirigit a Sicília, però estaven tan aterrits que no van aturar-se fins que van ser a Roma. En total, no van recalar al nostre port d'Òstia ni un centenar d'uticencs. La història dels afortunats supervivents, però, va tenir un trist epíleg.

El seu relat era tan vívid i cruent, els detalls del frenesí, de l'*Impetus*, tan escabrosos, que el Senat va ordenar que els tanquessin a la presó Mamertina a fi de mantenir la quietud pública. Com s'esdevé sempre en aquests casos, la mesura només va servir per fomentar rumors encara més extrems i catastrofistes. Ciceró va intercedir perquè els deixessin anar.

Però la Mamertina, Prosèrpina, era una presó terrible. Quan va arribar el dia de tornar-los la llibertat, la quarta part ja havien mort o estaven condemnats a morir per les condicions de reclusió d'aquelles cel·les.

12

Per estrany que pugui semblar, estimada Prosèrpina, Ciceró no es va sentir especialment afligit per la tragèdia d'Útica.

—Tot té la seva part bona —em va dir gairebé content.

Jo no ho entenia.

—Una amenaça tan gran farà callar les divisions i fomentarà la unitat pàtria —em va explicar—. Ni tan sols ànimes tan ambicioses i egoistes com les del triumvirat podran ignorar els teus amics tectònics. Sí, vet aquí la part bona del cas: el verí tectó esdevindrà l'antídot contra la guerra civil.

Pocs dies després vaig tenir l'ocasió de conèixer el tercer dels integrants del triumvirat juntament amb Cèsar i Cras: Pompeu.

Com ja t'he dit abans, Prosèrpina, era l'únic dels tres que no havia marxat de Roma, així que sobre ell requeia l'obligació d'actuar. Va demanar consell als seus assessors, i aquí és quan va aparèixer el meu nom. El meu pare va estar encantat de dur-me en presència del magne triumvir. (Tot i que ningú, ni jo ni els homes de Pompeu, li havíem demanat que m'hi acompanyés). Potser era portar massa lluny els drets que li conferia la *patria potestas*, però Ciceró, admetem-ho, sempre va pecar d'un excés de vanitat. Necessitava sentir-se imprescindible.

Pompeu ens va rebre al seu domicili particular, al luxós

barri del Palatí. Era una simple casa civil, però dissenyada perquè et sentissis en un palau des del mateix instant en què creuaves el llindar. Desbordava luxe i ostentació a les parets, als sostres i als terres. Tot l'entorn desprenia una mena de pàtina asiàtica. Mentre creuàvem estances, Ciceró em va dir:

—Va estar massa temps a l'Orient. Ningú sap del cert si va conquerir l'Àsia o l'Àsia va conquerir-lo a ell. —Va sospirar—. Ja ho veus, Marc, això és el que espera a la pobra Roma si aquest home arriba a ostentar el poder en solitari: un tirà de l'est.

Tothom coneixia les proeses guerreres del magne Pompeu a l'Àsia. Però ja feia molt de temps, d'aquelles victòries. Quan per fi vam accedir a l'estança on ens esperava, ens vam trobar al davant un home madur, de cos gras i poc militar. Tenia els cabells molt arrissats, la cara rodona com una moneda i una boqueta diminuta. Pel que fa als ulls, que també eren petits, patien d'un mal ben peculiar: els músculs de les parpelles no tenien prou força i les duia sempre mig tancades, com si estigués mig adormit. El llavi inferior, sortit i caigut, li donava aquell aire dels estúpids. Les celles, arrelades massa amunt, li conferien una expressió de sorpresa petrificada. En conjunt, l'expressió d'estupor del seu rostre feia pensar en una criatura que acaba de veure una vaca o qualsevol cosa inesperadament gran. El que més destacava en aquell home era una naturalesa abúlica, mancada d'interessos. Al principi fins i tot em vaig pensar que era imbècil. No, simplement li agradava fer veure que es mantenia al marge de les coses. La seva actitud indolent i apàtica, la seva desgana per tot, només era una estratègia per a quan havia de navegar entre oceans de polèmiques i no volia que l'esquitxessin les onades dels debats.

Aquell dia l'envoltaven quatre assessors. Dos esclaus prou

cultes, un llibert i un centurió primipil. Els que realment em van interrogar van ser ells. Jo vaig respondre amb summe plaer i profusió de detalls. Vaig descriure la infanteria tectònica, la seva cavalleria i la seva artilleria. Em van preguntar pel nombre d'invasors.

—No crec que en siguin menys de cent mil —vaig dir.

En sentir allò, tots els presents van contenir un mugit d'espant. Cent mil! El centurió va posar en dubte la meva afirmació:

—Jove Tul·li, crec que aquí obvies un detall cabdal. La guerra és molt més que escuts i espases. Per als nostres magistrats, el gran problema no és armar una legió, sinó moure-la. Els homes mengen cada dia. Saps quants carros replets de provisions segueixen un exèrcit consular? Més de tres-cents. I en comparació amb els tectònics, els cossos humans són gairebé ascètics. Per poder marxar, tot el que necessiten els nostres legionaris és una mica de farina barrejada amb aigua. I així i tot, ni el rei asiàtic més ric, com el persa Darius, podia mantenir exèrcits de més de cinquanta mil homes. No és possible. Els límits del farratge ho impedeixen. I tu vens a dir-nos que els tectònics només mengen carn, tot un luxe, i que en necessiten el triple que nosaltres. I que no en són cinquanta mil, sinó cent mil! Un exèrcit així es dissoldrà sol.

—Tindries raó —vaig replicar—, si no fos perquè els tectons han estudiat els problemes que implica moure una tropa així i hi han trobat la solució.

Vaig fer un silenci per observar la reacció dels meus interlocutors i vaig continuar:

—A Útica els testimonis parlen del frenesí devorador, del furor, de l'*Impetus*. Però els tectons només s'entreguen a l'Ànsia devoradora quan acaben de derrotar els seus enemics. Després, un cop alimentats, administren la seva victòria.

—Com?

—Avancen arrossegant les provisions a la cua del seu exèrcit, com nosaltres. Però amb una diferència: els seus aliments estan tan vius com el seu equipament. Capturaran ciutats senceres, totes les que trobin en la seva ruta, però només es menjaran els homes i porcs necessaris. La resta se'ls enduran amb ells, com ramats, els sacrificaran a conveniència i se'ls cruspiran quan ho necessitin. Homes i porcs per igual.

Es va fer un silenci a la sala per pair tanta crueltat.

—I ara? —em va preguntar el llibert de Pompeu—. Què creus que faran?

Vaig inspirar i vaig dir:

—Respecte a això tinc una notícia bona i una altra de dolenta.

Ciceró, molt afectat pel que havia sentit, em va pregar:

—Si us plau, comença per la bona. La necessitem.

—La bona —vaig dir— és que els tectons odien el mar. El contacte amb l'aigua salada no els mata, però els corrou la pell i els resulta no només molest, sinó també dolorós. Això significa que no s'embarcaran ni arribaran per mar fins a Itàlia. No poden.

Se'ls va escapar a tots un sospir d'alleugeriment. A tots menys a Pompeu, que mantenia un posat impertèrrit. (Fingia: era molt propi dels nostres dirigents aparentar un aplom que no tenien). Ciceró fins i tot va atrevir-se a exclamar:

—Gràcies als déus, almenys Roma no està en perill.

—Sí, sí que ho està —vaig replicar—. Perquè la mala notícia és que coneixen la nostra geografia. Saben que Roma és l'urbs més populosa del món, i, en conseqüència, és el seu objectiu principal. Recorreran la costa africana, en direcció oest, fins a les Columnes d'Hèrcules. Un cop allà trobaran la manera de creuar l'estret entre Mauritània i Hispània. Després només hauran de seguir la ruta d'Aníbal. No tindran gaires dificultats per superar els Pirineus i els Alps. I després, Itàlia.

Vaig callar. No calia que expliqués el que passaria a continuació.

Ciceró es va aixecar de cop i va interpel·lar Pompeu:

—Crida Cras immediatament! Que abandoni els seus absurds plans de conquerir Pàrtia i torni amb les seves legions! Convoca Cèsar, i que torni ell també de les Gàl·lies amb les seves tropes! Formeu l'exèrcit més formidable que s'hagi vist mai per defensar Roma i el gènere humà! —I va afegir, ara implorant—: Pompeu, vell amic, accepta el meu consell.

Pompeu va mirar-lo amb aquells ulllets entretancats i finalment va obrir la seva boqueta de pinyó:

—On para l'afamada calma d'esperit del gran Ciceró? —Llavors va girar el tors cap a mi i va dir—: Apreciat Marc Tul·li, hi ha un extrem que no puc entendre. Els tectònics són éssers del món inferior. Com poden tenir dades tan precises sobre la geografia terràqüia?

Vaig trigar un moment a aplegar forces per respondre. Em feia massa mal dir aquelles paraules:

—Perquè els les vaig proporcionar jo —vaig confessar—. No vaig resistir els turments.

Vaig jutjar que la situació era tan greu que no em podia permetre maquillar els meus actes. Perquè aquí has de saber, oh Prosèrpina, que entre els patricis es donava per fet que la nostra estirp superior ens feia immunes a la tortura. Segons aquesta visió, els esclaus i els plebeus no la resistien perquè eren éssers inferiors. Si d'un patrici es predicava que no podia ni plorar, com se li havia de consentir que traís la pàtria per una banalitat com el dolor? Diré una cosa a favor de Pompeu: malgrat la seva lassitud d'esperit, el seu aparent cretinisme i la seva supèrbia aristocràtica, sabia que tot allò eren bestieses, que sota el ferro roent totes les carns són iguals. I tu saps, estimada Prosèrpina, que els horrors tectònics eren inimaginablement pitjors que qualsevol ferro. Pompeu va obviar la meva confessió, com si no l'hagués sentit, i em va preguntar:

—Digue'm, Marc, pots assegurar-nos que l'exèrcit tectònic seguirà aquesta ruta?

—No n'hi ha cap altra. Seguiran la costa perquè allà es concentren la majoria de les nostres ciutats, o sigui, els subministraments d'aliment que necessiten per mantenir-se en marxa. Pel que fa a com pensen creuar l'estret entre Europa i l'Àfrica, només puc fer especulacions, però, creieu-me: ho aconseguiran.

—Aleshores, si ningú els atura, hauran de passar per força per la costa oriental hispana i pel sud de la Gàl·lia cisalpina.

—Sí, és clar —vaig dir sense entendre on volia anar a parar.

En lloc d'explicar-nos el que li rondava pel cap, es va limitar a dir:

—Gràcies, Marc; vull que estiguis a disposició del Senat per si tornem a necessitar la teva experiència.

* * *

Quan vam sortir de casa de Pompeu, Ciceró estava la mar de content, gairebé eufòric. Per a ell aquella entrevista significava la seva tornada al món polític. Els tres grans homes del triumvirat l'havien expulsat de la palestra, però ara es veia capaç d'intercedir entre tots tres, unificar els interessos de tots, encapçalar-los i tornar a salvar la República. Més o menys com si els tectònics fossin un segon Catilina.

Bajanades. Fins i tot per a mi, que feia tan poc que m'havia reintegrat a la vida de la ciutat, era obvi que tots tres, Pompeu, Cèsar i Cras, el consideraven una figura caduca. Jo no havia tingut la sensació que Pompeu comptés amb el meu pare per a res. Però ell no ho havia vist així, o no ho havia volgut veure, i els dies següents va desplegar una activitat social realment portentosa.

Durant dues setmanes se'l va veure a tots els fòrums, a tots els debats. A tots els sopars. (Abans de la Fi del Món, estimada Prosèrpina, bona part de les decisions més importants de la vida política romana es prenien als sopars de les cases més riques i patrícies). La seva veu va tornar als passadissos de la política republicana. I quina veu! Era Ciceró, i quan Marc Tul·li Ciceró exigia que es debatés una qüestió, es debatia. I quina qüestió s'havia de debatre, si no era la dels tectònics i la salvació de la República? L'enemic venia de l'Àfrica, com en els vells temps d'Anníbal. Què havien de fer els romans?

La qüestió, naturalment, va arribar al Senat. Però no van decidir res. Et recordo, Prosèrpina, que el Senat estava en mans dels triumvirs. És a dir, Pompeu, Cras i Cèsar. La suma de les tres faccions tenia el control de la sagrada càmera. El que passava era que l'aparició dels tectons havia agafat a tothom per sorpresa, i l'absència de Cèsar i Cras alentia i distorsionava els debats. Estaven lluny, molt lluny, i, per bé que tots dos tenien representants a Roma i hi mantenien una correspondència contínua (especialment Cèsar), l'amenaça tectònica era tan irreal i extravagant que els desconcertava. Era lògic que des de la Gàl·lia o des de l'Orient costés entendre què estava passant realment i com procedir. I Pompeu? Pompeu contemplava els esdeveniments amb les seves parpelles mig caigudes i la seva boqueta de pinyó.

I així, mentre el triumvirat dubtava, Ciceró va dur al Senat una proposta clara i ferma: enviar un exèrcit a l'Àfrica, afrontar aquella hòrrida amenaça i destruir els tectònics. Força, determinació, patriotisme. Tot típicament romà.

Pel que fa a la plebs, en aquell moment no es prenien gaire seriosament els tectons. Encara estaven lluny, molt lluny, i l'únic romà que n'havia vist algun era un humil servidor.

Suposo que l'acudit va sortir del barri de Suburra, com gairebé sempre. Algú va començar a referir-se als tectònics com «talps» o «talpets», perquè venien de sota terra. L'expressió va fer fortuna i, quan Ciceró va exposar el seu pla al Senat, ja tot eren talpets per aquí i talpets per allà. A les tavernes i tuguris van començar a anomenar «talpets» els noiets que s'hi prostituïen tot oferint fel·lacions sota la taula. Quan un veí n'acusava un altre d'haver-li robat les bledes i les pastanagues de l'hort, l'assenyalat es defensava dient que havien estat els talpets de Ciceró. El dia que el Senat discutia la moció ciceroniana, ja no se sabia si les legions havien d'anar a combatre una amenaça mortal o una plaga hortolana. Però van aprovar la proposta, és clar.

El Senat va ratificar per unanimitat, o gairebé, el pla del meu pare. Els senadors, dempeus, van aplaudir-lo com en els bons temps. El meu pare era allà, envoltat de togues blanques que somreien i aclamaven el «pare de la pàtria». Jo hi era i vaig veure la seva cara de satisfacció, la seva vanitat mal dissimulada. I llavors em va assaltar una pregunta incòmoda. La següent, Prosèrpina.

Ciceró era un bon home i era un gran home. Com a home d'Estat, sempre havia actuat procurant pel bé de la pàtria. Però la pregunta és: sense la recompensa narcisista, també ho hauria fet? Sense l'aliment egòlatra i la vanaglòria per recompensa, hauria actuat igual? Què mou realment les accions humanes? En fi, deixem-ho aquí. L'engranatge republicà havia entrat en acció, i això era l'important. Aquella nit, per primera vegada des de feia set anys, vaig dormir una mica tranquil.

Fins que vaig saber els detalls de l'expedició, Prosèrpina,

i es van apoderar de mi el desencís i la desolació. Quin espant incrèdul, quin desmai de l'esperit.

L'endemà a l'hora d'esmorzar, el tema únic de conversa amb el meu pare, com és natural, era la propera campanya contra els tectònics. Calia transportar un exèrcit sencer a l'Àfrica, amb el seu bagatge i la seva cavalleria, i era una operació d'allò més complexa.

—Oh, no t'amoïnis —em va dir Ciceró—, Pompeu m'ha assegurat que hi ha tonatge més que suficient per transportar un exèrcit consular.

Vaig haver d'escopir el menjar que tenia a la boca. Un exèrcit consular!

Has de saber, Prosèrpina, que un exèrcit consular normal estava compost per dues legions i dues ales de cavalleria. Una legió completa constava d'uns cinc mil homes, a tot estirar; i una ala, d'uns tres-cents genets. O sigui, que el Senat pensava enviar poc més de deu mil homes a l'Àfrica. Deu mil legionaris contra cent mil tectònics!

No m'ho podia creure. Em vaig posar dret d'un bot:

—Només dues legions? Ha de ser un error!

Mentre Ciceró intentava calmar-me, ho vaig entendre: el desastre d'Útica els havia convençut de l'existència real dels tectons, però seguien sense comprendre la magnitud de l'amenaça. Creien que el meu captiveri sota el seu jou, i els suplicis que havia patit, feien que exagerés el gruix del seu exèrcit i el perill que suposava. Vaig cridar:

—Més que combatre'ls es diria que voleu alimentar-los!

Me'n vaig anar irat. Em vaig passar el dia passejant sense rumb per la Suburra. Els peus em van dur fins al vell carreró dels meus jocs infantils. Fins a Rodes. Vaig seure a l'escaleta que duia a la porta d'un magatzem. Tot seguia més o menys igual. Les estretors, les parets ferides per mil rascades i inscripcions obscenes que el temps llepava sense pressa... Em vaig deixar envair per la melancolia i la memòria em va transportar fins a l'estranya colla que havíem format als deserts africans. Sí, pensava en ells. En Servus i el seu destí frustrat. Segur que s'havia incorporat a les files del tal Libertus. Segur que li feia d'escrivà o alguna cosa així. Vaig pensar en el pobre Qal, que no havia pogut sortir mai d'aquell desert que tant odiava i temia. Vaig pensar en Baltasar Palusi. Encara em cremava no haver-li pogut explicar què li havia esdevingut realment al seu germà Adad a les fondàries del Forat de la Mantícora. Però sobretot pensava en ella. En Sitir.

Recordava els seus ulls verds, la infinita tristesa i frustració que desprenien quan no va poder sostenir més la meva mà i els tectons se'm van endur avall, a l'infern dels inferns. És curiós, Prosèrpina, però, per molt que l'estimés i la desitgés, el que necessitava per damunt de tot era consolar-la. Fer-li entendre que cap força humana, ni un aspa, haurien pogut evitar la meva captura.

Vaig tornar al carrers principals i el seu bullici urbà. Em vaig fixar en una lectica molt cara. El passatger duia les cortines tancades, però per l'estil oriental i les inicials gravades vaig identificar-lo de seguida: Pompeu.

Als concorreguts carrers de Roma, Prosèrpina, era habitual que un servus armat d'un bastó precedís la lectica del seu amo cridant «Pas lliure al meu dòminus!». Si li semblava que l'aglomeració era excessiva, el servus no dubtava a fer servir el bastó. De vegades els ofesos replicaven i s'armaven autèntics tumults urbans. És precisament el que estava passant en aquell moment. Mentre els servus de la lectica i un grup de vianants discutien a crits i cops, jo vaig cridar:

—Pompeu! Soc jo, Marc Tul·li!

La cortineta es va córrer un pam. Per darrere van aparèixer les parpelles mig caigudes de Pompeu.

—Ah, Marc! Puja.

Em vaig instal·lar a dins i poc després repreníem la marxa. Vaig parlar francament, i amb el vigor jovenívol d'un noi que sap que té raó i no està per a romanços:

—Els mataran a tots! —vaig dir—. Amb dues legions els tectons no en tenen ni per esmorzar!

Però Pompeu es va limitar a encongir les espatlles.

—I què volies que fes? El Senat va donar suport al teu pare.

—Aleshores, n'ets conscient? Saps que un simple exèrcit consular no té res a fer contra aquests monstres?

—És clar. Puc presumir d'haver dirigit més de trenta campanyes militars. I tu m'ho vas explicar tot, dels tectons. Te'n recordes?

Pompeu governava Roma de facto. I estava a punt de permetre que dues legions senceres fossin massacrades i anihilades. Jo no entenia res.

—Un bon polític —es va explicar— no contradiu el que diu la majoria; hi dona suport.

—En aquest cas, almenys pren el comandament de l'exèrcit consular que salparà cap a l'Àfrica. Si el dirigeixes tu, el Senat no podrà negar-te res. Recluta un exèrcit com cal, i així salvaràs aquestes legions i tot Roma.

—Bé —es va excusar amb aquells ullets absents i aquella boqueta diminuta—, ja saps que el boig de Libertus i els seus desarrapats ronden pels camps. Algú ha de vigilar la ciutat. Cras és a Pàrtia; Cèsar, a les Gàl·lies. No puc abandonar Roma. —I tot seguit va afegir una frase prou brillant que, tal com després vaig saber, no era seva, sinó d'un dels seus consellers—: Quan la casa es crema, ningú surt a apagar les flames de l'estable.

Mentia. Libertus no era una amenaça tan gran com ell deia. Des que Cèsar l'havia derrotat s'estava a les muntanyes llepant-se les ferides. Potser havia reclutat algun centenar o fins i tot algun miler de fugitius més, però allò era tot. No tenia ni força ni esma per atacar Roma. I aleshores, per què Pompeu tolerava un desastre tan previsible com innecessari? Jo no entenia res.

Aquell mateix dia vaig rebre la visita del meu frívol amic Gneus Iunni Rinxolets. S'havia allistat a l'exèrcit consular. Com que els nobles podien pagar-se un cavall, acostumaven a servir a les ales de cavalleria. Es va presentar a casa per acomiadar-se amb un magnífic uniforme complet de cavaller romà.

—Si us plau Gneus, no hi vagis —li vaig pregar.

—Però per què? —va dir amb el seu candor habitual—. Serà la mar d'emocionant. Matar talpets a l'Àfrica! Serem els primers romans que derrotin un exèrcit no humà.

Aquella era la motivació principal per agafar les armes: l'exotisme de la campanya. Si el Senat hagués aixecat un exèrcit per exterminar Libertus, la gent com Rinxolets no s'hi hauria presentat mai voluntària. Per a ells, els servus eren com els gossos: ben ensinistrats podien ser fidelíssims, però era inevitable que alguns es tornessin rabiosos. I quin profit o quina emoció hi havia, a matar gossos bojos?

Sabia que no el convenceria, així que vaig canviar de tema. Li vaig preguntar si havia fet alguna gestió per tal de localitzar Sitir Tra.

—Oh i tant que sí! —va dir—. Vaig parlar amb un aspa al servei del Senat. Bé, potser ben bé al seu servei no; diguem que accepta les ordres dels nostres magistrats circumstancialment, i només fins que Libertus sigui derrotat. Aquesta gent només és fidel a Gea.

—I què et va dir? —vaig preguntar ansiós per saber.

—Bé, diu que no li sona de res, que entre els aspa partidaris del Senat no n'hi ha cap amb aquest nom. Però que no t'hi amoïnis. A hores d'ara aquesta Sitir ja deu saber que has tornat, i serà ella qui et busqui i et trobi. Si ella vol.

Vaig pensar que molt probablement Sitir era morta. Recorda, Prosèrpina, que la meva última visió d'ella havia estat a la boca del Forat de la Mantícora, envoltada d'enemics tectònics per tot arreu. Així i tot, aquell «Si vol» em va fer mal. Però Rinxolets tenia raó: així eren els aspa.

—Passi el que passi, Gneus, no et treguis l'anell.

Això era l'únic que podia fer pel meu amic Rinxolets, agafar-li una mà i dir-li que no es tragués mai l'anell. Has de saber, Prosèrpina, que els patricis romans duien un anell d'or que els identificava com a tals. Regalar aquesta advertència a Rinxolets va significar un dilema moral insofrible, per a mi. Aviat entendràs per què.

* * *

Si cregués en els déus, Prosèrpina, opinaria que són uns éssers recargolats i d'allò més capritxosos. La seva manera de comunicar-se amb els humans, per exemple: un déu romà no feia servir mai la seva veuota divina per dir-te «Eh, tu, atura't o cauràs pel barranc» o «No et casis amb aquesta dona, perquè és la porca més gran del barri». No. Sempre parlaven mitjançant senyals, i eren uns signes tan abstrusos i recargolats que ni els sacerdots els interpretaven bé. Molt sovint, les divinitats enviaven els missatges a través dels ocells. (Si us plau, Prosèrpina, no riguis). Els especialistes en la qüestió eren els àugurs. Segons quin tipus d'aus es veiessin a l'horitzó, el nombre i el punt cardinal per on apareguessin, les coses anirien bé o malament.

Els àugurs acompanyaven els nostres exèrcits i abans de cada batalla en pronosticaven el resultat. De vegades feien servir pollastres. (T'ho torno a demanar, Prosèrpina: no riguis). Els deixaven gra a terra, i si menjaven era un signe de victòria; si no, de fatalitat i derrota. Abans d'una certa batalla naval, uns pollastres no van voler menjar el gra. Publi Claudi, l'almirall de la flota romana, va cridar furibund:

—Doncs si no volen menjar, que beguin!

I els va llançar al mar.

T'explico tot això, Prosèrpina, perquè, el mateix dia que l'exèrcit consular s'embarcava, els sacerdots van fer els seus auguris en una sala del temple de Júpiter Màxim. Aquest cop van fer servir un altre mètode, també molt habitual: l'hepatoscòpia o endevinació a través del fetge. (Sí, sí, ja ho sé, costa d'entendre: per què carai els déus havien d'amagar els seus missatges al fetge d'ànecs, oques i perdius? Però així érem els homes civilitzats d'abans de la Fi del Món). Bé, doncs, mai, mai, no s'havien vist uns presagis tan nefastos.

Els sacerdots van esbudellar una au, van examinar-ne el fetge, la vesícula i els lòbuls, i van contenir l'alè: el fetge estava negre, com revestit d'una brea fastigosa, i a dins era ple de cucs grossos com dits. No calia ser un gran endeví per entendre'n el significat. Van sacrificar una altra au. Torna-hi: el fetge era tan pútrid i pudent que va caldre purificar el temple amb encens i mirra.

Ciceró hi era, presenciant el ritus. Era un home sensible i va tornar realment commogut. Ara bé, quan em va explicar els auguris nefastos, només vaig poder riure.

—Quan els pollastres del vell almirall Claudi es van negar a beure, els va llançar al mar.

—Sí. I va perdre la flota.

—Em pensava que no creies en els déus.

—No crec en els déus —va ser la seva resposta—, però els temo.

Aquells dies la relació amb el meu pare era una mica tibant. L'expedició del cos consular era un suïcidi i jo li recriminava que no l'aturés, mentre que ell em retreia, veladament, que de les profunditats li hagués tornat un fill diferent.

Que jo no era jo. Com a disputa no tenia solució: jo estava exigint que es cancel·lés l'atac a l'Àfrica al seu mateix impulsor. Pel que feia a la seva crítica que jo ja no era jo, no podia contradir-lo. Per què? Perquè tenia raó. Quan, per exemple, el nostre vell Demetri, el servus més antic de la casa, intentava calçar-me, vestir-me o fregar-me l'esquena al bany, jo l'apartava a crits i empentes. Ni el meu pare ni Demetri entenien aquella reacció irada. Després de set anys reduït a la ignomínia del presidi tectònic o fugint-ne, patint un estat civil mil vegades pitjor que l'esclavatge, simplement no tolerava cap servei esclau.

Durant aquest interludi, Prosèrpina, només va haver-hi un episodi que valgui la pena ressenyar: la visita a Roma d'un visitant il·lustre: Bògud el Just, rei de Mauritània.

Mauritània era el regne que ocupava la franja més occidental de la costa mediterrània de l'Àfrica, fins a les columnes d'Hèrcules. Els seus habitants eren els moros o maures, vet aquí el nom.

En teoria era un aliat de Roma, tot i que el terme «aliat» només era argot diplomàtic: a la pràctica, la República era massa poderosa per reconèixer aliats, només tolerava clients. I així era: Mauritània no passava de ser un estat feble i clientelar. Però el seu rei feia molt bé el paper d'amic fidel i exòtic dels romans.

Bògud era un tipus intel·ligent. Per aquella època devia rondar la trentena. Tenia la pell molt fosca i els ulls molt grossos, i s'adornava la cara amb una barbeta negríssima i triangular que li conferia caràcter. Es maquillava els ulls i, fet insòlit per a un romà, es pintava les ungles amb deu colors diferents, un per a cada dit.

El van allotjar a casa nostra, cosa que era un gran honor i alhora una gran molèstia, ja que el seu seguici no incloïa menys de cent persones. (Has de saber, Prosèrpina, que com més feble era un estat més nombrós era el seguici del seu príncep. L'esperit humà tendeix a intentar suplir amb la quantitat allò que li falta en força). La majoria d'integrants d'aquell seguici eren dones. Bògud era un home molt viril que tractava les seves amants com reines i les seves reines com amants. I la veritat, Prosèrpina, és que no et podria dir quina de les dues categories de dones era més feliç.

Amb tot, quan feia poc que Bògud havia recalat a casa nostra, Ciceró va haver d'intervenir per mitigar la diferència de costums. A la casa romana tradicional, les dones eren matrones captingudes i sotmeses al poder jupiterià del marit; però un cop sortien al carrer, a l'home romà li agradava lluir el seu poder i riquesa a través de les dones de la família, a qui enjoiava sense límits. Bògud procedia exactament a la inversa: les seves dones eren reines a dins de casa, on lluïen tots els seus encants amb poquíssima roba a sobre, i esclaves al carrer, on, per evitar l'enveja i la luxúria aliena, les feia anar tapades amb llençols fins al nas. Per a mi era la mar de divertit veure la cara d'escandalitzat del meu pare, tan cast ell, quan es creuava amb alguna d'aquelles belleses mig nues pels passadissos de la casa. L'home va haver d'advertir diplomàticament el seu hoste: potser estaria bé que reservés les nueses de les seves dones per a les habitacions privades, li va dir. Bògud va acatar per no ofendre'l, però no va entendre res: la seva idea de l'hospitalitat l'obligava a compartir les dones amb l'amfitrió. Per això va preguntar a Ciceró, l'home més gràvid i ponderat de l'univers:

—Com n'escolliràs cap, si no les pots veure nues?

El pare no sabia on amagar-se. Era per morir-se de riure.

La província d'Àfrica era veïna de Mauritània per la seva part oriental. I, per si cal dir-ho, Prosèrpina, Bògud va venir a Roma perquè sabia molt bé el que estava passant allà, tenia por i necessitava ajuda.

Abans, mentre Libertus havia fet estralls per l'Àfrica, Bògud no havia mogut ni un dit. Allò era un problema dels romans, ja s'ho farien. Però l'aparició dels tectònics va alertar-lo.

A l'hora d'explorar, els mauritans tenien un gran avantatge: la cavalleria númida. Els númides eren uns genets habilíssims, la millor cavalleria lleugera del món. (Almenys de la superfície del món). Cavalcaven uns cavalls nord-africans menuts, veloços i resistents. Quan li van arribar aquells rumors tan estranys, Bògud va enviar un destacament de númides a fer-hi una ullada. El relat d'aquells expedicionaris el va fer empal·lidir, i això que tenia la pell més negra que una formiga.

Els genets númides havien detectat l'exèrcit tectònic, que després d'assaltar i prendre Útica avançava cap a l'est seguint la costa. Els havien seguit a una distància prudencial per tal d'informar detalladament el seu rei.

L'avantguarda tectona estava encapçalada per uns vint mil genets tectònics que muntaven aquelles sargantanes de mida equina que jo ja coneixia. Al darrere venia el gruix de la tropa: uns vuitanta mil milites a peu. Segons Bògud, era una visió inacabable: una llarguíssima columna negra, a causa del color fosc de les armadures tectòniques, que es movia a una velocitat molt respectable tractant-se de simple infanteria. Eren tants que tots els camins paral·lels a la costa n'anaven plens i ben plens. I no només avançaven milites a peu: entre ells hi havia també uns animals gegantins que jo coneixia i que havien deixat els númides bocabadats: els erugoms. (El nom original en llengua tectona venia a ser una cosa així com «ooohorogogommms». Jo el vaig adaptar al llatí com «erugoms»). Els erugoms podrien descriure's com una mena d'erugues a una escala desaforadament gegantina. A diferència dels nostres diminuts insectes, un erugom podia arribar a fer dos estadis i mig. O sigui, cinc-cents passos de llarg. Cinc-cents, Prosèrpina! Així de grossos eren. Unes criatures tubulars, tan amples com un carrer i més altes que un elefant. Al capdamunt del llom hi tenien una gran concavitat, com una rasa que la natura havia volgut obrir a l'esquena d'aquelles bèsties. Els tectons aprofitaven aquesta llarga cavitat per ficar-hi tots els bagatges que havia de transportar l'exèrcit.

Desprenien una pestilència estranya i odiosa, com d'all fregit en vinagre. La seva pell era d'una tonalitat lleonina, però relliscava com un peix mullat. Per això els laterals del seu cos immens sempre estaven coberts de xarxes, politges, estreps i corretges de mil tipus que permetien al passatge pujar i baixar i al mateix temps carregar i descarregar el material. De vegades hi havia tant de cordam que gairebé no es veia la pell marronosa dels erugoms.

A part d'això, els erugoms tenien una característica que els feia òptims per conduir-los en rècula, i és que eren capaços d'adherir-se amb la boca, per succió, a la part posterior d'un altre congènere. Vet aquí la similitud amb les nostres petites erugues: aquestes criatures, d'altra banda perfectament estúpides, podien formar rengleres de dotzenes i fins i tot centenars d'exemplars. La visió de tantes bèsties, i tan enormes, en rigorosa filera i ocupant més terreny del que els ulls podien abastar, era veritablement xocant. Els erugoms es movien en cadena, amb milites tectònics caminant a banda i banda en denses columnes o còmodament asseguts a la part superior del llom, a dins de la rasa de carn que he mencionat.

Però si, als ulls dels espies númides, l'avantguarda i el centre de l'exèrcit tectònic eren un espectacle imponent, per magne i per vast, la rereguarda era esglaiadora. Allò sí que els va deixar aterrits i compungits.

Perquè a la cua de l'exèrcit venien les provisions: un grandiós ramat format, a parts iguals, per porcs i éssers humans. Milers i milers de captius, homes, dones, nens, corrent juntament amb els porcs: els tectons no feien cap diferència entre les persones i aquells animals indignes. Avançaven emparedats entre erugoms gegants, que els encaixonaven per l'esquerra i per la dreta. I al darrere de tot, tectònics que els arriaven punxant natges humanes i porcines amb els arpons de combat. Humans i porcs tenien un bon motiu per mantenir el pas: els que perdien el ritme, els que queien a terra, eren devorats allà mateix; i, si no, els mataven i els esquarteraven per distribuir-los entre la tropa tectònica.

Això va ser el que van veure els númides. Durant un dia sencer, el que va trigar a passar aquell exèrcit interminable per davant dels seus ulls, els exploradors de Bògud el Just van contemplar atònits aquell espectacle aterridor.

Bògud ens va explicar el relat dels seus homes una nit, després de sopar amb mi i el meu pare.

—I el seu general? Qui els dirigeix? —es va interessar Ciceró.

Jo sabia que el concepte de lideratge entre els tectònics era molt diferent del nostre. No tenien reis, cònsols o generals tal com nosaltres els concebíem. Però també sabia, em constava, que només hi havia un tectó que pogués dirigir aquella campanya.

—Segons els meus genets —va dir Bògud—, els comanda un tectònic mutilat i prou fàcil de reconèixer, ja que li falta la mà esquerra. Va assegut davant de tot de l'erugom que encapçala tots els altres, i des d'allà dalt imparteix ordres a les seves legions, que les acaten sense titubejos.

—Nestedum —vaig deixar anar jo en una mena de sospir ofès.

Ell. Qui, si no? Venia a exterminar el gènere humà. I a capturar-me. Però obviem aquí els meus sentiments i tornem al relat de Bògud el Just.

Quan els genets númides ja es retiraven, de tornada a Mauritània, van ser descoberts per una patrulla de la cavalleria tectona. (Recorda, Prosèrpina: els tectons muntaven uns animals que recordaven una sargantana, però de la mida d'un poni o un cavall petit, que vam anomenar «tritons»). Hi va haver una topada. Malgrat l'horror que generaven els tritons, els exploradors els van derrotar sense gaire dificultat. Els númides eren, molt probablement, la millor cavalleria del món. I els tritons, per bé que infonien paüra, eren maldestres i maniobraven malament, molt malament. Els númides els van mortificar des de la distància amb les seves petites i pèrfides javelines, van matar una dotzena d'enemics i després es van esvair amb una agilitat que era un insult. Bògud va explicar aquest últim succés com una anècdota, un detall sense importància. Jo li vaig demanar que s'hi recreés: encara que hagués estat una escaramussa sense importància, significava que els tectònics no eren invencibles. Va ser l'única alegria de tot el seu relat.

Si tota la relació va ser espantosa, l'epíleg encara ho va ser més. Del testimoniatge dels seus númides, Bògud el Just no es podia treure del cap una imatge: els nens.

Entre la massa de presoners que els tectons portaven a la cua del seu exèrcit, també hi havia, és clar, els nadons segrestats amb les seves mares. Quan una mare estava a punt de rendir-se al defalliment, transferia a algú el fill que duia en braços. És a dir, abans de morir confiava la criatura a algú altre. Tard o d'hora, el sobrepès feia que aquest segon portador també caigués a terra, i abans de ser devorat cedia el petit a algú altre. I així successivament, en una fràgil cadena de supervivència que s'allargava mentre durava la generositat dels captius. Perquè no tots acceptaven aquesta càrrega. Molts preferien viure una estona més, encara que fos una porció de vida radicalment indigna: viure ensopegant mentre els punxaven a les natges i els ronyons; viure en espera de ser sacrificats; viure corrent entre porcs. Al final de tot, quan ja no hi havia cap braç que el volgués acollir, el nen queia a terra. I ningú no el recollia. Només ells. Els tectons.

Bògud va callar. Un silenci pesant es va abatre sobre la taula. Ciceró era una ànima molt sensible, i l'horror i la infàmia d'aquella escena el van deixar consternat fins a l'extrem. Se li havien humitejat els ulls. A mi, no. Ja t'he parlat, Prosèrpina, de les seves velades crítiques cap a mi; de les seves queixes dissimulades sobre el fill tan diferent que havia tornat del món subterrani. L'animadversió del meu pare envers la meva persona era cada cop més evident, i aquella nit la va elevar un punt més.

—Què et passa, Marc? És que una escena així no et commou? —em va preguntar amb duresa.

No vaig voler contestar-li que allà baix havia viscut coses pitjors. Uns turments del cos i del cor que ell no podria arribar mai ni a comprendre. Però les seves llàgrimes m'irritaven sobre manera. I saps per què, Prosèrpina? Doncs perquè no les feia brollar la compassió humana, sinó l'eficiència sentimental d'un relat.

—És clar que ploro per tots aquests captius, i en especial pels nens —vaig dir—, però, en definitiva, aquest cas dramàtic no supera, en absolut, les nostres pràctiques habituals.

—Explica't millor —va pregar Ciceró, tan astorat com Bògud.

—De fet, els tectons només es mengen la carn dels seus captius, mentre que nosaltres deglutim el cos i l'ànima dels nostres servus. O no és això, l'esclavatge?

Em van mirar sense entendre'm.

—Si haguessis estat a l'interior d'una mina, pare, ho comprendries. Consumim la carn dels nostres esclaus així com la seva dignitat.

—Sempre he estat partidari de castigar els capatassos cruels i limitar els excessos dels amos.

—Com vols evitar els excessos quan un home és amo legal d'un altre home?

—Fixa't en Demetri! —va dir Ciceró assenyalant el vell servus de la casa—. Et sembla infeliç en el seu estat? Pot testimoniar que hagi estat mai víctima d'un abús? No!

—Hi insisteixo: per què t'emociona tant això que ens explica el nostre amic Bògud, i, en canvi, no vesses ni una llàgrima pels milions d'homes i dones a qui diàriament els robem la vida? Jo t'ho diré: perquè tota aquesta massa de desgraciats no els veus mai, i ningú t'explica cap relat que afecti els teus sentiments.

—De debò voldries destruir l'esclavatge? —va riure Ciceró—. Quina idea tan pintoresca! Entenc que algú com Libertus pensi així. Però tu? Destruiràs l'esclavatge? I després què serà? Els temples, el Senat, la poesia?

Va agafar aire, i, amb un to molt més calmat, va dirigir-se al nostre convidat:

—Excusa el meu fill, rei Bògud. És propi de la joventut voler anorrear-ho tot i fer foc nou. —Es va girar cap a mi, més sever—: Però has de saber, Marc, que Roma ha esdevingut el far del món perquè cada generació ha mantingut el bo i millor del llegat dels seus pares i l'ha enriquit amb el seu propi geni. Això és ser un bon ciutadà! No esborrar un passat heroic, sinó construir a sobre d'aquesta herència, i fer de Roma una idea encara més gran de la que vam trobar! —Va alçar els ulls al cel i va clamar—: Ah, si et sentissin els nostres avantpassats! Aleshores sí que ens regien homes virtuosos.

—Aquest és el teu problema. Que confons les bondats o els defectes d'un sistema de govern amb els vicis i les virtuts dels seus magistrats. —I vaig rematar, amb to amarg—: Només un pedant ingenu confondria Roma amb la polis ideal de Plató.

En sentir això, Ciceró es va alçar i es va retirar visiblement molest. Bògud estava atònit.

—A Mauritània —va dir-me—, si un fill li parlés així, el pare no tindria més remei que exiliar-lo o matar-lo.

—A Roma també —vaig replicar—. Però el meu pare no es prendrà la molèstia perquè creu que ja vaig morir al meu exili a l'Àfrica.

13

L'estada del rei Bògud a casa nostra va fer que intiméssim. La veritat és que va resultar ser un paio d'allò més divertit. I molt més que això.

Tenia un esperit de guineu, sempre atent i disposat a aprendre. Era conscient de la petitesa del seu regne i de la magnitud de l'amenaça tectònica. Per això havia vingut a Roma. Perquè sabia que el destí de Mauritània no es decidiria a la seva petita capital, Tingi, sinó a la capital del món. Des del primer dia es va lliurar a una activitat diplomàtica frenètica. Va estar a tots els fòrums, va assistir a tots els debats, fins i tot al Senat, on ocupava un seient de convidat d'honor. Va anar a festes, banquets, a les orgies més incontinents i als casaments més casts. Sempre era ben rebut, i a tot arreu demanaven la seva presència. Et preguntaràs, Prosèrpina, com va aconseguir penetrar tan endins de la romanitat un element tan exòtic com ell, Bògud el Just. I la resposta és: gràcies justament al seu exotisme. La gent es delia per veure'l aparèixer amb els seus vestits de seda, caríssims i colorits, els anells d'or i els perfums estridents. Es va convertir en una mena d'atracció humana, ell i el seu seguici femení desmesurat, la seva manicura de deu colors, les barbes repentinades i el somriure fals i feliç. Era un estranger tan estranger que ni tan sols els nostres catons més xenòfobs el consideraven una amenaça, només un adorn.

El més graciós, Prosèrpina, el més divertit de tot, és que Bògud, en realitat, era tan poc exòtic com una gerra d'aigua del Tíber. La seva educació havia estat perfectament hel·lenística i tan llatina com la meva. Els vestits, el posat, eren pura actuació, una simple estratègia per integrar-se a la vida romana. Fins i tot el seu accent africà era fals, ja que a casa ens parlava amb un llatí tan límpid que hauria pogut passar per un venedor de perfums de la Suburra.

Bògud va accedir a tots els nuclis de poder, i, en honor seu, diré que només li interessava una qüestió: què pensava fer el Senat respecte a l'amenaça tectònica, com s'enfrontaria a aquelles legions monstruoses i com pensava fer valer els pactes contrets amb el casal maurità, segons els quals la República romana es comprometia a protegir el seu soci i aliat, el regne de Mauritània.

I aquí el seu desemparament no va tenir límits. Ningú li assegurava res, ningú li concretava res. Com a màxim, li recordaven que el Senat ja havia enviat un exèrcit consular a l'Àfrica, a matar talpets. Bògud replicava que havia estat una mesura lloable, sens dubte, però, què passaria si la victòria no era total i una fracció dels tectons s'internava a Mauritània? I, finalment, la seva tribulació principal: quines previsions feia el Senat per exterminar l'amenaça tectònica d'arrel? Però totes aquestes qüestions superaven l'horitzó polític del Senat i tothom s'encongia d'espatlles.

—Estic a la ciutat que governa el món —es lamentava Bògud en privat—, però resulta que ningú governa la ciutat!

Jo vaig intentar consolar-lo. Així era la política romana, li deia. I cada nit, després de sopar, li explicava els detalls del nostre sistema. Al principi només m'escoltava per interès, però l'interès acostuma a dur a la companyonia i després a la simpatia.

Bògud venia d'una família més que conflictiva. Es deia

que, per assolir el tron, havia matat el seu propi pare. Un dia li vaig preguntar com havia aconseguit el poder:

—Regno perquè vaig saber canviar —va ser la seva resposta—. Vaig conservar el tron perquè vaig saber alterar el rumb de la política del meu pare. Ell només pensava a acontentar quatre famílies aristocràtiques. Creia que amb això n'hi havia prou. Era un error. El poble patia més greuges cada dia, i, si no hi fèiem alguna cosa, la torba ens acabaria matant a tots. A mi, les meves dones i els meus fills, que, com pots veure, són molta gent. Així que vaig fer un pacte amb el meu poble: ells van matar els aristòcrates, i jo el meu pare. Va ser una cosa equitativa. Per això em diuen Bògud el Just i no Bògud el Parricida.

El seu pare! No em vaig poder estar de preguntar-li si se sentia culpable.

—En absolut —va dir—. El meu pare em va inculcar un principi màxim: que conservés el tron al preu que fos. Matant-lo, doncs, el vaig obeir i vaig conservar el tron per a la seva nissaga.

Era una manera de veure-ho. I no em vaig sentir capaç de criticar-ho. Canviar o morir. Jo havia canviat en el món de les profunditats (tal com Ciceró havia observat) i ell havia canviat en el món de la política. Tots dos estàvem vius i transformats. Qui ens podia jutjar?

Una nit, Bògud el Just va tornar a casa mirant-me d'una manera diferent: algú li havia parlat de la meva reclusió en el món soterrani. Era cert, això? Li vaig dir que sí, és clar. Va deixar anar un «oh!» molt admirat i em va fer aquesta petició:

—He vingut fins a Roma per saber què faran els meus amics i els meus enemics. M'és impossible saber què faran els meus amics, perquè ni ells ho saben, però tu em pots il·lustrar sobre com són els nostres enemics. Digue'm: què et va passar allà baix?

Em vaig negar a explicar-l'hi. El meu pare, Ciceró, el meu pare!, no ho havia volgut saber. Això m'afligia infinitament. I si el meu pare no em volia escoltar, em semblava impropi confiar-me a qualsevol altre.

Bògud em va posar una mà a l'avantbraç:

—On no arriba el pare, arriba l'amic. Explica't.

Vaig dubtar. Va insistir:

—Si us plau. Fes-ho, Marc. Què hi ha allà baix? Què et va passar? Digue-m'ho.

Finalment em vaig obrir. L'hi vaig explicar. Tot. Tot, sense estalviar-me res. Va ser excessiu. Vaig estar vomitant tres dies i tres nits.

Però em vaig recuperar, és clar. I a partir de llavors la nostra amistat es va fer més estreta. Bògud em va obligar, o gairebé, a compartir les dones. (Sempre a l'esquena del meu pare, tu diràs). Ja he dit, Prosèrpina, que per casa, i a instàncies del meu pare, anaven completament tapades, cara inclosa, i jo no podia apreciar els seus encants. Però Bògud em xiuxiuejava «aquesta» o «aquella» i, a les nits, quan Ciceró s'havia ficat al llit, entraven discretament a la meva habitació. I quines dones! Amb tot, Prosèrpina, he de dir que aquelles belleses, les seves abraçades i els seus plaers, només feien créixer la meva malenconia per algú: Sitir. Sí, ella. Sitir Tra.

No em podia treure del cap els seus ulls verds, la seva mà estesa aquell dia, quan la violència dels tectònics em va succionar. Feia set anys que vivia amb aquell record i gràcies a aquell record.

Allà baix, sense alguna cosa per estimar, sense un agafall per al meu esperit, no hauria sobreviscut mai. El meu amor per ella potser només era un artifici, una entelèquia, una construcció de l'ànima. Però quin amor no ho és? Sí, Prosèrpina, sí: la gent és estranya.

Què se'n devia haver fet, de Sitir Tra? Ves a saber. Des

d'un punt de vista realista, el més probable era que els tectons l'haguessin matat durant el combat, poc després d'arrossegar-me pel Forat de la Mantícora. Sitir, sí, ella.

Un dia que em va veure especialment malenconiós, Bògud va voler pal·liar la meva tristesa. Les seves dones li van preparar una pipa que em va oferir gentilment. Jo ja coneixia el cànem. Els nostres metges el recomanaven perquè guareix les orelles adolorides i mitiga les inflamacions, però el seu abús porta a un estrany atordiment dels sentits, així que el vaig rebutjar. Ell va insistir:

—Prova-ho —va dir allargant-me la pipa—. Això no és només cànem, de la mateixa manera que el vi no és només raïm.

Estàvem en una habitació de la casa que el seguici de Bògud havia habilitat a la mauritana, amb grans coixins en lloc de cadires i catifes virolades a la manera de taula. Érem amics, i vaig accedir-hi. Els seus efectes, estimada Prosèrpina, es van fer notar de seguida.

Hilaritat. No podia parar de riure. I no es tractava d'humor suburrià, sinó del fum que m'havia empassat. De cop i volta, el món sencer em semblava un acudit. L'univers sencer no era gaire més que l'ocurrència d'un déu avorrit, i jo ho sabia molt bé (potser ho explicaré més endavant). Volia parar les riallades, però no podia. Al contrari: qualsevol cosa que diguéssim em feia riure encara més. Compartia la pipa amb Bògud, que era un paio d'allò més divertit.

—Roma odia els reis —em va dir entre pipada i pipada—, per això un dia els van expulsar de la ciutat. Però ara vinc jo de visita, un coi de moro, i, a més, negre, i a Roma em tracten tots amb honors de rei!

De tant riure, el pit em feia mal com si m'hagués empassat un cactus i tenia la sensació que se'm desencaixaven les mandíbules. Em vaig rebolcar per les estores, tan debilitat pel riure que se'm plegaven els genolls. I llavors vam sentir el soroll.

Estrèpit, crits. Queixes i udols de pena. Tota la casa era una cridòria. Jo no podia ni moure'm de la catifa. Algú va obrir la porta. Era el meu pare. Ell, el seu gran cos, el coll de toro. Tenia els ulls envermellits de dolor. I va anunciar:

—L'exèrcit de l'Àfrica! Ha estat exterminat!

Bògud em va mirar sobtadament sobri i pàl·lid. Jo el vaig mirar a ell, vaig mirar Ciceró.

Vaig esclatar en riallades. Simplement no ho vaig poder evitar.

Hauries d'haver vist, Prosèrpina, la cara que va fer Ciceró.

* * *

El relat de l'extermini de l'exèrcit consular potser era esgarrifós, però no tenia res de sorprenent. Almenys per a mi, que coneixia els tectons. Els pocs, poquíssims, supervivents ens van explicar el següent. (Una narració, d'altra banda, força breu, tenint en compte que es tracta de l'assassinat de gairebé deu mil persones).

Tal com t'he explicat, la flota havia partit d'Òstia en direcció a l'Àfrica. En concret cap a Útica, la capital provincial i víctima de l'assalt tectònic. Quan l'exèrcit consular hi va arribar, només l'esperaven ruïnes. Res més. En qualsevol catàstrofe, per devastadora i absoluta que sigui, sempre hi ha supervivents. A Útica, no. Ni a la ciutat ni als voltants, hi van trobar cap ésser humà. Ni un de sol. Ningú havia aconseguit esquivar-los amagat darrere d'un envà o fugint als espais oberts. Sí, això era molt típic dels tectons. Així procedien, com un afamat que no deixa ni una engruna al plat. S'havien menjat els morts i s'havien endut els vius. Homes i porcs.

El comandant romà, un tal Paulo, no es refeia del seu desconcert. Havien anat a Útica per salvar els humans i destruir els talpets, i allà no hi havia ni els uns ni els altres. Ni humans ni tectons. Paulo tenia instruccions del Senat: si no localitzava l'enemic, havia de resseguir la costa en direcció oest fins a trobar-lo. (Recorda, estimada Prosèrpina, que havia estat jo qui els havia proporcionat la ruta tectona). Així ho va fer. La flota va moure's cap a ponent, i cada dos o tres dies desembarcava una patrulla de cavalleria. Al cap d'uns deu dies, els genets més avançats van trobar la cua de l'exèrcit tectó movent-se cap a Mauritània, seguint la costa.

Paulo va celebrar un consell de guerra amb els seus oficials. Què havien de fer? La visió que li van descriure els exploradors era, sens dubte, aterridora: vuitanta mil infants tectons amb les seves armadures vives i vint mil genets a cavall de tritons de llargues cues reptilianes. I per si no n'hi hagués prou, aquella filera d'erugoms de gairebé cinc-cents passos de llarg, amb el seu cos tubular inacabable. I l'immens ramat de porcs i presoners a la cua. Es tractava del mateix exèrcit que t'he descrit abans, Prosèrpina, i que ja havien vist els númides. A Paulo només li quedava dictar una ordre raonable: tornar a Roma, informar de la magnitud de l'amenaça, i que el Senat creés un exèrcit extraordinari per afrontar els tectons.

Però Paulo no va fer això.

Paulo no era el millor ni el pitjor dels comandants romans. Era, senzillament, un producte típic del *cursus honorum*, un sistema que tendia a promocionar abans els ambiciosos que els capaços. I que tenia un gran defecte. Perquè el greu problema de les magistratures romanes, Prosèrpina, era que duraven el que dura un sospir. Tant si exercia de cònsol com si feia de general, un home sabia que només tenia un any o una campanya militar per obtenir èxits immortals. En aquest aspecte, la República era estúpidament inflexible. S'havien donat casos en què un bon general havia vençut un enemic de Roma, però havia perdut l'avantatge militar en el tractat de pau. I el motiu era ben senzill: si les negociacions amb l'enemic derrotat s'allargaven molt, el general arribaria al final del seu mandat, se'l reemplaçaria i la glòria se l'enduria el successor, que seria el que tornaria a Roma amb la victòria, malgrat que no l'hagués guanyat ell. Els enemics de Roma ho sabien, de manera que perllongaven les negociacions de rendició per obtenir millors condicions, i sovint ho aconseguien! Perquè el general havia d'escollir entre signar un tractat de pau indulgent o malbaratar el triomf, i, naturalment, escollia la primera opció. La gent és estranya, Prosèrpina, i algunes institucions polítiques encara més.

Paulo, doncs, havia caigut en el típic dilema dels generals republicans. Els informes de què disposava apuntaven que el més prudent era girar cua. Però aquesta expedició a l'Àfrica era el moment culminant de la seva vida política i militar. Quan tornés a Roma hauria de lliurar el comandament de la flota i de l'exèrcit consular. Era molt probable que no tingués més oportunitats d'aconseguir la glòria. Va convocar els seus comandants per deliberar sobre com havien de procedir.

El gest pot semblar equànime, però no ho era tant. La majoria dels seus oficials eren fills polítics de Paulo, amb els seus mateixos interessos i la mateixa cultura de patrici ambiciós. Paulo no buscava que l'assessoressin, només que ratifiquessin la seva voluntat i, com era de preveure, la majoria es van manifestar a favor de buscar la batalla i escombrar els talpets. No van faltar les veus assenyades, perquè és cert que a l'exèrcit hi havia també una altra classe d'oficials, tipus experimentats i resoluts que no eren imbècils. Aquests li van dir el que era obvi: que es deixés de bajanades, perquè l'exèrcit tectònic era una enormitat. Que un bon comandant havia de saber valorar quan no tenia la victòria al seu abast. I, finalment, que el sentit comú i la més lògica de les precaucions dictaven que les legions no podien lluitar, tan lluny de les seves bases, contra un enemic tan nombrós. Segons vam saber, la votació va estar tan igualada que va decidir el resultat el vot de qualitat de Paulo. Endevines, estimada Prosèrpina, en quin sentit va votar? En la història de Roma hi ha molt pocs casos de generals covards, i, en canvi, està atapeïda d'imprudents, de bojos i de temeraris.

El pla va ser el següent: ja que la flota era més veloç que l'exèrcit d'infants tectó, les naus seguirien per mar fins a trobar i superar la marxa dels tectònics, que es movien paral·lels a la costa. Els avançarien per escollir un terreny de batalla favorable, desembarcarien i esperarien que apareguessin per derrotar-los. I així ho van fer.

A partir d'aquell moment, Prosèrpina, l'exèrcit estava condemnat. I la pregunta és: com va poder un general de seny portar deu mil homes a lluitar contra cent mil tectons? Siguem una mica indulgents amb Paulo, perquè el seu error té alguns atenuants.

En primer lloc, el més segur és que no donés crèdit als seus exploradors. Una de les primeres lliçons que ens inculcaven els nostres mestres de tàctica i estratègia és que els exploradors sempre tendeixen a inflar les xifres de l'enemic: la por multiplica el que veuen els ulls. «Un bon general», ens deien, «sempre divideix per dos la infanteria que els ha semblat veure als exploradors; per quatre la cavalleria, i per deu els elefants». (Quan les primeres notícies que Anníbal havia passat els Alps van arribar a Roma, es deia que venia acompanyat per mil elefants. En realitat, no havien sobreviscut al pas pels cims ni deu pobres paquiderms). A més, Paulo no s'hauria cregut mai que els tectons eren cent mil, pel fet elemental que cap logística pot suportar una xifra semblant: era simplement impossible alimentar durant molt de temps més de cinquanta mil homes en moviment. El que Paulo ignorava, o no volia creure, era que els tectons menjaven gent, que nosaltres érem el seu farratge i el seu suport, i que arrossegaven amb ells les provisions i les augmentaven cada cop que abordaven un lloc habitat i desprevingut.

I la tercera consideració que exculparia Paulo és que per aquella època ningú coneixia gaire bé els tectons. (Si exceptuem un tal Marc Tul·li Ciceró, és clar). Havien anihilat la ciutat d'Útica, d'acord. Però quantes ciutats provincials no havien estat destruïdes alguna vegada per bàrbars estranyíssims, pintats de blau o qualsevol altre color cridaner? A la perifèria del món sempre passaven coses que no importaven a ningú. L'únic que els coneixia realment era jo, i Pompeu no es va molestar a compartir les meves informacions amb el Senat —o se'n va guardar molt bé, tal com després vaig saber—. O sigui, que la primera notícia fidedigna que va tenir Paulo dels erugoms, dels tritons muntats i dels escuts que mugien, va ser la que li va portar la seva cavalleria, i tot plegat potser li va fer pensar que els tectònics només eren una amalgama de bestioles més o menys estranyes. Al cap i a la fi, l'Àfrica era la pàtria dels animals més grossos i lletjos que s'exhibien al circ, oi que sí? En el fons, més que una batalla, Paulo estava dirigint una cacera a l'engròs, i amb aquesta mentalitat va disposar les operacions. «Talpets». El mateix sobrenom anul·lava el sentiment de perill que tot enemic ha de concitar.

Abans del desastre, la flota va viure una escena estranya i inquietant. Va ser quan les naus romanes van avançar l'exèrcit dels tectons. Tots dos es movien cap a l'oest, els uns per mar i els altres per terra. Aquella part de la costa era una mica escarpada, i el camí quedava a l'altura de la borda dels vaixells, de manera que homes i tectons es podien mirar als ulls. Només els separava un braç de mar. Les naus plenes de remers i legionaris es van creuar amb la llarguíssima, inacabable, columna tectònica. Amb els seus milites i tritons i amb els erugoms: els homes no podien creure que existissin éssers vius tan grossos, tan llargs, tan foscos. Aquells cucs gegants tenien el cos prou flexible per girar als revolts més pronunciats. Era una visió tan estranya que els remers van afluixar el ritme i ningú es va recordar d'esperonar-los. D'aquesta manera, durant una bona estona, humans i tectònics van avançar en paral·lel i a la mateixa velocitat. En veure aquelles fileres infinites de monstres bípedes, aquells cranis oblongs i les pells de color gris, fins i tot els soldats més procaços van emmudir.

Però aquest silenci no era propi dels soldats romans. Després de la primera impressió, van fer el que feia sempre la tropa romana abans d'una batalla: es van armar amb els escuts i els van fer repicar amb l'espasa. Va ser una decisió espontània dels homes, ningú els va donar l'odre de fer-ho. Primer un vaixell, i després un altre, i un altre. A tots els navilis, els romans entrexocaven les armes i aixecaven un fragor de ferro contra ferro.

I, malgrat aquell terrabastall, la reacció dels tectons va ser la més trasbalsadora per a les legions: no van fer res. Ni un crit de rèplica, ni un gest. Res. Dels cent mil tectònics, ni un de sol va afluixar el pas, ni tan sols van dignar-se a girar-se cap al mar, com si els crits dels romans fossin un menyspreable cant de sirenes.

Els legionaris, a les seves naus, van deixar de repicar els escuts i van abaixar l'espasa, derrotats per aquell menyspreu olímpic. Es va fer el silenci, només trencat per les onades que les proes separaven. I aprofitant aquell silenci, els presoners humans que es trobaven a la rereguarda tectònica van aixecar un clam:

—*Homines, homines!*

Cridaven per atraure l'atenció dels romans. Eren homes, dones i nens que es movien entre porcs. Alçaven els braços i cridaven:

—*Homines sumus!*

Al principi, des dels vaixells no veien els captius perquè avançaven encaixonats entre erugoms, de manera que tot el ramat de presoners quedava amagat darrere aquells monstres. Però, en sentir el repic d'armes provinent del mar, la multitud humana, instintivament, es va aturar. Els erugoms van continuar avançant i, com si fos una cortina que s'obria, van deixar els captius al descobert. Va ser només un instant: els tectons que tancaven la marxa els van començar a empènyer i a punxar amb els arpons. Però almenys van tenir temps de ser vistos pels navilis i de cridar:

—*Homines sumus! Homines sumus!*

Fins i tot els legionaris més rudes van sentir compassió per aquella multitud reclusa i apinyada entre lloms monstruosos. Van veure el seu trist estat, barrejats amb els porcs; van veure com els més endarrerits queien i eren esquarterats per uns tectònics encarregats d'aquella funció. I van veure com en repartien els trossos entre la infanteria tectona en marxa, que menjava sense afluixar el pas. Paulo, de qui es deia que era home religiós, no va ser el menys commogut. Pel que sembla, va dir:

—A quins déus pot haver ofès Roma perquè ens enviïn per enemic unes criatures sense ànima?

I va ordenar que els remers incrementessin el ritme, per tal d'avançar els tectònics i que l'exèrcit s'allunyés d'aquella visió tan desmoralitzadora.

* * *

Després de tres dies de navegació, la flota va albirar un lloc òptim per enfrontar-se als tectons. Una petita badia que, terra endins, donava a una esplanada sense vegetació.

Paulo va ordenar a la flota que desembarqués l'exèrcit. Els únics habitants de per allà eren uns quants pescadors que vivien en un llogaret minúscul. Pots imaginar-te, Prosèrpina, l'esglai d'aquella gent en veure que la seva petita badia era envaïda per un exèrcit consular sencer. Devien viure mig aïllats de tot, perquè aquells pobres vilatans no tenien ni idea de l'existència dels tectons o talpets. (No et pots ni imaginar, Prosèrpina, la quantitat de gent del meu món que va viure al marge del món fins al mateix dia que va arribar la Fi del Món). En qualsevol cas, els nord-africans sempre han estat gent d'esperit comercial, així que, quan va començar el desembarcament, els homes i les dones de la vila, i els seus fills, ja anaven amunt i avall per la platja venent peix fresc, ous i vi dolent a les tropes.

Fer baixar dues legions dels vaixells, i en una platja tan estreta, no era una operació fàcil ni ràpida. Mentre homes, proveïments i cavalls desocupaven les naus, Paulo es va avançar amb un petit seguici a examinar el lloc.

Era un indret perfecte, certament. Darrere de la badia s'obria una plana no gaire ampla que s'allargava fins a unes elevacions del terreny. Aquests turons tancaven l'espai, de manera que els tectons no podrien eludir, vorejar ni envoltar l'exèrcit consular. És més, la plana feia un lleuger pendent en ascens, cosa que obligaria els tectons a carregar de pujada, maniobra gairebé sempre destinada al fracàs.

Paulo estava satisfet. Pel que vam saber, la seva única preocupació era que l'enemic defugís el combat. Si es negaven a atacar-lo, la falta de provisions posaria Paulo en un compromís i es veuria obligat a reembarcar. Per increïble que sigui, Prosèrpina, aquesta era la mentalitat romana del moment.

L'exèrcit va desembarcar amb el tumult habitual en aquests casos. Encara no havien baixat les últimes tropes que les primeres ja estaven construint un campament o buscant materials per aixecar-lo. Era un costum immemorial dels exèrcits romans: construir un campament al lloc on es passava la nit. Molts homes es van escampar pels voltants. A Paulo aquella dispersió no el preocupava en especial; l'enemic era lluny.

—Encara són a tres dies de marxa —es veu que va dir.

Van ser les seves darreres paraules.

Els tectònics no estaven a tres dies de marxa. Eren allà.

Almenys la seva cavalleria: vint mil tectònics muntats en els seus tritons, que van aparèixer de sobte i es van abatre sobre Paulo i les seves indefenses i encara desarmades tropes. Vint mil genets agrupats contra deu mil infants dispersos i desprevinguts. Tres dies abans, en creuar-se amb els tectònics, els romans havien confós la seva indiferència amb ceguesa; i la seva monstruositat amb cretinisme. No. Els tectons simplement no eren humans, a ells els movien altres instints i altres raons. El tectó comú no movia mai un múscul inútilment. Per què reaccionar a un insult, un enrenou, un soroll? Per què sucumbir a les bravates enemigues, si fer-ho no era necessari ni proporcionava cap benefici? Jo hauria pogut explicar tot això a Paulo. Però jo no hi era. I vols saber una cosa, estimada Prosèrpina? M'alegro molt de no haver-hi estat. Perquè el que va seguir va ser una matança horrible, una carnisseria a la vora del mar.

Els romans seguien pensant en els talpets com una massa monstruosa i confusa, un tot indiferenciat. Potser per això ni a Paulo, ni a ningú, se li va ocórrer que els talpets podien avançar la cavalleria al cos principal del seu exèrcit. Una cavalleria de tritons que, com totes les cavalleries, podia fer camí el triple de ràpid que qualsevol infanteria. Havien estat seguint la flota des de l'interior, ocultant-se als seus ulls. I quan van desembarcar, quan van veure la seva oportunitat, naturalment, van caure sobre els humans. I ho van fer en el moment més convenient per a ells i més perjudicial per a Paulo: quan gairebé tots els homes ja eren a terra, però no n'hi havia pràcticament cap de llest per al combat.

Els primers a morir van ser Paulo i els oficials del seu seguici. Eren els que estaven més terra endins, i, per tant, més a prop dels tectons. Ni tan sols van tenir temps de desenfundar l'espasa. Els vint mil genets simplement els van passar per sobre, com rodes sobre gripaus, carregant en direcció a les tropes desembarcades que encara s'acumulaven a la platja.

Els tritons els van aixafar. Ja he mencionat, Prosèrpina, que els tritons eren unes muntures més petites que un cavall, potser feien dos terços del seu volum. Però, per a qui els veia per primer cop, eren una estampa terrorífica, amb les quatre potes i la llarga cua de serp. I la veritat, Prosèrpina, és que, per a aquells romans, la primera vegada que van veure un tritó també va ser l'última.

Els homes es van trobar comprimits entre la cavalleria tectona i les onades del mar. Només van tenir temps d'entreveure la monstruositat que els queia a sobre en una càrrega eixordadora, un grinyol massiu, ululant. Recorda, Prosèrpina, que els tritons duien inserides als flancs unes grans ostres, que s'obrien i gemegaven com Polifems ferits a l'ull quan els tritons acceleraven els seus moviments. I ara imagina't vint mil tritons, amb tres, quatre o fins a cinc ostres obertes cadascun, carregant contra la platja. Aquell estrèpit infernal va quedar fixat a la memòria dels escassíssims supervivents, sense excepció. Abans que se n'adonessin, ja tenien els tectònics al damunt.

El caos. Els tectons els van passar per sobre tallant cossos amb les espases dentades i travessant-los amb els seus llargs arpons. Els esforços dels centurions per formar la tropa van ser inútils. Els vilatans que hi havia per allà, més els servus i altre personal no combatent, van afegir-hi encara més confusió. Sobretot els remers, que, com és costum en aquests casos, havien baixat a terra a descansar. En contra del que la gent creu, els legionaris no es passen el dia amb l'espasa a la mà. Durant els viatges i transports, la seva espasa reglamentària, la glàdius, així com l'escut, el casc i fins i tot l'armadura, sovint viatgen a part, en trens de carros. Quan el viatge és per mar, l'home i les armes encara estan més separats. La majoria d'aquell bagatge ni tan sols havia baixat dels navilis, quan els tectons van atacar.

Al cap d'un moment la platja s'havia convertit en una catifa de gemecs. Alguns havien arrencat branques de les palmeres locals i les brandaven per sobre del cap, el signe universal de submissió. Creien que, si es rendien, els tectònics els respectarien, almenys, la vida. Que equivocats que estaven! Jo els hauria pogut explicar que el món tectònic ni tan sols coneixia el concepte o idea de la rendició.

Impetus. Quan els legionaris amuntegats van cessar en la seva pobra resistència, quan van començar a fugir, a tirar-se al mar o a rendir-se en massa, els tectònics van deixar de lluitar i van començar a mossegar. Van saltar de les muntures per abalançar-se sobre els homes clavant paoroses queixalades a colls, cares i pits. Cuixes i costelles. *Impetus:* els tectons van lliurar-se, com sempre que veien un enemic indefens, a l'Ànsia de mastegar i empassar carn i sang. Els legionaris no podien entendre-ho: era la primera vegada que s'enfrontaven als talpets, i no els cabia al cap que no respectessin la vida dels vençuts. Encara que només fos perquè un presoner sempre significa diners, ja sigui perquè esdevé esclau o perquè reporta un rescat. Per als tectònics, tot allò no existia: la seva bossa era el seu estómac.

Milers d'homes amuntegats en una platja, indefensos, i al

damunt vint mil boques amb tres fileres de dents espedaçant-los, literalment, en vida. I a aquest horror s'hi van sumar els tritons.

Crec que no t'he explicat, Prosèrpina, que la cavalleria tectònica, els seus tritons, també menjaven carn. Per una banda, això sempre era motiu de maldecaps logístics per als tectons, però, per l'altra, una muntura que menja éssers humans sempre serà més ferotge que una altra que menja civada. Lliures dels seus genets, sense regnes que els governessin o dirigissin, els tritons també van atacar els rendits.

Centenars de soldats, a la desesperada, van entrar al mar intentant pujar a les naus. Molt pocs ho van aconseguir. De fet, si els tectons no haguessin patit un atac d'*Impetus* que va trencar la seva formació, crec que ni un sol d'aquells homes hauria pogut arribar a les rampes d'accés.

Ja t'he explicat que quedaven molt poques naus amb remers a bord. En veure aquella atrocitat multitudinària, els pocs que encara en tenien van optar per enretirar les rampes i endinsar-se al mar. No va ser una actuació gaire heroica, però comprensible. El més trist és que era innecessari: els tectons no toleraven l'aigua salada; la seva pell patia una insuportable urticària quan es banyava amb aigua salada, que cremava i recremava. De fet, si el contacte s'hagués prolongat, la pell se'ls hauria desfet com la cera. Per això no haurien perseguit mai els pocs legionaris que nedaven. Com a molt, algun genet s'hauria atrevit a entrar a l'aigua a cavall del seu tritó per clavar la llança als indefensos nàufrags, i quan l'aigua li hagués arribat al genoll s'hauria fet enrere. Però els romans no ho sabien.

I, en resum, aquesta va ser l'horrible fi de l'exèrcit consular enviat a l'Àfrica. Els pocs supervivents, tots mariners, van patir la vergonya de tornar a Roma amb les naus buides. La seva última visió, mentre s'allunyaven, va ser inoblidable:

la línia costanera semblava una olla bullint, amb centenars, potser milers d'homes agitant els braços mentre s'ofegaven a poca distància de la platja: ni podien recular ni tenien on anar, mar endins. Els crits de dolor i d'auxili pujaven als núvols. Però cap nau, Prosèrpina, va tornar enrere.

A Roma la notícia va causar tant dolor com desconcert. Plebs i patricis, lliures i esclaus, per fi, van obrir els ulls: els talpets no eren un enemic llunyà, caricaturesc i quasi graciós. No. Eren una monstruositat ambulant que s'arrossegava cap a Roma de manera lenta, però segura. Encara eren lluny. Però venien cap a nosaltres. A menjar-se el món. Ells eren, de fet, la Fi del Món.

Pel que feia a mi, vaig buscar els pocs supervivents del drama per parlar amb ells. L'interès que em movia era pel meu amic Gneus Iunni. Deus recordar, Prosèrpina, que Rinxolets s'havia embarcat contra el meu consell. Vaig localitzar un mariner que tenia informació sobre Gneus. Em va cobrar vint sestercis pel relat; i, per arrodonir-lo, un plat dels més cars, per exòtic: cuit de farinetes amb genoll de girafa.

—Sí, Gneus Iunni, el recordo molt bé. Anava a la meva nau —em va explicar l'home mentre rosegava l'os de girafa—. Un paio amb rinxolets rossos. I molt divertit. Es va passar el trajecte explicant acudits i fent broma. Saps per què els sàtirs tenen una verga tan desmesurada? Doncs perquè en aquest món hi ha d'haver una alguna cosa una mica més llarga que un discurs de Ciceró!

I l'home es feia un fart de riure. (Com deus suposar, Prosèrpina, no li vaig dir qui era el meu pare).

Pel que em va explicar aquell mariner, Gneus va tenir molt mala sort. El dia del desembarcament en aquella maleïda platja estava malalt, estirat en una màrfega de la seva cabina. O sigui, que s'hauria pogut salvar fàcilment: si hagués tingut una mica més de febre, no hauria sortit de la nau. Però va saber que l'exèrcit desembarcava, i el nostre entusiasta, despreocupat i frívol Gneus Iunni no s'ho podia perdre.

Estava tan dèbil que va haver de baixar sostingut per dos servus. Durant l'atac tectònic, el mariner el va perdre de vista, però quan va arribar el desastre, quan la nau ja es distanciava lentament de la platja, el va tornar a veure de lluny. Milers de cossos caiguts a la platja, tants, que ocultaven la sorra; tectons i tritons trepitjant els morts i els vius, mossegant carn i triturant ossos. En un extrem de la platja, els cadàvers romans formaven una petita piràmide de cossos. Els tectons, *et insídia*, envoltaven la pila de morts i se'ls anaven menjant a queixalades fulgurants, incontinents. De sobte, entre els cossos acumulats, morts, va aparèixer un braç erecte: era Rinxolets. Estava viu. Els mostrava el seu anell de patrici. I, oh sorpresa!, el mariner va veure com l'arrencaven de sota els morts i se l'enduien. Masegat, però viu. No se'l menjaven! Això va ser tot el que va poder veure.

Aquella nit, a casa, em vaig emborratxar. No tenia ganes de parlar amb ningú. En aquella època sentia tanta impotència davant la impossibilitat de canviar les coses que m'embrutia amb vi amb massa freqüència. (Per dissimular l'alè alcohòlic, mastegava fulles de llorer. El meu pare era massa llest per deixar-se enganyar, és clar, i sovint preguntava irònicament a Demetri si Marc havia tornat a beure llorer). Vaig pensar en Gneus. Abans t'he dit, Prosèrpina, que els tectònics no coneixien la idea de la rendició, però, en canvi, van acceptar la de Gneus. Pot semblar contradictori. No ho és.

La veritat és que els tectònics ni es rendien ni capturaven presoners. (Amb l'única excepció dels que mantenien vius als ramats que seguien els seus exèrcits o dels que s'enduien per nodrir les seves granges de carn viva a escala gegantina, i de les quals el més pietós que puc fer, Prosèrpina, és no descriure-te-les).

Tanmateix, durant el meu captiveri, vaig fer-los una relació completa dels usos bèl·lics humans, a desgrat meu. Nestedum va dirigir l'interrogatori que em va obligar a parlar. Ell mateix em va aplicar, felicíssim, el suplicis. (Tampoc els descriuré aquí).

Sí, Prosèrpina: vaig parlar com un llibre. Ho confesso: els vaig donar tot el que volien, tots els meus coneixements sobre la raça humana. Qui hauria suportat aquelles immersions en aigües que cremaven, en focs que asfixiaven, i més? I que metòdics podien ser, en la seva adquisició de coneixements! En aquell moment, Nestedum ja estava planejant la invasió, i els tectònics ho volien saber tot dels seus futurs enemics. Fins al més ínfim detall. Els vaig explicar que els nostres aristòcrates portaven un anell patrici que els identificava com a tals. I el fet que Gneus Rinxolets hagués estat capturat demostrava que Nestedum havia alliçonat els seus. Nestedum! Sabien, doncs, que podrien bescanviar Gneus Iunni (i havíem de suposar que altres patricis capturats com ell) per alguna cosa que en el seu moment els interessés. Però què podia ser de l'interès d'una república tan egoista, tan poc procliu al pacte com era la raça tectònica? Vaig preferir no rumiar-hi. De fet, vaig ofegar els meus pensaments en vi.

Des que havíem tingut notícies del desastre, Ciceró vestia de dol. En aparença era una actitud tan casta com patriòtica. Jo ho veia d'una altra manera. El meu propi pare em començava a semblar una criatura insofriblement feble i hipòcrita. Per què manifestava tanta angoixa? Per la mort de l'exèrcit consular? O, potser, per la de la seva carrera política? Perquè ell havia estat l'impulsor de la desastrosa expedició africana, i com a tal se'l considerava tan culpable com Paulo. I ara que la seva proposta d'acció s'havia extingit, anihilada, es mostrava tan indecís com abstret. Ell, el gran Ciceró, no sabia què fer.

I jo? Què havia de fer jo? El més obvi hauria estat recriminar-li els seus actes amb un merescut «ja t'ho vaig dir!». Però no podia: són els pares, els que diuen això als fills, i no al revés. I així, com que ni podia callar la veritat ni podia verbalitzar-la, vaig fer el que s'acostuma a fer en aquests casos: em vaig emborratxar com un animal.

Aquella nit estava tan begut que anava fent tentines per la casa. Em volia ficar al llit, sí, però amb alguna de les dones de Bògud que pul·lulaven per les nostres habitacions i passadissos. Per desgràcia, veien el meu estat lamentable i m'eludien. Recorda, Prosèrpina, que la casa estava plena de les dones del nostre hoste, totes rigorosament tapades de cap a peus. I totes em defugien. Al final en vaig agafar una qualsevol pel canell, una que estranyament no va fer el gest d'escapar-se, i me la vaig endur. Però, un cop a la meva habitació, va passar una cosa extraordinària.

Em vaig estirar al llit tan marejat que veia dues dones. Li vaig exigir de males maneres que es despullés. I ho va fer. Però qui se'm va aparèixer sota aquells vestits, Prosèrpina, va ser ella. Sitir. Sí. Ella! Sitir Tra. A la meva habitació.

Potser no era la primera nit que rondava per la casa. Amb tantes dones tapades fins als ulls, podria haver estat recorrent les habitacions i els jardins disfressada d'una d'elles i no ens n'hauríem adonat. Ara, desposseïda de la seva disfressa, no hi havia cap dubte: era ella, Sitir. El seu cos nu; els seus pits petits separats pel tatuatge en X que li recorria el tors. El seu sexe, tan depilat com el crani. Era ella, sí, ella i els seus ulls d'un verd estigi. Ulls que aquella nit em miraven severs, sense ni un bri d'indulgència.

Vaig intentar dir alguna cosa. El vi m'ho impedia. Ella va avançar-se.

—Et porto un missatge de Libertus —va dir—. És el següent.

En la foscor nocturna, Sitir semblava una estàtua que em

parlava des d'un racó tenebrós. La seva veu em sonava llunyana, impersonal. De fet, recitava un text après de memòria:

—Libertus coneix la teva història —em va dir—. Sap que ara fa set anys vas ser el primer romà a topar amb els primers tectons. Libertus sap que llavors vas tenir una actitud exemplar, esperonant els homes a combatre els monstres que habiten l'Hades soterrani. El dia de la batalla vas caure en la lluita, empassat per un pou insondable, arrossegat cap als inferns. Per un prodigi, has tornat a la terra i a la vida, com aquests morts ressuscitats per la deessa Prosèrpina. I ara? Què fas ara amb la teva vida? Res.

Sitir va fer una pausa abans d'acabar de transmetre'm el missatge que li havia encomanat el tal Libertus:

—Fa set anys eres un nen i et vas comportar com un home. Ara ets un home i et comportes com un nen.

Jo vaig intentar sortir del llit. M'importava un rave aquell Libertus, l'interès que manifestava per la meva vida o el seu discurs pompós. Només m'importava ella, ella. Havia de dir-li que l'estimava, que aquell amor m'havia salvat, allà baix, entre uns horrors impossibles de descriure. Però estava tan borratxo que no podia ni parlar, i, quan vaig sortir del llit, vaig ensopegar i vaig caure tan llarg com un taulell. Ella va fer una ganyota sarcàstica. Als aspa no els agradaven els borratxos. I el que va dir tot seguit ja no va ser un dictat de Libertus, sinó paraules pròpies:

—Fixa't: ni tan sols saps caminar. Com els nens.

Només vaig tenir esma d'estendre-li una mà implorant des de terra. Ella es va asseure a la gatzoneta a un pam de la meva cara i em va mirar com qui observa una bestiola curiosa.

—Sitir...

Això va ser tot el que vaig aconseguir articular. Sitir se n'anava. Es va acostar a la finestra. Jo vaig recolzar el front a terra, derrotat. Em vaig posar a plorar. Un patrici no plora.

Però vaig plorar, amb el rostre amagat a dins del colze. Aleshores, el consol: ella, des del marc de la finestra, va tornar enrere. Em va tocar la mà amb la seva, els seus dits es van plegar sobre els meus. Exactament igual que aquell dia, quan els tectons em van xuclar cap al Forat de la Mantícora i ella no va poder rescatar-me. Vaig mirar-la.

—Tot això t'ho manava dir-m'ho Libertus —vaig dir—. Però què diu Sitir Tra?

Vaig veure la seva expressió d'impotència trista, tristíssima, mirant-me com aquell dia al Forat de la Mantícora, set anys enrere. I em va dir una cosa amorosa, però terrible:

—Torna, pollet. Encara estàs allà baix.

I va sortir per la finestra amb un salt felí.

* * *

L'endemà al matí tenia un mal de cap espantós, com si m'haguessin colpejat amb una enclusa. Al cap, i també al cor. Sitir. Estava viva. Però què significava, aquella visita intrusa? No entenia res.

Em vaig posar a esmorzar al jardí tot sol, amb el meu mal de cap i el meu mal humor per única companyia, però se'm va afegir el rei Bògud. Volia saber el meu parer sobre una qüestió. L'home estava més que preocupat, i amb raó: l'exèrcit consular havia estat exterminat, les legions tectòniques avançaven directament cap al seu regne. D'acord, el seu objectiu últim era Roma, però abans d'arribar-hi creuarien Mauritània i la devastarien. No hi havia res que s'interposés entre el seu poble i els canins tectònics. Què podia fer?

—Ets rei —li vaig dir—. No tinc per costum dir-li a un rei què ha de fer i què no ha de fer.

—En aquest cas, amic Marc —va insistir—, digue'm què faries tu.

Era el meu amic, així que li vaig exposar la meva opinió més sincera:

—Rei i amic Bògud: jo exhortaria la meva família a fugir immediatament de casa vostra, per aferrats que hi estiguin. Exhortaria el meu poble a abandonar la capital del teu regne, Tingi, per estimada que us sigui. Els diria que carreguessin només els béns més essencials, fugissin fins al cim més alt de l'Antiatles i es quedessin allà amagats fins que s'hagués acabat tot. Si el gènere humà venç, podran tornar quan vulguin; i si som derrotats, l'única vida possible després de la Fi del Món serà a la perifèria, ocults de l'ull monstruós per la distància, i a recer dels túnels tectons, és a dir, a les muntanyes més altes.

Abans de continuar, vaig deixar que Bògud païs les meves paraules.

—I, una vegada fet tot això, un cop el meu poble i els meus familiars fossin en un refugi segur, em posaria al capdavant del meu exèrcit, o almenys de la part del meu exèrcit més útil en aquesta guerra per la supervivència del gènere humà: la cavalleria númida. Reuneix-los, rei Bògud; equipa i sustenta homes i cavalls. I uneix-los a les legions de la República. Això faria jo.

M'escoltava atentament. Encara vaig afegir:

—I no t'oblidis dels aspa. Recluta tots els que hi hagi al teu territori. No seran gaires, ja que Mauritània és un país petit, però n'hi ha. A dia d'avui, com bé saps, els aspa estan dividits en dos bàndols per culpa d'una mena de guerra civil religiosa. Però tant els uns com els altres lluitaran contra els tectònics. I com que ho faran, seria molt millor que combatessin a dins d'una estructura militar que no pas en solitari i al seu lliure albir, com solen fer. Sigues amable amb ells. No aconseguiràs que se t'uneixin per la força, tracta'ls amb un afecte sincer i, sobretot, sigues just amb ells i amb tothom, ja que l'única cosa que els mou és implantar la justícia en aquest món. Al cap i a la fi, et diuen Bògud el Just. Sí, estima els aspa i fes-los servir contra els tectons. Perquè els aspa són els únics éssers humans a qui els tectònics respecten, admiren i temen, i amb raó.

Va partir cap a Mauritània aquell mateix dia.

14

Quan a Roma van arribar notícies d'erugoms morts a les platges, vaig saber que els tectons havien creuat les Columnes d'Hèrcules. (Així és com anomenàvem, estimada Prosèrpina, l'estret que separa Mauritània d'Hispània). En llocs tan llunyans de les Columnes com Sagunt, Tàrraco, Massília, i fins i tot algunes platges de la Ligúria, hi havia hagut albiraments d'una mena de balenes immenses encallades a les costes. Eren erugoms.

Et deus preguntar, Prosèrpina, com van aconseguir els tectònics que un exèrcit tan imponent creués d'un continent a un altre. I més si pensem que els tectons no suportaven l'aigua salada. La veritat és que els va ser força fàcil.

Els erugoms flotaven com botes i s'impulsaven amb les seves potes d'insecte gegant. Cada erugom feia uns cinc-cents passos de llarg, o sigui, dos estadis i mig. L'estret, a la part més curta, feia setanta-set estadis. És a dir, per unir les dues ribes amb un pont vivent només els va caldre alinear una trentena llarga d'erugoms. Recorda, Prosèrpina, que aquests animals es movien amb la boca adherida a la part posterior d'un altre congènere. El que els precedia a tots es va internar al mar. (Conduït i guiat, per cert, pel meu amic Nestedum). Així van establir una cadena d'erugoms entre les dues ribes.

Un cop creat el pont, els tectons van entarimar la part superior del llom dels erugoms. L'exèrcit tectònic, les seves tropes i tritons, fins i tot els porcs i els captius, van trigar un dia i mig a creuar aquest estrany i monstruós pontó. Però ho van fer. Cert: després no van poder recuperar tots els erugoms. En la maniobra d'hissar-los del mar, molts es van desenganxar —una petita catàstrofe— i van ser arrossegats pels corrents marítims. D'aquí l'aparició d'erugoms morts i encallats en algunes platges de les nostres ciutats costaneres.

I, per si em calgués alguna confirmació, un testimoni presencial va venir expressament fins a Roma per explicar-m'ho. Els fets van succeir així.

Mentre navegava davant la costa hispana, un diminut pesquer va veure aparèixer el fenomenal espectacle: un pont llarguíssim que creuava el mar, format per unes enormes criatures de pell marronosa, articulades i flotants, que unien les dues ribes continentals. Arrossegat per l'onatge i presa del nerviosisme, el pobre navili va estavellar-se contra els flancs dels erugoms talment com si fossin esculls. Els nàufrags van ser hissats pels tectònics, que, naturalment, se'ls van menjar vius allà mateix. A tots menys un, que Nestedum va fer que conduïssin davant la seva presència.

Imaginem l'escena, estimada Prosèrpina: el pobre pescador mullat de cap a peus, tremolant, espaordit i de genolls. Darrere seu, la magna estampa de l'exèrcit tectònic sencer, desembarcant a Europa i posant rumb al nord. I davant seu, un tectònic amb una mà mutilada.

Els romans teníem el costum d'amagar els membres tallats amb tapes de metall. Els tectons eren molt més sofisticats: ells incorporaven al monyó una bèstia que semblava un gran eriçó de mar, però proveït de sis repulsives potes peludes i punxegudes com les d'una aranya i el doble de llargues que un dit humà. L'eriçó s'adheria per la boca a la part tallada, i allà es quedava per sempre més, nodrint-se de la sang violeta del seu hoste. Amb el temps, la simbiosi entre el tectó i l'eriçó esdevenia tan perfecta que l'individu arribava a controlar les sis llargues potes com si fossin els seus propis dits. (No em preguntis com ho feien, Prosèrpina, però així era).

Aquelles potes llargues i primes, articulades i farcides de punxes negres, van acaronar les galtes del pobre pescador. Nestedum li va dir en un llatí gairebé perfecte:

—Home, ves a Roma, busca Marc Tul·li Ciceró i digue-li que Nestedum ja és aquí.

* * *

A partir de llavors no hi va haver dubtes que cap obstacle natural els aturaria. Van ascendir per Hispània, per la ruta d'Anníbal. A Roma, les notícies del pas dels Pirineus es van seguir amb una inquietud especial. Quan travessessin el sud de la Gàl·lia ja només els quedarien els Alps, i després el descens per les amables planes italianes que portaven a Roma. O sigui, a nosaltres.

Aleshores, i només aleshores, vaig comprendre les paraules de Pompeu, aquell dia, a casa seva: «Els talpets forçosament seguiran aquesta ruta, oi Marc?». Els tectons s'estaven apropant a la Gàl·lia inferior. I allà hi havia Cèsar. Vet aquí el nucli de la qüestió.

Política! Qui necessitava inventar aquesta paraula, si ja n'hi havia d'altres com «incest», «traïció», «mesquinesa» o «corrupció»? Vaig adonar-me que a Pompeu sempre li havien importat un rave, els meus informes sobre els tectònics. L'única cosa que buscava era destruir els seus adversaris polítics. Quan va saber que els tectons atacarien Roma, només va pensar a fer-los servir contra Cèsar. Perquè quan aquell tren de monstres insaciables arribés a la Gàl·lia, Cèsar es veuria abocat a un dilema impossible: enfrontar-se als tectons i morir, o retirar-se amb ignomínia i perdre tot prestigi davant el Senat i el poble de Roma. Per això Pompeu no havia volgut reforçar l'exèrcit que havíem enviat a l'Àfrica. Quin cinisme! Per tal de tenir una opció de perjudicar el seu enemic, Pompeu havia estat disposat a sacrificar tot un exèrcit consular. Ja ho veus, Prosèrpina: el pitjor enemic de Roma sempre va ser Roma. Almenys fins que van aparèixer els tectons.

Però a Pompeu li van sortir malament els càlculs. Cèsar era llest, molt llest. Quan els tectons encara eren lluny de la Gàl·lia cisalpina, el seu olfacte li va dir que s'estava coent alguna cosa. I abans que el destí el sotmetés, va moure els fils a Roma.

Ja t'he explicat, Prosèrpina, que en aquell moment el Senat estava dividit en tres grans grups: els partidaris de Cèsar, els de Pompeu i els de Cras. L'aliança entre tots tres era fràgil. Cèsar estava a la Gàl·lia i Cras a Pàrtia. Molt lluny, certament. Com que des d'allà Cras no podia dirigir el dia a dia de la política romana, havia deixat una consigna als seus senadors. Aquesta: «Doneu suport als cesarians contra qualsevol iniciativa dels partidaris de Pompeu, i als pompeians contra qualsevol iniciativa de Cèsar». L'objectiu de Cras era bloquejar qualsevol política fins que tornés triomfant de la campanya asiàtica. Aleshores, amb el prestigi i la riquesa adquirits, li seria fàcil apartar Cèsar i Pompeu.

Pel que fa a Cèsar, encara estava reprimint l'última resistència dels gals, però necessitava tornar a Roma immediatament. Per què, Prosèrpina? Molt senzill, em remeto al pla de Pompeu: perquè quan els tectons apareguessin a l'horitzó ja no podria moure's. Hauria d'enfrontar-s'hi amb un exèrcit insuficient o fugir com un covard i deixar desprotegida la porta d'Itàlia. Necessitava una excusa per tornar a casa. I aquesta excusa només podia ser una: que el Senat l'hi demanés. Però com aconseguir-ho?

Cèsar coneixia la consigna de Cras de votar no a tota iniciativa legal, vingués d'on vingués. Sabia, per tant, que si els seus senadors feien una proposta en el sentit que Cèsar tornés a Roma, els senadors pompeians hi votarien en contra per principis i els de Cras per la consigna rebuda. Dos terços contra un. Perdria la votació. Així que va obrar altrament.

Els agents de Cèsar van apropar-se discretament a Ciceró. Li van demanar que fos ell qui presentés la qüestió al Senat. L'argument que li van donar va ser que Cèsar estava cansat de la guerra i la pugna política. I que havia pensat en Ciceró com a persona lliure i desvinculada de les tres faccions. Així seria ell qui cimentés la pau i blablablà. Tot mentida, és clar. L'única cosa que volien els cesarians era no aparèixer com els promotors de la idea. Però el meu pare, sempre tan ingenu quan li afalagaven la vanitat, va mossegar l'ham i va anar al Senat apel·lant a la concòrdia. Quin millor gest per fomentar la pau i evitar la més cruenta de les guerres, la guerra civil, que veure els triumvirs tornant a Roma i abandonant les seves ambicions de conquesta per voluntat pròpia? Allò hauria de servir per reagrupar les forces de la República i derrotar les hordes del submon que amenaçaven el gènere humà.

Els pompeians van sospitar (amb raó) que allà hi havia alguna trampa i van oposar-se frontalment al retorn de Cèsar. De fet, els senadors de Pompeu el van refusar amb tanta vehemència, amb tants escarafalls, que els partidaris de Cras van arribar a la conclusió que vetar el retorn de Cèsar era una iniciativa pompeiana, de manera que van seguir la consigna donada —oposar-se a qualsevol iniciativa legal— i van votar perquè Cèsar tornés.

Era exactament el que ell pretenia. Els seus senadors, no cal dir-ho, també van votar pel retorn de Cèsar i les seves legions. Dos terços contra un. Cèsar ja podia tornar a casa, legalment i amb dignitat. La gent és estranya, Prosèrpina. I els polítics, encara més.

Tot això només t'ho explico perquè entenguis com de retorçada podia arribar a ser la política romana. Al capdavall, va ser aquesta manera de fer el que ens va dur a la Fi del Món. Però no vull avançar-me als esdeveniments.

T'estava dient que Cèsar va tornar a Roma. Havia evitat que Pompeu el posés entre l'espasa i la paret. (Encara que seria més correcte dir entre els tectons i el seu honor). Amb tot, s'havia vist obligat a arribar sense el prestigi de la victòria i sense el botí que comportava. Pel que vaig saber, el seu disgust només era tan gran com la seva ira. La falta de diners era el que més odiava i el que més temia. I per un bon motiu: en aquella època els exèrcits romans ja havien deixat de ser públics per esdevenir milícies privades. Pompeu, Cèsar i Cras eren tan rics, o tenien tant crèdit financer, que podien permetre's el luxe de pagar, i mantenir, legions senceres. En teoria, aquests exèrcits estaven al servei de la República. A la pràctica, els legionaris només eren fidels al seu general, que era qui els pagava, i no al Senat. El raonament invers també era vàlid: si un general deixava de pagar-los, els soldats deixaven de ser-li fidels. Per això a Cèsar li va doldre tant abandonar la Gàl·lia, perquè allí podia obtenir un botí prou gran per pagar, i incrementar, el seu exèrcit personal. Ell mateix ho afirmava: «Sense soldats no hi ha diners, i sense diners no hi ha soldats».

En honor de Cèsar, he de dir, Prosèrpina, que una de les primeres coses que va fer quan va haver tornat a la ciutat va ser demanar la meva presència. Algú li havia parlat de mi. Els tectònics eren la nostra amenaça principal i Cèsar, com a bon comandant que era, volia estar informat sobre l'enemic.

El més graciós del cas va ser que Pompeu, en saber les intencions de Cèsar, també va voler ser-hi, amb l'argument que cap dada rellevant per a la seguretat de la República s'havia d'amagar als ulls públics. (És a dir, exactament el que ell havia fet amb els meus informes sobre el món subterrani. Quin cinisme!). Per complicar-ho encara més, Ciceró va insistir a ser-hi com a *pater familias* que era de la meva persona. Pel que fa a mi, em vaig prestar a la trobada amb energies renovades.

Sitir Tra i el tal Libertus m'havien obert els ulls. Al desert, la meva missió havia estat lluitar contra els tectònics. A Roma, ara ho veia clar, consistia a fer que Roma lluités contra ells. I quins millors interlocutors que Pompeu i Cèsar? Vam acordar una trobada a l'espai més neutral per a tothom: el mateix Senat, al final de les sessions, quan la resta dels senadors haguessin abandonat l'edifici.

Juli Cèsar. Per aquella època estaven a l'apogeu de les seves facultats. A la Gàl·lia havia obtingut un triomf darrere l'altre, i només la sobtada aparició dels tectons li havia impedit consumar les seves conquestes. Això el frustrava enormement. Tenia un cos ben format, un rostre eixut i nerviüt. Els seus ulls, molt negres, tenien justa fama d'implacables i d'escrutadors. S'estava quedant calb. Qui sap si era per això que es pentinava endavant els pocs cabells que li quedaven. Aquesta circumstància el mortificava vivament, no sé si perquè era presumit de mena o perquè la calvície s'associava als esclaus domèstics, que anaven sempre rapats. Tenia els laterals del crani bombats, potser producte d'un part difícil.

Cèsar, sí. Sempre va ser un portent humà. I siguem justos: també un demagog. Ni tenia principis ni tenia escrúpols: era un patrici d'estirp nobilíssima, i, alhora, s'erigia com a representant màxim de la plebs. El movien tots els interessos: li agradaven els homes tant com les dones, o, com deien els seus soldats, «Cèsar és el rei de totes les reines i la reina de tots els reis». Polític, militar, poeta, narrador, orador (el mateix Ciceró admetia que Cèsar l'igualava!), jurista, gran genet, gran escriptor i gran estrateg. Ah, i, com tots els grans polítics, un gran cínic, ja que s'adscrivia als principis de la filosofia epicúria, que es burlava de tota transcendència, i no obstant això havia ostentat, sense cap mena de rubor, el càrrec de pontífex màxim de la religió romana! Quin home! Oh, sí, Cèsar!: no hi havia talent que se li resistís, art que no dominés, risc que el frenés o ambició que no el temptés. Per cert: s'havia criat a la Suburra.

Quan ens vam quedar tots quatre sols, es van asseure a la grada més baixa del Senat. Jo dret, davant d'homes tan greus. Em vaig sentir com un escolar a examen, aquesta és la veritat, i els meus examinadors eren ni més ni menys que Cèsar, Pompeu i Ciceró. Des del primer moment, Cèsar va prendre la iniciativa. Em va demanar sobre els tectònics, és clar, però les seves preguntes van ser molt més fondes, incisives i pertinents que les de Pompeu.

—Els tectònics —vaig dir per saciar la seva curiositat— són l'única nació en què els germans no són fills de cap mare.

—Explica't —van replicar Cèsar i Ciceró. (A Pompeu, aquests extrems més intel·lectuals del tema l'avorrien, i no ho dissimulava: els seus ulls de parpelles caigudes es tancaven gairebé del tot).

—És així perquè no neixen —vaig dir jo—. No pareixen, es parteixen.

Ciceró i Cèsar van intercanviar una mirada d'estupor. Pompeu dormisquejava. Jo vaig explicar-los tot el que en sabia.

De vegades, més o menys d'improvís, de l'esquena d'un tectó n'apareixia un altre. Al principi era un tumor, un bony, una mena de malformació. L'esquena començava a ampliar el seu volum més i més. Fins que, de mica en mica, aquesta protuberància adquiria forma: un segon tectònic. El procés no durava gaire, una estona més o menys llarga segons l'individu. Finalment, el segon tectó es desprenia del primer i adquiria vida pròpia. Una existència, capacitat i individualitat diferent.

Ni els mateixos tectònics sabien quan o per què passava el fenomen del naixement espontani. Un tectó es podia dividir centenars de vegades al llarg de la seva vida o no fer-ho mai. Però, en qualsevol cas, no mantenien cap llaç amb el seu nou congènere, a qui anomenaven «calc» per motius obvis. (Tot i que el nou tectó no era exactament idèntic a aquell del qual provenia). Ara bé, sentien la mateixa indiferència moral i la mateixa desafecció per aquell ésser sorgit del seu cos que per la resta d'individus de la seva nació. Jo, almenys, en set anys sota terra no vaig conèixer mai un tectó que n'estimés un altre, però sí uns quants que s'havien menjat els seus calcs! Ho feien tot just quan es desprenien. En aquell moment, els nous individus encara tenien aquella feblesa indefensa dels vedells que acaben de néixer i eren molt vulnerables.

La pràctica caníbal no estava gaire estesa (hauria dut a l'extinció de la raça tectònica), però tampoc mereixia la repulsa col·lectiva dels tectons. Em preguntes, Prosèrpina, si als seus legisladors no se'ls va ocórrer mai promoure lleis contra el canibalisme. Aquí només et diré que els tectònics sentien una autèntica fòbia contra el mateix concepte de llei. Com que la seva norma suprema era l'egoisme, consideraven que qualsevol llei limitava aquest principi bàsic. En fi, la seva república era una mera suma multitudinària d'egoismes individuals que només es mantenien units pel mateix egoisme.

En qualsevol cas, el fenomen reproductiu dels calcs era de l'interès de la república tectònica, ja que en depenia per perpetuar-se com a tal. Però els seus filòsofs i naturalistes només constataven un fet cert: que, de vegades, després de les grans victòries militars, i poc després que els seus exèrcits devoressin la carn de milers i milers d'éssers derrotats en la batalla, s'esdevenien reproduccions en massa de calcs. Gairebé per mimetisme, unes hores, un dia després del gran festí, l'exèrcit començava a generar calcs. Imagina't l'espectacle, Prosèrpina. Un campament militar tectònic, on els trenta o quaranta mil guerrers començaven a desprendre calcs simultàniament.

En només un matí, un dia, el nombre de tectons s'havia multiplicat per dos!

Encara no havia conclòs la meva exposició sobre la naturalesa dels tectònics quan va entrar un servus del Senat. El devia moure alguna urgència seriosa. Si no, no hauria molestat uns personatges tan il·lustres. Ciceró va començar a llegir els papers que li allargava i li va canviar la cara de cop.

—Cras! —va cridar consternat—. Marc Licini Cras! El seu exèrcit. Ha estat exterminat pels parts. Oh déus immortals!

—I el destí de Cras? —es va interessar Pompeu, que per primera vegada alçava les parpelletes.

—Pitjor que la mort —va dir el meu pare—. Els parts el van capturar viu i van interrogar-lo tot dient: «Així que tu ets Cras, l'home més ric del món. T'agrada l'or, oi?». I li van abocar or bullent per la gola.

Ciceró es va quedar mut, absolutament esgarrifat, una reacció molt diferent de la de Cèsar i Pompeu. Ni tan sols es van posar drets en senyal de respecte. Van seguir asseguts a la bancada de marbre. Al principi van contenir la respiració, com si estiguessin sota l'aigua, i de sobte van esclatar en riallades.

T'ho puc ben assegurar, Prosèrpina: es petaven de riure. Els brollaven llàgrimes dels ulls de la gràcia que els feia i es picaven les cuixes amb el palmell de la mà. Jo no ho podia entendre. Per a mi, per al comú dels romans, era una catàstrofe desesperançadora. Primer l'exèrcit consular de l'Àfrica, i ara allò. Roma anava d'hecatombe en hecatombe. Quants exèrcits perdríem abans que els tectons ens exterminessin? Però, és clar, així és com pensaven els romans normals. Pompeu i Cèsar eren més que ciutadans, eren triumvirs; i Cras, el seu enemic polític. L'únic que els importava era que, abans de la mort de Cras, tenien cadascun dos enemics mortals, i ara només els en quedava un: el que reia al seu costat.

Ells es morien de riure mentre Ciceró es lamentava en un xiuxiueig:

—Pobra Roma, pobra Roma...

—Saps per què els parts han matat Cras? —va preguntar Cèsar, sobtadament seriós. Va fer posat de filòsof rumiant, i ell mateix es va contestar—: Perquè ha comès un cras error!

I van redoblar les riallades. El pitjor de tot va ser que jo vaig afegir llenya al foc sense voler-ho. Els vaig pregar que deixessin de riure, que els tectons amenaçaven l'orbe sencer, que la humanitat era una de sola, i que aquest era el moment oportú per demanar una aliança als parts. Potser entre ells hi hauria gent prou lúcida per entendre que els tectònics amenaçaven la humanitat sencera, no només els romans. Ciceró em va donar suport amb tota la seva energia. Lamentablement, res no podia demostrar amb més claredat que Ciceró era una glòria caduca que el que va passar llavors. Ni Pompeu ni Cèsar es van molestar a replicar-hi, només se'n van riure. Pompeu va fer un gest de menyspreu, va deixar anar un esbufec que li va fer tremolar els llavis, com els burros, i va dir:

—Doncs ves-hi tu, a demanar una aliança a aquest coi de parts. Això sí, jo de tu m'enduria una gola de recanvi, per si de cas te l'omplen d'or fos!

Cèsar no va tenir cap inconvenient a secundar el sarcasme del seu adversari:

—Aliar-nos amb els parts! És clar que sí! I, ja posats a fer, jo enviaré ambaixades als gals que acabo d'encular perquè s'aliïn amb mi!

I van tornar a esclatar en riallades.

Em va saber greu per Ciceró, molt de greu: els dos homes més poderosos de Roma, del món, rient-se del meu pare, i davant meu. Em sentia culpable, com si fos jo qui l'havia abocat a aquella situació. Volia aturar les rialles d'alguna manera i vaig dir:

—Adoren els fetus.

La vaguetat de la frase els va intrigar una mica i van parar de riure.

—A què et refereixes? —va preguntar Pompeu.

—Als tectònics. Adoren els fetus.

—Ells? La gent soterrània? —va dir Cèsar—. Creia que havies dit que no estimen ningú, que ni tan sols s'estimen entre ells. Per què haurien d'estimar els fetus?

—Ells no. Els seus cuiners. Els fregeixen amb la placenta de la mare. He vist sopars de cinc mil fetus. I no estic parlant de fetus de vedelles.

Cèsar i Pompeu eren els homes més encimbellats de Roma, però vaig recordar Sitir, el que em va dir sobre la meva responsabilitat en aquesta guerra entre el món i el submon, i em vaig atrevir a aixecar-los la veu:

—Enteneu el que us estic dient? Ho enteneu? I venen cap aquí! —vaig cridar—. No crec que triguin ni un parell de mesos a trepitjar terra italiana!

Cèsar i Pompeu es van posar seriosos. Però fins i tot a aquelles alçades, quan els tectons ja havien exterminat un exèrcit consular i havien creuat l'estret de l'Àfrica, Pompeu menyspreava el perill.

—Donaré una puntada de peu a terra —va dir aixecant un peu, fatxenda— i apareixeran legions per tot Itàlia.

—I de què et serviran? —va replicar Cèsar agrament—. A Itàlia hi ha homes i a Roma hi ha forges d'armes, en efecte. Però hi ha una cosa que ens fa encara més falta i que no tenim: temps! —Estàvem tots pendents d'ell—. Un legionari és molt més que la suma d'una espasa i la mà que la sosté. Necessita instrucció, i la instrucció requereix temps. Temps i experiència. I ja no diguem els centurions, que són la columna vertebral de tota legió. Una torba s'assembla tant a un exèrcit com un munt de maons a un edifici —va sentenciar.

Es va fer un silenci estrany. Ningú parlava perquè ningú sabia ben bé què dir. Al final va ser el mateix Cèsar qui va prendre la paraula:

—Fem comptes. Els tectònics són cent mil, cavalleria inclosa. És correcte?

Vam assentir. Jo vaig fer una puntualització:

—T'oblides dels erugoms, però no són importants. No els usen militarment com si fossin elefants, només són carros vius. Són bèsties massa estúpides per a la guerra. I, a més, en van perdre molts a la cruïlla de l'estret.

—Bé —va continuar Cèsar—. Podem disposar dels meus quaranta mil legionaris acampats a l'altra banda del Rubicó. Suposem que Pompeu n'allista quaranta mil més en els dos mesos que ens queden abans que els tectònics arribin a les portes de Roma. Vuitanta mil. I la meitat, o sigui els de Pompeu, mig inútils perquè estaran acabats de reclutar. No n'hi haurà prou. Què més tenim?

—Bògud de Mauritània —vaig dir jo—. No es va enfrontar als tectònics quan van creuar el seu país de camí cap a Hispània. Va deixar que els tectons li passessin per sobre, com un cranc que s'amaga sota la sorra quan veu venir l'onada. Bògud disposa de deu mil genets númides. Si tenim prou vaixells per transportar genets i cavalls, amb dos mesos n'hi hauria d'haver prou i de sobres per dur Bògud i la seva cavalleria lleugera fins al port d'Òstia.

—Com ho saps, tot això? —em va preguntar Ciceró.

—Bògud és el meu amic i m'escriu.

—Númides! —es va alegrar Cèsar—. Bona aportació. Però seguim sent massa pocs.

—Doncs no hi ha més homes d'armes disponibles —va replicar Ciceró—. Hauran de ser suficients!

—I jo et dic que no ho són! —li va replicar Cèsar amb autoritat—. Tu potser hi entens, de fer discursos, però de fer la guerra en sé més jo. O trobem més legions o ens derrotaran.

Pompeu també havia exercit el comandament militar i sabia que Cèsar no anava errat.

—Evacuem Roma —va proposar.

—Cap a on? —vaig dir jo—. I, en qualsevol cas, creus que un milió de civils poden anar a algun lloc on els tectons no puguin arribar?

—Hi ha d'haver més tropes disponibles, en algun lloc! —es va sulfurar Cèsar.

—És clar, que n'hi ha —vaig dir jo—. I tots ho sabeu.

Ningú em va comprendre. I, tanmateix, era ben fàcil:

—Libertus. Té sota el seu comandament unes desenes de milers d'homes d'armes, més alguns valuosíssims aspa. I és molt a prop d'aquí. A les muntanyes.

—Libertus! —es va exaltar Pompeu—. Esclaus, res més; xusma militarment inútil.

—No tant, no tant... —va reflexionar Cèsar—. Van prendre Útica abans que els subterranis, van travessar el mar, van conquerir Sicília i el sud d'Itàlia. Per ser una xusma inútil no està gens malament. Jo els vaig derrotar, recordeu? I puc assegurar-vos que van lluitar bé, força bé, per ser esclaus.

—No ho deus dir de debò —va intervenir Ciceró—. Allistar esclaus! Pitjor encara, oferir una sagrada aliança ni més ni menys que a aquest Libertus, un il·luminat rebel que ha fet pública la seva pretensió de destruir Roma! Inimaginable!

—Doncs, si vols salvar Roma, pensa una manera millor! —li va etzibar Cèsar com qui esbronca un nen malcriat.

Ciceró va callar. No va saber què respondre. Va contenir la seva indignació, va fer mitja volta i se'n va anar del Senat. Massa humiliacions en un sol dia. Com que jo no el seguia, cosa inaudita, va interpel·lar-me:

—Marc, vens?

Però els ulls de Cèsar em reclamaven. Em deien: «Queda't una estona, he de parlar amb tu». Vols saber què vaig fer, estimada Prosèrpina? No vaig seguir el meu pare. Com pots comprendre, Ciceró se'n va anar amb un disgust terrible al cor.

Quan va ser fora, Pompeu es va posar dret i va començar a caminar amunt i avall del Senat.

—Suposem que aquest boig de Libertus s'incorpora a l'exèrcit. Queda pendent la qüestió del comandament. Perquè necessitarem un comandant suprem de totes les tropes.

Cèsar va dir:

—Per descomptat! Tens raó que és una qüestió que haurem de decidir. —I va afegir—: Què hi fas, que encara ets aquí? Tens feina, si vols allistar aquests quaranta mil homes que has promès aportar a l'exèrcit.

I Pompeu també se'n va anar. Si ho pensem bé, Prosèrpina, va ser un acte d'allò més revelador: anant-se'n obeïa Cèsar tot just quan encetaven una discussió sobre qui havia de tenir el comandament.

Em vaig quedar tot sol amb ell, amb Cèsar; allà, al venerable i corrupte, corruptíssim, Senat de Roma. Cèsar va mirar el sostre, com si els lèmurs de tots els magistrats de Roma morts li parlessin en veu baixa. Em va dir, sense abaixar la vista:

—Què et va passar, allà baix?

—Moltes coses —vaig dir jo—, i totes dolentes.

—El submon és una cosa així com la cova de Trofoni?

Vaig riure. La cova de Trofoni, estimada Prosèrpina, era un lloc subterrani. Se suposava que els que hi entraven patien visions malignes. Cèsar notava la meva resistència a parlar, però va persistir:

—Et van denigrar? Et repugnes a tu mateix per tot allò que vas fer i et van fer?

Vaig abaixar la mirada mentre assentia amb el cap, avergonyit.

A Cèsar li agradava referir-se a ell mateix en tercera persona. Qualsevol altre hauria semblat pedant i presumptuós. Ell, no. Estava massa segur de la seva grandesa.

—Cèsar és Cèsar. Saps per què? —Ell mateix es va respondre—: Perquè abans no ho era. Alguna cosa em va fer mutar i transmutar.

I es va explicar.

—Quan era jove, el dictador Sul·la va voler matar-me. Em va enviar uns sicaris. Van aconseguir localitzar-me i, quan estaven a punt d'assassinar-me, em van dir una cosa que em va ofendre molt. Tant, que em cremava més la indignació que la por: Sul·la només els havia ofert cent sestercis per la meva vida. Tan poc em valorava! Jo els en vaig oferir el triple i vaig fugir a Bitínia. Allà em va acollir el rei Nicomedes. Però la seva hospitalitat va tenir un preu: em sodomitzava cada nit i m'obligava a empassar-me el seu esperma.

Em va alçar el mentó amb dos dits perquè el mirés a la cara:

—Marc, què creus que ha fet gran, Cèsar? Els lèmurs benignes? El cognom? Les victòries? No. Sul·la i Nicomedes van fer gran Cèsar. La por alimenta el valor; i les indignitats, la grandesa. Sense ells, sense Sul·la i sense Nicomedes, Cèsar no hauria deixat mai de ser un noble lànguid i voluble de la part alta de la Suburra. Ells van canviar-lo, ells van convertir Cèsar en Cèsar. Cèsar va sobreviure a Sul·la i Nicomedes; tu, als soterranis. No te n'avergonyeixis. En realitat, hauríem de compadir l'home que no ha patit mai grans adversitats.

Jo vaig brandar el cap.

—Tu no saps com és allò. Les coses que et fan els tectons. Tant de bo l'inframon només fos un infern.

Cèsar em va interrompre:

—Marc, el més difícil per a un home no és vèncer en la batalla o assolir el consolat. No. El més difícil de tot és canviar la seva perspectiva de les coses. Quan som petits, adquirim la nostra visió del món sense ni tan sols ser conscients que l'adquirim: has vist algun dòminus que pensi com un servus, o al revés? Impossible. Però, gràcies a Sul·la i Nicomedes, jo, el poderós Cèsar, puc entendre els perseguits i els esclaus. La rata que fuig i el prostitut més baix. Això és el que em fa millor que Pompeu. Ell només pensa com Pompeu, i morirà sense haver sortit mai d'aquesta gàbia d'esperit. Jo, en canvi, puc pensar com un lleó i com una rata, i per això el venceré. I ara digue'm: et van transformar, els subterranis, aquest Nestedum que tant t'odia? Vas deixar de veure el món com un patrici per veure'l d'una altra manera?

—Sí —vaig concedir—. Infinitament.

—Doncs hauries d'agrair infinitament a Nestedum aquests anys de turment a les profunditats del món.

No vaig saber què dir. Ell sí:

—Sabries com posar-te en contacte amb Libertus?

—Crec que sí.

—Bé. Porta-li aquest missatge: si s'uneix a nosaltres, el Senat li ofereix deu milions de sestercis per a ell i un indult per a la seva gent. Ningú millor que tu, que has viscut a tots dos mons, el dels esclaus i el dels optimats, per convence'l.

* * *

La grandesa d'un home, l'autèntica grandesa, estimada Prosèrpina, es mesura per la seva capacitat d'elevar els qui són a prop seu. Aquesta era la diferència entre Pompeu i Cèsar: Pompeu era poderós i manifestava el seu poder esclafant els qui tenia per sota seu; Cèsar, en canvi, els feia créixer.

Vaig sortir del Senat vivificat. Aquell mateix dia vaig emprendre el trajecte per complir la missió encomanada. (No vaig dir res al meu pare. Encara estava enfadat amb mi i no em dirigia la paraula, i això em va permetre marxar sense haver de donar-li explicacions). Demetri em va preparar un cavall, una bossa de viatge i una túnica encaputxada.

Arribar fins a Libertus no va ser gens difícil. Tothom sabia on era: a les planes que s'estenien davant del Vesuvi. Vaig esperonar el cavall en direcció sud, i uns quants dies de marxa després van aparèixer senyals que les forces de Libertus estaven a prop: camps cremats i granges saquejades, fins i tot nuclis urbans abandonats. Als ulls d'un ciutadà romà, aquella ruïna demostrava que Libertus era una plaga en forma humana. Suposo que els esclaus agraris que havien pogut escapar de les fuetejades del seu dòminus per unir-se a Libertus devien tenir una altra perspectiva.

Un dia, després d'un revolt molt pronunciat, uns guaites de l'exèrcit d'esclaus em van cridar l'alto. La veritat és que eren uns tipus més dignes de llàstima que intimidadors; esclaus fugits, armats amb llances de mala qualitat i pectorals de cuiro rònec. Jo ja no veia el món amb ulls patricis, però això no significava que hagués oblidat els aires i el to imperatiu dels nobles.

—Porteu-me fins a Libertus. Tinc un missatge del Senat. I porteu-m'hi ara!

Va funcionar. El campament servil es trobava gairebé als peus del Vesuvi, i era molt més gran del que s'imaginaven a Roma. Vaig calcular que hi devia haver almenys unes vuitanta mil ànimes reunides, incloent-hi dones, vells, nens i malalts. En total, Libertus devia reunir sota el seu estendard una mica menys de trenta mil combatents efectius. Uns facinerosos sense moral ni qualitat humana, segons el meu pare i la gent com ell. Però Cèsar ho veia d'una altra manera: molts d'aquells homes (i dones, que en l'exèrcit de Libertus combatien en peu d'igualtat amb els seus companys masculins) ja tenien les experiències de combat a Útica, Sicília i la mateixa Itàlia, on Cèsar els havia frenat. En termes purament militars no era una força menyspreable. I els necessitàvem desesperadament.

Em van fer esperar davant una tenda. Era una tenda com les altres, ni més gran ni més rica, feta de pell de cabra i prou gran per encabir-hi dues persones. Recordo que vaig pensar: «On he vist jo una tenda així?». I just quan la meva memòria em contestava: «A l'Àfrica, era el tipus de tenda que feien servir els caçadors púnics», algú, algú conegut, va sortir d'allà dins: Baltasar Palusi! Ell tampoc se'n sabia avenir. Va exclamar-se:

—Marc? Marc Tul·li! Ets tu?

El pobre estava sotmès a dues emocions perfectament contradictòries: per una banda, els records comuns i l'alegria del retrobament l'impulsaven a abraçar-me. Però recorda, Prosèrpina, que Baltasar havia jurat matar-me per tal de venjar el seu germà Adad. Jo dubtava de si abraçar-lo o respectar el seu desconcert; ell dubtava de si havia d'abraçar-me o apunyalar-me.

—Diuen que portes un missatge del Senat —va fer—. Però per què no enviaves algú altre? Ara que ets aquí m'obligues a matar-te.

Els servus que m'havien escortat fins allà es van posar tensos.

—Potser Libertus s'enfadarà, si em mates abans que li hagi dit el que he vingut a dir-li.

No em va semblar que la idea d'ajornar la meva mort el contrariés gaire. Més aviat gens. I jo per fi podia fer a algú una pregunta cruel que m'havia torturat durant set anys:

—Si us plau, Baltasar Palusi, contesta'm una qüestió que em corrou: com va acabar la batalla al Forat de la Mantícora?

En lloc de contestar, Baltasar va omplir-se el pit d'aire, va mirar la gentada que ens envoltava, encuriosida per la meva visita, em va agafar per una espatlla i va proclamar:

—Aquest home es diu Marc Tul·li, i va ser la primera persona que va enfrontar-se als tectons que ara avancen cap a Itàlia.

Dit això, em va pregar que m'assegués amb ell en unes pedres, davant d'un foc de camp mig extingit, i va parlar així:

—Els tectons ens van guanyar, però vam vèncer —va dir Palusi—. Pot semblar contradictori, però no ho és. Vam ocasionar-los un munt de baixes. Recordo que el terra estava cobert de cossos d'aquells abominables caps de fava, morts o mutilats. Tot i així, ja no podíem més. La formació s'estava dissolent, els homes fugien amb ignomínia. Ja ens tenien. Al final, les úniques que encara aguantaven, ves per on, eren el grup de dones que Sitir havia ensinistrat. Mantenien la seva falange de llances primitives contra l'enemic i maleïen els homes fugitius acusant-los de voler viure massa. Però, per més que cridessin, el nostre diminut exèrcit s'estava desfent, esmicolat pel furor tectònic. Crec que ens vas salvar tu.

—Jo?

—Bé, Sitir Tra. Quan els tectons se te'n van endur pou avall, ella va esclatar. Jo no havia sentit mai un udol de ràbia i dolor com aquell. Ben bé com si a una lleona li arrenquessin el fetus. Sitir estava molt malferida, tenia tres costelles trencades. Fins i tot aquella brea de la Pedra Negra que li cobria el cos i tot ho resistia havia patit tants talls, tants cops i tantes mossegades, que semblava una teranyina esfilagarsada. Però va revoltar-se amb una ira renovada. Feria i matava movent tots els membres a una velocitat increïble. Allò va animar les dones de la falange, que van redoblar els seus crits de bruixa i les punxades de les seves llances de punta escalfada al foc. Crec que aquell repunt de fúria, quan els tectònics ja es creien vencedors, va ser definitiu. A Nestedum se li va escapar un bram de derrota i frustració, va alçar la mà mutilada, i, de sobte, tots alhora, com si obeïssin una veu inaudible, els tectònics van desaparèixer en direcció al Forat de la Mantícora, com si el mateix forat els cridés. Ja en tenien prou. Va ser tal com tu havies previst. Massa càstig per a tan poc profit.

Em vaig emocionar. Baltasar va continuar recordant el final d'Ergaster i després em va explicar la mort de Qal a la batalla. Se'm va fer un nus a la gola.

Baltasar va continuar:

—Era una gran derrota, sí, i també era una gran victòria. Alguns supervivents vam reunir-nos darrere d'un turonet. No sabíem què fer. T'he dit que Nestedum i els seus es van retirar, sí, però no Forat de la Mantícora avall, sinó només darrere de la muralleta de rocs que havien erigit al voltant del pou. Recordes? Aquí Sitir Tra va tornar a ser decisiva, crec. Perquè nosaltres no teníem esma i no sabíem com procedir. Però ella, quan va recuperar forces, va tornar-hi. Només repetia, obsessa: «Vaig jurar protegir-lo i no ho he fet, no ho he fet». Cada matinada s'apropava a la muralleta. Escridassava els tectons, els exigia que et tornessin a la llum del sol, i els reptava a sortir a lluitar. Els tectons no badaven boca, mai. De vegades, furiosa, fins i tot carregava contra el mur i matava un parell de caps de fava abans que un bosc de llances dentades la foragités. I així quatre dies seguits. Recordo que al cinquè dia Servus va parlar amb ella. «Estimada, deixa-ho estar», li deia, amorós. «Vas jurar protegir la vida de Marc Tul·li, però tu saps tan bé com jo que va ser un jurament secundari». «Gea no hi entén, de juraments secundaris!», va replicar ella. «Saps tan bé com jo que la virtut predilecta de la deessa Gea és la resignació. Tingues fe», insistia ell. «La fe ho fa tot possible, no més fàcil», va sentenciar Sitir. I, dit això, va iniciar una càrrega contra la muralla de rocs apilats. A la carrera, amb els punys tancats. Creu-me, no semblava una aspa. Els aspa sempre són freds, fins i tot quan estimen, mai forassenyats. I, aquella matinada, Sitir Tra feia pensar en una lloba boja.

»I allò va ser el final. Els tectons van veure venir aquella fúria incansable, i Nestedum es va ratificar en una decisió que segurament ja havia pres: es van retirar definitivament, Forat de la Mantícora avall.

»Quan Sitir va accedir-hi, quan va saltar per sobre del mur de pedres, només hi va trobar les restes del campament. Els últims tectons fins i tot havien segellat el Forat de la Mantícora darrere seu obturant-lo amb una roca gegant. I allò va ser la fi, ara sí, de la batalla i la presència dels tectons a la superfície del nostre món.

Vam callar tots: Baltasar, jo i l'audiència espontània que s'havia congregat al voltant del petit foc de camp. Jo vaig fer una reflexió en veu alta.

—Va ser una victòria. Però quin preu tan alt. Del nostre grup ens vam quedar sense el més vell i el més jove, Ergaster i Qal. Pobre Qal.

—I Adad —em va recordar secament Baltasar.

—Sí, és clar, i Adad —em vaig corregir, però com que no volia tocar aquella qüestió tan conflictiva, vaig canviar de tema—. I Qal? Em pregunto si va morir sense saber qui era aquest amant que li havia pres l'amor de Servus.

Baltasar Palusi es va posar a riure amb ganes. Jo no entenia què era el que li feia tanta gràcia.

—Si us plau, Marc Tul·li! Pel que veig, tot el campament ho sabia menys tu: l'amor de Servus, amb qui s'allitava i a qui tractava com si fos la seva dona, era ella.

—Ella?

—Quantes dones hi havia a les dues caravanes, la teva i la nostra?

Davant la meva expressió d'incredulitat, Baltasar va decidir ser més explícit:

—Sitir. Sitir Tra. Qui, si no?

Em va atacar un quequeig infame. Tothom em mirava. Vaig esforçar-me per amagar el meu rubor i la meva desolació, però era impossible.

—Però jo vaig veure Sitir aparellant-se amb aquell colós, Urf! —vaig replicar.

—I què? —va dir Baltasar—. Els aspa són lliures, i tenen les seves distraccions. Però l'autèntic vincle l'havia establert amb Servus.

Vaig trigar un temps innoble a recuperar la paraula, i va ser per demanar:

—I de Servus, què se'n va fer? —vaig preguntar.

Et seré sincer, Prosèrpina: hauria donat un braç perquè Baltasar Palusi em digués que Servus havia mort poc després per la fiblada d'un escurçó, una febre africana o un llamp perdut. Però la resposta va ser:

—Som aquí per ell —va dir—. Encara que això ja ho deus saber, és clar.

—Saber? Què hauria de saber?

Per tota resposta, Baltasar es va posar dempeus i em va demanar que el seguís. Vam arribar fins a una altra tenda. Igual com la de Baltasar, era tan pobra i simple com totes les altres, però molt més gran. Em va demanar que esperés a fora i va entrar-hi.

Al cap d'un moment, en va sortir acompanyat d'un altre home. Servus. O potser, estimada Prosèrpina, hauria de dir Libertus. Perquè era ell, és clar.

En realitat, Prosèrpina, no va ser una sorpresa total. En el fons del cor, jo ja ho sabia. Aquella insurgència servil duia el seu segell. «Tinc una Idea», m'havia dit abans de la nostra batalla. I jo m'havia rigut d'ell. Ha! Vaig fer mal fet.

Després de la batalla del Forat de la Mantícora i de la retirada dels tectons, Servus es va canviar el nom i va començar la seva revolució. Ja sabem amb quin èxit. En certa manera, fins i tot podríem afirmar que els tectònics van ajudar-lo. Uns homes que havien sobreviscut a l'atac dels soterranis es creien capaços de tot. I van escampar per tot el sud d'Àfrica el nom de Servus. (Perdó, ara Libertus).

Libertus, un home de gran intel·lecte, havia construït un relat quasi mític segons el qual ell i un grup d'esclaus alliberats havien derrotat hordes soterrànies. (Per si cal dir-ho, la meva intervenció en els fets va ser curosament esborrada. Però qui era jo per recriminar-l'hi? Per què havien de ser patrimoni dels patricis romans, la manipulació i la mesquinesa política?).

Torques i altra gent com ell eren més bons fent servir la llengua que parant assalts, i van escampar la bona nova per tota la província. (Recordes Torques, Prosèrpina? Era aquell bandit penós que havíem reclutat a última hora). Quan Libertus, Sitir i els seus antics esclaus arribaven als grans latifundis africans, el seu nom ja els precedia. Els esclaus crucificaven el dòminus de la vil·la i seguien en massa els rebels. I cada cop n'eren més. Quan va prendre Útica, Libertus va convocar una mena de sínode de la religió Gea a la ciutat. Els seus arguments teològics es van escampar, i molts aspa es van afegir a la crida de Libertus. Com més aspa abraçaven aquella original heretgia Gea, més força i confiança desprenia la seva causa i més esclaus se li afegien.

Però tornem on érem, Prosèrpina. Et deia que estàvem davant de la tenda de Libertus. A diferència de Baltasar Palusi, Libertus estava molt canviat. Fins i tot em va costar reconeixe'l. S'havia deixat créixer els cabells, potser perquè li tapessin les inicials d'esclau que duia tatuades a sobre de les orelles. (I perquè el cap rapat era signe distintiu de la condició servil. Per això Cèsar odiava tant la seva incipient calvície!). Vestia més decentment, encara que sense cap luxe. El poder i la fama no li havien esborrat els solcs d'aquelles galtes de cavall, que revelaven un sofriment llarg i profund. Ara ponderava més els gestos, enfocava més lentament la mirada. Em va observar i va somriure tímidament, no sé si per un afecte sincer o perquè la meva estupefacció li semblava la mar de divertida. Pel que fa al sentit de l'humor, sí que havia millorat una mica.

—Ves quines coses, un patrici als meus dominis —va dir—. Els nostres homes necessiten exercitar-se: et lligarem a un pal per fer talls i practicar esgrima.

Però no em vaig espantar. Tots dos teníem memòria: eren paraules que havia sentit dels meus llavis quan Gneus Rinxolets m'havia regalat la propietat sobre ell.

—Porto un missatge per a tu —em vaig limitar a dir jo—. És de Cèsar, però no crec que tingui problemes perquè el ratifiqui el Senat.

Per tota resposta va fer un gest perquè el seguís a dins de la tenda. Perquè era la seva tenda personal. I, com que era allà on vivia, i on dormia, al fons hi havia el seu llit, una simple màrfega. I estirada al damunt, Sitir Tra.

Em va veure i es va llevar a l'estil aspa, estirant els quatre membres com els gats quan es treuen la mandra. Vam encreuar les mirades. Ens ho vam dir tot i no vam dir res. Jo no havia sentit mai tantes coses en un sol instant: alegria i decepció, tristesa, gelosia, odi i amor. Tot alhora, tot barrejat i tot en un parpelleig. Va ser un moment horrible, Prosèrpina.

Vam seure tots a terra, en uns coixins simples i molt prims. Libertus estava flanquejat per Sitir i Palusi. La meva primera pregunta era obligada:

—Com vas aconseguir fer-te amb un exèrcit?

Es va posar a riure, sarcàstic.

—Roma me'l va donar. No el tindria si no fos per l'opressió que practica, per la seva crueltat inhumana. No som el primer exèrcit d'esclaus que s'alça, però serem l'últim. Vencerem.

Vaig mirar al meu voltant, a la tenda humil que ens aixoplugava. L'humor suburrià no em deixava mai desemparat.

—Doncs si vius així abans de les teves victòries —me'n vaig burlar—, no vull ni imaginar-me com serà després de les teves derrotes.

—Riu, si vols —em va replicar—. Cada dia som més. I quan siguem suficients atacarem la mateixa Roma.

—Abans o després que ho facin els tectons?

L'objectiu de la meva pregunta era centrar el debat en la qüestió que m'havia dut fins a la falda del Vesuvi. Ell va callar.

—La República us ofereix una amnistia general —vaig continuar—. I deu milions de sestercis perquè refeu la vida. L'únic que demana és que t'uneixis al gran exèrcit que s'està formant per combatre els tectònics.

Libertus va trigar una mica a contestar:

—I ja està? Això és tot? Uns tipus amb toga es reuneixen i diuen «Necessitem els que fins ahir humiliàvem, espremíem i crucificàvem. Au, Marc, ves i ofereix-los unes quantes engrunes i que vinguin a menjar de la nostra mà». —A mesura que parlava, s'anava exaltant—. Per a Roma som uns éssers que ni tan sols arribem a la condició d'humans. Saps el més trist de tot, Marc Tul·li? Que encara ara respecten i valoren més els tectons que els servus. Per al Senat som coses. No: menys que coses. Quants de nosaltres no hauríem volgut tenir la vida d'un gos o una mula! Quan morim trituren els nostres ossos, i tot per lucre, el lucre, sempre el lucre. Tu eres amb mi a la mina de l'Àfrica!

—Tens raó —el vaig interrompre. Es va quedar tan parat

que estigués d'acord amb ell que vaig tenir temps d'afegir—: Ho creguis o no, estic de part teva. A l'Àfrica hauria refutat els teus arguments. Ara penso com tu.

Libertus recelava:

—I quina diferència hi ha entre el Marc Tul·li de l'Àfrica i el d'ara?

—Set anys sota terra.

Tots tres em van mirar escrutadors. Jo vaig seguir:

—Bona part d'aquest temps el vaig viure com a esclau dels tectons, i la resta fugint-ne o combatent-los. Creu-me, he experimentat l'esclavatge; no, una cosa molt pitjor, i ara odio moltes coses de Roma que abans estimava.

No m'hi vaig estendre; el que m'interessava era la qüestió que ens ocupava.

—Libertus, estaves amb mi al Forat de la Mantícora. —Vaig mirar els altres dos—. Tots hi éreu! Ningú sap millor que vosaltres què significa l'avenç dels tectons. Venen cap aquí. I ara no són un parell o tres de centúries, en són cent mil, i creu-me, Libertus: si en aquest món hi ha alguna cosa inacabable, és la voracitat tectònica. Quan s'hagin menjat Roma, pujaran fins a aquestes muntanyes i se us menjaran a tots. Saps que és cert. —I vaig concloure—: Junts podem derrotar els tectònics; per separat, ens devoraran a tots. Lliures i esclaus. És així de simple, i ho saps. T'ho prego: accepta l'amnistia!

Palusi i Sitir van mirar Libertus. Es trobava en un dilema: acceptar l'oferta del Senat era renunciar als seus principis, al sentit mateix de la seva revolta i fins i tot de la seva vida. Però refusar-la significava la mort dels seus, de tothom. Libertus va fer cridar mitja dotzena d'homes i dones de confiança i em van ordenar que esperés fora de la tenda mentre deliberaven.

—No m'agradaria ser al teu lloc —vaig respondre—. Has de triar entre la vida i la llibertat.

Vaig sortir de la tenda i em vaig tornar a asseure davant

del petit foc de camp. Els que hi havia per allà a la vora es van allunyar, defugint-me com si fos un empestat. Sí, eren més pobres que els ratolins. Molts estaven malalts. Quina humanitat tan desvalguda, tan mòrbida i desemparada! I a aquests éssers demanava auxili Roma, als fems de la terra. Ara, evitar la Fi del Món depenia d'ells. No em miraven ulls amables. Tampoc els ho podia recriminar: per a ells jo era l'encarnació d'un horror anomenat Roma, a qui odiaven i de qui havien fugit.

Em vaig fixar en una estampa curiosa: no gaire lluny, en un espai lliure de tendes, havien erigit una estàtua que representava un noi oriental, o això semblava. No era gens imponent. Una estàtua menuda, que no em devia arribar ni al melic. Per donar-li una mica d'alçada, l'havien col·locat a sobre d'una roca sense tallar. Estava esculpida en pedra de mala qualitat, pintada de colors llampants. En conjunt era una cosa pobra i de molt mal gust, però que, a jutjar per les ofrenes que hi havia, generava una gran devoció. Al coll hi tenia tot de garlandes de flors, seques o fresques. Als peus, rams de farigola i romaní i moltes espelmes, algunes consumides i d'altres encara enceses. Cada cop que algú passava per la vora de l'estàtua, es duia tres dits a la boca, hi feia un petó i en acabat tocava els peus del noi amb veneració.

Feia fresca. Em vaig abraçar a mi mateix mirant aquella flama desganada. Aleshores algú em va posar una manta sobre les espatlles. Era Sitir.

Va seure davant meu, a l'altra banda de la petita foguera. Ella no necessitava abric. El seu cos seguia sent tan bell com sempre, encara que estigués molt lluny de qualsevol cànon de bellesa. Va adonar-se que em fixava en aquella estàtua mediocre i lletjota i va dir:

—El reconeixes? És Qal.

—Qal?

—Sí. Ara tothom el venera. Ell va ser el missatger. Diuen que ell va escampar per l'Àfrica la bona nova de Libertus.

Em va venir un atac de riure.

—Qal era un prostitut de taverna portuària a Útica. Ho saps tan bé com jo.

Quin cinisme! L'únic missatge que Qal havia dut era al meu pare, i no havia servit de res perquè Ciceró només em va contestar vaguetats que al desert perdien tot el sentit.

—Doncs ara, per a aquesta gent, és una mena de déu missatger. El que du la notícia de la llibertat als oprimits.

Qal! Libertus havia transfigurat la persona fins a convertir-la en personatge. Al servei de la seva causa, és clar. Libertus tenia una Idea, en efecte, i li estava construint un panteó.

Vaig girar els ulls per mirar Sitir.

—Tu no delibeRes? No votes? —li vaig preguntar per dir alguna cosa.

—Ja saben què penso. I els debats m'avorreixen.

Li volia explicar tot el que significava per a mi, que el seu record m'havia mantingut amb vida set anys. Però no calia dir res. Era una aspa. Podia llegir-me el cor amb la mateixa facilitat amb què el meu pare llegia els seus discursos, i, abans que li digués res, es va avançar.

—Calla —va dir. Però no va ser un «calla» ofensiu o imperatiu. Era la seva manera de dir que no volia parlar d'allò. Vaig abordar un altre tema:

—L'estimes? Estimes Libertus? Com a dona, em refereixo.

—Calla.

Aquest segon «calla» era més difícil d'interpretar.

—Tots aquests anys —vaig continuar—, has pensat en mi alguna vegada?

—Sí. Encara em persegueix aquell moment, quan el Forat se't va empassar.

—Ho vas lamentar per afecte a la meva persona o simplement perquè no vas poder complir la missió que tenies encomanada?

No va respondre res.

—Saps què? —vaig dir—. Hi ha un petit detall que encara em té ben intrigat: si a Roma no t'haguessis presentat a la porta de la nostra casa de la Suburra, tot hauria estat molt diferent.

Aquí Sitir va apuntar un somriure irònic.

—Pollet! Mira que en sou, de pretensiosos, els patricis romans. Sempre us penseu que el món gira al vostre voltant. —I llavors va dir una cosa que em va deixar estupefacte—: No ho vas entendre mai, pollet. Al viatge a l'Àfrica jo no era la teva escorta, sinó la de Libertus. Va ser la Idea de Libertus, allò que em va atraure al portal de casa teva i no tu.

Em vaig avergonyir de mi mateix: que estúpid que havia estat! Repassava els fets i, en efecte, tot encaixava: l'autèntic protagonista d'aquell viatge era Libertus, i no un nano aristòcrata i ridículament pretensiós. Topar amb els tectònics, ara ho entenia, havia estat un pur accident, un imprevist. Libertus sempre havia volgut anar a l'Àfrica perquè sabia que allà els servus provincians, antics enemics vençuts, estarien més predisposats a iniciar una revolta. I jo em vaig convertir en el seu transportista involuntari. El gran moment d'aquell viatge no va ser cap altre que l'epifania de Sitir a la mina de plata, quan va veure tot l'horror de Roma i, per fi, es va deixar convèncer per Libertus. Amb un aspa al seu costat (dos, si comptem Urf), Libertus ja podia començar la seva revolució.

—Però tu em vas exigir que fos fidel al que havia de fer, em vas dir que havies vist grans coses dins meu —vaig replicar.

—Això va ser després, quan ens vam embarcar. Sí, un cop a l'Àfrica, vaig notar que dins teu hi havia un tresor que per emergir necessitava ajuda.

—Si jo no era la missió, per què et va doldre tant perdre'm? Vas arribar a estimar-me? Tant com a Libertus? Més?

Ella em mirava sense parlar.

—El dia que et vas infiltrar a casa, disfressada de dona de Bògud, no t'havia enviat Libertus, oi?

La passió fins i tot va fer que m'atrevís a capturar-li un canell.

—Proclama que no estimes Marc Tul·li. Digue-ho, i així podré ordenar al meu cap i al meu cor que t'oblidin.

Oh, Prosèrpina, quin moment! I saps per què? Doncs perquè ella no feia cap esforç per alliberar el canell. I vaig notar que, a dins d'aquells ulls verds, niava una espurna. Però, aleshores, Sitir Tra va mirar per sobre de la meva espatlla i va dir:

—Ja han decidit.

Em vaig girar. Libertus, Palusi i els altres homes sortien de la tenda. Em vaig posar dret. Libertus es va plantar davant meu i va dir:

—Ja tenim la resposta per a Roma.

Tots em miraven amb ulls greus, en especial Baltasar Palusi. Tots, menys Libertus, que més aviat tenia un aire foteta.

—I doncs?

—La resposta és aquesta: no.

Jo no me'n sabia avenir.

—No? No a què? —vaig quequejar, com si no estigués prou clar.

Libertus va dir:

—T'ho repeteixo per si no ho has entès. La resposta és no. Et veus capaç de recordar-la?

* * *

Admeto, Prosèrpina, que el gran error de l'oferta de Cèsar va ser considerar Libertus com un igual. Perquè el fet de tractar-lo com un igual, principi lloable, implicava assumir que Cèsar i Libertus compartien interessos comuns. I no era cert.

Per a un patrici, la finalitat d'aquella lluita entre dos mons era preservar el bé primari i suprem sobre el qual reposava tot: la vida. Però, davant d'aquest plantejament, un exèrcit d'esclaus sempre replicaria amb una pregunta: viure per a què? Per a la gent que seguia Libertus, la mort i l'esclavatge eren destins gairebé indistingibles. Per què haurien de tornar a sotmetre's a l'autoritat del Senat? Per defensar una fi en lloc d'una altra?

No cal que et digui, Prosèrpina, que la decisió de Libertus em va sumir en una prostració d'esperit gairebé insuperable. I, tanmateix, em permetràs un afegit: tenia un segon pla, per si de cas tot es torçava. Un pla desesperat, un pla més enllà dels límits de la raó, però un pla per derrotar els tectònics, al capdavall.

Al cap d'una estona, Baltasar Palusi em va veure capcot, meditatiu, i se'm va acostar.

—Ja saps —em va dir—, que les obligacions cap al meu germà m'obliguen a matar-te. Malauradament no podrà ser avui, perquè he de tolerar el teu retorn a Roma amb el missatge de Libertus.

—Oh, no t'amoïnis, per això! —va ser la meva original resposta—. Si envieu el meu cap al Senat, fins i tot la mediocre intel·ligència dels senadors entendrà que és un no. Quina importància té morir avui o demà? —vaig continuar—. Si Libertus no uneix les seves forces a les de Cèsar i Pompeu, som morts. Mata'm, Baltasar Palusi, perquè així, almenys, la meva mort servirà per alegrar la teva vida. La mica de vida que et quedi fins que arribin els tectònics, vull dir. Només t'imploro una cosa: almenys que sigui una mort majestuosa, fes-ho al cim del Vesuvi.

En realitat, Baltasar no volia matar-me. Jo sempre ho havia sabut. Però estava lligat pel seu jurament i va accedir al meu desig. El trajecte va durar unes quantes hores. Vam seguir una torrentera seca que ens facilitava l'ascens. D'aquella pujada, només recordo una anècdota graciosa. Jo duia penjat a l'esquena un *loculus*, és a dir, un sarró de legionari, molt pràctic.

—Quines ganes d'anar carregat —va comentar Baltasar—. Per al que has de fer allà dalt...

—Ara que ho dius, Baltasar Palusi, em sembla que tens tota la raó: té.

I l'hi vaig cedir perquè me'l carregués ell. Quan vam ser el cim, vam admirar un paisatge esplèndid, amb la refulgent badia de Neàpolis al fons i una terra ubèrrima al darrere. Quina contrada tan bella, tan farcida de vida i de futur. No, no podíem permetre que els tectons convertissin allò en un paratge mort. Recordo que vaig mussitar per a mi mateix:

—Si no ho evitem, Neàpolis serà Necròpolis.

Em vaig dirigir a Baltasar:

—Hi ha una cosa que no entenc. És obvi que vas acabar seguint Libertus. Però tu ets un home lliure, i la seva causa no és la teva. Després de la batalla al Forat de la Mantícora, per què no vas tornar amb els teus, a qui tant estimes i amb qui tantes obligacions tens? Que potser no havies de casar-te amb la vídua del teu germà i adoptar els seus fills?

La meva pregunta se li va clavar com un dard, perquè el seu rostre es va compungir sobtadament.

—Hi ha un episodi que encara no t'he explicat, Marc Tul·li. Suposo que deus recordar que abans de la batalla vaig tornar per venjar-me de tu mentre els meus caçadors continuaven en direcció al nostre poblat. Un cop allà, van narrar als meus tot el que estava passant al Forat de la Mantícora: la mort d'Adad i la meva decisió de quedar-m'hi. Allò va causar una gran commoció. La meva muller i la vídua del meu germà, dues dones de caràcter, van decidir venir a buscar-me. Per a elles, la mort de tots dos germans seria una desgràcia massa insuportable, i em volien convèncer que me'n tornés. Això sí, conscients que soc un home tossut, es van endur amb elles tots els meus fills i els del meu germà. Creien que la visió de la canalla em commouria i que així seria més fàcil dissuadir-me.

Jo em vaig tapar la boca amb la mà, perquè, si tot relat és un riu, començava a entendre on desembocaria aquell.

—El poblat no era gaire lluny del Forat de la Mantícora. Van arribar de matinada, només un parell de dies després del nostre gran combat. De seguida van veure tots aquells tectònics morts, encara estesos al camp de batalla. Amb les dones i les criatures, hi anaven també els meus caçadors fent de guies. Ells ja coneixien els tectons, i van deduir que havíem guanyat la batalla, perquè els tectons es mengen els seus propis morts, i sense manies. En conseqüència, si no s'havien endut els caiguts, només podia ser per un motiu: perquè ja no hi eren. No podien saber que els tectònics no sortien de la muralleta per por de Sitir, que els fustigava cada matí, i dels nostres projectils. Per tant, tota la comitiva es va acostar sense por a la muralleta erigida pels tectons.

—No! —vaig exclamar.

—Sí. Els supervivents de la batalla ens havíem replegat a la falda d'un turó mentre ens curàvem les ferides i decidíem què fer. No vam veure venir els meus. No vam veure com es dirigien cap al Forat de la Mantícora en línia recta. Només vam sentir-ne els crits. Sitir i jo vam anar-hi corrents, però ja era massa tard.

—Es van menjar tots els teus... tota la teva família, dones i nens... —vaig balbucejar horroritzat.

Palusi va caure de genolls, plorant a llàgrima viva.

—Si no hagués tornat per venjar-me de tu, ara serien tots vius!

Jo vaig clavar un genoll a terra i li vaig passar un braç per sobre l'espatlla.

—No, no t'acusis en va, Baltasar Palusi! —vaig intentar

consolar-lo—. Tu vas fer allò que manen els bons costums. Qui va matar la teva família van ser els tectons, ningú més. Buscant venjança només volies acatar la llei del teu poble.

(No deixava de ser curiós, estimada Prosèrpina, que en aquell debat jo defensés el meu propi assassinat com la manera correcta d'actuar. En fi, la gent és estranya).

Mort de pena, Baltasar Palusi va estar a punt de cometre suïcidi allà mateix, al costat del Forat de la Mantícora. I ho hauria aconseguit, crec jo, si no hagués estat perquè al costat hi tenia dues personalitats tan poderoses com Libertus (que encara era Servus) i Sitir.

—La mort sempre arriba, més tard o més d'hora —li va dir Libertus—. Així que per què vols anar a buscar-la tu a ella? Mentrestant, el lapse de vida que et queda pots aprofitar-lo per servir una causa noble i justa.

Però l'argument més convincent va oferir-l'hi Sitir Tra:

—Tu i el teu germà estàveu tan units com dos forats d'un mateix nas. I ara digues: voldria ell que t'obrissis les venes amb el matxet?

Al final Palusi va optar per viure i quedar-se amb ells. I a les ordres de Libertus, s'havia convertit en un magnífic general. Libertus feia els discursos i les arengues i dictava la política a seguir. Però era Baltasar qui dirigia les tropes al camp de batalla. En va aprendre molt de pressa. Cèsar n'era el millor testimoni: havia derrotat l'exèrcit dels servus en batalla, en efecte, però no havia tingut inconvenient a admetre davant meu la perícia del seu rival.

—Encara hi ha un altre motiu pel qual em sento culpable —em va confessar—. Saps quin és? Que, per molt que estimés la meva dona i els meus fills, qui no em trec del cap és Adad. Com si el meu amor per ell eclipsés tots els altres.

Quan va mencionar el seu germà, vaig haver d'empassar saliva.

—És normal —vaig limitar-me a dir—. No han existit mai dues persones tan iguals i tan unides.

Però estàvem perdent el temps. Jo no havia fet l'ascensió del Vesuvi per morir. No, Prosèrpina. Vaig alçar Baltasar de terra i li vaig parlar així:

—T'he de dir una cosa, i espero que no la qüestionis, perquè no tinc temps per a gaires detalls. Durant les meves peripècies pels mons soterranis, vaig conèixer incomptables nacions, tan diverses i diferents que necessitaria una vida sencera per explicar-te com són. Però l'episodi més notable que vaig viure té a veure amb el món diví: resulta, amic Palusi, que hi ha un Déu suprem, un Déu que va crear totes les coses, i jo el vaig conèixer.

—Vas conèixer Baal?

—No. Baal no existeix. Només hi ha un Déu, un únic Déu, i habita una cova a les profunditats més recòndites del món.

Un savi romà s'hauria rigut de mi. Baltasar Palusi era propietari d'una altra mena de saviesa, més plebea, més tolerant, i en cap moment va posar en dubte el meu testimoni. Va limitar-se a dir:

—I per què m'expliques tot això?

—Perquè, ara que Libertus refusa unir-se al Senat, el Déu és la nostra última esperança. La primera i única vegada que em vaig entrevistar amb ell li vaig pregar que m'indiqués el camí de tornada a la superfície. Ara li demanaré ajuda per combatre els tectons.

—Continuo sense entendre per què carai em necessites, Marc Tul·li.

—Per dues coses en les quals ets l'única persona al món que pot ajudar-me.

Va fer una ganyota incrèdula.

—Quines dues coses?

Em vaig limitar a assenyalar-li la boca del volcà i a demanar-li que mirés avall.

—Guaita, Baltasar. Un africà com tu potser no coneix coses que tots els itàlics saben. T'han parlat mai dels espectaculars colors de la lava que neda al fons del Vesuvi?

Certament, allà sota, la lava del Vesuvi refulgia amb una bellíssima barreja de rosat i un blau claríssim. La força volcànica elevava sortidors líquids de tots dos colors, que es fonien i queien altre cop a la bassa primordial del fons del cràter. I aleshores, quan més extasiat estava Baltasar Palusi, el vaig empènyer amb totes dues mans.

15

Vaig saltar rere Baltasar Palusi. T'asseguro, Prosèrpina, que era una caiguda d'impressió, però jo ja sabia que la lava m'acolliria amb una placidesa amorosa. Va ser com submergir-se en una cisterna d'oli.

Aquella sensació agradable i absorbent havia agafat tan per sorpresa Baltasar Palusi que el pobre encara es debatia entre l'espant i la incomprensió. Tots dos vam obrir els ulls sota la lava. Jo vaig mirar-lo i vaig obrir la boca per fer-li entendre que la lava no li ofegaria els pulmons ni li inundaria el cos. Però ell encara estava massa espantat. S'esverava i retenia aire, i em feia patir que la seva pròpia agitació el perjudiqués. Li vaig agafar els colzes per tranquil·litzar-lo i perquè comprengués que el millor que podia fer era no fer res. Ja se n'encarregaria el mateix Vesuvi. Al voltant nostre tot era un mar rosa i blau en ebullició, una turbulència incessant. Palusi, per fi, va entendre que aquella força no ens afectava. Al contrari. Els nostres cossos suraven entre dues aigües, així com meduses adormides, sense que ens colpegés cap onada ni ens sacsegessin els corrents líquids.

Al cap d'una estona, vam notar que fèiem peu. Ens vam sentir com dos nens platja endins, lluitant contra la densitat de l'aigua per intentar arribar a la sorra. Caminàvem sense anar enlloc, almenys aparentment; ens conformàvem a fer un pas darrere l'altre. De sobte, ja teníem el cap a fora. Vam seguir caminant, amb esforç. Fins que vam sortir del tot. Érem en una gruta on la lava feia de llac, un llac sorprenentment tranquil, oliós. Quan vam ser fora del tot, tot el líquid que ens amarava va començar a lliscar avall, i fins a l'última gota blau rosa va abandonar el nostre cos, la roba que dúiem, el calçat, i va tornar al llac. En un tres i no res havíem quedat tan secs com abans de saltar del cim del Vesuvi. Hauries d'haver vist, Prosèrpina, l'expressió destarotada de Baltasar Palusi.

—Aquí sota hi ha moltes coses que costen d'entendre —vaig explicar-li abans que tingués temps d'obrir la boca—, però es poden entendre.

La cova on havíem anat a parar era de sostre irregular, no gaire alt. Baltasar encara duia penjat el meu *loculus* de legionari. L'hi vaig prendre i me'l vaig penjar a l'espatlla.

—Som-hi —vaig dir assenyalant-li el túnel que s'obria davant nostre.

* * *

El pobre Baltasar Palusi estava tan meravellat que va trigar una bona estona a badar boca. Jo, de fet, vaig anticipar-me a la seva pregunta:

—El Déu Únic viu tan lluny d'aquí que ens caldria una caminada de cent anys per arribar-hi. Però no t'amoïnis, no hi anirem a peu. De seguida arribarem a un lloc que ens serà molt útil pel que fa al transport. Jo en dic el prat de les Cols.

—Doncs espero que siguin cols ben veloces —va replicar amb un murmuri disconforme.

Al cap d'una estona, el túnel va desembocar al prat de les Cols, una superfície més extensa que el Camp de Mart. El sostre de roca, molt amunt, estava constantment recorregut per una mena de llamps lents, molt lents, de color violeta, que illuminaven aquell lloc tan estrany. El nom de prat de les Cols l'hi havia posat perquè allà, escampades per tot arreu, hi havia una mena de plantes gegants, tan altes com un home, que recordaven les cols de la superfície. Bé, era una manera de dir-ho. En puritat, feien pensar més aviat en grans algues marines, constantment sacsejades per uns aires que no bufaven. Eren de color grisós, com les parets de roca, però molt més llampants i de fulles espesses i alhora flexibles. Baltasar recelava de les «cols», dels seus moviments ondulants. I és que aquell sacseig incessant, certament, generava un fenomen òptic: els nostres ulls no estaven mai segurs de si les fulles anaven o venien; de si se separaven del cos de la planta o s'hi acostaven. Un zum-zum de rusc ingent ressonava per tot el prat.

Vaig treure dues bosses petites del *loculus* i en vaig cedir una a Baltasar Palusi.

—Ara procedirem de la següent manera —li vaig dir—: caminarem entre les cols oferint aquesta bossa a totes les plantes amb què ens creuem. Si notes alguna cosa, atura't.

—Quina mena de cosa?

—Quan sentis que la col ronca com un gatet, apropa-hi la bossa i obre-la. Això és tot. I no t'espantis pel que passarà a continuació.

Vaig deixar que Palusi anés davant. Al principi les cols ens ignoraven. Fins que una, tal com havia previst, va emetre un soroll com de gat satisfet.

—Obre la bossa! —vaig recordar-li—. Obre-la, que es vegi el que hi ha a dins.

Així ho va fer. Baltasar no va poder evitar la curiositat, i quan va obrir la bossa va mirar-ne el contingut.

—Plata i remolatxa? —es va estranyar.

Va ser l'última cosa que va dir. Al cap d'un moment, les fulles fluctuants de la col l'havien abraçat i l'havien deglutit sencer, com si l'haguessin absorbit. Home i bossa. Va passar tot tan de pressa que no vaig tenir temps de respondre la seva pregunta.

Jo vaig fer el mateix amb una altra col. També se'm va empassar. A dins et senties com una mosca embolicada en una teranyina, però sense ofecs. Les fulles de la col eren capes i més capes d'una matèria translúcida. Es van començar a moure a una velocitat vertiginosa. Vaig veure els nervis de les fulles accelerant-se com els radis d'una roda en moviment. Però de seguida van aturar-se. Un cop quietes, vaig apartar les fulles de la col com qui separa unes cortines espesses i vaig sortir d'allà dins. Ja no era al prat de les Cols.

M'envoltava un altre paisatge, una cova més vulgar. M'hi veia gràcies a una mena de crustacis adherits a les parets la closca dels quals emetia una llum de color carbassa. Palusi va sortir d'una altra col. El seu rostre m'interrogava.

—Hem viatjat una distància inimaginable —vaig dir-li.

—Com carai poden moure's unes cols arrelades?

—No s'han mogut de lloc. Cada col està connectada amb totes les altres i ens hi han transvasat. No em preguntis com ho fan, ni com saben el destí final al qual volem arribar. Vinga, som-hi, que gairebé ja hi som.

Vam seguir un túnel, aquí el sostre era tan alt que es perdia en la foscor. Seguia una línia impertorbablement recta, com una avinguda artificial. El silenci aclaparava, només se sentien els nostres passos sobre la pedra. Les parets exsudaven una frescor salada. Al fons de tot, a unes mil passes d'on érem, refulgien dues llums blanques. Vaig aturar Palusi retenint-lo per l'espatlla.

—Aquelles llums il·luminen l'entrada a la cova del Déu Únic. Encara som lluny, però quan ens hi apropem veuràs que a sota hi ha un guardià, un home.

—Un humà com nosaltres?

—Sí. Un foner de Minorca.

—Pels sants pebrots de Baal! —va exclamar-se Baltasar—. Però què hi fa, aquí, un foner balearic?

—Baltasar Palusi! —vaig urgir-lo—. Ara no hi ha temps per explicar-te totes les singularitats del submon! El fet és que hi és, que és el guardià de la cova del Déu Únic, i que no hi deixa entrar qualsevol. Aquest és el problema.

—Però tu ja vas accedir-hi en una ocasió.

—Exacte. Vaig fer servir el meu intel·lecte i la murrieria de la Suburra, i vaig aconseguir colar-m'hi. Però ara ja em coneix, i no l'enganyaré dues vegades. —Vaig donar-li uns copets amistosos a l'espatlla i vaig afegir—: Baltasar Palusi, fa una estona t'he dit que et necessitava per dos motius molt importants. Aquest és el primer: fes-t'ho anar bé per convèncer el foner que ens hi deixi entrar.

—Però per què jo? —va protestar iradament—. Què puc tenir a veure jo amb un coi de foner de Minorca?

—Que tots dos sou caçadors.

No vaig donar-li temps de pensar ni replicar. El vaig estirar pel braç i vam seguir endavant.

A mesura que ens hi apropàvem, les dues llums es van anar engrandint. Eren com dos petits sols blancs a sobre d'una obertura molt simple en una paret de pedra. Al davant hi havia un home: el foner. Estava assegut en una roca, avorrit, revisant els tendons d'una fona. En veure'ns, es va alçar sense pressa. Em va reconèixer de seguida:

—Guaita, però si és Marc Tul·li! Et vaig dir que si et tornava a veure t'obriria el cap. Ho recordes?

I, dit això, va començar a armar una fona. Has de saber, Prosèrpina, que els foners minorquesos sempre anaven armats amb tres fones. Cadascuna era d'un calibre diferent, per disparar rocs més o menys grossos. Les dues fones que no empraven les duien al voltant del coll. Havia triat la mitjana, i l'estava carregant amb una pedra de la mida d'un ou. Els foners baleàrics eren infal·libles: si disparava, em podia considerar home mort.

—Espera! —vaig suplicar—. Aquest home que ve amb mi es diu Baltasar Palusi i ha vingut expressament per dir-te una cosa.

Lògicament, Prosèrpina, al pobre Palusi se li va desencaixar la cara.

—Com pot ser que d'una boca tan petita com la teva en surti una mentida tan gran? No se m'acut res a dir! —em va xiuxiuejar a l'orella amb una barreja de por i indignació.

—Doncs jo de tu m'afanyaria —vaig replicar fluixet—, perquè té molt mal caràcter: primer em matarà a mi i després a tu.

Baltasar va empassar saliva, va fer un pas endavant i va dir:

—Eh, tu. Com et dius?

—Em dic Xium, i, creu-me, els meus rocs viatgen encara més de pressa que el meu nom.

I dit això va començar a fer voltar la fona, un moviment tan bell com perillós. Però Baltasar, fatxenda, va riure.

—Amb això no encertaries ni un elefant a deu passes.

—Ha! —es va ofendre Xium—. Amb la fona petita matava becades a cent passes!

—Per a això feu servir les fones, a Minorca? Ja és ben cert que no gireu gaire rodó, els minorquesos. Per caçar aus el millor és el greix d'ànec barrejat amb resina de pi vell. Suques les branques i quan els ocells s'hi posen es queden enganxats i llestos.

—I quin mèrit té, empastifar branques?

—Baal m'empari! Quan caço, no busco honor, sinó omplir l'estómac de la meva gent!

—D'acord —va concedir Xium abaixant la fona—. Però admet que la saba de pi vell costa més de trobar que les pedres que empro com a munició, i que el greix d'ànec és molt més car d'elaborar que una bona fona.

—Ho admeto —va transigir Baltasar—. Però ara digues: caçaries girafes, estruços o lleons, amb les teves fones?

—Tot això caces tu? —va admirar-se Xium—. Com et dius?

I a partir d'aquí van començar un amistós debat que t'estalviaré, estimada Prosèrpina, sobre les diverses modalitats de caça. S'entenien tan bé que van seure plegats i Baltasar fins i tot va oblidar-se del propòsit que ens havia dut fins allà. Al final se'm va acabar la paciència i vaig haver d'interrompre'ls.

—Si hi voleu entrar —va decretar Xium—, ha de ser per formular-li una demanda justa i necessària.

—Jo li porto la demanda més justa i necessària que li hagin presentat mai. Creu-me! —vaig saltar.

—Tu no —va replicar Xium—. Tu ja vas ser-hi i em vas enredar.

—Doncs que hi entri el meu amic. —Vaig acostar els llavis a l'orella de Baltasar i li vaig dir fluixet—: Un cop dins ja li demanarem el que ens plagui. Ara pregunta el que sigui. Què li demanaries a un Déu Únic?

Però Baltasar va fer una ganyota d'incomprensió.

—Qui? Jo? No res. Ja no em queda ningú a qui complaure, i jo no necessito res que no tingui.

Era desesperant. Vaig cridar:

—Baltasar Palusi! Pensa! Quin desig demanaries a un Déu suprem? Ha d'haver-hi alguna cosa!

El seu rostre va mudar a la pena. Va dir:

—Sí. Potser li pregaria de tornar a veure els meus familiars morts, encara que fos uns instants.

—Ho sento —va replicar Xium—, però no deixo entrar a ningú que vingui pels seus morts. Si admetés aquest tipus de pregunta, la cua per entrar-hi arribaria fins a la superfície. Tothom té un mort a la família o a la consciència!

Et juro, Prosèrpina, que estava a punt de posar-me a plorar. A dia d'avui continuo dubtant de si la Fi del Món va ser una tragèdia còsmica o una comèdia inefable.

—Val més que us en torneu —va concloure Xium—. Tampoc deixo que la gent es quedi per aquí destorbant, no fos cas que vingués algú amb un bon motiu per entrar-hi. No com vosaltres, que no sabeu ni què voleu o que no voleu res.

Però aleshores Baltasar va alçar dos dits i va dirigir-se a Xium:

—Bé, ja que soc aquí, hi ha una qüestió que sempre m'ha amoïnat i que no he pogut resoldre mai. És la següent: per caçar cocodrils, quina xarxa va millor? La d'espart tractat amb orina de búfal o la de cuiro reforçat amb tendons?

Xium va mirar Baltasar Palusi arronsant els ulls, com si li faltés llum per veure'l bé, i de cop i volta va exclamar:

—Gran qüestió! Endavant, passeu.

* * *

La llar del Déu Únic, estimada Prosèrpina, segurament et sorprendria. Com a Baltasar Palusi. Vam creuar l'obertura de la paret de roca i, un cop a l'altra banda, vam accedir a una cova ni molt gran ni molt petita. Baltasar va mirar al seu voltant, a les parets de pedra. Una llum que no venia d'enlloc, irreal, il·luminava tot l'espai. Notàvem un pessigolleig al cos, especialment en mans i dits. Però allò era tot.

—On és? —va preguntar Baltasar—. On és el Déu Únic? Es presentarà davant nostre? Ens hi hem de prostrar? Quina forma té?

—No ho entens —vaig respondre—. Estem a dins de Déu. No té forma. Ell és l'aire que habita la cova, el pessigolleig que notes als dits.

Baltasar no sabia què pensar. Va mirar-se les mans, incrèdul. Aleshores el Déu Únic va parlar:

—Hola, Baltasar Palusi. Hola, Marc Tul·li.

Així com la llum, la veu no procedia d'enlloc i alhora venia de totes bandes. Era molt dolça, ni d'home ni de dona. Es va dirigir a mi:

—M'alegro molt que poguessis tornar a la superfície, Marc.

Vaig estar a punt de dir-li: «No va ser gràcies als teus consells», però em movia la urgència.

—Vinc a demanar el teu auxili —vaig dir—. Els tectònics han envaït la superfície del món, i, si tu no ens ajudes, la humanitat serà exterminada. Sí, ja ho sé: els tectons també són una creació teva, i és molt cruel que algú t'obligui a escollir. Però ara digues: admets que et vas equivocar, creant la raça tectònica? Reconeixes que són una plaga que amenaça de destruir la teva Creació tota?

Es va fer un silenci. Baltasar va aprofitar per dir:

—És veritat que tu ets l'únic Déu? Tu vas crear tot el que existeix?

—Sí —va dir Déu.

—De debò? —va preguntar amb un aire càndid—. I per què?

—Bona pregunta —va dir Déu—. Suposo que m'avorria i vaig començar a fer coses. Primer van ser les parets que ens envolten. Em vaig animar, i vaig començar a cobrir-les amb capes i capes de pedra. Després hi vaig anar afegint races i nacions, pobles i més pobles, tots ben diferents. Al final vaig crear la superfície, que va ser una idea molt inspirada. I a partir d'aquí vaig continuar amb el sol, les estrelles, tot plegat. L'univers. Ja ho sabeu: tot això que es veu quan alces el cap en una nit estrellada. Per això ho vaig crear tot: per animar el buit.

—Ah, és clar —va dir Baltasar, admirat i conforme amb aquella explicació.

Jo li vaig posar una mà a l'espatlla.

—Baltasar, abans t'he dit que m'havies d'acompanyar tu per dos motius. El primer és que només un caçador sabria franquejar una porta guardada per un altre caçador. El segon motiu no te l'he dit encara.

Baltasar no m'entenia.

—Per què no preguntes al Déu sobre el teu germà Adad? —vaig afegir.

—Perquè el foner ens ha prohibit demanar sobre els nostres morts.

—Però és que el teu germà no és mort.

Baltasar va obrir els ulls com un mussol.

—No et vam dir en cap moment que fos mort, només que no podries entendre mai el que havia passat. Quan vam derrotar el Caput, el teu germà, home religiós, va notar un pessigolleig als dits. I una presència.

—És cert —va intervenir Déu—. Jo sempre hi soc, sempre contemplo i presencio. Que els tectons tard o d'hora descobrissin la superfície era una cosa previsible. Però l'expedició d'Adad, Sitir i Marc Tul·li sota terra va ser una originalitat fora del comú: el món tectó envaït! La primera vegada que uns humans baixaven sota terra no per trobar or o plata, sinó per lluitar contra els tectònics! Jo sempre hi soc, però no m'emociono sempre. I quan m'emociono, els humans més sensibles poden saber que hi soc.

—Adad, aquell dia, va notar alguna cosa —vaig seguir—. Es va transfigurar. Va parlar amb una veu invisible.

—Jo sempre parlo amb qui parla amb mi —va dir Déu—. El teu germà va quedar tan fascinat que em va demanar de venir amb mi. I l'hi vaig concedir.

—No va morir, va desaparèixer. I, si no va morir, pots preguntar per ell.

—Aleshores, és aquí? El meu germà? —va preguntar Baltasar amb la veu trencada—. Adad Palusi?

Al fons de la cova, d'alguna manera que no et podria descriure, Prosèrpina, va començar a fer-se visible una forma. Una forma que avançava cap a nosaltres. Era ell: Adad. Ell i la seva barbeta.

Baltasar va deixar anar tres «oh, ho, ho!» i va caure de genolls. Adad va alçar-lo i van abraçar-se entre crits i sanglots. Tots dos ploraven com dos rius que confluïssin l'un en l'altre. S'abraçaven tan fort que semblava mentida que no es fessin mal.

Vaig allunyar-me una mica per respectar aquell moment d'intimitat i, per instint, vaig mirar al sostre i vaig dir al Déu Únic:

—Els tectons s'apropen a Roma! Déu Únic: ajudaràs la humanitat? No pots ser neutral! Si et mantens al marge, voldrà dir que el mateix déu, l'únic Déu, no fa distincions entre la justícia i la injustícia. I si així fos, quin sentit tindria un univers on el Bé i el Mal fossin qüestions indistingibles?

De moment no em va respondre. A la cova només se sentien les exclamacions d'emoció dels Palusi. El pessigolleig als dits es va fer més intens.

—Marc —va dir finalment el Déu Únic—: tens raó. Jo odio els tectònics tant com tu, perquè conec la seva malignitat millor que tu. I creu-me: lamento haver-los creat. Déu també s'equivoca.

—Doncs ajuda'ns! —vaig implorar-li—. Parpelleja i la seva raça es fondrà.

—Aquest és el problema: que no puc.

—No pots?

—No.

Jo no ho entenia.

—No soc omnipotent. Puc crear moltes coses, en efecte, però no puc crear tot el que vull ni destruir tot el que no vull. No ho puc tot.

«No ho puc tot». Era l'Únic Déu, però no ho podia tot. Ni m'havia passat pel cap que els seus poders no fossin infinits. Allò em va destarotar. Jo anava preparat per forçar la intervenció divina amb arguments morals. I ell me la denegava per simple incapacitat: Déu s'equivocava; i tenia límits.

—En aquest cas —vaig suplicar com a últim recurs—, ajuda'ns proporcionant-nos alguna arma invencible. Un llamp fulminant com els que fa servir Júpiter, alguna cosa així.

—Ara seré jo qui et faci una pregunta, Marc Tul·li —va replicar—: si us proporcionés una arma així de terrible, quant trigaríeu a fer-la servir contra vosaltres mateixos?

—Has de poder ajudar-nos d'alguna manera! —vaig exclamar—. Si tu ets el Déu de tots els déus, en tu també habita la deessa Concòrdia. Fes l'inimaginable: que humans i tectons arribin a un pacte i a una pau.

—És més fàcil crear les estrelles que canviar el criteri dels humans o dels tectònics. Pensa això, Marc Tul·li: si modifiqués el llunyà fulgor d'una estrella, els teus ulls nocturns no se n'adonarien. Però si alterés el caràcter d'humans i tectons, deixarien de ser humans i tectons. Sou vosaltres qui heu de canviar, i ningú més pot canviar-vos.

I aquí ja no vaig saber què dir. Déu, estimada Prosèrpina, no era la solució.

Sense esma, vaig abaixar el cap per mirar els germans Palusi. A poc a poc aquell retrobament estava derivant en discòrdia.

—Torna amb mi —deia Baltasar a Adad.

—Queda't —li replicava Adad.

Vaig aprofitar per preguntar:

—Adad Palusi, em va estranyar que te n'anessis, que abandonessis els teus. I encara més que en tot aquest temps no tornessis. I ara digues: què pot haver-hi de més poderós que l'amor envers els teus familiars perquè ho avantposis a les teves obligacions cap a ells?

—Veuràs, Marc Tul·li. En mi sempre havia niat la inquietud espiritual. Quan em preguntava sobre el món dels déus, em deia: «Ha de ser un lloc on hi ha la resposta a totes, totes les preguntes». Bé, doncs, si hagués estat així, tard o d'hora hauria tornat amb la meva família. Però el que he trobat aquí, Marc Tul·li, ho excedeix tot en magnificència: aquí hi ha totes, totes les preguntes.

Adad i Baltasar no es posaven d'acord. Jo me n'havia d'anar; me'n volia anar, de fet. Vaig interpel·lar Baltasar:

—Tota la teva família, menys Adad, són morts. Ningú et recriminarà que no tornis. Per què no et quedes?

Però ell era Baltasar, no Adad, i em va contestar a la manera ruda dels caçadors:

—I per què vols que sigui? Perquè els homes no estan fets per viure en un coi de cova.

I, dit això, va sortir d'allà sense esperar-me ni mirar enrere.

Vam fer tot el trajecte de tornada en silenci. Tots dos havíem perdut la il·lusió i l'esperança. I, en certa manera, Baltasar m'acusava d'aquell terrible desencís fraternal. Potser no tenia raó, però tenia raons. Quan ja ascendíem per les parets interiors del cràter del Vesuvi, em va dir:

—Abans t'havia de matar, però no t'odiava. Ara ja no t'he de matar, però t'odio.

Quina impotència és més desoladora, Prosèrpina? La de l'home que no pot salvar la humanitat o la de l'home que no pot salvar el germà tan estimat? Sí, tens raó: són molt semblants.

* * *

Vaig haver de tornar al campament servil per recuperar el meu cavall. Estava lligat molt a prop de la tenda de Libertus i ens vam tornar a veure. Ella també era allà: Sitir. Li passava un braç pel coll. No sé què em dolia més, si el refús de Libertus o l'amor d'ella per aquell home. Bé, de fet sí que ho sabia: aquella abraçada em feia més mal que una punyalada o una caiguda a un pou.

Ja no teníem res a dir-nos, però mentre ajustava la sella vaig dirigir-me a Libertus:

—Comets un error fatal —li vaig dir amb veu rancuniosa—. Però quan te n'adonis ja serà massa tard.

—Ets tu qui no vol entendre la potència de tots els esclaus del món alçats —va replicar—. Imagina't quan en siguem deu vegades més, cent vegades més, mil vegades més. Cap força del món, o del submon, podrà aturar això.

—No és una qüestió de quantitat, sinó d'entrenament i destresa! —vaig explotar—. Els teus trinxeraires no poden comparar-se amb les legions del Senat, i molt menys amb les tectòniques.

—Aquests «trinxeraires», com tu dius, van ser derrotats per Cèsar, sí, però pels pèls. Imagina't quan estiguin ben armats. Un legionari lluita per la paga; un tectònic, per la carn. Ells —va dir assenyalant el campament— lluiten per una Idea.

—Continua somiant! —vaig cridar—. Cèsar us hauria pogut exterminar, en aquella batalla. Sí, ho has sentit bé: exterminar! Saps per què no ho va fer? Perquè els teus homes eren molt bons lluitant? No! Per pura política! Cèsar se n'havia de tornar a les Gàl·lies, però volia deixar un bon merder a Pompeu per mantenir-lo ocupat. Per això no us va perseguir. —Vaig apel·lar a Palusi—: Baltasar! Tu vas dirigir aquesta gent en la batalla. Són un exèrcit immadur! Tinc raó o no en tinc?

Baltasar no va dir res, encara estava capficat amb el que acabava de saber sobre el seu germà, però era obvi que coincidia amb mi. Vaig tornar a interpel·lar Libertus:

—I tu, il·lús, m'estàs dient que derrotaràs les forces de Cèsar, més les de Pompeu, més les legions tectòniques, que són més disciplinades que les falanges macedòniques, i que a més ho faràs amb uns homes que encara no tens, amb unes armes que encara no tens, i sense temps per aconseguir les armes ni per entrenar els homes.

Libertus va avançar un pas cap a mi. Feia un somriure superior, condescendent.

—Marc Tul·li, vaig ser el teu esclau i ara podria venjar-me. Però no ho faré. Ben al contrari: Marc, uneix-te a mi. Ja no ets aquell noiet patrici arrogant i pretensiós que va sortir cap a l'Àfrica. I puc llegir-te l'ànima: el teu cor està més a prop de nosaltres que del Senat.

—Sí, és veritat! Però em sento tan lluny de qui dirigeix els servus com de qui dirigeix el Senat! —vaig proclamar.

Libertus va limitar-se a alçar les espatlles en un gest d'indiferència. Allò em va ofendre.

—Saps què, Libertus? —vaig vomitar—. Des que els tectons van irrompre, he pogut constatar un fenomen d'allò més sorprenent: la gran quantitat de persones que consideren que hi ha coses més importants que la Fi del Món. I hi ha un patró que es repeteix cada vegada: com més amunt està una persona, més reticent és a fer res per impedir la Fi del Món. Però Cèsar i Pompeu tenen una excusa: no coneixen els tectònics, o almenys no n'han vist cap. Tu, sí. I no obstant això, actues com ells: poses els teus interessos per damunt dels de la causa general de tots els humans. Potser no ets un cínic com els triumvirs, però ets un fanàtic.

—Ara tinc una reunió important. —Es va girar i, quan ja estava d'esquena, va dir, sarcàstic—: Bon viatge. Recordes la resposta, oi?

No va esperar la meva confirmació. Es va tornar a ficar a la tenda, seguit per Baltasar i un parell d'individus. Sitir, no. Es va quedar allà. Em mirava. Jo tenia les regnes del cavall a la mà, però encara no m'hi vaig enfilar.

—Sí, ja ho sé, el teu món és el de les emocions que suren en l'aire —vaig dir irritat i desesperançat—. Però a mi m'han educat en la lògica grega més racional. I saps què em diu, la lògica? Que Cèsar, que és el geni militar més gran de Roma, no té cap dubte que serà derrotat inexorablement pels tectònics. Si fins i tot Cèsar ho sap, com pots esperar que Libertus venci els tectons?

Sitir dubtava. Vaig fer un pas cap a ella sense deixar les regnes.

—Només viuran els que siguin capaços de canviar —vaig sentenciar—. Tu m'instaves, m'urgies, a deixar de ser un pollet. I, des que ens vam conèixer, la meva vida no ha deixat de ser una dolorosa metamorfosi. I tu, Sitir Tra —vaig afegir amb èmfasi acusador—, què penses fer? Repartir cops de puny i prou?

—Jo soc una aspa.

—Ajuda'm! —vaig bramar.

Crec, Prosèrpina, que aquell va ser un dels instants més decisius de la nostra tragèdia. Perquè Sitir no deia res, més hermètica que mai. Només em mirava amb els seus ulls verds de gata lúcida. Jo vaig esbufegar, desencisat, i vaig muntar. Però quan el coll del cavall ja girava en direcció a Roma, ella va retenir les regnes amb mà ferma.

—Espera —va dir. I va entrar a la tenda on estaven Libertus i els altres.

Vaig esperar. Per què no? Vaig baixar del cavall. De l'interior de la tenda em van arribar crits. Debatien, estava clar. Vaig seure en un tronc. Va passar una bona estona. Una mica més enllà hi havia un vell que em recordava Demetri, el nostre criat domèstic.

—Tinc gana —li vaig exigir.

—Jo també —va ser la resposta.

No, no era com Demetri.

Poc després sortien de la tenda: Libertus, Palusi, Sitir Tra i uns altres. Em vaig posar dret. Libertus se'm va plantar al davant i va dir:

—Hem pres una nova decisió. Demostrarem a la noblesa romana que som gent responsable: acceptem sotmetre'ns a un comandament militar conjunt fins que derrotem els tectons.

No em vaig poder contenir. Me li vaig llançar al damunt, li vaig besar les dues galtes, quatre vegades cadascuna. Ell va ser cordial, però gens efusiu. Va retirar les meves mans del seu cos.

—Només un detall més, Marc Tul·li: baixarem de les muntanyes quan el Senat es reuneixi i aprovi públicament una llei, no abans.

—No caldrà ni que es reuneixin —vaig assegurar tot content—, l'amnistia ja està a punt. Es pot signar de seguida que...

—Jo et parlo de lleis, no d'amnisties —em va interrompre Libertus—. Ens unirem a les tropes romanes quan el Senat voti l'abolició de l'esclavatge.

Em vaig quedar amb la boca oberta, com un perfecte babau. No em podia creure la seva gosadia.

—El Senat votarà la fi, la condemna i la persecució d'aquesta institució criminal —va continuar Libertus—. Concedirà un termini de quinze dies per alliberar tots els esclaus de la ciutat, del Laci, d'Itàlia i de les províncies i, passada aquesta quinzena, crucificarà els dòminus que s'hi resisteixin. Tots els homes seran lliures. Així mateix, Roma s'ha de comprometre a declarar-se enemiga de qualsevol regne o república que mantingui en vigor l'esclavisme.

—Però, però, però —vaig balbucejar—, no aprovaran mai una cosa així!

—Per què no? —va dir Libertus—. Ens necessiten. És això o la mort. I prou terrible, per cert.

Vaig mirar Palusi i sobretot Sitir: no calien paraules per saber que tots dos havien donat suport a aquella proposta. Era una bogeria. Però almenys no era un no.

Sitir em mirava sense parpellejar. Les comissures dels seus llavis van dibuixar un somriure gairebé imperceptible. Però somriure, al capdavall.

A l'Àfrica havia demanat ajuda al pare i no l'havia obtingut; al submon, havia demanat ajuda a Déu, i no me l'havia pogut concedir. Sí, Prosèrpina, així és: en aquesta vida només podem comptar amb l'ajuda dels amors furtius.

* * *

Quan vaig fer saber la proposta de Libertus als triumvirs i a Ciceró, el que més indignat i furiós es va mostrar, ves per on, va ser el meu pare. Ens havíem reunit tots quatre en una habitació de la nostra casa de la Suburra. Ciceró no podia parar quiet. Semblava un animal tancat en una gàbia. Anava de paret a paret cridant tot sol:

—Esclaus! L'esclavatge és una mena de minusvalidesa que emparenta els esclaus amb els nens, els dements i les dones. Com ens va poder passar pel cap negociar amb aquesta gent? I com pretenen que aprovem una cosa així?

—Perquè estan en una posició de força —va dir Cèsar—. No tenim alternativa i ho saben. Així és com funcionen les coses.

—I una merda! —va protestar Pompeu—. Som Roma. Un esclau no dona ordres als optimats més poderosos de Roma. Així és com funcionen les coses!

—No. Així és com seria si clavant un cop de peu a terra apareguessin legions per tot Itàlia —va ironitzar Cèsar recordant les paraules de Pompeu.

Van començar a discutir entre ells. Ciceró els va fer callar demanant una quarta opinió. La meva.

—Marc, tu has estat allà, amb ells, al Vesuvi. Els coneixes. Digues: creus que aquest Libertus acceptaria un regateig de les seves condicions?

—No —vaig dir rotund—. Aquest home no hi entén, de regatejos. És més: vaig arrencar-li aquesta oferta com una concessió extrema. No modificarà la seva postura. Això és segur.

—Una indignitat, una indignitat... —mussitava Pompeu amb aquells ullets mandrosos clavats a terra, com si admirés el mosaic.

—Potser sí que és una indignitat, però ben curiosa, perquè Libertus ni tan sols em va preguntar pels deu milions de sestercis.

—Només són esclaus —va replicar Pompeu—. Usem-los a la nostra conveniència i ja està.

—Creus que serà tan fàcil? —es va desesperar Ciceró.

—Enganyem-los! —va insistir Pompeu com si no hagués sentit el meu pare—. Són la xusma de la xusma, no ens hi lliga cap pacte d'honor, amb aquesta gent, i estem parlant de la salvació de Roma.

—I què et fa suposar que es deixaran enganyar? —va intervenir Cèsar—. Creus que confiaran en tu? En mi? En Ciceró, que els tracta de nens i de dements?

—En qualsevol cas, com els podem enganyar? —va reblar Ciceró—. Libertus era un esclau; a Roma n'hi ha milers que simpatitzen amb la seva causa. Segur que té espies per tot arreu. A casa dels senadors i escombrant el mateix Senat. Si intentem enganyar-lo, ho sabrà abans que nosaltres mateixos.

Van tornar a embrancar-se en una discussió a tres bandes, i aquesta vegada a crits. Quan feia estona que s'escridassaven, Ciceró em va agafar pel colze i em va arrossegar cap a la porta.

—Surt, Marc, però estigues a prop per si et necessitem.

I em va fer sortir de l'habitació. La porta era gruixuda, però se sentien els crits perfectament. Me'n vaig anar al jardí, a llegir. Fins i tot em vaig sentir bé llegint mentre m'arribava el retruny de la baralla. Tal com diria el poeta al seu vers més cruel, «Oh, bella tempesta! Quin gran plaer és observar des de la riba les dificultats dels altres a alta mar».

Al cap d'una estona em van tornar a cridar. S'havien calmat una mica, no gaire. Tots tres em miraven fixament, en silenci. Em va estranyar tanta atenció posada sobre la meva persona.

—Marc —em va preguntar Ciceró—, tu què faries?

—Jo? —vaig fer sorprès per la pregunta. No vaig tenir cap dubte sobre la resposta—: Pactaria amb Libertus. Aprovaria la seva llei. Sense vacil·lar.

—L'esclavatge és més que una institució, l'esclavatge és Roma! —es va exclamar Pompeu—. No podem concebre la vida sense ell.

—Doncs ho haureu de fer —vaig dir tranquil·lament—. Quina és l'alternativa?

Tots ho sabien: que els tectons se'ns mengessin. El meu pare em va dir:

—Encara que volguéssim aprovar aquesta llei, no podríem. El Senat s'hi oposaria en bloc.

—Per què? —vaig preguntar—. El Senat està dividit en tres terços. Cèsar en dirigeix un; Pompeu, un altre, i el tercer està orfe des de la mort de Cras. Estic segur, pare, que acceptarien que els acabdillés algú amb tant de prestigi com Marc Tul·li Ciceró.

Es va posar dret, indignat:

—Som Roma, Marc, no una tirania oriental! Podem representar un grup de senadors, no donar-los ordres. I encara menys contra la seva consciència.

Vaig arronsar les espatlles.

—O aconseguiu domesticar la consciència dels senadors, o els tectons se'ns cruspiran vius. I ho faran amb unes boques armades de tres fileres de dents.

Dit això, qui es va posar dret vaig ser jo:

—Pare, tu sempre ho has dit: canviar o morir. La vida és canvi i transformació. Els éssers humans canviem; les societats humanes, també. Roma és gran perquè es va saber adaptar. Vam començar sent una monarquia, però vam fer fora els reis per esdevenir República. Cada enemic que hem tingut ens ha canviat, i sempre a millor. Ara, els tectònics, que són el pitjor enemic imaginable, ens impel·leixen a un canvi nou i revolucionari: abolir l'esclavatge i convertir-nos en una societat d'homes lliures.

Ciceró es va tornar a asseure. I saps què, Prosèrpina? Se li escapava un somriure feliç. Aleshores ho vaig entendre: el meu pare només m'havia interrogat perquè jo digués per la meva boca el que ell pensava. Llavors va dir a Cèsar i Pompeu:

—Ho veieu? És inevitable. Cal fer-ho. Encara que no ens agradi. Cal fer-ho!

Cèsar i Pompeu li defugien la mirada.

—Vull un sí! —va exigir Ciceró.

Tots dos van assentir. El meu pare va afegir amb la seva veuassa greu:

—Molt bé. Prepararé el discurs.

16

Ciceró va estar treballant en el seu discurs durant tres dies amb les seves nits. Jo no l'havia vist mai tan entregat a una tasca, tan absort i satisfet amb ell mateix. Per un curt espai de temps va tornar a ser el Ciceró d'abans. Fins i tot la nostra relació va millorar una mica. Almenys durant els pocs moments en què departíem, perquè no el veia gaire: es passava el dia tancat al seu escriptori o assajant la seva retòrica al jardí, tot sol.

Mentrestant, jo m'entretenia llegint i rellegint la darrera carta de Bògud. En essència eren bones notícies. Havia seguit els meus consells: la població s'havia amagat a Antiatles i ell s'havia posat al capdavant d'uns deu mil genets númides. Ja t'he referit, estimada Prosèrpina, que quan els tectons havien creuat Mauritània, Bògud havia tingut el bon seny de no enfrontar-s'hi amb el seu petit exèrcit. A la carta em confiava que esperava recalar ben aviat a la costa italiana: el Senat i César li havien confirmat l'enviament d'una flota de transport per a ell, els númides i els seus cavalls. (Transportar tants cavalls per mar era una gesta logística. Però calia fer-ho. Un númida sense el seu cavallet africà era tan inútil com una fletxa sense arc). També m'explicava algunes petites escaramusses, i molt reeixides.

Et deus estar preguntant, Prosèrpina, contra quin enemic

lluitava el rei Bògud, si les legions tectòniques ja havien creuat les Columnes d'Hèrcules i havien deixat enrere el regne maurità. La resposta és contra els calcs.

Durant el trànsit de les legions subterrànies per Mauritània havien «nascut» alguns tectons. Com saps, per referir-se als nous individus que apareixien a partir d'altres, els tectònics usaven una paraula que podria traduir-se, molt aproximadament, com «calc», perquè és el que venien a ser, calcs gairebé idèntics del tectó original del qual emergien i es desprenien. Quan un calc se separava del tot, es quedava estès a terra una bona estona sense que ningú l'ajudés. (Recordo el primer cop que vaig veure néixer un calc. Ingenu de mi, vaig preguntar al tectó del qual s'havia desprès per què no l'ajudava, i la resposta va ser: «Per què?»).

El calc apareixia embolicat en una mena de membrana que recordava una espessa placenta bovina, però més fastigosa i pudent encara. Durant un lapse de temps, que podia durar entre mig dia i dia i mig, el calc aprenia a respirar, a controlar el moviment de les extremitats i a mantenir l'equilibri, i també es desprenia de la seva placenta. De quina manera? Menjant-se-la, és clar. Així doncs, es podria dir que el primer aliment d'un tectó era ell mateix. (Durant les meves reclusions al submon, vaig veure els primers moments de vida de força calcs, i t'asseguro, Prosèrpina, que era una visió d'allò més inquietant i repulsiva). S'anaven posant drets a poc a poc, més o menys com fa el bestiar nounat, però amb un afegit: mentre adquirien verticalitat, cridaven els insectes que hi havia per la zona, que hi acudien dòcilment, se'ls enfilaven pel cos a milers fins a cobrir-los del tot, trenaven les potes entre ells i es convertien en la seva primera vestimenta.

Com deus comprendre, Prosèrpina, durant aquest procés, el calc era un ésser d'allò més vulnerable. Al seu món soterrani això no tenia cap importància: el calc es prenia el seu temps i, quan estava llest, s'incorporava a la República tectònica, que així guanyava un nou membre de ple dret, adult i format. Però els calcs que naixien durant una campanya militar podien tenir problemes. Si l'exèrcit estava lluny de casa, en territori enemic i en moviment, i volien incorporar-se a les legions tectones, havien de valdre's per ells mateixos, perquè ningú s'aturava a esperar-los . Ja t'he dit, Prosèrpina, que els tectònics sentien tan poc amor pels calcs com per qualsevol altre membre de la seva nació, de manera que havien d'espavilar-se sols. No m'estendré sobre la qüestió. Només et diré que, una vegada, vaig preguntar al mateix Nestedum com podien ser tan indiferents al destí d'unes criatures que emanaven del seu propi cos. Nestedum em va mirar amb aquells ulls tan grossos, desconcertat; ni tan sols comprenia la meva recriminació. «Som molt considerats amb ells», em va dir. «No ens els mengem».

En fi, Prosèrpina, i resumint-ho: que les escaramusses que Bògud mencionava eren contra els centenars i centenars de calcs que havien nascut mentre el seu exèrcit travessava Mauritània i s'havien quedat enrere.

Bògud no va atacar la llarguíssima columna tectònica, però va seguir-la de ben a prop, com una guineu un ramat de búfals. No va provocar l'enfrontament amb el cos de l'exèrcit enemic, però va anar matant els calcs que els tectons deixaven a les vores dels camins. Alguns els trobaven debatent-se encara amb la seva membrana, o menjant-se-la, o intentant dreçar-se sobre uns ossos encara tous. Els altres ja corrien com cabirols, tot buscant incorporar-se a la cua de l'exèrcit. Els genets númides, naturalment, els mataven a cops de llança.

I aquí, un detall: Bògud i els seus homes tenien un esperit observador i van constatar una cosa que ja t'he comentat, Prosèrpina: que després dels grans banquets apareixien més calcs que de costum, molts més.

Perquè n'hi va haver, de festins amb carn mauritana. Malgrat els bons consells del seu rei, al regne de Bògud es van produir grans matances d'humans. A la ciutat de Rajnem, per exemple. Tot i les ordres i advertències de Bògud, els seus habitants es van negar a marxar. Que per què, dius? Ves a saber. Perquè no es van creure una amenaça tan fantàstica, o perquè mentre la gent sigui gent es cometran estupideses. I, en qualsevol cas, Prosèrpina, la gent és estranya.

La qüestió és que els seus deu mil habitants es van quedar a la ciutat, que, a més, ni tan sols tenia muralles. (El pare de Bògud havia manat demolir els emmurallaments de totes les seves urbs; no s'entenia gens amb el patriciat urbà i temia que algun rebel s'hi atrinxerés). En fi, no cal que t'expliqui què va passar a la malaguanyada Rajnem. Parafrasejant Cèsar, els tectons van venir, van veure i van esmorzar. I van seguir la seva ruta. Bògud es va enfurismar. I no només per la barbàrie. També per l'ofensa al principi estratègic: el seu pla era negar als tectònics el pa i la sal (o sigui, la carn humana i la de porc), perquè la falta de provisions consumís l'enemic. Però, mentre existissin ciutats com Rajnem, els tectons podien estar tranquils, que arribarien a les portes de Roma tips i ben tips.

En qualsevol cas, el més notable, estimada Prosèrpina, va ser el que va passar al cap d'uns dies. Tres jornades després del gran banquet de Rajnem, els homes de Bògud van constatar que apareixien molts més calcs del que era habitual als marges dels camins. Tants, que els númides no donaven l'abast a matar-los. Un centenar fins i tot van aconseguir agrupar-se i fer-se forts rere els murs d'una vil·la agrícola. No tenien cap possibilitat de sortir-se'n, és clar, desarmats i envoltats com estaven pels númides. Però Bògud no tenia temps per a un setge. Era un africà astut i va procedir de la manera següent: va lligar un parell de porcs a unes estaques, a la vista dels tectons, i va esperar. La gana i la golafreria dels calcs no van poder suportar gaire estona aquella visió. Van sortir a menjar-se'ls i, quan van estar amuntegats tots com voltors al voltant d'una carronya, els númides van carregar.

Mentrestant, Ciceró seguia tancat a les seves estances, treballant en un discurs que hauria de canviar la història romana. (I salvar Roma). A mi em vencien, a parts iguals, l'ansietat i l'admiració. Ansietat perquè els tectònics cada dia eren més i més a prop, i admiració per la calma d'esperit del meu pare. Es deia que els tectònics ja havien creuat els Alps. Així com Anníbal havia perdut gairebé tots els elefants que duia en les aspreses del pas, i força cavalls, ells havien perdut primer la major part d'erugoms, i ara, molts tritons. Però, igual que Anníbal, el seu exèrcit havia aconseguit creuar els Alps. I s'apropava a Roma. Aquell era el fet.

Pel que fa al meu pare, si l'abordava per intentar fer-li entendre que ja gairebé no ens quedava temps, ell es limitava a respondre amb aquesta sentència:

—Fem que el monstre cedeixi davant la toga.

(Poc modest, es parafrasejava a ell mateix, que en certa ocasió havia proclamat: «Fem que l'espasa cedeixi davant la toga»).

Quan només faltava un dia per a la sessió del Senat en què s'havia de decidir tot, per fi, va sol·licitar la meva presència.

—Vull que llegeixis això —em va dir tot allargant-me un escrit molt llarg.

El vaig llegir. En efecte: era el discurs. Era superb. No, més: insuperable. I, creu-me, Prosèrpina, si et dic que no em guiava l'amor filial. Així l'hi vaig dir.

—No m'has entès —va replicar—. No t'estic demanant l'opinió; t'estic demanant que el llegeixis. Al Senat. Tu. A la sessió de demà.

Pots entendre, Prosèrpina, les emocions que em van embargar? El meu pare, Ciceró, em demanava que llegís el discurs més important dels cinc-cents anys de l'existència de la ciutat.

—No, no et puc substituir —vaig dir amb la veu escanyada—. Ningú pot.

—No em suplantes, em continues. Ets el meu fill. Jo soc Roma, tu ets el futur de Roma. Jo ho he escrit, tu ho llegiràs.

Com et deus imaginar, Prosèrpina, m'hi vaig negar amb vehemència. Em va mirar als ulls i va dir:

—Marc, pensa: la meva llarga carrera política, inevitablement, m'ha creat molts enemics. En canvi, tu ets un nouvingut. Ningú sent animadversió cap a tu. Els impressionaràs. I només així hi votaran a favor.

De la paternitat: tendim a exigir als nostres progenitors que siguin els pares que ens agradaria que fossin, quan en realitat només els podem demanar que facin el que puguin. I ja està. Havia esperat de Ciceró un consol impossible, ja que impossibles havien estat els meus dolors subterranis. Si ni jo mateix podia comprendre els abismes d'horror en què m'havia vist sumit, com podia exigir-li a ell que els esvaís? No. El meu pare podia ser el millor romà, però no era un déu. I ni els déus ho poden tot. El bon pare no és bo en tot; el bon pare és el que dona al seu fill el millor de si mateix. I ara, com a prova del seu amor, em posava a les mans el millor dels seus talents: la seva oratòria.

L'endemà, quan vam entrar al Senat, em tremolaven els genolls. I t'asseguro, Prosèrpina, que no és una metàfora. Perquè no hi havia res decidit. El Senat havia de votar la proposta d'abolir l'esclavatge, i el resultat era més que incert. Sí, és clar: Ciceró, Cèsar i Pompeu havien mogut els fils, però no hi havia cap certesa. Deixa'm explicar-te per què.

Per simplificar les coses, Prosèrpina, t'he dit que els tres membres del triumvirat, Cèsar, Pompeu i Cras, controlaven cadascun un terç de senadors. Però això no és del tot exacte.

Més que domini, allò que els triumvirs exercien sobre les seves respectives faccions era una mena d'influència personal, important però difusa. Estaven units per llaços d'amistat, clientelisme, interessos, parentiu i memòria comuna. Però res més. Els tres grups no tenien fronteres definides i políticament estaven diluïts. Els transvasaments de vots eren freqüents, en especial quan hi havia diners pel mig. I el més decisiu: no hi havia a tot l'orbe civilitzat colla més profundament corrupta que el Senat de Roma. El meu pare calculava que, de sis-cents senadors, només n'hi havia sis d'íntegres. Com deia Ciceró fent un joc de paraules quan només el sentien els amics, dels sis centenars de «pares de la pàtria» només n'hi havia sis que no fossin «pederastes», és a dir, que no haguessin abusat dels seus fills (els ciutadans).

Va començar la sessió. Es va fer el silenci. Tothom sabia per què érem allà. Jo seia al costat del meu pare. Quan va arribar el moment, em va animar a alçar-me amb un lleu copet a l'espatlla. Em vaig posar dret per parlar. Els ulls més poderosos del món em miraven. Vaig començar a llegir el discurs. Dues línies, tres. No vaig poder continuar. No, no vaig poder.

No era el meu discurs, era el de Ciceró. No eren les meves paraules, eren les del meu pare. I jo no era el meu pare. Vaig enrotllar el pergamí.

Cèsar i Pompeu van mirar el meu pare alarmats i furiosos. Ell estava desencaixat. Però vaig parlar.

—Jo vaig ser esclau —vaig dir, per a escàndol de tots.

Un patrici esclau! No et pots ni imaginar, Prosèrpina, l'impacte que van tenir aquestes paraules en una càmera tan augusta. Perquè no vaig dir «Vaig ser captiu en espera que paguessin un rescat per mi», com podia passar si, per exemple, uns pirates capturaven un noble romà. No. El que vaig dir va ser: «Jo vaig ser esclau». Malgrat els murmuris, vaig continuar. No havíem de posar fi a l'esclavatge per necessitat, sinó per principis, i així ho vaig manifestar. Els vaig parlar de l'inframon. Del que m'havia passat a mi, un patrici. Els vaig parlar d'un horror sense fi. Ara, per sort, era lliure. Però nosaltres condemnàvem a aquest destí els nostres mateixos congèneres. Jo, quan era al meu captiveri subterrani, tenia un altre món on tornar, on fugir. Els nostres servidors no tenien ni això: havíem convertit el seu món en un inframon. I encara ens estranyava que s'aixequessin en armes contra nosaltres?

—Fins i tot una cosa tan horrible com els tectònics pot ser bona —vaig dir—. Sí, poden ser bons per a nosaltres. Perquè la seva arribada ho altera tot. La nostra vida, la nostra història. Sense ells, què hauria passat? No ho sabrem mai. Potser la guerra civil. I, digueu-m'ho de cor, qui voldria participar en un conflicte entre germans? Ningú. I alhora, què pot ser més digne que una guerra per la mateixa supervivència del gènere humà? Qui podria abstenir-se de lluitar-hi? Ningú. I el primer pas per vèncer aquesta lluita per la vida és abolir l'esclavitud.

Un patrici no plora. Però quan estava culminant el meu discurs improvisat vaig notar que se m'acumulaven les llàgrimes darrere les parpelles, un torrent sencer pugnava per emergir pels meus ulls. Un patrici no plora. Recordes, Prosèrpina? No, no plora. Aquest va ser el pitjor moment: si plorava, tot se n'anava en orris. Si plorava, les meves llàgrimes els dirien que no era digne de les meves paraules. Sí, Prosèrpina, sí, així érem els patricis abans de la Fi del Món. Per un instant vaig pensar que se'm rebentaria la cara. Com vaig poder contenir aquella emoció tan intensa? Encara ara no n'estic segur. Si jo cregués en l'altra vida, Prosèrpina, et diria que tots els lèmurs benignes dels nostres avantpassats Tul·li van acudir a ajudar-me.

Vaig inspirar aire, molt d'aire. Els vaig comminar a posar fi a l'esclavatge. I vaig concloure:

—Feu-ho.

Van esclatar en aplaudiments. No m'ho podia creure. Aquelles ànimes podrides m'ovacionaven! A mi! Victorejaven i aplaudien, aplaudien i victorejaven. Ni tan sols va caldre comptar els vots; tots els braços es van alçar, entusiastes i unànimes. Ciceró va venir a mi i em va abraçar davant de tothom. El meu pare.

L'uixer va picar a terra amb el bastó de sessions i va fer aquesta crida solemne:

—I ara, pares conscrits, ocupem els llocs que els nostres generals ens adjudiquin, prepareu-vos per al combat, i que els déus protegeixin la ciutat.

Sí, va ser un gran moment. Poques vegades havia viscut Roma tanta unitat cívica. L'abraçada amb el meu pare il·lustrava aquella unió de propòsits.

Tot i l'emoció, però, no em vaig quedar gaire estona a gaudir de l'aplaudiment general. Vaig sortir immediatament de l'edifici i vaig demanar una muntura ràpida. Necessitava ser el primer de comunicar a Libertus i els altres la decisió del Senat. Vaig cavalcar cap al sud, en direcció al Vesuvi. Només em vaig aturar per canviar de cavall. Vaig plantar-me davant de la tenda de Libertus i Sitir Tra. Eren allà. També Palusi. Estaven alliçonant unes dotzenes d'esclaus fugits que acabaven d'incorporar-se a l'exèrcit rebel.

Els vaig interrompre amb els meus crits:

—Ja està! Ja està! El Senat ho ha aprovat!

Em van mirar amb una ganyota més de sorpresa que d'alegria, potser perquè la notícia els havia agafat d'improvís.

Vaig mirar Libertus als ulls.

—Som lliures.

Aquest «som», en comptes de «sou», estimada Prosèrpina, significava moltes coses.

Vaig callar, vaig mirar al meu voltant. Ja estava fet. I llavors em vaig ensorrar.

Vaig caure de genolls als peus de Libertus. No vaig poder contenir més el plor. Un patrici romà no plora. Doncs jo vaig plorar. Sí, aquell dia. Per fi. Vaig abocar totes les llàgrimes del món, totes les llàgrimes del submon. Allà, de genolls davant de Libertus, tapant-me el cap amb un mantell per amagar la vergonya. Perquè era més que dolor, Prosèrpina, també era vergonya. Vergonya perquè sabia que, si els tectons no m'haguessin reduït a la condició d'esclau, no hauria entès mai el patiment dels altres. A quants milions d'individus havíem fet patir un infern en vida mentre jo ho consentia? Homes i dones com els que ara m'envoltaven, mirant-me amb ulls de gossos bastonejats.

Va ser Sitir Tra qui va venir al meu rescat.

—Alça't —va dir estirant-me un braç—. Aquí pots riure o plorar, però dempeus.

Em va abraçar. Palusi em va posar una mà a l'espatlla. Libertus em va mirar als ulls, a mi, l'home que havia estat el seu amo, l'home que li havia ofès el cos i l'esperit, i també em va abraçar.

Roma era això, em vaig dir. La Roma del meu pare era la llum del món; la meva Roma era aquella abraçada. Per al meu pare, Roma era la cultura; per a mi, la fraternitat. I ara combatrien unides.

Libertus es va enfilar a una petita roca. Al costat hi havia aquella estàtua mediocre dedicada a Qal. Va petonejar-li la galta de pedra i va parlar als seus, que s'hi havien congregat espontàniament.

—El Senat ha abolit l'esclavatge. Ja som lliures —els va anunciar—. Però aquest no és el final de la nostra lluita. Fins ara hem combatut per conquerir la llibertat; ara hem de lluitar per conservar-la.

No hi va haver ovacions. No hi va haver crits ni alegries. Potser eren els miserables de la Terra, però eren uns miserables lúcids: sabien que allò no era la fi del dolor, només la de l'opressió.

—Ara, sí —em va dir Sitir, al meu costat.

Jo no ho entenia. Va somriure:

—Ara sí que has tornat d'allà baix.

Va acostar la mà a la meva, els seus dits es van entrellaçar amb els meus, i tots dos vam saber què estava pensant l'altre: en aquell dia, al Forat de la Mantícora, en què la seva mà no havia pogut sostenir la meva.

* * *

Amb l'exèrcit tectònic a només unes setmanes de marxa dels nostres murs, la gran esperança per salvar Roma es deia Juli Cèsar. Però no ho tenia gens fàcil.

Mentre els tectònics s'acostaven, imparables, l'autèntic problema de Cèsar era un altre: els amics i els aliats. O sigui, Pompeu, el Senat i Libertus. Amb aquesta gent, amb aquests poders tan divergents i hostils a la seva persona, havia de crear un exèrcit compacte i eficaç i derrotar la pitjor amenaça de l'univers.

Per començar, ni tan sols estava clar que Cèsar ostentés el comandament suprem de les tropes. Pompeu, naturalment, l'hi disputava. I la veritat, Prosèrpina, és que era un conflicte irresoluble en la seva essència mateixa. És fàcil d'entendre: s'acostava la gran batalla contra els tectons; en cas de derrota, tant era qui hagués estat al comandament, perquè hauríem mort tots. Però, si vencíem, tothom sabia què faria el general victoriós, tant si era Cèsar com si era Pompeu, immediatament després de la batalla: buscar un motiu qualsevol per assassinar l'altre.

Bògud va desembarcar a Òstia amb els seus deu mil genets. Després d'abraçar-me amb el seu gran somriure i la seva manicura de deu colors, el primer que em va preguntar va ser:

—I bé? Sota les ordres de qui he de posar la meva persona i els meus númides?

Jo no vaig poder fer altra cosa que encongir-me d'espatlles:

—Per ser-te sincer, amic Bògud, no en tinc ni punyetera idea.

La gent és estranya, Prosèrpina.

Després hi havia el Senat. En aquesta lluita a vida o mort, en el moment més perillós i decisiu dels cinc-cents anys d'història de la ciutat, en què creus, Prosèrpina, que pensaven els nostres honorables i digníssims pares conscrits? En com proporcionar més i millors mitjans de defensa a la República? En com fomentar la pietat envers els déus i la concòrdia entre els seus conciutadans? Ni de bon tros! L'únic que tenien al cap era com obtenir beneficis d'aquella crisi mortal. Talment.

Vam tenir molt poc temps abans que els tectons es presentessin davant dels nostres murs, però prou perquè els senadors especulessin amb el menjar, les provisions i fins i tot amb les armes i armadures que la República havia d'adquirir per formar les legions de Pompeu. I el més risible: n'hi va haver que van comprar totes les cadellades de porcs a la venda. Com que els tectons menjaven tant carn humana com porcina, van calcular que el preu pujaria, i ells podrien enriquir-se acumulant tants garrins com poguessin. (No tenia cap lògica: que els tectons mengessin porcs no en faria augmentar el preu, de la mateixa manera que el preu de la tonyina no s'incrementava pel fet que formés part de la dieta dels taurons. Però la gent és estranya, Prosèrpina). Hi va haver, fins i tot, senadors tan abjectes que, a falta de porqueres disponibles, van arribar a omplir de marrans les seves pròpies cases, horts i jardins. Un dia que Ciceró i jo passàvem per davant d'un d'aquells domicilis, vam sentir els grunyits de desenes de porquets i el meu pare va exclamar:

—Pels déus! Com ha crescut darrerament la família d'Aulus Murci!

Però el seu sarcasme no aconseguia amagar la indignació i la decepció que li causava la mesquinesa de l'aristocràcia romana. Van tenir un comportament infame. Durant la guerra d'Annίbal, els rics competien per veure qui era el que més emprèstits de la República comprava. Eren préstecs sense interessos, i això en un temps en què podien arribar fins al trenta per cent. Què havia canviat en menys de tres generacions? Segurament, que Roma havia esdevingut propietària del món. Ara els diners ho eren tot.

—El lucre —es lamentava Ciceró amargament—. Vet aquí la nostra perdició.

Tenia raó, però jo hi veia un bri d'esperança. Vaig pensar en el vell Ergaster i el seu relat sobre la fi de Cartago, i vaig dir:

—Semblem cartaginesos, que només adoraven els diners; i, no obstant això, amb tots els nostres defectes, pare, hem fet una cosa que ells no van saber fer: hem canviat. Roma ha abolit l'esclavatge.

—Sí, és clar —va sospirar Ciceró.

I, per fi, hi havia Libertus.

Cèsar, a l'espera que es resolguessin les disputes sobre qui ostentava el comandament, l'exercia de manera no oficial. També de manera no oficial m'havia nomenat enllaç amb els rebels. Un dia em va adjudicar una missió molt desagradable: que Libertus li transferís els aspa que estaven sota el seu comandament! Jo vaig esbufegar: estava segur de quina seria la resposta.

Vaig anar fins al campament. El primer amb qui vaig topar va ser Palusi. Seia sobre un tronc, abatut, ociós, treballant una fusta amb un petit ganivet. Abans de preguntar-li per Libertus vaig demanar per Sitir.

—Està allà —va dir.

El seu dit assenyalava una aspa que hi havia asseguda a terra, d'esquena a la nostra posició. Estava compartint, amb un grup de cinc homes i dones, una olla on havien cuinat unes llebres. Feliç, vaig anar-hi de seguida i li vaig posar una mà a l'espatlla. Va girar-se. Era una aspa, però no era Sitir. Per descomptat que no.

L'entrenament que rebien els aspa els modelava el cos de moltes maneres, i aquesta aspa, més que una dona, semblava un gladiador. Ara que la tenia més a prop, podia veure que tenia músculs fins i tot a les celles. Quina dona! Recordo que vaig fer un saltiró, com un gat que ensopega amb una serp. Devia ser bastant còmic, perquè al meu darrere vaig sentir Baltasar Palusi morint-se de riure. Pel que semblava, l'humor africà competia amb el de la Suburra.

M'hi vaig acostar enfadadíssim.

—I doncs? —se'n va burlar ell—. No és bella?

—Molta llebre haurà de menjar per tornar-se bella!

(És un acudit intraduïble, Prosèrpina; en llatí, «llebre», *lepus*, i «bellesa», *leps*, són paraules gairebé idèntiques, d'aquí el joc). Per fer-se perdonar, Baltasar em va convidar a un trago de vi calent. Mentre esperàvem Libertus, vam rememorar els vells temps i el Forat de la Mantícora. I també el que va passar després que els tectons se m'enduguessin.

—En la teva absència, Servus era un home lliure, i allà mateix, en aquell erm desert, va començar a parlar lliurement. I pels déus, com va parlar! Li va sortir un torrent d'amor i de força de la boca. Sí, això era. Amor i força.

—I us va comminar a destruir Roma —vaig dir jo.

—Oh, no! Les coses no van anar així —em va corregir Palusi—. Al principi només parlava de llibertat. I dels horrors de l'esclavatge. Sitir va decidir seguir-lo, i els esclaus del vell Ergaster, que tampoc tenien amo, també. Vam anar fins als grans latifundis agraris de la província predicant aquestes paraules. Molts esclaus deixaven caure l'aixada i ens seguien. Els capatassos, en veure una aspa, no gosaven fer servir el fuet. Aquells dies Servus només aspirava a alliberar el màxim nombre possible de servus. Ni tan sols va ser ell qui es va canviar el nom. Van ser els mateixos fugats els que van començar a anomenar-ho Libertus en comptes de Servus. Cada cop n'érem més i més. I quan el governador va enviar una tropa contra nosaltres, jo mateix vaig posar-me al capdavant de tota aquella gent: no vam tenir cap problema a liquidar-los. Després sí, Libertus va començar a parlar de la destrucció de Roma. Odiava Roma perquè odiava l'esclavatge.

Va fer una pausa i va reprendre el relat:

—Jo també vaig sentir l'influx de Libertus. El vaig seguir, per l'amor que li tenia i per la curiositat de veure coses grans. Quan ens vam plantar davant d'Útica, em va demanar que assumís el càrrec de general de les tropes.

Palusi havia fet un gran servei a la causa de Libertus. Des del primer moment s'havia convertit en el cap militar. De Libertus emanaven l'alè revolucionari, els discursos i les estratègies que havia de seguir el moviment servil. Els seus adeptes acataven la seva paraula com la d'un semideu. Però qui donava les ordres pràctiques, almenys en tot allò relacionat amb el món marcial, era Baltasar Palusi. Molts fins i tot li van posar el sobrenom de «sufet Palusi», pel seu origen nord-africà. I no ho havia fet gens malament. El seu exèrcit d'esparracats havia pres l'Àfrica i Sicília.

Aleshores va aparèixer Libertus. Va seure amb nosaltres i jo li vaig comunicar els desitjos de Cèsar: que Libertus li transferís tots els aspa sota el seu comandament.

Et recordo, Prosèrpina, que, des dels inicis de la revolta de

Libertus, la religió Gea patia una mena de guerra civil interna. Aproximadament la meitat dels monjos i dels aspa s'havien declarat fidels a les «institucions terrenals», que era com anomenaven ells la República, mentre que l'altra meitat havien secundat Libertus i els seus. La qüestió era que hi havia uns seixanta aspa al servei de Roma i uns quaranta amb Libertus. Cèsar els volia agrupar en un únic cos.

En sentir la proposta, Palusi va saltar indignat:

—Ni se t'acudeixi! —va cridar a Libertus—. Els aspa són el nostre principal argument militar.

—Sense un comandament conjunt, estem abocats a la derrota —vaig replicar, i, dirigint-me a Libertus, vaig afegir—: Cèsar m'ho ha explicat així: necessitem agrupar els aspa de la mateixa manera que quan un home vol donar un bon cop no pega amb cada dit per separat, sinó amb tot el puny.

Libertus escoltava sense pronunciar-se.

—I com sabem que Cèsar no ens trairà? —va argumentar Palusi.

—Cèsar és un grandíssim general —vaig dir jo—. Però ni el millor dels generals pot vèncer si no té un exèrcit al darrere.

Palusi va advertir Libertus:

—Lliura'ls els aspa i ens hauran desarmat sense combatre! La majoria dels nostres homes són gent tan mal alimentada que amb prou feines poden sostenir una llança, i tan poc ensinistrats que no saben mantenir una formació.

Podia entendre Palusi: per a un general, prescindir dels aspa era com per a una verge vestal perdre la virginitat.

Finalment Libertus va parlar:

—Per què m'hauria de refiar de Juli Cèsar?

Vaig ser sincer:

—Pel mateix que ho faig jo: perquè no tenim més remei.

Libertus va reflexionar, allà mateix, davant nostre. Podíem veure com pensava. A dins del seu cap, els meus arguments i els de Baltasar lluitaven com dos gladiadors a l'arena. Finalment va dir:

—Està bé. Concedim-ho.

Palusi es va posar les mans al cap.

—No! Però per què?

—El Senat ha abolit l'esclavatge —li va respondre Libertus—. És just correspondre al seu gest amb un altre gest.

En aquell moment va aparèixer Sitir. Es va quedar dreta al costat de Libertus, que li va passar un braç per la cintura.

—Endú-te'ls tots menys Sitir —em va dir—. Si la batalla surt malament, ella em matarà. No vull que em devorin els tectons; i encara menys els senadors.

Però aleshores, estimada Prosèrpina, va passar una cosa. Una mirada. Jo vaig mirar Sitir, i ella a mi. I, en lloc d'assentir i anar-me'n, vaig dir:

—Això ho ha de decidir ella.

Les paraules que intercanviàvem, estimada Prosèrpina, no expressen prou bé els significats del moment. Perquè tots quatre érem conscients que, en realitat, Sitir no estava decidint una pura qüestió militar, si afegir-se a les legions de Cèsar o combatre amb els esclaus, sinó una altra cosa. Jo vaig dir-li:

—Sitir Tra: vols quedar-te amb Libertus o vols venir amb mi?

Va trigar un sospir etern a contestar. Per fi va mirar Libertus i va dir:

—Crec que partiré amb Marc Tul·li.

Abans de marxar, mentre els aspa es reunien, vaig observar Libertus en la distància. Parlava amb els malalts del seu campament, els animava i consolava. Era un gran home. I un gran dirigent. Sitir Tra havia estat la seva companya estimada, i acabava de perdre-la contra el mateix home que un dia l'havia posseït. M'odiava, volia venjança? No. Libertus entenia que un líder no es pot deixar portar per la rancúnia.

Vaig tornar a Roma amb quaranta aspa seguint la cua del meu cavall. Cèsar es va sorprendre molt gratament.

—Caram, caram! —va exclamar en veure'm—. Això sí que és ser diligent, Marc Tul·li Ciceró! La propera missió serà enviar-te a parlamentar amb els talpets, aviam si els convences que mengin naps i espàrrecs en comptes de porcs i persones.

(Ja t'he explicat, Prosèrpina, que Cèsar també havia viscut molts anys a la Suburra).

Cèsar va aquarterar els aspa que jo li havia dut juntament amb els que havien manifestat la seva fidelitat a la República. En total, gairebé una centúria. I es feia ben estrany veure tants aspa junts. Eren individus que vivien aïllats. La idea mateixa d'aspa, de la seva missió al món, defugia els gregarismes. Per això era tan curiós contemplar-ne tants reunits en un mateix lloc. Era com veure un grup de fars, d'àligues o d'unicorns, éssers o coses l'essència dels quals és individual i solitària. Ara bé, quina força, quina energia, quina potència desprenien! Cada matí s'aplegaven al Camp de Mart per exercitar-se. I quin gran espectacle era, Prosèrpina! Tots aquells cossos perfectes, practicant a l'uníson una tècnica guerrera exòtica! Veure'ls enardia la plebs, que es congregava al seu voltant com un públic espontani, i elevava els ànims i la moral dels romans, rics i pobres.

També t'he de dir, Prosèrpina, que per aquells dies em corprenia una mena d'íntima decepció. Perquè, si la gentada es congregava al Camp de Mart, no era per admirar els aspa com uns campions que lluitarien per salvaguardar la vida i la civilització, no. Hi acudien, simplement, atrets per una coreografia atractiva i per l'espectacularitat dels exercicis, de la mateixa manera que haurien pogut anar al circ, al teatre o a veure una cursa de carros. I jo em preguntava: «No haurien d'estar alegres per la fi de l'esclavatge i celebrant la llibertat adquirida?». Perquè no va haver-hi festes ni celebracions de cap mena. Els pregoners es van limitar a fer pública la notícia de l'abolició de l'esclavatge, i els magistrats van advertir els dòminus que la llei era efectiva i entrava en vigor. Però allò va ser tot. Ni esclats de joia, ni desordres o aldarulls venjatius, ni fugides en massa d'esclaus que abandonaven els seus amos. Res de res.

També és cert, Prosèrpina, que una disposició afegida a la llei dilatava la manumissió d'aquells esclaus que així ho volguessin fins que els perills imminents que amenaçaven la República (els tectons, òbviament) s'haguessin esvaït. Però jo no recelava d'aquella clàusula, entre altres motius perquè havia estat una proposta meva.

Has de saber, Prosèrpina, que molts esclaus de Roma, la majoria, no tenien on anar fora dels dominis del seu amo. D'altra banda, jo havia volgut evitar que els dòminus aprofitessin la llei per desfer-se dels esclaus més vells o incapaços i estalviar-se així la manutenció mínima que estaven obligats a procurar-los.

Sí, he d'admetre que allò no m'ho esperava: quan una societat fa un canvi radical, autènticament radical, a la superfície de les coses no passa res. Recordo una estampa casolana, un detall ínfim, però que vaig trobar d'allò més significatiu.

Jo llegia al jardí. Demetri, el vell esclau, va passar per davant amb un orinal amb les deposicions del meu pare. Jo vaig abaixar el paper.

—Demetri —vaig dir amb veu ferma, però cordial—, ja no ho has de fer, això.

—Ah, no?

—No. Ets lliure.

—Ves per on...

I va seguir el seu camí amb l'orinal a la mà.

* * *

Considera, Prosèrpina, la fondària de les meves estupefaccions. Perquè si el fet de consumar una gran revolució no havia alterat res, la proximitat de la Fi del Món tampoc. Cada dia que passava, els tectons estaven més a prop de Roma, però als fòrums i carrers l'activitat habitual seguia al ritme de sempre i les converses eren tan banals com abans. O sigui, que a ningú li interessava, com si l'extinció humana fos una qüestió menor, fantasiosa o remota. Semblava que tota la plebs pensés: «Algú farà alguna cosa». I els que havien de «fer alguna cosa», és a dir, els magistrats i triumvirs, estaven ocupats practicant unes arts molt més elevades. Vols saber quines, Prosèrpina? Les de sempre: apunyalar-se entre ells per conservar el poder o assolir-lo. Cèsar contra Pompeu, Pompeu contra Cèsar, i Ciceró contra tots dos. En aquelles circumstàncies, em feien pensar en calbs barallant-se per una pinta.

Era de bojos. Per això em vaig alegrar tant quan, per fi, vaig sentir-me interpel·lat per algú que feia alguna cosa pràctica: un vespre Cèsar em va citar per interrogar-me una mica més sobre els tectònics. No era el primer que ho feia, però ningú havia estat tan incisiu i preclar com ell. La primera pregunta va ser:

—Com vas aconseguir fugir del món subterrani i tornar a la superfície?

—No és això el que vaig fer. Tornar del món tectònic al nostre era totalment impossible.

—I bé? Com ho vas aconseguir?

—Vaig fugir a un altre lloc, a una regió ubicada per sota de la que habiten els tectònics.

Es va posar a riure. Li va semblar una solució d'allò més enginyosa.

—Quin disbarat més divertit! O sigui, que vas fugir de l'inframon excavant un túnel soterrani.

—Més o menys.

—I després?

—No et creuries la immensa quantitat de nacions que habiten sota els nostres peus. La majoria són enemigues dels tectònics, però també tenen aliats i clients. Vaig viatjar d'una regió soterrània a una altra, i així successivament, sempre buscant el camí de tornada a la Suburra. Finalment, en un lloc extraordinari, tan remot i distant de la superfície com dels espais dominats pels tectònics, vaig trobar una amiga que em va ajudar a tornar al nostre món: Prosèrpina.

—La deessa del submon?

—No. Una criatura única que viu sola. No és una deessa, tampoc humana. Li vaig posar aquest nom perquè el seu era impronunciable i perquè, igual com la deessa Prosèrpina, que de vegades ressuscita els morts i els retorna a la vida, va ajudarme a arribar a casa. És una ànima molt sàvia.

—Brindem per ella, que va fer tornar a casa el nostre Ulisses soterrani —va dir.

Després d'això el seu interrogatori es va centrar en qüestions més pràctiques:

—Com es diu el general tectó que he de vèncer?

—No tenen generals permanents. La seva idea del poder i la glòria és molt diferent de la nostra.

—I llavors, qui imparteix les ordres?

—Tenen cabdills eventuals. Però si em preguntes per les maniobres d'una cohort al camp de batalla, ho decideixen tot entre tots, i ho fan per mecanismes invisibles a l'ull humà.

Com que Cèsar no ho entenia, cosa que, d'altra banda, era molt lògica, em vaig explicar millor:

—No hi ha res al cel més gràcil i coordinat que un núvol

d'estornells i les seves tombarelles aèries. I, no obstant això, ningú els dirigeix.

—I això —va deduir Cèsar, pensatiu— té grans aplicacions militars.

—Per descomptat. El seu front de batalla sembla un sol home; els seus milites alcen els escuts tots alhora, en una coordinació sobrehumana. Poden colpejar a l'unísón, atacar o retrocedir com si fossin un sol cos. Però és cert —vaig admetre— que en aquesta ocasió hi ha algú, un tectó particular que els dirigeix: Nestedum.

—Parla'm d'ell.

—És una mica diferent de la resta de tectons. L'empeny un esperit curiós i és encara més individualista que els altres. Per això va ser el primer d'obrir-se pas fins a la superfície, fins al nostre món —vaig sospirar—. I per això és tan perillós per a nosaltres. Perquè innova. Perquè està canviant els mètodes rovellats de la República tectònica.

—Segueix.

—Ens odia. M'odia. Durant set anys vam jugar al gat i la rata. Em va torturar, vaig fugir, em va perseguir per mil mons. Em va causar turments infames. I jo a ell, encara que no tants com hauria volgut.

—M'estàs dient que aquest tal Nestedum ha envaït el món per venjar-se d'un jovenet romà?

Vaig riure.

—Oh, no! No soc tan important. Nestedum els ha convençut d'atacar-nos perquè aquí hi ha un gran botí: molt menjar, milions de porcs i milions de persones que saciaran les seves dentadures triples. Perquè has de saber que l'estómac tectó no tolera totes les carns. Per a desgràcia nostra, aquí han descobert dos aliments nous per a ells que fan de la superfície un lloc molt suculent: el porc i l'humà, que és com si nosaltres descobríssim or i plata en una regió ignota. Amb un afegit: que nosaltres no podem criar l'or i la plata en granges, i ells sí que poden fer-ho amb els nostres captius. Perquè als humans que no matin se'ls enduran a les seves granges del submon per criar-los com a bestiar, multiplicar-los i sacrificar-los.

Vaig donar-li temps de pair les meves paraules i vaig continuar:

—Pel que fa a Nestedum, l'èxit en una empresa tan gran li donaria un immens prestigi entre els seus. Però no és per això, que ho fa. Si posa tot el seu afany en aquesta expedició, és perquè Nestedum adora l'odi. És un artista de l'odi, ja que les úniques disciplines que estima i fomenta la raça tectona són la intensitat del dolor aliè i les delícies de contemplar el dolor d'algú odiat.

Cèsar era un home summament pràctic. Em va demanar més detalls sobre els aspectes marcials.

—El tectó és el guerrer més temible que hi ha —vaig asseverar—, perquè reuneix dues qualitats aparentment contradictòries: és el soldat més disciplinat i alhora la bèstia més ferotge. Han ensinistrat els insectes i les bestioles del seu món fins a extrems inconcebibles i meravellosos. Les seves cuirasses pectorals són una suma de petits escarabats que entrecreuen les potes; els cascos, animals sòlids; les botes, animals flexibles; i els escuts, una mena de tortugues rectangulars que els obeeixen més i millor que els nostres gossos més llestos.

Cèsar em va deixar parlar sense interrupcions. Quan vaig callar, va dir:

—Està bé, Marc, fins ara m'has parlat de tot allò que fa formidable el nostre enemic. Ara vull que m'expliquis els seus límits i les seves mancances.

Vaig reflexionar un moment.

—Són lents prenent decisions —vaig respondre—, molt lents; i molt dolents en estratègia: les seves cohorts es coordinen a la perfecció, però sempre recorren a les mateixes maniobres, i això des de temps immemorials.

—Per què?

—Perquè sempre els han funcionat. En conseqüència, reaccionen malament davant del que és nou, i encara pitjor davant del que és imprevist.

—Segueix.

—Els seus tritons són espantosos, però no poden ni comparar-se amb els nostres cavalls. Causen por, sí, i la seva boca és una arma més, ja que tenen tres fileres de dents, com els seus amos, i mosseguen feroçment qualsevol cosa que se'ls posa a l'abast. A més, els tectons incrusten als flancs dels tritons una mena d'ostres grosses que udolen amb gemecs i que encara esperonen més els nostres terrors. Tot això és cert. Però els tritons tenen defectes importants i obvis: no són ràpids ni lleugers. Maniobren malament, necessiten molt d'espai per girar, sobretot si han de fer un canvi de sentit. Un genet àgil pot derrotar-los amb la mateixa facilitat amb què una petita aranya embolica amb seda un borinot molt més gros que ella. Pel que fa als erugoms, són bèsties estupidíssimes, útils només per al transport i, per tant, inútils en combat. Quan acampen, els disposen com un mur i així s'estalvien de construir campaments provisionals, però això és tot. Pel que fa als tectònics, odien l'aigua salada perquè els corroeix la pell si hi estan en contacte durant una estona. Lamentablement ja hem perdut l'ocasió de plantar-los cara en una batalla naval a les Columnes d'Hèrcules.

—Més, vull saber-ne més —va insistir Cèsar—. Quins altres defectes i limitacions tenen?

—L'*Impetus*: quan vencen, perden el control sobre ells mateixos. La seva voracitat és extrema. Necessiten una gran disciplina per contenir-la durant la batalla, amb tanta carn davant seu, però, quan han vençut, es desencadena l'«Ànsia», com en dic jo. El seu egoisme els desborda i cadascú pren tanta part del botí com pot. Sí, quan senten que l'enemic està vençut, indubtablement vençut, es desfan els fils invisibles que mantenen unida la formació i només pensen a satisfer l'estómac. Es desferma un deliri transitori i el que era un exèrcit disciplinat es converteix en una horda tumultuosa i desorganitzada.

Cèsar havia escoltat tot el meu relat acariciant-se el mentó amb dos dits. En aquest punt es va posar dret de cop i em va dir:

—Vine, et vull mostrar el meu pla de batalla.

El vaig seguir fins a una saleta on hi havia un gran tauler que simulava escenaris de batalla, amb cavalls i soldadets de fusta que reproduïen exèrcits, legions i cohorts. Va moure'n uns quants per mostrar-me les seves intencions.

—Així formarà el nostre exèrcit: un front de batalla compacte; a l'esquerra, els meus quaranta mil legionaris. A la dreta, els quaranta mil reclutes de Pompeu.

—Si els tectons ataquen els homes de Pompeu —vaig dir—, enfonsaran el seu front.

—Ho sé, per això atacarem nosaltres. Els tectònics no han de tenir temps de pensar, han d'estar sotmesos a un atac constant. I així els reclutes de Pompeu no fugiran, perquè només fuig qui es defensa. Pel que fa a Libertus i els seus trenta mil esclaus...

—Trenta mil lliberts —vaig corregir-lo—; l'esclavatge ja no existeix.

—Sí, és clar, lliberts. Quan arribi el moment culminant, la tropa de Libertus atacarà els subterranis per la rereguarda. Per això seran tan decisius.

—I per què no fas servir per a aquest fi Bògud i els seus deu mil númides?

—Perquè els reservo perquè liquidin els tritons, i no els puc utilitzar per a tot.

Em va sorprendre que l'estratègia fos tan senzilla i nítida. Almenys així ho semblava quan t'ho explicava algú com Juli Cèsar.

—El millor pla de batalla sempre és el més senzill —va dir com si m'hagués llegit el pensament—. Però aconseguir que funcioni sempre és complexíssim.

En aquell instant, un dels servus de Cèsar va entrar a la saleta.

—Dòminus, ens ha arribat una notícia que hauries de conèixer immediatament: les legions subterrànies acaben de creuar el Rubicó.

L'expressió de Cèsar va adquirir una intensitat insòlita. Mirant la paret com si fos transparent i els seus ulls negres estiguessin contemplant l'infinit, va dir:

—Ja han llançat el dau.

Després se'n va parlar molt, d'aquella frase. Alguns afirmen que el que volia expressar és que la fatalitat ja no es podia evitar. Això és fals, i ho puc acreditar. Jo hi era. De fet, només hi érem nosaltres tres: Cèsar, aquell criat i jo mateix. (I el criat se'l van menjar poc després). Ho va dir, insisteixo, en el sentit de preparar-se per a la batalla, res més. Però fins i tot avui continua havent-hi veus, mal informades o malintencionades, que insisteixen que aquell maleït «Alea jacta est» demostra que va pressentir una desgràcia ineludible. La gent és estranya, Prosèrpina.

17

El riu Rubicó, estimada Prosèrpina, era una mena de límit simbòlic per als romans. Allà acampaven les tropes quan un general tornava victoriós de la batalla, encara lluny de la ciutat, per demostrar que Roma no seria mai agredida pel seu propi exèrcit. Així que, quan van arribar notícies que els tectons l'havien creuat, encara que només fos per una estúpida qüestió simbòlica, ja no vam tenir més remei que sortir a interceptar-los. Encara que les legions de Pompeu continuessin estant poc i mal instruïdes i que la qüestió de qui es feia càrrec del comandament suprem continués pendent. Tot el que va fer el Senat va ser nomenar Cèsar i Pompeu cònsols provisionals. És a dir, mandataris suprems de la República amb un poder compartit i similar. (Això de «provisionals» era una fórmula jurídica improvisada i nova. És clar que, en aquest cas, se'ls podia perdonar: una invasió de cent mil guerrers antropòfags i soterranis també era una cosa nova). Però tothom sabia que allò no resolia el problema del comandament, només l'ajornava. Vam dirigir-nos, doncs, cap a la gran batalla amb un comandament dividit i tots els milites disponibles: els quaranta mil veterans de Cèsar i els quaranta mil reclutes de Pompeu. Els deu mil genets númides de Bògud i el centenar d'aspa. Pel que fa a Libertus i els seus trenta mil homes, feia dies que ja havien sortit de la falda del Vesuvi.

Hi ha un aspecte dels exèrcits, estimada Prosèrpina, que sempre m'ha resultat insuportable: la seva pestilència. Un exèrcit és una massa immensa i embrutida d'homes en moviment. L'olor que emetien les legions era tan forta que els vilatans detectaven un exèrcit que s'acostava abans de veure'l. De fet, ningú trepitjava un campament legionari abandonat, perquè anys després encara hi quedaven hordes de puces, xinxes i polls. Cèsar era molt escrupolós construint latrines i desguassos als seus campaments, fins i tot si eren provisionals, però era inútil: la pestilència el seguia a tot arreu. Ell mateix ho reconeixia: «Els meus homes combaten com dimonis!», acostumava a dir. «Però, les coses com siguin: de vegades no sé si el que espanta l'enemic és la seva bravura o la pudor».

Durant la marxa cap al nord, Bògud el Just va conèixer Cèsar i va conèixer Pompeu, i no va tenir cap dubte.

—Pels déus! Fins i tot un cec veuria que Cèsar hauria de dirigir l'exèrcit! Marc, això fa pudor de catàstrofe! No es pot comandar una batalla amb dos generals, de la mateixa manera que al cel no hi ha dos sols.

I tenia raó. Per a mi era terrible pensar que estàvem a només uns dies de la batalla més crucial que havia lliurat mai un exèrcit humà, i ni tan sols sabíem qui comandava les nostres legions. El pitjor de tot, però, va ser que em van forçar a fer el trajecte amb el seguici d'aquells grans homes, Ciceró, Pompeu i Cèsar. Jo hauria volgut estar amb Sitir Tra, que anava amb els altres aspa. La nostra columna era llarguíssima i no la vaig saber veure. Però així eren, estimada Prosèrpina, els assumptes humans abans de la Fi del Món.

Vam acampar en una plana per la qual els tectons haurien de passar per força en el seu camí cap a Roma. Ara era qüestió d'esperar l'arribada de l'enemic. El problema va ser que l'espera no ens va beneficiar, ans al contrari. Al segon dia, Pompeu va convocar consell a la seva tenda i hi van anar tots:

Cèsar, Bògud i Ciceró. (A mi em van deixar entrar en qualitat d'«expert en talpets», com deien ells).

Pompeu va parlar. Quan vaig sentir la seva proposta, una mica més i em desmaio: volia que tornéssim a Roma! Cèsar va esclatar:

—Aleshores, per quins lèmurs borratxos has vingut fins aquí?

—Perquè tu hi vas insistir! —va cridar Pompeu—. I ara ens veiem abocats a jugar-nos-ho tot a una tirada de daus.

Pompeu va exposar les seves reflexions. I he de dir que, almenys sobre el paper, no semblava tan mala idea.

Els subterranis, al·legava, no podien estar més lluny de la seva base, que no era altra cosa que un brut forat africà. Si ens tancàvem darrere les muralles de Roma, l'única cosa que havíem de fer era deixar que consumissin els seus recursos. Després estarien en una situació desesperada: simplement es moririen d'inanició. Si comptàvem que cada tectó necessitava el triple de menjar que un humà normal, mantenir el setge de Roma els resultaria impossible. Una de dues: o fugien afeblits per la gana, de manera que ens seria molt fàcil perseguir-los i exterminar-los, o s'arriscaven a un assalt suïcida contra les muralles romanes, protegides per un exèrcit màxim que inclouria les nostres legions i tots els ciutadans capaços de sostenir una arma. Fins i tot els individus sense instrucció sabrien llançar pedres des dels merlets.

Cèsar i Pompeu van discutir a crits. A algú se li va acudir demanar la meva opinió. Em vaig manifestar en contra de tornar, és clar.

—En primer lloc —vaig dir—, no podem estar segurs que els tectònics no trobin provisions pel camí. La gent fa coses estranyes, com ara aferrar-se a casa seva encara que s'estigui cremant. Tot i els savis advertiments del Senat, sabem si totes les ciutats han estat abandonades? No ho sembla, perquè els exploradors que segueixen i ausculten l'avenç tectònic ens informen que han engrossit l'enorme ramat de presoners que duen amb ells. En segon lloc, obrar com demanes, Pompeu, exigiria abandonar aquests milers i milers de captius que els tectons desplacen a la seva rereguarda, entre els quals hi ha patricis com Gneus Iunni. Però això no és tot. Quan comenci el setge, nosaltres també consumirem provisions. Estem parlant d'una ciutat d'un milió d'habitants. Els subministraments s'esgotaran en un tancar i obrir d'ulls. Conec els tectons, i estaran disposats a devorar-se els uns als altres abans de suspendre un setge. És una cosa molt pròpia de la seva raça. Les seves tradicions els dicten fins i tot en quin ordre han de començar a cruspir-se entre ells en cas de necessitat. Farem el mateix? Deixarem que els nostres ciutadans es mengin els uns als altres per impedir que se'ls empassin els tectònics? No. Per evitar-ho, haurem de sortir de la ciutat i afrontar la batalla, afamats i debilitats. I en aquest cas es produirà la situació exactament inversa a la que preveus, Pompeu. Més val que lluitem aquí, i ara que encara estem forts i coratjosos.

A Pompeu li deien «el Magne», però la seva grandesa ja era cosa del passat. En la maduresa, Pompeu sempre s'havia comportat com un jugador que ha guanyat una mà molt profitosa i no vol perdre-la. No arriscava, no era intrèpid. I la invasió tectònica exigia gosadia, i molta. Pompeu i Cèsar van reprendre la discussió sobre qui havia de comandar l'exèrcit. Jo crec que haurien seguit fins a la fi dels temps si no ens haguessin interromput per advertir-nos de la pitjor de les notícies: l'arribada dels tectònics. Vam sortir de la tenda del pretor i els vam veure.

Estaven allà, a l'altre extrem d'aquella gran plana. Havien vist el nostre campament fortificat i estaven plantant el seu a una distància prudent. El nostre estava fet de fusta; el seu, envoltat d'erugoms. Recordo molt bé, Prosèrpina, les cares dels legionaris quan van veure per primera vegada els pocs erugoms que els tectons encara conservaven. La visió d'aquells cossos tubulars immensos, de pell marronosa i brillant, com si estigués humida, els va encongir el cor.

—Sou legionaris —els va renyar Cèsar—. Des de quan les legions de Roma s'espanten per quatre cucs?

Tots van riure. Però eren rialles poc sinceres. Ja eren aquí. A l'alba hi hauria la gran batalla. I no podíem guanyar-la. Et preguntaràs, Prosèrpina, per què n'estava tan segur. T'ho explicaré.

En primer lloc, Libertus i les seves forces encara no havien arribat. Anaven amb uns quants dies de retard, ja que els seus homes no podien mantenir un ritme de marxa legionari. Però el pitjor no era això. Ni de bon tros. El més terrible i nefast, estimada Prosèrpina, era que, si la batalla es produïa l'endemà, el nostre comandant en cap hauria de ser Pompeu. Talment. Així seria.

La culpa la tenia l'absurd sistema de govern republicà. Com ja saps, els romans odiaven els governs unipersonals des que, en un passat remot, havien expulsat el seu darrer rei. Per això tenien dos cònsols, i no un de sol. Quan un cònsol combatia a l'Àsia, per dir alguna cosa, i l'altre a l'Àfrica, no hi havia cap problema: cadascú exercia com a comandant suprem del seu exèrcit consular. Però, en casos d'emergència extrema (com el nostre), en què els dos exèrcits consulars actuaven agrupats i units, a qui corresponia el comandament? No riguis amb la resposta, Prosèrpina: el comandament es repartia en dies alterns; un dia manava un cònsol i l'endemà l'altre. O dit d'una altra manera: un cònsol ostentava el comandament els dies parells i l'altre els senars. T'ho juro, Prosèrpina, així era! Costa de creure que una nació hagués pogut conquerir el món amb un sistema tan ridículament ineficaç. Però així funcionava Roma abans de la Fi del Món.

Bé, doncs, l'endemà li tocava a Pompeu. A Pompeu! I ara digues: com se suposava que ens havia de dirigir, en el combat més important per al gènere humà, un individu que ni tan sols creia que haguéssim de presentar batalla? El desastre.

Pel que fa a l'estat d'ànim de Cèsar, era senzillament indescriptible. Una de les seves frases preferides era: «Prefereixo ser el primer a l'aldea més perduda de la Gàl·lia que el segon a Roma». I vet aquí que el destí el subordinava a un altre, i que aquest altre era ni més ni menys que el seu enemic jurat.

Vaig abraonar-me sobre Ciceró:

—Pare, has de fer alguna cosa! Pensa alguna argúcia legal, fes un discurs emocionant, proposa un acord polític! El que sigui! Però retira-li el comandament a Pompeu!

Va limitar-se a negar amb el cap. Roma era el consolat. I aquella qüestió estava més enllà de la llei, la retòrica o la mateixa política.

Al vespre em vaig trobar malament; vull dir físicament. Patia vòmits i rampes a l'estómac, de pura aprensió. L'únic remei que se'm va ocórrer va ser sortir de la meva tenda, encara que fos mitja nit, i buscar Sitir Tra.

No era al campament. Algú em va dir que l'havien vist sortir per la porta nord. No m'estranyava: els aspa tenien uns sentits deu vegades més desenvolupats que la resta de les persones, i per a un olfacte tan fi la pestilència legionària era insofrible.

Vaig seguir la direcció que m'havien indicat, una mica a la babalà. La vaig trobar en un turonet boscós. O més ben dit: em va trobar ella. Jo encara estava avançant entre branques de pins, sota la llum de la lluna, quan vaig sentir una veu que em deia: «Soc aquí». Era Sitir. M'havia vist molt abans que jo a ella, és clar. Estava asseguda tranquil·lament al cim d'aquell bosquet elevat, els colzes sobre els genolls i el mentó a l'avantbraç. Des d'allà, oculta entre la vegetació, podia contemplar el campament tectònic.

La lluna li il·luminava el cos nu. Vaig pensar que era impossible no estimar-la i no desitjar-la. Em vaig asseure al seu costat. El campament tectònic era impressionant. Milers i milers de petites fogueres. El més probable era que ens matessin a l'alba. Però vols saber una cosa, Prosèrpina? Em vaig posar a riure. Un riure sa, de pura satisfacció. Perquè, almenys, m'era concedit passar una estona de la meva última nit al costat de Sitir Tra. I això era més, molt més, del que havia somiat viure mentre havia estat sota terra.

—Creus que m'estimes —va dir—, però en realitat estimes la vida. Mentre vas estar allà sota, vas fer servir un record per aferrar-te a l'existència i al seny. Però això és tot. En realitat no saps qui soc, com sento o com penso.

—Per descomptat que et vaig recrear. Quan la por i el dolor em concedien una treva, pensava en tu. En qui ets. En com havia estat la teva vida. Quan em torturaven, pensava en tu. Així vaig poder suportar el dolor. Qui eren els teus pares? Per què t'havien abandonat? Com va ser la teva formació entre els monjos Gea? Què vas sentir quan una Pedra Negra es va agafar al teu turmell? Et senties orgullosa de les teves lluites com a aspa? Dubtaves alguna vegada? Com a dona, havies estimat algú, aspa o no aspa? Aquestes són les preguntes que em feia. Ideava, construïa i reconstruïa la teva vida. I sí, això em va mantenir viu. Això i l'humor de la Suburra. Ara estic segur d'una cosa: en la més desesperada de les situacions, sobreviure sempre depèn de tres coses, i només tres: tenir sort, humor i amor.

—Et podia sentir. Em refereixo a quan eres allà baix —va dir. Suposo que vaig fer una ganyota—. És una facultat que ens ensenyen els monjos Gea, durant la instrucció com a aspa.

Jo seguia sense entendre-la.

—No t'ha passat mai pensar en algú i un instant després topar amb aquesta persona? —es va explicar Sitir—. És un sentit que tenen tots els éssers humans, però atrofiat. Els monjos Gea ensenyen a desenvolupar-lo. I jo et sentia, allà baix. De vegades et notava més a prop, de vegades més lluny. De vegades em feia mal pensar en tu, i em deia «L'estan turmentant»; de vegades sentia alleugeriment i em deia: «Avui és menys infeliç».

Jo, és clar, no podia creure en aquestes coses. Però les respectava: també sembla impossible que puguin caure pedres del cel, i en cauen.

Em va mirar una bona estona fixament amb els seus ulls verds. Després va tenir una d'aquestes reaccions espontànies i imprevistes tan típiques dels aspa.

—Demà, si vencem, jauré amb tu —va anunciar.

I va tornar a mirar en direcció al campament dels monstres. El vent ens duia els brams dels tritons i els erugoms. Jo vaig pensar en els cent mil tectons armats que em separaven d'aquell plaer màxim, de l'abraçada de Sitir. Vaig pensar en Pompeu, en les seves parpelles caigudes i la seva nul·litat militar. I vaig saber que moriríem tots.

Amb un dit vaig fer dos tocs a l'espatlla de Sitir Tra, com qui pica a una porta. Es va girar i jo vaig dir, molt seriós:

—I, en comptes de fer l'amor tot just després de la batalla, no podríem fer-lo tot just abans?

Es va posar a riure. Fins a aquell moment ni tan sols estava segur que les dones aspa riguessin.

* * *

Va sortir el sol. Ens vam disposar per a la batalla. I ara, Prosèrpina, toleraràs que t'expliqui una mica com funcionaven les batalles al nostre món.

A l'alba, els exèrcits sortien dels seus respectius campaments i formaven en ordre de batalla. Aquesta maniobra normalment requeria força temps: no era fàcil distribuir i alinear desenes de milers d'homes en posició de combat. I el més important: que els dos exèrcits s'encaressin no significava que la batalla s'hagués de produir. Hi havia multitud de causes que podien fer que algun dels dos bàndols preferís suspendre la lluita: les condicions climatològiques, que el general observés alguna cosa imprevista a les línies enemigues, o fins i tot que un àugur, a última hora, trobés varius al fetge d'un ànec, cosa que significava que el déu Mart no hi donava el seu vistiplau. El que fos. En aquest cas, l'exèrcit tornava al campament i la batalla s'ajornava fins l'endemà. Com és natural, el bàndol que es retirava patia les mofes de l'enemic, que es burlava de la seva manca de determinació. Però una batalla campal era un moment decisiu que solia acabar amb un triomf o una derrota totals. I ningú volia perdre un exèrcit sencer.

La meva última esperança era que els tectons, aquell dia, suspenguessin la lluita per alguna raó. Però jo els coneixia, i em constava que era raríssim que defugissin el combat. Per què havien de fer-ho? Eren les criatures més agressives del planeta i sempre estaven convençuts que guanyarien. I, Prosèrpina: quina visió tan terrorífica el seu front de batalla en formació! Milers i milers de tectònics, preparats darrere d'uns escuts que rebufaven. Quina línia tan perfecta, tots els peus impecablement arrenglerats.

Així doncs, m'estava preparant per al pitjor quan va passar un succés extraordinari: de les línies tectòniques es va avançar un individu. No, dos. Al principi no els vèiem bé, ja que els dos exèrcits estaven força separats. Després, en acostar-se, vam adonar-nos que eren un tectó i un home. I, per fi, vam descobrir-ne la identitat: una mica més i caic del cavall, Prosèrpina, perquè eren Nestedum i Rinxolets! Talment. El meu amic Gneus Iunni Rinxolets! I qui l'estirava pel colze, gairebé arrossegant-lo, era ell: Nestedum.

Vaig demanar permís per avançar-me i anar-hi a parlamentar. Al capdavall, els coneixia a tots dos. Per inèrcia, em vaig dirigir a Cèsar. Però Pompeu, que estava allà, va avançar-se-li amb un gest imperial.

—Ves-hi, Marc Tul·li.

Era la seva manera de fer-me saber que allà manava ell.

Vaig anar-hi, doncs. Vaig creuar les nostres línies cavalcant cap a la franja de terra de ningú que separava els dos exèrcits. Nestedum havia deixat caure Rinxolets a terra. El pobre estava lligat de mans, esgotat, i tenia tot el cos tumefacte. La meva intenció era parlamentar amb Nestedum des de dalt del cavall, cosa que em conferiria una certa superioritat moral. Però, en veure Rinxolets tan rebregat i consumit, em van vèncer l'amistat i la compassió, vaig saltar del cavall i em vaig agenollar al seu costat per sostenir-lo.

Era el que Nestedum volia, és clar, perquè ara ell estava dret i jo agenollat. Rere seu, una inacabable paret d'escuts tectònics. A la meva esquena, un mur d'escuts legionaris. Els dos exèrcits estaven tan separats que hauria pogut matar Nestedum abans que ningú hagués tingut temps de socorre'l. Almenys hauria pogut intentar-ho, perquè fins i tot tenia alguns avantatges. Recorda que li faltava una mà que jo mateix li havia amputat. Certament, l'havia suplert amb aquella mena d'«eriçó» amb llargues potes d'aranya que ara es retorçaven ominosament, girant sobre les seves articulacions, però no seria mai com el membre original. Jo duia una gladius a la cintura i ell només un ganivet d'ivori dentat. Podia atacar-lo, en efecte, i la seva mort hauria estat més decisiva que la fugida de Darios a Gaugamela. Sí, jo sabia millor que ningú com n'eren d'importants, l'ascendent i la direcció de Nestedum per a l'exèrcit tectònic. Aleshores, Prosèrpina, per què no ho vaig fer? Per què?

Per por. Aquesta és la veritat. No m'hi vaig atrevir. El pitjor de tot és que Nestedum ho sabia i gaudia amb la meva covardia. Per això s'havia avançat ell mateix a lliurar-nos Rinxolets. Sí, sabia que no tindria valor per fer-ho, per lluitar amb ell, i que la meva manca de coratge em feriria més que una llança. Allò era típic de la retorçada manera de fer tectònica.

Rinxolets estava mig desmaiat. Jo vaig parlar en llengua tectona:

—No hauries d'haver vingut —vaig dir a Nestedum.

Ell em va contestar en llatí:

—Tu tornaràs amb mi, Marc Tul·li.

Jo devia empal·lidir. Quan va haver gaudit prou de la meva por, la meva impotència i les meves renúncies, va exposar el que realment volia: ens lliurava un dels nostres patricis com a prova de vida, per negociar el rescat dels altres que estaven en el seu poder. Tenien deu joves aristòcrates més i volien cent servus per cadascun d'ells.

—A Roma ja no hi ha esclaus —vaig proclamar.

Ell va preguntar:

—Us els heu menjat?

Va riure, si és que una cosa tan tètrica com les riallades tectones mereixen associar-se al sagrat art de l'humor. Va riure i se'n va anar, donant-me l'esquena despreocupadament.

Vaig alçar Rinxolets i vam tornar al campament romà. Estava exhaust, semiinconscient i més prim que un gos de carrer. Ni tan sols em va reconèixer. El vaig deixar a la meva pròpia tenda, a càrrec d'un metge, i vaig córrer a explicar la proposta de Nestedum a Ciceró, Cèsar i Pompeu. Havien de deliberar, i allò, naturalment, suspenia la lluita fins que prenguéssim una decisió sobre la proposta: tots dos exèrcits van tornar als seus campaments.

Així va ser, Prosèrpina! La batalla es va ajornar un dia, i

els tectònics no van saber mai quina gran oportunitat havien perdut. Després d'explicar les condicions de Nestedum, vaig tornar a la meva tenda, amb Rinxolets. Era de vital importància que ens expliqués qualsevol detall que hagués observat durant el seu captiveri i que ens pogués ser útil en la batalla.

Delirava. Estava demacrat, pàl·lid i tenia els ulls injectats de sang. Petites convulsions li sacsejaven el cos, com si algú li clavés punxades invisibles. No parava atenció al que li deia i la seva mirada vagava, com si seguís el vol d'una mosca.

—Gneus!

Va tenir un instant de lucidesa: em va mirar, suat, em va reconèixer i va somriure. Però parlava sense sentit, només deia ximpleries. Vaig sospirar. Era inútil. Necessitava una mica de repòs. El vaig deixar descansar i vaig tornar amb els triumvirs. Quan vaig entrar a la tenda del pretor, estava parlant Pompeu:

—Bé —deia—, proposo una col·lecta. Que cada noble aporti els servidors que consideri convenient. N'hi ha de sobres, perquè han vingut a acompanyar els seus amos a l'exèrcit. Les famílies dels rescatats els ho agrairan amb escreix.

—Però què esteu dient? No podem fer això! —vaig exclamar.

Em van mirar com si hagués perdut el seny.

—Us recordo que ara són homes lliures. No podem forçar mil persones a anar al campament tectònic perquè se'ls mengin! —Ara es miraven tots desconcertats—. Si no us commou la moralitat, que ho faci la necessitat: demà, com a molt tard, arribarà Libertus amb els seus trenta mil homes. Com creieu que s'ho prendrà?

—Això és cert, molt cert —va reconèixer Cèsar—. Segurament trencaria la seva aliança amb nosaltres, i no podem prescindir de la seva tropa.

Era un dilema impossible. Però Ciceró estava allà i continuava sent el romà més intel·ligent. I va dir:

—No us esteu fent la pregunta correcta. La pregunta correcta és aquesta: per què ens ofereixen un tracte? Si creuen que ens venceran al camp de batalla, no necessiten demanarnos el que demà serà seu.

Sí, per què ho feien? Si ens derrotaven, seríem el seu menjar. Vuitanta mil romans. Si aquest era el seu pronòstic, per què necessitaven fer un intercanvi que tot just els reportaria un miler escàs d'homes que obtindrien igualment l'endemà?

Vaig tornar a la tenda on reposava Gneus. Li havien donat sopa de farigola i ou i s'havia tranquil·litzat una mica. Dormia. Normal, tenint en compte la feblesa extrema del seu organisme. Havia estat presoner des de la catàstrofe de l'expedició a l'Àfrica, i em constava que els tectons alimentaven molt malament els seus captius. Vaig haver de despertar-lo.

—Gneus —vaig sacsejar-lo—, explica'm alguna cosa: què vol realment Nestedum?

Li costava parlar:

—Marc, Marc... —Va mirar el sostre de lona com si la resposta estigués escrita allà—. Tinc una llacuna a la memòria.

Era normal. Sovint les víctimes de grans violències tendeixen a asfixiar els records. La veu de Gneus es va tornar malenconiosa:

—És curiós. El que més recordo és una truja prenyada. Quan els monstres la van sacrificar, ja li faltava poc per parir, molt poc. Tan poc, que els tectons li van obrir l'estómac, i de la ferida en van sortir uns porquets que van arrencar a córrer.

—Potser recordes això —vaig reflexionar— perquè de la mort va sortir la vida. Per això t'aferres a aquest detall. Però segur que et venen més coses a la memòria. Fes un esforç.

Em va mirar com si fos un estrany.

—Marc... Marc... —va dir amb to inexpressiu—. Ho saben tot de nosaltres. —I de cop i volta va cridar—: Algunes d'aquelles bèsties fins i tot saben llegir el llatí! Algú els en va ensenyar.

Vaig empal·lidir de vergonya, perquè aquell algú, per descomptat, havia estat jo. Excitat, Gneus va alçar mig cos del matalàs.

—Saben fins i tot allò de Libertus!

De sobte, va mirar a banda i banda, com si no sabés on era, i va intentar sortir corrent, com si els tectons estiguessin entrant per la porta de la meva tenda. Vaig necessitar l'ajuda del metge i el seu ajudant per contenir-lo.

La història de Gneus ja la coneixem: al desastre de l'Àfrica, tot seguint els meus consells, va mostrar el seu anell patrici, i allò li va salvar la vida. En comptes de posar-lo amb la immensa massa de captius, els tectons van fer que viatgés a lloms d'un erugom amb deu nobles captius més. Sovint els interrogaven. Un petit grupet de tectònics sabien llatí. I, per si calia dir-ho, no eren gaire amables: quan algú es resistia a respondre el que li preguntaven, els tectons simplement li arrencaven els dits a mossegades amb les seves dents de tauró. Els van preguntar coses sobre l'exèrcit romà i la geografia italiana que complementaven tot el que ja sabien per mi. Però, com acostuma a passar, torturats i torturadors no van establir un monòleg, sinó un diàleg: l'interrogatori, les preguntes mateixes, van ser un transvasament d'informació entre tectons i humans.

—Era tan horrible sentir-los parlar en llatí, Marc, tan horrible... —va dir Rinxolets—. El parlen com si tinguessin grava a la boca, i les seves tres fileres de dents filtren les paraules amb un xiulet bífid —va afegir fluixet—. Són el mal, Marc, el mal.

—Per què han exigit mil servus?

Va apuntar un somriure amarg.

—Els servus els importen un rave.

—Aleshores, per què us volen intercanviar? Per què?

—Per dividir-nos. Saben de l'aliança entre Libertus i el Senat. Si lliurem els mil servus, Libertus us odiarà; però els presoners són fills de les millors famílies de Roma, i, si no ho feu, el Senat us maleirà.

Era això: Nestedum volia fomentar la discòrdia entre nosaltres. I ho estava aconseguint.

* * *

He resumit molt l'entrevista amb el meu amic, el bo i frívol de Rinxolets. De camí cap a la tenda del pretor no podia deixar de pensar en les paraules que més m'havia repetit: «Ahir va passar una cosa important, Marc, però no la puc recordar, no puc. És important, però no hi ha manera que em vingui a la memòria. És com si tingués una boira espessa a dins del cap». I tot seguit em repetia la història de la truja sacrificada i els fetus nascuts de la ferida. Era un record insignificant però obsessiu.

Quan vaig tornar a la tenda del pretor, els vaig fer saber que, en efecte, la qüestió dels mil servus era un estratagema dels tectònics per dividir-nos. Però llavors Pompeu va fer un gest desmaiat amb la mà i va parlar amb la seva boqueta de pinyó.

—Oh, no t'amoïnis —va dir com si sentís ploure—. Aquest assumpte ja està resolt.

Jo devia fer cara de no entendre res.

—Els hem lliurat els mil esclaus de la punyeta —va afegir Cèsar—. Els deu nois ja són amb nosaltres.

Ciceró mirava el sostre de lona, avergonyit. Però no va dir res.

No et pots imaginar, Prosèrpina, com em vaig sulfurar. És

clar que de què serveix la còlera, per més justificada que sigui, contra els dos homes més poderosos del món? Cèsar em va fer callar abans que tingués temps d'obrir la boca:

—I què volies que féssim? Eren dels nostres, eren Roma.

—Ara tots som Roma! —vaig cridar—. Però està clar que no acabeu d'entendre-ho! L'esclavatge ja no existeix, us podrien acusar d'haver assassinat premeditadament homes lliures!

Cèsar va demanar a Pompeu i al meu pare que ens deixessin sols. Quan se'n van anar, em va agafar pel colze, gairebé violentament, i em va dir:

—Ets tu, qui no entén res de res! Podem vèncer els soterranis amb el Senat o sense el Senat, però mai contra el Senat.

(I la veritat és, Prosèrpina, que, sabent el que va esdevenir-se poc després, aquestes paraules no deixaven de ser una paradoxa d'allò més sarcàstica). Però el súmmum va ser el que va passar a continuació: Libertus i el seu exèrcit estaven a punt de reunir-se amb nosaltres i algú havia d'anar a contactar-hi. I qui volia enviar-hi Juli Cèsar? A mi, Marc Tul·li Ciceró!

—Ni parlar-ne! Envia-n'hi un altre.

—T'hi envio a tu, precisament, perquè Libertus confia en tu. Ja pensaràs com li expliques això dels mil esclaus. Amaga-l'hi, o explica-li una mentida.

Vaig tornar a negar-m'hi.

—I tant, que ho faràs! —em va cridar—. Perquè, si no li dius una mentida o li amagues el que ha passat, Libertus no lluitarà. I, si no lluita, morirem tots. Tu, jo, el teu pare... Els teus fills encara no concebuts no naixeran mai. I per què? Doncs perquè un dia no vas explicar una mentida a un antic esclau de galtes llargues i xuclades. És això el que vols?

Bé, doncs, saps què vaig fer, estimada Prosèrpina? A contracor, vaig accedir-hi. Què podia fer? Quan ja estava enfilat al cavall, Cèsar em va donar les darreres instruccions:

—Corre i ves a trobar Libertus de seguida. Emporta-te'l amb les seves tropes fent una gran volta, i situa'ls just a la rereguarda del campament dels subterranis. Així evitaràs que els arribin les notícies d'aquells mil desgraciats. No tindreu problemes per assolir la posició: Libertus té molts guies i naturals del país que coneixen la regió. Sí, feu una bona volta fora de la vista dels tritons i exploradors enemics. I si, per qualsevol circumstància, Libertus arriba a tenir notícies dels mil sacrificats, nega-ho tot. Menteix sense rubor i amb sagrada indignació: esquinça't les vestidures davant de tots. Potser no el convenceràs, però almenys dubtarà. Amb això guanyarem temps. I l'única cosa que importa és que demà Libertus combati. Això és l'única cosa que importa! Quan hàgim batut els subterranis, ja ens ocuparem de compensar Libertus per aquest assumpte tan lleig. Vinga, afanya't! Penso començar la batalla demà al matí, amb Libertus o sense Libertus! Hi ha res que no hagis entès?

Vaig negar amb el cap. Abans que tingués temps d'esperonar el cavall, Cèsar va sentenciar:

—Així és la guerra, Marc: una part de violència i nou parts de mentides.

I ell mateix va clavar un cop a la natja de la meva muntura perquè arrenqués el galop.

Vaig fer el que Cèsar m'ordenava. Em vaig trobar amb Libertus, amb Palusi i amb el seu exèrcit i els vaig acompanyar fins a la posició que m'havia indicat Cèsar fent una volta perquè no entressin en contacte amb el campament legionari. Així no arribarien a assabentar-se de l'immoral bescanvi amb els tectònics.

Ens vam moure lentament i amb mil precaucions fins a assolir la rereguarda del campament tectó. A la part final del trajecte vaig demanar a Palusi que els seus homes estiguessin atents: l'enemic havia passat per allà, i amb un exèrcit tan nombrós era possible que ensopeguéssim amb algun calc pels vorals dels camins. Si s'adonaven del nostre moviment, seria el desastre. I vam fer bé de prendre precaucions: en vam trobar tres o quatre, debatent-se amb la seva placenta o aprenent a caminar, i els vam matar amb gust. Un parell ja estaven drets i tenien el cos cobert d'escarabats, aranyes, puces i formiguers sencers, cosa que els conferia un aspecte estrany, com de diminut gregarisme en moviment. Quan les llances els penetraven el cos, retorçaven els membres i obrien aquella bocassa com taurons ferits per l'arpó. Després que s'hagués apagat la ranera de la mort, les formigues tornaven al formiguer, com si l'encanteri tectònic s'hagués esvaït.

A part d'això, vam arribar a la rereguarda dels tectons, al nord del camp de batalla, sense novetat. Libertus va acampar a una distància prudent, darrere una petita elevació del terreny perquè no poguessin detectar ombres, olors o sorolls.

Libertus, Palusi i jo vam departir una estona. Tot el que havien de fer era atacar quan Cèsar donés l'ordre. La seva càrrega ho resoldria tot. L'autèntic cap militar dels rebels, com ja t'he dit, Prosèrpina, era Palusi. El sufet Palusi. Li vaig preguntar per la vàlua de la seva tropa. Em va fer una valoració molt realista:

—Ni són lleons ni són ratolins. He fet el que he pogut amb ells. Els aspa em van ajudar molt a ensinistrar-los. Fins que te'ls vas emportar, és clar. —Pel to de veu no vaig entendre si era una recriminació o una simple constatació. Va afegir—: Cèsar sap el que es fa. La nostra tropa no pot fer maniobres complexes. Però si es tracta d'una càrrega decisiva, la nostra gent ho farà millor que cap legió, perquè no els pesa cap armadura i no lluiten per una paga, sinó per la llibertat.

Va arribar el capvespre. Aviat seria fosc del tot. Jo havia de tornar al campament de l'exèrcit, però abans de marxar em vaig adonar que aquella gentada començaven a encendre fogueres per cuinar i escalfar-se a la nit. Vaig demanar a Palusi que ho prohibís terminantment: passar una nit freda era desagradable, però encara ho seria més si els tectons ens descobrien.

Ens protegia el petit turó, però un campament de trenta mil homes aixeca un fulgor considerable. I va ser llavors quan Libertus es va posar dret dalt d'un petit penyal i es va dirigir als seus:

—Amics, germans i germanes. No podem encendre fogueres perquè el cruel enemic podria detectar-nos. Però ens és igual el fred. Per a molts de nosaltres potser serà l'última nit al món. Així que, si anheleu calor, que els vostres cossos s'abracin els uns als altres.

Sí, això va dir: «Que els vostres cossos s'abracin els uns als altres». Després la frase ha estat interpretada i reinterpretada de mil maneres. En realitat, només volia dir el que va dir: que no podien encendre foc per por que els tectons descobrissin l'emboscada de Cèsar. Però Libertus era Libertus. I per aquella època ja tenia un ascendent sobre els seus més propi d'un profeta que d'un capitost rebel. I vols que et digui una cosa, Prosèrpina? En sentir aquelles paraules jo també em vaig emocionar. «Abraceu-vos els uns als altres». Aquell era el missatge de Libertus, per això havia vingut al món, un món que potser abandonaria l'endemà. Vaig recordar aquell dia al desert que ara em semblava tan llunyà, quan s'havia revoltat contra la mort: «Encara he de fer grans coses!», havia dit en aquell moment. I tenia raó. Li quedava alguna cosa per fer. Encara havia de dir als servus, al món: «Abraceu-vos els uns als altres».

Vaig mirar Libertus i vaig observar aquella massa d'indigents. Al cap de poques hores, quan comencés a clarejar, el destí de la humanitat tota estaria en mans d'ells, dels esparracats i els famolencs, dels que patien fred; dels desgraciats del món. I aleshores, Prosèrpina, vaig baixar del cavall i vaig tornar amb ells, amb Palusi i Libertus, i els vaig explicar el que havia passat amb els mil homes i dones lliurats als tectons. Sí, Prosèrpina, ho vaig fer, els ho vaig explicar.

Jo no els podia mentir. Jo no era Cèsar. No podia dur-los a la batalla sota engany. Així feien la política i la guerra el Senat de Roma i els seus magistrats. Però volíem canviar el món. De què hauria servit abolir l'esclavatge si la gent continuava actuant com abans? De Cèsar i Pompeu podia esperar-se una inèrcia d'ànima immutable. Però jo no era ells. Jo sí que havia canviat. Jo havia estat allà baix. Com Libertus. Com tots els esclaus del món.

Libertus em va escoltar consternat, trist, però sense ira. No hi va haver crits ni recriminacions, de fet. I el que em va dir va ser el que menys m'esperava. Això:

—Ja ho sabem, Marc Tul·li.

Aleshores va aparèixer Sitir Tra des d'algun lloc del campament.

Els aspa eren lliures. Anaven i venien com volien. Sobretot ella. Havia vist el lliurament del miler llarg de sacrificats i després se n'havia anat a buscar l'exèrcit servil.

Jo em vaig quedar mut. La reacció de Baltasar Palusi també va ser estranyament assossegada: ni tan sols va deixar de mastegar una mena de coca seca que s'estava cruspint.

—Us ho vaig dir —es va limitar a comentar—. No et pots fiar d'aquesta gent.

Jo em vaig dirigir a Libertus:

—Si demà no ataques, estaràs en el teu dret. Però si no ho fas, serà la Fi del Món.

Vaig encreuar una mirada amb Sitir i me'n vaig tornar.

El retorn va ser un trajecte espectral: el sol s'havia amagat del tot, cavalcava entre tenebres i m'anava trobant amb els cadàvers dels calcs que havíem matat a l'anada, ara platejats per la llum de la lluna.

Quan vaig arribar al campament, ja era negra nit. Davant de les portes, els sentinelles em van donar l'alto. Però el decurió que comandava la guàrdia era un veterà de la Suburra.

—Calleu imbècils —va dir als soldats de guàrdia.

Van obrir les portes i, mentre hi entrava, l'home se'm va dirigir:

—M'encanta aquesta guerra. No cal aprendre's cap sant i senya: si tens el cap de fava, ets enemic; si ets humà, ets amic.

«Tant de bo fos així», em vaig dir.

Me'n vaig anar al meu catre disgustat i turmentat. No, no podia dormir. Però vull ser-te sincer, Prosèrpina. La causa real, l'autèntic motiu del meu enuig i el meu malestar no era si Libertus atacaria l'endemà o deixaria l'exèrcit consular a l'estacada. No. El que em robava el son no era si seríem vençuts pel poder tectònic o per les nostres pròpies mesquineses. No. El que em frustrava era que Sitir m'havia promès dormir amb mi si, per algun gir afortunat, vencíem. Però ara, després de la ignomínia comesa pels triumvirs, com podia demanar-li que mantingués la seva promesa?

Així érem els humans abans de la Fi del Món, estimada Prosèrpina. La gent és estranya.

18

La batalla.

Els nens i els ignorants del món marcial creuen que una gran batalla és la topada de dos exèrcits que xoquen com toros furiosos. El combat degenera en una munió de lluites per parelles, i qui més baralles individuals guanya, acaba vencent.

Res més lluny de la veritat. En els temps homèrics potser era així, amb campions de tots dos bàndols enfrontats en combats singulars. Però en els sofisticats temps de la República, de manípuls i legions, les coses eren molt diferents. Una gran batalla sempre és un fenomen complexíssim, brutal i alhora molt difícil d'entendre, i Cèsar ho sabia.

A l'alba, els dos exèrcits van sortir dels seus campaments respectius i es van disposar cara a cara, legionaris contra tectons. No els separaven ni tres-cents passos. Jo era a la rereguarda, amb Cèsar, Pompeu i Ciceró, tots a cavall i envoltats d'un bon seguici d'oficials. Ens havíem situat al cim d'una modesta elevació des de la qual teníem una visió total. Pompeu s'havia resignat a cedir el poder. No feia gaire bona cara, aquesta era la veritat, però la llei de l'alternança dictava que aquell dia el comandament corresponia a Cèsar. El que més recordo d'ell, Prosèrpina, és la mirada. Aquells ulls negres recorrent les nostres files i les de l'enemic. Estava tan concentrat que, oh, paradoxa!, semblava absent. I la veritat és que aquella plana d'herba ocre, amb aquells dos grans exèrcits, l'un davant de l'altre, llestos per al combat, era una visió magnificent. Tots teníem la mateixa sensació: la nostra vida podia acabar aquell mateix dia o perdurar cinquanta anys més, però no oblidaríem mai aquella imatge.

La línia d'infanteria tectònica abastava tot l'horitzó. Un exèrcit d'escuts rectangulars, vius, que mugien i esbufegaven com ànecs o vaques pasturant. Cares d'un gris blanquinós; escuts foscos; cascos i armadures més foscos encara. I quina massa de monstres! Vuitanta mil criatures armades, ferotges, de cranis allargats i mandíbules assassines. Com vence'ls? Semblava impossible. I això sense comptar els seus vint mil genets. La cavalleria tritona no es veia per enlloc. Probablement estaven a recer darrere de la infanteria.

Pel que fa a nosaltres, Cèsar es va cenyir al pla que m'havia detallat. La part esquerra de la nostra línia l'ocupaven els seus quaranta mil veterans; la dreta, els quaranta mil de Pompeu. Darrere d'aquests hi havia els cent aspa, preparats per acudir allà on se'ls demanés. I entre ells, és clar, Sitir Tra. Jo no parava de mirar en aquella direcció, però l'únic que veia era cent cranis perfectament depilats i cossos nus. Això era el més xocant: la batalla més transcendent de tots els temps estava a punt de començar i ells anaven desarmats. (Ja saps, Prosèrpina, que els aspa no empunyaven armes. Almenys fins que començaven a lluitar).

Tot va començar amb una ordre de Cèsar. Va fer un senyal, el centre de la nostra infanteria es va obrir, i van aparèixer Bògud i els seus deu mil genets. Van avançar al galop fins que van tenir els tectons a l'abast dels seus projectils, i llavors van començar a llançar-los les javelines. Cada númida portava una dotzena ben bona d'aquelles llances curtes i letals. Es van organitzar en cercles de cinquanta genets. Anaven girant, i el que passava més a prop dels tectons els llançava una javelina. D'aquesta manera mantenien una pluja continuada de projectils. No mataven gaires enemics, però els fustigaven sense donar-los opció a replicar. Era molt frustrant per a ells. Potser per això, finalment, les files tectones es van obrir per deixar passar les vint mil sargantanes. Va ser com si les seves línies vomitessin un terratrèmol.

La terra va tremolar sota el pes de les potes, l'udol de les petxines i els brams d'aquelles boques de drac. Fart de les javelines númides, Nestedum havia enviat els tritons a encalçar-los. I havia trigat molt a fer-ho.

—Tenies raó —em va dir Cèsar—; els soterranis són de reflexos lents.

La qüestió és que allò era exactament el que Cèsar volia: deslliurar-se de la cavalleria tectona. Bògud no tenia ordre d'enfrontar-s'hi, sinó d'allunyar-los. Des d'allà dalt el podia veure perfectament, muntat en el seu cavall blanc. Seguint les instruccions que tenia de Cèsar, va fugir cap a l'est. O va fer veure que fugia. Els tritons, naturalment, van anar darrere seu. Els cavallets númides i els tritons es van perdre per l'extrem dret de la plana, com uns actors que abandonen l'escena momentàniament. Els númides amb una actitud una mica burleta, i els tritons darrere seu, amb les ostres ululant de ràbia. Aleshores Cèsar va donar l'ordre d'avançar per a tothom.

Tota la línia romana es va posar en marxa i va començar a acostar-se lentament cap als tectons, repicant a terra amb les espardenyes clavetejades. La vall va retrunyir com un tambor. Els homes duien en una mà l'escut que els cobria fins als ulls i amb l'altra empunyaven la glàdius. Cada cop estaven més a prop dels seus enemics, que els esperaven igualment emparats rere els escuts vius.

Pompeu no podia suportar la lentitud d'aquella marxa cap a les línies tectòniques. Va acostar el seu cavall al de Cèsar.

—Per què ordenes que avancem? —li va recriminar—.

Són ells els que ens han envaït; i, per tant, són ells els que han d'assumir els riscos d'un atac general!

—La guerra consisteix a fomentar l'ímpetu furiós dels homes, no a reprimir-lo — va contestar Cèsar.

La línia romana va continuar endavant fins que va ser a vint passos dels tectònics. Aleshores es va aturar. Els legionaris van agafar la pila, és a dir, la llança, i tots a l'una les van tirar contra les files tectòniques. Va ser una autèntica pluja de piles, milers i milers caient a l'uníson des del cel. Els tectònics es van ajupir i, amb els escuts entrellaçats, van formar un sostre gairebé perfecte, compacte i sense escletxes. Els gemecs i els vapors que exhalaven els escuts ferits per les puntes de les piles arribaven fins on érem nosaltres.

I llavors les legions van carregar. Vuitanta mil homes van fer un crit de batalla, i simplement es van llançar contra la barrera d'escuts enemics. Van xocar amb un estrèpit de ferro contra pedra, d'escuts de metall contra lloms de dura escorça animal. Aquest va ser l'autèntic inici del combat. Els legionaris es protegien amb els seus grans escuts en forma de teula i alhora intentaven punxar els enemics amb les seves espases curtes. Buscaven escletxes, projectaven la punta de la glàdius per la vora superior dels escuts tectons, cercant la cara dels seus enemics. Els tectònics replicaven amb els arpons, intentant punxar les cames i les cares romanes.

La cridòria i l'estrèpit del combat eren tan eixordadors que amb prou feines ens sentíem quan parlàvem entre nosaltres, i això que l'estat major de Cèsar estava relativament lluny de la línia de combat. Jo no tenia prou ulls per seguir tot el que passava al camp de batalla. Cada cop, cada ferida, cada caigut, humà o monstre, em produïen una emoció màxima en un sentit o un altre. Cèsar s'ho prenia d'una altra manera. Allò no era el circ, i la seva ment pensava en termes estratègics. En un cert moment va baixar del cavall. Un dels seus servus va obrir un tamboret portàtil i Cèsar s'hi va asseure. Un segon servus li va fer un massatge al coll, mentre ell mirava el cel blau. Fins i tot va tancar els ulls.

Quant de temps van estar lluitant els dos exèrcits cos a cos? No gaire. Potser l'estona que una persona normal trigaria a beure's pausadament dos, tres gots de vi. Era impossible perllongar-ho gaire més. Pensa, Prosèrpina, que l'escut legionari ja era un pes considerable. Sumem-hi la resta de l'armadura, i l'increïble dispendi d'energia que suposa lluitar per la pròpia vida. El que és increïble, de fet, és que l'envit es prolongués tant.

En un moment determinat, Cèsar es va aixecar del tamboret. Els seus ulls negres van fer una escombrada ràpida del camp de batalla. Va aixecar un braç i a continuació va tornar a seure amb el massatgista. Aquell braç mig alçat havia estat un senyal. Van sonar trompetes i xiulets. Els legionaris van suspendre els cops, talls i estocades i van retrocedir trenta passos en ordre. (Els de Cèsar amb molt més ordre que els de Pompeu, les coses com siguin). Cada cohort va buscar el seu estendard per reagrupar-se. I per recuperar l'alè.

Aquests trenta passos de retrocés van crear una franja de terra de ningú on només van quedar els morts de tots dos bàndols; la majoria, davant de la línia tectònica. No cal que et digui, Prosèrpina, el que van fer amb ells: el seu descans va consistir a menjar-se'ls a tots, romans i tectons per igual. Era una cosa típica dels tectons. Sortien fulgurantment de la seva línia de combat i amb tres mossegades hàbils a les articulacions arrencaven un braç o una cama. Quina rapidesa i quina traça! Els tectònics eren els carnissers més hàbils de l'univers. Després tornaven a la formació amb aquell petit botí i se'l menjaven darrere de l'escut com qui fa un mos. Jo coneixia aquella manera de fer; els legionaris encara no. No et pots imaginar, estimada Prosèrpina, com de desolador podia ser veure en una pausa de la batalla com uns monstres es cruspien a queixalades els teus amics morts o agònics davant dels teus morros.

Cèsar va donar una nova ordre i les legions, irades, van reprendre l'atac amb un furor renovat. L'escut legionari era una arma tan eficaç com l'espasa: el feien servir per empènyer i fer caure, o l'aixecaven i colpejaven amb el caire. Cèsar va deixar que lluitessin durant un lapse de temps similar a l'anterior i va tornar a ordenar un altre replegament. Els dos fronts van tornar a quedar separats per una franja de trenta passes.

Els homes suaven i esbufegaven, esgotats. Vaig veure moltes esquenes plegades, les mans recolzades als genolls; molts pits inflant-se i desinflant-se com una manxa. Aquesta vegada Cèsar els va deixar més estona per refer-se. Després va ordenar un tercer atac, i un quart. I cap no va aconseguir trencar les línies tectòniques.

Perquè aquest era l'objectiu de tota batalla. Que la línia enemiga es desfés. Que l'adversari, esgotat o ferit, temorós o desmoralitzat, deixés caure les armes i escuts per córrer més lleuger i fugís. Però trencar una línia de batalla tectònica era dificilíssim, i Cèsar ho sabia. Jo mateix li havia explicat, al detall, la fortalesa d'aquella formació: en els dos milers d'anys d'història tectona, només dos enemics havien aconseguit fracturar una línia de batalla tectònica. (I deus convenir amb mi, Prosèrpina, que ara no és el moment de relatar-te aquestes rares excepcions). Per què insistia, Cèsar? I si, rere aquella expressió impàvida, estava perdent el control i l'oremus? Ni tan sols havia enviat un missatger a Libertus perquè iniciés un atac per la rereguarda tectona. Jo no entenia res. I la resta dels presents tampoc.

—Però per què? —es desesperava Pompeu—. Qualsevol pot veure que no penetraràs la seva línia. Per què hi insisteixes?

—Si un martell pica un clau —va sentenciar Cèsar—, la seva obligació és clavar-lo fins al fons.

I aleshores els tectònics van iniciar l'avanç.

Venien cap a nosaltres en un front tan compacte com el dels legionaris a l'inici de la batalla, amb els escuts cosits entre si per mil petits tentacles. Plenes de talls i cicatrius que no sagnaven, aquelles proteccions vivents deixaven anar uns brams de cadell d'elefant. Per les vores dels escuts sobresortien les espases dentades d'ivori. Els milites tectònics trepitjaven ferm amb les botes de pop. Venien cap a nosaltres. Els legionaris van formar a correcuita la línia, un front que unia els homes de Cèsar i els de Pompeu. Els centurions s'esgargamellaven, els homes van ocupar el seu lloc, espatlla amb espatlla. Tots vam contenir la respiració: si trencaven les nostres files, s'hauria acabat tot. La Fi del Món.

Pompeu es va encarar a Cèsar. Li va retreure que tot era culpa seva, que Roma moriria i ell en seria el responsable per les decisions que havia pres exercint el comandament en aquell dia funest. Aquesta vegada Cèsar sí que li va replicar. I ho va fer amb les paraules més dures que un polític romà havia dirigit mai a un altre polític romà. (I ho dic amb coneixement de causa, perquè m'havia llegit tots els discursos del meu pare):

—Calla aquesta boqueta de pollastre, vell xaruc! —va cridar—. Avui estàs a les meves ordres, i gràcies a això salvaràs la vida. Perquè si, en comptes de lluitar al meu bàndol, lluitessis contra mi, o contra ells, moriries sense remei. T'ho asseguro!

A diferència dels legionaris, en els darrers metres els tectons no van carregar. Simplement van seguir endavant fins a topar amb els romans, com si volguessin atropellar-los. Quan els dos exèrcits van xocar, hi va haver un cruixit. Un llarg i estremidor retruny, com una proa de fusta que s'encasta als esculls de pedra. Havia començat l'intercanvi de cops i ganivetades. La nostra línia tenia una fondària de vuit homes: quan un queia, el que estava immediatament darrere el substituïa. Les ferides i els crits de dolor van començar a proliferar. Alguns homes dubtaven. És curiós, però des d'allà on érem, sentíem tot l'exèrcit com si fos un sol home. I aquell home, cansat, començava a dubtar de la seva capacitat per resistir.

En aquell instant, estimada Prosèrpina, em va envair un sentiment estrany de culpa. Una sensació, profundíssima, que havia fet alguna cosa malament a la vida, o potser que no havia fet prou per impedir aquell instant catastròfic. Vaig desenfundar l'espasa decidit a ficar-me entre les nostres línies. Volia morir, suposo. Preferia això a veure la Fi del Món; a veure Sitir, i Roma, devorades per Nestedum. Però quan estava a punt d'esperonar el meu cavall, el mateix Cèsar m'ho va impedir.

—Es pot saber què fas? —em va escridassar de molt mala manera—. La teva vida no és teva, pertany a Roma! Tu et quedes, i faràs allò que se t'ordeni.

El combat es perllongava. Aquí he de dir que els cossos tectons tenen menys músculs i són menys forts i voluminosos que els humans. Però allò no els feia menys resistents. Els legionaris de la primera línia ja no podien més. Cèsar va donar l'ordre de rellevar-los, i els centurions la van executar. Era l'ordre més difícil de complir: que en ple combat la primera línia de soldats fos rellevada per la següent. Normalment es procedia així: un legionari es col·locava just darrere del company que estava a primera línia, l'advertia de la seva presència amb un crit tan a prop de l'orella com fos possible i aleshores aquest, aplegant totes les forces que li quedaven, utilitzava l'escut per clavar una empenta a l'adversari. Mentre l'enemic entomava el cop com podia, retrocedint o resistint, el segon legionari aprofitava per reemplaçar el company, que es retirava a la rereguarda. D'aquesta manera, el combat seguia amb un front de legionaris frescos.

Però, com et pots imaginar, Prosèrpina, un relleu de tota la línia del front en plena batalla era una de les maniobres més complexes de dur a terme. Eren milers de substitucions d'un combatent per un altre de gairebé de manera simultània. Podien sortir malament moltes coses. Bé, doncs, ho van fer. Es van rellevar. Almenys les legions de Cèsar. Les de Pompeu van dubtar i van perdre més homes. Es van formar clars, esquerdes. Cèsar va veure alguna cosa que els altres no havien vist. Per això Cèsar era Cèsar. Aleshores es va dirigir a mi:

—Corre, ara! —va cridar—. Ves a trobar Libertus, i digue-li que Cèsar ordena que carregui amb tot el que té, sense reservar ni un sol home ni una sola dona. Que ho llanci tot contra l'esquena tectona! Ara! Corre, Marc Tul·li, corre com Mercuri!

I vaig córrer. Obeir aquella ordre tenia més sentit que suïcidar-me. Vaig cavalcar més de pressa que la llum dels llamps. Pensa, Prosèrpina, que Libertus estava lluny, a l'altre extrem de la batalla. Trigaria força estona a fer tota la volta. Cèsar ho sabia; ja hi comptava. Però m'havia d'afanyar, i molt.

* * *

Mentrestant, Bògud i els seus númides havien allunyat els tritons més de vint estadis. Van creuar un riu per un gual força ample, on l'aigua arribava fins al pit dels cavalls. Els tritons els seguien de prop, de ben a prop, rugint, udolant i xipollejant. No van dubtar a ficar-se a l'aigua: el mar els cremava i els fonia la pell, però ja havien après que els nostres rius eren d'aigua dolça. Aleshores, i només aleshores, quan els uns i els altres van haver creuat el riu, Bògud i els seus númides van tornar-se contra l'enemic. S'hi van enfrontar sense rubor, amb l'alegria assassina del que per fi deixa de fingir que fuig i comença a lluitar. Perquè tot havia estat un engany. Potser eren vint mil tritons contra deu mil ponis. Tant era. A la guerra, Prosèrpina, el nombre en ell mateix no significa res.

Els petits cavalls númides van envoltar els tritons, molt més grossos però maldestres. Mantenint la distància, els van atacar amb les seves javelines precises i mortals. Preferien ferir la muntura que el genet, ja que, quan un tritó era abatut, el llarg coll, i la llarga cua, en feien caure dos o tres més. La cavalleria tectònica ben aviat va quedar sumida en el caos. Els númides els ferien sense acostar-s'hi. Els tritons estaven tan apinyats que era impossible fallar el tir, totes les javelines es clavaven en carn tritona o tectònica. Aviat hi va haver munts de muntures i genets morts, caiguts o aixafats, que dificultaven encara més els moviments d'aquelles potes monstruoses. Les ostres que els tritons duien incrustades als omòplats van començar a emetre uns udols ferotges, gairebé desesperats, com si haguessin entès la gravetat de la situació. Fins que els tectons van comprendre que el millor que podien fer era retirar-se i reagrupar-se amb el gruix del seu exèrcit.

Van fugir. Era la primera vegada que un contingent humà en feia fugir un altre de tectònic. Ara, els milers de genets tectons corrien per salvar la vida. Van tornar al riu. I allà es van trobar amb una sorpresa.

Cèsar havia fet portar centenars de carros carregats de sal. Mentre númides i tectons lluitaven a l'altra banda, els conductors n'havien abocat el contingut a l'aigua. Com que era un gorg, l'aigua es movia poc i la sal no marxava corrent avall. Quan van tornar per creuar el riu, els tectònics van notar la cremor a les cames. Jo havia explicat a Cèsar que per ferir seriosament la carn tectònica calia un contacte continuat de la pell amb l'aigua salada, i Cèsar va havia intuït el que passaria quan els genets notessin el dolor. Per instint, van estirar les regnes per frenar la muntura, de manera que barraven el pas als que els venien al darrere. Al cap d'un moment hi havia un embús monumental al mig del riu.

El que va venir a continuació va ser una carnisseria tan estranya com horrible. Tritons xipollejant, tectons caiguts a l'aigua que cridaven entre convulsions de dolor... Sang blavosa, carn fumejant i un riu. I els númides abraonant-se sobre els tectons amb els seus matxets africans, matant i rematant. Als que encara anaven dalt de la muntura, els apunyalaven per l'esquena, i als que havien caigut a l'aigua, els esberlaven el cap.

—No en perdoneu ni un! —bramava Bògud—. Perquè si hi ha una raça que no es mereix el perdó és aquella que no el coneix.

Però l'aniquilació dels tritons no serviria de res si perdíem la batalla principal.

No he cavalcat mai tan de pressa. Havia de transmetre a Libertus el missatge que ataqués. Tot depenia del seu atac a l'esquena tectona abans que la línia legionària cedís. Però la urgència va provocar que cometés un error: per no fer tanta volta, vaig seguir una ruta més propera a la batalla. Confiava que, enmig del fragor d'un combat tan magne, un genet solitari galopant per la perifèria de la batalla passaria desapercebut. Bé, doncs va passar una cosa molt habitual en mi: que em vaig equivocar.

Un parell de tectònics muntats en tritons em van veure i em van venir al darrere. Ignoro d'on van aparèixer. Potser eren dos supervivents de la matança de tritons al gual, o, més probablement, una patrulla que vigilava el flanc dels tectònics per evitar atacs sorpresa.

Vaig esperonar el cavall i em vaig endinsar en un bosc amb l'esperança que la vegetació m'ocultés. Va ser inútil. Ja sentia al clatell els gemecs de les ostres dels tritons anticipant la meva mort. Et juro, Prosèrpina, que em vaig sentir com una llebre perseguida per una guineu. De sobte, el cavall em va expulsar del seu llom: l'havien ferit amb una llançada. Vaig sortir volant i vaig aterrar de morros un bon tros més enllà. Quan em vaig girar, els dos tectons em contemplaven des de les modestes alçades dels tritons, apuntant-me amb les seves llances dentades. Desesperat, l'únic que se'm va ocórrer va ser parlar-los en llengua tectona:

—No ho feu! La meva sang té gust d'iliiigiimj!

Els iliiigiimj eren uns animalons especialment repel·lents al paladar tectònic. Sí, ja ho sé, era absurd: per què un humà havia de tenir sang d'iliiigiimj? Els homes desesperats improvisen molt malament. El que va aturar les seves llances no va ser la meva mentida, sinó la llengua. Un humà que parlava tectònic era més que una raresa. Van deduir la veritat molt de pressa:

—Tu ets Marc Tul·li. Nestedum ens recompensarà amb una granja de porcs.

Pots entendre la meva desesperació, Prosèrpina? Tornava a estar captiu d'ell. D'ell! Un dels genets va extreure un petit animal d'una alforja. Vaig fer un xiscle simiesc. Jo coneixia aquells animalons. Imagina't, Prosèrpina, dos caps de camaleó units. Aquesta forma, tenien. De les dues boques, en sortien una mena de filaments, mig carnosos mig vegetals, que quan s'adherien a turmells i canells feien de grillons. Vaig cridar més. El tectó va desmuntar i se'm va acostar amb el cap doble de camaleó a les mans. I aleshores va caure fulminat. Havia rebut l'impacte d'una pedra tan grossa al lateral del crani que quan va tocar el terra ja era mort. L'altre genet va deixar anar un udol ferotge. Sitir Tra estava a menys de deu passes. «Quina punteria», vaig pensar. El segon tectó iniciava una càrrega. I aleshores, per una vegada, puc dir que vaig fer una cosa útil: vaig agafar el cap doble de camaleó i vaig llançar-lo contra les potes del tritó. L'animaló va adherir-se a una pota amb una llengua i a una roca propera amb l'altra llengua; el tritó va caure. Sitir va rematar el genet com qui trepitja una mosca sense ales.

—Què hi fas, aquí? —vaig preguntar-li.

—Protegir-te. Ho vaig prometre.

Parlava com si aquell dia tan llunyà en què havia aparegut a la Suburra hagués estat ahir. Jo em vaig espolsar la roba tot dient:

—Bé, per un cop he estat jo, qui t'ha salvat la vida.

Em va mirar sense entendre'm.

—És broma!

* * *

Vam trobar Libertus i Baltasar Palusi al cim d'aquell turonet rere el qual s'amagava l'exèrcit servil. Des d'allà tenien una vista perfecta de la batalla. Sí, eren allà. Libertus, Baltasar i, just al darrere, un parell d'homes que sostenien el pedestal de la mediocre estatueta de Qal. Una mica més enllà, amagats per un declivi del terreny, els trenta mil lliberts armats, la mirada fixa en l'estàtua.

Sitir i jo els vam anar a trobar corrents.

—Cèsar ha donat l'ordre! —els vaig cridar—. Cal atacar, ara!

—Magnífic! —va exclamar Palusi—. Tot està llest, només esperàvem que ens donés l'ordre.

Per ser una tropa d'esparracats, havien estat molt diligents. Estaven formats en unitats d'uns cinc-cents homes, ocults darrere les roques i la vegetació. No tenien el millor armament, però tampoc lluitaven amb qualsevol cosa: eren armes que havien arreplegat a les victòries de Sicília o fetes pels seus propis ferrers. Les llances ja eren alguna cosa més que puntes de fusta endurides al foc, la majoria tenien puntes de ferro. Molts duien casc i pectorals de metall, o almenys una de les dues coses. Alguns fins i tot tenien gamberes. Ves a saber d'on les havien tret. (Les gamberes, estimada Prosèrpina, eren unes proteccions que cobrien la cama entre el peu i el genoll). Ja ho deia Palusi: ni lleons ni ratolins. Però només calia veure el seu estat d'ànim, la seva predisposició al combat, per entendre que serien decisius. I eren molts.

Vaig girar la vista cap a la batalla. Allà les coses estaven empitjorant. La meitat de la línia romana, la que ocupaven les legions de Pompeu, s'ensorrava. Els tectons els desbordaven a poc a poc, empenyent, apunyalant, matant. Els pompeians eren com una biga sobrecarregada que en qualsevol moment es podia trencar. Com que estàvem més enllà de la rereguarda dels tectons, podíem veure clarament com Nestedum anava desplaçant més i més reforços cap a aquella zona. Sí, eren com les gossades de hienes, que sempre ataquen l'animal més feble del ramat. Sitir va fer un pas endavant, cap a la batalla. Vaig poder notar la seva tensió interna; comprimia els punys, i la Pedra Negra començava a estendre's per tot el seu cos com una segona pell. I aleshores em vaig fixar en Libertus.

Alguna cosa havia canviat en la seva expressió. Mirava la batalla com si estigués en trànsit, la boca entreoberta, els llavis secs, sense parpellejar. M'hi vaig acostar. Parlava en un murmuri. Amb qui? Amb ell mateix.

—S'estan matant... entre ells —deia—. Bèsties contra bèsties, bèsties contra bèsties...

—Libertus? —el vaig interrompre. Però no m'escoltava.

—Només cal deixar que el mal extermini el mal... —va continuar—. I després rematar el mal que sobrevisqui... I serem lliures, lliures.

Això deia, com en somnis. Em vaig alarmar.

—Es pot saber què dius? —vaig cridar—. Heu d'atacar! Has de donar l'ordre d'atac!

No, no m'escoltava. Em va pujar una esgarrifança. Potser aquell havia estat el seu pla des del principi: deixar que romans i tectons es dessagnessin i després collir el fruit de la victòria.

Vaig mirar Sitir, vaig mirar Palusi. Estaven tan desconcertats com jo.

—Sitir! Baltasar! —els vaig implorar—-. Hem d'atacar o moriran tots!

Però aleshores em vaig adonar d'un fet terrible: per més que el seu cor estigués amb mi, ni Sitir tenia el poder d'oposar-se a la voluntat de Libertus ni Palusi la voluntat d'oposar-se al seu poder. No, Palusi no donaria mai l'ordre d'atac si el seu líder no l'autoritzava.

Allà baix, la batalla començava a inclinar-se decididament cap als tectònics. Almenys la part de la línia romana defensada pels pompeians. Quan els homes queien, els tectons els remataven amb els arpons i les espases dentades, o els rebentaven els òrgans interns a cops d'escut. Si els de Pompeu acabaven per cedir, la seva por es contagiaria a tota la línia, i ja havien començat a retrocedir, cada cop més en desordre.

Vaig cridar amb tota la força dels meus pulmons:

—Pel que més t'estimis, Libertus! —vaig bramar—. Dona l'ordre!

No, no m'escoltava. Llavors Palusi va fer un pas endavant, li va posar una mà a l'espatlla i va dir:

—Libertus, germà. Són tectònics! Han pujat des de l'Hades per matar-nos!

Aquella mà amable almenys va despertar Libertus del trànsit en què havia entrat. Ens va mirar, a tots. A Palusi, a Sitir. A mi també.

—Si us plau! —vaig suplicar.

Sitir, en un gest tan veloç com imprevist, va agafar l'estàtua del pedestal sostingut pels dos homes i la va dipositar als peus de Libertus.

—Qal va morir lluitant contra els tectònics! Creus que és això, el que voldria? Que ens quedéssim aquí contemplant com les legions tectones assassinen humans?

Libertus va mirar-la:

—Sitir. Si m'estimes, deixaràs que faci el que cal fer, per dolorós que sigui.

Ella va ser sincera i alhora ambivalent. Se'm va acostar, va unir una mà amb la meva, i amb l'altra va agafar la de Libertus i va cridar:

—És clar que t'estimo, Libertus. Però el que cal fer és atacar! Ataquem! Dona l'ordre!

No, no ho faria. Ni sota el prec de la seva estimada Sitir, la nostra estimada Sitir. Jo ho vaig entendre, Sitir ho va entendre. I també ho va entendre Baltasar. Però aleshores se li va transmutar la cara, la veu. Va desenfundar el seu vell matxet i va recriminar a Libertus:

—Els tectons van matar la meva dona, els meus fills! Van matar la dona i els fills del meu germà! Ara estem aquí, ells continuen matant-nos, i tu dius que no fem res! Per a això hem arribat fins aquí?

Libertus va parpellejar confús. Crec que no comptava amb allò, amb la insubordinació de l'home i la dona més propers a ell. I va entendre que havia de donar l'ordre perquè, si no, Sitir Tra i Baltasar Palusi, passant per damunt del seu desig, atacarien igualment.

Vet aquí un principi fonamental de l'home polític: no facis res si no estàs obligat a fer-ho; i, quan ho fas, proclama que només actues mogut per voluntat pròpia. Per fi, Libertus es va dirigir a Palusi i va pronunciar dues paraules alliberadores.

—Fes-ho.

Has de saber, Prosèrpina, que aquest «fes-ho» tenia un doble significat, perquè també era la paraula que feien servir els sacerdots a les cerimònies religioses per autoritzar un sacrifici als déus: «fes-ho» era la veu que ordenava el cop mortal. La cara de Palusi es va il·luminar. Va alçar ben amunt el matxet i va cridar un eufòric i vulgar:

—Sí! Ara els fotrem!

Va llançar el matxet ben lluny, com qui es desfà d'una cosa inútil. Amb els dos braços va alçar l'estatueta de Qal, que estava feta de pedra lleugera, i va bramar mentre la movia amunt i avall. Els trenta mil homes lliures de Libertus van seguir l'estàtua. Cridaven com si tots plegats fossin una onada. Van baixar el vessant dirigint-se directament contra l'esquena dels tectons. Baltasar Palusi, que anava al capdavant, va fer un crit, un simple udol sense forma. Tot l'exèrcit servil es va convertir en un clam. I van carregar, desbocats.

El que menys s'esperaven els tectònics era un atac per la rereguarda. Però el que va resultar realment decisiu, estimada Prosèrpina, va ser el càlcul, el càlcul de Cèsar. Perquè en aquells moments gairebé la meitat dels tectònics, els milers i milers que envestien contra la part del front romà defensat pels pompeians, ja havien sucumbit a l'Ànsia. L'*Impetus.* Havien deixat caure les armes i els escuts per mossegar els soldats pompeians que fugien en desbandada. Es creien vencedors. I, de sobte, una cridòria a la seva esquena. Això era el que havia previst Cèsar: atacar-los per darrere quan l'Ànsia els hagués posseït i la seva formidable disciplina s'hagués dissolt. Aquella era l'única manera de vence'ls.

L'onada dels lliberts va ensorrar les esquenes tectòniques. Punxaven clatells, clavaven ferros entre omòplats. Passaven, literalment, per damunt dels tectons, massa lents a reaccionar davant una amenaça imprevista. Alguns lliberts s'aturaven per rematar els tectònics caiguts, però Palusi va entendre que la seva missió consistia a pressionar més i més la rereguarda enemiga, i va cridar:

—No us atureu! Seguiu, seguiu, seguiu!

Tenia raó. L'únic que importava era mantenir l'empenta. I el van obeir, més o menys. Aquell torrent humà va seguir endavant. Sitir s'havia armat amb dues espases, una glàdius romana i una espasa dentada tectona; els seus braços es movien tan de pressa que jo no els podia seguir amb els ulls. La seva figura transmetia coratge com el sol emet calor, i molts homes s'agrupaven al seu voltant. Jo estava entre ells. I també cridava:

—Seguiu, seguiu! Endavant!

I empenyia espatlles i esquenes amb totes dues mans. Al punt on ens trobàvem nosaltres no hi havia front, ni línies de combat, ni formacions. Només milers i milers d'homes xocant contra milers d'esquenes tectòniques. Només furor, sang vermella i sang d'un blau fosc. En algunes parts, els lliberts carregaven amb la llança horitzontal, com una falange improvisada; en d'altres, homes i tectons s'enfrontaven en combats singulars. Crits, xocs, patacades, cops de puny i mossegades. Tot d'una, els dos homes que hi havia davant meu van caure com segats per una dalla. I al seu lloc va aparèixer algú: Nestedum.

Era ell. Ves a saber quanta estona feia que m'havia vist. Era ell, en efecte. Ell i la seva mà d'aranya. El tectònic que m'havia arrossegat a l'inframon i m'havia torturat de mil maneres diferents. Era ell, Nestedum, i aquells dos ulls plens de ràbia i de rancúnia. Havia jurat que es menjaria la meva carn i es beuria la meva sang. Tots dos sabíem el que havia passat al desert i a les profunditats. El que ens havíem fet l'un a l'altre; els nostres dolors i avorriments mutus. La meva fugida del seu món, la seva persecució fins al mateix cim de l'Stromboli. Per què hauria de perdre el temps, estimada Prosèrpina, intentant descriure la intensitat del nostre odi mutu? No es pot. Només et diré una cosa: l'odi no separa; l'odi uneix els que s'odien amb més intensitat que l'amor els amants.

Jo estava desarmat. Em va atacar amb l'espasa, apuntant al coll per fer-m'hi un tall horitzontal. Vaig tirar el tors enrere i la punta va passar a mig dit de la meva gola. Em va atacar amb l'altre braç, amb aquelles potes d'aranya llargues i peludes. Jo no era rival per a ell, sobretot en esgrima, així que vaig fer el més raonable: girar-me i intentar fugir esquivant el desgavell de combatents. Però de vegades, Prosèrpina, el que és més racional no és el més just ni el més pertinent. Perquè vaig topar amb el pit folrat de pedra de Sitir.

—No hauries de fugir —em va dir amb el to inexpressiu de sempre—, t'està mirant tot l'exèrcit.

Em va fer tornar enrere amb la intenció d'enfrontar-se amb el meu enemic jurat, però Nestedum estava protegit per una mena de contuberni, una dotzena de tectònics que van caure sobre ella. Oh, Prosèrpina, hauries d'haver vist lluitar Sitir Tra aquell dia en la gran batalla per la defensa del gènere humà! Els seus cops esclafaven els enemics, i tots els extrems del seu cos eren armes: colzes i genolls, peus, mans i cap.

Jo, al darrere, hi participava d'una manera ben poc heroica: insultant-los en llengua tectona. No he vomitat mai paraules més furioses. Les batalles tornen bojos els que hi combaten.

Sí, la batalla, aquesta batalla. L'última batalla abans de la Fi del Món.

Acostuma a passar que els individus que estan vivint un gran succés històric no són plenament conscients de tot el que està passant. I encara menys del curs que estan prenent els esdeveniments. Però allà, almenys, hi havia un home que sí que sabia el que estava passant: Juli Cèsar.

Als que estàvem enmig del tumult, de la pugna, tacats de sang de dos colors, matant per viure, la tensió ens feia creure que vivíem un clímax de forces, que el destí de l'univers estava indecís. No era així. A aquelles alçades de la batalla, Cèsar ja sabia que havíem guanyat.

Nosaltres no ho podíem veure, però tot estava anant exactament com ell havia previst. Fins i tot l'enfonsament de la línia pompeiana figurava als seus plans.

Tal com t'he dit abans, Prosèrpina, quan els de Pompeu van fugir, moltíssims tectons van lliurar-se a l'Ànsia: convertits en una immensa canilla d'animals salvatges, van deixar caure armes i escuts per mossegar els seus enemics. Això era exactament el que Cèsar havia buscat. Però la línia de Pompeu no s'havia enfonsat del tot. Perquè darrere hi havia aquell centenar d'aspa, sòlids com un mur. Jo no hi era, és clar, però em van dir que va ser una visió immortal: els cent aspa dempeus, amb les Pedres Negres estenent-se simultàniament sobre la seva pell nua, impassibles com els espartans de Leònides. Només eren cent, així que per cobrir el front es van disposar separats per una distància de deu passos entre ells. Els pompeians, en la fugida, van passar per aquests grandiosos buits. S'explica que llavors Cèsar va cridar a Pompeu:

—Mira com corren els teus soldats! Comporta't com un home i com un general: ves i reagrupa'ls.

Però, en comptes d'obeir, Pompeu va començar a discutir amb Cèsar. Aleshores va intervenir el meu pare. L'armadura que vestia aquell dia no li quedava gaire bé, però la qüestió és que va cavalcar cap als pompeians cridant:

—Per la República, pels seus pares! Mantingueu-vos ferms!

Ja t'asseguro jo, Prosèrpina, que un soldat que fuig en l'última cosa que pensa és en la República i en els pares conscrits. Però va tenir el seu efecte. Perquè Pompeu no podia quedar-se mirant passivament com Ciceró es reunia amb els seus propis homes, així que també va anar cap allà, i el seu estat major amb ell. Entre tots van contenir la desbandada, més o menys.

Però l'autèntic dic no va ser el meu pare, ni Pompeu, aquesta és la veritat. Van ser el centenar d'aspa. En veure que ni un sol dels aspa es movia de lloc, els legionaris pompeians van recuperar el seny. Ja fos per vergonya o per dignitat, van aturar la fugida i van formar una nova línia.

Sí, vaig comprendre que la intenció de Cèsar sempre havia estat provocar l'*Impetus* entre els tectònics. De cop, els que s'hi havien deixat portar s'adonaven que aquell enemic suposadament derrotat es recuperava a una velocitat inaudita, i, a més, amb el reforç de cent guerrers perfectes i de trenta mil lliberts que atacaven per l'esquena. Però ja era massa tard, ja havien deixat caure els escuts, els arpons i les espases dentades. I allò no era tot. Cèsar encara no havia consumat la maniobra.

Com que molts dels tectons que feien front als cesarians havien basculat cap l'esquerra per menjar-se els pompeians en desbandada, Cèsar va manar que els seus homes es pleguessin en un moviment lateral per encaixonar l'enemic. És a dir, que l'exèrcit tectònic ara tenia els aspa i els pompeians davant, els lliberts darrere i els legionaris de Cèsar a la dreta. Només els quedava el flanc esquerre lliure. I per allà va arribar la cavalleria númida del rei Bògud el Just, que tornava d'anihilar els tritons al riu.

L'esclafament. Ni a Cannes s'havia vist un encerclament tan complet, tan perfecte. Els tectònics estaven envoltats, els atacaven pels quatre punts cardinals, i més de la meitat s'havien desarmat voluntàriament per culpa de l'*Impetus*!

Però que la batalla ja estava decidida només ho podia saber Cèsar, que des de les seves altures gaudia d'un panorama general. Per a nosaltres, que teníem la mateixa perspectiva del camp de batalla que un cuc, la jornada seguia sent un intercanvi de cops i ferides. Jo no podia veure gaire més que masses tempestuoses d'homes i de monstres, i Sitir i alguns lliberts lluitant contra Nestedum i els seus escortes. Fins que, de sobte, darrere dels tectons, per sobre de tots els caps, vaig veure els penons de les legions cesarianes.

Allò només podia significar que estàvem aixafant els tectons. Fins i tot Nestedum se'n va adonar. Els seus odiosos ullets van dubtar, el seu crani oblong va girar a dreta i esquerra, mirant endavant i enrere, i va saber que estava perdut.

—Viu! —vaig cridar—. Agafeu-lo viu!

I Sitir se li va llançar al damunt.

A aquelles alçades allò ja no era una batalla, Prosèrpina, només una carnisseria a una escala grandiosa. Els tectònics, comprimits en un espai cada cop més reduït, ja gairebé ni podien aixecar els braços per defensar-se. Les gladius de les legions rebentaven cranis com si esberlessin síndries grises. Els númides els aixafaven amb les potes dels seus cavalls i els lliberts els mataven i remataven amb porres clavetejades, llances i destrals. Va ser horrible, Prosèrpina. I vols saber què va ser el més espantós de tot? Doncs que hi havia tants i tants tectons que la matança va durar hores. Sí, va caldre mig dia per matar-los a tots, encara que la seva resistència ja no era organitzada ni eficaç. Fins i tot jo, que ni tan sols havia empunyat una arma, estava xop de sang fosca, des de les galtes fins als genolls. Es diria que m'havien submergit en un d'aquells pous líquids on es tenyeix la roba. Recordo que, ronc de tant cridar, vaig mirar al cel. També era d'un blau violeta horrible, com el mar profund o la sang tectona.

No podia més. Em vaig allunyar una mica. Em vaig deixar caure, panteixant, entre munts de cadàvers tectònics i humans. Sitir em va veure. Era una aspa, feia servir molt poques paraules. En comptes de preguntar-me com em trobava, em va treure d'allà i després em va posar una mà amorosa a l'espatlla. Jo li vaig agafar els dits. Li vaig preguntar per Nestedum. Em va dir que l'havien capturat i l'havien portat a un lloc segur.

—Vols venjar-te'n? —em va preguntar.

Que si volia venjar-me'n? Em vaig posar dret. És clar que volia venjar-me'n! Ningú comprendria mai tot el que havia viscut, allà baix. I bona part era culpa i obra de Nestedum. Però no vaig tenir temps de res, perquè vam sentir homes que victorejaven, un clam llarg i fragorós. Era la fi de la batalla. Vam veure espases i armes de tota mena alçar-se en senyal de victòria. Boscos de llances, amunt, aclamant. I el que va passar en aquell moment, Prosèrpina, hauria fet plorar el més incommovible dels estoics, perquè legionaris i lliberts es van fondre en una abraçada. En el fons no eren gent tan llunyana, tan diferent. Tot eren rostres francs, satisfets i victoriosos. Sí, per tota la línia es podien veure legionaris que deixaven caure armes i escuts i s'abraçaven als cossos escarransits dels lliberts. Que els uns i els altres estiguessin coberts de sang blava els igualava i els agermanava. Aquell dia la deessa Concòrdia devia estar molt contenta.

I l'escena encara va tenir un epíleg molt significatiu. César, a cavall, havia acudit a presenciar els últims cops, a assegurar-se el triomf. (O el protagonisme del triomf). El seu cavall es movia lentament entre milers i milers d'espases enlairades, de multituds de legionaris que l'aclamaven. Duia una mà alçada i amb l'altra sostenia les regnes. El que va passar va ser que, una mica més enllà, Palusi havia hissat Libertus sobre les seves espatlles, com havia fet al principi de la batalla amb l'estàtua de Qal.

—Ho hem aconseguit, germà! —cridava Palusi—. Som lliures, lliures! Ara sí!

I així, els legionaris cridaven «Roma, Roma!» i els lliberts «Llibertat, llibertat!», i a poc a poc Cèsar i Libertus es van anar apropant més i més, empesos per masses d'homes victoriosos i feliços. El més graciós del cas és que tots dos van fer veure que no s'adonaven de la presència de l'altre. No cal que et digui, Prosèrpina, que se sentien molt incòmodes. Però els legionaris i els lliberts van anar empenyent els seus líders fins que van quedar cara a cara. «Roma, Roma!», «Llibertat, llibertat!», udolava l'exèrcit sencer. Al final no els separaven ni dos pams. Tots els milites volien que es fonguessin en una abraçada, els empenyien a això. I què podien fer? Es van abraçar, és clar. A contracor, però ho van fer.

Roma abraçant la llibertat, la llibertat abraçant Roma. Això va ser. Cèsar i Libertus. Libertus i Cèsar. Quan, malgrat totes les reticències, van ser als braços de l'altre, el rugit de totes aquelles goles es devia sentir fins a la mateixa Suburra. La tropa es va endur els dos líders de tornada al campament igual com els corrents arrosseguen una nau sense timó.

I així va ser com es va lliurar, estimada Prosèrpina, la gran batalla entre les forces humanes i les tectòniques. Sitir Tra i jo ens vam quedar sols. Ella tenia pressa per marxar d'allà i em va urgir a sortir d'aquella vall on ara només regnava la mort. Però jo volia fer una última ullada al camp de batalla, a aquella descomunal collita de cadàvers.

S'apropava el capvespre. Després de l'estrèpit de la lluita, s'havia imposat un silenci estrany. Hi havia tants i tants caiguts que era impossible veure ni un bri d'herba de l'immens prat on s'havia lliurat el combat. Has de saber, Prosèrpina, que l'agonia dels tectons recorda la dels peixos fora de l'aigua. Els seus cadàvers estaven quiets, gairebé rígids, fins que un espasme brusc els agitava momentàniament. Llavors tornaven a quedar-se immòbils; i així tres, quatre vegades, fins que s'extingien definitivament. Ara imaginem un camp amb cent mil tectons finint la seva existència. Milers d'estremiments, de convulsions finals. Alguns exhalaven l'últim sospir amb una expressió d'inquietud al rostre, com un moribund que s'acaba d'adonar que no porta a sobre la moneda per al barquer.

De mica en mica, les raneres, els moviments i els gemecs es van anar apagant. Com el sospir d'un nen, com l'amor i el desamor a la vellesa. Com la darrera onada que llepa la platja.

Va començar a ploure.

19

La victòria.

Legionaris, númides i lliberts van confluir, eufòrics, al campament de l'exèrcit. Van entrar per la porta principal arrossegant literalment Cèsar i Libertus. Van ignorar la pluja que el cel descarregava, i aquesta, ofesa pel menyspreu, se'n va anar poc després a netejar la sang del camp de batalla.

I aquí, Prosèrpina, m'agradaria explicar-te que els campaments de l'exèrcit romà, per provisionals que fossin, tenien sempre una estructura geomètrica perfecta. Eren com una ciutat en miniatura. Tot campament militar romà es formava partint de l'eix de dues avingudes encreuades. I allà, a la cruïlla, hi havia la tenda principal, la del pretor. Al davant s'alçava una tarima. Cèsar i Libertus hi van pujar, incomodíssims, mentre tot l'exèrcit els aclamava. Cap d'aquells dos grans oradors sabia ben bé què dir, i el que els impedia trobar les paraules era, justament, la presència de l'altre.

Però llavors algú va salvar la situació: el meu bon amic Bògud el Just, sempre oportú, va pujar a la tarima sense que ningú l'hi hagués convidat i sense cap pudor. Era un animal polític, i al capdavall la seva presència al podi era més que merescuda: els genets númides havien contribuït, i molt, a la victòria. Molt hàbilment, Bògud, que sempre lluïa un somriure més ample que un tall de síndria, es va col·locar entre

Cèsar i Libertus. Tots dos l'hi van agrair, ja que cap dels dos volia tornar a abraçar l'altre. El somrient Bògud va alçar el braç de Cèsar i tot seguit es va abraçar a Libertus. Tots el van victorejar. Bògud tenia aquest do: queia bé als soldats i als generals, als poderosos i als oprimits, als romans i als estrangers.

Sitir i jo vam veure aquella tarima, amb Cèsar, Libertus i Bògud, i vam ser feliços. Roma, la llibertat i els amics forans: allò era la tarima del pretor, aquell dia. Així és la vida, Prosèrpina: només els éssers que es transformen sobreviuen, i de les nacions humanes es pot predicar exactament el mateix. Havíem aconseguit derrotar els tectònics perquè havíem canviat. Perquè havíem abolit l'esclavatge, i això ens havia fet més forts. Perquè havíem lluitat junts lliures i oprimits, italians i africans. Cèsar, Libertus i Bògud. Quins tres homes sobre els quals edificar un nou món!

Sitir em va acompanyar fins a la meva tenda de campanya. La compartia amb el meu amic, el convalescent Gneus Iunni Rinxolets. A dins també hi havia algú molt menys agradable de veure: Nestedum. L'havien lligat, amb les mans a l'esquena, a una estaca clavada a terra.

Gneus era al llit, mig adormit. Encara no s'havia recuperat. Qui el podia comprendre millor que jo? La seva ment encara fluctuava entre la lucidesa i l'esllanguiment. Li vaig fer saber la nostra gran victòria. Ell em va mirar sense entendre-ho. Va tornar a insistir en la mateixa idea fixa d'abans: el buit en la memòria que li impedia recordar una cosa vital, transcendent. Jo vaig intentar tranquil·litzar-lo: fos el que fos, havia caducat, ara que l'exèrcit tectònic havia quedat exterminat. Però ell tornava al seu deliri, a aquella imatge singular que havia presenciat durant el captiveri: una truja prenyada que, en ser sacrificada pels tectons, donava a llum per la ferida.

—Porquets... naixent d'una porca assassinada... Molts...

molts porquets... naixent en morir la porca, una porca grossa... De la mort, la vida.

No estava en condicions de participar de l'alegria general, així que vaig manar que el transportessin a Roma, a casa. Els seus familiars s'alegrarien de veure'l. Després em vaig encarar a Nestedum.

Necessitava fer-li mal, veure'l sagnar. Que patís. Em vaig precipitar sobre ell, però Sitir em va aturar. Els seus braços eren com una teranyina, suaus però implacables.

—Mata'l, si ho has de fer —em va dir—, però no el maltractis.

Era impossible discutir amb una aspa, jo ho sabia. No consentiria mai turments gratuïts. Tot i així, vaig forcejar amb ella fins que ens va interrompre una veu:

—*Nubes albae sunt. Mare caeruleum est.*

O sigui: «Els núvols són blancs. El mar és blau».

Qui havia parlat així era el mateix Nestedum. Sitir va girar el cap, sorpresa de sentir parlar un tectó en llatí. El tectó va seguir:

—El sol escalfa. La nit és dolça.

—L'hi vaig ensenyar jo —vaig reconèixer—. M'hi va obligar. Però no vaig aconseguir polir-li la pronunciació. Arrossega massa els esses i fa totes les erres dobles.

Sentir-lo parlar en el nostre idioma, amb aquelles tres fileres de dents en moviment i aquells ulls immensos, feia venir calfreds. Sí, de núvols i mars, de sols i nits. D'això parlaven les primeres frases que vaig ensenyar al monstre que em tenia captiu: de les coses que més enyorava quan estava allà sota, en un món sense sol, sense cel, sense mar. Sense nits.

Em vaig ajupir a l'altura dels ulls de Nestedum. El mirava a ell, però em dirigia a Sitir:

—Per ensenyar-li llatí, vaig haver d'aprendre el seu idioma —vaig dir—. Així que vam aprendre moltes coses tots dos, jo d'ell i d'ells, i ell de mi i de nosaltres. Aquests monstres no tenen pare ni mare, ni fills ni filles. Per reproduir-se, com ja saps, es divideixen. Són els calcs. És a dir, l'únic familiar d'un tectó és l'individu de qui es desprèn. Per a un calc, doncs, aquest ésser del qual procedeix, del qual neix, és el seu pare i la seva mare, tot el seu llinatge i ascendent. Bé, doncs, saps què va fer, el bo de Nestedum, quan va néixer? Quan va aparèixer com un calc d'un altre tectó? Menjar-se'l. Devorar el tectó de qui s'havia desprès. Normalment no ho fan mai, això. Però el nostre amiguet és una aberració fins i tot entre els seus.

—I els seus no l'odien per això? —va preguntar Sitir.

—Ben al contrari —vaig dir—, l'admiren superlativament. Perquè va ser capaç d'idear i consumar un acte de dolor que ningú s'havia atrevit ni a imaginar.

Per a un romà, estimada Prosèrpina, no hi ha crim més horrorós i execrable que el parricidi. Per això vaig explicar aquella anècdota a Sitir Tra, perquè comprengués la naturalesa de Nestedum: l'individu més pervers de la raça més criminal. Encara que, de fet, era un esforç inútil: la maldat tectònica era tan infinita que la seva mateixa desmesura la feia incomprensible. El Mal, l'exercici del Mal, el seu infatigable amor pel Mal, calia viure'l per entendre'l. Saps quina era, la paradoxa, estimada Prosèrpina? Doncs que quan algú com jo, sotmès llargament al règim maligne de la seva República, per fi entenia l'abast d'aquell horror, tampoc podia explicar-lo: la seva mateixa naturalesa, un espant sense principi ni final, estava més enllà de les paraules i el feia incomunicable.

Amb tot, Sitir, indulgent, volia donar a Nestedum l'oportunitat de defensar-se, i va preguntar-li:

—Per què? Per què vas devorar aquell tectònic de qui procedies? Et vas despendre d'algú del teu gènere; sense ell no hauries obert mai els ulls, no hauries viscut una vida. I un dels primers actes de la teva existència va ser buscar-lo, matar-lo i devorar-lo. Per què?

—Per dos motius, i tots dos molt importants —va explicar-se Nestedum—. El primer, per fer entendre als tectònics que els calcs no necessiten per a res aquells de qui es desprenen. Que poden obrar pel seu compte immediatament després de menjar-se la placenta.

Aquí vaig fer un aclariment per a Sitir:

—Els tectònics tenen una mena de memòria instintiva i col·lectiva, i alguns aprenentatges es transmeten a les noves generacions. Oi que un gatet, el primer dia que veu la pluja, sap que no li convé mullar-se? És una cosa així.

—Abans que jo matés el meu progenitor, els calcs eren com gatets indefensos —va dir Nestedum aprofitant el meu exemple—; ara neixen com lleons. No han d'esperar cap instrucció ni empara, poden lluitar i matar des del mateix instant en què s'han empassat la placenta.

Sitir va esbufegar.

—Vaja! O sigui que els magistrats i ciutadans de la República tectònica t'haurien d'estar agraïts per haver-te menjat el teu pare.

—Naturalment, si l'agraïment fos alguna cosa més que un insuls i inútil principi humà —va matisar Nestedum.

—I quin és el segon gran motiu pel qual vas cometre l'acte més infame de tots, és a dir, canibalitzar el teu propi pare?

—El segon motiu va ser el més important —va dir Nestedum. I, mirant fixament Sitir, va escopir dues paraules—: Perquè sí.

Veure Nestedum em resultava massa desagradable, i no en treia res de suportar la seva mirada i els seus arguments.

Vaig ordenar a uns guardians que se l'emportessin a un altre lloc més segur i, sobretot, més lluny de mi, de nosaltres. Quan ja se l'enduien, vaig dir-li:

—Has perdut. No et beuràs la meva sang.

—Tot gira, Marc Tul·li —va replicar.

La seva actitud arrogant, com si no hagués patit cap derrota, em va ofendre. I també aquella indiferència pel destí dels cent mil congèneres que havia empès a la mort.

Vaig aturar els guàrdies. Vaig fer agenollar Nestedum i li vaig fer posar el braç a sobre d'un bagul. Recorda, Prosèrpina, que havia suplert la mà que jo mateix li havia tallat amb una mena de gran aranya domèstica de potes repugnants. Vaig agafar l'espasa i li vaig amputar la criatura. Nestedum va udolar de dolor. Jo sabia que els tectons arribaven a una sintonia tan gran amb aquelles criatures que les sentien com a part del seu cos.

—Mastegaré la teva carn i em beuré la teva sang —va bramar Nestedum, ara amb el monyó nu—, però primer em menjaré el teu pare!

—El meu pare és tan bon orador que abans et convencerà que et mengis la mà que et queda.

Se'l van endur, ara sí. Jo vaig tornar a abraçar-me a Sitir. Els seus ulls verds espurnejaven amb una brillantor tremolosa, com el sol quan reverbera sobre aigües de platges càlides.

Per si cal dir-ho, Prosèrpina, em moria per acabar el dia, aquell dia, als braços de Sitir Tra. Fora s'havia fet fosc, per fi. La lluna s'alçava. El campament sencer era una immensa bacanal. Les rialles, els càntics, les músiques i les cançons traspassaven la tela de la meva tenda. Jo estava esgotat per la jornada, per la batalla, però vam caure l'un en braços de l'altra. Vam estimar-nos, i els meus sentits, i la meva memòria, em deien que aquell era el moment més important de la meva vida. Que jo havia viscut, sobretot els últims anys, perquè aquella nit arribés a ser real. Vam esllanguir-nos plegats, l'ardor consumit, i el nostre plaer va ser complet.

* * *

No vaig poder dormir gaire. Quan encara clarejava, van venir a buscar-me per dur-me a la tenda del pretor. Vaig obeir, quin remei. Abans de sortir vaig abraçar Sitir. Ja estava desperta. El missatger, naturalment, no l'havia sorprès. Vaig tenir la sensació que els aspa no dormien mai.

Per arribar fins al pretor vaig haver de travessar part del campament. El sol ja sortia i la festa continuava. Potser no érem com els antics macedonis, que es podien passar setmanes de gresca, però no estava gens malament. I què carai: acabàvem de salvar el món. Bé que ens ho mereixíem. Tots.

A la tenda del pretor s'estava celebrant un esmorzar triomfal. Hi havia el meu pare, Cèsar, Pompeu, Bògud i una dotzena ben bona de magistrats i centurions. Quan em va veure entrar, Cèsar em va fer l'honor d'aixecar-se de la taula i venir en persona a rebre'm.

—Mireu qui ha vingut —va anunciar—, l'heroi de la jornada, el nostre petit Ulisses de les profunditats.

El seu gest no era gratuït, és clar. Alçar el meu braç era una mena de condecoració, i els únics que condecoren són els comandants. O sigui, m'estava fent servir per remarcar la seva preeminència. També es va aixecar Bògud, que tenia més olfacte polític que una hiena. Va venir cap a mi somrient com un mandril i em va abraçar com només ell ho sabia fer: amb fermesa i alhora amb afecte, obrint moltíssim els braços i tancant-los al voltant del meu tors amb una lentitud oriental. Bògud, sí: era un paio increïble. No havia passat ni un dia de la batalla més terrible de tots els temps, i ell ja tornava a estar perfectament maquillat, vestit de seda, perfumat i amb les ungles pintades de deu colors.

Per si cal dir-ho, Prosèrpina, jo no m'esperava aquesta rebuda. Em van fer seure a taula com un igual entre els més grans. Van brindar per mi. Tres cops. Gairebé em van forçar a acabar-me la copa en cadascun d'aquells brindis alegres. Després van parlar de tot i de res. Cèsar i Pompeu van mantenir una discussió en què cada paraula que es deien tenia un significat amagat. L'amor i la batalla m'havien deixat esgotat i res de tot allò m'importava gaire, la veritat. Recordo que vaig pensar: «Pompeu és imbècil. I un cadàver vivent. Tots els aquí presents saben que ja està mort, tots menys ell». Perquè era així. Era obvi que Cèsar s'enduria tot el mèrit de la victòria, i amb aquell prestigi adquirit assoliria fàcilment el poder. I quan estigués al capdavant de la República, el seu primer acte polític seria liquidar Pompeu.

Enmig d'aquests pensaments em va assaltar una nyonya sobtada que es va anar transformant en un sopor incontenible. Era incapaç de dir si la causa principal d'aquella fatiga era la batalla o els braços de Sitir. Estava assegut a l'esquerra del meu pare. Recordo que li vaig estirar una màniga i li vaig dir que aquella victòria era una magnífica ocasió per repensar la romanitat. Per fixar unes noves lleis que consagressin el nou ordre de les coses. Ell era orador i jurista, a ell corresponia organitzar-ho tot. Jo, cada cop més ensopit, li vaig insistir:

—Pare, recorda que el pla és agrupar els lliberts a Quatre Tavernes i concedir-los allà la ciutadania. Fins aleshores no deixaran les armes.

Quatre Tavernes era una cruïlla de camins a les portes de Roma molt popular. Ciceró em va donar uns copets amorosos a la mà que li retenia el braç i em va dir:

—Estic molt orgullós de tu, Marc. Però estàs esgotat. Si us plau, ara descansa. El futur és teu.

I aquesta és l'última cosa que recordo de la tenda del pretor.

El següent record que tinc ja és al meu llit de Roma. Vaig obrir els ulls, vaig mirar al meu voltant i no vaig entendre res.

Tot estava com sempre, i al mateix temps hi havia alguna cosa estranya, irreal, en l'ambient. El xivarri de la gran festa de la victòria havia estat reemplaçat per una silenciosa llum solar que ho inundava tot. Em vaig quedar quiet intentant recordar, intentant despertar-me del tot. A dins de l'habitació hi havia un criat, Demetri, netejant. En veure que havia obert els ulls, va deixar el que estava fent i va dir:

—Dòminus! Estàs despert! T'has de reunir amb el teu pare, al jardí.

—No em diguis dòminus. Ja no hi ha ni servus ni dòminus.

La resposta de Demetri, Prosèrpina, va ser la prova que la força més gran de l'univers sempre ha estat i sempre serà la inèrcia:

—Com tu manis, dòminus.

Quan vaig arribar al jardí, la sensació d'irrealitat es va incrementar. El meu pare estava reclinat, llegint. Era el Ciceró de sempre. El Ciceró que m'havia enviat a l'Àfrica a buscar la mantícora. Ell. El meu pare.

—Ah, Marc, seu —va dir.

Feia un dia magnífic. El jardí estava ben verd. Vaig mirar el retall de cel que s'obria al centre de l'octògon de teules. Núvols molt blancs, cel molt blau. Ocells. Em vaig fregar els ulls. Ja no estava adormit, però encara no estava despert. Vaig preguntar a Ciceró què havia passat.

—Oh, va ser una bona festa! I tu has dormit molt.

Em va explicar que la gresca havia degenerat en orgia quan les famílies dels lliberts havien baixat de la muntanya. Pensa, Prosèrpina, que al campament de Libertus hi havia els combatents i també els seus familiars. Quan van tenir constància de la victòria, les dones que no havien combatut, els nens i la gent gran van baixar a reunir-se amb els seus homes victoriosos. Aquella barreja de gèneres i d'edats era tan excessiva per al meu pare, sempre tan contingut, que va pujar a la tarima i va demanar a tots que continuessin amb la diversió allà on volguessin, però fora del sagrat recinte del campament militar. Així ho van fer.

Vaig riure imaginant-me el meu cast pare dalt de la tarima convidant els lliberts a exhibir la seva falta de virtut fora dels murs.

—I els aspa? —vaig preguntar—. No me'ls imagino ballant i bevent sense mesura.

—Ah, no! És clar que no —va dir el meu pare, que respectava en gran manera l'ascetisme i la contenció dels aspa—. Els aspa també els vaig treure del campament, però amb un altre argument: els monjos Gea havien convocat un consell general en una localitat propera amb el propòsit de resoldre pacíficament les seves diferències en matèria de doctrina religiosa. Jo m'ho vaig fer venir bé perquè anessin més lluny, fins a la costa adriàtica, al santuari de Prosèrpina. Després de tot el que havia passat, el temple a la deessa de les profunditats semblava un lloc adient per a les seves converses de pau, no et sembla? A més, si feien el camí junts, es reconciliarien durant la ruta. I el més important per a nosaltres: allà no serien un destorb.

Un destorb? No ho entenia. La qüestió era que tots els aspa, tant els partidaris de Libertus com els fidels al Senat, estaven lluny de Roma. Jo vaig suposar que allò incloïa Sitir Tra, de qui, lògicament, no sabia res. Em sentia molt atordit, hi havia alguna cosa que no m'encaixava, però no estava gaire segur de què era. Vaig preguntar al meu pare pel final de la festa.

—Bé, com sempre que tenen ocasió d'animalitzar-se, els servus van acabar estesos a l'herba. La música vulgar, els licors i la fornicació els van abocar a la borratxera i la inconsciència. —Va escurar la copa i llavors va afegir com qui comenta un detall sense importància—: Allò de la cimera dels monjos Gea va ser un estratagema per allunyar els aspa, és clar. Un cop van haver marxat, Cèsar i Pompeu van reunir les seves millors tropes. Les van fer formar, van envoltar els esclaus i van exterminar-los, encara adormits i borratxos. Els esclaus que no van matar així, van crucificar-los. Encara s'estan aixecant creus. A la via Àpia ja n'hi ha milers.

Vaig fer un bot.

—Els heu matat a tots! A Libertus i a Palusi!

—No, aquests dos encara no. Cal donar exemple, i aquest parell ens aniran molt bé. Són a la presó Mamertina. Seran els últims a morir.

Has tingut mai, Prosèrpina, la preclara sensació que el temps s'atura? Jo sí: aquell dia, al jardí del meu pare.

—Ho has d'entendre! —va cridar abans que tingués temps de recriminar-li res—. No ho podíem permetre. Eren esclaus i rebels.

Em vaig posar les mans al cap.

—No eren esclaus ni rebels! Eren lliberts i aliats! —vaig rugir—. Jo mateix vaig llegir el discurs que va abolir l'esclavatge!

—I tot el Senat va votar-hi a favor perquè Cèsar, Pompeu i jo els ho vam exigir! —va bramar ell com si jo fos Catilina—. Va ser una farsa, Marc.

Vaig emmudir.

—No sé si t'hi has fixat mai, però Roma està farcida d'esclaus. Hi havia espies de Libertus a totes les cases! —va continuar—. Fins i tot entre els servus que servien al Senat. Si haguéssim intentat fer un tripijoc, Libertus ho hauria sabut. L'única manera que una votació com aquesta tingués credibilitat era que es votés la proposta d'algú en qui Libertus confiés, un amic seu.

—Jo —vaig murmurar amb un fil de veu.

—Tu, en efecte. La nit anterior havíem fet arribar una consigna discreta a tots els senadors: «Voteu afirmativament al que proposi Marc Tul·li Ciceró, tant si és el pare com si és el fill».

Vaig pensar en el meu discurs d'aquell dia. En l'emoció que m'embargava. En els aplaudiments dels pares conscrits. Tot fals. Tot política.

—Em vas fer servir... tu... el meu propi pare... —vaig balbucejar.

—I què, si va ser així? Què hi pot haver de més dolç i digne que ser un instrument de la pàtria? Mira ara: ha sortit tot bé; hem derrotat els tectons i els esclaus, i tot torna a ser com abans.

«Som lliures!», havia proclamat jo al campament de Libertus, davant de la seva gent. I havia plorat. Jo, un patrici, prostrat de genolls davant l'escòria de la terra. És clar que em van creure: perquè el millor missatger d'una gran mentida sempre és algú que se la creu. Sí, per això Cèsar, Pompeu i el meu pare m'hi havien enviat.

Ciceró i jo ens vam mirar parlant només amb els ulls. Al cap d'un instant, ell els va haver d'abaixar. Ell, Ciceró, avergonyit davant del seu propi fill. Amb aquell gest manifestava que no tenia la consciència neta. Jo, esclafat per la magnitud d'aquell crim, només vaig poder xiuxiuejar:

—No vas tenir mai cap intenció d'abolir l'esclavatge. Tot era un ardit. I els heu matat a tots, a tots... No es concedirà la ciutadania a ningú, a Quatre Tavernes...

—Vam portar els aspa ben lluny perquè no hi poguessin interferir, i a tu et vam adormir. El vi del brindis, a la tenda del pretor... Bé, era alguna cosa més que vi. Vet aquí per què fa tres dies que dorms.

Jo només sanglotava, i Ciceró va continuar:

—Marc, Roma és les seves institucions. I l'esclavatge és

l'eix sobre el qual gira tot. Sense l'esclavatge no existeix l'ordre cívic; i sense ordre res té sentit. Roma és la civilització, i no podem destruir la civilització.

Al principi d'aquesta pregària que et dirigeixo, oh Prosèrpina, afirmava que la gent prefereix canviar el món abans que canviar-se ella mateixa. Així va ser exactament amb el nostre Senat.

Haurien pogut repensar-se a ells mateixos; haurien pogut intentar veure les coses altrament. Però ni tan sols sota la insofrible pressió dels tectons es van decidir a fer el pas. No. Abans de canviar ells, van preferir alterar el món. Van preferir alleugerir la superfície del planeta del pes de trenta mil dels seus conciutadans. Sense rubor. I el meu pare? Ell era el pitjor de tots.

Vaig pensar en aquell dia llunyà en què, en aquell mateix jardí, m'havia enviat a l'Àfrica amb una missió absurda. Oh, Prosèrpina, com havia canviat el pobre Marc des de llavors! Ell, per contra, seguia sent el mateix. Immòbil en les seves idees i conviccions, així com una vella roca, impassible a les onades de tots els oceans. Només era un home una mica més embrutit: «La política ha de ser recta, fidel i honrada». Aquests eren els principis que proclamava sempre. Quina paradoxa! Per mantenir els valors dels antics, per salvaguardar la «rectitud, la fidelitat i l'honradesa», havia enganyat i manipulat el seu propi fill i havia propiciat un assassinat en massa. I no hi veia cap contradicció.

Però vols saber, estimada Prosèrpina, què era el més dolorós? Jo t'ho diré: que ara odiava el meu pare, el meu propi pare, i que aquell odi em convertia en algú més semblant a Nestedum del que jo hauria volgut. Perquè vaig pensar a matarlo, allà mateix, a ell, el meu pare. Igual com havia fet Nestedum amb el seu progenitor. Però a ell, almenys, el guiava el desig de fer els tectons millors, més autosuficients des del mateix dia que naixien. Jo només el mataria pel segon motiu: perquè sí.

No, Prosèrpina, no vaig alçar la mà contra el pare. Vaig sortir de casa. El detestava i el repudiava. Me'n vaig anar sulfurat i posseït per la indignació. Vaig sentir la seva veuota que em deia:

—On vas?

—A la Roca Tarpeia! —vaig bramar sense aturar-me.

(La Roca Tarpeia, Prosèrpina, era el lloc des d'on s'estimbaven els autors dels crims més avorribles, especialment els parricides).

Vaig començar a vagar per la ciutat i els peus em van dur al vell carreró de la Suburra dels meus jocs infantils, a Rodes. Em vaig asseure als graons de pedra del fons del carreró. Més trist que un orfe, més sol que un parricida.

Cada discurs de Ciceró canviava Roma, mentre que ell sempre es mantenia incòlume, inalterable. A mi em passava a la inversa: cada vegada que hi tornava, el vell carreró de la Suburra seguia igual i jo era un Marc Tul·li diferent. Ja no era el nen que havia jugat allà, ni el jove patrici posseït per les ambicions d'abans del meu viatge a l'Àfrica. Ni tan sols era l'home torturat que havia tornat de l'inframon. Perquè aquell home havia tornat amb la missió i l'esperança de salvar Roma dels tectònics. Però qui podia salvar Roma d'ella mateixa? Oh, Prosèrpina, quin llast tan gran i tan pesant pot ser la malenconia! Sí, el temps, aquest misteri que no s'atura mai i que només es mou endavant!

Vaig pensar en Rinxolets. En com jugàvem en aquell carreró de petits. Ell també devia ser a Roma. Encara que només fos per sortir de la meva prostració, vaig decidir anar a visitar-lo a casa seva.

S'havia refet una mica. Ara estava conscient del tot, per bé que seguia feble, molt feble. Es va alegrar molt de veure'm.

Em va abraçar com un germà i es va posar a plorar a la meva espatlla. Les seves llàgrimes em van mullar el coll. Després vam seure cara a cara. Tan presumit com sempre, em va preguntar:

—Faig mala pinta, oi?

—Són grossos, els collons de Júpiter?

Vam riure. Li vaig preguntar com estava.

—Bé, bé —va dir tot defugint-me la mirada, com un nen mentider. Es va posar la mà al front, com si li acabessin de donar una pedrada, i va dir—: Estic millor. Però hi ha alguna cosa que no recordo… alguna cosa… alguna cosa… molt important. Porquets… molts porquets…

Li vaig posar una mà al genoll.

—Gneus, és normal que et sentis així. I també que tinguis llacunes. Vas ser captiu dels tectons, i en aquest estat tothom pensa en ell mateix i en res més. Però potser hi ha coses que sí que recordes i que podrien ser importants, encara. Els captius. On van deixar-los, els tectons? Ho recordes?

Ja saps, Prosèrpina, que sempre duien al darrere una rècula de presoners que eren les seves provisions. (De fet, en llengua tectona, les paraules «presoner» i «provisió» signifiquen exactament el mateix). Abans d'una gran batalla, solien deixar-los a la rereguarda, a uns dies de marxa, per assegurar-se que no fossin un destorb per a les operacions militars. Normalment els tancaven entre parets d'erugoms i sota custòdia d'un grapat de guardians. Per això vaig preguntar a Gneus pels captius i per la posició exacta en què els havien deixat. Amb l'exèrcit tectònic destruït, els podríem rescatar fàcilment. Però necessitàvem saber on eren.

En sentir la meva pregunta, Gneus va esbatanar els ulls com una òliba, més i més oberts, i més i més rodons.

—Déus… oh déus… —va mussitar—. És això. Era això el que no recordava!

—On? —vaig insistir—. Gneus, on van deixar tancats els captius? Encara hi deuen ser.

—No hi ha captius —va replicar—. Ja no queden captius. Cap ni un. —I de sobte va esclatar—: Se'ls van menjar! Tots!

Gneus s'havia posat les mans a les orelles, com si tingués por que el cap li sortís volant. Jo no entenia res. O no ho volia entendre. Aleshores em va mirar com un boig i va dir:

—Volien acumular forces per a la batalla, i se'ls van menjar! A tots!

Em vaig posar dret. No, no podia ser.

—Quants eren? Gneus! Quants presoners?

—Moltíssims! Els dies anteriors la seva cavalleria havia interceptat els habitants de Mediolanum, que havien abandonat la ciutat i es dirigien al sud per refugiar-se a Roma. Entre aquests i els captius que ja tenien devien sumar cent mil ànimes. Cada tectònic es va menjar un humà i un porc!

Em va pujar un calfred. Com si una serp em recorregués tot el cos per dins. Vaig retrocedir horroritzat fins que una paret em va aturar. Cent mil cossos humans devorats. Més els porcs. De vegades ho feien, en efecte. Abans d'una batalla decisiva, es menjaven tot allò que arrossegaven amb ells per afrontar el combat amb plenitud de forces. Gneus es va posar a plorar. Es tapava la cara.

—Obligaven la gent a córrer entre passadissos de tectònics —deia entre sanglots—. Mentre passaven els arrencaven parts senceres del cos a mossegades. I oh, déus, quines queixalades! Ni els taurons mosseguen així. Però això només va ser el principi. Una manera d'enardir la gana. Després van perdre el control.

L'*Impetus.* Els captius estaven acorralats entre les dues parets d'erugoms. Els tectons hi van entrar. I se'ls van menjar. A tots.

Gneus i jo estàvem igual de consternats. Però l'horror de tants assassinats no ho era tot.

Com bé saps, Prosèrpina, els calcs apareixien dels cossos tectònics de manera espontània, però previsible. Perquè el fenomen tendia a passar quan el tectònic havia menjat molt. Un festí com aquell per força havia de tenir conseqüències. I Gneus en va ser testimoni. Anava a lloms d'un erugom, a dins d'aquella esquerda que resseguia el llom de les bèsties, quan va notar que la marxa de l'exèrcit tectònic s'alentia fins a aturar-se. Gneus va treure el cap. I el que va veure el va deixar glaçat.

Era com si els tectons patissin una epidèmia. Caiguts, tremolaven. Gairebé tots. Milites d'infanteria o genets de tritons. Els tritons esperaven pacientment al costat dels seus genets, que s'agitaven entre espasmes i convulsions. Gneus va presenciar el fenomen que ja coneixem: el naixement dels calcs. De l'esquena dels monstres apareixien altres monstres. Al principi només eren uns bonys, a poc a poc anaven prenent forma i adquirint volum. Fins que es desprenien del cos i conquerien la individualitat. El calc es quedava estès a terra, embolicat en una mena de placenta transparent i greixosa.

—Quants, Gneus? Quants calcs calcules?

Va negar amb el cap; li costava pensar.

—Gairebé tots es van dividir. Fins i tot els meus guardians i els conductors d'erugoms es van partir en dos. Hauria pogut escapar, Marc, i no ho vaig fer! Encara m'odio per això! Tot era tan ominós que no vaig saber què fer. Em vaig amagar al fons de la rasa que s'obria al llom de l'erugom i em vaig abraçar els genolls. Un romà no es comporta així! Ho sento!

No m'estranyava que la seva ment, col·lapsada, hagués perdut memòria. Primer va ser l'horror d'aquelles cent mil víctimes assassinades a mossegades; els seus gemecs i laments, un clam de multituds agredides pujant al cel. I poc després els calcs, una aparició massiva de calcs. Ja t'he explicat, Prosèrpina, que l'arribada al món d'un calc no és un fenomen agradable de veure. La mucosa en què apareixen embolicats put d'una manera insuportable; els seus ossos i el crani en forma de fava se solidifiquen amb un horrible xiulet gasós; l'aparició de les tres fileres de dents és gairebé instantània però molt dolorosa, i els tectons xisclen com cadells de senglar. La visió d'un sol d'aquests éssers ja és repulsiva i atemoreix. Ara imaginem una gran extensió del món coberta d'aquesta mena de fetus que no han sortit de cap ventre, pudents, amenaçadors, amb les cames encara febles. L'últim record de Gneus era que l'exèrcit tectònic, després que els calcs es desprenguessin, va recuperar les forces i, indiferent, es va allunyar. De fet, els erugoms van aixafar molts calcs que encara no es podien moure i els conductors ni tan sols van fer cap esforç per evitar-ho. Al contrari. Per què s'hi havien de molestar, si no sentien cap afecte especial pels calcs? Ni pels calcs ni per ningú.

Podia comprendre el pobre Gneus. Tenia la ment bloquejada per la massacre de multituds i la conseqüent erupció massiva de calcs. Sí, la seva memòria es resistia a recordar tant d'espant. Per això, d'aquella escena tan abominable, només li havia quedat un rastre: l'anècdota de la truja que, en morir, havia parit porquets. Era una metàfora del que havia passat amb els calcs, apareguts gràcies a la mort de tants éssers humans.

Vaig fer càlculs molt ràpids. El banquet de carn havia estat increïblement quantiós. Els cent mil tectons que formaven l'exèrcit potser havien generat vuitanta mil calcs. Però entre els tectònics també neixen bessons, i més sovint que entre els humans. Abans he referit que els tectònics no mantenen cap relació fraternal amb ningú. Odien en especial els seus germans, que veuen com un competidor de per vida. Els nostres Ròmul i Rem van acabar odiant-se; els bessons tectònics ja neixen odiant-se. (No és aquest el moment de relatar-ho, però bona part de les raons que van portar Nestedum a envair la superfície tenien a veure amb el conflicte amb el seu germà bessó).

I vet aquí la qüestió principal, Prosèrpina: que l'exèrcit de Nestedum n'havia deixat enrere un altre de calcs formant-se, alçant-se. Un exèrcit de calcs agrupats des del naixement. I d'allò ja feia, com a mínim, quatre o cinc dies. A la superfície del món hi havia gairebé cent mil tectons més dels quals no teníem notícies!

Em vaig horroritzar. Aquella tongada massiva de nous calcs havia aparegut el dia anterior a la batalla. Necessitaven un dia sencer per alçar-se i compondre's, per controlar el cos i organitzar la ment. Un altre per unir-se entre ells, egoistes i alhora gregaris com eren. Potser un altre dia per orientar-se i posar-se en marxa. El seu instint, els seus records prenatals, per dir-ho així, i uns sentits que no eren humans, els guiarien en una única direcció: la dels seus congèneres. I l'únic tectònic que quedava viu a la superfície del món era ell, Nestedum, presoner nostre. I on? A Roma. «Tot gira, Marc Tul·li».

I ja no vaig poder continuar amb les meves reflexions.

Vols saber què vaig aprendre en aquella habitació, estimada Prosèrpina? Doncs que quan arriba la Fi del Món no t'esperes mai que serà aquell dia. Perquè així va ser. Aquell era el dia de la Fi del Món.

Des del dormitori vam sentir una trencadissa de vaixella. Rinxolets, que ni convalescent deixava de ser Rinxolets, es va empipar amb el servus. Va anar fins al llindar de la porta disposat a fuetejar el responsable. El vaig seguir amb la intenció d'apaivagar-lo. Però ja no caldria castigar l'esclau: estava a terra, sota dos tectònics, que se'l menjaven com si fossin hienes.

Gneus no va reaccionar. Jo sí. Vaig estirar-lo cap a dins de la seva habitació, vaig tancar la porta i la vaig barrar amb un moble. Aleshores ens va arribar el clam: un milió de veus mogudes pel pànic. Vam treure el cap per la finestra. Hi havia riuades de gent fugint, perseguides per hordes velocíssimes de tectons. Flames i fum. Molts edificis cremaven. Aquí i allà apareixia gent saltant al buit des de totes les finestres, perquè preferien trobar la mort en la caiguda que entre boques tridentades.

Ja hi eren, ja havien arribat.

20

Després vam saber que aquells cent mil nous tectònics s'havien limitat a avançar seguint la via Àpia, directes cap a Roma. El més dolorós del cas és que aquella multitud de monstres no devia passar a més de deu estadis del gruix de l'exèrcit, encara acampat a prop del camp de batalla. Però ningú se'n va adonar. Ningú havia destacat exploradors perquè ja no hi havia cap motiu per fer-ho. De quin enemic s'havien de guardar, les legions?

Al principi, a aquells nous tectons, el nostre món els havia semblat un lloc estrany. I amb raó: eren els primers que no naixien sota sostres de roca. Els núvols els sumien en un estrany desconcert, els atordia contemplar el blau dels cels italians; el sol els ofenia la retina i els fustigava la pell grisa i pàl·lida. Però eren tectons. Havien vençut totes les incomoditats. Estaven nus. S'havien procurat vestits. Tot i que la microfauna llatina no era la del submon, havien reclamat el seu imperi també sobre les bestioles de la superfície i alguns insectes els havien obeït, com era usual. Duien pectorals de formigues agrupades, botes de cucs obedients i cascs d'escarabats compactes. Anaven vestits amb peces inversemblants, formades per les criatures més diminutes i repulsives del nostre món domesticades amb urgència i eficàcia. I això els feia encara més aberrants. L'exèrcit que havíem combatut vestia uniformes gairebé idèntics, i, en canvi, aquests anaven equipats amb vestidures heterogènies, multiformes i desgavellades.

Els calcs no tenien armes. Ni espases dentades ni escuts vius. Però tenien dents. I havien nascut furiosos. Van seguir la via Àpia formant una horda compacta, fins que van arribar a les mateixes portes de la ciutat. Allà van topar amb alguns dels soldats que estaven crucificant els homes de Libertus. Van matar i devorar amb el mateix acarnissament tant els uns com els altres, crucificats i crucificadors, en el que podria considerar-se un sarcasme fatal i una justícia sense poesia, i van seguir endavant.

Un cop davant dels murs de Roma, ni tan sols van necessitar expugnar la ciutat. Van entrar per les portes obertes, ja que no hi havia cap perill que aconsellés tancar-les: els romans encara gaudien de la victòria, justament, contra aquell enemic monstruós que ara havia ressuscitat com per encanteri. I si no haguessin entrat per les set portes de la ciutat, l'haurien envaït formant torres d'assalt amb els seus propis cossos, com a Útica, o haurien convertit les sortides de les clavegueres en entrades, o potser haurien excavat en un tres i no res un túnel immens i practicable. Al capdavall eren tectons: si havien aconseguit obrir un canal que pujava des de les seves fondàries i les tenebres fins a la superfície del nostre món, com havien de tenir cap dificultat a crear un passatge sota els nostres murs? Com a calcs que eren, les seves ments retenien parts de la memòria dels tectònics dels quals havien emanat. I així, el record de coses que no havien viscut i el desig de venjar aquells a qui no havien estimat mai atiava la seva fúria. Quina horda tan estranya. Van entrar a la capital del món, i un cop dins tot es va reduir a una matança de dimensions universals. L'horror.

No hi va haver resistència. Cèsar i Pompeu estaven intrigant l'un contra l'altre, els seus exèrcits momentàniament lluny i semidesmobilitzats. I qui els podia recriminar que aquell dia no estiguessin alerta? Els tectons van entrar a la ciutat com un torrent monstruós. Corrien com escarabats pels carrerons, entraven per portes i finestres. Mataven i menjaven, menjaven i mataven. Potser els aspa haurien pogut alentir el progrés dels tectònics i això hauria donat més temps a la gentada per evacuar la ciutat. Però estaven a la costa adriàtica, i gràcies a qui? Al meu pare i les seves argúcies i intrigues polítiques.

I era en aquest punt quan ens havien sorprès a Gneus i a mi. Assetjats pels dos tectònics, que ja copejaven la porta del dormitori, no vam tenir més remei que saltar per la finestra, que per sort estava en un primer pis. Vam caure a la lona d'un tendal i d'allà a terra. Un cop al carrer ens vam incorporar a la riuada de gent que fugia embogida i cridant de terror.

Fugir, sí, però on? El carrer principal de la Suburra desembocava al fòrum. Quan vam arribar allà, la visió va ser tan espantosa que Gneus, més feble, va estar a punt de perdre els sentits: centenars i centenars de tectons corrent amunt i avall, atacant milers d'homes, dones i nens. Sens dubte era la mateixa massacre que estava tenint lloc per tota la ciutat, però l'estretor dels carrers no ens havia permès una perspectiva àmplia. En aquell espai obert podíem tenir una imatge diàfana de l'horror. Sí, Prosèrpina, allò era la Fi del Món. La humanitat extingint-se, triturada per tres fileres de dents. Mossegades i cruixits. Queien les estàtues, abatudes a dotzenes i perquè sí com grans arbres de pedra. Roma, ciutat sempre procliu als incendis, ja cremava amb cent fogueres espontànies. I qui ho estava dirigint tot? En efecte: ell, Nestedum.

Els seus nous congèneres l'havien alliberat i el reconeixien com a príncep, una cosa raríssima entre els tectònics. Potser els calcs, amb una experiència vital mínima, necessitaven subordinar-se a algú que tenia molts més coneixements que ells. (Després, Prosèrpina, vam saber que Nestedum havia planejat tot allò des del principi per adquirir el control absolut sobre un exèrcit tectònic, però això ja és una altra història). La qüestió era que era allà, al centre del fòrum, sobre la tarima que feien servir els mercaders d'esclaus per a les subhastes. Ell i el seu monyó impartien ordres des d'aquella altura.

Em vaig amagar, és clar. Només ens va salvar que hi havia tanta multitud i tanta confusió que no em va veure. Vaig arrossegar Gneus per un carrer estret. Encara recordava l'entramat de carrers del nostre barri, i al final ens vam amagar. Vols saber on, Prosèrpina? Al vell carreró de la nostra infància, a Rodes. Darrere d'un sortint de pedra que hi havia al fons de tot. Fins allà ens arribaven els xiscles de l'hecatombe, milers de crits que s'abraçaven entre ells com el vol de les orenetes; crits i una fumarada pestilent.

No et pots imaginar, Prosèrpina, quin mal que em fa haver d'explicar-te els detalls d'aquella jornada, el dia de la Fi del Món. La caiguda de Troia devia ser una cosa semblant, si no fos que Roma era mil vegades més gran que Troia i els tectons mil vegades més perversos que els grecs. Van arrasar amb tot. Vaig veure edificis ben alts que queien com homes borratxos. El suïcidi no respectava edats: els vells imploraven als que fugien que els esclafessin el cap amb un roc que ells mateixos els oferien; les mares asfixiaven els seus nadons amb teles brutes. Vam veure gent ofegant-se al Tíber. Sí: la Fi del Món va tenir aires de gran naufragi.

Però l'*Impetus* també s'esgotava. Quan van tenir l'estómac ple, els tectònics es van tornar més sistemàtics. S'havien armat amb espases romanes i mataven amb preferència els homes en edat militar. Especialment els legionaris, molts dels quals van sorprendre en tavernes i prostíbuls, nus, desarmats, o totes dues coses alhora. No, no hi va haver pràcticament cap resistència: la llei més sagrada de Roma ordenava que les legions s'esperessin extramurs, i els númides de Bògud ja eren a Òstia, a punt d'embarcar-se.

Van començar a agrupar masses de gent com ramats i a tancar-los als temples. Una de les grans matances del dia la van cometre al Senat. Els senadors estaven reunits en una sessió extraordinària, justament per celebrar el triomf, quan a l'exterior van ressonar crits d'espant i de dolor. Els tectons van entrar-hi per centenars, i al cap d'un moment totes aquelles togues blanques van quedar tenyides de vermell amb la sang dels seus propietaris. Va ser la darrera sessió del gloriós Senat, cinc-cents anys després de la fundació de la ciutat. Així és com van acabar els nostres pares conscrits: com una colla de xais esbudellats pel carnisser. I siguem sincers: no es mereixien res millor. Tots plegats havien preferit canviar el món abans de renunciar a cap dels seus privilegis, i vet aquí que ara el destí actuava en conseqüència.

Em preguntes, Prosèrpina, per Libertus i per Baltasar Palusi. Pels trenta mil lliberts que havien combatut a la gran batalla. El més trist de tot és que haurien pogut salvar la ciutat. El pla pactat amb el Senat era que l'exèrcit de Libertus es reuniria a la cruïlla de camins de Quatre Tavernes, als afores, i allà se'ls concediria la ciutadania a canvi que deixessin les armes. Per arribar a Roma, els cent mil calcs van seguir aquella ruta, i per força haurien topat amb ells a Quatre Tavernes. Van atacar per sorpresa, d'acord. Però aquells trenta mil homes acabaven de lluitar contra ells, tenien experiència en monstres i els tectònics estaven desarmats. Trenta mil homes, i amb la moral pels núvols després de la gran victòria, haurien pogut resistir perfectament fins que algun missatger hagués advertit els exèrcits legionaris de Cèsar i Pompeu. Els calcs no tenien armament adequat ni tritons. No estaven organitzats, els faltava el comandament de Nestedum, que encara no havien tingut temps d'alliberar, i ni tan sols s'havien adaptat al món on havien nascut perquè no era el seu. Però quan els tectons van arribar a Quatre Tavernes, aquell exèrcit d'homes lliures ja estava a la creu i Palusi i Libertus esperaven el seu destí a la més negra de les presons romanes: la presó Mamertina. I tot, per voluntat del meu pare.

Però tornem a Roma. Quan feia una estona que ens havíem amagat al carreró, em vaig adonar que no ens podíem quedar allà. Cada cop hi havia més fum, no trigarien a envoltar-nos les flames, i els crits se sentien cada cop més a prop. Vaig pensar en el meu pare. En Ciceró. Sí, en ell. Tot i les seves traïcions, em vaig dir que jo no era Nestedum. No, no ho era: ni podia matar el meu pare ni podia abandonar-lo. Em sentia obligat a anar a casa, a salvar-lo o a compartir la seva sort. Gneus no parava de plorar com una criatura. No, més desconsoladament que una criatura. Quan érem nens i jugàvem en aquell mateix carreró, no l'havia vist mai plorar d'aquella manera. Vaig intentar emportar-me'l, però ell no ho volia. Estava mort de por. I era comprensible. Tota la ciutat s'havia convertit en un sacrifici, i els humans érem l'ofrena. Però el meu amic es negava a moure's.

—Si et quedes, moriràs. Rinxolets, anem-nos-en! —li vaig implorar.

Vaig comprendre que no el trauria d'allà. Potser havia estat un error amagar-nos a Rodes: Rinxolets havia sucumbit a la temptació de convertir la seva infància en el seu refugi. Però la infància no és un refugi, és el passat, i qui s'hi queda per sempre la converteix en la seva tomba. Me'n vaig anar.

Vaig córrer entre el caos. Cada cop més de pressa. El meu únic avantatge era que coneixia els carrerons de la Suburra i m'esmunyia pels menys freqüentats. Al capdavall, casa nostra no era gaire lluny. Però per tot arreu hi havia tectons caçant humans. Eren persecucions sense sentit: tan aviat veies deu persones fugint d'un sol tectònic, com una dotzena sencera de tectons encalçant un sol home o una sola dona. Jo m'amagava a les cantonades i, quan veia que el pròxim tram de carrer estava net, seguia la meva tossuda marxa esquivant incendis, esfondraments, violències i suïcidis.

Només hi va haver un moment en què es van invertir les tornes: de sobte van aparèixer unes quantes dotzenes de tectons fugint d'un enemic. Van caure a terra, un darrere l'altre, amb l'esquena travessada per unes javelines curtes però mortals. Era Bògud, a cavall, i amb ell un grup prou nodrit dels seus genets númides. Vaig sortir del meu amagatall agitant els braços.

Oh, Prosèrpina, com em vaig alegrar de veure'l! I quin home! Sempre fidel a ell mateix: potser era la Fi del Món, però, per descomptat, Bògud anava perfectament empolainat i amb la seva manicura de deu colors acabada de pintar. Em va somriure des de dalt del cavall.

—Marc! Vine amb nosaltres! Hem d'organitzar la defensa.

—No, és inútil! —vaig replicar immediatament—. La ciutat està perduda.

Poca cosa podria fer amb un grapat de númides, però sí que podia fer alguna cosa útil i bona. Quina? Salvar la meva vida, la de Ciceró? Vaig haver de pensar més ràpid que mai.

—Ves a la presó Mamertina —li vaig demanar—, i allibera Libertus i Palusi. Després sortiu de la ciutat. Jo vaig a buscar el meu pare. Si aconsegueixo trobar-lo, em reuniré amb vosaltres a Quatre Tavernes.

Bògud era intel·ligent, va entendre que tenia raó. El seu somriure va ser el seu adeu. Ell i els seus genets van desaparèixer per l'embocadura d'un carrer que ja cremava amb flames iracundes.

A la part alta de la Suburra, on hi havia casa nostra, pul·lulaven menys tectons, encara que només fos perquè Roma estava edificada sobre set turons i els tectònics eren com una inundació, que primer envaeix les parts baixes de la vall. Però era qüestió de temps que arribessin allà. Els rics s'estaven tancant darrere de portes i porticons i els esclaus s'afanyaven a assegurar-les. Mentre em dirigia a la casa del meu pare, els cridava que fugissin de la ciutat, que amagar-se rere una porta no els serviria de res. Però els servus no m'obeïen a mi, és clar, sinó als seus dòminus. Humans! De vegades ens comportàvem com els cucs de la fusta, que quan algú llança el tronc on viuen al foc es pensen que podran protegir-se rosegant-lo i endinsant-s'hi encara més.

Vaig arribar a casa viu. Ni jo mateix m'ho podia creure, perquè ja hi havia tectons pul·lulant per tot arreu. A dins, lògicament, els servus domèstics estaven molt agitats. El meu pare no. En absolut. Quan vaig arribar llegia tranquil·lament. Un text molt absorbent, vaig suposar, ja que amb prou feines va aixecar el cap del text.

—Ah, Marc, has tornat —es va limitar a dir. Després em va mostrar el pergamí: era un text que reflexionava sobre les mantícores i la fi dels grans imperis. I va sospirar.

—Ho sospitava. Aquesta mantícora era l'anunci de la nostra fi...

—Però, pare, no era una mantícora, eren tectònics. Contra les fantasies no es pot lluitar, contra legions subterrànies, sí.

No m'escoltava. Per trist que em resulti recordar-ho, crec que aquell dia, el seu últim dia en aquest món, no volia parlar amb mi. Fer-ho era admetre que jo tenia raó i ell no. Que hauríem hagut d'abolir l'esclavatge. Que si Roma hagués canviat, s'hauria salvat. Però ell era Ciceró: sempre ferm, incòlume com una roca.

El seu esclau més diligent, Demetri, li preparava un bany.

Havia col·locat la banyera a la sala principal de la casa. El meu pare va veure que m'ho mirava estranyat.

—Ah, és per al meu suïcidi —va dir—. L'aigua calenta fa que la ferida no es coaguli i endolceix l'amargor de la mort.

Suposo que posar la banyera al centre de la casa era una qüestió de protagonisme; morint a la vista de tots demostrava que no tenia ni por ni res a amagar. A més, era Ciceró, tots els seus actes tenien una mica de posada en escena. El seu estimat Demetri l'assistia amb cura, com si en comptes de matar-se s'estigués vestint per anar a un sopar luxós.

Sí, era un final molt propi d'ell. Coneixent el seu caràcter i la seva lucidesa, sabia que era impossible dissuadir-lo, però vaig intentar apel·lar al seu sentit de la responsabilitat: havia de viure, vaig dir, per salvar allò que quedés de Roma.

—Roma ja no existeix —va ser la resposta.

Demetri dirigia els altres esclaus, que buidaven galledes d'aigua fumejant, gairebé bullint, a la gran banyera col·locada a la peça principal de la casa. Ciceró es va despullar i es va submergir a dins d'aquell bany vaporós.

Vaig caure de genolls, em vaig agafar a la vora de la banyera. No podia aturar les llàgrimes i, alhora, l'esforç de contenir-les m'impedia parlar. Ell es va limitar a alçar l'avantbraç i em va dir:

—Si algun dia fas com jo, recorda: no et tallis les venes transversalment, sinó de dalt a baix, des del canell fins al colze. Així l'hemorràgia és més intensa. L'aigua calenta i el teu desig fluent de morir faran la resta.

Parlava de la seva mort com si m'estigués explicant una recepta per bullir espàrrecs. Mentre jo intentava balbucejar una cosa, van irrompre en tromba.

Ells, els tectònics.

Va ser horrible. Van començar a matar els servus, que fugien com conills. L'únic que es va quedar per defensar el seu dòminus va ser Demetri, que, encara que estava igual d'aterrit que els altres, colpejava un tectònic amb la galleda de metall com si hagués de servir d'alguna cosa. Jo, desesperat, forcejava amb un parell que se m'havien tirat a sobre. Els altres, potser cinc o sis, van bolcar la banyera de Ciceró.

I aquesta, Prosèrpina, va ser l'escena més obscena que he vist mai: el meu pare sent objecte d'una violència que no podia repel·lir; el meu pare, Marc Tul·li Ciceró, nu, xop, anant a picar amb colzes i genolls contra el dur marbre de terra.

No vaig veure gaire més del que passava. Només recordo que vaig començar a bramar com un dement, insultant-los, fent-los saber com odiava el seu món infernal, els seus cels vermells de magma en suspens i la seva República assassina. Aleshores, de sobte, van cessar els cops. Els meus botxins no se'n sabien avenir: ni jo mateix m'havia adonat que els havia parlat en llengua tectònica.

Em van treure d'allà dins arrossegant-me, sense deixar de donar-me cops, però més o menys viu. Com que em van obligar a caminar amb el cap abaixat, no vaig saber on em portaven fins que hi vam entrar: el Senat mateix.

Ara estava ple, pleníssim, de tectònics. I on hi ha tectons sempre hi ha una activitat constant, no s'estan mai quiets. Uns quants devoraven senadors morts, els cossos dels pares de la pàtria estesos entre les grades i les bancades del sacrosant recinte. D'altres, la gran majoria, es dedicaven a unes tasques infames que la seva odiosa raça exercia amb gran talent: excavaven un forat vertical per comunicar-se amb el seu món.

Just al centre del Senat, allà on se situaven els oradors per pronunciar els seus discursos, ara apareixia un forat, un forat grandiós, negre i rodó. Potser era casualitat, o potser era una mostra del seu menyspreu per les nostres lleis i les nostres magistratures. El món s'estava obrint sota els nostres peus, literalment.

Jo coneixia el seu ritme de treball, que podia ser autènticament plutònic. Ja no es veia el fons, i en sortien uns sorolls com de farga gegantina i aquells gasos pudents que sempre desprenien les seves excavacions mineres. Gràcies a la meva estada a l'inframon, sabia que aquell gas el produïa l'orina dels erugoms, que actuava com un àcid potentíssim que dissolia les roques més rudes i els sòls més compactes i, per tant, accelerava el procés. Això sí: feia molta pudor, Prosèrpina, molta.

Em van empènyer, em van maltractar. Em van fer seure en un racó, com un fardell. No es van molestar a lligar-me. Per què?

Durant un lapse de temps no gaire dilatat vaig poder contemplar una estampa extraordinària: el Senat, devastat; les estàtues que l'ornaven, trencades i caigudes; a les grades, senadors morts, sense vísceres, decapitats, molts a mig devorar. A l'altre extrem d'aquella reverenciada sala hi havia un grupet de captius selectes, senadors als quals la gana tectònica havia respectat la vida. I que indignes del càrrec es mostraven! Estaven apinyats com ovelles; les togues, sempre tan blanques, brutes i trepitjades. Amb el cap abaixat com si fessin una reverència, ajuntaven les mans implorant el perdó. Ni un conill desnucat tremola tant. De tant en tant aixecaven el cap per mirar l'atri central, aquell forat negre, grandiós com un pou volcànic, que s'endinsava verticalment a la terra. Certament, Prosèrpina, no és inadequat que encara avui ens referim a aquella jornada com el dia de la Fi del Món.

Per la porta va aparèixer algú i tots els tectons van aturar la seva tasca. Molts dels que excavaven van sortir del pou, i els que estaven de quatre grapes menjant-se els senadors morts es van posar drets. Era ell, sí. Suposo que l'havien advertit de la captura d'un humà que parlava tectònic. Va deduir immediatament que només podia ser jo, és clar. Va venir directament cap a mi. I sí, era ell. Nestedum.

—Hola, Marc. Ja t'ho vaig dir: tot gira.

Seguia duplicant les erres i arrossegant les esses, que venerava en extrem. Ciceró no li hauria consentit mai que maltractés així la llengua llatina. No em vaig posar dret. Per què? Vaig seguir a terra abraçant-me els genolls amb les mans. Em va mirar als ulls. Al llarg de la meva vida m'he trobat cara a cara amb molts éssers poderosos, humans o soterranis. Amb alguns, els més pèrfids, quan et miren, penses: «Estic mort». Amb Nestedum era diferent. Amb ell pensaves: «Tant de bo estigués mort».

—Marc, vols saber una cosa? Per fi m'he empescat un acudit —va anunciar—. Vols sentir-lo?

Has de saber, Prosèrpina, que els tectons ignoren el concepte mateix d'humor. No riuen gairebé mai. No en saben, no poden o no volen. Els esbufecs d'òliba que deixaven anar de tant en tant eren el més semblant a un riure franc. Al principi del meu captiveri subterrani, quan van sentir les meves riallades desesperades, es van pensar que era una malaltia. Després, Nestedum em va demanar que li expliqués què eren. Em vaig esforçar per explicar-los el concepte d'humor. I he de dir que va ser capaç d'aprendre'n els rudiments. Més o menys.

Nestedum em va mirar amb ulls penetrants i va explicar-me el seu acudit:

—L'odi diu al dolor: «Oh, on eres? Et necessito! Sense tu la meva vida no té sentit!». I el dolor li contesta: «Me'n vaig anar perquè em sentia utilitzat».

Va esperar la meva reacció i al cap d'un moment va dir:

—No rius?

—No ho vas comprendre mai —vaig sospirar—. Un acudit es defineix per dues característiques: ha de ser breu i graciós. El teu diàleg és breu, però no és graciós. És pèssim, de fet.

—Potser sí —va replicar ell—. Però no et fa gràcia imaginar-te què faran amb tu l'odi i el dolor?

Algú pot morir-se de pura por? A partir d'un cert punt, cada ésser humà reacciona d'una manera diferent. I un bon suburrià només ho podia fer amb humor.

—Ara seré jo qui t'expliqui un acudit —vaig dir a Nestedum—: dos tectons arriben casualment a la superfície del món, a la bella i assolellada Itàlia. Un diu a l'altre: «Bé, ja estem a dalt de tot. No obstant això, la nostra naturalesa tectònica ens impel·leix a excavar i excavar sense fi». Però mira el cel blau, i diu: «Oh! No puc excavar cap amunt, perquè només hi ha aire i núvols!». Així que, presa de la desesperació, se suïcida.

—I l'altre? —es va interessar Nestedum.

—L'altre mira la bellesa del món, tan diferent de les tenebres d'on prové, i diu: «Oh! No puc excavar cap amunt, només puc excavar cap avall. Però si ho faig tornaré al món tectònic d'on procedeixo».

—I?

—Presa de la desesperació, se suïcida.

Nestedum. Els seus ulls, la mirada. El monyó: em va passar l'extrem del seu membre amputat per la galta. Però a Nestedum, sobretot, el definia la seva veu. Aquella veu, sí, aquella veu; bífida com una serp i alhora ronca com un grunyit d'os. Va acostar la cara encara més a la meva i em va dir amb una dolçor criminal:

—Ens veurem allà baix.

I se'n va anar. Suposo que estava molt ocupat sufocant les darreres resistències d'una urbs tan gran i buscant gàbies per als nombrosíssims eixams de presoners. És a dir, el botí, segons la perspectiva tectònica de la riquesa. Van sortir del Senat, ell i una mena de guàrdia personal que el seguia a tot arreu. Abans de fer-ho va impartir unes ordres. Les vaig entendre perfectament: que s'emportessin els senadors captius al forat, al seu món. I a mi també, és clar.

En condicions normals, un túnel que comuniqués els dos mons era una feina que podia durar anys. Però els tectons coneixien els subsols, la seva composició i els accidents que podien trobar pel camí. De vegades, em constava, escurçaven les rutes perquè obrien túnels que desembocaven en grutes i cavernes soterrànies naturals ja preexistents. I això era el que havien fet amb aquell. La finalitat d'aquest pou era empalmar amb avencs i esquerdes que conduïen fins a la seva República monstruosa.

Van començar a arrossegar senadors forat avall. Cridaven com porcs. No els servia de res: aquella enorme boca negra se'ls anava empassant l'un darrere l'altre, a ells i les seves togues de franges vermelles, empesos i arrossegats per dotzenes d'urpes grises. I quan van acabar amb el darrer senador, van venir a buscar-me.

No, allò no. Un altre cop no. L'inframon. Ells, els tectònics. Per tots els lèmurs dels Tul·li, no! No podria suportar una segona reclusió allà baix. Ara sabia els horrors i espants que m'esperaven; turments que serien redoblats per Nestedum. Però així era el destí: urpes grises que em capturaven canells i turmells; mans i mans a cada canell, mans i mans a cada turmell. Dits forts com grillons que em comprimien carn i ossos. No hi havia escapatòria. Oh, Prosèrpina, quina impotència! Només em deia: «Idiota, idiota! Per què no et suïcidaves abans, quan encara podies?». El pou era una boca rodona; allà baix vaig veure unes tenebres cegues, espantoses en la seva negror.

Quan vam arribar a la vora del forat, van haver d'afluixar la pressió per cedir el meu cos als que treballaven a l'interior. Ho vaig aprofitar per mossegar mans i braços, girar el tors i agafar-me a un sortint, un marbre trencat del terra del Senat.

Els de baix van estirar-me les cames. Els seus braços comprimien els meus músculs com serps enroscades. Els meus crits eren obscens, la desesperació sempre ho és. No!

La fi. Però, just en aquell instant, els tres tectons que m'empenyien les espatlles i el cap van caure forat endins. Així de simple i estrany va ser: els seus cossos van passar volant pel meu costat, precipitant-se al pou fosc. Al seu lloc va aparèixer Sitir. Pots entendre la meva barreja d'esglai i d'alegria, Prosèrpina?

Sitir es va armar ràpidament amb una llarga perxa que els tectons feien servir per als seus treballs i va punxar violentament els caps dels que encara em subjectaven les cames. Després em va hissar. No va tenir temps d'abraçar-me: al Senat encara hi quedaven tectons, que la van atacar amb dents, armes i eines. Els va matar a tots, o a gairebé tots, en una mena de dansa salvatge. I els que no eren morts estaven a terra cargolant-se de dolor amb membres fracturats o arrossegant-se amb ossos trencats. La veritat, Prosèrpina, és que vam tenir molta sort que allà dins els tectons no hi tinguessin destacada una guarnició: encara estaven molt ocupats apoderant-se de la ciutat. Vam sortir d'allà, del Senat de Roma en ruïnes.

—Com m'has trobat? —li vaig preguntar un cop vam ser als carrers.

—Com podia no trobar-te? Tu m'has cridat.

No feia servir la meva lògica, era una aspa.

Jo coneixia Roma molt millor que ella i la vaig guiar a l'exterior de la ciutat per la ruta més recta possible, travessant incendis i esfondraments. En la nostra fugida va ser inevitable creuar-nos amb alguns tectònics aïllats, que no eren rival per a Sitir.

—Seguiu-nos, seguiu-nos! —anava cridant a tots els homes i dones que em volien escoltar.

Molts em van fer cas i es va anar formant una cua de gent

perduda. Sitir obria pas, i al cap de poca estona, qui ho diria, havíem sortit del nucli urbà. Vam ascendir a un monticle des del qual era possible veure una gran part de la ciutat condemnada.

Roma. La fi de Roma. La fi d'una era, d'una civilització sencera. La Fi del Món. Centenars de columnes de fum pujaven verticalment, com si la mateixa ànima de l'urbs ascendís al cel. Milers i milers de persones fluïen cap a l'exterior per totes les portes de la ciutat com nàufrags allunyant-se d'un derelicte: Roma era tan gran, i estava tan densament poblada, que ni els tectons podien evitar aquelles hemorràgies massives.

Vaig plorar, Prosèrpina. Com Emili Paulus davant les ruïnes de Cartago. Però no era Cartago; era la meva ciutat. La casa del pare. La Suburra.

Entre les llàgrimes que m'ofegaven els ulls vaig veure algú. No venia de la ciutat: estranyament, s'apropava a mi des de la direcció contrària. Era impossible no reconeixe'l, amb les tres fones penjant-li del coll o de la cintura. Era ell, el porter del Déu únic, el foner de Minorca.

Em va saludar amb un lleu gest del cap, va mirar aclaparat la ciutat envaïda, incendiada i assassinada, i em va dir:

—Ja saps qui m'envia. Vol fer-te arribar un missatge. Fa així. —Va inspirar i va continuar amb to pausat—: Marc Tul·li, avui pensa això: l'únic consol que puc oferir-te, per estrany que sigui, rau en la mateixa existència de la nació tectònica. Perquè el fet que el Mal absolut existeixi ens demostra, efectivament, que també és possible que existeixi el seu contrari.

Però no era el millor moment perquè em parlessin d'un futur esplendorós. Ni el Déu Únic ni ningú. Sitir Tra ho va entendre. Va posar una mà a la meva espatlla i va xiuxiuejarme a l'orella:

—Suporta-ho. —I va afegir, amb amor i sense elogi—: Ara ets Roma.

Molts fugitius arribaven fins a la nostra posició, passaven pel nostre costat i seguien fugint. Entre ells vaig reconèixer un servus de casa nostra. El vaig retenir pel braç i li vaig demanar que m'expliqués el que sabia del meu pare.

—El teu pare és mort.

—Explica-m'ho —li vaig suplicar contenint les llàgrimes.

—Dòminus, hi ha coses que més val estalviar-nos-les que saber-les.

—Explica-m'ho.

Ho va fer. Em va donar detalls de la seva fi. Nestedum havia promès menjar-se el meu pare. Oh, Prosèrpina!, mentre els meus ulls contemplaven absorts la fi de Roma, l'home va anar desgranant els darrers moments de Marc Tul·li Ciceró, el més gran dels romans.

—Després —va dir—, pel gran dolor que li causava la dilació de la mort, va buscar Demetri amb els ulls…

FI